LA LUMIÈRE des PROFONDEURS

FRANCES
HARDINGE

LA LUMIÈRE des PROFONDEURS

*Traduit de l'anglais
par Philippe Giraudon*

GALLIMARD JEUNESSE

Titre original : *Deeplight*

Édition originale publiée en 2019 par Macmillan Children's Books,
une marque de Pan Macmillan
20 New Wharf Road, London N1 9RR

À Ella et aux autres membres
du Young People's Board de
la National Deaf Children's Society

AVERTISSEMENT

Les lois de la physique ont été mises à mal, lors de l'écriture de ce livre.

En fait, je les ai soumises à des déformations aussi horrifiantes qu'inédites tandis que je jacassais.

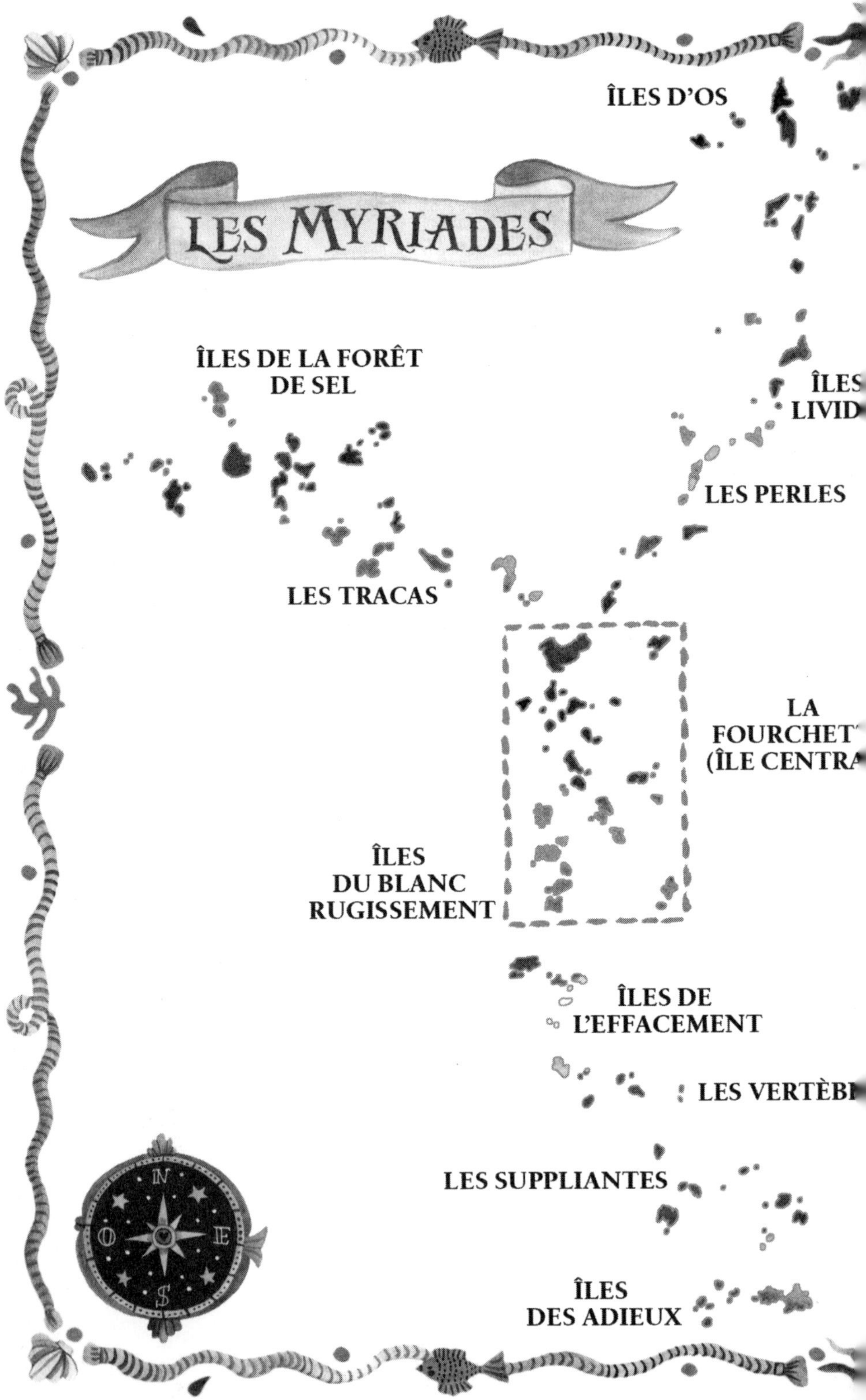
LES MYRIADES
ÎLES D'OS
ÎLES DE LA FORÊT
DE SEL
ÎLES
LIVID
LES PERLES
LES TRACAS
LA
FOURCHET
(ÎLE CENTRA
ÎLES
DU BLANC
RUGISSEMENT
ÎLES DE
L'EFFACEMENT
LES VERTÈB
LES SUPPLIANTES
ÎLES
DES ADIEUX
N
O
E
S

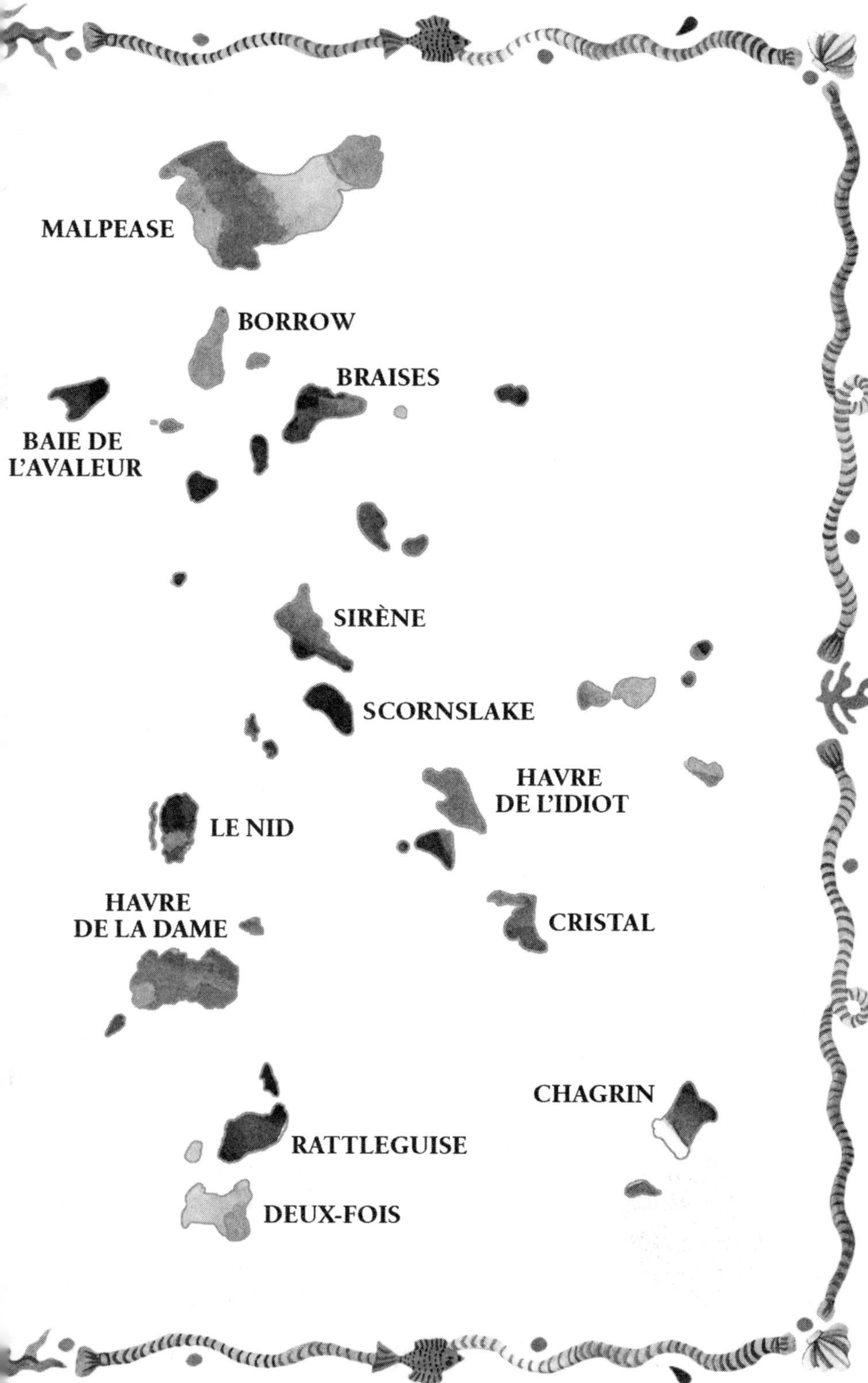
MALPEASE
BORROW
BRAISES
BAIE DE L'AVALEUR
SIRÈNE
SCORNSLAKE
HAVRE DE L'IDIOT
LE NID
HAVRE DE LA DAME
CRISTAL
CHAGRIN
RATTLEGUISE
DEUX-FOIS

PROLOGUE

On raconte qu'on peut naviguer pendant plus de mille kilomètres d'un bout à l'autre de l'archipel des Myriades, depuis les rivages glacés du Nord jusqu'aux îles torrides et luxuriantes du Sud. On raconte que les insulaires sont pareils aux crabes rouges grouillant le long des rivages – intrépides, imprévisibles et aussi à l'aise dans l'eau que sur terre.

On raconte que l'océan autour des Myriades est fou, lui aussi. Les marins parlent d'énormes tourbillons qui engloutissent les bateaux, de brutales remontées d'eau glaciale capables de donner une crise cardiaque aux nageurs à la surface. Des nuages noirs peuvent s'amasser à l'improviste dans un ciel limpide.

On raconte qu'un royaume ténébreux, hanté de cauchemars, s'étend sous la mer proprement dite. Quand l'Abysse frémit, l'eau à la surface s'agite soudain avec frénésie.

On raconte que l'Abysse était jadis la demeure des dieux.

On raconte tant d'histoires à propos des Myriades, et elles sont toutes vraies.

Les dieux étaient aussi réels que les rivages et les courants, aussi impitoyables que les vents et les tourbillons. Le Cardinal de Verre broyait des galions entre ses filaments transparents. Le Solitaire Rouge flottait comme une nappe de sang dans l'eau. Kalmaddoth poussait des hurlements à travers le réseau de lames acérées qui lui tenait lieu de bouche. Dolor fendait les eaux en agitant des dizaines de jambes humaines. La Dame Cachée attendait dans le silence des profondeurs, à l'abri de sa chevelure onduleuse. De temps à autre, un dieu surgissait de l'Abysse pour apparaître à la pâle lumière du jour, où il dévorait des goélettes et détruisait des ports entiers, en inscrivant à jamais sa silhouette dans les cauchemars des humains. Certaines divinités chantaient, lorsqu'elles accomplissaient leur œuvre de destruction.

Pendant des siècles, les dieux avaient régné sur les Myriades en imposant une terreur sacrée. Ils avaient chacun un groupe d'îles pour territoire. Dans l'espoir de les apaiser, les humains jetaient à l'eau des victimes, et ils peignaient des yeux suppliants sur tous leurs bateaux afin d'implorer la pitié divine. Ils servaient les dieux, les craignaient et les adoraient.

Après quoi, sans crier gare, les dieux se mirent à s'entre-déchirer.

Il leur fallut à peine une semaine pour s'anéantir les uns les autres – une semaine de raz-de-marée et de dévastations, où périrent des centaines d'insulaires. Pour finir, il ne resta plus un seul dieu vivant, rien que des dépouilles gigantesques ballottées par les eaux profondes. Trente ans plus tard, personne encore ne connaît la cause de ce cataclysme. Les dieux sont toujours mystérieux, même si la peur qu'ils inspirent décline peu à peu.

On raconte que le moindre fragment du cadavre d'un dieu peut faire votre fortune, si les pouvoirs qu'il possède sont assez rares et singuliers, et si vous êtes assez courageux pour plonger à sa recherche.

Là encore, c'est la pure vérité.

CHAPITRE 1

– Vous êtes sûr qu'on est en sécurité là-haut ? demanda le marchand étranger, en grimpant laborieusement l'échelle de la tour de bois improvisée. Je croyais que vous m'aviez trouvé une place sur un de ces bateaux !

– Les bateaux sont pleins, répliqua Hark d'un ton désinvolte en montant à sa suite. Le gouverneur et ses amis, et les richards qui ont financé l'expédition, et leurs familles, ils ont pris toutes les places. Il ne reste plus un siège libre !

C'était peut-être vrai, d'ailleurs, même s'il n'avait pas vérifié.

– De toute façon, ajouta-t-il, les places sur ces bateaux coûtent les yeux de la tête. Ici, c'est dix fois moins cher et, en plus, on voit mieux !

Quand ils arrivèrent au sommet, le marchand était hors d'haleine et s'essuyait le visage avec un mouchoir. Le propriétaire de la tour branlante conduisit Hark et l'étranger à deux sièges aussi étroits qu'instables. Le marchand paya les deux places. Un vent froid soufflait, en faisant craquer la structure de bois. L'homme tressaillit et agrippa son chapeau pour qu'il reste sur sa tête, sans remarquer que le propriétaire remettait à Hark sa commission avec un clin d'œil.

On ne sortait ces tours montées sur roues, hautes de trois mètres, que les jours de fête ou de marché. En fait, on n'y était pas tellement en sécurité, et Hark savait que ce serait encore pire une fois que d'autres clients à tarif réduit se suspendraient aux parois de bois. Cependant, il jugea inutile de mentionner ce détail.

– On voit vraiment bien, admit le marchand à contrecœur.

Du haut de la tour, ils n'étaient pas gênés par les têtes des curieux massés sur les quais et les jetées. La foule s'y pressait depuis l'aube, et même les sommets des falaises et des tours de la ville étaient noirs de monde. Tous voulaient voir le vaste bassin en forme d'écope à leurs pieds.

Pour l'instant, l'endroit ne semblait guère mériter autant d'attention. Ce n'était qu'un port aux eaux profondes et tranquilles, idéal pour les sous-marins. Comme toujours, il était rempli de submersibles divers. Des « tortues » en métal, à la forme aplatie et aux hélices fixées à l'arrière, étaient tapies à proximité de « barracudas » aux ailerons métalliques noirs. L'acier et le verre de cloches de plongée luisaient à côté de petits « écumeurs » démodés en bois et en cuir.

Ce jour-là, cependant, ces vaisseaux étaient amarrés aux extrémités du port. Un sous-marin nettement plus imposant allait bientôt rentrer, et il fallait qu'il ait assez de place pour passer. Quand il arriverait, tous les yeux seraient rivés sur lui pour voir ce qu'il rapporterait, et avec qui.

– On dirait que la population entière de l'île est venue assister au spectacle ! s'exclama le marchand.

– La Dame Cachée était *notre* déesse, observa Hark. C'est en son honneur que l'île s'appelle le Havre de la Dame. Au fond, elle revient chez elle.

En réalité, la Dame Cachée avait régné sur plusieurs îles, mais Hark s'était permis une petite licence poétique. Quelle importance ? Elle avait vécu voilà bien longtemps, avant la naissance de Hark. Les dieux appartenaient maintenant au monde des légendes, et chacun était libre de raconter leur histoire à sa guise.

Jusqu'à présent, la journée avait été limpide, cependant les îles lointaines à l'horizon commençaient déjà à s'estomper doucement dans une brume annonciatrice de pluie. Hark sentait l'odeur de crabe grillé s'élevant des braseros sur le front de mer. D'un coup, il se sentit fou d'amour pour son île. Les quatorze années de sa vie s'étaient passées entièrement sur les rivages déchiquetés du Havre de la Dame, mais il n'avait pas besoin d'autres leçons que celles de l'île. Après tout, on y voyait débarquer tôt ou tard n'importe quel être ou objet existant en ce monde. Ils arrivaient souvent brisés, perdus... c'était sans importance. Il aimait le méli-mélo des accents qu'on entendait, le va-et-vient des grands navires, les trafics furtifs permettant de vendre à peu près tout ce qu'on voulait. Il aimait l'astuce et l'avidité régnant en ces lieux.

« Jelt ne devrait pas manquer ce spectacle », songea-t-il à l'improviste. Cette pensée fut aussitôt suivie d'une déferlante d'inquiétudes. « Où diable est-il fourré ? »

Jelt lui avait demandé de le retrouver près de la soufflerie, plus tôt dans la matinée, afin de discuter d'un « travail » que quelqu'un souhaitait leur confier. Hark l'avait attendu deux heures avant de renoncer. C'était typique de Jelt. Il était toujours là quand on avait besoin de lui, mais le reste du temps il allait et venait comme un chat, sans excuses ni explications.

Hark savait que Jelt avait sans doute simplement été occupé ailleurs, mais une angoisse sournoise le rongeait à mesure que les heures passaient sans nouvelles de son meilleur ami. Jelt avait des ennemis, et le genre de passé qui finit parfois par vous retomber dessus.

– Comment reconnaîtrons-nous l'*Enfant des Profondeurs*? demanda le marchand en scrutant le port avec une longue-vue.

– Oh, vous ne pourrez pas le manquer!

Comme la plupart des Havrais, Hark était aussi fier du submersible que s'il lui avait appartenu.

– Il est aussi long qu'une goélette. Un vrai explorateur de l'Abysse : trente rames, une coque en acier noir, dix pinces et trois hélices. Le sous-marin le plus grand et le plus efficace jamais construit pour récupérer des épaves! Les gens vont perdre la tête dès qu'ils le verront.

Habituellement, aucun bateau n'était autorisé à pénétrer dans le port des submersibles, en dehors de quelques navires des douanes, canots pour scaphandriers et cargos. Toutefois, en ce jour exceptionnel, trois barges d'aspect luxueux étaient amarrées au quai, de façon qu'une poignée de privilégiés puissent assister plus commodément au retour de l'*Enfant des Profondeurs*.

– Voici le bateau du gouverneur! lança Hark en pointant le doigt vers le drapeau vert et blanc hissé à l'unique mât. C'est là que seront tous les riches investisseurs qui ont financé l'expédition.

Il les imaginait, gorgés de vin coûteux et d'espoir, le regard fixé sur les eaux qu'ils observaient avec la ferveur de joueurs.

– Ce jour sera celui de leur fortune... ou de leur ruine, ajouta-t-il.

– Leur ruine? s'étonna le marchand. Il y a souvent des déconvenues?

– Quelquefois.

Sentant la curiosité morbide de l'étranger, Hark se hâta de l'attiser.

– Un jour, un grand sous-marin appelé le *Vain Désir* s'est fait attaquer dans les eaux profondes par un calmar géant. Il est rentré au port en piteux état, sans rien rapporter. Quand il a fait surface et que tout le monde a vu ses filets vides, la moitié des investisseurs se sont jetés à l'eau dans leur désespoir. Les gardes du gouverneur ont réussi à sauver la plupart, mais quelques-uns portaient de lourds colliers et une armure sous leurs vêtements…

Hark mima un plongeon avec la main, en secouant la tête d'un air faussement affligé.

Cette vision ragaillardit le marchand. Il est toujours consolant d'imaginer des gens outrageusement riches en train de se noyer comme des malheureux. Bien sûr, du point de vue de Hark, son interlocuteur était lui-même très riche. Du coup, le jeune escroc ne se sentait guère coupable à l'idée de l'appauvrir un peu, comme il avait l'intention de le faire avant la fin de la journée.

– Un calmar géant ? interrogea le marchand d'un ton captivé. Il y a donc encore des monstres, dans ces eaux ?

– Oh, le danger est partout dès qu'on plonge ! assura Hark avec enthousiasme. On peut rencontrer des poissons aux dents acérées, aux yeux blancs et à la queue en forme de fouet constellée de lumières dorées ! Il y a des jaillissements et des tourbillons glacés, des courants capables de vous entraîner dans les profondeurs de l'Abysse ! Des falaises noires déchiquetées et d'énormes crevasses remplies de murènes à gueule rouge ! Des oursins de mer aux piquants aussi gros que votre bras ! Des marées chargées de méduses jaunes, si toxiques que leur simple contact peut tuer une baleine !

Tout cela était vrai, ou du moins suffisamment pour ce qu'il avait en tête. Les histoires étaient une monnaie d'échange, et Hark le savait mieux que la plupart des gens. Alors pourquoi ne pas exagérer un peu ? Le marchand ferait son miel de ces fables pendant des années, une fois rentré chez lui dans le continent de l'Ouest.

L'étranger frissonna. Il s'imaginait sans doute que tout, dans les eaux profondes, était incroyable et mystérieux. C'était une lubie des continentaux, qui semblaient croire que la terre s'arrêtait au rivage et que les îles n'étaient que des radeaux flottant sur la mer grise et imprévisible. Les insulaires comme Hark avaient passé assez de temps au fond de l'eau pour savoir que les îles n'étaient que les sommets de montagnes submergées. Sous la surface, les paysages terrestres se poursuivaient en falaises abruptes et en gouffres insondables, en escarpements vertigineux et en plateaux secrets. Chacune de ces régions marines avait ses propres habitants, ses particularités, ses trésors et ses surprises.

– Il arrive ! s'écria Hark.

Il venait d'apercevoir à l'entrée du port un endroit où les flots agités se brisaient invisiblement contre un objet massif et allongé sous l'eau. Les mouettes à la surface de la mer s'envolèrent avec des cris stridents, plongeant vers les vagues et se défiant mutuellement.

– Là-bas ! Vous voyez ce petit sillage blanc ? Il a sorti son périscope !

À présent, d'autres gens hurlaient le doigt pointé vers le sillage. Quelques secondes plus tard, un petit canon tira un coup, auquel plusieurs autres répondirent à travers le port. Un panache de fumée blanche s'éleva dans le ciel puis s'effilocha.

La clameur exultante de la foule devint assourdissante. Il y avait toujours une ambiance de fête, quand un sous-marin ramenait un dieu. Dans son enfance, Hark attendait avec impatience ces moments, dont il enregistrait le moindre détail, les yeux écarquillés. L'espace d'un instant, il éprouva un peu de l'excitation et de la terreur sacrée qui l'emplissaient alors.

Puis l'énorme submersible noir apparut à la surface. De

l'écume déferlait sur sa tourelle basse et ses ailerons effilés comme des lames. Les cercles de cuivre des hublots brillaient au soleil. Les pâles yeux suppliants peints sur la proue ruisselaient, comme s'ils étaient en larmes.

– Il a perdu des rames, marmonna Hark, dont la voix fut couverte par les cris de la foule en liesse.

Il ne restait que des moignons fracassés de huit des rames du submersible. À mesure que l'*Enfant des Profondeurs* émergeait, il apparut que ses pertes ne se limitaient pas là. Il lui manquait une hélice, et de l'eau de mer jaillissait d'un panneau arraché de la coque. Les cris changèrent de ton quand les autres spectateurs s'en aperçurent à leur tour. Le compartiment avant devait être intact, puisque quelqu'un pilotait le sous-marin, mais si jamais il y avait des occupants à l'arrière, ils étaient sans doute morts et bien morts.

Le marchand s'était penché en avant, la longue-vue rivée à l'œil. Pour lui qui raconterait plus tard cette histoire à ses amis, une tragédie valait un triomphe. Et même mieux encore. Les histoires étaient des créatures impitoyables, qui se nourrissaient parfois de péripéties sanglantes.

– Où est sa cargaison ? demanda-t-il. Pourquoi ces gens accourent-ils sur le quai ? Qu'est-ce qui se passe là-bas ?

Hark lui commenta la suite des événements.

– La tourelle s'est ouverte ! Quelqu'un est sorti... Ils discutent ensemble... On dirait que le gouverneur a ordonné à des canots de scaphandriers d'intervenir. Quelque chose doit être attaché sous le sous-marin !

Sur le front de mer, les gardes du gouverneur mirent en joue leurs fusils à harpon et leurs carabines à air comprimé, afin que seuls les canots autorisés approchent. Tous les nageurs, plongeurs ou submersibles se dirigeant sans permission vers l'*Enfant des Profondeurs* pouvaient s'attendre à une réprimande aussi cuisante que fatale.

Les scaphandriers, dont le casque étincelait au soleil, s'immergèrent et disparurent sous l'eau. Quelques minutes plus tard, la mer commença à s'agiter. Quelque chose s'élevait à côté du grand sous-marin, une forme mince et allongée dans le filet ruisselant d'écume...

– C'est énorme! s'exclama le marchand. Je n'ai jamais rien vu de pareil!

La chose dans le filet – non, les *deux* choses étaient aussi longues que l'*Enfant des Profondeurs*, mais pas plus larges que le buste d'un homme. Elles étaient tordues à plusieurs endroits à mi-longueur, et Hark crut un instant qu'elles s'étaient cassées pendant le voyage. Quand l'écume se dissipa, cependant, il constata que ces fragments grêles s'articulaient les uns aux autres. Sous le filet flottant, il distingua leur carapace aux mouchetures rouges et blanches, couverte d'algues vertes et parsemée de patelles. Une pince grise et fuselée dépassait des mailles.

Alors qu'il les contemplait, ces pattes incroyablement longues se mirent à bouger, se replièrent avec lenteur.

Une peur mêlée d'un respect religieux fit battre son cœur brusquement. Il était redevenu un enfant, rien qu'un instant. Pour un peu, il aurait cru que la Dame Cachée allait se dresser dans l'eau, se libérer du filet et réduire en poussière les falaises par ses hurlements, tandis que ses cheveux ondulant en tous sens obscurciraient le ciel...

Cet accès ne dura pas, le bon sens s'imposa de nouveau. Hark savait que ces mouvements étranges étaient causés par les vagues et par les manipulations des scaphandriers, rien de plus.

– C'est elle? demanda le marchand en le tirant par la manche. La Dame Cachée?

– Non, répondit Hark. Je veux dire... oui. Il s'agit d'un fragment de son corps. Deux de ses pattes.

Des pattes d'araignée de mer, aussi longues qu'une goélette. La trouvaille était extraordinaire, mais Hark éprouvait une certaine déception. Qu'avait-il espéré ?

– Je croyais qu'elle avait une apparence plutôt humaine ? s'étonna le marchand.

– C'est vrai, confirma son guide.

À présent, elle fournissait des restes divins, qui étaient autant de précieuses opportunités. Les investisseurs feraient garder jalousement leur cargaison, quand des grues la soulèveraient avant qu'on ne l'emporte dans l'entrepôt prévu. Ils ne seraient tranquilles qu'une fois que la moindre parcelle aurait été découpée, pesée, raclée, vendue ou bouillie pour en faire de la colle. Dans l'intervalle, des centaines d'autres amateurs guetteraient une occasion. Un débris de carapace, une tache de sang, une cuillerée de chair pouvait rapporter l'équivalent de plus d'un mois de salaire. Quand il était plus jeune, Hark s'était joint à ceux qui se faufilaient dans la foule dans l'espoir d'attraper quelque fragment minuscule échappé du trésor…

Maintenant qu'il était plus vieux et plus avisé, il savait qu'on pouvait faire de l'argent avec la Dame Cachée sans avoir à braver les harpons. Il jeta un coup d'œil appréciateur au marchand, qui regardait toujours la scène avec sa longue-vue d'un air ravi.

– Les raccommodeurs sont des veinards, mentit Hark d'un ton dégagé. C'est eux qui nettoient et remettent en état les grands filets, après les expéditions. Un travail difficile, car les câbles sont épais, mais j'ai un ami qui le fait. Il dit qu'il trouve toujours un morceau ou deux de reste divin accroché dans les mailles. On lui permet de les garder en guise de salaire.

– Vraiment ?

Le marchand baissa sa longue-vue et l'observa. Il paraissait incrédule, mais pas trop. Hark l'avait bien choisi.

– Ce n'est pas aussi avantageux que ça en a l'air, reprit ce dernier avec un haussement d'épaules désabusé. Il est obligé de les écouler à la salle des ventes, ce qui signifie que les agents du gouverneur le taxent abondamment.

Il détourna les yeux, comme s'il se désintéressait du sujet. L'appât était maintenant dans l'esprit du marchand. « Allez, mords à l'hameçon, mon gros poisson… », pensa Hark.

– Il faut absolument passer par la salle des ventes ? hasarda l'étranger.

Il se racla la gorge.

– N'arrive-t-il pas que votre ami vende ses morceaux de reste divin… à titre privé ?

Hark joua la surprise, puis sembla réfléchir. Après un coup d'œil furtif à la ronde, il se pencha vers le marchand.

– Eh bien, la loi prescrit de passer par la salle des ventes. Si jamais les autorités avaient vent d'une « vente privée », on aurait des problèmes… mais… voulez-vous que j'en parle à mon ami ?

– Si cela ne vous ennuie pas, répondit l'homme, les yeux brillants.

« Ça mord ! »

Hark connaissait des gens qui pourraient lui fabriquer ce dont il avait besoin. Un fragment de carapace de homard, avec quelques patelles noircies collées dessus et un revêtement de verre pour lui donner un aspect insolite. Le marchand aurait certainement déjà visité trois autres îles avant de soupçonner que son souvenir n'était pas un reste divin. D'ailleurs, serait-il prêt à douter ? Pourquoi ne pas y croire, afin de pouvoir raconter à ses amis : « Vous voyez ceci ? C'est un vestige de la Dame Cachée. J'étais là-bas quand on l'a remonté du fond de la mer. » Pourquoi renoncer à une belle histoire ?

– Hark !

L'intéressé sursauta en s'entendant appeler en bas de la tour. Il connaissait cette voix mieux que n'importe quelle autre au monde, et elle l'emplit de soulagement. Jelt était sain et sauf. Évidemment...

Un instant plus tard, le soulagement céda la place à un sentiment d'oppression. Bizarrement, il eut envie de faire comme s'il n'avait rien entendu, au moins pour une minute encore.

– Hé, Hark!

La tour fut ébranlée par deux violents coups de poing.

Jelt était debout sur le quai. C'était étrange de le voir de haut. Il avait deux ans de plus que Hark et avait toujours été plus grand que lui mais, depuis trois ans, la vie semblait l'avoir attrapé par la tête et les pieds pour l'étirer. Il en était resté maigre, meurtri et irrité. Même lorsqu'il était calme, immobile, on sentait une colère en lui. Comme toujours, son expression était à la fois distraite et tendue, comme s'il écoutait le monde lui chuchoter quelque chose qui l'agaçait. On avait constamment l'impression qu'il y avait un problème, et qu'on pourrait être soi-même ce problème si jamais on ne prenait pas ses précautions.

D'un air impérieux, Jelt lui fit signe de venir.

Hark hésita un instant, ne sachant que faire, puis adressa un sourire gêné au marchand et fit signe à son tour à Jelt.

– Content de te revoir! cria-t-il à son ami. On se parlera plus tard, d'accord?

Il lança un coup d'œil éloquent en direction de l'étranger : « Pas maintenant, j'ai une touche. »

Jelt secoua la tête.

– Il faut que tu viennes tout de suite.

– Tu plaisantes!

– Allez! insista Jelt en donnant un nouveau coup de poing à la paroi de bois. Il faut qu'on se dépêche!

Les autres personnes perchées sur la tour se mirent à

protester. Les dents serrées, Hark présenta ses excuses au marchand et lui promit de le retrouver bientôt, puis il descendit en bas de l'échelle. Un instant plus tard, il se frayait un chemin dans la foule en suivant son ami. Hark finissait toujours par se retrouver impliqué jusqu'au cou dans les projets de Jelt. On aurait cru qu'il avait signé un contrat pendant son sommeil.

– J'avais réussi à appâter ce continental ! maugréa-t-il tandis qu'ils gravissaient de concert les marches en pierre d'un chemin de prêtre menant à l'une des falaises où se trouvaient les phares. Tu ne pouvais pas attendre qu'il soit tombé dans mon filet ?

Jelt ricana.

– Tu m'en veux de t'avoir arraché à ta petite amie, c'est tout !

C'était une de ses vieilles plaisanteries. Il racontait toujours que Hark avait le béguin pour la Dame Cachée.

– Quel incorrigible romantique ! Allez, ne fais pas la tête. Je t'avais dit que nous aurions du travail aujourd'hui.

– Dans ce cas, où étais-tu passé ce matin ? riposta Hark. Je t'ai attendu pendant des heures !

– J'évitais quelqu'un, répondit sèchement son ami.

Il était très demandé, ces temps-ci. Des gens au regard froid le cherchaient, et ce n'était pas pour lui serrer la main. Il s'agissait parfois d'agents du gouverneur, d'autres fois les visiteurs ne donnaient pas leur nom. Ces visites avaient lieu depuis la nuit dans la vasière – cette nuit dont tous deux ne parlaient jamais. En cet instant, Hark sentait que son ami le mettait plus ou moins au défi d'aborder ce sujet, mais il ne mordit pas à l'appât.

– Tu as réussi à le semer ? demanda-t-il.

– Oui, répondit Jelt, qui n'était plus d'humeur à plaisanter. Dépêche-toi donc !

Les événements étaient portés par un courant, et Hark n'était pas partisan de résister aux courants. Il voulait bien s'en servir, jouer avec eux, les laisser tourner à son avantage, mais non s'épuiser à les combattre. Aucun courant ne l'entraînait comme celui qui avait pour nom Jelt. Pour une raison ou pour une autre, Hark ne pouvait s'esquiver, se défiler, s'enfuir tout en prétendant faire ce que voulait son ami, comme il en était capable avec n'importe qui d'autre.

« De toute façon, je n'en ai pas envie, pensa-t-il fermement. Jelt, c'est ma famille. » Cependant, il n'était pas assez bête pour se fier à ses propres pensées.

Quatre silhouettes les attendaient au sommet de la colline, à l'abri d'une des tours de guet. Le cœur de Hark se serra quand il reconnut leur cheffe, une femme d'une quarantaine d'années à l'expression amère, réfléchie, dont le visage, les bras et même le crâne, sous ses cheveux coupés ras, étaient couverts de taches de rousseur. Les expéditions de contrebande de Dotta Rigg, aussi téméraires qu'impitoyables, remplissaient les Havrais d'un effroi auquel se mêlait une étrange fierté. Ses cinq enfants avaient droit à des verres gratuits d'un bout à l'autre de l'île, et ce n'était pas uniquement l'effet de la peur.

Hark avait entendu de vieux routiers parler de Rigg avec agitation, mépris et une certaine stupeur devant sa réussite : « Elle court à la catastrophe. Elle prend trop de risques, elle n'écoute personne. Pourquoi, au nom de l'Abysse, un contrebandier voudrait-il devenir *célèbre* ? »

– Capitaine Rigg, dit Hark.

Il espérait paraître à la fois sûr de lui et respectueux. Puisque Jelt les avait encore fourrés dans le pétrin, autant faire comme s'il avait la situation bien en main.

Il remarqua les parures d'oreille en os ou en acier qu'arboraient fièrement deux des compagnons de Rigg, pour indiquer qu'ils étaient « bénis par la mer ». Un certain degré de surdité était fréquent chez ceux qui passaient une bonne partie de leur temps à plonger ou à confier leur vie à des sous-marins. La bénédiction de la mer prouvait qu'on était un plongeur éprouvé, de sorte qu'elle était généralement entourée de respect.

– *Dois-je parler par signes ?* demanda Hark en hâte, dans la langue des signes des Myriades.

Les contrebandiers hochèrent la tête. Comme beaucoup de bénis savaient lire sur les lèvres ou conservaient une partie de leur ouïe, il était toujours poli de demander s'ils préféraient parler ou s'exprimer par signes.

– *Vous vouliez nous voir ?* reprit Hark à l'intention de Rigg.

Les bénis étaient si nombreux, dans les Myriades, que pratiquement tous les insulaires avaient des notions de langue des signes, même si ces derniers différaient légèrement d'une île à l'autre. Hark possédait les rudiments de la variante en usage au Havre de la Dame, mais il se sentait toujours un peu emprunté face à la grâce de ceux qui s'en servaient plus souvent.

– *Oui, encore que je n'en aie plus vraiment envie,* répondit Rigg d'un air mécontent. *Voilà près d'une heure que nous vous attendons ! Vous feriez mieux de ne pas être en retard ce soir.*

Elle fit signe à Hark et Jelt d'approcher. Ils se regroupèrent tous machinalement, afin qu'on ne puisse lire de loin les signes qu'ils échangeaient.

« Ce soir ? » Tout allait encore plus vite que ne l'avait craint Hark.

– *Nous ne serons pas en retard,* répliqua Jelt.

Pas un mot d'excuses, rien qu'un regard bleu comme le ciel.

Rigg désigna le phare surplombant le promontoire voisin.

– *Il s'agit de ce phare et de celui qui se trouve derrière,* dit-elle en fixant sur Hark et Jelt son regard scrutateur. *Vous devrez les éteindre tous les deux une heure après le canon. Pour rejoindre le second, on passe sous la pointe. Vous voyez cette saillie qui court sous la traînée rouge? Il faudra que l'un de vous grimpe dessus. Impossible de prendre le chemin en haut de la falaise, car on vous verrait.*

Hark avait compris plus vite qu'il n'aurait voulu. Il approuva de la tête en silence, la bouche sèche. Même s'il était un bon acteur, il savait que les bénis excellaient souvent à interpréter le langage du corps. Il ne pouvait qu'espérer qu'ils n'aient pas remarqué son affolement grandissant. Jelt avait-il fait exprès de l'entraîner au dernier moment, afin qu'il ne puisse protester ni se dérober? Quatre personnages dangereux venaient d'attendre dans le froid, et Hark ne se sentait pas le courage de leur annoncer qu'ils avaient perdu leur temps.

– *Il faut le faire ce soir?* demanda-t-il en songeant avec nostalgie au naïf marchand qu'il avait dû abandonner.

– *Évidemment,* rétorqua Rigg avec irritation. *Les hommes du gouverneur seront occupés, pas vrai?*

Hark ne put que lui donner raison. La plupart des gardes resteraient sans doute sur les quais, pour surveiller l'*Enfant des Profondeurs* et l'entrepôt abritant sa cargaison, ainsi que pour empêcher les gens de plonger dans le bassin du port à la recherche de débris de la Dame Cachée. Les hommes sur les falaises et dans les criques seraient moins nombreux que de coutume.

– *Je vous garantis qu'il y aura une vente demain pour écouler les restes divins rapportés par le sous-marin,* continua Rigg. *Ensuite, les patrouilles retrouveront leurs effectifs habituels. Il faut agir ce soir.*

– *Pas de problème,* assura Jelt.

*

– Tu ne m'as rien demandé, lança Hark avec amertume alors que le crépuscule s'installait sur l'île comme une humeur morose. Tu ne me demandes jamais mon avis, Jelt.

– Je n'avais pas le temps, pas vrai ? Ce genre d'occasions, il faut les saisir au vol. Et si nous étions en retard, c'est uniquement parce que je t'ai cherché pendant des heures dans cette foule !

– Tu avais tout le temps pour m'en parler ! protesta Hark.

Mais il savait qu'il était inutile de discuter. S'il insistait pour de bon, les choses risquaient de mal tourner.

– Écoute, reprit Jelt, voici ce qu'on va faire. On se cachera à flanc de falaise jusqu'à l'heure convenue, puis je me dirigerai vers le premier phare. Toi, tu rejoindras le second en passant par la corniche. Tu éteindras le tien dès que possible, et j'en ferai autant avec le mien quand il fera noir de ton côté.

– Je ne vois pas pourquoi ce serait à moi de grimper sur cette saillie, marmonna Hark.

– Tu plaisantes ?

Jelt s'immobilisa abruptement et lui lança un regard furieux.

– J'essaie de montrer à Rigg ce dont tu es capable, Hark ! Tu crois que je n'aurais pas pu trouver quelqu'un d'autre pour m'accompagner ? Si je t'ai emmené, c'est parce que nous sommes amis ! Tu es un bon grimpeur, et toute la bande de Rigg le saura après cette nuit.

Malgré son irritation, Hark ne put s'empêcher d'être sensible au compliment.

– De toute façon, ajouta Jelt, il y a un surplomb au-dessus de cette saillie. Comme tu es plus petit, ça ne te ralentira pas autant que moi. Et celui qui sera caché près du premier phare devra rester là pour l'éteindre, quoi qu'il arrive. Que ferais-tu, si les hommes du gouverneur arrivaient ? Tu leur sourirais ? Tu leur raconterais une belle histoire ?

– Et toi, qu'est-ce que tu ferais ? riposta Hark. Tu les ferais rouler en bas de la falaise ?

Jelt haussa les épaules en esquissant un sourire menaçant, qui semblait dire : « J'en serais capable, si j'en avais envie ! » Il réagissait toujours ainsi quand il était question de se battre, avec un mélange de bravade et de vraie menace. Plaisantait-il ou non ? On ne pouvait jamais en avoir le cœur net.

– Pourquoi veulent-ils éteindre ces lanternes, d'ailleurs ? grommela Hark.

Les phares avaient été autrefois un signal à l'intention des dieux. Un appel à leur clémence : « De grâce, laissez nos bateaux naviguer sans dommage, ne vous dressez pas dans votre majesté redoutable. Nous vous apaiserons, nous vous donnerons de quoi vous restaurer... » Dans de nombreuses îles des Myriades, on avait détruit les phares, ces symboles d'une époque révolue et regrettable. Toutefois, le gouverneur du Havre de la Dame, toujours pragmatique, avait conservé les tours en les modifiant à l'aide de lentilles, afin qu'elles puissent éclairer les criques qui avaient les faveurs des contrebandiers lors de leurs expéditions nocturnes.

– Ils veulent faire quelque chose que personne ne doit voir, répondit Jelt d'une voix lente et distincte, en s'efforçant manifestement d'être patient. Nous saurons peut-être quoi, si nous leur montrons ce que nous valons.

Hark hésita un instant de trop, et la patience de Jelt fut aussitôt à bout.

– Oh, un peu de cran, Hark ! Ou je vais regretter de t'avoir emmené. Cette mission est une *promotion*. Mais tu as d'autres plans de carrière, pas vrai ? Tu veux passer ta vie entière à attraper des restes ou à soutirer quelques sous à des naïfs sur les quais, comme un gosse, jusqu'au jour où tu seras trop vieux et lent, si bien que tu mourras de faim ?

Hark se mordit les lèvres, conscient que son ami disait

vrai. Il avait dans son âme comme un espoir qui s'obstinait à pousser, à grandir, alors même qu'il était enfoui dans les profondeurs, et qui lui bâtissait des avenirs aussi radieux qu'étranges. Son amour pour son île avait beau être ancré solidement en lui, il rêvait souvent de la quitter pour Sirène ou Malpease, qui étaient plus vastes que le Havre de la Dame, davantage porteuses de lumière et d'espoir. Chaque jour, il voyait des gens qui avaient sans doute eu des rêves pareils aux siens mais qui n'étaient jamais partis, jamais arrivés à rien. Des vieillards vêtus de haillons humides, ramassant des palourdes ou se disputant des aumônes dérisoires, le regard voilé de fatigue et de déception. Devant eux, il sentait ses rêves vaciller.

Il avait pourtant fait son chemin, non ? Il ne traînait plus dans les parages du Refuge des enfants, à mendier un peu de nourriture ou un endroit pour dormir. Il avait une place dans une cabane derrière l'usine de colle, à l'abri des inondations, dans la chaleur dispensée par les fourneaux. Les autres occupants le mettraient tôt ou tard à la porte, quand leurs alliances changeraient, mais c'était dans l'ordre des choses. Les gens se retournaient contre vous, si bien qu'il fallait chercher un autre groupe où trouver de l'aide. Personne n'était là pour toujours.

Personne, sauf Jelt.

Hark et Jelt étaient devenus orphelins pendant le même hiver glacé, ce qui avait contribué à les rapprocher. Parfois, Hark avait l'impression qu'ils étaient plus que des amis – ou moins que des amis. Leurs destinées semblaient s'être unies contre leur volonté. Les enfants indésirables n'étaient pas rares au Havre de la Dame, et l'île les avait traités durant leurs premières années avec une sorte de charité rudimentaire. Ils avaient trouvé un toit au Refuge et avaient droit à un repas par jour. Les marins leur jetaient parfois des restes, ou fermaient les yeux quand ils dormaient dans leurs canots. Même les prospecteurs s'arrogeant chacun une section du littoral permettaient aux enfants les plus jeunes de chercher des oursins et des mollusques dans les flaques laissées par la marée. Cependant, lorsqu'on arrivait à sept ou huit ans, c'était terminé. On était assez vieux pour se débrouiller tout seul, et on se faisait chasser si l'on essayait d'explorer un territoire revendiqué par une bande de prospecteurs. Dans le cas de Hark, ce changement n'intervint qu'à l'âge de neuf ans. Il comprit ainsi très tôt l'avantage d'avoir l'air jeune et inoffensif.

Toutefois, ce genre d'apparence avait aussi ses dangers. Il faisait de vous une victime, une proie facile. Hark n'avait survécu que grâce à la réputation de son ami fou, celui qui tenait tête à des adultes et tentait de les assommer à coups de pierres.

Jelt lui avait permis de rester vivant. Jelt était capable de se dépouiller en un instant de sa peur et de son sang-froid. Jelt voyait grand – rien ne lui semblait trop grand pour lui-même.

– Si nous n'avançons pas, nous n'arriverons à rien, disait-il. Il faut prendre le monde à la gorge, c'est ça ou la mort.

Quelques heures plus tard, les deux garçons étaient cachés à flanc de falaise, où ils regardaient le soir tomber. Travailler la nuit n'avait jamais fait peur à Jelt. Hark n'aurait pu en dire autant, mais il n'était pas assez bête pour en convenir.

Pour vaincre sa nervosité, il se racontait une histoire. Il faisait comme s'il était déjà sorti vivant de cette épreuve et évoquait ses aventures face à un public transporté d'enthousiasme, dans une taverne. Cette idée le calmait et ralentissait un peu les battements de son cœur. Il était le héros de l'histoire, tout se passerait bien. Tout s'était *déjà* bien passé.

Ce qui arrivait maintenant n'était pas vraiment dangereux, ce n'était que du théâtre.

« Nous sommes restés assis sous ce surplomb rocheux pendant deux heures, raconta-t-il à son auditoire imaginaire et subjugué. Nous avons entendu le canon du soir, puis nous avons regardé le ciel s'assombrir, les nuées orageuses qui s'amassaient sur Rue et sur Hullbrake… »

Le ciel était devenu violacé comme une ecchymose. De l'autre côté de la mer, le voile pâle de pluies lointaines fondait sur les silhouettes bossues des îles. Il entendait déjà l'averse s'abattre devant le surplomb rocheux, il voyait la falaise se couvrir de taches sombres.

Ils étaient cachés à mi-hauteur du promontoire. Jelt observait la mer. On lisait sur son visage cette extase tranquille qu'il arborait toujours quand ils s'apprêtaient à faire quelque chose d'aussi stupide que dangereux. Seuls ses doigts s'agitaient nerveusement. Il était calme mais alerte, parfaitement éveillé, attentif à chaque instant, en attendant que l'occasion soit mûre.

– Allons-y, lança-t-il soudain.

Le moment était venu. Jelt avait un instinct infaillible pour ce genre de chose.

Dehors, Hark sentit la morsure d'une pluie glacée sur son visage et ses mains – des gouttes comme des aiguilles aiguisées par le vent.

« Pour ne pas nous faire repérer, nous devions grimper jusqu'au sommet du promontoire en partant de la falaise, expliqua Hark au public invisible de ses futurs admirateurs. Et c'était compliqué, avec cette pluie qui vous tombait droit dans les yeux et ces rochers qui devenaient glissants… »

La paroi obscure au-dessus d'eux était hérissée de blocs marbrés de gris et de blanc, qui se renflaient en saillie et parfois se détachaient et dévalaient la pente. Des arbres rachitiques poussaient au milieu comme des points d'interrogation noueux, dont la masse épineuse s'agitant au vent semblait les menacer du poing. Des vesses-de-loup avaient l'apparence du roc, mais elles s'effritaient sous la main. On pouvait en revanche s'accrocher à des buissons pour grimper, mais ils vous écorchaient la paume et les doigts.

Hark commença à escalader, les doigts déjà engourdis. Il claquait des dents.

« Et je me disais : "Pourquoi est-ce que je fais une chose pareille ?" Mais je ne pouvais pas lâcher Jelt, pas vrai ? Sans moi, il serait mort. »

On ne pouvait grandir dans cette île sans savoir grimper. On en avait besoin pour atteindre les nids des oiseaux de mer, sur les falaises de l'Est. Les promontoires et les rochers glissants des criques étaient le terrain où l'on faisait ses preuves, où l'on conquérait sa place dans la hiérarchie. S'élançant du rocher du Geignard, on tombait pendant un instant interminable avant d'avoir le souffle coupé par la mer. Tant qu'on pouvait grimper, on pouvait échapper aux dangers et aux ennuis, et aux gens désireux de récupérer leurs biens.

Hark jeta un coup d'œil de côté et aperçut Jelt qui prenait de l'avance, les sourcils froncés dans sa concentration. Le premier était plus agile et léger, mais le second l'emportait par sa force et sa témérité. Du coup, Hark avait passé le plus clair de son existence à tenter de ne pas se laisser distancer par son ami.

« ... et bien entendu, la nuit tombe, et nous voyons à peine où nous posons les mains... »

Ils avaient choisi de passer par une crevasse sinueuse, qui leur offrait davantage de points d'appui et était assez profonde pour leur éviter d'être visibles à la lumière du phare. D'autres falaises voisines étaient illuminées, en revanche, et l'huile des lanternes produisait une clarté violâtre, si bien que les ombres paraissaient vaguement orangées.

Quand la fissure devint trop étroite pour qu'ils puissent grimper côte à côte, Jelt passa devant Hark. Ils n'avaient pas prévu qu'il pleuvrait, lorsqu'ils avaient choisi leur itinéraire. L'eau s'écoulait dans la crevasse. Hark sentait un ruissellement insistant sur ses doigts glacés et entendait des cailloux se détacher du sol mouillé se dérobant sous leurs pieds.

Puis Jelt se pressa contre la paroi de la crevasse. Une clarté violette éblouit Hark, qui se rendit compte avec stupeur qu'ils approchaient du sommet. Il s'abrita les yeux pour continuer de voir dans le noir, malgré les éclairs lumineux tournoyant encore sur ses rétines, tels des poissons orange nageant dans une mer obscure.

Jelt allait se cacher à cet endroit. Il poussa du coude son ami en désignant du doigt l'autre côté de la falaise. À travers le rideau de pluie, Hark aperçut le sentier qu'il devait suivre : une petite saillie sous un imposant surplomb rocheux. Jelt lui donna une légère bourrade sur l'épaule, en un geste silencieux de camaraderie.

À présent, Hark poursuivait seul sur le sentier trempé de pluie, à moitié aveuglé, en direction de l'autre tour. De loin, il n'avait pas mesuré combien le surplomb était bas et la saillie étroite, mais il n'était plus temps de changer d'avis.

« ... Songez que j'avançais plaqué contre la roche humide, sur cette saillie large comme trois doigts. Par moments, je devais me plier en deux tellement le surplomb s'abaissait. Et il y avait un gouffre béant à ma gauche... »

Le regard brouillé par la pluie, les pieds dérapant sans cesse sur la corniche détrempée, il chuchota :

– Ce plan était complètement stupide !

Après ce qui lui parut une éternité, il franchit un passage abrupt dans la roche blanche et s'aperçut qu'il n'avait fait qu'un tiers du parcours. Avec horreur, il comprit qu'il avançait trop lentement. Plus il serait long, plus Jelt risquerait d'être repéré. Combattant sa répulsion instinctive, Hark accéléra le pas, en renonçant à vérifier constamment la solidité du sol. Il allait réussir, il le fallait. Il allait…

Il n'aurait pu dire ce qui l'avait trahi. Une pierre instable? Une semelle mouillée? D'un coup, il perdit l'équilibre. La paroi égratigna sa jambe et sa hanche, écorcha sa main tentant vainement de s'y raccrocher. Ses doigts humides réussirent à agripper un arbuste tordu, tandis que son autre main se refermait sur une petite crevasse. Ses pieds s'agitèrent dans le vide, glissèrent contre la roche escarpée, trempée de pluie.

L'arbuste n'était pas assez robuste pour tenir. Hark le voyait ployer sous son poids, l'écorce se fendait, les fibres blanches se distendaient.

Le tronc allait se casser et lui tomberait dans le vide. Il était à quelques secondes d'une histoire différente, qu'il ne pourrait jamais raconter.

– Vous connaissez le petit Hark?

– Non. Qui est-ce?

– Un gamin maigrelet, qui mentait tout le temps. Eh bien, il est tombé d'une falaise, cette nuit. Il s'est fracassé le crâne. Quand on l'a retrouvé, les poissons s'étaient occupés de lui toute la journée.

Quelqu'un ferait claquer sa langue, ou pousserait un grognement, ou se mettrait à ricaner. Et ce serait tout. Fin de l'histoire.

« Non! pensa-t-il en sentant monter en lui une résistance désespérée. Non! Je suis le héros, bon sang! Le héros! »

Abandonnant la crevasse instable, il chercha à tâtons la fronde glissée dans sa ceinture. Tout son poids était sur l'autre main, à présent. Il entendait l'arbuste craquer et sentait ses doigts glisser.

En une tentative éperdue, il jeta son lance-pierres en avant pour l'accrocher à un arbre plus robuste à quelques pas de là. Risquant le tout pour le tout, il lâcha sa prise et attrapa le bout de la fronde. Il s'agrippa à la courroie pour se hisser vers le haut. Lorsqu'il put enrouler son bras autour du tronc, il réussit à s'asseoir péniblement sur la saillie.

Il perdit quelques précieux instants à frissonner en s'efforçant de ne pas vomir, la joue pressée contre la roche humide qui l'écorchait.

«Le héros», murmura-t-il d'un ton de défi, les yeux brûlants. Ce ne fut qu'en se relevant, non sans mal, qu'il s'aperçut que la fronde avait disparu. Il n'avait pas le temps de la chercher, de toute façon elle devait être tombée sur les rochers en contrebas. Malgré ses mains meurtries et ses genoux tremblants, il se remit à avancer en hâte.

Quand enfin le surplomb rocheux céda la place aux étoiles, il eut peine à y croire. Il gravit précipitamment la petite pente et discerna en clignant les yeux un promontoire faiblement éclairé, qui paraissait violacé comme la veine d'un mort. Le phare consistait en une colonne de pierre, surmontée d'une structure métallique ressemblant à une cage. La lanterne était accrochée au sommet, dans son boîtier muni d'une énorme lentille arrondie. Au grand soulagement de Hark, il n'y avait personne dans les parages.

Il s'élança en courant, non sans déraper sur les broussailles humides. Il ramassa une pierre, qu'il lança vers le sommet du phare, mais elle manqua la tour et retomba avec fracas. Sa seconde tentative n'eut pas plus de succès. Sans sa fronde, il ne parviendrait pas à atteindre la lanterne.

Il jeta un coup d'œil sur l'autre promontoire. Si Hark n'éteignait pas cette lumière, Jelt resterait caché près du premier phare. Tôt ou tard, une patrouille passerait et Jelt aurait des ennuis... Jelt, ou quelqu'un d'autre.

« À cet instant, raconta-t-il à son public imaginaire, je compris qu'il ne me restait qu'une chose à faire... »

Tremblant d'épuisement, Hark courut au phare et entreprit de l'escalader.

La partie en pierre ne lui posa pas trop de problèmes. Le mortier était fendillé par les intempéries, si bien qu'on pouvait prendre appui dans les jointures. Mais une fois parvenu à la structure métallique, ce fut une autre affaire. Il dut enrouler ses bras et ses jambes autour des piliers mouillés et grimper tant bien que mal en s'agrippant aux endroits rouillés. Pour allumer les lanternes, les hommes du gouverneur se servaient d'échelles, qu'ils emportaient ensuite afin que personne ne puisse escalader les tours.

Arrivé au sommet, Hark ouvrit en tâtonnant le boîtier métallique, arracha la lanterne et la jeta dans le vide. Elle se fracassa dix mètres plus bas. Le liquide qu'elle contenait se répandit sur la base de pierre, sur laquelle de petites flammes d'un mauve fantomatique s'agitèrent puis moururent. Un instant plus tard, la lumière sur l'autre promontoire s'embrasa brièvement avant de s'éteindre. La fronde de Jelt avait fait son office.

« Donc, il est encore vivant, pensa Hark. Il peut s'enfuir, maintenant, et moi, je vais... »

Alors qu'il redescendait péniblement en bas, Hark vit un groupe de lumières orangées se diriger vers lui.

Quand les hommes du gouverneur encerclèrent la tour, il était encore agrippé à une barre de métal. Il se figea et retint son souffle, en sentant le froid envahir la moindre de ses écorchures et de ses ecchymoses.

Apparemment, il allait bel et bien raconter une histoire. Pas dans une taverne, entouré d'amis, mais tout de suite, sous la pluie, les yeux éblouis par la clarté des lanternes.

Cette histoire devrait être vraiment très convaincante. Et surtout, il faudrait que Jelt en soit absent.

CHAPITRE 2

Manifestement, beaucoup de gens avaient choisi cette nuit pour se faire arrêter. Quand on ramena Hark en ville, il s'avéra que le cachot du gouverneur était déjà plein. On le jeta donc dans une des cellules prévues pour les « surplus », une fosse carrée, fermée par de lourdes barres en bois lui servant de plafond. Ces barres entrecroisées étaient à moitié recouvertes d'une toile, qui empêchait en partie la pluie d'entrer, mais le sol de terre battue n'était plus qu'une masse boueuse.

Hark passa une nuit glaciale et misérable dans ce trou, à se demander si Jelt avait été tué ou capturé. Une heure avant l'aube, on écarta les barres et on le hissa à la surface. Il se retrouva au milieu d'une foule de gardes à l'armement impressionnant et à l'air ennuyé, si bien qu'il ne songea pas un instant à s'échapper en essayant d'escalader le mur de la cour.

Il s'efforça plutôt de faire bonne contenance, tandis qu'on le lavait à grands seaux d'eau glacée et qu'on lui donnait des vêtements ternes mais secs.

– Pourquoi ce traitement de faveur ? demanda-t-il en claquant des dents. Une famille noble m'aurait-elle adopté ?

– Mieux que ça, répliqua un garde d'un ton sarcastique. Tu vas connaître ton heure de gloire ce matin, lors de la vente.

Hark sentit son cœur se serrer. Bien sûr, il y aurait une vente ce matin même. Rigg ne s'était pas trompée. On allait se hâter de mettre aux enchères les restes de la Dame, avant qu'il n'y ait d'autres tentatives pour les voler. Mais on ne vendrait pas que des restes divins, à cette occasion. Tout allait beaucoup plus vite que Hark ne l'avait prévu, et il ne se sentait pas prêt.

Bien entendu, il savait qu'il n'aurait pas droit à un procès. Au Havre de la Dame, les affaires criminelles étaient confiées à un juge du gouverneur, qui écoutait les gardes et décidait sur-le-champ s'ils avaient eu raison de vous arrêter. Un procès n'avait lieu que si le juge estimait que les gardes avaient fait les idiots, ou si quelqu'un d'important était disposé à se porter garant de vous.

Malgré tout, il avait pensé qu'on l'interrogerait peut-être. Face à un enquêteur, on pouvait deviner comment il fonctionnait, lui raconter l'histoire qu'il avait envie d'entendre, voire parvenir à une sorte d'accord… mais les choses ne se passeraient pas ainsi, à ce qu'il semblait. Comme les cellules étaient pleines, le gouverneur avait décidé de les vider en en tirant autant de profit que possible. On allait vendre les prisonniers aux enchères.

Avec une douzaine d'autres captifs, Hark dut traverser en hâte la place du marché puis gravir la colline. Au moins, Jelt ne faisait pas partie du cortège. Hark ne vit pas non plus de membres de la bande de Rigg, ce qui signifiait sans doute qu'ils avaient tous pu s'enfuir. Lui-même n'était pas encore mort, d'ailleurs. Il fallait qu'il garde la tête froide. Le désespoir était un poison qui vous paralysait. Dès qu'on décrétait que le pire était inévitable, il le devenait.

Une pierre lancée au hasard atteignit son oreille. Même s'il tressaillit, il ne se retourna pas – inutile de permettre au prochain projectile de le blesser à l'œil. Il poussa un juron, mais sans en faire une affaire personnelle. Il lui était arrivé de jeter des pierres à des prisonniers, pas par méchanceté, simplement parce qu'il en avait l'occasion.

Jamais il n'avait songé à s'abstenir sous prétexte qu'un jour il pourrait être à la place de cet homme enchaîné. En fait, au fond de lui, il avait toujours su qu'il serait bel et bien à sa place, que ce serait lui tôt ou tard qui se ferait lapider, de sorte qu'il lui avait paru naturel d'en profiter tant qu'il pourrait être celui qui jetait les pierres et non celui qui les recevait.

Ça faisait mal, pourtant. Il se réjouissait de ne pas savoir qui avait jeté cette pierre. Si c'était quelqu'un de sa connaissance, il aurait eu encore plus mal.

Hark sentit que sa bouche devenait de plus en plus sèche, à mesure que le cortège des prisonniers approchait de la salle des ventes. Toute sa vie, Hark avait vu l'édifice dresser à l'horizon sa silhouette menaçante, mais il n'en avait que rarement franchi le seuil.

Ce vaste bâtiment d'un âge vénérable paraissait volontairement difforme, avec son toit boursouflé, ses fenêtres s'ouvrant comme des crevasses déchiquetées dans la maçonnerie. Il se devait d'avoir cet aspect, car il avait été sacré en son temps. Dans sa salle immense, les prêtres de l'île avaient vécu, prononcé leurs arrêts et choisi leurs victimes. Quelle autre apparence aurait-il pu revêtir ? Même si longtemps après la mort des dieux, chacun savait encore que le sacré était pervers. Il existait une beauté que seuls les dieux possédaient, et elle était comme un nœud dans votre estomac, votre regard, votre esprit…

Le gouverneur s'était emparé de l'île en recourant à une méthode aussi simple qu'honnête, qui consistait à avoir une foule de soldats et à proclamer qu'il était désormais le maître. Il était trop malin pour s'installer dans l'édifice imposant se dressant en haut d'un escalier. À la place, il s'était fait construire non loin du port une maison en briques, blanche et propre, entourée d'une muraille protectrice. Il avait compris que la demeure des anciens prêtres constituait un lien avec un passé malsain. Elle n'était pas digne de lui.

Il l'avait donc transformée en salle des ventes. Chaque semaine, on organisait de petites cessions, où l'on bradait des épaves, des cargaisons banales, des biens confisqués. Les jours où avait lieu une grande vente aux enchères, on avait une chance d'acheter des bateaux et des sous-marins, des produits de luxe, des restes divins de premier choix... et des criminels. Les Havrais étaient du genre à faire feu de tout bois. La seule marchandise dont ils pouvaient se vanter d'être mieux fournis que les autres îles, ces temps-ci, c'était le crime. Mais ils avaient trouvé le moyen de tirer de l'argent même de cette ressource douteuse.

Ce jour-là, Hark serait mis aux enchères. Une perspective peu réjouissante. Cependant, si aucun acheteur correct ne se présentait, c'en serait fait de lui.

En théorie, l'esclavage était interdit dans les Myriades. Néanmoins, si l'on était jugé coupable d'un crime, comme c'était le cas de Hark, on pouvait être vendu comme « engagé ». L'engagisme avait cours dans toutes les îles des Myriades. Autrement, comment aurait-on pu acheter des criminels pour faire les travaux dont personne ne voulait ? Plus le crime était grave, plus l'engagement était long. Si un engagé tentait de s'enfuir, il pouvait être capturé et rendu à son « propriétaire », lequel avait le choix entre le punir et le vendre à quelqu'un de pire.

Il y avait toujours quelqu'un de pire.

*

La grande salle était conçue pour vous donner l'impression d'être une fourmi. On s'en apercevait dès qu'on entrait. Elle était trop ouverte, trop vaste, la voûte de son plafond était trop élevée, ses fenêtres, trop hautes et étroites, ne laissaient passer qu'une lumière insuffisante. Même la vingtaine de bancs installés pour les acheteurs des enchères ne la remplissaient qu'à moitié. Les foules humaines y semblaient perdues. Les voix résonnaient étrangement, leurs échos paraissaient stridents, interloqués. Hark avait l'impression qu'elles montaient en flottant dans l'ombre, frappées de terreur.

Le gouverneur avait fait ce qu'il pouvait. Les murs de la salle étaient maintenant recouverts de plâtre blanc, mais celui-ci s'écaillait par endroits sous l'effet de l'humidité, si bien qu'on distinguait dessous les anciennes fresques en rouge et noir. Une douzaine d'imposants candélabres en métal éclairaient les assistants, tout en ne pouvant pas grand-chose contre l'immensité ténébreuse au-dessus de leurs têtes.

Les cicatrices du passé étaient trop nombreuses en ces lieux. Une vaste fosse ovale remplie d'eau de mer s'ouvrait autrefois au centre, afin d'y purifier rituellement les prêtres et les victimes des sacrifices. Le gouverneur l'avait fait combler avec du ciment, mais sa présence était encore visible du fait du contraste des nouveaux carreaux rougeâtres avec les dalles grises qui les entouraient. On distinguait également les traces d'usure creusant le sol depuis la porte jusqu'à une arche lointaine, au-delà de la fosse. Pendant des siècles, on avait fait marcher les victimes dans les empreintes de leurs prédécesseurs, si bien que ces milliers de pieds avaient fini par user la pierre.

Hark avait l'impression d'être lui aussi condamné, mais il n'était évidemment pas question qu'il suive le chemin de ces empreintes fatales. On le conduisit avec ses compagnons vers un côté de la salle, afin de ne pas interrompre les enchères pour un bateau appelé le *Bonvent.* Ils s'agglutinèrent non loin de l'estrade et de l'énorme boulier sur lequel on portait les enchères en cours.

Tandis que le commissaire-priseur continuait de pérorer, Hark tâcha de se faire une idée de l'assistance, ce qui ne fit qu'aggraver son découragement.

C'était la foule léthargique du petit matin. La plupart somnolaient, lisaient ou bavardaient. Les bancs des premières rangées étaient bondés, mais Hark devina que leurs occupants n'étaient sans doute venus si tôt que pour avoir une bonne place lors de la vente du butin de l'*Enfant des Profondeurs*, plus tard dans la journée. Ils voulaient acquérir un fragment de la Dame Cachée, ou du moins apercevoir ses restes divins.

Il se surprit à chercher du regard des visages familiers ou bienveillants dans cette foule, quoiqu'il fût presque certain de n'en trouver aucun. Bien entendu, Jelt était invisible. Il était probablement planqué quelque part avec la bande de Rigg. Hark ne lui en voulait pas, même si l'absence de son ami rendait encore plus vif son sentiment de solitude.

Pendant que Hark observait le public, les enchères pour le *Bonvent* s'achevèrent. Une dernière main se leva à contrecœur, une dernière boule cliqueta pour indiquer le montant. Le commissaire-priseur en appela sans enthousiasme à l'intérêt du public, puis déclara le bateau vendu.

– Nous allons procéder maintenant à la vente d'engagés criminels, enchaîna-t-il du haut de son antique estrade, dont les sculptures donnaient une étrange impression de métal en fusion, avec leurs volutes de pierre se dressant vers le haut, comme si elles obéissaient à une gravitation inversée.

On fit avancer le cortège des prisonniers. Pendant un bref

instant de délire, Hark se demanda ce qui se passerait s'ils s'élançaient tous ensemble vers la porte. La réponse était simple. Il apercevait dans la tribune des gardes armés de carabines à air comprimé, dont les bonbonnes de gaz en cuivre étincelaient. Ils se prélassaient en bâillant, mais ils se montreraient certainement beaucoup plus alertes si les marchandises en vente essayaient de s'enfuir.

Éperdu, Hark observa les assistants. La plupart ne levèrent même pas la tête. Certains lui jetèrent un coup d'œil, mais leur regard s'attarda ensuite sur les criminels paraissant plus vieux et robustes. À leurs yeux, Hark avait sans doute l'air d'un petit maigrelet qui ne pouvait leur servir à rien, sinon à gaspiller de l'argent pour le nourrir et le loger, sans compter qu'il ne devait guère être digne de confiance.

Dans l'ensemble, les acheteurs installés au premier rang examinaient avec attention les criminels et le commissaire-priseur, mais il fallait s'y attendre. Un accord tacite réservait le banc du devant aux bénis de la mer, afin qu'ils puissent lire plus facilement sur les lèvres et voir l'employé chargé de présenter les lots en langue des signes. Les continentaux négligeant de respecter cette règle implicite ne comprenaient pas pourquoi tout le monde tenait à leur marcher sur les pieds au passage, ou à se pencher sur eux pour leur souffler de la fumée de cigare en plein visage. Pour l'heure, personne ne marchait sur les pieds des autres, de sorte qu'on pouvait supposer que tous les spectateurs du premier rang étaient sourds.

Au bout d'un instant, Hark s'aperçut que l'un d'eux le fixait.

Il s'agissait d'une fille du même âge que lui, peut-être un peu plus jeune. Elle était petite, brune et maigre, avec de grands yeux et un regard d'une intensité embarrassante. Mais ce qui attira l'attention de Hark, ce furent les taches de rousseur parsemant son visage, ses bras et son cou. Une seule famille de l'île présentait cette caractéristique.

« C'est sans doute la fille de Rigg, se dit Hark. Que fabrique-t-elle ici ? Pourquoi me regarde-t-elle comme ça ? »

Dans un accès d'optimisme démentiel, il se demanda si elle n'était pas venue l'acheter pour la bande de Rigg. Un tel espoir était vain, cependant. On avait appris que le gouverneur faisait arrêter ceux qu'il soupçonnait de racheter leurs complices, si bien que plus personne ne s'y hasardait.

« Non, elle est ici pour que je sache que la bande de Rigg me surveille. Si je les trahis, ils seront au courant. Cette fille est un avertissement. »

Le cœur serré, Hark reconnut deux hommes au visage marqué de cicatrices, dans les rangées de l'arrière. Ils l'observaient d'un air intéressé. C'étaient des trafiquants spécialisés dans les enchères de seconde zone, où ils achetaient pour une bouchée de pain les criminels dont personne ne voulait, afin de les vendre comme galériens. Les malheureux qu'ils récupéraient passaient leur engagement dans le ventre obscur d'un bateau ou d'un sous-marin, enchaînés à leur rame. Beaucoup n'y survivaient pas, ou en sortaient estropiés, les yeux malades, l'esprit brisé.

À côté d'eux était assis un homme de haute taille, arborant une élégante barbe carrée et un manteau coûteux. L'un des compagnons de Hark le reconnut et marmonna qu'il possédait une mine à Malpease et achetait parfois de jeunes criminels capables de s'introduire dans des brèches dangereusement étroites. Cette perspective ne semblait guère plus riante que les galères.

– Premier lot ! annonça le commissaire-priseur. Hark, pas d'autre nom. Arrêté pour avoir fracassé les lanternes de deux phares la nuit dernière. Condamné à trois ans.

– Trois ans ! s'écria Hark malgré lui.

L'écho strident de sa voix s'éleva vers la voûte, où l'ombre l'engloutit. Il avait redouté d'être condamné à un an, mais trois…

« J'en sortirai brisé, pensa-t-il avec désespoir. C'est trop long pour que je survive aux galères. »

Il devait servir d'exemple. Apparemment, le gouverneur avait pris son acte de vandalisme comme une offense personnelle.

« Ne renonce pas, se réprimanda-t-il vivement en sentant l'affolement le gagner. Tu n'es pas encore mort. »

Tandis qu'on le séparait du groupe des criminels pour le pousser en avant, il s'efforça de respirer calmement.

« Il y a sûrement quelqu'un d'autre ! »

– Quelqu'un veut-il poser une question au prisonnier avant les enchères ? demanda le commissaire-priseur du ton acerbe d'un homme à l'emploi du temps chargé.

La plupart des acheteurs s'étaient déjà replongés dans leur catalogue.

– Non ? Dans ce cas…

– Pourrais-je d'abord présenter ma défense ? l'interrompit Hark, éperdu.

– Vous n'êtes pas devant un tribunal, mon garçon ! s'exclama le commissaire-priseur.

Il y eut quelques rires.

« Je vous en prie ! lança intérieurement Hark. Que quelqu'un morde à l'hameçon ! »

Il inspecta rapidement l'assemblée, en cherchant à déceler une ombre d'intérêt.

Vers l'arrière, un homme et son épouse chuchotaient en le regardant, les sourcils froncés. Étaient-ils intéressés ou simplement désapprobateurs ?

Une femme d'âge moyen, en veste de laine marron de bonne qualité, tripotait un objet ressemblant à un monocle au bout d'une chaînette. Elle observait la réunion de ses yeux mi-clos, comme si elle était au théâtre et attendait le début de la pièce. Ou peut-être dormait-elle à moitié ?

« Si je joue pour toute l'assistance, je n'accrocherai l'attention de personne. Il faut que je choisisse une cible, que je puisse jouer pour elle. Et il faut que je choisisse bien. »

Il fit son choix. Chercha des yeux sa cible, soutint son regard, l'implora en silence.

« Oui. Vous. Je vous en prie. »

La femme au monocle le regarda un instant, puis sourit.

– D'accord ! s'écria-t-elle. Je mords à l'hameçon. Raconte-nous ton histoire, mon garçon.

CHAPITRE 3

Hark sentit son cœur s'emballer. Une foule d'histoires possibles se bousculèrent dans sa tête.

« Ce n'était pas moi ! L'idée vient d'un autre ! Moi, j'étais terrifié, ce n'était pas ma faute ! J'ai été entraîné malgré moi ! »

On racontait ce genre de choses quand on voulait convaincre les gens qu'on était à peu près innocent, ou du moins inoffensif. Si l'on était pris la main dans le sac par un garde ou un marchand ambulant, on pouvait les apitoyer suffisamment pour qu'ils se contentent de vous relâcher avec un coup de pied au derrière.

Mais Hark n'en était plus là. Il ne se trouvait pas devant un tribunal. Son innocence était sans importance, il fallait simplement qu'il paraisse *intéressant*. S'il ennuyait son public, il était fini. Et s'il jacassait en suppliant et en ouvrant de grands yeux, il était sûr de l'ennuyer. Pire encore, il aurait l'air faible et stupide. Même si quelqu'un le prenait en pitié, il ne l'achèterait jamais. Personne n'avait envie d'un serviteur faible et stupide.

Il devait donner l'impression d'être une bonne affaire. Intelligent, mais pas trop désinvolte. Gentil, mais pas trop naïf.

– Je ne vais pas prétendre que je ne l'ai pas fait, déclara-t-il avec une témérité tranquille. Mais ce n'était ni pour gagner de l'argent, ni pour m'amuser. Je n'avais tout simplement pas le choix.

« Pique leur curiosité ! Retiens leur attention ! »

– Tu veux dire qu'on t'a forcé la main ? demanda la femme qui avait mordu à son hameçon.

Il avait du mal à la percer à jour. D'après son accent, ce n'était pas une Havraise, et pourtant elle avait l'air du coin. Peut-être venait-elle d'une île voisine ? Son visage exprimait un amusement serein, sa voix était sardonique, incrédule. Avec un peu de chance, elle allait continuer de lui poser des questions. Tant qu'elle le ferait, le destin de Hark tiendrait encore à un fil.

– Non, répondit-il. C'est moi qui ai eu cette idée. Je sais qu'elle était stupide, je l'ai su dès le début. Mais il n'y avait rien d'autre à faire.

« Pas un mot de plus. Garde l'explication pour plus tard. Laisse-les deviner. »

– Je n'aurais pas fait ça pour le plaisir, ajouta-t-il en hâte. Vous avez vu cette falaise ? N'importe qui s'abstiendrait, s'il avait le choix. Pas vous ?

Il concentrait son attention sur la femme, maintenant. « Mais ne mets pas tous tes œufs dans le même panier. Continue de parler assez fort pour qu'on t'entende au fond de la salle. Jette un regard de temps en temps aux autres assistants. »

– Voyez-vous, je devais escalader la paroi du côté de la pointe de l'Œil de l'Âme. Dans l'obscurité, alors qu'il pleuvait. Au sommet, j'ai… j'ai fracassé la lanterne du premier phare avec ma fronde.

Il baissa un instant les yeux, en haussant les épaules d'un air timide.

– Je savais que des gardes allaient arriver, après ça, si bien que je ne pourrais pas courir le long du promontoire jusqu'au second phare.

Comme Hark avait été jugé coupable d'avoir éteint les deux lanternes, il espérait que le commissaire-priseur ignorait qu'elles avaient été cassées à quelques instants d'intervalle. Il pouvait ainsi raconter l'histoire d'un crime sans complices, en laissant complètement hors de cause Jelt et la bande de Rigg.

Il lança un coup d'œil à la fille couverte de taches de rousseur au premier rang. Elle le fixait toujours de ses grands yeux, comme s'ils étaient capables de lire dans ses pensées.

– Il y a une saillie le long du rebord de la falaise. Par endroits, elle n'est pas plus large qu'une main.

Il écarta légèrement les siennes pour montrer combien c'était étroit.

– Et le sol était glissant, instable. Mais je n'avais pas le choix. Sur ma gauche s'ouvrait un gouffre de près de cent mètres. La pluie m'entrait dans les yeux, le vent me secouait comme une huître qu'on essaie de faire sortir de sa coquille…

Le propriétaire de la mine s'agita sur son siège avec impatience. « Trop de descriptions, se morigéna Hark. Trop de fioritures. »

– À trois reprises, j'ai failli tomber dans le vide, continua-t-il précipitamment. J'ai aussi fait tomber ma fronde. Du coup, j'ai dû grimper en haut de la tour métallique ruisselante de pluie et éteindre la lanterne d'un coup de pied.

Il fit une pause, en espérant que son public se rappelait la hauteur de la tour et commençait à comprendre le courage et le talent qu'exigeait une telle ascension.

– Vous êtes censé répondre à la question de cette dame ! glapit le commissaire-priseur. Et non nous faire perdre notre temps avec une confession interminable.

– Je sais, je sais ! se hâta d'approuver Hark. Ce que je veux dire, c'est que je n'aurais jamais fait tout ça, jamais pris un tel risque, si je n'avais pas eu vraiment une bonne raison.

Il respira profondément et reprit son récit :

– Non, personne ne m'a forcé. Personne ne m'a rien demandé, même. Mais quelqu'un avait besoin que je le fasse...

On lisait sur quelques visages comme un semblant d'intérêt.

– J'ai grandi au Refuge...

– Quelle surprise ! s'exclama le propriétaire de la mine.

Une hilarité peu amène gagna l'assistance. La plupart des orphelins et des enfants abandonnés de l'île trouvaient un abri au Refuge, d'où un grand nombre sortaient plus tard comme autant de jeunes escrocs prometteurs.

– Charmant endroit, pas vrai ? répliqua prestement Hark avec une grimace ironique.

« Ne te laisse pas désarçonner, garde la situation en main ! »

– Peut-être certains d'entre vous ont-ils des souvenirs là-bas, eux aussi. Enfin... je suis très reconnaissant pour l'immense bienveillance du gouverneur, bien entendu. Ça va sans dire. Mais on a aussi des devoirs envers d'autres gens. Envers ceux qui nous donnent du travail ou un peu de nourriture.

Il ne précisa pas que les repas fournis au Refuge ne permettaient pas de survivre. C'était inutile.

– Il y avait une femme qui installait parfois sa tente dans la crique de Slike, pour vendre des algues marinées. Il lui arrivait de nous crier après, de nous lancer des pierres. Elle était un peu folle, et elle avait un sale caractère. Mais il lui arrivait aussi de laisser de la nourriture pour nous sur les rochers.

Hark avait vraiment connu cette vieille femme dans son enfance. Il avait beau ignorer ce qu'elle était devenue, il la remercia en silence de lui permettre maintenant d'étoffer son histoire.

Une partie des assistants étaient captivés, à présent, tandis que d'autres feuilletaient leur catalogue d'un air impatient. « N'abuse pas de la corde sensible, s'exhorta Hark en lui-même. Sois bref. »

– Avec les années... elle est devenue encore plus folle, j'imagine. Elle a commencé à s'installer dans les grottes les plus sombres qu'elle pouvait trouver. La lumière des phares la nuit lui était insupportable. Vous savez l'effet que ça fait, par moments.

Une fois encore, il n'avait pas besoin d'en dire davantage. Les lanternes des phares fonctionnaient avec de l'eau de l'Abysse mélangée à des huiles de poisson, qu'on enflammait avec un minuscule filament de reste divin en guise de mèche. Leur lumière était nettement plus brillante et durable que celle obtenue avec de l'huile de baleine, mais ce n'était pas pour rien qu'on les appelait des « lampes-terreurs ». Quelque chose dans leur clarté vous mettait les nerfs à vif et accélérait les battements de votre cœur. Les gens de la génération de Hark avaient grandi avec et s'y étaient habitués, mais les insulaires plus âgés les avaient souvent en horreur et se plaignaient qu'elles leur faisaient faire des cauchemars.

Les vieillards qui avaient vu les dieux se déchaîner étaient ceux qui détestaient le plus ces lumières. Ils connaissaient déjà cette clarté violette, qui vous donnait la nausée en s'agitant dans les eaux profondes ou à travers d'énormes carcasses obscures.

– Comment s'appelait-elle ? lança la femme au monocle.

– Katia, répondit promptement Hark.

C'était le nom de la vieille dame dont il se souvenait, et il était assez courant pour être sans risque.

– Elle campe un peu partout dans l'île. D'autres gens doivent la connaître. Vous pouvez vous renseigner !

La femme haussa les sourcils, comme pour dire : « Oui, mais pas tout de suite, n'est-ce pas ? Je ne peux pas vérifier ton histoire avant de faire mon offre. »

C'était l'unique avantage possible de la situation où s'était fourré Hark. Avec un peu de chance, le commissaire-priseur ne connaissait de son affaire que ce qu'il venait de lire tout haut. Les personnes présentes devraient décider elles-mêmes si elles choisissaient de croire son histoire. Si quelqu'un l'achetait puis découvrait la supercherie, il serait en colère, mais au moins Hark aurait une chance de l'apaiser de nouveau avec ses discours.

– Cette Katia t'a donc demandé gentiment d'éteindre les phares ? demanda la femme d'un ton toujours aussi froid et sceptique.

– Katia ne faisait jamais rien gentiment, madame, répliqua Hark.

Il eut la satisfaction de voir quelques assistants esquisser un sourire. Ils se prenaient d'affection pour la dénommée Katia – lui aussi.

– Elle tapait même sur les nerfs des prospecteurs du coin, en leur criant de partir de « sa » plage. Ils l'auraient chassée ou pire encore, si je n'avais pas intercédé pour elle. Et puis... ils voyaient combien elle était malade.

Il prit un air abattu et haussa les épaules.

– Moi-même, je voyais bien qu'elle baissait, continua-t-il d'une voix morne.

« Sois simple et direct, que ça sonne vrai ! »

– Elle n'avait plus toute sa tête. Elle ne me reconnaissait plus, ni moi, ni personne. Tout ce qu'elle faisait, c'était se cacher dans des grottes, car elle prenait la lumière des phares sur les falaises pour les lueurs violettes émanant d'un dieu.

Elle croyait qu'il était revenu d'entre les morts, du fond de la mer, et arpentait l'île à sa recherche.

Il secoua la tête avec un petit clappement désapprobateur.

À présent, il croyait à moitié à sa propre histoire. Elle n'était pas vraie mais, comme tous les meilleurs mensonges, elle recelait des parcelles de vérité. Il avait vu des vieillards sombrer ainsi dans la maladie et la folie, tandis que la peur des dieux remontait du fond de leur enfance comme les cadavres de noyés à la surface de la mer.

– Hier soir, elle est revenue à la crique de Slike. On voyait presque ses os sous sa peau, et j'ai compris qu'elle ne vivrait pas jusqu'au matin. Elle s'était cachée dans une grotte, si faible et affamée qu'elle tenait à peine debout… mais dès qu'elle sortait, la lumière violette du phare la mettait hors d'elle. Elle titubait en hurlant sur la plage et courait se réfugier dans sa grotte. J'ai essayé de lui apporter de l'eau et de la nourriture, mais elle m'a menacé avec un couteau. Cette vieille folle!

De nouveau, il secoua la tête.

– Je lui ai raconté alors que tout allait bien, que le dieu s'apprêtait à partir. Si elle attendait un peu, elle verrait l'obscurité revenir sur la plage et ne risquerait plus rien. Ensuite, j'ai escaladé la falaise pour régler la situation.

– Tu as laissé seule cette pauvre démente qui se mourait? lança la femme au monocle.

– Oui, dit Hark.

« Ne donne pas l'impression d'hésiter, ni d'être sur la défensive. »

– Et je ne sais même pas si fracasser ces lanternes a eu le moindre effet. Elle est peut-être restée dans cette grotte, à moins qu'elle soit sortie et ait pu mourir sous sa propre tente, sur son petit tapis, dans l'obscurité paisible. Je l'ignore, mais il fallait que j'essaie. C'était tout ce que je pouvais faire pour elle.

Hark prit une profonde inspiration et observa son public. Il s'était présenté sous un jour aussi flatteur que possible, comme quelqu'un qui avait mangé de la vache enragée mais était courageux, astucieux et surtout loyal. Le genre de garçon brillant et gentil, capable de prendre des risques pour vous dès que vous aviez mérité sa reconnaissance. Ce personnage lui semblait plus séduisant qu'un «petit escroc minable et sournois en passe de se faire des relations dans la pègre».

La femme soutint un instant son regard, puis haussa les sourcils et détourna les yeux. D'un coup, elle semblait mécontente et ennuyée. Hark se mordit les lèvres, en se demandant s'il avait mal joué.

Le commissaire-priseur, qui s'était absorbé dans ses notes, s'éclaircit la gorge si bruyamment que Hark sursauta.

– D'autres questions ? lança-t-il d'un ton acerbe, manifestement impatient. Non ? Dans ce cas, passons aux enchères.

Hark sentit le sang marteler violemment ses tempes. Tant qu'il avait eu la vedette, il avait réussi à garder à peu près son calme, mais soudain il avait du mal à respirer.

– Une première enchère ? glapit le commissaire-priseur.

Hark regarda machinalement la femme qui lui avait posé des questions.

Elle semblait étudier son catalogue. Se désintéressait-elle de l'affaire, maintenant que Hark avait satisfait sa curiosité ? Il observa les autres acheteurs potentiels, mais se rendit compte qu'il avait concentré tous ses espoirs sur cette femme. C'est à elle qu'il avait adressé presque toute son histoire.

L'un des hommes balafrés leva la main et fit une offre dérisoire. Hark se sentit malgré lui blessé dans son orgueil. «Mais avec un prix aussi bas, je suis encore une affaire, se dit-il. Il est possible que quelqu'un renchérisse.» Il essaya de ne pas s'imaginer enfermé dans une cale puante, la peau meurtrie par les chaînes emprisonnant ses poignets et ses chevilles.

Le propriétaire de la mine l'avait observé avec des jumelles de poche. Levant la main, il fit une autre offre à peine moins dérisoire. Hark se voyait déjà coincé dans des boyaux souterrains ou écrasé par des éboulements. Il enfonça ses ongles dans ses paumes.

« Quelqu'un d'autre, par pitié ! » Il lança un regard désespéré aux acheteurs, en particulier à la femme au monocle. Même la fille couverte de taches de rousseur eut droit à un regard implorant.

Pas l'ombre d'une réaction. Rien.

Le balafré fit une nouvelle offre, à peine plus élevée que le prix d'une chèvre. Le propriétaire de la mine haussa les épaules et abandonna. Il y eut un silence.

– Pas d'autres enchères ? demanda le commissaire-priseur. Dans ce cas…

Il s'apprêta à plonger sa plume dans l'encrier pour inscrire dans son imposant registre les détails de la transaction.

La vision de Hark se troubla. Raconter une histoire avait été sa dernière chance, mais ça n'avait pas suffi. Il avait la gorge serrée et il mit un moment à se rendre compte que le commissaire-priseur s'était interrompu, la plume en suspens au-dessus de l'encrier.

– Madame ? s'étonna-t-il. Vous voulez faire une offre ?

Hark se retourna pour regarder fixement la femme en marron, qui avait levé une main.

– Oui, dit-elle.

Le montant qu'elle proposait était toujours ridicule, mais c'était le double de l'enchère précédente. Hark vit les deux balafrés observer de nouveau son corps fluet et ses bras maigres, si peu faits pour ramer. Ils étaient prêts à l'acheter pour une bouchée de pain – mais pas une grosse bouchée. Ils secouèrent la tête.

Le commissaire-priseur donna son accord à la dame et enregistra la vente, après quoi Hark fut conduit sans ménagement dans une petite salle voisine. Il était comme assommé par son soulagement. On le fit asseoir contre le mur, et il s'affala par terre, trop hébété et fatigué pour prêter attention à ce qui l'entourait, même quand d'autres prisonniers entrèrent après avoir été achetés.

Il avait survécu. Il allait survivre.

Il ne pouvait penser à rien d'autre, tandis qu'un employé au gilet brun foncé l'examinait et l'interrogeait. Avait-il des tatouages ? des dents en moins ? des cicatrices reconnaissables ?

Hark répondit à ces questions dans un état second. Il le laissa mesurer ses membres et noter ses cicatrices, même s'il connaissait les raisons de ce manège. Si jamais il tentait de s'échapper, on se servirait de ces particularités pour le retrouver. Ensuite, un dessinateur à l'air ennuyé fit son portrait. Hark regarda naître sur la page le croquis peu flatteur de ce garçon aux joues creuses, qu'il imagina sur des avis de recherche placardés dans tous les chantiers navals des Myriades.

L'après-midi était bien avancé quand la nouvelle propriétaire de Hark vint le chercher.

– Soyez assez aimable pour imprimer votre sceau personnel dans la cire, docteur Vyne, dit avec une politesse appuyée l'employé qui l'accompagnait.

Maintenant qu'elle était plus près, Hark remarqua quelques détails. De minuscules mouchetures mauve foncé dans ses yeux marron. Une petite tache d'une pâleur cadavérique près de sa tempe droite, presque invisible sous ses cheveux bruns. C'étaient des Marques, certes discrètes mais suffisantes pour indiquer qu'elle avait beaucoup manié des restes divins ou de l'eau de l'Abysse. Avec le temps, ces deux activités avaient des effets imprévisibles sur le corps humain, personne ne savait pourquoi. Des Marques minimes comme celles-là n'étaient pas rares, surtout chez les sous-mariniers et chez les ouvriers de l'usine de colle fabriquée à partir de restes divins.

– Voulez-vous qu'on lui entaille l'oreille ? demanda l'employé.

Hark lança à la femme un regard éperdu. On entaillait souvent l'oreille des auteurs de crimes sérieux. Au bout de trois entailles, on était sûr d'être envoyé directement aux galères. Pour l'instant, Hark avait réussi à éviter ce traitement.

– Inutile, répondit le docteur Vyne.

Hark garda un silence soumis jusqu'au départ de l'employé. Il était temps de changer de ton, décida-t-il. Un peu de timidité pourrait attendrir sa nouvelle propriétaire. Il hasarda un petit sourire plein de contrition.

– Je suis vraiment content que vous m'ayez acheté, dit-il en laissant délibérément sa voix se briser. Merci. Je… je pensais être envoyé aux galères.

– Et comment ! répliqua-t-elle en fourrant ses mains dans les poches de sa longue veste marron. Ma foi, j'ai voulu te faire un peu peur, espèce de petit sournois !

Elle éclata de rire devant l'expression de Hark.

– Oh, épargne-moi ce regard de bébé phoque. Cette histoire que tu as racontée, ce n'était qu'un tissu de mensonges éhontés, non ?

Il aurait pu protester, mais son instinct l'en empêcha. Il préféra la regarder droit dans les yeux.

– Oui, dit-il. Il n'y avait pas un mot de vrai.

– Je m'en doutais. C'est pour ça que je t'ai acheté. Tu es un excellent menteur et cela pourrait m'être utile.

*

La fille aux taches de rousseur attendit devant la salle des ventes et observa la foule.

Il y eut enfin un mouvement parmi les passants : ils tournèrent la tête, se tordirent le cou pour mieux voir, tout en échangeant des remarques à voix basse. Leur masse compacte se rapprochant de la porte latérale lui bloquait la vue. Elle se hâta de grimper sur le toit en pente d'une soufflerie. Les hommes faisant la queue pour remplir leur bonbonne d'air comprimé ne lui accordèrent qu'un bref regard.

Un groupe de porteurs étaient apparus, ployant sous de lourdes caisses, tandis que des gardes tenaient en respect les badauds et les éventuels filous qui voudraient tenter leur chance, attirés par la curiosité avide de la foule. Seule la fille aux taches de rousseur, à qui rien n'échappait, remarqua les deux silhouettes sortant furtivement quelques instants plus tard. C'était Hark, le jeune engagé, qui emboîtait le pas de sa nouvelle propriétaire avec un air de chien battu.

La fille suivit de loin le petit cortège et regarda la femme, le garçon et les caisses s'embarquer sur un petit sloop aux voiles grises. Quand la foule se fut dispersée, elle descendit sur le quai s'informer auprès d'un docker béni de la mer, qu'elle connaissait. Il la salua respectueusement en lui donnant le nom qu'elle préférait maintenant, où s'associaient deux signes différents : *Grands yeux. Tempête soudaine.*

Quand il l'eut renseignée au sujet du bateau et de sa destination, elle alla faire son rapport à sa mère.

– *Le garçon nous a-t-il trahis*? demanda Rigg.

– *Il n'a pas parlé de nous, mais c'est un terrible bavard.*

Le récit décousu de Hark l'avait ennuyée. Elle avait beau être douée, lire sur les lèvres était fatigant à une pareille distance, surtout quand le garçon tournait la tête pour répondre aux questions. Elle devait reconstituer par déduction les propos qui lui échappaient, ce qui avait fini par lui paraître aussi irritant qu'épuisant.

– *Que penses-tu de lui ?* demanda Rigg en plissant les yeux.

– *C'est un sournois*, répondit sa fille après un instant de réflexion, en se servant d'un signe qui voulait dire « anguille ».

La langue des signes de l'archipel dérivait des gestes avec lesquels les plongeurs communiquaient sous l'eau, et elle se ressentait parfois de cette origine.

– *S'il essaie de nous vendre, nous savons où le trouver*, répliqua Rigg en haussant les épaules.

– *Je n'aime pas non plus son ami*, ajouta soudain sa fille.

– *Tu n'aimes personne*, observa la contrebandière, condescendante mais pas entièrement injuste. *Nous verrons comment il tourne. Il s'est plutôt bien débrouillé cette nuit, non ? Nous avons eu ce que nous voulions.*

Elle caressa du bout des doigts la sphère sombre et imposante posée sur le sol de la cave. La surface en reste divin, rongée par la mer, luisait de la même clarté violâtre que les lampes-terreurs.

CHAPITRE 4

Trois mois plus tard, assis à l'endroit le plus élevé du Sanctuaire, Hark regardait le soleil à peine levé argenter la mer.

Un creux dans la muraille crénelée constituait un siège idéal. Autour de lui et à ses pieds, c'était une succession de pignons, de faîtes arrondis, de tours tronquées et de beffrois squelettiques, dont les toits d'ardoise usés luisaient sous la rosée. Les brumes du petit matin se dissipaient, en révélant de tous côtés des collines basses et broussailleuses. L'île du Nid avait toujours un aspect sauvage et solitaire, mais à l'aube elle semblait presque fantomatique.

– Tu prépares ta fuite ?

Hark sursauta, même si la voix et la plaisanterie lui étaient familières. Il se retourna et, comme il s'y attendait, découvrit Kly, le régisseur du Sanctuaire, qui lui souriait devant la poterne en contrebas.

Il ne s'agissait que d'une plaisanterie rituelle, mais il se trouvait que Hark contemplait bel et bien avec avidité les voiles aux couleurs vives des bateaux au loin. Ils cinglaient vers le sud, en direction de son bien-aimé Havre de la Dame. Dans quelques heures, ils seraient en vue de sa silhouette à deux bosses et de l'imposante cheminée de l'usine de colle, presque aussi haute que ses collines. Puis ils entreraient dans le port – le port de Hark –, où les mouettes et les milans noirs tournoyaient au-dessus d'une forêt de mâts, sur les quais vibrant des appels des marchands, de l'ambiance excitante, de l'odeur de goudron et d'épices…

– Toujours, répondit-il avec un grand sourire.

Kly lança un regard éloquent au perchoir confortable de Hark. Le régisseur – un homme d'âge moyen à la stature imposante – avait beau n'avoir rien d'un tyran, il préférait être en position dominante. Un peu d'effronterie le faisait sourire, mais il lui arrivait d'y mettre bon ordre à l'improviste, histoire de montrer qui commandait.

Hark comprit l'allusion et descendit de la muraille. Il épousseta sa robe jaune, ramassa le balai et la pelle qu'il avait abandonnés.

– Ne passe pas trop de temps là-haut, ajouta Kly en partant. Nous avons besoin de ton aide pour servir le petit déjeuner.

Hark se remit à nettoyer les gouttières, mais ne put s'empêcher de regarder par instants le panorama.

À présent, la brume s'était entièrement dissipée. Le toit du Sanctuaire offrait une vue incomparable sur l'île. L'édifice vieux et sinistre trônait au sommet de la plus haute colline du Nid, dans un isolement majestueux. Dans toutes les directions, ces terres révélaient à Hark leur dénuement absolu. Pas de villes, pas même un village, rien qu'une poignée de petits bâtiments parsemant les broussailles grisâtres. Sur n'importe quelle autre île des Myriades, des cultures en terrasses auraient occupé le versant des collines, afin d'utiliser la moindre parcelle. Il n'était pas question de gaspiller la terre. Mais ici, les pentes restaient à peu près intactes, en dehors de quelques sentiers qui y creusaient comme des plis.

Hark avait beau apercevoir à l'horizon les silhouettes estompées des autres îles, le Nid donnait une impression de solitude et d'éloignement. Les nombreux bateaux passaient au large sans s'arrêter. Personne ne pêchait dans ses eaux. Aucune bande de prospecteurs ne se disputaient ses plages. Il y avait eu un temps où cette île était trop sacrée pour qu'y aborde le commun des mortels. À présent, on la fuyait comme un souvenir amer du passé.

On l'avait appelée le Nid, car les jeunes acolytes y recevaient leur formation et leur initiation. Ils y sortaient pour ainsi dire de leur coquille, devenus des prêtres à part entière. Désormais, aucun acolyte ne se consacrait avec ferveur à son apprentissage. Le Nid n'accueillerait plus jamais de poussins...

L'île était maintenant vouée à une mission bien différente. Dès que les gouttières furent nettoyées, Hark se hâta d'aller remplir ses autres tâches.

« Cela ne fait vraiment que trois mois ? » songea-t-il en longeant à grands pas les couloirs sombres et étroits. À présent, il était tellement habitué au Sanctuaire ! Il ne se perdait plus dans le labyrinthe de ses corridors. Il ne remarquait plus qu'à peine les odeurs – l'humidité fétide du vieil édifice, les relents gras et âcres de savon, la puanteur insupportable des bains. Au début, il avait cru que le silence et le manque d'air allaient le suffoquer, mais il en était venu à ne plus y faire attention.

Enfin... peut-être le silence lui tapait-il encore sur les nerfs par moments. S'il n'y prenait garde, Hark s'imprégnait de son désespoir moite.

Dans la cuisine, des cuistots affairés préparaient des œufs à la coque et faisaient frire de pleines marmites d'algues coupées en tranches, dont les lamelles brunes et caoutchouteuses devenaient vert émeraude et succulentes dès qu'elles entraient en contact avec la graisse brûlante. Hark se joignit aux autres serviteurs en robe jaune pour transporter les plateaux chargés de plats chauds dans le vaste réfectoire à la voûte vertigineuse.

Attablés seuls ou par deux d'un bout à l'autre de la salle, les résidents du Sanctuaire attendaient leur petit déjeuner en silence, avec patience et passivité. Beaucoup d'entre eux portaient encore la robe brune de cérémonie qui n'avait plus aucun sens.

Les prêtres.

Dans son enfance, Hark avait entendu parler du Sanctuaire. Il avait donc été horrifié quand le docteur Vyne lui avait révélé où se passerait son engagement.

«C'est là qu'ils gardent les prêtres! avait-il pensé. Les vieux fous, qui ont perdu la tête lorsque les dieux ont péri!»

Tous ne s'étaient pas effondrés, après le Cataclysme. Un certain nombre avaient réussi à se construire une vie nouvelle. Toutefois, d'autres ne s'étaient pas remis d'avoir perdu leur raison d'être. On avait transformé le Sanctuaire en un refuge pour ces prêtres devenus incapables d'affronter l'existence, une retraite loin de ce monde sans dieux, aussi cruel qu'incompréhensible.

Hark avait imaginé un asile d'aliénés, rempli de silhouettes sautillantes et marmottantes, aux cheveux blancs en désordre. La réalité se révéla moins agitée et plus étrange. Tous les prêtres du Sanctuaire n'étaient pas des vieillards, en fait. Au moment de la mort des dieux, les plus jeunes n'étaient encore qu'acolytes, si bien qu'ils n'étaient maintenant guère plus âgés que Kly. Certains des plus vieux avaient certes la tête troublée, mais la plupart du temps on pouvait leur parler. Aucun d'eux ne déambulait tout nu ou n'essayait de mettre le feu.

Malgré tout, pendant les premières semaines de son travail au Sanctuaire, Hark avait détesté sa nouvelle vie.

Le déluge de tâches inédites l'accablant du matin au soir avait été un cauchemar. Les autres membres du personnel avaient vite compris qu'il était le dernier arrivé, le plus insignifiant et le moins élevé dans la hiérarchie, qu'on pouvait envoyer balayer, nettoyer les cabinets, chercher de l'eau et récurer les cheminées. N'étant pas habitué au rythme et aux rituels de l'endroit, il devait sans cesse demander des explications. Il n'avait encore jamais été domestique, de sorte qu'il cassait des objets et multipliait les erreurs.

Certains prêtres étaient devenus sourds avec l'âge, ou à force de plonger en eau profonde, mais ils ne ressemblaient en rien aux bénis de la mer que Hark avait pu rencontrer. Plusieurs arboraient des sortes de cornets acoustiques – il n'avait jamais rien vu de pareil. Ils ne portaient pas de clous d'oreille et aucun ne semblait comprendre la langue des signes, même quand Hark en essayait quelques-uns en usage dans d'autres îles. Il finit par se rendre compte que la plupart s'étaient retirés du monde après le Cataclysme. Ils n'avaient pas vu les Myriades se convertir à la récupération d'épaves, les bénis de la mer devenir communs ni la langue des signes se répandre dans tout l'archipel. Lorsqu'ils ne pouvaient comprendre Hark, ces prêtres tentaient de lui faire noter ce qu'ils voulaient. Devant son désarroi impuissant face à la plume et au papier, ils s'irritaient et faisaient venir le scribe du Sanctuaire. Hark se sentait inutile, épuisé, dépassé, accablé de problèmes avec tout le monde.

Passer tant de temps enfermé lui paraissait étrange et oppressant. Il était habitué à pouvoir courir, crier et grimper à sa guise, à affronter les bourrasques du vent sous l'immensité grise du ciel. À présent, un couvercle en forme de voûte pesait sur son monde, et il devait veiller à marcher lentement, en silence.

Les prêtres eux-mêmes le mettaient mal à l'aise. Ils étaient secrets, comme s'ils s'étaient repliés sur eux-mêmes, pareils à des ailes d'insectes morts.

Quelques-uns avaient des Marques dues à leurs nombreuses plongées dans l'Abysse, où ils allaient parler aux dieux. Certaines mutations étaient particulièrement saisissantes – un œil gauche au regard trouble, deux fois plus gros que le droit, ou un petit doigt décharné, que son possesseur pouvait encore plier à volonté. Mais ce n'était pas ça qui dérangeait Hark. Il avait vu des Marques tout aussi bizarres au Havre de la Dame, chez les plongeurs explorant les eaux profondes.

Ce qui le rongeait, c'était le désespoir qu'il ressentait en ces lieux, l'impression que tout autour de lui était *vieux*. Même les prêtres d'âge moyen paraissaient plus âgés qu'ils n'auraient dû l'être. Ils avaient perdu quelque chose qu'ils ne pourraient jamais retrouver. On aurait dit des fantômes, se raccrochant au souvenir d'une vie passée.

Il était dans la nature de Hark de sauter sur le moindre espoir et de guetter les occasions. Le Sanctuaire lui chuchotait que la chance n'était pas inépuisable. Parfois, on ne réalisait pas ses rêves, on devenait un vieillard brisé, et tout était dit. On n'était qu'une créature faible et sans défense, échouée sur le rivage cruel de la vie.

« Enfuis-toi donc ! » criait la voix imaginaire de Jelt dans sa tête. Hark ne pouvait se figurer son ami endurant de telles corvées plus d'une journée. Mais où était-il, maintenant ? Puisqu'il ne faisait pas partie des prisonniers vendus aux enchères, il n'avait sans doute pas été capturé. Hark avait des visions cauchemardesques, où Jelt arrivait au Sanctuaire et entreprenait de le « sauver ». Mais Jelt ne commettrait pas une telle imprudence, n'est-ce pas ?

Apparemment, non. Les jours passèrent sans qu'il se manifeste. Hark ne savait pas s'il devait se sentir soulagé ou blessé.

Il était clair pour lui qu'il se ferait prendre, si jamais il s'enfuyait. Le docteur Vyne serait en colère et le revendrait, si bien qu'il se retrouverait finalement dans les galères ou au fond d'une mine. Malgré tout, à la fin de la première semaine, il se sentait presque prêt à courir ce risque.

Presque. La seule chose qui l'en dissuadait, c'étaient ses conversations avec le docteur Vyne. Elles lui rappelaient que la femme au monocle ne l'avait pas acheté uniquement en vue de corvées domestiques. Elle avait une autre mission pour lui.

– Tu es un petit futé, déclara-t-elle. Tu auras vite fait de t'acclimater. Dès que tu feras partie du paysage et que plus personne ne te prêtera attention, tu pourras te mettre à ton *vrai* travail.

Ses projets pour lui ne s'arrêtaient pas là.

– Un peu d'instruction te rendrait plus utile pour moi. Enfin, nous avons trois ans pour y songer. Je vais charger quelqu'un de t'apprendre à lire.

Devant ses yeux brillants, elle avait eu un sourire narquois.

« Lire amollit le cerveau, aimait répéter Jelt. Soit on vit dans le monde, soit on vit dans un livre. Impossible de faire les deux à la fois. Et qu'est-ce qu'on trouve dans ces fameux livres, de toute façon ? Un tissu d'inepties écrites par de gros imbéciles qui n'ont jamais souffert pour apprendre. À quoi veux-tu qu'ils servent ? »

Dans l'esprit de Jelt, l'analphabétisme était un titre de gloire. Chaque fois que Hark s'en souvenait, il avait l'impression que son excitation était déloyale.

Mais il était bel et bien excité. Aucun de ses amis havrais ne savait lire. Savoir lire vous rendait utile et respectable, vous donnait un air dégourdi. C'était gravir le premier échelon de l'échelle permettant de s'élever, Hark en avait toujours été conscient.

C'est ainsi qu'il ne s'était pas enfui. Il avait tenu bon, jour après jour. Il s'était acclimaté, l'esprit toujours en alerte. Il avait appris et s'était adapté.

« Il y a toujours de l'espoir, se répétait-il. Il y a toujours des occasions. »

– Âme Pâle ? lança Hark avec un sourire en arrivant avec un grand plateau d'algues. Voici votre petit déjeuner.

Comme tous ses pareils, Âme Pâle avait pris un nom nouveau en devenant prêtre. Ce nom lui allait de mieux en mieux, avec sa peau aussi grise que ses cheveux et ses yeux dont toute couleur semblait s'être retirée.

– C'est l'heure ? demanda-t-il à Hark d'un ton pressant et effrayé. C'est l'heure ?

Hark n'avait jamais compris le sens de cette question, et il n'était pas certain qu'Âme Pâle lui-même le sût, mais il avait appris à l'usage, après bien des mécomptes, le meilleur moyen de calmer l'inquiétude du vieillard.

– Pas encore, répondit-il avec calme. Il faut patienter encore un peu, d'accord ? Tout va bien se passer.

Comme d'habitude, ces paroles apaisèrent Âme Pâle, qui consentit à manger.

– Il n'est pas encore temps, Flint, approuva-t-il d'un air dégagé.

Il semblait à Hark que Flint devait être un confrère qu'Âme Pâle avait connu autrefois. Comme les autres serviteurs du Sanctuaire, Hark portait une vieille robe jaune d'acolyte, qui était censée rassurer les prêtres.

– Non, c'est vrai, dit-il. Mais attendre en vaut la peine, pas vrai ?

Le vieillard lui accorda un sourire paisible, fragile, qui remplit brièvement Hark de satisfaction. Il continua d'apporter leurs plateaux aux autres prêtres. Il savait lesquels d'entre eux appréciaient un petit supplément de mauve sauvage, lesquels étaient trop fiers pour demander qu'on les aide à manger, lesquels l'attraperaient par la manche pour lui exposer leurs dernières doléances ou leurs dernières théories.

– Hark, tu ferais bien de servir Luna, marmonna l'un de ses collègues.

Hark était toujours au dernier rang de la hiérarchie du personnel, mais les autres avaient reconnu à contrecœur qu'il était doué pour s'occuper des « cas difficiles ». Luna était une vieille prêtresse d'un abord glacial. Il lui arrivait de voler des objets tranchants, et elle avait tenté un jour de crever un œil à Kly. Elle ne témoignait à Hark aucune confiance ni sympathie mais, au moins, elle tolérait sa présence.

Il découpa patiemment sa nourriture sous son regard vert et attentif, en lui énumérant tous les ingrédients. Elle finit par pointer le doigt sur un morceau, qu'il avala pour lui montrer qu'il n'était pas empoisonné. C'était leur rituel coutumier, et elle se déclara satisfaite.

– Je sais ce que vous attendez de nous, affirma-t-elle de sa voix grave et claire, en prenant sa cuiller pour manger.

Sa remarque n'appelait aucune réponse.

Hark avait toujours eu l'art de conquérir la confiance d'autrui, mais jusqu'alors il n'avait jamais eu à la conserver. Au Havre de la Dame, il se trouvait d'ordinaire un naïf auquel il extorquait un peu d'argent avec ses beaux discours, après quoi il disparaissait avant d'avoir des ennuis. Il lui était arrivé plus rarement de se lancer dans une arnaque de longue haleine, où l'on travaillait son client pendant des jours, voire des mois, comme si c'était un poulet qu'on engraissait.

Cette fois, c'était différent. Il n'avait jamais passé autant de temps à étudier un groupe de personnes, à les écouter raconter leur vie, à leur soutirer leurs secrets, au point de savoir exactement quoi dire à chacun.

En un sens, il s'agissait aussi d'une arnaque de longue haleine, la plus importante à laquelle il ait jamais pris part. Mais, étrangement, il se surprenait parfois à tirer plaisir de son labeur quotidien. Il était content d'y exceller. En fait, il s'autorisait même à avoir de la sympathie pour certains prêtres. Rien qu'un peu.

«Je n'ai pas à me sentir coupable, après tout, se disait-il. Ils n'ont pas besoin de savoir pourquoi j'ai tant envie de les écouter. Je ne leur fais aucun mal, non?»

– Où est Quest? demanda-t-il en constatant qu'un fauteuil près de la fenêtre était vide.

– Il se sent encore faible, aujourd'hui, grommela un autre serviteur. Il est resté dans sa chambre.

– Je vais lui porter son petit déjeuner, proposa aussitôt Hark en attrapant un autre plateau.

– Tant que tu y es, change le bandage de sa jambe! lança un de ses collègues.

Dans la chambre que Quest partageait avec deux autres prêtres, des tapis et des tentures murales étaient censés conserver la chaleur. Pour faire bonne mesure, on avait enfoui le vieillard sous plusieurs couvertures et soutenu son dos avec une petite montagne de coussins.

Quest était mince et élancé. Son visage était creusé de rides profondes, amères, sinuant sur ses pommettes et son front. Son visage s'éclaira lorsqu'il vit Hark, et il prit une expression légèrement plus attentive et amusée. De son côté, Hark se sentit de meilleure humeur.

Contrairement aux autres prêtres du Sanctuaire, Quest ne s'était pas effondré en se retrouvant dans un monde sans dieux. Apparemment, après le Cataclysme, il avait mené une vie à son gré à Sirène pendant vingt ans, et n'avait rejoint ses confrères au Sanctuaire que lorsque sa santé avait décliné.

– Vous avez besoin d'aide, ce matin? demanda Hark en

regardant les mains du vieillard, qui tremblaient légèrement sur le couvre-lit.

– La cuiller ne me fait pas peur, répliqua Quest d'un ton pince-sans-rire. Mais j'apprécierais d'avoir encore un coussin dans mon dos, pour que mon menton soit au-dessus de l'assiette. Essayons de réduire les risques d'indignité, comme de se maculer de nourriture.

Hark s'exécuta. Quest l'observa en fronçant les sourcils.

– Qu'y a-t-il ? demanda le vieux prêtre à l'improviste.

– Comment ? s'étonna Hark, brutalement tiré de ses pensées.

– Quand quelque chose te tracasse, tu grinces des dents. Tu sais très bien dissimuler, mais tu as quelques habitudes qui te trahissent.

« Tu sais très bien dissimuler... »

Ce n'était pas la première fois qu'il faisait ce genre de remarque, comme pour montrer que le côté retors de Hark ne lui avait pas échappé. La lucidité et la perspicacité de Quest étaient comme une bouffée d'air frais, mais il arrivait qu'elles prissent Hark de court. Il craignait toujours que le vieillard ne découvrît la vraie raison de sa présence au Sanctuaire.

Il évitait de lui mentir effrontément, de peur d'être percé à jour. Il ne voulait pas ruiner leur relation fragile. Du reste, se montrer un peu sincère était parfois un soulagement.

– Voilà trois mois que je suis ici, et j'ignore moi-même mes propres sentiments, avoua-t-il. Je devrais être content d'avoir déjà purgé une partie de ma peine. Mais pour l'instant, j'ai l'impression que c'est du temps perdu. Trois mois de ma vie. Et quand je pense que je vais perdre de la même manière encore deux années et neuf mois, je me sens... fait comme un rat.

– Tu avais l'habitude d'être au grand air, renchérit Quest

avec compassion. Et te voilà enfermé dans cette crypte obscure, avec de vieux débris comme nous.

– Vous n'êtes pas un... Ce n'est pas ce que je voulais dire !

– Il n'y a pas de mal.

Quest sourit. Les rides autour de sa bouche se creusèrent, mais ses yeux parurent plus bleus et plus brillants.

– Tu es jeune, voilà tout. Il est normal que tu n'aies pas envie d'être coincé dans cette relique délabrée du passé. Tu ne peux parler avec personne du même âge que toi, ici, tu en es réduit à écouter mes radotages sur les dieux défunts...

– Mais j'aime les histoires sur les dieux ! protesta Hark.

– Tu l'as déjà dit. Je me demande en quoi elles peuvent intéresser à ce point un garçon de ton âge...

Son ton était bienveillant, mais son regard froid et inquisiteur.

Malgré toute sa ruse et son intelligence, Hark avait du mal à convaincre la plupart des prêtres de parler des dieux. Apparemment, ils se considéraient toujours liés par leur vœu de secret. Il lui fallait formuler ses questions très habilement, sans quoi ils devenaient soupçonneux. Quest se montrait un peu plus disposé à évoquer franchement les dieux, mais le caractère tendancieux de la curiosité de Hark ne lui avait manifestement pas échappé.

– C'est normal que je veuille m'informer ! lança le jeune engagé.

Tout en arrangeant les coussins dans le dos de Quest, il tenta de mettre en ordre ses pensées.

– J'ai vécu toute ma vie au Havre de la Dame, et je le connais comme le fond de ma poche, mais j'ai l'impression en même temps de ne pas le connaître du tout ! C'est... c'est comme si j'étais tombé au beau milieu d'un récit. Quelqu'un raconte une vieille histoire au coin du feu, à la taverne, et je suis arrivé en retard. J'ai beau essayer de recoller les morceaux de mon mieux, je ne sais pas vraiment qui sont tous les personnages ni en quoi les plaisanteries sont drôles. Quand il y a une nouvelle péripétie, je ne comprends pas ce qu'elle signifie, car j'ignore comment l'histoire a commencé.

Tout cela était vrai. Ce n'était pas le seul motif des questions de Hark, mais du moins pouvait-il parler ainsi à Quest sans avoir à mentir.

– Hum, fit le prêtre avec un sourire ironique. J'espère que le chapitre de ta génération, dans cette grande histoire, sera plus riche en espoirs et en joies que le nôtre.

Le vieillard soupira.

– Je t'avais promis de te parler de la Dame Cachée, non ? Tu crois que nous avons le temps ?

– Ils ne vont pas me chercher pendant un bon moment, assura Hark. Ils savent que je dois changer le bandage de votre jambe.

Il s'efforçait de ne pas trépigner d'impatience.

– Dans ce cas, à toi de commencer, déclara Quest en prenant sa cuiller. Raconte ton histoire pendant que je mange. Je te raconterai la mienne ensuite, pendant que tu t'occuperas de mon bandage.

C'était toujours donnant-donnant : une histoire contre une autre. Hark aimait certes raconter des histoires, mais à condition qu'elles n'en disent pas trop sur lui-même et sur sa vie. Toutefois, il découvrit que c'était précisément ce genre d'anecdotes que Quest avait envie d'entendre. Hark avait l'impression que le vieux prêtre le considérait comme un puzzle, dont il assemblait peu à peu les pièces.

Ils avaient fini par conclure un marché, non sans méfiance, et échangeaient maintenant leurs histoires comme des otages. Hark avait des secrets qu'il devait garder, et il soupçonnait Quest d'être dans le même cas. Parfois, il avait l'impression d'un jeu, où il s'agissait d'en découvrir le plus possible sur l'autre en révélant sur soi-même juste ce qu'il fallait, mais pas trop.

– Que voulez-vous entendre ? demanda Hark.

Quest réfléchit, les yeux plissés.

– Ma première rencontre avec la Dame Cachée a failli m'être fatale, dit-il. Raconte-moi une occasion où tu as frôlé la mort, et je te raconterai comment j'ai rencontré la Dame.

CHAPITRE 5

– Je vous ai parlé du Refuge où j'ai grandi, n'est-ce pas ? commença Hark après un instant de réflexion.

Quest hocha la tête en lui jetant un coup d'œil compatissant.

– Tout va bien, lança en hâte Hark.

Il n'avait pas envie que Quest le plaigne.

– J'avais autour de trois ans quand mes parents sont morts, et je ne me souviens pas d'eux. Pas vraiment. Je crois qu'il y avait une mouette qui entrait régulièrement par la fenêtre. Une grosse mouette ; elle me faisait peur. Et notre tapis était rouge, d'un rouge intense. Parfois, je me rappelle ce tapis et je me sens triste. Mais mes parents ne sont que deux noms pour moi. J'essayais de les pleurer, quand j'étais plus jeune, sauf que je passais mon temps... à penser... à autre chose.

Il grimaça un sourire et haussa les épaules.

– On n'était pas si mal, au Refuge. Chaque soir, quelqu'un payé par le gouverneur venait nous compter, examiner nos bobos, nous donner un bol de soupe. Certains d'entre eux nous apprenaient même des bricoles – fabriquer des cordes, tresser des roseaux, faire des nœuds de marin et tailler des coquillages pour la bijouterie. Mais on ne savait jamais sur qui on allait tomber.

– Et cette organisation était l'œuvre du gouverneur ? s'exclama Quest d'un ton amusé. Il s'est ramolli, depuis l'époque où je l'ai connu. À moins qu'il n'ait pensé que vous voleriez moins, de cette façon.

– Le Refuge n'est quand même pas une grande famille, continua Hark. On y trouve des vipères, de vraies vipères. Mais ça veut dire aussi que lorsqu'on est amis, on est inséparables. On se tient les coudes pendant toute la vie. Une fille que je connaissais a quitté le Refuge pour entrer dans une bande de prospecteurs. Un jour, quelqu'un l'a vue du côté du port, le visage tuméfié. Des marchands du continent de l'Ouest l'avaient coincée sur le sentier de la falaise, alors qu'elle apportait au marché le butin de la bande. Ils l'avaient forcée à tout leur « vendre » pour le quart de sa valeur. Ses complices ont cru qu'elle les avait roulés. Ils l'ont rossée en guise d'avertissement, car on ne peut pas tolérer ce genre de chose.

» Mais bon, elle avait toujours été loyale envers nous. Et il ne faudrait pas que les gens s'imaginent que les gosses du Refuge sont des proies faciles. Un de mes amis a donc décidé que nous devions faire quelque chose. Nous avons découvert l'endroit où le bateau des continentaux était mouillé, après quoi nous y sommes allés en canot la nuit. Nous avons vu de loin leur navire, qui était gros et vieux. Ils étaient tous assis à la proue, à la lueur d'une lanterne, et ils s'enivraient. Nous ne pouvions pas approcher trop près, cependant, au cas où ils nous auraient entendus ramer.

» J'ai donc rejoint leur bateau à la nage et je suis monté en douce à la poupe. Ils n'ont rien entendu. Sur le pont, il y avait une boîte juste assez grosse pour contenir le butin de notre amie. Je l'ai attrapée et j'ai pris le couvercle d'un vieux tonneau en guise de radeau. Pendant que les marchands buvaient et riaient, j'ai nagé vers notre canot en poussant devant moi la boîte sur le couvercle. Je croyais avoir réussi à ne pas me faire repérer, mais j'ai entendu soudain des hurlements derrière moi. Un instant plus tard, quelque chose m'a heurté en pleine nuque.

– Qu'est-ce que c'était ?

– Je ne l'ai jamais su. Un des marchands a dû me lancer un objet lourd, en tout cas j'ai été assommé sur le coup.

– Que s'est-il passé ?

– J'ai coulé.

Hark déglutit.

– C'est ce que mon ami m'a raconté. J'avais… disparu. Il ne restait plus que l'eau noire et cette boîte se balançant sur le couvercle du tonneau. Puis ces idiots de marchands ont renversé leur lanterne, de sorte qu'on n'a plus rien vu du tout. Mon ami s'est jeté à la mer. Il ne me voyait pas, ne savait pas où j'étais. Mais il a plongé pour explorer les profondeurs jusqu'à ce qu'il m'ait trouvé. Il m'a attrapé au collet, ne m'a plus lâché et m'a ramené à la surface.

Hark se rappelait être revenu à lui, en proie à une terrible douleur à la tête, affalé sur le rebord du canot de façon à pouvoir vomir. Jelt était resté à côté de lui tout le long du trajet, en le tenant pour l'empêcher de tomber par-dessus bord. Ils étaient tous deux glacés, trempés, secoués de frissons.

– Ton ami est courageux, observa Quest.

– Il a toujours été ainsi, précisa Hark.

Il avait fini par parler de Jelt, mais il n'y pouvait rien. Celui-ci était au centre de toutes les histoires où il avait frôlé la mort.

– Je vous l'avais dit. Au Refuge, on trouve des amis comme nulle part ailleurs.

– Vos camarades sont-ils parvenus également à récupérer la boîte sur le couvercle ? demanda Quest après un silence.

– Bien sûr ! répondit Hark en souriant. Le lendemain matin, notre amie pouvait restituer le butin à sa bande. Ils étaient quittes.

– C'étaient les mêmes marchandises ?

– À peu près. Les prospecteurs ne se sont pas plaints.

Devant le regard narquois de Quest, Hark haussa les épaules.

– Ce n'est pas un vol, quand on reprend ce qui a déjà été volé.

– Je me demande si les marchands auraient été de cet avis.

– Ils devaient être d'accord, puisqu'ils n'ont pas porté plainte, répondit-il d'un air effronté.

Quest se mit à rire tout bas.

– Ça ira ? demanda Hark.

– Je crois que oui.

Le vieil homme repoussa son assiette et soupira.

– Très bien. Je vais te raconter ma première rencontre avec la Dame Cachée. C'est arrivé peu après que je suis devenu prêtre en titre. À l'époque, je n'étais pas encore habitué à ma robe brune, ni à être considéré avec un respect effrayé. Bien sûr, les prêtres plus âgés ne voyaient en moi qu'un parvenu. Je ne pourrais jamais être vraiment des leurs, car j'étais devenu acolyte à l'âge adulte, vois-tu. Je n'appartenais pas à une famille sacerdotale et n'avais pas été préparé à la prêtrise depuis ma naissance.

» On n'aurait pas dû m'envoyer dans l'Abysse, ce jour-là. Négocier avec ses habitants n'était pas une tâche pour un novice. Cependant, la plupart de nos prêtres confirmés étaient partis pour un synode important à l'île de Chaosim, de sorte qu'aucun n'était présent quand les problèmes avaient commencé. La barrière des Suppliques existe-t-elle encore ? De mon temps, un énorme filet de chaînes métalliques s'enfonçait dans les profondeurs de la mer, tendu entre une série de tours émergeant à la surface. Il était censé protéger le Nid contre les dieux pouvant surgir de l'Abysse en direction de l'ouest...

– Il est toujours en place ! lança Hark.

Il avait entrepris en silence de détacher le bandage de la jambe du vieillard et d'appliquer une pommade sur la chair meurtrie.

– Il ne s'est pas effondré ? On ne l'a pas enlevé ?

– Personne ne veut le voir disparaître, répliqua Hark avec un haussement d'épaules. Ces grosses chaînes sont idéales pour récolter des crustacés. Par temps calme, on peut remplir tout un seau d'anatifes.

– La Barrière, transformée en élevage d'anatifes..., murmura Quest.

Il fit la moue, mais son expression était indéchiffrable.

– Un jour, reprit-il, cet énorme filet se mit à s'agiter en tous sens en claquant, au point de s'arracher presque de ses attaches. Des pêcheurs racontèrent qu'ils avaient aperçu sous l'eau des nuages jaunâtres, trop éclatants pour être du sable. Sur les plages à l'ouest du Havre de la Dame, des poissons jaillirent des vagues pour s'échouer, agités de soubresauts, la tête tranchée. Un dieu devait approcher. Et il semblait mécontent. Ou curieux, peut-être. Plein de gratitude ou simplement d'humeur à s'amuser. Il était difficile d'en juger, mais il semblait clair, en revanche, que quelqu'un devait plonger dans l'Abysse pour lui parler avant que les choses n'empirent. Je me suis porté volontaire, et on m'a emmené en bateau jusqu'à l'Étreinte.

» À l'époque, seuls les prêtres osaient traverser l'Étreinte. Ces eaux étaient sacrées, redoutables. Ce jour-là, elles étaient plus démontées que je ne les avais jamais vues. Le soleil était aussi pâle qu'un œuf poché et les tourbillons creusaient la surface avec une ardeur avide. Notre lourd navire tanguait si violemment que nous étions tous malades. Je suis entré dans la bathysphère et me suis attaché. Elle était si exiguë que j'avais les genoux contre ma poitrine. L'écoutille s'est fermée et j'ai entendu le grincement des vis de métal qu'on serrait. Les hublots en cristal de roche, épais de plusieurs centimètres, étaient tellement rayés qu'on voyait mal à travers. J'ai entendu les craquements de la grue. La bathysphère a tressauté puis s'est mise à descendre avec des secousses qui me donnaient mal au cœur. Le bruit de la mer est devenu de plus en plus fort et le submersible a atteint la surface dans un jaillissement d'écume. D'un coup, je n'ai plus vu à travers les hublots qu'une eau noire où scintillaient des bulles. Pour tout t'avouer… à cet instant, j'ai eu la certitude que je ne reverrais jamais le ciel.

Hark avait la gorge sèche. Son imagination était trop vive, et il sentait son estomac se nouer à l'idée d'être emprisonné dans une petite sphère métallique, à la merci des vagues.

– Pour me calmer, j'ai récité les prières pour la descente, continua Quest, de façon à ne pas consommer trop d'air. À l'extérieur, l'eau s'assombrissait à vue d'œil. Soudain, à travers les hublots du bas, j'ai vu se rapprocher la surface de l'Abysse. On croirait voir une seconde mer. Une étendue vivante de vagues d'un noir d'encre, où passent des lueurs violâtres. Heureusement, sa surface était paisible, ce jour-là. Ce n'est pas toujours le cas.

» En m'enfonçant dans ses profondeurs, je m'aperçus que l'eau était limpide. Je voyais nettement plus loin qu'auparavant, malgré l'obscurité. C'est une caractéristique de l'Abysse, mais c'était mon premier contact avec lui. Il y règne comme une clarté sans lumière, je ne saurais le dire autrement. Devant moi, je voyais un monde rempli d'algues. Du moins, c'est ce que je crus d'abord. Des algues hautes comme des arbres, luisant d'un éclat verdâtre et s'entrelaçant en une danse sans fin. Elles semblaient s'enfoncer à perte de vue dans les ténèbres.

» Ce n'étaient pas des algues. Les rubans ondoyants frôlèrent le submersible, tressaillirent puis réagirent. Ils s'enroulèrent autour de la sphère, comme une anémone emprisonnant sa proie. Je tentai de crier les salutations rituelles, comme on me l'avait enseigné, mais il n'y eut aucune réponse. Au bout d'un moment, j'entendis les craquements du câble et compris que l'équipage du bateau essayait de remonter la bathysphère, mais en vain. Les tentacules la retenaient avec une force effroyable.

» Si j'attendais des secours, j'allais manquer d'air. Je pris donc des mesures désespérées. J'avais entendu dire que l'eau de l'Abysse était différente de l'eau de mer. Elle pouvait certes s'insinuer dans vos pores et vous changer en profondeur… mais elle ne vous écrasait pas, comme c'est le cas d'ordinaire des hauts-fonds. Et on pouvait y respirer. J'ai donc tourné la manivelle permettant d'ouvrir l'écoutille.

Quest inspira avec lenteur, comme pour rassurer ses poumons en leur montrant qu'ils se trouvaient dans une atmosphère normale.

– Quand l'eau a pénétré dans ma poitrine, j'ai lutté pour garder mon sang-froid. L'eau de l'Abysse est peut-être respirable, mais elle est imprégnée de peur.

– De peur ?

– Oui, littéralement. Pourquoi crois-tu que les émanations des lampes-terreurs nous donnent l'impression d'être possédés ? La peur est une essence, aussi réelle que l'huile ou le sang. Elle était l'air que respiraient les dieux – tu n'as jamais entendu ce dicton ?

Hark l'avait souvent entendu, mais il avait supposé que ce n'était qu'une formule poétique.

– Comme je ne suis pas un dieu, reprit Quest, respirer la

peur a été un… un choc pour mon organisme. Quand je me suis enfin ressaisi, j'ai détaché ma sangle et je suis sorti, en laissant les tentacules m'effleurer pour m'examiner. Elle m'a permis de m'enfoncer dans les profondeurs en m'approchant d'elle peu à peu à l'aide de ces longs filaments pareils à des algues. C'était comme une chevelure – plus qu'une chevelure – qui flottait autour d'elle en une forêt vivante. Au cœur de cette forêt, je l'ai trouvée, la Dame Cachée. Jusqu'à la taille, elle était plus ou moins pareille à une femme, à la peau d'un blanc bleuâtre, comme un œuf d'oiseau. En dessous de la taille, elle avait le corps et les longues pattes articulées d'un crabe-araignée géant, si longues que je n'en voyais pas le bout.

» La Dame m'a attiré vers elle, m'a enveloppé jusqu'au cou dans sa chevelure ondoyante et s'est mise à me chuchoter à l'oreille. Elle ne voulait pas que je parle, pas ce jour-là. Elle avait besoin de quelqu'un qui l'écoute.

– Qu'a-t-elle dit ? demanda Hark, captivé.

– Ce n'étaient pas que des mots, répliqua Quest. Elle voulait me raconter une bataille livrée dans les profondeurs, qu'elle commençait à oublier.

Il sourit non sans embarras.

– J'imagine que c'est normal. Nous n'avons pas envie que nos souvenirs disparaissent, si bien que nous les confions à de jeunes auditeurs, qu'ils le veuillent ou non, tant que notre mémoire est fidèle. Peut-être espérons-nous ainsi empêcher nos vies de s'effacer sans laisser de trace.

– Dans ce cas, ne devriez-vous pas me raconter aussi cette histoire ? suggéra Hark, plein d'espoir.

Quest cligna des yeux, son regard retrouva son acuité. Il contempla avec approbation le bandage sur sa jambe.

– Si nous commençons une nouvelle histoire, nous serons interrompus, déclara-t-il. Une autre fois, peut-être.

CHAPITRE 6

Peu avant le coucher du soleil, Hark quitta le Sanctuaire. La plupart du temps, il travaillait là-bas sous les ordres de Kly mais, deux soirs par semaine, il devait faire son rapport au docteur Vyne et lui servir d'assistant.

– Amuse-toi bien à peser les pierres! lui lança à la porte un serviteur du Sanctuaire.

Hark lui fit au revoir de la main en esquissant une grimace. Quand on l'interrogeait sur le temps qu'il passait avec le docteur Vyne, il essayait toujours de donner l'impression qu'il s'ennuyait terriblement.

– Elle me charge de recoller des coquillages cassés, racontait-il. Et je dois peser sa collection de pierres…

Vu de l'extérieur, le Sanctuaire paraissait toujours immense et menaçant, pourtant on voyait aussi qu'il était vieux et délabré. Les volutes abstraites des sculptures encadrant ses fenêtres s'effritaient, parsemées de taches vertes. Les deux battants du grand portail étaient obstrués avec des planches.

La route descendant de la colline vers le port avait jadis été pavée, mais de l'herbe et des chardons gris poussaient maintenant entre les blocs de pierre. En dehors du crissement des grillons, on n'entendait que le bruit des pas de Hark. Des deux côtés de la chaussée, des terriers d'écureuils bosselaient la terre entre les arbustes broussailleux.

Le port du Nid n'était guère qu'une baie s'incurvant comme une peau de melon rongée. Il était nanti d'une unique jetée en bois pour amarrer les bateaux, d'une soufflerie et d'un entrepôt en piètre état.

Sur l'éminence rocheuse dominant le port trônait un grand bastion carré en pierres noires et grises, aux parapets noircis par les éléments et aux fenêtres en forme de meurtrières à l'ancienne mode. Quelques canons au métal terni pointaient le nez entre les créneaux.

Hark frappa à la porte avec le heurtoir et entendit des pas résonner dans le bastion. Un trousseau de clés cliqueta, la serrure grinça et le lourd battant s'ouvrit. Le docteur Vyne le regarda, un diapason à la main. Son tablier était taché de vernis et de sang divin.

– Tu es en avance, déclara-t-elle.

Puis elle fronça les sourcils, manifestement étonnée de voir que dehors le soleil se couchait. Elle détestait qu'on soit en retard, mais elle-même oubliait parfois l'heure en travaillant.

– Peu importe, entre.

Elle verrouilla non sans peine la porte dès qu'il fut à l'intérieur.

Avant le Cataclysme, l'édifice servait de forteresse pour les troupes armées veillant à la sécurité des prêtres.

– Cet endroit protège les objets à l'intérieur et tient à distance les curieux, disait souvent le docteur Vyne.

À présent, c'était devenu un musée. Hark suivit sa propriétaire dans la salle principale toute en longueur, soutenue par des colonnes et chichement éclairée par les meurtrières. Comme toujours, il regarda autour de lui avec stupeur.

Sept dieux l'observèrent à leur tour.

Leurs yeux étaient des orbites vides, remplies d'ombre et de poussière. Chacune des énormes têtes était aussi grosse qu'une voiture et reposait à même le sol en mosaïque rouge. Certaines avaient deux yeux, d'autres trois, d'autres une série d'orbites se creusant dans des joues ridées et des fronts proéminents. Des mâchoires longues ou courtes, des mandibules, des orifices buccaux hérissés de lames tranchantes. L'une d'elles était un entrelacs de plaques de chitine et d'organes tubulaires, qui réussissaient l'exploit de ressembler à un visage.

Ces têtes étaient creuses, bien sûr. Ce n'étaient que des carapaces, de gigantesques masques calcaires. Pourtant, leur majesté le prenait de court à chaque fois. Hark sentit ses genoux flageoler, son estomac se nouer, mais il tenta de n'en rien montrer.

– Cette tête est nouvelle ! s'exclama-t-il en pointant le doigt sur la carcasse la plus proche.

Elle avait la face aplatie d'un crabe, mais possédait à la place de la bouche une sorte de grille menaçante formée de fanons acérés.

– Tu veux y jeter un coup d'œil ? demanda le docteur Vyne d'une voix presque douce.

Elle se montrait toujours étrangement indulgente, chaque fois qu'il manifestait une curiosité semblable à la sienne.

– La coquille est revêtue d'une résine épaisse, tu peux la toucher sans risque. Mais fais attention aux fanons. Ils sont coupants comme des rasoirs.

La coquille était d'un blanc mat tirant sur le vert, comme du pus ou de l'argent terni. En effleurant du bout des doigts la résine lisse, il vit qu'elle était éraflée et creusée. Il imagina les marchands cherchant à détacher la moindre parcelle vendable de reste divin avant de faire bouillir les énormes carapaces pour fabriquer de la colle, jusqu'à ce qu'elles ne contiennent plus une goutte de sang divin.

Hark plongea sa main dans l'une des orbites les plus petites, en caressant sa surface intérieure rugueuse. Ce contact lui donna un haut-le-cœur, comme s'il sautait du haut d'une falaise, et il sentit cet instant s'insinuer sournoisement dans son imagination, prêt à figurer dans son prochain cauchemar. Mais son malaise ne rendait que plus impossible de résister au besoin de toucher...

– Qui est-ce ? demanda-t-il.

– Kalmaddoth de la Fosse, répondit le docteur Vyne d'une voix plus animée. Dit aussi le Gentilhomme Gris. Je pense qu'il se nourrissait en aspirant de l'eau dans sa bouche avec une force incroyable. Toutes les créatures qu'il entraînait ainsi étaient déchiquetées par ces fanons. J'en suis encore à essayer de comprendre comment il les digérait...

Elle soupira.

– Viens, maintenant, nous avons du travail. Allons dans mon bureau.

Elle le précéda dans la salle, longeant des tapisseries, des vitrines, des réservoirs aux parois de verre trouble, remplis de silhouettes hérissées d'ornements visqueux. Hark la suivit, mais effleura discrètement l'un des réservoirs en passant devant. C'était un rituel, une sorte de salut silencieux.

« Bonsoir, noble Dame ! » Un amas informe de matière grise, de soixante centimètres de large, flottait dans le liquide jaune. Une entaille noire creusait sa surface, comme un symbole magique. Apparemment, il s'agissait d'un fragment de la Dame Cachée. Il ne savait pas à quelle partie il correspondait, et il lui aurait semblé grossier de se le demander avec trop d'insistance.

Le docteur Vyne monta devant lui un escalier de bois, jusqu'à une porte fermée à clé. Elle l'ouvrit, et Hark la suivit dans le bureau.

La pièce était deux fois plus petite que la salle du rez-de-chaussée, et nettement moins bien rangée. Trois jours plus tôt, Hark avait aidé à y remettre un peu d'ordre, mais le chaos habituel régnait déjà de nouveau. Dans la lumière rosée se déversant par la fenêtre ronde du plafond, il constata que la moindre table à tréteaux gémissait sous des entassements de papiers, de fioles, de flacons, de bouteilles de vernis, d'yeux translucides dans des bocaux. Hark s'étonnait toujours que cette femme pleine de perspicacité et de sang-froid fût incurablement désordonnée.

On voyait au mur un rectangle de cuir repoussé, chargé de rubans et de sceaux d'apparence imposante. Hark ne pouvait pas encore déchiffrer l'inscription, mais il savait qu'il s'agissait du diplôme universitaire du docteur Vyne. Elle n'était pas docteur en médecine mais en « théophysique pratique », ce qui signifiait qu'elle était une spécialiste reconnue de l'étude des restes divins et de leur usage.

C'était la raison de sa présence à la vente aux enchères se tenant au Havre de la Dame, trois mois plus tôt. Elle était venue négocier quelques fragments de la Dame Cachée, et avait acheté Hark sur un coup de tête. Cet épisode éveillait secrètement en lui une gratitude irrationnelle envers la Dame, comme si elle était intervenue en personne pour le sauver.

– Alors, lança le docteur Vyne en ôtant quelques livres de sa chaise pour pouvoir s'asseoir.

Elle trempa sa plume dans l'encrier, prête à prendre des notes.

– Qu'est-ce qu'a découvert mon petit sournois, cette fois ?

Hark se jucha sur un tabouret et fit son rapport. Il répéta des rumeurs, des conversations qu'il avait surprises, et termina en racontant aussi fidèlement qu'il put l'histoire de Quest à propos de la Dame Cachée. La scientifique sembla contente quand il évoqua la peur que les dieux respiraient dans l'Abysse, mais guère étonnée.

– Ah, je savais que ce n'était pas qu'une métaphore !

Elle parcourut ses notes en tripotant sa plume.

– Tu ne te rappelles rien d'autre ? Quelle impression t'a faite son récit ?

« La Dame était très belle », répondit Hark, mais seulement dans sa tête. Quest n'avait rien dit de tel, ne s'était nullement attendri en parlant d'elle, il était simplement comme plongé dans une transe paisible. Pourtant, au fond de son cœur, Hark était sûr qu'elle était belle. Pas *jolie*, comme pouvaient l'être les filles et les femmes. Elle ne possédait pas non plus la beauté du clair de lune sur l'eau, ou celle d'un poisson volant jaillissant comme un éclair bleu, ou celle des baies rougeoyantes de l'aubépine des falaises. Toutes ces choses étaient admirables. Elles comblaient votre cœur, vous enivraient. Elles étaient douces comme du miel.

Cependant, il existait une autre sorte de beauté, et tout le monde dans les Myriades la connaissait. Une beauté perverse, qui vous soulevait le cœur en vous faisant tourner la tête. On la désignait par un vieux mot, qu'on prononçait avec une peur superstitieuse : « avenable ». C'était une laideur doublée d'une étrangeté qui ne pouvait qu'être sacrée, un dérèglement évoquant ceux qu'aucune règle n'asservissait. Les antiques sanctuaires visaient à cette difformité sublime. L'« avenable » transcendait la beauté, vous transportait dans une dimension vouée à une terreur respectueuse. Il exigeait un dévouement d'esclave. Plus personne n'employait ce mot, car il était imprégné du souvenir des dieux. Il arrivait pourtant que les gens disent « beau », alors qu'ils voulaient dire « avenable ».

– Je ne me rappelle rien d'autre, déclara Hark.

Il savait que la Dame Cachée lui apparaîtrait dans ses rêves des nuits à venir, tantôt avec des yeux aux orbites vides, tantôt avec des doigts s'enroulant comme ses cheveux.

– Le prêtre qui t'a fait ce récit... Quest...

Le docteur Vyne fronça les sourcils et vérifia ses notes dans un carnet de cuir bleu.

– Il est de plus en plus faible, non ?

– Il ne se sent pas bien en ce moment, répliqua Hark, mal à l'aise.

Elle donnait l'impression que la maladie du vieillard était un déclin irréversible. Il n'avait pas envie de voir les choses de cette façon.

– Bon sang ! marmonna-t-elle. Pourquoi faut-il toujours que ce soient les plus utiles qui s'affaiblissent ? À propos, as-tu progressé avec Âme Pâle ?

– Je n'en ai pas eu l'occasion ! protesta Hark, même s'il avait senti venir cette question.

– Tu es censé *créer* les occasions ! insista le docteur Vyne. À quoi me servirait, autrement, d'avoir à mon service un petit fourbe à l'air innocent ? Tu dois gagner la confiance de ces prêtres et leur soutirer leurs secrets !

– J'ai découvert que les archives du Sanctuaire existaient toujours ! se défendit-il.

Pendant longtemps, on avait cru que ces archives renfermant des siècles de documents sacerdotaux avaient été détruites après le Cataclysme. Toutefois, Hark avait entendu un soir Luna demander à Âme Pâle où étaient cachées les archives, afin de pouvoir les détruire pour sauvegarder leurs secrets. Bien sûr, il l'avait répété au docteur Vyne. Depuis lors, il avait été en faveur, mais il ne pouvait vivre éternellement sur ce triomphe.

– C'était il y a un mois ! s'exclama-t-elle en se levant.

Elle passa nerveusement ses doigts dans ses cheveux.

– Il est inutile que nous connaissions l'existence des archives, si nous ne pouvons mettre la main dessus. Il faut que tu persuades Âme Pâle de te dire la vérité !

– Ce n'est pas si facile ! Il est tout le temps effrayé… désorienté… Dès qu'on a un mot malheureux, il fait une crise…

Hark n'avait pas vraiment envie d'admettre que l'idée d'extorquer des informations au vieux prêtre le mettait mal à l'aise. Âme Pâle avait parfois l'air aussi fragile qu'une bulle de savon.

– Mais je ne peux pas l'interroger moi-même, pas vrai ? riposta le docteur Vyne avec amertume.

En théorie, le gouverneur du Havre de la Dame lui avait confié aussi bien le Sanctuaire que le musée. Dans la pratique, elle laissait Kly s'occuper pour l'essentiel de la gestion quotidienne du Sanctuaire.

– Cette situation est plus que frustrante !

C'était un vieux refrain.

– On me charge de veiller sur une trentaine de fascinantes reliques vivantes, mais on m'interdit de leur poser des questions ! Le savoir des prêtres est irremplaçable. Ils détiennent encore des secrets qui pourraient changer toute notre vision des dieux et des restes divins. Mais non, il faut « respecter leur intimité » et « les laisser passer leurs dernières années en paix »…

Elle poussa un long soupir exaspéré.

En principe, Vyne n'était pas non plus censée envoyer quelqu'un d'autre interroger les prêtres, d'où la nécessité du secret. Elle avait acheté Hark pour qu'il lui serve d'espion.

– Le gouverneur est un idiot, dit-il pour lui manifester son soutien.

Il la trouvait plus facile à manœuvrer quand elle était perturbée. Au moins, dans ces moments-là, il pouvait la percer à jour. Lorsqu'elle était calme et impassible, il avait souvent l'impression que chacun de ses propos cachait un piège et qu'elle l'observait avec un détachement amusé pour voir s'il allait tomber dedans.

– Et ces prêtres irresponsables qui n'arrêtent pas de mourir ! marmonna-t-elle. On en perd un ou deux chaque année, et habituellement ce sont les plus vieux, ceux dont le savoir est particulièrement inestimable ! Impossible de prévoir lequel va faire le grand saut. Même ceux qui paraissent en forme font soudain une mauvaise chute, attrapent un rhume qui se transforme en fièvre ou vont se coucher normalement mais ne se réveillent pas. C'est pourquoi chaque jour est important, Hark. Nous devons absolument découvrir où se trouvent les archives, avant qu'Âme Pâle ne meure rien que pour me contrarier !

– Je vais réussir, promit-il. Je tâche de le convaincre. Vous devez me faire confiance !

Elle poussa un grognement.

– Je n'en suis quand même pas là ! déclara-t-elle.

Son regard était de nouveau froid et amusé.

– Qu'est-ce que tu as manigancé, d'ailleurs ?

– Que voulez-vous dire ?

Hark se demanda non sans malaise si la question de sa propriétaire n'était pas une accusation voilée.

– Simple curiosité. Je veux savoir si mon petit sournois a la conscience tranquille.

– Tout à fait tranquille, assura-t-il en hâte.

Vyne resta immobile à le regarder sans sourire. Quand elle était ainsi, il était incapable de deviner ses pensées.

– Tu te souviens de la règle d'or ? lui demanda-t-elle.

– Je peux mentir à tout le monde à ma guise, du moment qu'on ne me démasque pas… mais je ne dois jamais vous mentir.

Bien sûr que Hark s'en souvenait. Cette règle le rappelait intérieurement à l'ordre dès qu'il risquait d'en prendre trop à son aise avec le docteur Vyne.

– Autrement… vous m'enverrez aux galères.

– En effet, confirma-t-elle.

Seules ses lèvres remuaient ; c'est à peine si elle clignait des paupières. Elle attendait. Hark capitula.

– J'ai la conscience tranquille, répéta-t-il, mais… d'autres ne peuvent pas en dire autant, et il m'arrive de fermer les yeux.

– Continue.

Elle haussa les sourcils. Hark tressaillit, il se sentait fait comme un rat.

– Un serviteur du Sanctuaire est chargé de jeter l'eau du bain des prêtres, avoua-t-il. Il s'agit en partie d'eau de l'Abysse, de bonne qualité. Il s'arrange donc pour la mettre en bouteilles et la vendre comme huile de lampe. Je ne l'aide pas mais… je n'en parle à personne.

Bien entendu, ce n'était pas le seul trafic qu'abritait le Sanctuaire. Un serviteur faisait de la contrebande de médicaments, un autre détachait des sculptures dans les couloirs pour les vendre à des touristes. Là encore, Hark se rendait complice par son silence.

– Il est utile de connaître les secrets des gens, dit-il pour sa défense. Du coup, ils doivent me ménager.

– Tu fermes donc les yeux sur leurs agissements. C'est tout ? Tu n'es pas de mèche avec tes vieilles connaissances ?

– Non ! assura-t-il précipitamment.

La seconde règle d'or était qu'il ne devait pas reprendre contact avec ses amis du Havre de la Dame.

Pendant son premier mois au Sanctuaire, Hark avait été en proie au mal du pays et mourait d'envie de voir des visages familiers. Il saisissait le moindre prétexte pour rôder dans les parages du port, au cas où quelqu'un viendrait le chercher. Personne n'était jamais venu, et il avait fini par comprendre que cela valait sans doute mieux.

S'il avait rencontré ses amis, ils se seraient moqués de

lui et l'auraient bombardé de questions en tirant sur les manches de sa robe jaune, pour savoir dans quelle mesure il avait retourné sa veste. Il aurait essayé de les convaincre qu'il n'avait pas changé, qu'il était un rebelle déguisé en repentant docile. Après quoi, ils lui auraient demandé de le prouver en buvant un verre avec eux, en « empruntant » un objet au musée ou en leur racontant comment on pouvait pénétrer dans le Sanctuaire...

– Non, répéta-t-il. Je ne suis pas si stupide.

– Tout le monde est stupide. Tout le monde est faible.

– Vous allez parler à Kly de cette histoire avec l'eau des bains ?

– Non.

Vyne reprit négligemment son carnet et parcourut de nouveau ses notes.

– Pourquoi ferais-je une chose pareille ?

La tension dans la pièce était retombée, comme si elle n'avait jamais existé.

– Contente-toi de me tenir au courant, et ne te fais pas prendre.

Hark eut l'impression qu'il venait encore d'éviter un piège. Que se serait-il passé, s'il avait prétendu être totalement innocent ? L'aurait-elle cru ?

Le docteur Vyne l'aimait bien, il en était presque sûr. Elle appréciait son effronterie, sa curiosité et même sa malhonnêteté. Elle était satisfaite des progrès qu'il faisait en apprenant à lire. Il lui arrivait de lui expliquer ses théories sur les restes divins à l'improviste. Il n'était pas seulement sa dernière arme secrète, il était aussi un projet qu'elle trouvait intéressant. Se débarrasserait-elle vraiment de lui, s'il la décevait ?

Son instinct lui disait que oui. Elle en serait capable.

Hark ne pensait pas qu'elle fût du genre à donner plus

d'un avertissement. Elle le lui avait dit, quand elle lui avait exposé ses règles le jour de leur rencontre.

Pas d'exceptions. Pas d'excuses. Pas de seconde chance.

Elle l'aimait bien, certes. Mais si jamais il la décevait ou s'il enfreignait ses règles, rien qu'une fois, elle le vouerait probablement à sa perte en le vendant sans un instant d'hésitation.

CHAPITRE 7

Le lendemain matin, Hark fut chargé d'aller chercher des provisions pour la cuisine du Sanctuaire. Il lui fallait se lever encore plus tôt que d'habitude, du coup, et explorer les falaises et les plages, mais ces expéditions ne lui déplaisaient pas. Elles lui permettaient de sortir du Sanctuaire, de se sentir moins prisonnier.

Il se brûla la langue en avalant sa soupe à toute allure et fourra sa petite miche de pain dans sa poche. Avant que le soleil n'ait pu se lever, il était dehors dans le vent, sous le ciel d'or pâle. Ça faisait du bien d'abandonner sa robe jaune, d'avancer à grandes enjambées au lieu de marcher à pas feutrés. Il aspira à pleins poumons l'air froid et salé, et son entrain habituel devint une ivresse céleste.

Il lui semblait toujours étrange d'arpenter les plages à sa guise. Tandis qu'il récoltait des anatifes à profusion dans les flaques des rochers, ainsi que de la laitue de mer verte et molle poussant en abondance près des flots, Hark s'attendait presque à entendre des hurlements et à être atteint de plein fouet par une fronde. Au Havre de la Dame, toute plage digne de ce nom était revendiquée par une bande de prospecteurs, qui, pour la plupart, regardaient d'un œil peu amène les « intrus » essayant d'explorer les lieux. Il arrivait que les récidivistes repartent avec quelques doigts en moins.

Au Nid, presque toutes les plages étaient libres. Une seule avait un gardien à demeure. Hark s'y rendit pourtant, non pour s'approvisionner mais pour bavarder. Quand il s'avança en faisant crisser les galets, un homme d'âge moyen, pauvrement vêtu, jaillit de sa cabane. Il se détendit à la vue de Hark et baissa la gaffe qu'il brandissait.

– Oh, c'est toi.

Le vieux Dunlin défendait sa plage avec férocité, mais Hark avait depuis longtemps fait sa conquête. Habituellement, le prospecteur était heureux d'avoir l'occasion de parler avec quelqu'un.

Ils s'assirent devant la cabane et partagèrent le pain du petit déjeuner de Hark. Celui-ci regarda à la ronde et remarqua de grands seaux remplis d'eau et de crabes vivants, ainsi que des piles de poissons salés en train de sécher sur des blocs de pierre.

– Comment avez-vous fait pour en attraper autant? demanda-t-il avec admiration.

– Tu n'as pas vu la tempête, voilà deux nuits? répliqua Dunlin en souriant. Comme l'Étreinte était sombre et agitée, la mer s'est déchaînée, et tous les crabes et les poissons volants se sont précipités sur la plage pour lui échapper. On aurait cru qu'ils se jetaient dans ma marmite!

Le prospecteur eut un petit rire.

– La mer était si mauvaise que j'ai cru qu'une épave intéressante pourrait même s'échouer ici, mais...

Il fit la grimace en secouant la tête.

– Pas de chance? demanda Hark d'un ton compatissant.

– C'est toujours la même histoire.

Dunlin désigna de la tête une série de points noirs au loin.

– La barrière des Suppliques retient presque toutes les bonnes prises.

En regardant la mer, Hark aperçut des taches sombres se succédant irrégulièrement à l'horizon. Il savait qu'il s'agissait des tours de la Barrière, qui émergeaient en zigzag de la surface des flots. Elles étaient perchées sur des récifs et des sommets sous-marins, séparées tantôt par trente mètres à peine, tantôt par quatre ou cinq cents mètres. L'énorme réseau de chaînes tendues entre elles était invisible sous les vagues.

– Enfin, observa Dunlin avec philosophie, sans elle, j'imagine qu'il y aurait plus de bandes qui voudraient revendiquer ces rivages. Comme ça… j'ai ma plage.

– Vous avez une paix royale, renchérit Hark.

– Oui… sauf quand la doctoresse me rend visite.

Dunlin désigna cette fois le haut de la plage, où une porte délabrée fermée par un cadenas s'encastrait dans la falaise. Apparemment, elle donnait accès à une ancienne mine, qui servait parfois à Vyne pour des expériences mystérieuses.

– J'aimerais mieux qu'elle ne vienne pas. Elle fait fuir les poissons à des kilomètres à la ronde.

– Vous avez des nouvelles des autres îles ?

– Non, désolé. Tu es la première personne à qui je parle depuis trois jours.

Déçu, Hark eut un accès aussi soudain que violent de mal du pays. Lorsqu'il vivait au Havre de la Dame, il avait toujours l'impression d'être pris dans un flux. Les bateaux, les marchandises, les gens, les nouvelles – tous entraient, sortaient, parcouraient l'île en tous sens, continuellement. C'était ainsi, dans les Myriades : on était partout en route vers un ailleurs. Vivre sans nouvelles lui donnait l'impression d'être un naufragé.

– Regarde-moi ces nuages qui arrivent, grommela Dunlin. On va avoir de la pluie.

Hark l'entendit à peine, les yeux fixés de nouveau sur les voiles des lointains navires. Clippers, cotres, sloops, lougres. Voiles blanches, jaunes, rouge vif.

Sous ses yeux, de l'autre côté des flots brillants, la vie continuait sans lui.

Il retourna à l'intérieur de l'île, en traversant les broussailles touffues. La rumeur de ses pas effrayait des grillons et des papillons d'un gris bleuté.

Un écureuil terrestre traversa comme un éclair le sentier emprunté par Hark, qui éclata de rire. Jadis, il n'y avait pas d'écureuils dans les Myriades, mais cette petite vermine effrontée avait réussi à s'embarquer clandestinement dans des navires étrangers, dont elle rongeait les provisions. On les trouvait maintenant dans la plupart des îles, où ils proliféraient comme des rats. Les Myriadais toléraient leur présence, car ces acrobates impudents faisaient aussi des ragoûts délicieux.

Hark éprouvait toujours un sentiment de solidarité avec eux, en tant que vermine. Dès qu'il en voyait un, il se sentait ragaillardi.

– Eh, oui ! lança-t-il à l'écureuil. Moi aussi, je ne devrais pas être ici. Mais ils nous ont laissés monter dans un bateau, et nous voilà.

« Me voilà. Et bien en vie, malgré tout. Avec mes discours, je me suis trouvé une bonne place. Pourquoi me lamenter ? »

Pendant qu'il cheminait, une armée de nuages s'était massée au nord. Le ciel était maintenant d'un gris morne, l'air avait pris un éclat humide et froid qui annonçait la pluie. Hark savait qu'il ferait mieux lui aussi de se mettre à l'abri mais, pour l'instant, affronter le vent en marchant vers le nord lui donnait la sensation d'être libre et plein de vie.

Il voulait rejoindre un cairn, où il avait remarqué

précédemment une petite touffe de criste-marine entre les pierres. La plante devait avoir suffisamment poussé, maintenant, pour que l'on puisse en cueillir quelques feuilles sans la tuer. Il approcha bientôt du cairn, dont les rochers gris étaient brodés de lichen blanchâtre.

– Hark !

Il se figea, le pied sur l'une des premières pierres. D'un coup, il se sentit glacé.

Un visage émergea de la cavité s'ouvrant dans les rochers. Un visage familier, bleui par le froid.

– Jelt !

Jelt revenait toujours. Même quand on croyait qu'il était mort, avait été arrêté ou vous avait oublié, il revenait. Toujours. Et alors, tout changeait. Tout ce qu'on pouvait faire pendant son absence cessait aussitôt. Hark avait amèrement regretté son ami, mais il se rendit compte qu'il n'était pas prêt pour le retour de Jelt, finalement. Un étrange sentiment d'abandon s'empara soudain de Hark.

– Jelt ! s'écria-t-il. Que fais-tu ici ?

– Moi aussi, je suis heureux de te voir, Hark, railla Jelt avec un sourire amer. « Ouf, tu es vivant, Jelt ! Qu'est-ce que tu deviens ?… »

– Bien sûr que je suis heureux de te voir ! assura Hark en hâte.

Il regarda nerveusement à la ronde, mais il n'y avait personne en vue.

– Je savais que tu avais dû t'en sortir ! reprit-il. Je n'ai pas réussi à savoir ce qui s'était passé cette nuit-là, mais comme tu n'étais pas à la vente aux enchères…

– Je voulais te parler, l'interrompit Jelt. Ça fait deux jours que j'attends dans cette île.

À l'entendre, on aurait cru que Hark n'était pas venu à un rendez-vous.

– Je suis coincé au Sanctuaire presque tout le temps ! Je ne sors que lorsqu'on m'envoie faire des commissions...

Hark s'arrêta pour reprendre son souffle. C'était toujours comme ça, avec Jelt. Il vous mettait en position de faiblesse. On finissait par s'excuser, s'expliquer et se défendre, au lieu de riposter.

– Bon, je suis ici, maintenant, dit finalement Hark. Et je suis content que tu sois venu. Mais je... je ne peux pas rester longtemps. Si quelqu'un me voit te parler, j'aurai de gros ennuis.

Brusquement, la perspective de passer trois ans au Sanctuaire ne lui paraissait plus un piège mais un avenir riche d'opportunités, aussi précieux que fragile.

– C'est tout ce que tu trouves à me dire après trois mois ?

Jelt fronçait les sourcils de façon menaçante.

– Non ! lança Hark, qui avait le visage brûlant malgré le vent glacé. J'ai dit que nous pouvions parler ! Mais il faut que je sois prudent ! C'est quand même moi qui ai payé les pots cassés, non ?

À peine ces mots prononcés, il se rendit compte qu'ils sonnaient comme une accusation.

– Vraiment ? répliqua Jelt. Et la faute à qui ?

Hark comprit l'insinuation, comme un poing qui se levait, prêt à le frapper.

– Qu'est-ce que tu sous-entends ?

Il était rouge de colère.

– Tu as mis une éternité à éteindre cette lanterne, après quoi tu t'es fait prendre, déclara Jelt. Tu aurais dû être en bas du promontoire avant qu'une patrouille puisse arriver là-haut ! Qu'est-ce que tu as fabriqué ? Tu t'es arrêté pour pique-niquer ? Rigg était furieuse contre moi, ensuite, car j'avais répondu de toi !

– Oh, ne rejette pas la faute sur moi ! s'exclama Hark. C'est toi qui avais imaginé ce plan stupide !

– Et je t'avais cru à la hauteur. Tu étais notre maillon faible, Hark ! Si tu savais que tu n'y arriverais pas, pourquoi ne pas l'avoir dit ?

– Tu as tout fait pour m'en empêcher ! Grâce à toi, les contrebandiers avaient déjà perdu patience avant mon arrivée ! Quand je les ai vus, je ne pouvais plus qu'accepter ou me faire jeter du haut de la falaise ! C'est toujours comme ça, avec toi !

– Et tu me laisses toujours tomber dans les moments importants ! rétorqua Jelt.

C'était faux, tellement faux, et Hark se sentit profondément blessé. Il aurait aimé lui énumérer toutes les fois où il l'avait épaulé, où il avait sauvé la situation, était resté à ses côtés. C'était exactement ce que Jelt voulait, afin de pouvoir le toiser d'un air narquois ou dédaigneux, avant de le couper au beau milieu de son discours, de façon qu'il reste hébété, désemparé. Après quoi, Hark serait de nouveau incapable de résister au courant dans lequel Jelt voulait l'entraîner, et il ne pouvait pas se le permettre maintenant.

– Si c'était vrai, lança-t-il, j'aurais parlé de toi quand on m'a arrêté, non ? Mais je n'ai pas vendu la mèche. Je vous ai effacés de mon histoire, toi et la bande de Rigg. Du coup, je me retrouve engagé pour trois ans. Trois ans, Jelt !

– On dirait que tu es retombé sur tes pieds, observa Jelt d'une voix toujours étrangement oppressée. Même que tes pieds sont rudement bien chaussés.

– J'aurais pu être envoyé aux galères ! protesta Hark. Je n'y ai échappé qu'en racontant des histoires, Jelt ! Et je pourrais encore finir galérien !

Il y eut une bourrasque glacée, les aubépines se mirent à bruire, puis la pluie obscure s'abattit avec une telle violence qu'il sembla à Hark qu'elle lui égratignait la peau.

– Allez, viens t'abriter, dit Jelt en saisissant son ami par le bras pour l'attirer dans la cavité du cairn.

– Je ne peux pas, commença Hark d'une voix aiguë.

Il eut soudain le souffle coupé en se rendant compte de ce qu'il allait dire. Quel choix avait-il ? Il marchait sur une corde raide. Si Jelt restait dans sa vie, il s'arrangerait pour mener Hark à sa perte.

– Jelt, je t'ai tiré d'affaire.

Aveuglé par la pluie, Hark était heureux de ne pas voir le visage de son ami.

– Et je continuerai de te couvrir, ne t'en fais pas pour ça. Malgré tout, tu dois garder tes distances avec moi. Si tu es venu t'assurer que j'allais bien… je suis toujours en vie, comme tu le vois. Mais si tu veux encore me demander quelque chose, je ne peux pas t'aider. Reparle-m'en dans trois ans.

Il tenta de dégager son bras. Jelt ne le lâcha pas.

– Ne me laisse pas tomber.

Hark entendit dans sa voix une douleur cachée derrière la colère. Mais cette colère était immense, et il se sentit soudain petit, faible et fragile. Jelt l'entraîna dans la cavité, l'attrapa par les épaules et le regarda droit dans les yeux.

– Qu'est-ce qui t'est arrivé ? Tes nouveaux propriétaires t'ont fait un lavage de cerveau ? Tu vas les laisser te dire qui sont tes amis ? On n'appartient à quelqu'un que si on le veut bien, Hark.

Il y avait un fond de vérité dans ces réflexions. Comme toujours. C'était ce qui rendait si difficile de discuter avec Jelt.

– Écoute, dit Hark d'une voix qui se faisait malgré lui implorante. Il faut que tu me laisses partir.

– Tu vas oublier dix années d'amitié, pas vrai ? Comme ça ? Simplement parce que tu as peur, et que quelqu'un a décidé de te traiter comme son petit chien ? Pour être nourri, est-ce que tu dois faire le beau avec un biscuit sur le museau ?

Le regard de Jelt était un vent cruel qui arrachait à Hark toutes ses petites victoires comme des feuilles mortes. Malgré lui, Hark eut honte de s'être efforcé d'accomplir au mieux ses tâches nouvelles à la manière d'un chien obéissant, honte d'avoir apporté des informations au docteur Vyne comme un bâton dans sa gueule. Avec quelle patience docile il s'entraînait à écrire... Ça, il ne pourrait pas en parler à Jelt. Jamais.

– Tu sais que ça ne durera pas, non ? reprit Jelt. Ils finiront par te démasquer. Ils découvriront quelque chose dans ton passé qui ne collera pas avec l'histoire que tu leur as racontée. Que se passera-t-il, à ce moment-là ?

Ces propos étaient-ils une menace ? Jelt connaissait Hark comme sa poche. Il était au courant de ses pires méfaits, car il y avait lui-même activement participé. Leur complicité n'avait jamais été un problème, puisqu'ils se trouvaient tous deux dans le même bateau minable et n'auraient pas songé à jouer les mouchards. Jelt avait protégé Hark, s'était battu pour lui, avait partagé avec lui ses maigres provisions pendant les hivers les plus sombres. Jamais Jelt ne le trahirait.

À moins que...

Il arrivait à Jelt de détruire d'un coup l'image qu'on avait de lui, en faisant des choses dont on ne l'aurait pas cru capable. Il ne s'excusait jamais ensuite, même quand il avait agi sur un coup de tête ou dans un accès de colère. S'il trahissait Hark, la faute finirait immanquablement par retomber sur ce dernier.

Hark avait froid, tellement froid. Le vent soufflait dans la cavité et la pluie coulait dans son dos.

– Ils ne sont pas loyaux envers toi, dit Jelt, et tu ne devrais pas l'être envers eux. Ce qui compte, c'est la loyauté, pas vrai ? C'est tout ce que nous avons. Ne les laisse pas nous enlever ça.

Le regard de Jelt était dur, plein de colère et de sérieux. Peut-être n'avait-il pas voulu le menacer, en fait. Malgré tout, Hark sentait sa gorge se serrer nerveusement, comme si un couteau était prêt à s'abattre sur lui.

– Tu attends quelque chose de moi, hein ?

– Je veux te donner encore une chance. Un moyen de tout arranger.

– De tout arranger avec qui, Jelt ? Avec Rigg et sa bande ?

– Ne pense plus à Rigg. J'ai réussi à la calmer. J'ai même un peu travaillé pour elle... mais c'est fini, maintenant.

Jelt fit une moue dédaigneuse. Apparemment, les contrebandiers ne représentaient plus une occasion de promotion à ne rater sous aucun prétexte, comme trois mois plus tôt.

– Dans ce cas...

– Tu peux tout arranger avec moi. Entre nous. Faire en sorte que nous soyons de nouveau quittes.

– Tu penses donc que nous ne sommes pas quittes ? demanda Hark non sans appréhension. C'est ce que tu veux dire ?

Jelt haussa les épaules avec lenteur, les yeux toujours rivés sur lui.

– Si tu es encore mon ami, tu vas le prouver. Et je serai enfin fixé. Écoute... tu es le seul en qui je puisse avoir confiance. J'ai en ma possession quelque chose d'extraordinaire. Vraiment extraordinaire. Une chance en or !

– Qu'est-ce que c'est ? demanda machinalement Hark avant de se rendre compte soudain que, s'il en savait trop, il serait nécessairement impliqué. Peu importe. Je ne veux pas en entendre parler.

Mais c'était trop tard, il en avait lui-même conscience.

– C'est une bathysphère, répondit Jelt.

Hark ne put s'empêcher de siffler tout bas. Pour explorer les grands fonds, on avait toujours besoin de cloches de plongée et de bathysphères. Les acheteurs seraient prêts à y mettre le prix.

– Où l'as-tu dénichée ?

– Je l'ai trouvée. Elle est en parfait état. Les hublots ne sont pas éraflés. L'écoutille s'ouvre et il fait sec à l'intérieur, même après tout ce temps. Et tu ne sais pas le plus beau !

Jelt sourit brièvement à Hark d'un air de conspirateur.

– C'est un ancien modèle. Elle a été fabriquée par des prêtres, avec des restes divins.

Hark en demeura bouche bée.

– Tu plaisantes !

Les bathysphères de fabrication sacerdotale pouvaient coûter vingt fois plus cher qu'un modèle moderne. Elles n'étaient pas aussi sûres et confortables, mais leur coque en restes divins résistait mieux aux descentes abruptes menant à l'Abysse. Il n'en subsistait plus qu'une poignée en état de marche.

– Il doit y en avoir pour une fortune ! s'exclama Hark.

Son enthousiasme retomba presque aussitôt. Ils ne pouvaient pas partager cette richesse.

– C'est… incroyable, Jelt. Mais tu n'as pas besoin de mon aide. Tu peux la vendre sans moi.

– Pas du tout ! Si je mets trop de gens au courant, le gouverneur l'apprendra et me la confisquera, pas vrai ?

Jelt avait raison. Après le Cataclysme, le gouverneur s'était autoproclamé « gardien » de tous les biens des prêtres de l'île. S'il entendait parler d'une bathysphère sacerdotale en vente au marché noir, il chargerait probablement quelqu'un de s'en emparer.

– Dans ce cas, trouve-toi un bon acheteur et vends-la en cachette ! suggéra Hark, qui commençait à claquer des dents.

– Pour qu'il fasse baisser le prix ! objecta Jelt. Je serai payé une misère, et celui qui l'achètera fera fortune en s'en servant pour chercher des épaves ! Non, merci. Je la garde. C'est nous qui allons devenir riches, Hark. Rien que toi et moi. Nous allons faire des plongées avec elle.

– Comment ?

Hark se sentit soudain faible et lourd, comme si un courant l'entraînait sous la surface.

– C'est de la folie ! Nous ne sommes pas plongeurs, nous ignorons tout du fonctionnement d'une bathysphère !

– Bien sûr, mais je parie que tu pourrais facilement en apprendre plus. Tu parles avec des prêtres à longueur de journée, pas vrai ? De toute façon, je vais explorer l'Abysse. Vas-tu m'aider, oui ou non ?

Hark soupira. Il se sentait piégé, et pas seulement par la pluie torrentielle.

– Je vais essayer de m'informer sur les bathysphères, dit-il. Mais je m'en tiendrai là.

Jelt lui donna une petite bourrade, peut-être affectueuse.

– J'ai confiance en toi, déclara-t-il.

CHAPITRE 8

De retour au Sanctuaire, Hark fut réprimandé pour avoir trempé ses vêtements, mais ce fut tout. Personne ne l'avait vu parler à Jelt. Il revêtit en hâte sa robe sèche. Au moins, Jelt ne l'avait jamais vu ainsi déguisé. Hark imaginait son regard de mépris incrédule, s'il avait découvert son meilleur ami dans cet accoutrement couleur de jaune d'œuf.

Pendant trois mois, Hark s'était inquiété pour lui et avait brûlé d'envie d'avoir de ses nouvelles. À présent que son ami avait refait surface, il aurait donné n'importe quoi pour le renvoyer au Havre de la Dame. Comment avait-il pu oublier ce qui arrivait quand Jelt était dans les parages ?

Son projet était dément. Faire descendre une bathysphère, alors qu'ils n'étaient que deux, serait manifestement un suicide. Si Hark lui refusait son aide, Jelt renoncerait sans doute à ce plan et se contenterait de vendre le submersible. Mais était-ce certain ? Il avait menacé de plonger même sans son aide, et il pouvait se montrer d'une obstination incroyable.

Si Hark ne revoyait pas Jelt, il ne saurait jamais si son ami n'avait pas fait une bêtise. Il imagina un long silence glacé, sans aucune nouvelle de Jelt, sans savoir s'il était mort ou vivant. Cette idée l'horrifiait, l'hypnotisait.

«Je vais m'informer sur les bathysphères, décida-t-il. Ensuite, je pourrai lui expliquer que ça ne marchera pas.»

– Quest, dans quelle mesure les bathysphères sont-elles dangereuses ?

Le vieux prêtre leva les yeux de son assiette, non sans creuser à neuf les rides de son front.

– Elles sont plus sûres que les autres cloches de plongée, à bien des égards. Comme elles sont closes, elles ne peuvent pas basculer et laisser l'air s'échapper. Leur forme ronde leur permet de résister à la pression de l'eau. Cette pression n'est pas un problème dans l'Abysse, mais c'est différent dans la vraie mer qui s'étend au-dessus. Si la coque d'un submersible n'est pas assez solide, l'eau l'écrase comme ça...

Il prit dans son ragoût aux algues une petite vésicule sur une fronde, qu'il écrasa entre le pouce et l'index.

Hark n'aimait pas beaucoup l'idée d'être dans un engin capable d'éclater comme une vésicule d'algue brune.

– Comment sait-on si elle est assez solide ? demanda-t-il.

– On le sait uniquement une fois que le submersible est descendu, répondit Quest avec un sourire ironique. Mais je crois que la plupart des sphères modernes ont une coque en métal de quinze centimètres d'épaisseur, ainsi que des hublots en cristal de roche avec un revêtement de verre divin.

– Ça doit peser une tonne ! s'écria Hark.

Il continua d'un ton négligent, pour tenter de masquer son intérêt.

– Qu'en était-il des vieux modèles, ceux que vous utilisiez ?

– Oh, nos sphères étaient beaucoup plus légères. D'ordinaire, elles étaient fabriquées à partir de reliques, ce qu'on appelle aujourd'hui des «restes divins». Une matière nettement plus étrange et résistante que le métal. Il était possible d'avoir des parois beaucoup plus minces sans qu'elles cèdent à la pression.

– Mais… même avec ce genre de sphère, vous deviez avoir besoin d'un grand bateau pour la mettre à l'eau ? demanda Hark avec espoir. Et il fallait une foule de gens pour la faire descendre et la remonter ?

– En effet, approuva Quest. Seul un navire imposant pouvait porter la grue, la sphère et le contrepoids. Nous avions besoin de marins pour maintenir le bateau immobile en l'empêchant de dériver, de solides gaillards pour tourner la poulie où s'enroulait la chaîne, de mécaniciens pour entretenir le mécanisme, d'un observateur casqué pour regarder dans l'eau la progression de la sphère… ça faisait au moins une dizaine de personnes.

C'était encore mieux que Hark ne l'espérait. Le projet de Jelt n'était pas seulement stupide, mais impossible. Il allait pouvoir le lui dire.

– Enfin, il en allait ainsi dans un bateau, ajouta Quest après un instant de réflexion. Les grues fixes exigeaient nettement moins de personnel.

Le cœur de Hark se serra.

Dans les Myriades, le terrain était souvent accidenté, sur la terre comme sous la mer. Nombreux étaient les endroits où le sol marin se dérobait perfidement en un précipice où l'on pouvait tomber longtemps, très longtemps. Les prêtres avaient construit dans ce genre de lieux des tours ou des plates-formes munies de grues, pour descendre cloches de plongée et bathysphères dans les profondeurs.

Un grand nombre de ces grues avaient été détruites lors du Cataclysme, ou avaient fini par s'effondrer. Quelques-unes restaient debout, cependant, et tachaient de rouille les rochers où elles se dressaient.

– Combien de gens fallait-il pour se servir d'une grue fixe ?

demanda Hark, même s'il n'était pas sûr de vouloir entendre la réponse.

– Plus on était nombreux à tourner la poulie, moins on courait de risques. J'ai entendu parler d'un homme qui avait réussi tout seul à faire descendre et remonter une sphère, mais rares étaient ceux qui s'y seraient hasardés. Même lui avait dû revenir un autre jour avec des amis pour l'aider à remettre en place le contrepoids.

Hark se sentit déchiré en entendant ce récit. Le projet de Jelt était stupide, dangereux et sans doute suicidaire, mais apparemment il n'était pas tout à fait impossible.

– Qu'est-ce qu'un contrepoids ? demanda-t-il.

Les yeux de Quest s'illuminèrent lorsqu'il se lança dans des explications. Son esprit avait besoin d'activité. Le vieillard parla du contrepoids de la grue, d'arbre transversal, de dévidoirs et de treuil. Hark l'écouta en gravant chaque détail dans sa mémoire.

– C'est donc possible ! s'exclama Jelt quand Hark le retrouva deux jours plus tard, dans l'ombre du cairn.

– Jelt… il a entendu parler d'un homme faisant fonctionner une grue tout seul. Ça ne veut pas dire que c'est vraiment arrivé ! Et même alors, ça ne voudrait pas dire que j'en sois capable. Il faudrait une grande force physique, non ?

– Dans ce cas, pourquoi ne te descendrais-je pas ? Je suis le plus fort de nous deux. Toi, tu es plus petit et léger.

– Pas question, Jelt !

Hark se rendit compte qu'il avait presque crié dans son affolement.

– Je suis sérieux ! insista-t-il.

– C'est drôle de voir ton visage si propre, observa Jelt, en changeant de tactique selon son habitude déconcertante. J'ai du mal à te reconnaître. Il y a deux ou trois personnes qui m'ont demandé de tes nouvelles. Je ne savais pas quoi leur dire.

Sa voix était tendue.

– Alors, comment est la nourriture ? continua-t-il.

Hark garda un silence maussade. Il se sentait propre, chichiteux et bien nourri. Un animal choyé. Une bête de compagnie. À l'idée que ses vieux amis pourraient entendre la description de Jelt, une honte fulgurante l'envahit.

– Je parie que la chère est bonne, reprit Jelt. C'est donc comme ça qu'on t'achète ?

Ses yeux imperturbables se fixèrent sur Hark, qui eut l'impression d'être foudroyé par ce regard.

– Tu es content, là-bas ?

Dans sa bouche, le mot « content » semblait perfide, méprisable.

– Je m'en accommode de mon mieux, riposta Hark. Qu'est-ce que tu voudrais ? Que je passe mes journées à pleurer ?

– C'est juste que je ne t'aurais jamais cru si aisé à dresser. Enfin, si on mange si bien là-bas, je devrais y faire un saut pour dîner.

Jelt sourit de toutes ses dents.

– Je pourrais me faire passer pour un pèlerin, un fidèle venu présenter ses respects aux vieux prêtres. Tu arrangerais les choses en racontant à ta propriétaire une histoire pour qu'on me laisse entrer, pas vrai ?

– Tu veux vraiment qu'on m'envoie aux galères ? s'écria Hark.

Cette façon de le menacer sur le ton de la plaisanterie le rendait malade.

– Ça vaudrait mieux que de te laisser domestiquer ! répliqua Jelt avec une amertume soudaine. Tu te promènes avec un collier invisible autour du cou !

« Il ne parle pas sérieusement », se dit Hark en hâte. Mais

il redoutait au fond de lui que Jelt ne soit sérieux et préfère le voir condamné, enchaîné à une rame, plutôt qu'heureux au loin, hors d'atteinte...

« Non. Ce n'est pas ce qu'il veut dire. Il est en colère, c'est tout. »

Hark avait le ventre noué, et il savait que c'était l'effet de tous ces mots furieux qu'il ne prononcerait jamais, de cette menace qu'il ne brandirait jamais. Il était encore en mesure de trahir Jelt, mais il lui aurait semblé impossible et impardonnable d'y faire seulement allusion. Peut-être était-ce la différence entre les forts et les faibles, entre ceux qui osaient se répandre en menaces et les mettre à exécution, et ceux qui en étaient incapables.

– Du calme, dit Jelt en recouvrant d'un coup sa nonchalance. Je plaisante. Tu avais le sens de l'humour, autrefois.

– Ha, ha, ha ! fit Hark, qui se sentait gelé malgré le soleil.

– Écoute, insista Jelt. Tout se passera bien. Il y a de vieilles grues sur la barrière des Suppliques, non ? Nous en utiliserons une. Comme elles ne sont pas loin, tu pourras aller là-bas et revenir rapidement.

– On pourrait nous voir ! observa Hark. Il y a toujours des gens qui amarrent leur bateau près des tours !

Outre sa richesse en crustacés, la Barrière offrait d'autres opportunités. Des individus intrépides ou inconscients essayaient de plonger pour explorer les débris accumulés sur les chaînes énormes. On pouvait dénicher des épaves précieuses, au milieu des ordures et des vestiges de naufrages, à condition de ne pas se faire fracasser le crâne lors d'une oscillation imprévue du filet.

– Il y a des endroits où personne ne va. Je vais trouver quelque chose. Fais-moi confiance.

Jelt parlait comme s'ils avaient déjà conclu un accord.

– Non ! s'écria Hark.

Il respira profondément et tenta de reprendre l'avantage.

– Jelt… il faut que j'y aille. J'ai trouvé les informations que tu demandais sur la façon de descendre la bathysphère, mais je ne peux pas faire plus. Vraiment pas.

– Je t'attendrai ici après-demain, répliqua Jelt.

Comme Hark voulait protester, il continua :

– Arrange-toi pour avoir ta matinée libre. J'aurai trouvé une grue, que nous pourrons utiliser. Tu peux bien venir au moins examiner le mécanisme, non ? Histoire de vérifier que tous les dévidoirs et les poulies sont en place.

– Tu n'as pas besoin de moi pour ça ! riposta Hark, mais il se sentait perdre du terrain. Je t'ai dit tout ce que je savais !

– Tu t'y connais mieux que moi dans ce genre de trucs, quand même.

Jelt admettait rarement son infériorité dans quelque domaine que ce fût. Quand il le faisait, c'était pour prendre le dessus dans une discussion.

– Je ne te demande pas grand-chose, non ? Deux ou trois heures. Le temps d'aller là-bas en canot et de jeter un coup d'œil.

– Et si je te dis que c'est trop dangereux, tu ne descendras pas ?

Hark aurait voulu se gifler, après avoir prononcé ces mots. Jelt allait les prendre comme un accord.

– C'est toi le spécialiste, déclara son ami avec un grand sourire. À la prochaine !

– Je ne peux rien te promettre…, lança précipitamment Hark, mais c'était trop tard.

– Il faut que tu fasses ça pour moi, reprit Jelt.

Son sourire s'effaça, comme si Hark avait déjà fait une promesse et manqué à sa parole.

– Et pour toi aussi. Je t'aide à rester libre, Hark. Tu devrais me remercier.

CHAPITRE 9

– Il y a deux règles d'or, avait déclaré le docteur Vyne à Hark le jour où elle l'avait acheté. Tu peux mentir à tout le monde, du moment qu'à moi tu ne mentes jamais. Et tu dois garder tes distances avec tes anciens amis. Si l'un d'eux refait surface dans ta vie, dis-le-moi tout de suite.

Hark frappa à la porte du bastion. Il avait l'impression que son bras pesait des tonnes. Pendant trois mois, il avait réussi à ne pas enfreindre ces règles. Dès que Jelt était dans les parages, tout s'effondrait tôt ou tard.

– Ah, te voilà ! s'exclama Vyne en ouvrant.

Elle avait l'air excitée mais surmenée.

– Entre ! Nous avons beaucoup à faire, ce soir.

Elle ne sembla rien remarquer d'étrange dans l'attitude de Hark.

Le désordre de son bureau était encore plus dramatique que d'ordinaire. Elle avait jeté par terre tous les papiers qu'elle entassait sur sa deuxième chaise favorite, et fait en hâte de la place sur la table pour une imposante caisse en bois.

– D'où vient cette caisse ? demanda Hark.

– Notre ami de la Ligue vient de l'apporter.

– Le capitaine Sombre-Culotte ?

– Lui-même.

La prétendue Ligue de Vigilance était un mouvement tentaculaire, comptant des membres dans des dizaines d'îles, dont le but affiché était de défendre les Myriades contre une attaque de l'extérieur. Ce n'était pas une armée officielle – en fait, elle n'avait rien d'officiel –, mais ses membres aimaient faire comme si elle l'était. Au Havre de la Dame, Hark avait vu des Ligueurs vociférer aux carrefours, avec leur chapeau et leur ceinture bleus, et il ne les avait jamais vraiment pris au sérieux.

La Ligue avait établi une petite garnison à l'extrémité nord du Nid. Même si Vyne travaillait en principe pour le gouverneur, elle avait depuis longtemps conclu aussi un accord avec les Ligueurs de l'île.

– Ce sont des fanatiques assommants, soupira-t-elle. Mais ils me donnent de l'argent et des restes divins, ce qui rachète bien des choses.

Elle enleva le couvercle de la caisse. Des centaines de petites pépites lisses et translucides apparurent.

– Ce sont tous des fragments de verre divin ? s'exclama Hark avec stupeur, en oubliant ses propres soucis.

Le verre divin de bonne qualité était plus dur que le diamant et valait une fortune.

– Non, pas tous, rétorqua le docteur Vyne. Apparemment, la Ligue a acheté n'importe quoi au marché noir, du moment qu'on prétendait que c'était du verre divin. Crois-moi, les neuf dixièmes ne sont que du verre ordinaire. Les Ligueurs veulent que les fragments authentiques soient séparés du reste d'ici à demain matin.

– C'est la rançon de votre génie, observa Hark avec adresse.

Le docteur Vyne s'était acquis la réputation d'être la

meilleure spécialiste du verre divin, ce dont elle était fière à juste titre. Elle avait conçu les fameuses cloches en cristal de Hullbrake, et inventé un miroir qui s'embuait avant une tempête. Même la fenêtre ronde du plafond de son bureau était montée avec du verre divin fondu avec art.

Elle éclata de rire.

– C'est plutôt la rançon de ta condition d'engagé, dit-elle en lui lançant une paire de gants. As-tu ton diapason ? Parfait ! Tu vas me trier tout ça.

Hark mit les gants, s'assit à côté de la caisse et entreprit d'un air hébété de sortir une à une les pépites.

– Pourquoi ont-ils besoin d'une telle quantité de verre divin ? marmonna-t-il.

– Oh, ils construisent sans doute un autre sous-marin expérimental pour « défendre nos libertés », répondit-elle distraitement.

Le verre divin était idéal pour les hublots des submersibles.

– Ils feraient mieux de me charger de sa conception, mais ils ont la manie du secret.

Le verre divin s'amollissait, contrairement au verre ordinaire, quand on produisait une certaine note. Hark fit vibrer son diapason encore et encore en appuyant sur les pépites, qu'il répartissait en deux tas.

– Docteur Vyne, lança-t-il soudain.

– Mmm ? Qu'y a-t-il ?

Elle leva les yeux de son livre.

« Quelqu'un a resurgi de mon passé. Je lui ai dit de me laisser tranquille, mais je ne crois pas qu'il le fera. »

Si jamais Hark voulait la mettre au courant, c'était le moment. Avouer la vérité était dangereux, cependant. On ne pouvait plus revenir en arrière, ensuite, comme lorsqu'on avait cassé un œuf. Hark n'avait qu'à convaincre Jelt de s'en aller, et Vyne n'aurait jamais à le savoir.

– Je… je me demandais comment vous aviez découvert ce procédé ?

Il brandit le diapason et un fragment de verre divin. Il lui semblait que c'était le meilleur moyen de changer de sujet. Tout le monde était ravi de parler de ses plus grands triomphes.

– Vraiment ?

Elle le regarda avec son habituel scepticisme, qui lui donnait l'air d'un chat. Ce qui ne l'empêcha pas de répondre à la question.

– Tu aimes les histoires, pas vrai ? On prétend que la peur était l'air que respiraient les dieux, mais je crois que toi, ce sont les histoires qui te tiennent lieu d'air. Si tu ne peux pas en entendre ou en raconter, tu dépéris et tu meurs. Je vais donc t'en raconter une. Tu as entendu parler du Cardinal de Verre, naturellement ?

Hark hocha la tête. Il savait ce qu'on rapportait sur lui, et avait vu des peintures représentant ce grand dieu, pareil à une méduse d'une taille monstrueuse, avec des crochets acérés au bout de tentacules translucides.

– On dit que son ombrelle ondulait comme une soie teinte de mille couleurs, continua Vyne. On dit que son cri était si beau qu'il rendait fou. Encore que ça n'ait pas grand sens, quand on y réfléchit. Qui aurait pu garder la tête assez solide pour le raconter ? Un jour, un baleinier a voulu harponner une baleine par temps de brouillard, mais il a manqué son coup et atteint par erreur l'ombrelle du Cardinal. Le dieu est monté à la surface, et les marins ont vu la terrible balafre faite par la pointe métallique. Ils ont pris la fuite ; le Cardinal les a poursuivis en hurlant. Quand ils ont regardé derrière eux, ils ont constaté que la plaie avait disparu.

– Ils s'en sont sortis ? demanda Hark, bien qu'il connût déjà la réponse.

La plupart des histoires concernant le Cardinal semblaient impliquer le massacre d'équipages entiers.

– Non, bien sûr. Un énorme crochet a ouvert une brèche dans la coque. Pendant que le bateau sombrait, des tentacules ont émergé de l'eau en s'agitant en tous sens. Un marin a été assez bête pour essayer d'en frapper un avec un javelot, mais l'arme a rebondi dessus avec un bruit retentissant. Les tentacules ont abattu tout l'équipage, à l'exception de la vigie, qui a réussi à nager jusqu'au rivage après le départ du Cardinal. Quelle leçon tires-tu de cette histoire, Hark?

– Qu'il ne faut pas harponner les dieux? hasarda-t-il.

Vyne secoua la tête avec lenteur. Il sentit qu'elle ne lui en voulait pas de sa mauvaise réponse, car cela lui permettait d'insister sur un point particulier.

– C'est toujours le même problème, déclara-t-elle. Les gens écoutent ces histoires, mais ils n'entendent qu'une légende terrifiante sur les dieux. Ils considèrent encore ces créatures comme des êtres qui dépassaient notre compréhension, et auxquels nous pouvions tout au plus espérer survivre. Que nous dit cette histoire sur le Cardinal? Elle nous apprend qu'il pouvait amollir ou durcir sa chair à volonté. Par quel moyen? Pendant longtemps, ç'a été une énigme pour moi. Puis j'ai écouté de nouveau les histoires, et j'ai remarqué qu'un grand nombre des dieux translucides criaient comme le Cardinal ou chantaient comme le Gathergeist. Ils se servaient du son – des vibrations – pour transformer leur propre corps.

Hark songea qu'on pouvait également attendrir les gens par ce moyen. Il suffisait de prononcer les mots qu'il fallait, de frapper la corde sensible, pour qu'ils deviennent plus faciles à manipuler. Apparemment, en évoquant le succès mémorable de Vyne, il avait trouvé le ton juste.

– C'est toute l'astuce, reprit-elle. Il faut écouter ce qu'on vous raconte, et entendre ce qui se cache derrière l'histoire. Les gens vous en disent toujours plus qu'ils ne croient.

Levant les yeux, Hark constata qu'elle l'observait de nouveau avec une perspicacité troublante. Non, elle n'était nullement attendrie. Son regard était dur et pénétrant.

– Par exemple, quand j'ai écouté ton histoire lors de la vente aux enchères, ce que j'ai entendu, c'est : « Je suis un menteur. Je me crois plus malin que tout le monde dans cette pièce. Mais je ne suis pas tout à fait aussi malin que je l'imagine. » Ce soir, tu m'as l'air très désireux de flatter le docteur Vyne, cette vieille idiote, pour la mettre de bonne humeur. Tu attends quelque chose de moi, Hark ?

Il s'était mis lui-même dans l'obligation de jouer une nouvelle fois au chat et à la souris. Impossible de battre en retraite.

– Pourrais-je avoir ma matinée demain ? lança-t-il.

– Pourquoi spécialement demain ?

– Je... J'ai l'impression qu'il fera beau, répondit-il en hâte. J'espérais pouvoir aller nager. Kly dit qu'il me faut votre permission...

– Qui dois-tu retrouver ? l'interrompit-elle.

Il la regarda avec stupeur, pris de court. Elle était au courant. Depuis le début. Elle lui avait préparé un piège, afin qu'il se condamne lui-même en parlant.

– Au nom du ciel ! s'écria-t-elle.

Perdant d'un coup son air impitoyable, elle éclata de rire à l'improviste.

– Serais-tu décidé à te montrer galant ?

– Je... je ne...

Hark ne comprenait pas de quoi elle parlait, ni pourquoi elle trouvait ça si drôle.

– Hark, si tu veux cacher l'existence de ta petite amie, dis-lui de ne pas te suivre sur la route.

Le sourire de Vyne était narquois.

– Je l'ai vue de ma fenêtre, elle te regardait descendre vers le port. C'était très romantique.

Hark commençait à comprendre la situation. Le docteur Vyne avait aperçu quelqu'un derrière lui sur la colline, et elle en avait tiré des conclusions hâtives. S'agissait-il d'un prospecteur en visite, d'un Ligueur égaré, voire d'une illusion d'optique ? Peu importait à Hark. L'important, c'était que son imprévisible propriétaire semblait s'amuser et non se fâcher.

– Je ne sais si je dois être scandalisée ou impressionnée, déclara-t-elle. Comment as-tu réussi à dénicher une petite amie dans un endroit comme le Nid ? L'aurais-tu fabriquée toi-même avec des algues et... des écureuils ?

Elle plissa les yeux.

– Cette fille ne fait pas partie de tes amis havrais, n'est-ce pas ?

– Vous n'y êtes pas du tout ! protesta Hark, qui s'autorisa un haussement d'épaules morose. Je... je ne la reverrai sans doute plus après demain, de toute façon.

Pour autant qu'il le sût, ces deux phrases étaient parfaitement vraies.

– Tu es né sous une mauvaise étoile, hein ? Hélas...

Vyne se montrait décidément plus amusée que compatissante.

– D'accord, si tu finis de tout trier ce soir, je te donnerai mon autorisation. Mais sois méthodique et, surtout, ne t'imagine pas que tu pourrais chiper un peu de verre divin !

Il fallut des heures à Hark pour trier les fragments en désordre. Bientôt, il eut les mains endolories malgré les gants protecteurs. Vyne était plongée dans ses livres mais, de temps à autre, elle lui jetait un coup d'œil et se remettait à ricaner.

Hark avait parfois trouvé amusant de jouer les espions pour elle. Il aimait bien lui faire son rapport, montrer à cette femme intelligente combien il pouvait lui aussi être malin. Il appréciait les plaisanteries cruelles qu'ils échangeaient à propos des gens de leur connaissance, ces moments où ils se moquaient du monde comme deux corbeaux sur un gibet.

À présent, il avait enfreint les deux règles d'or. Il existait entre eux comme une fissure invisible, qui ne cessait de s'élargir en un précipice menaçant.

CHAPITRE 10

Le matin où Hark se retrouva « libre », un soleil brûlant combattait un voile de nuages blancs. Le vent soufflait sans trêve, et Hark aperçut du haut de la falaise une fine dentelle d'écume étincelante sur chaque vague de la mer luisant d'un sombre éclat argenté.

En approchant du cairn, il vit que Jelt l'attendait.

– Tu as l'air malade, fit-il en guise de salut. Dis-moi que tu as réussi à avoir ta matinée !

– J'ai trois heures, pas plus.

Jelt sourit et ébouriffa les cheveux de son ami.

– Je savais que tu y arriverais, dit-il.

Le cœur de Hark fit un bond, même s'il ne savait pas si Jelt le félicitait pour son astuce, où s'il se félicitait lui-même d'avoir eu raison.

– Ça n'a pas été facile, rétorqua Hark. Et je ne pourrai pas recommencer.

À l'instant de prononcer ces mots, il fut certain que son ami lui demanderait de recommencer. Encore et encore. Il avait déclaré qu'il ne pourrait se libérer, mais il se trompait, pas vrai ? Jelt ne manquerait pas de le souligner. Ce n'était pas la première fois que Hark commettait l'erreur de réaliser l'impossible à la demande.

– Dépêchons-nous, dit Jelt. Le vent va forcir. Il faut que nous ayons fait l'aller-retour avant.

– Tu as trouvé une grue à un endroit où on ne pourra pas nous voir ? Tu es sûr qu'il n'y aura personne d'autre que nous ?

– Tu parles ! Autrement, je n'aurais pas laissé la bathysphère là-bas. Viens, je t'emmène au bateau.

Jelt le conduisit à une anse étroite qui formait un angle. Sur la petite plage de galets, sa vieille yole les attendait, rouge, élancée et prête à tout.

Ils la poussèrent dans l'eau peu profonde, pieds nus, au milieu des éclaboussements, et se hissèrent à bord quand une vague l'entraîna. Malgré tout, Hark ne put retenir un mouvement de joie en sentant l'eau mousseuse et glacée, le sable se dérobant sous ses pieds. Combien tout cela lui avait manqué – l'éclat éblouissant des rochers couverts d'anatifes, l'ivresse de s'abandonner à la houle…

Ils attrapèrent chacun sa pagaie en même temps et se mirent à ramer, en luttant contre les vagues qui les repoussaient vers le rivage. Leurs gestes étaient synchronisés par une longue habitude. C'était comme une seconde nature, si aisée, si juste. Ces mouvements étaient familiers aux muscles de Hark. Il connaissait le creux dans le banc où il s'asseyait toujours, et le meilleur endroit où appuyer ses pieds sans se blesser avec des échardes. Il cligna les yeux dans le soleil et le vent salé, et il se rendit compte qu'il souriait.

Peu après qu'ils eurent quitté la crique, Jelt lui fit signe d'arrêter de ramer, afin de laisser le courant les porter un moment. Les vagues n'étaient pas encore violentes, mais elles étaient toujours couronnées d'une écume blanche menaçante.

– La Dame fait de la dentelle, dit Hark à voix haute.

Il eut un rire étouffé, comme étonné par ses propres

mots. C'était un vieux dicton havrais pour les périodes où les vagues étaient écumeuses. Parfois, des vieillards le répétaient encore, en faisant écho machinalement à ce qu'ils avaient entendu dans leur enfance, puis ils se taisaient d'un air confus lorsqu'ils se rappelaient que c'en était fini de la Dame Cachée.

Ces mots n'étaient pour lui qu'une expression toute faite, un dicton désuet, pareil à « serré comme le cordon de la bourse d'un marchand » ou « l'oiseau rusé profite du vent ». D'un coup, il imagina des doigts bleu pâle maniant les fuseaux, ou démêlant de longs fils ondulants, blancs comme neige...

– Tu récites des comptines ? demanda Jelt en lui jetant un coup d'œil par-dessus son épaule.

– Tu penses que les gens y croyaient, quand ils disaient ça ? lança soudain Hark. Je sais qu'ils croyaient en *elle*... mais la dentelle ?

Il songea à d'autres dictons des îles, devenus orphelins.

– Et « la planche à laver de Gathergeist » ? Ce n'est qu'une vieille étendue de sable, aux eaux écumeuses où barbotent des huîtriers. Les habitants de Sirène croyaient-ils vraiment que Gathergeist s'y rendait la nuit avec sa lessive...

– Qu'est-ce que ça peut te faire ? l'interrompit Jelt d'un ton qui suggérait que lui-même s'en fichait, et que Hark ferait bien de l'imiter.

Hark comprit qu'il devait arrêter de parler, mais il y avait en lui un esprit contrariant qui voulait toujours partager ses pensées avec Jelt.

– Je ne pense pas qu'ils y aient cru. Les dieux, faire de la dentelle ? ou laver des chaussettes ?

Il plissa les yeux.

– Je pense que c'est... comme s'ils avaient joué à faire semblant. L'espace d'un instant, ils pouvaient s'imaginer les dieux comme des voisins gigantesques et redoutables, qui avaient aussi leurs corvées. Ils en faisaient quelque chose qu'ils pouvaient comprendre, et qui pouvait les comprendre.

Bien entendu, les dieux n'avaient eu aucune occupation domestique, d'une simplicité familière. Mais que faisaient-ils donc, pendant tous ces siècles, dans le froid sans lumière de l'Abysse ? À quoi passaient-ils leurs journées ? Remarquaient-ils seulement qu'il faisait jour, ou vivaient-ils dans une nuit éternelle ? Avaient-ils des pensées, des projets, des rêves, des conversations ? Ou menaient-ils la même existence que les requins, cauchemars sinueux et rapides nageant sans trêve en quête de nourriture ? Cette idée était sinistre, glaçante, et elle parut insondable à Hark quand il l'examina en lui-même.

Une giclée d'eau glacée en plein visage le tira de ses réflexions. Jelt le regardait en souriant. Il avait encore à la main la pagaie avec laquelle il l'avait éclaboussé.

– Te voilà de retour dans la réalité, pas vrai ? lança-t-il. J'ai vu que tu étais en train de divaguer.

Il secoua la tête.

– Je savais que j'étais resté absent trop longtemps. Dès que je te laisse seul, c'est la même chose. Toutes ces idées bizarres envahissent ta tête comme des mauvaises herbes. Il faut un temps fou pour les arracher, histoire que tu redeviennes raisonnable.

Étrangement, ces propos glacèrent davantage Hark que l'eau dont il avait été aspergé. La journée lui parut soudain moins radieuse.

« Ce ne sont pas des mauvaises herbes, Jelt, répliqua-t-il en son for intérieur. Ce sont des pensées. Et elles sont à moi. »

Était-ce inévitable ? Hark se mettait-il à avoir des idées personnelles quand son ami était au loin ? des idées que Jelt veillait à étouffer dès son retour ?

Tandis qu'ils reprenaient leur pagaie, Hark tenta d'apaiser en lui un ressentiment sourd et troublant envers Jelt. « Tu n'as pas le droit d'aller là où il ne peut pas aller, marmonnait une petite voix dans sa tête. Tu n'as pas le droit d'avoir ce qu'il ne peut pas avoir. Tu n'as même pas le droit de penser ce qu'il ne peut pas penser. »

Devant lui, Hark aperçut la longue rangée de tours en briques et en métal de la barrière des Suppliques émergeant des flots. Sous cet angle, on voyait combien les espaces entre elles étaient variables, et combien elles étaient de hauteur inégale, puisque certaines se dressaient sur des îlots tandis que d'autres surgissaient des profondeurs de la mer. D'autres encore devaient être entièrement immergées, dans l'attente de bateaux ou de sous-marins dont elles éraflaient la coque au passage. Entre ces tours, une ligne impalpable d'écume blanche s'étirait là où les vagues se brisaient sur l'énorme chaîne submergée à laquelle le filet était suspendu.

À l'autre bout du filet, c'était l'Étreinte.

Pour un regard non exercé, on aurait cru une simple étendue de mer. Toutefois, un Myriadais tel que Hark reconnaissait les indices de danger – la couleur sombre et terne de l'eau, les étranges nuages s'élevant en tourbillons au lieu d'obéir au vent. Au loin, un banc étincelant de poissons volants jaillit brièvement de la surface. Peut-être fuyaient-ils un prédateur, mais le plus vraisemblable était qu'ils cherchaient à échapper à quelque caprice perfide de la mer elle-même. Les eaux n'étaient pas seulement profondes, dans ces parages. L'Abysse y montait plus haut qu'ailleurs, si bien que la mer ordinaire s'étendant au-dessus n'était pas moins imprévisible.

– Cap sur ces deux tours ! lança Jelt en les désignant de la tête sur la barrière des Suppliques.

Elles s'élevaient sur des îlots voisins, si proches l'une de l'autre qu'on aurait dit qu'elles conspiraient. Des deux côtés, elles étaient séparées de leurs pareilles par une distance considérable.

– Nous allons aux Enjambées ? s'étonna Hark. Personne ne plonge là-bas !

Cela s'expliquait aisément. Un pont métallique avait relié autrefois les deux Enjambées, et ses décombres cachés sous l'eau étaient dangereux. Des parapets de fer et des piliers brisés surgissaient perfidement des ruines submergées, prêtes à déchirer les chairs ou à perforer les cloches de plongée. En outre, les courants et les tourbillons de ces parages étaient renommés pour leur traîtrise.

– C'est ce qui rend cet endroit idéal, répliqua Jelt avec un calme exaspérant. Personne ne verra la bathysphère, et on ne te surprendra pas en train de vagabonder sans ta laisse.

Son argumentation était d'une logique perverse.

– Mais il n'y a pas de grue ! protesta Hark.

La grue du plus grand des deux îlots s'était effondrée lors du Cataclysme et gisait maintenant sur la roche.

– Tu verras, se contenta de dire Jelt.

Après avoir pagayé avec vigueur, ils approchèrent la yole de l'îlot principal, un rocher rougeâtre en forme de casque, large d'une quinzaine de mètres. Jelt descendit du bateau et gravit la pente accidentée. Hark le suivit – ses pieds humides glissaient sur la roche lisse. Quand ils furent au sommet, il regarda à la ronde, sans voir la moindre trace de la grue délabrée.

– Par ici ! commanda Jelt.

Il se dirigea à grands pas vers l'extrémité la plus proche de la terre voisine. Hark le rejoignit et baissa les yeux sur la paroi abrupte de la falaise. L'eau se ruait entre les deux îlots, en rongeant le rocher rougeâtre. Chaque fois qu'une vague violente se retirait, de petites volutes de vase rouge s'épanouissaient dans les flots.

Au-dessus du rebord de la falaise, un anneau de fer rouillé était fixé dans la roche. Une corde décolorée par l'eau y était attachée.

– Crois-moi, ça va te plaire, déclara Jelt.

Il prit la corde des deux mains et entreprit de descendre la paroi, en trouvant des prises pour ses pieds sur la pierre glissante. Au bout d'un moment, Hark ne le vit presque plus. Puis Jelt s'écarta violemment d'un coup de pied, laissa couler la corde entre ses doigts, bascula en arrière et… disparut dans la falaise.

Hark entendit un bruit étouffé mais sonore, comme si des pieds humides heurtaient la roche. Il devait y avoir une cavité cachée en bas de la paroi.

– À toi !

La voix de Jelt était comme un écho lointain.

L'antique corde s'effilochait dangereusement, mais la peau des mains de Hark était dure et il ne souffrit pas pendant la descente. Ses orteils étaient adroits, ses pieds et ses chevilles robustes après tant d'escalades. Il se laissa glisser en bas de la falaise, porté par sa vieille certitude que, si Jelt avait confiance en lui, il pouvait lui-même se faire confiance.

« Je suis plus fort quand Jelt est avec moi, chanta la petite voix dans sa tête. Je suis meilleur. Je fais des choses que je n'essaierais même pas, si j'étais seul. »

Il donna un coup de pied, laissa filer la corde, la serra de nouveau et s'élança dans les ténèbres d'une saillie rocheuse. Lâchant la corde, il atterrit accroupi.

Jelt lui accorda à peine un coup d'œil.

– Tu en as mis, du temps… Viens voir ça !

Hark cligna les yeux pour s'habituer à l'obscurité. Il se rendit compte que la saillie se prolongeait en fait en une vaste caverne, dont on ne pouvait deviner de l'extérieur les dimensions. Derrière Jelt, occupant la moitié de l'espace, se dressait un engin métallique disgracieux, pareil à une araignée géante en fer qui se serait glissée dans une crevasse.

Le regard de Hark fut aussitôt attiré par une sphère énorme et sombre, gisant sur le sol rocheux à côté de l'étrange appareil. La lumière marine se réfléchissait en ondulant légèrement sur sa surface luisant d'un éclat verdâtre.

Hark s'avança lentement et posa une main sur le côté de la bathysphère.

Elle était plus petite qu'il ne s'y attendait, moins large que haute. L'écoutille arrondie s'ouvrant à l'avant faisait à peine cinquante centimètres de large, les hublots ne dépassaient pas quinze centimètres. Elle était tachée et noircie par les éléments, et parsemée de patelles.

Sa surface faisait un effet bizarre au toucher. Elle n'était pas vraiment tiède, mais pas non plus glacée comme du métal. On aurait dit une cire étrangement lisse. Hark sentit ses cheveux se hérisser sur sa nuque à ce contact, comme cela lui arrivait au musée quand il touchait les énormes carapaces.

Il poussa très doucement la sphère, qui oscilla avec une docilité inattendue. Quest avait raison, elle était d'une légèreté surprenante.

– Elle contient une telle quantité de restes divins, chuchota-t-il en souriant malgré lui.

– C'est une splendeur, pas vrai ? déclara Jelt avec allégresse. Et regarde-moi ça !

Il pointa le doigt sur les vagues déferlant entre les deux îlots.

– Idéal pour un premier essai. L'eau est profonde, mais pas autant que du côté de l'Étreinte. En plus, il y a une brèche dans le filet, donc on ne risque pas d'être gênés.

– D'où vient cette grue ? demanda Hark.

Jelt ne l'avait évidemment pas mise sur pied en deux jours.

– Des chercheurs d'épaves ont pris ce qui restait de la vieille grue et l'ont reconstruite ici, voilà deux ou trois ans, pour pouvoir faire descendre des cloches de plongée. J'ai bu quelques verres avec l'un d'eux, un jour. Il m'a dit qu'il y avait de vrais trésors dans ces eaux, toutes sortes de merveilles venues des profondeurs de l'Abysse.

– Dans ce cas, pourquoi ne sont-ils pas ici ?

– Ils ont renoncé. La houle était trop forte, les fonds trop hérissés de pointes… Les cloches n'étaient pas à la hauteur. Mais avec cette sphère, nous n'aurons pas de problèmes.

Jelt assena une petite tape sur la surface du submersible, qui résonna doucement.

– Jetons un coup d'œil au mécanisme, dit Hark pour tenter de cacher son désarroi.

Il avait eu l'intention de montrer à Jelt combien son projet était dangereux et impraticable, mais voilà qu'il était question d'une descente moins vertigineuse que prévu, et d'une grue qui avait apparemment fonctionné pendant les deux dernières années. Même si cette perspective l'emplissait toujours d'appréhension, il se retrouvait soudain à court d'arguments.

Il observa le mécanisme. Il lui fallut un moment pour le décomposer mentalement et comprendre ce qu'il voyait. Un mât de grue massif, semblable à ceux dont Quest lui avait parlé, était fixé au sol et au plafond de la caverne à l'aide de ciment. Il était muni de deux solides bras métalliques. La sphère s'attachait au premier, tandis que le second portait un robuste filet en métal rempli de pierres. Hark comprit qu'il s'agissait d'un contrepoids. Pour faire descendre la sphère, il fallait enrouler une chaîne autour d'un dévidoir au moyen d'une poulie…

– Alors ? lança Jelt.

– J'ai l'impression que tout est en place et que rien n'est

cassé, admit Hark à contrecœur. Mais je ne suis pas sûr de savoir comment ça marche. C'est une vieille machine, tu sais.

– Elle marche parfaitement, rétorqua Jelt. Ça se voit tout de suite. Écoute, n'oublie pas que nous sommes pressés ! Il faut que tu puisses descendre et remonter avant que le vent se lève, pas vrai ?

Hark sentit son cœur se serrer. Sa participation à la descente n'était apparemment plus une suggestion mais un postulat.

– Jelt...

– C'est ce que nous avons décidé, non ? Tu es plus léger que moi, je suis plus fort que toi. Tu n'as qu'à m'expliquer le fonctionnement de ces machins, et tout ira bien.

Pris au piège de la logique de Jelt, Hark tenta de lui montrer comment ralentir le passage de la chaîne à travers la grue, de façon que la sphère ne descende pas trop vite. Jelt hocha la tête avec impatience, puis répéta de travers. Il semblait de plus en plus agacé à mesure que Hark s'efforçait de le corriger. Quand il parut avoir enfin assimilé ses explications, il fit aussitôt comme s'il avait tout compris depuis le début.

– Ça fait longtemps que j'ai pigé ! Tu nous fais perdre notre temps. Écoute, c'est toi qui dois être rentré avant midi, non ? Plus tôt nous aurons terminé, plus tôt tu pourras retourner dans ton précieux Sanctuaire.

Jelt tapota une manivelle sur la paroi intérieure de l'écoutille.

– Tu vois ce truc ? Si tu as un problème, tu peux ouvrir en le tournant et remonter à la surface en nageant.

Hark s'inclina pour scruter l'intérieur de la sphère. Elle était presque vide, en dehors d'un petit siège auquel étaient fixées plusieurs sangles de cuir, sans doute destinées à y maintenir l'occupant. Le cuir n'avait pas pourri, on ne sentait aucune odeur d'humidité marine, rien qu'un parfum étrange et diffus, mêlant de l'encens et une sorte d'essence animale.

– Sois tranquille ! lança Jelt en brandissant un vieux casque de plongée en cuivre, avec son tuyau pour respirer et son flotteur. Une fois que je t'aurai fait descendre, je mettrai ce casque pour regarder sous l'eau si la sphère marche bien. En cas de pépin, je te ferai remonter.

Hark déroula la chaîne de la grue, de façon à attacher son crochet à la bathysphère. Puis il s'engouffra dans l'étroite ouverture, plein d'appréhension, pour se glisser dans l'habitacle. À l'intérieur, il y avait assez de place pour s'agenouiller, mais pas pour se tenir debout. Le siège de bois était sec, on n'y voyait aucune trace de moisissure. Il passa les bras dans les sangles, au cuir rugueux sous ses doigts.

– Tu y es ? demanda Jelt, dont le visage obscurci apparut un instant dans l'écoutille avant que la petite porte ronde ne se referme, rendant l'habitacle encore plus sombre.

Dehors, il y eut un grincement métallique quand Jelt tourna la manivelle. Les vieux parfums desséchés semblèrent se faire plus intenses, presque suffocants. Encore un bruit de métal, puis la sphère oscilla légèrement. Hark se sentait vulnérable, il avait mal au cœur.

Il imagina le submersible en train de descendre dans les ténèbres, laissant derrière lui la lumière du jour. Se rappelant l'angoisse de Quest à l'idée de ne plus revoir le soleil, il fut soudain envahi par la même conviction terrifiante.

Il fallait qu'il soit sûr de pouvoir ouvrir l'écoutille en cas de besoin. Il attrapa la manivelle des deux mains, mais elle ne bougea pas. Il insista, tira de toutes ses forces, en vain.

L'affolement le gagna. Il poussa des hurlements en frappant violemment la porte, puis en donnant des coups de pied. En désespoir de cause, il martela l'étrange matière faussement métallique, avec la certitude horrifiée d'être soulevé en l'air d'un instant à l'autre pour descendre ensuite vers la mer impitoyable. Il continua de se débattre même quand la manivelle se remit à grincer de l'autre côté de l'écoutille.

Lorsqu'elle s'ouvrit, Hark sortit précipitamment et s'effondra sur le sol rocheux et humide de la caverne. Encore maintenant, il avait l'impression de manquer d'air, son cœur battait à tout rompre.

– Par tous les démons de la mer ! s'écria Jelt. Qu'est-ce qui te prend ?

– Je… je n'arrivais pas à tourner la… la manivelle…, réussit à articuler son ami entre deux hoquets.

– C'est tout ?

Hark le foudroya du regard.

– Oui, marmonna-t-il en reprenant son souffle. Je ne pourrais pas sortir, si jamais j'étais coincé et commençais à me noyer. Oui, « c'est tout ».

– Cela ne se produira pas ! Un peu de cran ! Je n'arrive pas à croire que tu aies paniqué comme ça !

– Cela ne se produira pas, car je ne vais pas descendre là-dessous !

Hark se releva, si embarrassé que sa colère éclata enfin.

– C'est idiot, Jelt, et je ne le ferai pas ! Pas cette fois !

– Je parie que tu pourrais tourner la manivelle s'il le fallait vraiment, répliqua son ami sans le moindre remords.

– C'est ce que tu crois toujours : « Oh, Hark le fera s'il le faut vraiment ! » Du coup, tu t'arranges toujours pour que j'aie le couteau sur la gorge. Comme le jour où tu m'as forcé à accepter le plan de Rigg ! À chaque fois, je me retrouve coincé, et comme c'est une question de vie ou de mort, il faut bien que je me débrouille.

– Oui, et je ne me trompe jamais, pas vrai ? Tu y arrives toujours ! Tu as simplement besoin de quelques coups de pied au derrière, histoire de te donner du courage.

– C'est faux ! hurla Hark. Tu te trompes, parfois ! Je n'ai pas réussi à fracasser la lanterne aussi vite que tu l'avais promis, non ? J'avais beau risquer ma peau, je n'y suis pas parvenu !

– Si tu avais vraiment fait tout ton possible, tu aurais pu y arriver, rétorqua Jelt sans hésitation, en lui lançant un regard noir. Tu as ralenti pour ne pas tomber. Peut-être préférais-tu encore te faire arrêter.

Hark le regarda bouche bée, le cœur battant à tout rompre.

– Va te faire voir chez les requins, Jelt ! cria-t-il.

Il n'eut que le temps de voir les yeux de Jelt étinceler d'une rage aveugle, puis un violent coup de poing le fit rouler à terre. En recevant un terrible coup de pied dans les côtes, il se recroquevilla machinalement et protégea son visage avec ses bras.

– Ne me parle jamais comme ça ! rugit Jelt, penché sur lui. Jamais, tu m'entends ? Si tu es en vie, c'est uniquement grâce à moi !

Hark reçut un nouveau coup de pied au bas des reins. Il sentit la douleur et la surprise succéder à la colère en lui. Durant toutes les années de leur amitié, Jelt ne s'en était pris à lui qu'une douzaine de fois. D'ordinaire, Hark arrivait à éviter ces attaques, mais cette fois il avait négligé les signes qui auraient dû l'avertir. Peut-être cette rage couvait-elle en Jelt depuis que Hark avait été engagé, prête à se déchaîner au premier prétexte.

– Tu ne peux pas t'en aller ! hurlait Jelt, de plus en plus incohérent, en le rouant de coups de pied. Tu ne peux pas faire ça, Hark ! Ils sont en train de… de te dresser, Hark ! Tu ne peux pas parler comme…

Un coup particulièrement brutal meurtrit le mollet de Hark.

– Nous sommes des frères, Hark ! Espèce de petit…

Hark restait recroquevillé, les dents serrées, en se protégeant le visage. S'il essayait de se lever, il savait par expérience que Jelt le plaquerait contre un rocher et l'étranglerait à moitié.

« Laisse passer l'orage, se dit-il. Au moins, il te frappe à des endroits où on ne verra pas les bleus. » Sa propre colère avait surgi comme une anguille puis battu en retraite dans une crevasse, comme toujours. Il y avait des requins, dans ces eaux. La fureur de Jelt était de plus en plus dangereuse.

Quand les coups de pied cessèrent enfin, Hark ne bougea pas tout de suite. Avec circonspection, il écarta ses bras de son visage.

Jelt lui tournait le dos, les yeux fixés sur la falaise rouge vif du second îlot.

– J'aurais vraiment envie de te fracasser le crâne, là, maintenant, Hark, marmonna-t-il.

Il fit volte-face et lui lança un regard méprisant.

– Manifestement, tu vas faire dans ta culotte si tu retournes dans cette sphère, dit-il. Je vais descendre pour cette fois, histoire de te montrer qu'on ne risque rien. Mais la suivante, ce sera ton tour.

Sans ajouter un mot, il rejoignit le submersible et se faufila à travers l'étroite écoutille.

Hark était venu pour le convaincre de ne pas plonger, mais il n'en avait plus la force après cette correction. À quoi bon ? Après une brève hésitation, il ferma l'écoutille à l'aide de la manivelle.

Il eut du mal à actionner le mécanisme permettant de faire pivoter le mât, mais réussit enfin à amener la bathysphère au-dessus de l'eau. Avec lenteur, il actionna ensuite la poulie pour descendre la sphère, en se servant du support denté afin d'empêcher la roue de tourner trop vite.

Le submersible se rapprocha de l'eau en tressautant, tandis que les vagues jouaient autour de lui. Bientôt, on ne vit plus que son dôme verdâtre baigné d'écume.

Il y eut un craquement soudain. Se retournant d'un bond, Hark regarda le mécanisme sans comprendre. Un bruit plus faible attira son attention sur le contrepoids.

Le filet était en passe de céder sous le poids des pierres. Devant les yeux horrifiés de Hark, une autre chaîne en métal l'attachant au crochet se cassa net. Comme si elles succombaient à une pesante fatalité, les grosses pierres basculèrent et tombèrent du filet en une cascade assourdissante.

Le treuil tout entier s'agita violemment. D'un coup, la chaîne se mit à se dérouler en cliquetant, à une allure terrifiante. Le support denté censé ralentir la descente de la sphère gisait aux pieds de Hark, arraché, inutile.

Il regarda la scène avec un affolement hébété. Que pouvait-il faire ? Saisir l'énorme chaîne ? Il y laisserait la peau de ses mains, et elle l'entraînerait à son tour dans les flots.

Puis elle s'arrêta brutalement de filer, comme si plus rien ne la tirait vers les profondeurs. Une partie restait enroulée autour du dévidoir. Sous la mer, la descente vertigineuse de la sphère avait été stoppée net.

« Elle a dû heurter quelque chose », pensa Hark.

CHAPITRE 11

Hark regarda à ses pieds. Il se sentait étrangement vide et léger.

L'eau qui avait englouti la sphère semblait noire dans l'ombre de la falaise. Les vagues se bousculaient doucement puis se séparaient, en répandant entre elles des flots brillants. L'écume traçait des lettres dans la langue de la mer, des lettres que Hark pourrait lire s'il les observait suffisamment longtemps.

Le vent soufflant dans la caverne était très frais. Apaisant. Les flaques d'eau froide où il se tenait chatouillaient agréablement ses pieds. Vide et légèreté s'épanouissaient en lui, jusqu'au bout de ses doigts. Le silence régnait dans sa tête.

« Que faire ? »

Il se secoua. Combien de temps était-il resté ainsi, planté là ? Il ne savait pas. Il devait agir sur-le-champ, autrement Jelt...

« Peut-être est-il déjà trop tard », chuchota le silence dans sa tête. Hark pourrait sombrer dans ce silence, ensuite il serait vraiment trop tard, il n'y aurait plus rien à faire...

« Jelt est quelque part là-dessous, se dit-il. Réfléchis ! » Des instants précieux s'écoulaient malgré lui, comme la chaîne se déroulant à toute vitesse.

Il retourna en courant à la poulie, souleva un rayon de l'énorme roue avec tant de force qu'il en avait mal aux bras. Mais il eut beau faire, il ne parvint qu'à remonter la chaîne d'un ou deux centimètres, après quoi elle retomba dès qu'il relâcha sa pression. Sans le contrepoids, la sphère était trop lourde pour qu'il puisse la hisser tout seul à la surface.

Hark se tira violemment les cheveux pour se réveiller, se concentrer. Pourrait-il rejoindre Jelt à la nage ? Non, le treuil avait laissé filer une bonne douzaine de mètres de chaîne. Même s'il arrivait jusqu'à Jelt, il manquerait d'air avant d'avoir pu se montrer utile.

Sur le sol de la caverne, il aperçut le dôme de cuivre cabossé du casque de plongée de Jelt. Le tube en cuir huilé servant à respirer ne serait pas assez long, mais ce serait mieux que rien.

Enlevant en hâte sa chemise, Hark remplit de pierres les poches de son pantalon. Il attrapa le casque, attacha par deux nœuds le tube au flotteur, afin que l'air ne puisse s'échapper par le haut. Puis il courut vers le bord de la plate-forme rocheuse, en prenant rapidement une série de profondes inspirations.

Quand il enfonça le casque sur sa tête, le monde se réduisit d'un coup à ce qu'il voyait vaguement à travers deux cercles de verre. Il fixa soigneusement autour de son cou le gorgerin en cuir couvert de poix. Après quoi, il s'élança dans la mer.

La surface glacée le heurta violemment, puis l'engloutit. À travers les cercles de verre, il voyait une obscurité rougeâtre, des bulles minuscules s'élevant à toute allure. Les pierres remplissant ses poches l'entraînaient vers le fond, tandis que la houle le ballottait en tous sens. Il donna machinalement un coup de pied, et son talon frôla la falaise submergée derrière lui.

Il se retrouva à deux mètres sous la surface, puis à trois, quatre mètres. Elle ondulait comme un voile argenté, emperlé d'écume. Il commit l'erreur de lever les yeux. Quelques bulles s'échappèrent de son gorgerin, où s'insinua un filet d'eau glacée. Hark agita ses bras et ses jambes pour rester debout.

L'énorme chaîne reliant la grue à la bathysphère était comme une barre noire verticale, dont la forme étonnamment lointaine s'estompait à vue d'œil. Luttant contre le courant, Hark nagea jusqu'à elle et l'attrapa des deux mains.

Il s'accrocha à elle pour descendre rapidement, en s'abandonnant à la double force de la gravité et de la loyauté. Tandis qu'il s'enfonçait, il expulsa l'air de ses poumons avec une lenteur extrême.

Les couleurs se firent plus ternes, plus froides. De l'eau s'introduisit de nouveau dans son casque – il sentit son contact glacé sur sa nuque, contre son menton. La pression croissante des profondeurs marines écrasait l'air contenu dans le casque. Hark éprouvait une douleur aux oreilles, qu'il ne pouvait calmer qu'en déglutissant avec vigueur.

Quelques bulles filant sous ses yeux l'emplirent d'appréhension.

Il scruta le bas de la chaîne mais ne distingua que la silhouette indistincte de la bathysphère. Elle gisait au milieu de rocs déchiquetés échappés à la falaise et de débris métalliques noirs et tordus, dont les contours étaient voilés par les sédiments troublant les eaux.

Plus bas, encore plus bas. Ses poumons étaient vides. Hark aspira une bouffée d'air, qui sentait la poix. Une longue pointe métallique surgit soudain du brouillard de la vase. La houle l'entraînait vers elle. Il enroula ses jambes autour de la chaîne, juste à temps pour éviter d'être empalé. Une balafre déchira soudain son dos nu.

Il continua de descendre, jusqu'au moment où ses pieds touchèrent enfin la sphère. Il regarda à travers un hublot, mais il faisait trop sombre à l'intérieur pour voir quelque chose.

Quelle était cette ombre sur le côté du submersible ? Une entaille. Une profonde entaille, au centre de laquelle s'ouvrait une déchirure noire.

Hark nagea vers l'écoutille, agrippa la manivelle.

« Je parie que tu pourrais tourner la manivelle, s'il le fallait vraiment », le nargua la voix de Jelt dans sa mémoire.

Hark appuya son pied contre la roche. Saisissant la poignée des deux mains, il la souleva de toutes ses forces. Elle ne bougea pas d'un pouce. Les dents serrées, les yeux fermés, il se remit à peser sur elle, en mettant toute sa volonté dans ses muscles.

Il respira encore avec affolement, se remit à l'ouvrage. La roue métallique bougea imperceptiblement. Enfin ! Il insista, galvanisé par la panique et l'espoir. La manivelle tournait péniblement, rétive. Dans son effort, il ne cessait de reprendre son souffle – l'air dans le casque se viciait peu à peu. L'écoutille finit par s'entrebâiller.

Hark l'ouvrit brutalement. À l'intérieur, il vit dériver une silhouette obscure, bras et jambes écartés. Son dos s'était posé au fond de la sphère, mais ses membres flottaient.

« Si on coule, c'est qu'on est noyé, songea Hark avec un haut-le-cœur. Les poumons sont pleins d'eau. »

Alors que le désespoir l'étreignait, quelque chose se passa.

Une pulsation. Une secousse qui ébranla tous ses nerfs. Une étrange lumière baigna brièvement l'habitacle.

Pendant cette pulsation, le corps flottant à la dérive se mit à gesticuler. Jelt donna des coups de pied, ses mains se crispèrent dans l'eau, comme s'il essayait de nager vers l'écoutille. Ce ne fut qu'un instant. Jelt eut un spasme, un mouvement convulsif, puis redevint inerte.

L'espoir redressa sa tête impitoyable. Hark lança un regard éperdu à la ronde, en cherchant l'origine de la lumière. Elle avait surgi plus loin sur la pente, au milieu d'un incroyable amas de débris. Hark passa à la nage devant une cloche de plongée à moitié ensevelie, l'avant d'un sous-marin effondré, une statue en bois écaillée…

Là-bas ! La pulsation jaillit de nouveau, atteignant Hark comme un coup de poing en pleine poitrine. Cette fois, il vit l'eau miroiter au-dessus d'une crevasse entre deux rochers. Il nagea vers elle et regarda à l'intérieur.

Derrière les piquants noirs de plusieurs oursins, un objet rond était tapi. À peu près gros comme un pamplemousse, il était blanchâtre comme un os. Hark le vit soudain se contracter puis se dilater, ce qui provoqua une nouvelle onde de choc.

Hark glissa la main dans la crevasse, en essayant d'éviter les piquants, et agrippa l'objet jaune pâle. Il réussit à le sortir, non sans s'écorcher les doigts, puis retourna à la bathysphère.

« Si tu es capable de ramener Jelt à la vie, il faut que tu viennes avec moi », pensa-t-il.

Se penchant dans l'habitacle, il saisit une main inerte, qu'il tira avec force. Après avoir traîné avec difficulté le corps dégingandé de Jelt hors de l'écoutille, il l'enlaça d'un bras tout en pressant contre le flanc de son ami l'étrange objet. Il frissonna devant le visage sans expression de Jelt, sa bouche ouverte.

L'air dans le casque de plongée devenait toxique, ce qui n'empêcha pas Hark d'inspirer une ultime bouffée. Puis il fit tomber les pierres de ses poches, détacha le gorgerin, ôta le casque et donna un coup de pied pour quitter le sol du ravin. Malgré le poids mort qu'était son ami, il s'efforça de remonter vers la surface.

« Aide-moi, Jelt », implora-t-il en silence.

Il sentit l'objet mystérieux bouger comme un animal dans sa main. Le corps de Jelt tressaillit et se mit à battre des jambes, ce qui leur permit de remonter plus vite.

La surface était trop loin – presque trop loin. Elle se rapprocha, tentatrice, parut soudain à portée de main, et d'un coup la tête de Hark émergea à l'air libre. Il respira profondément, puis une petite vague cingla son visage et il s'étouffa. Changeant de position pour maintenir hors de l'eau le visage de son ami, il nagea frénétiquement vers le rebord rocheux de la caverne.

Lorsqu'il y eut traîné Jelt non sans peine, Hark se sentit épuisé, les bras faibles et endoloris. Il l'installa à plat ventre mais la tête tournée sur le côté, de façon à maintenir sa bouche et son nez loin des flaques. Jelt était si lourd. Lourd comme un noyé. Et froid comme de l'argile.

Que fallait-il faire ensuite, quand quelqu'un avait failli se noyer ? Appuyer avec force sur son dos – oui, c'était ça ! Le presser comme un soufflet, pour qu'il crache de l'eau et inspire de l'air.

Hark plaça la petite sphère contre le cou de Jelt, dans l'espoir obscur que cela puisse l'aider. Puis il posa ses mains sur le dos de Jelt et appuya de tout son poids, encore et encore. Quelques gouttes d'eau s'échappèrent de la bouche de son ami, mais il ne respirait toujours pas et sa peau était livide.

Peut-être était-il trop tard, après tout. Peut-être Hark avait-il rêvé, en croyant voir Jelt agité par d'étranges tressaillements frénétiques, comme s'il était vivant. C'était sans doute la houle qui faisait osciller son corps.

À la clarté du jour, la surface blanchâtre de la sphère brillait. Elle était percée d'une multitude de trous minuscules, parfaitement ronds. L'intérieur de ces trous paraissait déchiqueté, peut-être hérissé de pointes.

C'était un reste divin. Il n'y avait pas d'autre solution.

– Réveille-toi, Jelt! chuchota Hark d'une voix étranglée. Tu avais raison, il y avait bien des restes divins dans ces eaux! Mais si tu veux me narguer, il faut te réveiller!

Jelt ne se réveilla pas.

Hark appuya sans relâche sur le dos glacé de son ami, mais il avait les larmes aux yeux tant il se sentait angoissé et se détestait lui-même. Sa tempe meurtrie et ses côtes martelées de coups n'avaient plus aucune importance. Il ne pensait plus qu'à Jelt se battant pour lui, Jelt «trouvant» leur première bouteille de rhum et la partageant avec lui par une longue nuit d'été sur la plage, Jelt le dépassant alors qu'ils couraient après avoir commis un vol puis s'arrêtant pour l'attendre, l'aider à franchir une clôture.

Des frères. Jelt avait dit qu'ils étaient des frères, tandis qu'il le rouait de coups dans l'amertume de son cœur blessé. Si lui n'était pas sa famille, qui d'autre l'était? Qui d'autre comptait?

Pourquoi Hark n'avait-il pas sauté à la mer dès que la bathysphère était descendue en flèche? Pourquoi était-il resté là à rêvasser, en laissant s'échapper ces précieux instants pendant que son meilleur ami se noyait?

– Allez! chuchota-t-il. Allez!

La sphère mystérieuse bougea.

Pendant un instant, elle se ploya, se contracta, tandis que des plis imperceptibles se superposaient à sa surface. Les trous minuscules se fermèrent comme des bouches, il y eut comme un crissement de coquillages éraflant un rocher.

De nouveau, la pulsation jaillit. Avec moins de force que sous l'eau, mais Hark la sentit encore. Un coup en pleine poitrine, une palpitation soudaine dans son sang.

Jelt tressaillit violemment. Sa bouche et ses yeux s'ouvrirent brusquement, puis il fut secoué par des quintes de toux convulsives. Il avait des haut-le-cœur, il s'étouffait, crachait. Ses cheveux humides se plaquaient sur ses joues, les mèches ruisselantes d'eau.

Hark recula légèrement, tellement soulagé qu'il en avait la nausée. Jelt était encore en ce monde, finalement. Livide, mais vivant. Hark sentit que sa peur et son chagrin se calmaient déjà. Ils ne lui inspireraient bientôt que de l'embarras.

– Je t'avais dit qu'il ne fallait pas utiliser cet engin, lança-t-il sans parvenir à empêcher sa voix de trembler.

Jelt lui répondrait sans doute avec défi, plus tard. Oui, apparemment il y aurait bien un « plus tard ». Mais pour l'heure, son ami se contenta en guise de réponse de vomir longuement de l'eau de mer.

CHAPITRE 12

Le retour fut aussi long que lent. La yole était plus difficile à diriger, maintenant que Hark était le seul à pagayer. Jelt gisait enveloppé dans une couverture, muet, le visage blême, une main crispée sur la petite sphère couleur d'os.

Bien qu'il fût essoufflé, Hark ne cessait de parler. Le silence était un lieu sombre et glacé, qui vous coupait le souffle et où tout semblait à la dérive. Il savait qu'il était irritant, il aurait voulu que Jelt lui ordonne de se taire. Si seulement il pouvait lui rendre sa mauvaise humeur coutumière !

Jelt ne dit rien. De temps à autre, Hark sentait la sphère émettre une pulsation. C'était moins fréquent et intense, à présent, mais cela lui donnait encore la sensation d'être une corde qu'on pinçait.

Hark conduisit enfin la yole dans l'anse étroite où Jelt l'avait cachée. Son ami ne fit pas un geste pour se lever, mais agrippa les plis mouillés de sa chemise.

– Il y a quelque chose…, murmura-t-il d'une voix rauque. Je sens… quelque chose…

Il releva non sans peine sa chemise, exposant ainsi son flanc gauche. Une entaille sombre et profonde s'ouvrait dans la chair. Horrifié, Hark comprit qu'il s'agissait d'une plaie. Une balafre d'où le sang était étrangement absent.

«La déchirure dans la paroi de la bathysphère, pensa Hark. Elle a dû être causée par une pointe acérée, et Jelt a été projeté dessus…»

Cependant, une question s'imposait : où était passé le sang? La plaie ressemblait à celles qu'on trouve sur les cadavres de noyés, délavée et décolorée.

– Ça me… démange, dit Jelt.

Il toucha les bords enflés et pâles de la plaie. Une unique goutte d'eau claire s'arrondit dans l'entaille puis coula le long du ventre de Jelt.

– Ne fais pas ça! lança machinalement Hark tout en essayant de ne pas se demander pourquoi de l'eau et non du sang s'échappait de la plaie. Il faut mettre un bandage propre là-dessus.

Il déglutit péniblement. Il tâchait de se convaincre qu'une telle mesure pourrait être utile.

– Tu ferais mieux de ne pas lâcher ça, ajouta-t-il en tapotant la sphère que tenait Jelt. Ce truc va te tirer d'affaire. Et quand tu seras rétabli, tu pourras le vendre.

Il grimaça un sourire, qui lui fit mal aux lèvres.

– N'oublie pas de garder la moitié de l'argent pour moi!

Jelt cligna des yeux avec lenteur, avec douleur, comme s'il trouvait la lumière du jour trop éclatante.

– Jelt…

Hark dut répéter plusieurs fois son nom avant d'attirer son attention.

– Tu crois que ça va aller?

– À ton avis? grogna Jelt.

Non, ça paraissait peu probable.

– Écoute…

– Tu veux t'en aller, dit Jelt avec une morne incrédulité.

Il regarda Hark d'un air absent. Parfois, des chiens vous regardaient de cette façon, trempés de sueur et rendus à moitié fous par la faim. Ils ne vous en voulaient pas, mais ils avaient des crocs acérés et une fatigue immense en eux, et on ne savait que faire.

Hark leva les yeux vers le soleil en se mordant les lèvres. Pendant le trajet du retour, il l'avait vu monter dans le ciel. Les trois heures de sortie autorisées étaient depuis longtemps dépassées.

– Je n'ai pas le choix ! s'exclama-t-il, éperdu. Si je ne reviens pas, ils enverront quelqu'un à ma recherche. Il ne faut pas qu'on nous voie ensemble !

Le regard de Jelt le rendait malade. Il avait l'impression d'être un lâche doublé d'un traître, en voulant ainsi abandonner son ami aux portes de la mort pour courir à la niche et ramper devant ses nouveaux maîtres...

Il n'avait pas sauvé Jelt. Son ami n'était pas encore tiré d'affaire. Il était souffrant, trop faible pour se tenir debout. Peut-être resterait-il couché dans ce bateau, jusqu'à ce qu'il meure. Mais si Hark ne partait pas, que pourrait-il faire ? Il n'était pas médecin. Il n'était rien.

– Il y a un prospecteur qui vit dans une cabane, sur la plage voisine, lança-t-il en désespoir de cause. Je pourrais courir lui demander de l'aide.

– Un prospecteur ? s'écria Jelt avec fureur. Pour qu'il puisse me poignarder et me voler le reste divin ?

Dunlin n'avait jamais donné l'impression à Hark d'être un voleur ni un assassin, mais on ne pouvait jamais savoir comment les gens réagiraient en voyant une fortune en restes divins à portée de main.

– Que veux-tu donc que je fasse, Jelt ?

– Contente-toi de m'amener dans cette grotte, là-haut.

Jelt dit ces mots sur un ton las de dégoût, en secouant légèrement la tête. Hark comprit que c'était le moins que Jelt pouvait attendre d'un ami – vraiment le moins. Surmontant son affolement à l'idée de son retard, Hark le soutint pour qu'il puisse sortir du bateau. Ils remontèrent péniblement la plage. Les pieds inertes de Jelt traînaient lourdement sur les galets raboteux.

Dans la grotte exiguë, Hark l'aida à s'asseoir sur un gros rocher. Au moins, Jelt serait à l'abri du soleil et des marées. Hark alla chercher dans la yole la bouteille d'eau et les habits trempés de son ami, qu'il étendit sur des saillies rocheuses. Le blessé ne le quittait pas du regard, l'air dur et impassible.

Et s'il ne pouvait vraiment pas bouger ? S'il restait couché là, sans nourriture et presque sans eau, incapable d'aller chercher du secours ?

– Écoute... je pourrai te rapporter quelques bandages du Sanctuaire. Peut-être même quelques médicaments. Il me sera sans doute possible de sortir dans un jour ou deux...

– À quoi bon ? lâcha Jelt d'une voix faible mais chargée d'amertume. Dans un jour ou deux ? Laisse tomber, d'accord... C'est ce que tu veux que je te dise, pas vrai ?

Hark s'imagina soudain dans deux jours, descendant jusqu'à la crique et découvrant le cadavre livide de Jelt dans la grotte. Il poussa un soupir exaspéré, furieux contre lui-même, contre sa vie – et contre Jelt.

– Je vais essayer de m'échapper cette nuit pour revenir ici, dit-il, horrifié par ses propres mots. Je ne peux rien te promettre, mais je vais essayer.

Quand Hark retourna au Sanctuaire, il était trempé et épuisé. Il savait que le mieux serait de se glisser discrètement à l'intérieur et de se consacrer à une corvée quelconque dans un coin obscur. De cette façon, il pourrait faire l'innocent lorsqu'on l'interrogerait : « Je suis ici depuis une éternité ! Je ne savais pas que je devais avertir quelqu'un de mon retour ! »

Toutefois, en approchant de l'énorme édifice, il aperçut

Kly debout près de la seule entrée non condamnée. Pire encore, le régisseur n'était pas seul.

Les membres de la Ligue de Vigilance étaient toujours aisés à repérer. Même leurs orateurs des carrefours portaient un manteau bleu foncé, une ceinture à pois et un galon ou un ruban cousu à leur chapeau. Récemment, les membres les plus riches avaient adopté des versions plus chics de cette tenue, en s'inspirant des uniformes que portaient certains officiers des armées continentales. Bien que la Ligue n'eût rien d'une armée officielle, quelques-uns d'entre eux avaient même commencé à s'attribuer des titres vaguement militaires.

Le « capitaine » en grande discussion avec Kly était celui que Vyne et Hark surnommaient en privé le capitaine Sombre-Culotte. Il était en poste à la garnison établie à l'extrémité nord du Nid. D'ordinaire, il ne venait au sud que pour voir le docteur Vyne dans son bastion, mais il lui arrivait de se rendre au Sanctuaire, où ses visites avaient le don de mettre le régisseur hors de lui.

– Tout ce que je vous demande, c'est de pouvoir jeter un coup d'œil ! lança le capitaine. Si les prêtres sont aussi bien traités que vous le prétendez, vous n'avez aucune raison de m'en empêcher !

Ses sourcils étaient noirs et épais, ses joues secouées de tics nerveux quand il était irrité, ce qui était son humeur habituelle. Hark se demanda si son agacement était un ornement inséparable de son uniforme, ou s'il avait acheté ce dernier pour justifier sa mauvaise humeur.

– La Sanctuaire n'est pas un zoo ! rétorqua Kly. Nous ne laissons pas entrer les curieux !

– J'ai des cadeaux pour eux, insista le capitaine, et je veux m'assurer qu'ils les reçoivent.

Un coffre revêtu de cuir était posé à ses pieds.

– Personne n'a besoin de vos livres et de vos brochures ! J'ai pour mission de faire en sorte qu'on laisse ces gens tranquilles !

Les Ligueurs étaient déjà venus faire ce genre de propositions à Kly, qui les avait toujours envoyés promener. Le bruit courait au Sanctuaire que la Ligue avait fait pression sur Vyne pour qu'elle le congédie. Pour l'instant, elle semblait avoir pris sa défense, en déclarant que le régisseur ne faisait qu'obéir à ses ordres. Cette fois, le capitaine de la Ligue était venu en personne, sans doute pour jeter davantage d'huile sur le feu.

Hark n'eut aucune peine à deviner la vraie raison de l'hostilité des Ligueurs envers Kly.

La plupart des îles des Myriades étaient un joyeux bariolage d'accents, de couleurs de peau et de modes vestimentaires. On ne pouvait pas toujours identifier sur-le-champ l'origine de quelqu'un mais, d'ordinaire, on découvrait tôt ou tard si c'était un Myriadais ou un continental. Ceux venus des divers continents avaient des croyances bizarres, commettaient d'étranges erreurs, ne connaissaient pas la langue des signes et avaient le mal de mer. Aux yeux de Hark, peu importait, c'était juste un prétexte à moqueries. En revanche, des gens comme les Ligueurs ne trouvaient rien d'amusant à la présence des continentaux.

Quand Hark s'approcha à contrecœur, Kly sauta sur cette diversion et le saisit au collet.

– Nom d'un soleil, où étais-tu passé ? lança le régisseur d'un air furieux. Et pourquoi ton pantalon est-il trempé ?

– J'étais à l'heure pour revenir ! protesta Hark. Mais… j'ai glissé et je suis tombé dans une mare entre les rochers.

Sachant qu'il devait être couvert d'ecchymoses, il espérait que cette histoire de chute expliquerait tout.

– Tombé dans une mare ? rugit Kly. Tu me prends pour un imbécile ?

Hark déglutit péniblement. Non, Kly n'était pas un

imbécile. Il se prépara à la prochaine question : « Tu t'es battu ? »

– Voilà donc ce qui arrive quand je te fais confiance ? s'exclama le régisseur en le secouant sans ménagement. Tu as voulu tirer sur la corde, pas vrai ?

Il gifla violemment Hark.

– Holà ! cria le capitaine. Laissez ce garçon tranquille ! Il vous a donné une explication !

Hark se mordit les lèvres pour ne pas pousser de juron. Il ne lui manquait plus que d'avoir le soutien du Ligueur !

– Ce ne sont pas vos affaires, riposta Kly.

– C'est le jeune engagé, n'est-ce pas ? reprit le capitaine. Je suis sûr que le docteur Vyne n'aimerait pas que vous battiez un garçon qui lui appartient.

Hark rougit et fit une grimace angoissée à l'intention de Kly, comme pour dire : « Ce n'est pas ma faute, je ne lui ai pas demandé de s'en mêler ! » Son regard n'échappa pas au régisseur, qui le lâcha avec lenteur.

– C'est mieux, approuva le capitaine.

Manifestement, il s'imaginait qu'il venait de remporter une petite victoire.

– Va te changer, ordonna Kly à Hark d'un ton plus calme. Ensuite, tu aideras ce… monsieur… à remporter ses « cadeaux » sur son bateau. Assure-toi qu'il n'oublie rien.

Hark rentra en courant au Sanctuaire, ne sachant s'il avait été avantageux ou non pour lui d'être pris entre deux feux. Au moins, Kly ne semblait pas encore avoir remarqué ses ecchymoses. Peut-être n'étaient-elles pas trop voyantes, finalement ?

En se changeant, Hark chercha les bleus sur son corps et fut surpris de n'en découvrir aucun. Les endroits où Jelt l'avait frappé ne lui parurent pas aussi endoloris qu'il s'y attendait. Se rappelant la pointe acérée qui avait écorché son dos sous l'eau, il passa la main à cet endroit, mais ses doigts ne touchèrent qu'une peau lisse, sans égratignure.

Il regarda furtivement son reflet dans un seau d'eau. Il se trouva pâle et chancelant, mais n'aperçut aucune ecchymose, aucune bosse sur sa tempe, malgré le coup de poing de Jelt. Apparemment, il avait eu de la chance. Les désastres de cette journée semblaient n'avoir laissé aucune trace visible nécessitant une explication.

Comme l'avait prévu Hark, le coffre rempli de livres et de brochures du capitaine se trouvait encore devant le Sanctuaire à son retour. En revanche, il fut étonné de voir que l'homme l'avait lui aussi attendu. Il avait cru qu'il devrait courir après le Ligueur avec le coffre et le jeter en catastrophe sur le pont avant le départ du bateau. En fait, le capitaine ne protesta même pas quand Hark prit le coffre.

– Fais attention en le portant, se contenta-t-il de dire avant de se retourner et de se diriger à grands pas vers le port.

Hark le suivit à distance respectueuse. Le Ligueur resta silencieux jusqu'à ce qu'ils fussent assez loin du Sanctuaire, après quoi il ralentit un peu pour qu'ils puissent marcher l'un à côté de l'autre.

– Merci d'avoir pris ma défense, dit Hark en s'efforçant d'adopter un ton soumis.

Le capitaine s'attendait certainement à ce qu'il lui témoigne sa gratitude.

– Il n'a pas le droit de te frapper, déclara le Ligueur. Il ne devrait avoir de pouvoir sur aucun d'entre vous.

« Nous y voilà », pensa Hark. Comme d'habitude, le capitaine n'avait rien dit d'explicite, mais son sous-entendu était aussi insistant qu'une odeur flottant dans l'air.

– Tu es tout tremblant, observa-t-il. Tu as peur de cet homme ? Il te bat beaucoup ?

– Non, répondit Hark sans mentir. Pas beaucoup.

– Tu n'as pas besoin de le défendre. La loyauté n'est pas une vertu en soi. Sa valeur dépend des occasions.

Le capitaine était un illuminé, mais il paraissait aussi riche qu'influent. Même le docteur Vyne devait l'écouter. Il était probablement utile de le satisfaire, et dangereux de le mécontenter. Or en s'obstinant à défendre Kly, Hark risquait de le mécontenter rapidement.

– Tu aimes les Myriades ? demanda abruptement le capitaine, avec une intensité contenue.

Hark n'avait visité qu'une vingtaine des milliers d'îles que comptait l'archipel. Cela dit, il aimait le Havre de la Dame, et la sensation de vivre sur une route maritime, où la marée apportait des chansons, des épices et des histoires venues des îles les plus lointaines…

– Bien sûr ! répondit-il.

Ils avaient commencé à descendre la dernière pente escarpée menant au port. Le capitaine s'arrêta net et contempla la mer.

– Regarde-les, dit-il. Il y en a des dizaines.

– Vous voulez parler des bateaux ?

Il semblait à Hark que le Ligueur ne prendrait pas un air aussi sombre pour observer des mouettes.

– Que vois-tu au large ?

Hark s'abrita les yeux du soleil.

– Des tas de bateaux de pêche.

Crasseux et obstinés, la plupart venaient du Havre de la Dame.

– Des clippers à trois mâts, transportant du thé, des orchidées ou des dépêches.

Élancés et rapides, malgré leur taille, ils se penchaient en avant comme pour embrasser les vagues.

– Quelques gros navires marchands.

Tous gorgés d'opportunités, d'excitation, de mystères et d'articles de luxe.

– Ce galion vient du continent de l'Est. Comme il est équipé de canons, il doit transporter du bois provenant des forêts scathiennes. Ils ont toujours de l'artillerie pour se protéger contre les pirates du fleuve.

Le capitaine émit un grognement étouffé. Si ç'avait été quelqu'un d'autre, on aurait pu croire qu'il était amusé.

– Chaque année, les navires marchands étrangers sont plus gros et ont davantage de canons, déclara-t-il. Tu ne l'as pas remarqué ? T'es-tu jamais demandé ce qui arriverait, si ces canons étaient braqués sur nos ports ? sur nous ?

– Pourquoi feraient-ils une chose pareille ? s'exclama Hark en regardant avec horreur le galion au loin.

– Parce qu'en étant maître des Myriades, on contrôle les routes commerciales maritimes. Pour le moment, c'est une source de richesse pour nos ports, qui prélèvent des fortunes en taxes et en droits d'amarrage sur chaque bateau à quai. Que se passerait-il si un pays du continent décidait de devenir lui-même le maître des Myriades ? Nous n'avons même pas de marine pour nous défendre ! Crois-tu vraiment que les autres nations se contentent de construire de paisibles navires de commerce ?

L'espace d'un instant, Hark regarda le panorama avec les yeux du capitaine. Il se rappela tous les vaisseaux imposants se pressant dans le port de son bien-aimé Havre de la Dame, et il imagina des boulets de canon éventrant les entrepôts en bois et les façades de pierre…

– On peut dire ce qu'on veut des dieux, reprit le capitaine, mais lorsqu'ils étaient vivants, nous régnions sur la mer. Personne d'autre n'osait s'aventurer dans ces eaux. Nous nous comportons comme si nous avions encore cette protection, alors que nous l'avons perdue.

– Eh bien… on n'y peut rien, pas vrai ? répliqua Hark, qui peinait à considérer les dieux comme des « protecteurs ».

– Nous pouvons nous montrer vigilants. Même les plus humbles d'entre nous ont la possibilité de contribuer à la défense des Myriades. Nous pouvons surveiller les continentaux qu'on accueille trop aisément dans nos îles, ou qui s'arrogent subrepticement des positions influentes…

« Oh ! se dit Hark. Voilà donc pourquoi il désirait me parler… »

Dès qu'il fut de retour au Sanctuaire, Hark alla voir Kly.

– Ce capitaine de la Ligue voulait que je vous espionne, lui dit-il.

– Hmm.

Kly n'avait pas l'air très étonné.

– Que lui as-tu répondu ?

– J'ai répondu que je le ferais, lança promptement Hark. Simplement, je devais d'abord obtenir la permission du docteur Vyne.

– Il l'a mal pris ? demanda le régisseur avec un sourire narquois.

– À peu près comme un chat tombé dans une citerne. Il m'a dit de ne pas la déranger, et il a filé.

Kly ricana et ébouriffa les cheveux de Hark. Manifestement, ce dernier était rentré en grâce.

Hark savait qu'il aurait dû essayer de satisfaire le capitaine, mais sa proposition l'avait hérissé. Il fut surpris lui-même d'éprouver un sentiment de loyauté envers l'intendant. Parfois, on devenait solidaire d'autrui à force de passer des mois à affronter les mêmes corvées et les mêmes défis. Kly avait confiance en Hark – ou du moins, il voulait lui faire confiance.

Et Hark prenait plaisir à s'attirer les éloges et le respect de

Kly. Cela signifiait-il qu'il tournait à l'animal dressé, comme le lui avait dit Jelt ?

« Ce qui compte, c'est la loyauté, pas vrai ? C'est tout ce que nous avons. Ne les laisse pas nous enlever ça. »

Jelt était le meilleur ami de Hark, il était davantage son frère que s'ils étaient du même sang. Personne n'avait plus droit que lui à la loyauté de Hark, maintenant et à jamais.

« Puisque Kly me fait confiance, je dois d'autant plus le berner », se dit Hark avec fermeté, en volant des bandages et des médicaments dans la réserve du Sanctuaire.

CHAPITRE 13

Cette nuit-là, Hark sortit sans bruit du dortoir qu'il partageait avec les serviteurs les plus jeunes. Les portes du Sanctuaire étaient fermées à clé toute la nuit, et les fenêtres si étroites qu'on aurait cru qu'elles plissaient les yeux. Cependant, une fenêtre du deuxième étage était juste assez large pour le laisser passer. Il rampa sur le toit tarabiscoté puis descendit du mur en s'appuyant sur les sculptures de la façade.

Lorsqu'il parvint à la grotte, un mince croissant de lune flottait encore à l'horizon. Il s'attendait à trouver Jelt affalé sur son rocher. Avec stupeur, il aperçut la silhouette de son ami debout dans les ombres au fond de la cavité.

– Jelt ! C'est toi ?

Pendant un instant, son instinct dit vaguement à Hark qu'il ne pouvait s'agir de Jelt. C'était une tache sur le mur, une de ces illusions d'optique qui ressemblent à une personne mais se trahissent par leur immobilité...

– Bien sûr que c'est moi ! lança une voix familière. Qui croyais-tu voir ? La Dame Cachée ?

La tache sombre bougea et s'avança à la faible clarté des étoiles, et c'était évidemment Jelt. Hark se sentit gêné.

Manifestement, sa fuite nocturne lui avait mis les nerfs à vif. Jelt l'attrapa par la manche, le visage plein d'ardeur. En fait, il paraissait presque content, pour une fois.

– Viens ! souffla-t-il. J'ai quelque chose à te montrer !

Hark se laissa entraîner, abasourdi par la guérison miraculeuse de Jelt. Celui-ci lui fit faire le tour du promontoire voisin, et Hark comprit qu'ils se dirigeaient vers le territoire de Dunlin.

– Pas par là, Jelt ! chuchota-t-il. Cette plage est occupée !

Il n'avait aucune envie de devoir expliquer une intrusion nocturne à un prospecteur furieux.

– Ça va aller, tu verras, insista Jelt.

Il continua de le précéder sur la plage, en direction de la silhouette grise et trapue de la cabane du prospecteur perchée sur les rochers noirs. Hark le suivit avec un malaise grandissant. Quand Jelt atteignit la cabane, Hark crut qu'il allait s'annoncer ou du moins frapper à la porte. En fait, Jelt s'avança droit vers le battant de bois et l'ouvrit.

À l'intérieur, sur une petite table, une lanterne répandait une clarté violâtre, qui éblouit Hark, dont les yeux étaient habitués à l'obscurité. La cabane était aménagée avec le soin caractéristique d'un homme qui avait des habitudes d'ordre et manquait d'espace. Les murs étaient couverts de clous et de crochets, auxquels pendaient des outils, des tasses de fer-blanc et des casseroles. Un tapis usé servant de lit était roulé dans un coin.

Dunlin était invisible.

– Où est l'homme qui habite ici ? demanda Hark.

– Il m'a permis d'occuper un moment cet endroit, répondit Jelt comme si c'était tout naturel. Il devait s'absenter, si bien qu'il m'a chargé de surveiller la plage pour lui.

– Quand revient-il ?

Hark avait parlé trop vite, trop nerveusement.

Jelt l'observa un instant sans un mot, avec un sourire narquois et agacé.

– Détends-toi, dit-il. On ne va pas le voir ici avant des semaines. Mais tu as peut-être peur que je lui aie fracassé le crâne ou quelque chose de ce genre ? C'est ce que tu crois ?

– Du calme ! rétorqua Hark. C'était juste une question !

Sa voix était un peu aiguë, tant il était sur la défensive. Bien entendu, il ne croyait pas vraiment que Jelt assassinerait quelqu'un de sang-froid, surtout pour s'emparer d'une cabane. Malgré tout, cette pensée s'était insinuée en lui, en laissant dans son esprit des traces froides et humides.

En même temps, voir Jelt si alerte et prosaïque commençait à apaiser ses nerfs. Hark avait risqué gros en sortant en cachette sans raison valable. À présent, l'irritation le disputait en lui au soulagement.

– Il faut que tu voies ça, dit Jelt, qui s'approcha de la lanterne et remonta sa chemise pour montrer son ventre.

Le sang de Hark se glaça. La longue plaie balafrant le flanc de son ami s'était refermée. À la place de la blessure, il y avait comme une strie grisâtre. En regardant mieux, Hark vit qu'elle consistait en une multitude de cônes minuscules agglutinés.

– Ce sont des patelles, expliqua Jelt. Des centaines de patelles.

Il darda sur Hark son regard dur. Ses yeux brillaient.

– C'est sans doute l'œuvre de ta sphère en reste divin.

Hark tressaillit, ne sachant si Jelt était excité ou en colère. Parfois, il était difficile de faire la différence.

– Ça vaut mieux que d'avoir un trou dans la peau, lança-t-il en hâte. D'ailleurs, c'est peut-être temporaire. Comme une croûte.

– J'ai aussi de drôles de sensations dans mes poumons, reprit Jelt. Au début, j'avais mal en respirant, mais plus maintenant. Il se passe quelque chose. Ma poitrine me chatouille, par moments. Ça n'arrête pas… d'éclater, comme des petites bulles.

Il regarda Hark, comme s'il attendait un commentaire ou une explication.

– Je ne sais pas ce que c'est, répondit Hark. Quand j'ai plongé à ta recherche, tu avais l'air… mort. Mais ensuite, il y a eu une sorte de pulsation dans l'eau, qui a paru te ranimer un instant. J'ai donc exploré les environs pour trouver l'objet d'où provenait ce battement, et je l'ai ramené avec toi au cas où il pourrait te maintenir en vie…

Sa voix s'étrangla.

– Tu as bien fait, déclara Jelt sans cesser d'observer son étrange blessure.

Hark réprima un soupir de soulagement et sentit la fierté l'envahir. Jelt étant plutôt avare de compliments; un éloge de sa part représentait beaucoup. Hark fut d'autant plus pris de court par le retour de bâton.

– À propos, qu'est-il arrivé à ce sacré treuil ? demanda son ami en lui lançant un regard sévère. Comment se fait-il que tu m'aies lâché ?

– Moi, je t'ai lâché ? s'écria Hark avec indignation. C'est ton contrepoids qui a lâché ! Du coup, le support de sûreté s'est cassé et la chaîne s'est déroulée à toute allure, si bien que la sphère a fait la culbute. Je t'avais dit que ce treuil était trop vieux !

– Tu n'avais rien dit sur le contrepoids, objecta Jelt d'un ton ferme.

– Je t'avais dit que ce plan était stupide ! Je n'ai pas arrêté de te le répéter ! Le mécanisme était vieux et nous n'étions que deux, mais tu n'as pas voulu m'écouter ! Je ne t'ai pas « lâché », Jelt ! C'est moi qui ai plongé pour te tirer de cette bathysphère…

– D'accord, tu l'as déjà dit, l'interrompit Jelt. Inutile d'insister.

La colère de Hark céda la place à une humeur plus décidée, presque sereine. L'attitude déraisonnable de Jelt rendait tout plus simple.

– Je m'en vais, déclara-t-il. Je suis heureux que tu ailles bien, Jelt. Mais je vais retourner au Sanctuaire, maintenant, et je ne te reverrai pas à l'avenir. Je ne veux plus entendre parler de cette histoire.

– Dis donc ! protesta Jelt. Tu ne peux pas partir comme ça ! Tu crois que je t'aurais traîné ici, si je n'avais pas besoin de ton aide ? Calme-toi, d'accord ? On croirait un serpent qui s'est brûlé sur un rocher en plein soleil !

Hark s'arrêta en entendant ce simple mot : « besoin », mais il resta près de la porte pour montrer qu'il voulait toujours s'en aller.

– Alors, tu trouves que je ne suis pas assez reconnaissant ? lança Jelt. Tu voudrais que je rampe à tes pieds ?

– Je ne sais ce que tu es, Jelt.

– Je t'ai sauvé la vie cent fois. Est-ce que j'en ai fait un plat ? T'ai-je demandé de me remercier à genoux ?

– Non, admit Hark à contrecœur.

Jelt aimait savoir qu'on n'avait pas oublié ce genre de chose, mais il n'en parlait pas à tout bout de champ.

– Non. Parce que les amis sont là pour veiller les uns sur les autres, proclama Jelt, qui semblait de nouveau plus détendu. Inutile de t'emballer, Hark. Je te demandais juste quel avait été le problème avec le treuil. Ce n'était pas la peine de te fâcher et de filer comme si je t'avais accusé de quelque chose.

Ses yeux se mirent à briller d'une lueur méchante.

– Tu as fini par ouvrir l'écoutille, hein ? Je t'avais bien dit que tu y arriverais, si tu le voulais vraiment.

« Parce que les amis sont là pour veiller les uns sur les autres », pensa Hark.

Non sans honte, il se rappela l'étrange torpeur où il avait été plongé après l'accident de la bathysphère. Pendant un moment, il était resté figé sur place, en laissant Jelt se noyer. Un véritable ami aurait attrapé le casque et sauté à la mer tout de suite. Il aurait pu rejoindre le submersible avant que les poumons de Jelt ne soient remplis d'eau, avant que la pulsation ne devienne nécessaire, avant que surviennent ces mutations bizarres qui allaient peut-être affecter Jelt jusqu'à la fin de ses jours.

Un faible battement jaillit soudain dans l'air. Jelt poussa un cri étouffé, puis sourit légèrement. Il se frappa la poitrine.

– Ça recommence, dit-il. Comme des bulles qui éclatent !

Hark le regarda, le cœur serré. Peut-être Jelt serait-il toujours malade, désormais. Il ferait partie de ces hommes à la respiration sifflante, « vieillis avant l'âge », qui finissaient par mendier sur les quais.

– Qu'est-ce que tu voulais, d'ailleurs ? demanda Hark.

Au lieu de répondre, Jelt souleva une latte du plancher, plongea la main dans une cavité obscure et en sortit un paquet enveloppé dans une étoffe. Quand il l'eut déballé, la sphère jaunâtre en reste divin apparut. Elle avait l'air un peu plus propre qu'auparavant.

– Regarde-moi ça, dit Jelt d'une voix presque tendre. C'est fou, non ? Et ces trous sont remplis de pointes, on peut se couper les doigts dessus, surtout quand ça se met à bouger.

Comme si elle l'avait entendu, la sphère remua dans la main de Jelt. Elle sembla tout entière se contracter légèrement, avant de reprendre sa taille ordinaire. Hark ne comprenait toujours pas ce phénomène. Elle devait être couverte de plaques invisibles, qui se superposaient comme des écailles.

– Elle se ferme, commenta Jelt.

En guise de démonstration, il replia soudain son poing puis le rouvrit.

– Comme ça. Encore et encore. As-tu déjà entendu parler d'un fragment de reste divin capable de bouger tout seul ?

– Non.

Hark s'était déjà posé la question.

– Il doit s'agir d'une sorte de machine, continua-t-il. Peut-être quelqu'un l'a-t-il taillée dans un ossement divin, après quoi l'équipage d'un sous-marin l'a emportée en pleine mer…

Même si l'hypothèse paraissait plausible, il fut pris de doute dès qu'il l'eut exposée. Les contractions de la sphère lui avaient rappelé quelque chose de très différent, mais il aurait craint de se ridiculiser en disant quoi.

– Il faut découvrir ce que c'est et comment ça marche, déclara Jelt en remballant la sphère pour la ranger dans sa cachette sous le plancher. Ce reste divin est en train de me guérir, non ? Peut-être pourrions-nous l'utiliser sur d'autres gens. Si nous savons nous y prendre, ça pourrait rapporter gros…

– Ça y est, c'est l'histoire de la bathysphère qui recommence ! explosa Hark.

Il respira profondément et concentra toute sa volonté.

– Si tu en as envie, vas-y, ajouta-t-il plus calmement. La sphère divine est à toi. Tu peux en faire ce que tu veux.

– Je ne peux pas faire grand-chose tout seul pour l'instant, pas vrai ? rétorqua Jelt. Je suis encore malade, par moments. Si je reste trop longtemps loin de cette sphère… mon état s'aggrave. Et je ne peux pas l'emporter partout avec moi, autrement les gens vont remarquer ses pulsations. Il faut donc que je me cache ici, en attendant qu'elle ait fini de me guérir.

» D'ailleurs, tu es le mieux placé pour te renseigner sur

les restes divins, non ? Tu pourrais interroger tes amis en haut de la colline ! Oublions l'argent, mais je voudrais quand même savoir ce que ce truc est en train de me faire ! Est-ce trop demander ?

Hark respira de nouveau profondément. Quand il parla, il ne savait pas lui-même ce qu'il allait dire.

– Oui, Jelt, s'entendit-il déclarer d'une voix ferme et claire. Oui, c'est trop demander.

Jelt bondit sur ses pieds, mais Hark avait déjà ouvert la porte, prêt à s'élancer dans la nuit.

Sur le seuil, il s'arrêta net. Son ami lui rentra dedans en accourant derrière lui.

Il y avait trois silhouettes obscures sur la plage, en bas des rochers, à dix mètres tout au plus. Leurs visages étaient tournés vers la cabane. Chaque silhouette brandissait un objet long et sombre. La lanterne de l'abri fit reluire des lames métalliques.

CHAPITRE 14

– Cours ! lança Jelt, avant de dépasser Hark comme une trombe dans l'obscurité.

– Attrapez-les ! hurla la voix rauque d'une femme à l'autre bout de la plage.

Deux des silhouettes sombres s'avancèrent pour intercepter Jelt. Il fonça vers eux, renversa au passage l'un de ses adversaires et continua à toute allure sur la droite de la plage. Le troisième inconnu remonta péniblement la pente raide pour rejoindre Hark, en brandissant un long poignard.

Hark se retourna d'un bond, longea la cabane au pas de course et entreprit de gravir l'escarpement rocheux derrière elle. Jelt et lui avaient souvent adopté cette tactique pour se tirer d'affaire. Il s'agissait de se séparer, de fuir chacun dans une direction différente et de se retrouver plus tard.

Hark avait encore du mal à voir dans le noir. Des pierres glissaient et roulaient sous ses pieds. Néanmoins, il était léger et rapide, et pouvait s'aider de ses deux mains pour grimper. Derrière lui, il entendait son poursuivant haleter en poussant des jurons à chaque pierre qui se détachait traîtreusement. Hark était en train de le distancer.

– Laisse tomber cet avorton ! hurla de nouveau la femme. Nous tenons notre voleur !

Hark hasarda un regard derrière lui. Son assaillant semblait bel et bien avoir renoncé et redescendait la pente en dérapant.

À présent, les yeux de Hark s'étaient habitués à l'obscurité. Il vit resplendir les étoiles dans le ciel, les vagues écumeuses déferler sur la plage comme de pâles sourires. Plus loin, il aperçut trois silhouettes plaquant au sol un adversaire qui se débattait en jurant – Hark aurait reconnu cette voix entre mille.

« Ils le tiennent, se dit-il. Jelt s'est fait prendre. »

– Enlevez-lui ce couteau ! cria la femme.

Cette voix aussi, il la connaissait. Un instant plus tard, elle entra dans son champ de vision et il aperçut à la lueur de la lanterne sa carrure de boxeur, les taches de rousseur parsemant son visage et son crâne rasé. C'était Dotta Rigg, la contrebandière du Havre de la Dame.

– Alors, petit poison ! lança-t-elle en donnant un coup de pied à Jelt étendu par terre. Par les démons de l'Abysse, où est ma bathysphère ?

« Oh, Jelt ! Qu'as-tu fait ? »

– Rigg ! appela une voix affolée non loin de la cabane. Coram saigne comme un bœuf ! Cette ordure a dû lui ouvrir le ventre avec son couteau ! Je n'arrive pas à arrêter le sang !

La contrebandière regarda du côté de la cabane d'un air stupéfait. Son visage semblait soudain nu, dépouillé de sa mauvaise humeur habituelle. Elle se dirigea en hâte vers l'homme qui avait crié. Hark la vit s'agenouiller près d'un corps prostré.

– Prends ça, appuie-le sur la plaie ! grogna-t-elle.

Puis elle tourna la tête pour invectiver de nouveau Jelt :

– Petite vermine ! Si jamais mon garçon meurt, je t'écorche

vif ! Je t'arrache les yeux ! Tu m'entends ? Tu serviras de nourriture aux poissons !

Derrière sa rage enrouée, on sentait monter l'affolement.

« Ils m'ont tous oublié, constata Hark. Personne ne fait attention à moi. Je pourrais escalader cette falaise et retourner au Sanctuaire. Je pourrais les laisser tous mariner dans leur jus. »

Il ferma les yeux et récita plusieurs de ses jurons préférés. Puis il respira profondément.

– Rigg ! hurla-t-il. Nous pouvons empêcher votre homme de mourir !

– Comment ? s'exclama la contrebandière en clignant les yeux pour s'efforcer de l'apercevoir. C'est l'avorton ?

– Je vais descendre ! lança Hark. Mais… ne me coupez pas la tête !

Il dégringola la pente en dérapant.

– Portez-le dans la cabane, pour qu'il soit près de la lumière ! Jelt et moi, nous pourrons le guérir…

– Ferme-la, Hark ! hurla son ami à travers la masse de ses adversaires.

– Qu'est-ce que tu me racontes là ? gronda Rigg.

– Je dis la vérité ! assura Hark en s'avançant, les mains levées pour montrer qu'elles étaient vides. Je vous expliquerai plus tard, mais… mais nous devons agir tout de suite ! Avant qu'il ne meure !

Il songea à la vie qui s'échappait avec le sang à chaque seconde.

Rigg regarda en fronçant les sourcils le linge qu'elle pressait contre la plaie, et qui s'assombrissait à vue d'œil. Elle poussa un juron.

– D'accord ! Les garçons, aidez-moi à porter Coram dans la cabane !

Ils emmenèrent le blessé à l'intérieur. Hark les laissa

l'attraper et le pousser sans ménagement dans la pièce. Un instant plus tard, ils revinrent avec Jelt, les mains attachées dans le dos, et le déposèrent brutalement sur le plancher.

Coram était jeune, mal rasé, avec un griffonnage de cicatrices grises sur les avant-bras. Même à la faible clarté violette de la lanterne, Hark vit que son ventre était entièrement maculé de sang. Il lut dans les yeux du garçon le reflet de sa propre panique. Une multitude familière de taches de rousseur parsemaient le visage blême de Coram. « Mon garçon », avait dit Rigg.

« Par tous les flots hurlants ! pensa Hark avec horreur. Jelt a étripé un des fils de Rigg ! »

– Allez ! brailla la contrebandière. Aidez-le !

Hark lui tendit les bandages propres qu'il avait apportés pour son ami, puis il posa ses mains tremblantes sur les épaules de Coram. Sous les lattes sur lesquelles il était agenouillé, le mystérieux reste divin attendait, invisible, dans son petit filet.

« Émets une pulsation ! le supplia-t-il en lui-même. Je t'en prie ! Si tu fais le mort maintenant, c'est nous qui allons mourir ! »

– Qu'est-ce que tu fabriques ? demanda Rigg. À quoi rime cette comédie ?

– Nous avons besoin de nous concentrer ! insista Hark. Ce… ce n'est pas facile !

Il ne pouvait lui parler du pouvoir de la relique, car elle n'aurait plus eu aucune raison de les garder en vie, Jelt et lui.

D'autres contrebandiers s'étaient massés sur le seuil, l'air soucieux, en clignant des paupières dans la lumière. Hark reconnut parmi eux la fille de la salle des ventes, ses grands yeux noirs rivés sur le blessé comme si elle croyait pouvoir elle-même le guérir à force de se concentrer.

Coram respirait faiblement, son visage était pâle et luisant comme du sable mouillé. Hark redoutait à tout instant d'entendre son souffle se troubler puis s'arrêter, de voir ses yeux devenir fixes, le flot de sa vie s'écouler à jamais. Pendant un long moment, Hark continua sa comédie de concentration. Il entendait le plancher craquer sous les pieds des contrebandiers, qui s'agitaient avec une impatience croissante.

Puis la pulsation jaillit, propageant une onde de choc invisible dans l'air. Hark sentit un frémissement au plus profond de son être. Coram se crispa en poussant un cri étouffé, ses yeux s'ouvrirent un instant. Ses camarades tressaillirent et cherchèrent machinalement leurs armes.

– Au nom des profondeurs violettes, qu'est-ce que c'était ? demanda Rigg.

– C'est sorti de nous ! s'écria Hark d'une voix enrouée par le soulagement. C'est... comme un flot guérisseur. Nous avons eu un accident et depuis... nous ne sommes plus comme avant.

Il avait imaginé une histoire dans sa tête. À présent, il fallait simplement la faire avaler aux autres.

– Quelle sorte d'accident peut provoquer un truc pareil ? s'exclama Rigg.

– Nous avons essayé de nous servir de votre bathysphère..., commença Hark.

– Hark, ferme-la ! Tout de suite ! rugit Jelt.

– Elle sait que nous l'avions ! l'interrompit Hark. Elle n'est pas idiote !

Il poussa un soupir amer.

– Nous avons emprunté un vieux bateau muni d'un treuil, et nous avons emporté le submersible dans les parages de l'Étreinte. Nous avions eu l'idée géniale de nous en servir pour repérer des épaves, après quoi nous aurions vendu l'information à des prospecteurs professionnels. Jelt est descendu dans la bathysphère. Je devais surveiller la chaîne du treuil, mais il y a eu un problème. L'appareil semblait devenu si lourd, à l'autre bout, que je ne pouvais plus le remonter. J'ai compris qu'il devait être rempli d'eau.

Cet amas de demi-vérités était crédible. Le moment était venu de mentir pour de bon.

– J'ai plongé pour sortir Jelt de là…

– Je m'en sortais déjà tout seul, grogna l'intéressé.

– Oui, je sais bien.

L'intervention de Jelt emplit Hark de soulagement et de gratitude. Son ton agressif conférait au récit une rudesse convaincante.

– Mais c'est alors qu'est arrivée cette… cette vague. Nous l'avons vue surgir des ténèbres. Une vague énorme de l'Abysse, noire et luisante, déferlant dans la mer normale comme un raz-de-marée. Elle devait être deux fois plus haute que ces falaises, peut-être même davantage. Et elle fonçait sur nous, aussi rapide qu'un clipper toutes voiles dehors.

– Je n'ai jamais entendu parler d'une vague de l'Abysse si près de la surface, observa Rigg d'un ton revêche et incrédule.

– L'Abysse dévore les règles comme les requins dévorent les poissons, récita Hark d'un ton lugubre.

C'était un vieux dicton. Les dieux et l'Abysse n'obéissaient à aucune règle. Tout ce qu'on pouvait espérer, c'était s'en tirer vivant.

En réalité, Hark ne croyait pas qu'on ait jamais entendu parler d'une telle vague. La surface de l'Abysse était soumise à des variations aussi étranges qu'imprévisibles, et certains récits évoquaient des vagues imposantes, mais pas au point de pouvoir menacer un plongeur.

– Moi-même, je n'avais jamais rien vu de pareil, se hâta-t-il de poursuivre, et j'espère ne jamais revoir une telle géante, noire et visqueuse comme du pétrole. Tous les poissons fuyaient devant elle comme des éclairs, en nous dépassant de tous côtés ! Mais nous, impossible de nous échapper. Nous étions faits.

Hark tâcha de se rappeler les évocations de Quest au sujet de l'Abysse.

– Elle s'est abattue sur nous et nous a engloutis. À l'intérieur, l'obscurité régnait... une obscurité violâtre mais où l'on voyait clair, étrangement. J'en avais mal aux yeux. Et il faisait si froid qu'on en frissonnait jusqu'à l'âme. Toutes sortes de débris tourbillonnaient dans cette vague – des algues, des morceaux de bois, des carapaces de crabes – tous tombaient en tournoyant dans les ténèbres.

» Puis elle a passé et nous nous sommes retrouvés de nouveau dans de la bonne vieille eau de mer, à nous noyer dans les règles, au lieu de virevolter à jamais dans cette vague. Nous avons réussi à remonter à la nage. Mais nous n'étions plus les mêmes, nous étions... marqués.

– Marqués ? répéta Rigg en le regardant avec un malaise superstitieux. Si vite ?

– Je n'y comprends rien, moi non plus ! déclara Hark d'un air effaré. On croirait qu'il y a comme un flux dans notre sang, à présent. En nous concentrant, nous pouvons changer son cours. Et si nous réussissons à le diriger correctement... nous pouvons guérir les gens.

Par une heureuse coïncidence, une autre pulsation jaillit dans la cabane. Deux minutes plus tard, la relique recommença. Hark ne pouvait savoir si c'était vraiment bénéfique, mais au moins Coram respirait encore et regardait à la ronde, l'œil luisant.

Au bout de dix pulsations, le contrebandier chargé d'étancher le sang se racla la gorge d'un air incertain.

– Il ne saigne plus.

– Tu es sûr ? demanda Rigg d'un ton soupçonneux.

– Oui. Je ne sais pas ce qu'ils ont fait, mais la plaie s'est refermée.

Il y eut un long silence. L'expression angoissée de Coram céda la place à l'épuisement et à la douleur. Les autres contrebandiers regardèrent tous leur cheffe.

– Vous deux, les petits nuisibles, lança-t-elle, vous pouvez vous vanter d'avoir de la chance. Vous devriez être en ce moment ballottés par les flots, servir de nourriture aux poissons, au lieu de quoi…

Elle s'interrompit, secoua la tête et fronça les sourcils.

– Au fait, où est ma bathysphère ?

– Elle… elle a été emportée par cette vague géante, souffla Hark.

Il déglutit, en sentant l'atmosphère redevenir glaciale.

– Nous pouvons vous la rembourser, lança soudain Jelt. J'ai une affaire à vous proposer. Laissez-moi m'asseoir, d'accord ? Il est difficile de parler avec un genou dans la bouche.

Rigg hocha la tête et les contrebandiers redressèrent Jelt, qui semblait avoir retrouvé son assurance insolente.

– Voilà qui est mieux, dit-il. J'ai réfléchi. Les gens sont prêts à payer pour guérir, pas vrai ? Nous pouvons refermer leurs blessures sans avoir besoin de les recoudre, en toute discrétion. Mais nous aurions besoin d'un partenaire, Hark et moi. Quelqu'un qui nous amènerait les clients. Vous auriez une part sur les recettes, et nous guéririons gratuitement les membres de la bande.

Les sourcils froncés, Rigg hocha la tête avec lenteur. Hark n'aurait pu dire si elle acceptait ou se contentait d'enregistrer la proposition. En tout cas, elle ne décapitait personne, ce qui lui parut bon signe.

– Nous pourrions les garder dans une grotte, suggéra un contrebandier.

– Nous ne pouvons pas garder l'avorton, répliqua Rigg.

N'oublie pas qu'il est engagé au Sanctuaire pour trois ans. S'il disparaît, il y aura des recherches. Le gouverneur pourrait même se mettre à fouiner. Non, ce morveux doit rentrer chez lui avant qu'on remarque son absence.

L'espace d'un instant, Hark s'étonna que Rigg fût au courant de son engagement au Sanctuaire. Puis il se souvint de la fille couverte de taches de rousseur qui avait assisté à la vente. Elle avait pu dire à la bande qui l'avait acheté. Un soupçon désagréable s'insinua dans son esprit. Peut-être les contrebandiers l'avaient-ils surveillé, dans l'espoir qu'il les conduise à Jelt. Et peut-être était-ce exactement ce qu'il avait fait, cette nuit-là.

– D'accord, petit génie, dit Rigg en toisant Jelt. Viens avec nous, que nous puissions discuter de ta proposition. Quant à toi…

Elle se tourna vers Hark.

– Tu peux filer au Sanctuaire, maintenant. Mais pas d'histoires ! Tu tiens à ton ami, pas vrai ? Tu aimerais sans doute le revoir intact. Tu vas donc la fermer, et tu reviendras ici quand nous te le dirons.

– Oui, madame, lança précipitamment Hark, en s'efforçant d'ignorer la souffrance rongeant son esprit.

Son passé était sur le point d'envahir son avenir. Ses espoirs et ses rêves se mouraient en silence.

Après le départ du garçon du Sanctuaire, les membres de la bande de Rigg discutèrent jusque tard dans la nuit. La fille aux taches de rousseur se montra l'adversaire la plus acharnée du nouveau projet de sa mère, mais d'autres s'y opposèrent aussi. La plupart des contrebandiers étaient impatients de rentrer au Havre de la Dame, et l'idée d'installer une base temporaire au Nid ne les enchantait pas.

Pourquoi feraient-ils des affaires avec quelqu'un qui les

avait trahis ? Et quel besoin avaient-ils d'une base, en fait ? Il ne serait que plus aisé de les dénicher !

Quand des filaments visqueux apparurent dans la longue plaie refermée de Coram, les protestations redoublèrent et la fille aux taches de rousseur crut l'avoir emporté. Puis quelqu'un remarqua que les entailles dans les oreilles de Coram avaient elles aussi cicatrisé. Les murmures de l'assemblée se firent approbateurs et intéressés. Plusieurs contrebandiers s'étaient déjà vu infliger deux entailles par les hommes du gouverneur, et quelques-uns en avaient trois, de sorte qu'ils risquaient à tout moment d'être envoyés aux galères. Si ces preuves disparaissaient, ils n'auraient plus cette épée de Damoclès au-dessus de la tête.

– Je n'aime pas ces guérisons ! protesta inlassablement la fille de Rigg. Il y a quelque chose qui cloche !

– Elles donnent des Marques, c'est tout, Selphine, déclara Coram en tendant faiblement sa main pour ébouriffer les cheveux de sa demi-sœur. De toute façon, moi, j'aime bien ma Marque. Elle sort de l'ordinaire... Ces deux garçons aussi sortent de l'ordinaire, avec leur pouvoir de guérisseur. La façon dont ils ont été marqués, cette vague géante dans l'Abysse... Je crois que c'est un signe. Une grâce.

Devant le sourire endormi, extasié de Coram, Selphine sentit son sang se glacer.

Depuis sa naissance, elle avait toujours vu son frère comme un géant protecteur, assez fort pour la soulever de terre. Quand elle le laissait la serrer dans ses bras, elle avait l'impression d'être abritée par une montagne.

Il avait six ans de plus qu'elle mais, parfois, elle avait terriblement conscience d'être plus intelligente que lui.

CHAPITRE 15

– Qu'est-ce qui te tracasse ? demanda Quest le lendemain matin.

Cette question prit Hark au dépourvu.

– J'ai mal dormi, cette nuit, répondit-il.

C'était la vérité. Après son retour furtif au Sanctuaire, il n'avait eu que trois heures de sommeil. Il avait compensé en arborant une allégresse infatigable. Apparemment, tout le monde avait été dupe, sauf Quest.

– Voilà plusieurs jours que tu n'es plus toi-même, dit le vieux prêtre à voix basse pendant que Hark vidait un seau d'eau supplémentaire dans son bain.

Les antiques bains rituels consistaient en une série de bassins taillés dans la roche, qui se succédaient dans une salle au haut plafond voûté. Jadis, les prêtres s'en servaient pour se purifier après leurs descentes dans l'Abysse, afin d'éviter les Marques. À présent, la plupart de ces piscines, y compris celle où était assis Quest, n'avaient plus qu'une fonction thérapeutique.

Au bout de la salle, un bassin isolé contenait une eau plus sombre, qui clapotait comme une huile visqueuse. C'était un bain d'eau de l'Abysse, pour les prêtres qui désiraient désormais conserver leurs Marques et non les effacer. « Maintenant qu'ils ont perdu leurs dieux, avait expliqué Kly, les Marques sont tout ce qui leur reste. »

Quest ayant eu des douleurs à la poitrine, il se prélassait dans un bassin individuel fraîchement rempli d'une eau chaude et calcaire, qui ressemblait un peu à du lait mousseux. Sa tête et son cou anguleux émergeant du bain paraissaient plus rouges qu'à l'ordinaire, ses cheveux étaient humides et ébouriffés. Hark se rendit compte combien l'apparence habituelle de Quest était pleine de dignité. En le voyant aussi vulnérable, il se sentit mal à l'aise.

– Tu te sens encore pris au piège, ici ? demanda Quest, qui semblait sincèrement inquiet. J'espère que tu ne songes pas à t'enfuir ?

– Je n'ai nulle part où m'enfuir, répliqua Hark.

Son sourire se troubla malgré lui. Même s'il lui fallait paraître dans son état normal, il fut soudain reconnaissant à Quest d'avoir percé à jour sa comédie. D'un coup, il se sentit un peu moins seul.

– Je... je suis tout le temps sur une corde raide. Je ne peux pas me permettre le moindre faux pas. Il m'est impossible de voir mes vieux amis, autrement le docteur Vyne m'enverra aux galères.

Il s'était approché autant qu'il l'osait de la vérité. Même ce semblant d'aveu était un soulagement.

– Tes amis te manquent, observa Quest avec douceur.

– Je m'inquiète pour l'un d'eux, admit Hark. Sans moi, il risque d'avoir des ennuis.

Il avait essayé de ne pas penser à ce que Rigg ferait à Jelt, si jamais Coram venait à mourir. Pire encore, la relique guérisseuse était toujours cachée sous la cabane de Dunlin. Si les contrebandiers emmenaient Jelt, pourrait-il survivre sans les pulsations ?

– Il a besoin de tes conseils ? demanda Quest.

Hark ne put s'empêcher d'éclater de rire.

– Il ne m'écoute jamais, marmonna-t-il.

– Dans ce cas, tu ne pourrais sans doute pas l'aider, de toute façon. Cet ami a-t-il tenté de te contacter récemment ?

Cette fois, c'était trop près. Hark s'en voulut amèrement d'avoir tant parlé.

– Le Nid est au bout du monde, dit-il en esquivant la question. Qui pourrait venir ici ?

– Cette île est la relique d'un monde révolu, approuva Quest non sans ironie. C'est un fait.

Le mot « relique » ramena Hark à la sphère divine cachée dans la cabane de Dunlin.

– Quest..., dit-il avec lenteur, avez-vous jamais entendu parler d'une relique qui... bouge ?

– Une relique qui bouge ? répéta le vieux prêtre en fronçant les sourcils.

– Quelqu'un m'a raconté avoir vu un truc de ce genre, continua Hark d'un ton faussement désinvolte. Il a dit que ça se contractait en émettant comme... comme une onde invisible.

– Quand et où ton ami l'aurait-il vu ? lança Quest avec un sérieux plutôt alarmant.

– Ça remonte à des années ! improvisa Hark. Je ne m'en souviens plus !

– Dommage, dit le vieillard d'un air sombre. J'aimerais bien savoir qui possède maintenant cet objet. Si jamais tu le découvres, je compte sur toi pour me le dire.

Hark fut surpris par l'intérêt manifeste de Quest. Peut-être le prêtre avait-il déjà entendu parler d'une relique de cette sorte. Même s'il n'aimait pas y penser, Hark savait que la santé du vieillard déclinait. Il était normal qu'un malade cherche à retrouver un reste divin capable de le guérir.

– Savez-vous de quoi il pourrait s'agir ? demanda Hark en s'efforçant de ne pas paraître trop insistant.

– Je m'en doute, répliqua Quest.

Hark attendit une explication, puis comprit que le vieillard n'avait pas l'intention d'en fournir. Quest se montrait souvent d'une réticence exaspérante, quand la conversation abordait des sujets délicats. Hark poussa un soupir frustré.

– Par moments, j'ai l'impression que vous me menez en bateau, dit-il d'un ton boudeur. Vous faites des allusions pour m'appâter, et quand j'ai mordu à l'hameçon, vous vous moquez de moi.

– C'est possible, concéda Quest en frottant quelques minuscules poils gris sur ses joues rougies. À mon âge, on craint peu de choses autant que de découvrir qu'on est devenu ennuyeux.

Hark se leva et prit un des chiffons pendant à un crochet. Les murs étaient toujours humides de condensation et moisissaient si l'on n'y prenait garde. Cependant, il n'entreprit de les essuyer qu'afin d'avoir un prétexte pour détourner les yeux et laisser le silence se prolonger. Oui, il n'avait qu'à se comporter comme un gamin vexé. À Quest de voir s'il voulait reprendre leur conversation.

« Je suis jeune et je m'ennuie vite, se dit Hark. Peut-être l'envie de vous parler va-t-elle me passer définitivement ! »

Au bout d'un moment, il entendit le vieillard soupirer tristement.

– Je peux répondre à ta question et te raconter une histoire, dit Quest. Mais il me semble que c'est à toi de commencer.

Hark se creusa la tête pour trouver une bonne anecdote, malheureusement, son inquiétude effaçait tout le reste. Les seuls souvenirs qui lui venaient étaient pleins de Jelt. Grandir avec Jelt. Le poing de Jelt contre sa joue. Jelt à bout de souffle sur le rocher humide. Jelt menacé par un contrebandier, un couteau pressé contre sa gorge…

– Je ne trouve rien, dit-il, désemparé.

– Quelle est la pire action que tu aies jamais commise ?

C'était une question brutale, déloyale, mais Hark comprit ainsi d'un coup que le secret qu'il demandait à Quest de lui révéler n'était pas ordinaire. Le vieillard attendait de lui une vraie confession, pour que le marché soit équitable. Si Hark inventait, il sentait que Quest s'en apercevrait. C'en serait fini à jamais de leurs conversations, et Hark aurait manqué une information capitale.

« Quelle est la pire action que j'aie jamais commise ? »

Il revit brusquement en lui-même l'air miroitant au-dessus des vagues déferlant sur les Enjambées, la chaîne se déroulant en grinçant sur le dévidoir en bois du treuil, puis cette paix infinie qui avait suivi, la fraîcheur des flaques sous ses pieds tandis qu'il restait figé, inerte…

– Rien ! lança-t-il.

Il s'en repentit aussitôt, à l'idée que Quest pourrait croire qu'il prétendait n'avoir jamais commis de mauvaise action. Une telle prétention aurait été tellement infantile !

Toutefois, le prêtre ne protesta pas, ne se moqua pas de lui. Il attendit en silence que Hark continue.

– Il m'est arrivé quelque chose, dit mornement ce dernier. Quelqu'un avait besoin de mon aide et je n'ai rien fait, j'ignore pourquoi. Il a été blessé, grièvement blessé. Je ne cesse de repenser à cet instant. Je ne sais pas ce qui m'a pris.

– A-t-il survécu ? demanda Quest à voix basse.

Hark avait cessé d'essuyer le mur. Il n'eut pas le courage de se tourner vers le vieillard.

– Oui, marmonna-t-il.

– S'il n'y a pas mort d'homme, il est possible de réparer presque tout avec le temps. Parfois, on n'est plus le même après avoir subi une grave épreuve, mais, de toute façon, rien ni personne n'est immuable.

Hark savait que ces paroles étaient censées être consolantes.

«S'il n'y a pas mort d'homme...»

D'un coup, il ne put s'empêcher de penser à une autre occasion où il n'avait rien fait. Cette nuit qu'il s'efforçait d'oublier, cette nuit dont il ne parlerait jamais à Jelt.

Il faisait noir comme dans un four. Hark et Jelt s'étaient rendus aux vasières de Rattleguise, où s'ouvraient des dépressions pareilles à des vallées, qui devenaient des mares après les tempêtes et regorgeaient alors d'anguilles et de morues. Les deux amis savaient que les prospecteurs de l'endroit remplissaient leurs filets de poissons, qu'ils laissaient dans d'énormes tonneaux avant de passer à la mare suivante. Le plan de Jelt consistait à s'approcher en douce avec des seaux, pour prendre des poissons dans les tonneaux restés sans surveillance.

Hark faisait le guet, prêt à siffler si jamais il voyait revenir la bande de prospecteurs. C'est alors qu'il avait entendu un cri au loin sur la vasière. Comme l'appel isolé d'un oiseau de mer.

Il était resté à son poste. Une bruine froide mouillait son visage. Il n'avait pas bougé, et pourtant il savait que c'était un humain qui avait poussé ce cri, et qu'il avait été stoppé net. Hark avait... Non, il n'avait rien fait. Il avait attendu que Jelt accoure, hors d'haleine, sans les seaux, le regard furieux.

– Parfois..., commença-t-il en essuyant vaguement le mur. Parfois on se dit qu'on ne peut rien faire. Peut-être n'y a-t-il vraiment rien à faire. Après tout, il se pourrait qu'il ne se soit rien passé. Mais si l'on posait une question, rien qu'une... on saurait. Alors on n'en pose aucune, jamais.

Un Havrais avait été porté disparu, cette nuit-là. Ce n'était pas un homme de main des prospecteurs, ni un contrebandier, ni un des gardes du gouverneur. Rien qu'un pêcheur revenant de la taverne à travers la vasière.

« Peut-être est-il tombé dans la mer, peut-être s'est-il fait tuer par des prospecteurs, peut-être s'est-il engagé à bord d'un navire marchand… »

Hark ne le saurait jamais, car il était exclu qu'il interroge Jelt.

– Désolé, murmura-t-il.

Il arrêta de faire semblant d'essuyer le mur.

– Il est difficile de faire une histoire avec rien, pas vrai ? Je reviendrai quand j'aurai mieux à vous raconter.

Il se détourna, désireux de mettre fin à cette conversation pour pouvoir repousser ces souvenirs, les ensevelir de nouveau dans l'oubli d'où ils n'auraient jamais dû sortir.

– Attends ! lança Quest.

Hark s'immobilisa.

– Une histoire indigente vaut toujours mieux qu'une histoire mensongère. Approche ce tabouret, inutile de t'asseoir sur la pierre humide.

Il attendit que Hark ait apporté le petit tabouret de bois et se soit installé près du bassin.

Le vieillard regarda l'eau trouble en fronçant les sourcils, comme s'il devait intimider les mots pour les contraindre à entrer dans son récit.

– Les dieux n'étaient pas faits comme nous, dit-il enfin. Ils n'avaient pas de cerveau ni de poumons. Beaucoup n'avaient même pas d'os. Cependant, ils possédaient tous un centre vital, qui émettait comme un frémissement à travers les flots. On pouvait le sentir avant même d'avoir vu le dieu.

– Un centre vital…

D'un coup, les vagues soupçons de Hark prirent forme. Dès le début, la sphère divine lui avait rappelé quelque chose, mais jusqu'alors il avait écarté cette idée tant elle lui paraissait folle et absurde.

– Je vais te raconter l'histoire que la Dame Cachée m'a murmurée dans les eaux profondes, continua Quest. C'était une confidence qu'elle me faisait, mais peut-être comprendrait-elle. As-tu jamais entendu parler d'un dieu appelé l'Avaleur ?

Le vieillard ne parut pas surpris en voyant Hark secouer la tête.

– Moi aussi, j'ignorais son existence, avant que la Dame ne me parle de lui. Il avait d'autres noms – Dévore-Tout, Père Gosier, Gardien de la Grande Bourse. Mais l'Avaleur était l'appellation la plus courante de ce dieu, et c'est à lui que la baie de l'Avaleur doit son nom. La Dame m'apprit que l'Avaleur était une créature en proie à une faim et à une amertume sans limites. Son corps ressemblait à un poignard noir, mais plus long qu'un galion. Ses nageoires étaient en cuir noir déchiqueté. Sa queue étroite et fourchue s'ornait à chacune de ses pointes d'une éclatante lumière bleu-vert.

» La moitié de son corps consistait en une paire de mâchoires. Son ventre énorme ondoyait comme une soie noire. Quand il n'avait pas mangé depuis longtemps, son abdomen se ridait et se plissait sous lui, telle une voile affalée. Quand il ouvrait la bouche pour avaler avec ces énormes mâchoires, son estomac se dilatait, prenait des proportions colossales et pendait sous son corps effilé. Tandis qu'il sillonnait les mers, ce ventre horriblement distendu se balançait doucement. À travers la peau translucide, on distinguait les silhouettes fracassées des galions et des frégates qu'il avait dévorés, et même les visages de marins à l'agonie, pressés contre la terrible membrane. Dans les parages de la baie de l'Avaleur, les bateaux allaient et venaient au-dessus de lui. Il voyait sur leur coque les mêmes yeux implorants que fixaient sur lui les noyés à la peau soyeuse en sombrant, les poumons remplis d'eau. Il savait que ces yeux peints étaient synonymes de peur, de soumission, d'adoration. Ils signifiaient que les fragiles êtres dans leurs vaisseaux en bois étaient à lui, et qu'ils en avaient conscience. La plupart du temps, il ne les avalait pas tant qu'ils ne s'écartaient pas des routes qu'il leur concédait. Bien entendu, il changeait de temps à autre les routes autorisées, après quoi il attirait vers le fond les navires ayant enfreint les nouvelles règles.

» Un jour, un bateau fut dérouté par une tempête et désobéit aux règles. Au lieu d'essayer de rebrousser chemin, les marins paniquèrent et s'enfuirent vers le large. L'Avaleur les poursuivit pour les dévorer, en quittant son territoire habituel. Bientôt, le navire se retrouva dans des eaux agitées. Un tourbillon gigantesque l'entraîna, comme si les profondeurs elles-mêmes l'aspiraient. Lorsqu'il coula, laissant un sillage de marins en train de se noyer, l'Avaleur continua sa poursuite, car ce bateau était à lui. Tandis qu'il descendait, la lumière cessa d'éclairer l'eau. Sans ses énormes yeux de verre noir et la clarté répandue par sa queue, l'Avaleur aurait nagé à l'aveuglette. Même ainsi, il distinguait à peine la lueur pâle des voiles du navire. C'est alors, dans ces profondeurs obscures, que l'Avaleur découvrit le Gathergeist.

Quest hésita, lança à Hark un coup d'œil ironique.

– Tu dois connaître au moins ce nom-là, dit-il.

Hark hocha la tête.

– À cette époque, il n'avait pas de nom. Aucun humain, peut-être même aucun dieu ne l'avait jamais vu. Pendant de longues années, il avait flotté, indécelable, dans les profondeurs s'étendant sous ces eaux tempétueuses. Les épaves sombraient jusqu'à lui, de sorte qu'il n'avait pas besoin de chasser. Il était resté dans l'eau à attendre, à grandir.

Hark connaissait le Gathergeist par des peintures et des récits. Cette créature n'était qu'un écheveau de longues chaînes transparentes, qui oscillait, tournoyait et miroitait avec lenteur. Ses filaments lumineux s'étendaient sur des kilomètres. Son chant était suave et terrifiant.

– Est-il vrai qu'il n'avait pas de tête ? demanda-t-il.

C'était le point qui le tracassait le plus. Même quand un monstre avait une tête plus que bizarre, on pouvait la regarder pour voir ce qu'il pensait. C'était la partie du corps qui vous regardait à son tour et vous écoutait peut-être, si l'on avait de la chance.

– En effet, confirma Quest. Il n'avait pas de tête ni de corps, rien que des chaînes. Dès que l'Avaleur et le Gathergeist se sont rencontrés, il était trop tard. Le combat était inévitable, vois-tu ? Ils avaient senti chacun la pulsation vitale de l'autre.

Hark se rappela combien la pulsation de la sphère divine avait été forte sous l'eau. Il imagina ces deux monstres gigantesques, décrivant des cercles dans l'Abysse en percevant chaque frémissement saccadé qu'émettait son adversaire.

– À compter de cet instant, poursuivit le prêtre, l'existence de l'autre leur fut insupportable. Comme pris de folie, ils ne pensèrent qu'à se détruire mutuellement. L'Avaleur fut le plus rapide. Pendant que le Gathergeist flottait et ondulait en enroulant lentement ses filaments pour affronter le danger, l'Avaleur s'élança comme un éclair, son estomac distendu dans son sillage. Ses crocs s'enfoncèrent dans la chaîne la plus proche, aussi facilement que si ç'avait été de la gelée. Elle était couverte d'une sécrétion visqueuse et toxique, mais il n'en fut pas affecté.

» Le Gathergeist se convulsa avec lenteur, et l'Avaleur repassa à l'attaque, dans l'idée d'anéantir son ennemi en déchiquetant ses filaments un par un. Cette fois, cependant, le Gathergeist modifia son chant, et ses chaînes de verre devinrent dures et glacées. Mais les mâchoires de l'Avaleur étaient si puissantes que le verre éclata sous ses crocs. Malgré tout, la créature tentaculaire était encore en vie. Gagné par l'impatience, l'Avaleur se rua au centre de cet enchevêtrement brillant et ondulant qu'était son ennemi. Un instinct immémorial lui disait qu'en explorant le centre du Gathergeist, il trouverait sa source vitale. Seulement, il ne put la découvrir. Il n'y avait ni tronc ni corps, simplement de longues chaînes ondoyantes, ne cessant de se replier, de s'enrouler, de s'entrelacer, et rien, absolument rien d'autre. D'où pouvait donc jaillir la vie de cette étrange créature ?

» Alors qu'il hésitait, les lumières de son adversaire s'éteignirent d'un coup. L'Avaleur se retrouva seul dans l'obscurité bleutée des profondeurs. Quelque part dans ces ténèbres, les filaments du Gathergeist flottaient encore, mais leurs mouvements étaient désormais si doux et silencieux que l'Avaleur ne pouvait les localiser. Il tenta d'agiter sa queue pour s'éclairer lui-même… Elle était emprisonnée dans un amas gluant. Il n'apercevait plus la silhouette onduleuse de son ennemi qu'à la lueur intermittente des miroitements du verre. L'Avaleur s'élança de nouveau, et ses mâchoires se refermèrent sur les filaments vitreux. Toutefois, il eut affaire cette fois à un amas épais, qui craqua et céda sous ses crocs, mais l'empêcha de refermer entièrement ses mâchoires. Alors qu'il se démenait pour mordre, d'autres chaînes s'introduisirent dans sa gueule, le forçant ainsi à l'ouvrir de plus en plus. Il battit l'eau avec ses nageoires de cuir déchiqueté ; d'autres filaments l'enveloppèrent insidieusement en se collant à ses écailles noires.

» Dans les profondeurs de la mer, il n'y a ni jours ni nuits, de sorte que personne ne peut dire combien de temps l'Avaleur s'est débattu, tandis que le Gathergeist s'enfonçait implacablement dans sa gueule. Sur la terre baignée de lumière, il se pourrait que le soleil ait parcouru bien des fois sa route vertigineuse, avant que les jointures des mâchoires de l'Avaleur finissent par craquer. Le Gathergeist put alors se glisser à sa guise dans son ennemi et entreprit de le vider. Du fond de l'énorme estomac translucide, il creusa patiemment la chair. Sentant le frémissement du centre vital, il n'eut de cesse de le trouver et de le détruire. Après quoi, l'Avaleur n'exista plus, il ne resta que le Gathergeist.

» Une fois qu'il eut lentement digéré son adversaire, le Gathergeist changea. Il n'avait plus envie de demeurer dans le territoire qu'il avait choisi avec prudence pour se nourrir. Il ne pensait plus qu'aux îles et aux créatures à la peau fragile et aux yeux sans espoir, qui ne demandaient qu'à le regarder avec un amour craintif. Il modifia donc sa direction et dériva lentement, inexorablement, des eaux noires aux eaux bleu-noir, puis bleu-gris, puis vertes. Pour la première fois, des humains le virent et entendirent son chant, et il prit place dans la galerie de leurs cauchemars…

Le vieillard remua sa main dans l'eau. Sous la surface laiteuse, elle semblait difforme, indistincte. Il fallut que le silence se prolonge pour que Hark comprenne que l'histoire était terminée.

– Où se trouvait le centre vital du Gathergeist, en fait ? demanda-t-il.

– Dans l'un de ses filaments. L'Avaleur aurait sans doute fini par le trouver, c'est pourquoi le Gathergeist ne lui en a pas laissé le temps.

Une autre énigme intriguait Hark.

– Comment la Dame Cachée savait-elle tout ça ? Elle n'était pas là, n'est-ce pas ?

– Non, répondit Quest d'une voix plus fatiguée que de coutume. Mais j'espère que tu n'attends pas de moi que j'éclaircisse la totalité des mystères de la mer en quelques heures ?

– Je suis désolé, dit Hark en toute sincérité.

Il avait été si captivé par le récit du vieux prêtre qu'il n'avait pas remarqué sa pâleur et son épuisement.

– Merci de m'avoir raconté cette histoire.

Hark se remit à essuyer le mur. Il peinait à assimiler ce qu'il venait d'apprendre. Ses soupçons les plus fous s'étaient confirmés. Il savait maintenant ce qu'était la relique, pourquoi elle émettait des pulsations.

C'était le cœur d'un dieu, et il battait.

CHAPITRE 16

Le lendemain matin, Hark partit « prospecter » encore plus tôt que d'habitude pour ses commissions. Il avait rendez-vous dès l'aube avec la bande de Rigg sur la plage, mais il voulait être là-bas avant eux.

Quand il arriva sur le territoire de Dunlin, tout paraissait désert. Il grimpa en hâte les rochers jusqu'à la cabane, dont il ouvrit précipitamment la porte.

Même dans la pénombre précédant l'aube, il vit que les outils et les autres possessions du prospecteur n'avaient pas bougé. Au Havre de la Dame, la plupart auraient disparu dès que les gens auraient appris que la cabane était restée sans surveillance. L'absence du prospecteur continuait d'inquiéter Hark, mais Jelt l'avait peut-être convaincu sans ménagement qu'il valait mieux filer et se chercher une autre plage. Hark imaginait sans peine la scène.

Il referma la porte, souleva la latte du plancher et plongea la main dans la cavité. Avec soulagement, il sentit sous ses doigts la forme familière d'une petite sphère enveloppée dans son filet. Il la sortit et observa, fasciné, sa surface criblée de trous.

« Le cœur d'un dieu… », songea-t-il.

Un bruit soudain le fit sursauter, mais ce n'était qu'une

pierre s'éboulant quelque part derrière la cabane. La porte demeura fermée. Il respira, puis il fourra la sphère dans un sac de toile qu'il avait apporté, avant d'envelopper le tout dans des bandages.

Ouvrant la porte de la cabane, il se figea. Sur la plage en contrebas, la fille aux taches de rousseur avait les yeux braqués sur lui. Elle le regarda descendre péniblement la pente pour la rejoindre.

À la lumière du jour et, vue ainsi de près, sa ressemblance avec Rigg était encore plus évidente. Outre les taches de rousseur brunies par le vent qui parsemaient son visage et ses bras, ses sourcils bien dessinés et l'expression féroce de ses traits anguleux rappelèrent à Hark la patronne des contrebandiers. Cela dit, la fille faisait bien dix centimètres de moins que lui.

– *Tu es venue me chercher?* demanda-t-il en langue des signes.

Il l'avait vue s'exprimer par signes le soir précédent. Se rappelant comme elle le fixait pendant la vente aux enchères, il jugea vraisemblable qu'elle lisait également sur les lèvres, mais les signes paraissaient plus judicieux dans la clarté encore hésitante du jour.

– *Le sous-marin sera bientôt là,* répondit-elle. *Je voulais d'abord te parler.*

Elle continuait de l'observer de ses grands yeux noirs, qui intimidaient Hark.

Il remarqua plusieurs détails insolites. Ses cheveux bruns étaient assez longs pour être noués en chignon, une coiffure réservée d'ordinaire aux gens qui ne pratiquaient plus la plongée. Quand on passait son temps sous l'eau, l'habitude était d'avoir les cheveux courts, voire le crâne rasé. Des mèches indociles pouvaient se prendre dans les bordures des masques ou des casques, au risque de les décoller et de laisser pénétrer de l'eau. Pour ceux qui plongeaient tête nue, les cheveux longs tournoyaient autour de leur visage et se plaquaient sur leurs yeux.

Hark était gêné par les siens, qui n'avaient pas été coupés depuis trois mois et lui donnaient l'impression d'être hirsute, aussi loin de la mer qu'un continental. Cependant, cette fille avait mis en évidence ses cheveux longs. Sa coiffure étrangement adulte la vieillissait et lui donnait un peu l'air d'appartenir à un autre monde.

– *Qu'as-tu fait à Coram?* demanda-t-elle.

– *Il est vivant, non?* répliqua Hark.

– *Il a comme des morceaux de méduse qui sortent de sa cicatrice,* dit-elle d'un air sombre.

– *C'est sans danger,* assura Hark, en espérant qu'il ne se trompait pas.

– *Ça vaudrait mieux pour toi. Je ne tolérerai pas qu'on fasse du mal à mes proches. Tâche de t'en souvenir.*

Apparemment, la conversation était terminée.

À l'aube, Hark vit l'arrière d'un submersible enduit de poix émerger des flots. Construit en bois et en cuir, long de dix mètres, c'était un sous-marin léger prévu pour des eaux peu profondes. Ses quatre rames pendillaient dans leurs supports de cuir. Ce genre de petit écumeur ne valait rien pour des plongées en pleine mer, mais il était pratique si l'on voulait circuler sous la surface et échapper à l'attention des douaniers.

L'écoutille trapue de la tourelle s'ouvrit, et la tête de Coram apparut. Il semblait rouge et en sueur, mais nettement moins cadavérique que la veille.

– Monte sur les rochers et embarque! hurla-t-il. Laisse ton panier sur la plage. Selphine se chargera de faire des provisions pour toi. Nous te ramènerons ici dans deux heures.

*

L'espace était compté dans l'habitacle sombre et confiné du sous-marin. Comme il n'y avait que deux sièges pour les rameurs, Hark dut se blottir sous la table à cartes. Il tâcha de ne pas heurter le casier voisin, qui était chargé de bonbonnes d'air comprimé. Si on les débouchait par mégarde, elles s'envolaient avec une violence redoutable. On racontait aussi qu'elles explosaient, lorsqu'elles étaient percées.

Coram referma l'écoutille. La lumière du jour disparut, et ils ne furent plus éclairés que par les hublots et les deux lampes-terreurs accrochées au plafond, qui répandaient une faible clarté violâtre. Il flottait des relents de poix, de sueur, de souffle brûlant et de colle divine de mauvaise qualité, dont on se servait pour imperméabiliser le cuir.

– Où allons-nous ? demanda Hark.

– Au Marteau du Sauvage, répondit Coram. Ce n'est pas loin.

Son visage carré était impassible, son expression indéchiffrable. Il ne semblait ni amical ni hostile.

« Bon, est-ce que je m'attendais à de la gratitude ? se dit Hark. Nous l'avons guéri, mais c'est aussi nous qui l'avons poignardé. »

– Prêt ? demanda l'équipier de Coram, déjà assis près d'une des paires de rames, le visage rouge de sueur, les cheveux humides.

Les rames sortaient des parois du submersible à travers des supports ronds en cuir, qui dégoulinaient de poix.

Coram s'avança sur le plancher en bois. Il actionna une poignée pour faire tourner une longue perche suspendue en travers du sous-marin, à laquelle étaient fixées des vessies en peau de porc. L'eau de mer s'engouffrant à l'intérieur les gonfla peu à peu, et le submersible entama sa descente.

Le fracas des vagues s'affaiblit. Les parois de cuir s'incurvèrent légèrement puis se tendirent sous l'effet de la pression de l'eau.

Coram s'assit à son tour, et les deux contrebandiers se mirent à ramer avec énergie. Au bout de quelques minutes, la relique cachée dans le sac de Hark émit une pulsation. Les deux hommes tressaillirent en jurant.

– Qu'est-ce qui s'est passé ? lança Coram en regardant fixement Hark.

– C'est juste le pouvoir guérisseur qui jaillit, cria Hark sous la table. Il n'y a aucun danger ! Simplement, je n'arrive pas à le contrôler sans l'aide de mon ami.

Non sans grommeler, les contrebandiers se remirent à ramer. Les yeux rivés sur le grand compas suspendu au-dessus de la table, ils chantaient tout bas pour garder le rythme. Toutefois, Hark remarqua que Coram l'observait de temps à autre, comme s'il essayait de le percer à jour.

Alors qu'ils n'étaient partis que depuis un quart d'heure, Coram manœuvra le périscope et se mit à crier des instructions à son équipier. Puis il fit de nouveau tourner la perche, cette fois pour vider les vessies et faire remonter le sous-marin. Quand l'écoutille de la tourelle s'ouvrit, la lumière du jour et l'air frais envahirent l'habitacle.

En sortant, Hark découvrit que le submersible s'était arrêté dans une petite crique abritée, à côté de deux canots et d'un sous-marin plus imposant. Une nuée de fous de Bassan tournoyaient au-dessus des falaises rougeâtres et de la plage paisible.

De l'autre côté d'un étroit bras de mer, Hark reconnut la côte orientale du Nid. Il se rendit compte qu'il était sans doute sur une petite île qu'il avait déjà vue du haut des collines. Elle avait la forme d'un croissant et ne faisait guère plus de trente mètres de largeur. Apparemment, c'était là le Marteau du Sauvage.

Sur le rivage, Rigg et Jelt les guettaient. Jelt avait l'air malade, avec son visage livide, mais au moins il était vivant.

Non sans surprise, Hark constata que son ami était plutôt mieux habillé qu'auparavant. Il arborait des bottes convenables et son manteau n'était pas rapiécé.

On hissa Hark hors du submersible. Après avoir emprunté une passerelle glissante, il grimpa en boitillant les rochers humides.

– Venez, les gamins, vos patients vous attendent! lança Rigg en indiquant de la tête un petit groupe à l'autre bout de la plage.

Elle avait l'air de meilleure humeur.

– Il n'y en a que quatre aujourd'hui, mais ils seront plus nombreux quand on saura ça...

Elle tendit le bras pour pincer l'oreille droite de Coram.

– Mais attention, à partir de maintenant, fini les guérisons supplémentaires sans prévenir! Ça va pour cette fois, mais je ne veux plus de surprises.

Le haut de l'oreille de Coram était intact, en dehors de deux lignes pâles. Hark comprit qu'il avait eu l'oreille entaillée à deux reprises, et qu'il n'en restait plus trace.

– Qui sont les patients? demanda Hark en regardant les silhouettes au loin.

– L'homme au bras bandé fait partie de la bande de Skeeler, un trafiquant d'épices. Nous travaillons parfois avec lui, de sorte que nous lui avons promis de sauver la vie à son gars.

– Qu'est-ce qui lui est arrivé? s'inquiéta Hark.

– Un petit accident avec le sabre d'un autre bonhomme. À présent, la blessure est en train d'empoisonner son sang. Il a déjà de la fièvre.

Une fois encore, Hark et Jelt allaient devoir guérir un mourant. Hark préférait ne pas penser au sort qui les attendait s'ils échouaient.

– Celui qui marche avec une canne est un transporteur qui

a eu la jambe écrasée lors d'un éboulement, continua Rigg. Il est prêt à payer un bon prix pour qu'on redresse son genou. Les deux autres sont des hommes à moi. Ils ne sont pas blessés, mais ils ont trois entailles aux oreilles. Si jamais on les voit là où il ne faut pas, ce sera le gibet ou la potence. Débarrassez-les de ces entailles, et vous les sauverez de la corde.

– Si nous guérissons ces quatre hommes, nous aurons payé notre dette, non ? hasarda Hark sans grand espoir.

– Très drôle ! répliqua Rigg sans l'ombre d'un sourire. Vous nous avez volé une bathysphère en restes divins, qui valait une fortune. Quand vous nous aurez rapporté une fortune en compensation, vous pourrez commencer à avoir votre part des bénéfices.

– Ne t'inquiète pas, Hark, intervint Jelt. Tout est réglé. Rigg et moi, nous nous sommes mis d'accord. Nous aurons payé notre dette dans un an, tu verras.

Un an. Jelt voulait que Hark continue de faire le mur pendant un an pour guérir des inconnus. Comment pourrait-il échapper à l'attention de Vyne ? Il était astucieux, mais pas invisible.

– Vous êtes prêts, les garçons ? lança Rigg.

– Nous devons d'abord passer un peu de temps seuls dans la grotte, déclara Jelt avec son assurance coutumière.

– Oui, pour unir de nouveau nos fluides spirituels, approuva Hark en hâte.

– Je vous donne cinq minutes.

Jelt conduisit Hark à une ouverture entre deux énormes rochers. Elle formait un couloir naturel, flanqué de hautes murailles rocheuses, avec le ciel pour plafond. Au bout de ce couloir, Jelt écarta un rideau en toile grossière et fit signe à Hark d'entrer dans une petite grotte.

– Dis-moi que tu as apporté la sphère, chuchota-t-il dès qu'ils furent cachés par le tissu.

Hark hocha la tête, et Jelt le regarda avec soulagement.

– Donne-la-moi !

Hark sortit la relique de son sac et la passa à son ami. Quand elle changea de mains, une pulsation jaillit dans l'air. Jelt tressaillit puis poussa un long soupir, comme s'il s'enfonçait dans une eau fraîche par une journée torride.

– Jelt, murmura Hark, je crois que je sais ce qu'est cette sphère.

Il jeta un coup d'œil par le rideau pour s'assurer qu'il n'y avait personne dans les parages.

– C'est le cœur d'un dieu. Et… il est vivant.

Jelt resta un instant bouche bée, puis il éclata de rire.

– Je suis sérieux ! s'exclama Hark.

– Je sais ! C'est pour ça que c'est si drôle. Ce n'est pas le cœur d'un dieu, Hark ! Regarde-le ! Ce truc est trop petit.

– Il s'agissait peut-être d'un petit dieu !

Hark se sentait stupide, mais même l'ironie de Jelt ne pouvait ébranler sa certitude.

– Et il est vivant, avec ça ? s'esclaffa son ami en agitant la sphère devant son visage. Voyons, c'est une machine fabriquée avec des restes divins, rien de plus.

Il tapota la surface du bout des doigts.

– De l'os, et bien mort.

Malgré tout, il continua d'examiner la relique en la retournant dans ses mains. Face aux restes divins, il avait toujours été pragmatique, et il se moquait de la passion rêveuse que les légendes des dieux inspiraient à Hark. Il était exceptionnel de le voir fasciné par autre chose que la perspective de faire fortune.

– Quand même, l'histoire est encore meilleure si on imagine que c'est le cœur d'un dieu, dit-il à voix basse. Ce serait quelque chose, pas vrai ?

CHAPITRE 17

Le premier patient qui écarta le rideau était l'homme au bras bandé. Il poussa un cri étouffé en découvrant à moins d'un mètre devant lui Hark debout, immobile, dans la clarté blême d'une unique lampe à huile de baleine. Les bajoues de l'homme tremblotèrent nerveusement, tandis qu'il regardait avec stupeur le masque menaçant de chiffon gris qu'arborait Hark.

Celui-ci se sentit malgré lui envahi par l'excitation. Il n'était plus un petit escroc malingre, maintenant, mais un être mystérieux aux pouvoirs surnaturels. Il ne portait un masque que pour éviter d'être reconnu, car il ne pouvait prendre le risque que des rumeurs parviennent aux oreilles du docteur Vyne. Cependant, il s'aperçut que le visiteur était hypnotisé par cette face grise et informe, sans prendre garde aux yeux humains qui brillaient derrière.

Tous les habitants des Myriades savaient instinctivement qu'un vrai pouvoir ne pouvait avoir qu'une origine perverse. Si Hark ou Jelt s'étaient montrés gentils ou consolants, personne n'aurait cru un seul instant en leur don de guérisseur. Il fallait qu'ils soient effrayants, inquiétants. Avenables, comme les anciens dieux.

Hark retira avec soin les bandages de l'inconnu, en s'efforçant de ne pas frémir devant le carnage noirâtre et suintant qu'il découvrait dessous.

– Avez-vous été blessé de jour ou de nuit? questionna-t-il d'une voix basse et sifflante.

Il sentait que sa voix ordinaire serait trop juvénile pour qu'on le prenne au sérieux.

– Qu'est-ce que ça peut faire? demanda le patient, déconcerté.

– L'air nocturne est plus toxique.

Hark était sûr d'avoir entendu cette phrase quelque part.

– Approchez-vous, lança Jelt d'un ton froid dans l'obscurité du fond de la grotte.

L'arrogance et la menace lui venaient naturellement.

Alors que le patient s'approchait avec réticence, une pulsation jaillit du cœur du dieu caché sous la tunique de Jelt. L'homme poussa un cri en tressaillant.

– Nous faisons parler vos os, chuchota Hark en effleurant l'oreille du patient avec son masque en chiffon.

– Et votre sang, ajouta Jelt.

– Il y a trop de nuit dans votre sang, reprit Hark. Si nous n'intervenons pas rapidement, vous mourrez. Restez aussi immobile que possible. Nous devons vous imprégner de lune pour vous purifier.

– Si ça fait mal, ne criez pas, ordonna Jelt.

Une lueur d'espoir s'alluma dans les yeux terrifiés de l'inconnu. La perspective du danger le rassurait.

De temps à autre, le cœur divin se mettait à battre. Hark assista à chaque changement avec une fascination mêlée de dégoût. Les bords de la plaie se gonflèrent de cloques ressemblant à des perles, qui s'étalèrent ensuite comme une cire molle et pâle avant de se déposer sur la chair à vif. Lorsque la plaie fut enfin refermée, la fièvre du malade sembla retomber.

L'homme retourna son bras, en regardant d'un air incertain le faible éclat nacré de sa nouvelle peau. Puis il fronça les sourcils, ouvrit sa main et la regarda avec effroi.

– Qu'est-ce que… ? s'exclama-t-il en la montrant à Hark.

Sa paume et ses doigts s'ornaient de cinq petites plaques rondes et jaunâtres, qui ressemblaient au premier coup d'œil à des durillons. Quand ces plaques translucides se ployèrent légèrement, Hark se rendit compte que c'étaient des ventouses pareilles à celles des tentacules de pieuvre.

« Bon, inutile de s'emballer », pensa-t-il.

– Vous découvrirez un jour pourquoi vous avez reçu ces Marques, murmura-t-il en tâchant de dissimuler son trouble.

– En attendant, renchérit Jelt, elles vous rappelleront ce moment où votre vie a été sauvée.

– Par tous les ouragans ! marmonna Hark dès que le patient fut sorti d'un pas chancelant.

Il s'était demandé ce que le cœur divin considérait comme un problème à régler. Apparemment, le manque de ventouses faisait partie de la liste…

– Qu'est-ce qui te tracasse ? lança Jelt. Tout s'est bien passé, pas vrai ? La suite sera encore plus simple.

Il avait raison, comme le constata Hark avec un soulagement mêlé de frustration.

Le membre estropié guérit aisément, même si le spectacle n'était pas agréable. Chaque pulsation de la relique provoquait des gonflements et des mouvements bizarres sous la peau du genou. Cependant, la jambe finit par redevenir droite et le transporteur put marcher sans sa canne. Quel que fût le nouvel arrangement osseux soutenant maintenant la chair, le genou avait recouvré une apparence et un fonctionnement plus ou moins normaux.

Les oreilles entaillées guérirent elles aussi sans problème. Il ne resta qu'une cicatrice presque invisible. Hark ne pouvait qu'espérer qu'on ne découvrirait pas plus tard des effets secondaires moins anodins.

– La matinée s'est bien passée, déclara Rigg en raccompagnant Hark au sous-marin. Vous avez bien travaillé.

Malgré ces propos, elle semblait soucieuse. Les deux amis attendirent qu'elle ait fini de se mordre les lèvres, comme si les mots qu'elle voulait maintenant prononcer avaient un goût amer.

– Dites-moi, vous ne rafistolez que les corps ?

– Nous ne pouvons pas réparer un sous-marin ou raccommoder un vêtement, si c'est ce que vous voulez savoir, répondit Hark.

C'était vrai, pour autant qu'il le sût.

– Je ne vous parle pas d'*objets* ! lança Rigg avec impatience. Je vous parle de ce que les gens ont dans la tête. Il arrive que quelque chose ne tourne pas rond, à ce niveau-là. Pas *gravement*, mais un peu. Pouvez-vous arranger ce genre de problème ?

– Il s'agit donc d'une personne qui est devenue folle ? demanda Jelt avec sa brutalité habituelle. Un membre de votre bande ?

– Je n'ai pas parlé de folie ! s'exclama Rigg en le foudroyant du regard. Et je vous conseille d'en faire autant !

Elle soupira nerveusement.

– Il s'agit de ma fille, Selphine. C'est une bonne petite, une assistante précieuse, en dehors de ce problème. Elle fait le guet comme personne. Je veux juste la tirer d'affaire !

Hark reconnut aussitôt ce nom. Coram avait appelé Selphine la fille aux taches de rousseur, sur la plage.

– Elle n'avait aucun problème, quand elle était petite, continua Rigg. Elle était aussi hardie que les autres et nageait comme un poisson. Avec les autres gosses, ils plongeaient chacun à leur tour avec un scaphandre et un tube. Ceux qui restaient à la surface se chargeaient de pomper. Je les laissais emprunter l'équipement, pour qu'ils s'y habituent. Elle était la plus jeune, mais la plus intrépide. Un jour qu'elle avait plongé en scaphandre, à six mètres de profondeur, il y a eu une dispute avec les prospecteurs du coin. Ils ont coupé son tube.

Hark tressaillit en jurant tout bas. Il n'imaginait que trop bien la scène. Se retrouver à six mètres de profondeur dans l'obscurité verdâtre, dans un scaphandre trop lourd pour remonter rapidement, puis entendre le sifflement affreux de l'air s'échappant du casque… La valve empêcherait l'eau d'entrer par le tube, seulement, la prochaine bouffée d'air serait viciée, raréfiée, une épreuve pour les poumons. Le moindre trou dans un tube était dangereux, mais l'air manquait encore beaucoup plus vite quand le souci se produisait à la surface. Le changement était trop soudain, trop brutal, et Hark avait vu les dommages que pouvait subir alors le corps des plongeurs.

– Que s'est-il passé ? demanda-t-il.

– Comme elle était attachée, ils l'ont remontée rapidement. Mais elle a terriblement souffert du changement de pression. Ses oreilles saignaient, ses yeux étaient comme des fruits rouges, sa respiration est restée sifflante pendant un bon moment. Pour l'essentiel, ça s'est arrangé. Ses yeux vont bien, ses poumons se sont remis. Ses blessures aux tympans ne guériront pas, mais ce n'est pas si grave. Certains de mes meilleurs équipiers ont été bénis par la mer pendant leur enfance, et ils n'en sont que plus efficaces.

La surdité des bénis de la mer était comme une cicatrice après un combat ou un tatouage représentant un bateau : un signe d'audace et d'appartenance.

– Dans ce cas, qu'est-ce que vous voulez que nous guérissions ?

– Elle n'est pas lâche, insista Rigg. Et elle n'est pas folle. Mais depuis ce jour… elle a peur de la mer.

Hark regarda la contrebandière avec stupeur. C'était comme si on lui racontait que quelqu'un avait peur du ciel, ou de penser, ou de la couleur brune. Comment vivre dans ces conditions ?

– Comment ? s'exclama Jelt d'un ton incrédule. Que diable voulez-vous dire par là ?

– Elle refuse d'aller sous l'eau, expliqua Rigg. Elle évite aussi de monter sur un bateau, sauf en cas de nécessité. Elle veut bien patauger, mais pas nager. Je pensais que ça lui passerait, sauf qu'elle a quatorze ans, maintenant ! Elle devrait vraiment faire partie de la bande, elle devrait même apprendre un peu à commander ! Comment fera-t-on, si je ne peux pas la convaincre d'entrer dans un sous-marin ? Il m'est impossible d'avoir une fille qui ait peur de la mer. Il s'est passé quelque chose dans sa tête ce jour-là. Peut-être ce tube lui a-t-il aspiré une partie de son bon sens ! J'ai besoin que vous m'arrangiez ça. Guérissez-la. Remettez-la d'aplomb.

Hark hésita, puis dit avec circonspection :

– Nous ne sommes pas guérisseurs depuis longtemps, nous en sommes encore à apprendre comment ça marche. Nous n'avons jamais traité une blessure au cerveau…

– Mais nous pouvons essayer, l'interrompit Jelt en lançant un regard perçant à Rigg. Qu'est-ce que vous donneriez, pour ça ?

– Si vous guérissez Selphine, répondit-elle avec lenteur, vous aurez payé votre dette pour la bathysphère. Vous pourrez commencer à percevoir votre part dans notre association.

– Dans ce cas, nous le ferons, déclara Jelt en tendant la main pour serrer celle de la contrebandière.

« Non ! cria Hark en pensée. Jelt, ne fais pas de nouveau une promesse que nous ne pourrons pas tenir ! »

Mais en voyant les yeux de Jelt briller d'un triomphe malicieux, il comprit que son ami avait compté sur sa réaction. « Arrête de t'agiter, disait ce regard. Tu y arriveras, s'il le faut. Et maintenant, il le faut. »

CHAPITRE 18

De retour dans l'habitacle obscur du petit sous-marin, Hark regarda les silhouettes fantomatiques de méduses onduler devant les hublots, et il tenta de réfléchir. Rigg ne le libérerait de ses fonctions de guérisseur que lorsqu'elle estimerait qu'il avait payé sa dette. Toutefois, s'il jouait le jeu, le docteur Vyne découvrirait tôt ou tard le pot aux roses.

« Il faut vraiment que nous guérissions cette fille de sa peur, pensa-t-il. Jelt a raison, que ça me plaise ou non. C'est la seule façon de nous en sortir. Je ne sais pas si le cœur divin a un effet sur l'esprit, mais il existe peut-être un autre moyen de l'aider. Elle est simplement terrifiée, pas vrai ? Ce n'est pas comme si elle se prenait pour un homard. Peut-être pourrais-je la ramener à la raison en lui parlant. »

Comme promis, le petit écumeur déposa Hark sur la plage de Dunlin. Selphine l'attendait, mais à un endroit inattendu.

Elle se tenait pieds nus au bord de l'eau. Après avoir entendu Rigg évoquer la peur de sa fille, Hark ne pensait pas la voir si près de la mer. Et pourtant, c'était bien elle qui laissait déferler les petites vagues sur ses pieds et ses chevilles. Elle paraissait absorbée par le spectacle du ballet des mouettes et des sternes au-dessus des flots, par les crabes rouges courant en tous sens, par le crissement des galets brillants entraînés par le reflux des vagues.

Dès qu'elle l'aperçut, elle se tourna pour l'observer. Elle lui indiqua d'un signe de tête son panier, qui était posé un peu plus loin sur les galets. Il était rempli comme convenu de criste-marine, de mauve, de poirée, de fenouil sauvage et de varech. Elle avait été consciencieuse.

– *Tu es la fille de Rigg, n'est-ce pas ?* demanda-t-il en langue des signes.

Il ne connaissait pas le signe pour « Selphine », mais celui pour « Rigg » était bien connu d'un bout à l'autre du Havre de la Dame.

Elle hocha la tête.

– *Je croyais que tu avais peur de la mer ?*

Il montra d'un geste les vaguelettes ruisselant sur les pieds de Selphine.

Elle pencha la tête de côté et lui lança un regard de mépris aussi las que cinglant. Après avoir baissé les yeux d'un air éloquent sur les deux centimètres d'eau autour de ses pieds, elle le regarda de nouveau.

– C'est terrifiant, dit-elle tout haut. Je m'attends à me noyer d'un instant à l'autre.

Sa voix était égale et pondérée, elle n'affaiblissait aucune consonne, pas même les « s ». Soit elle entendait encore un peu sa propre voix, soit elle se rappelait parfaitement la façon de s'en servir.

– Rigg t'a parlé de moi ?

« Rigg », pas « maman ». Hark se demanda comment elles s'entendaient toutes les deux, et quel effet cela faisait d'avoir une mère comme Rigg.

Il hocha la tête, jugeant inutile de mentir.

– *J'ai appris ce qui t'était arrivé.*

Ses signes étaient discrets, confidentiels.

Elle leva les yeux au ciel.

– *Tout le monde est au courant,* répliqua-t-elle avec amertume, en faisant un grand geste circulaire pour dire « tout le monde », comme s'il englobait l'ensemble des Myriades et le reste de l'univers. *Elle raconte partout que je suis malade.*

– *C'est ce dont je voulais te parler,* observa prudemment Hark.

– *Pourquoi ?* questionna-t-elle d'un air soupçonneux.

Puis elle fit une grimace horrifiée.

– *Rigg t'a demandé de me guérir, pas vrai ?*

– *Elle veut t'aider !* lança Hark. *Elle veut que tu sois en forme !*

– *Je sais ce que veut Rigg,* répliqua Selphine non sans irritation.

– Mais… pense à tout ce que tu pourrais faire si tu n'avais plus peur de la mer ! s'exclama Hark à voix haute.

Il ne maniait pas la langue des signes aussi couramment que Selphine. Il parvenait à se faire comprendre, mais pas avec autant de verve et de vivacité. Avec les mots, il était un conteur-né, tandis qu'avec les signes il n'avait pas le talent de faire briller les images.

– Tu n'as donc jamais envie de plonger pour chasser des poissons ? de voir les grains de sable scintiller sous l'eau ? Tu ne te rappelles pas l'effet que ça fait ? On a l'impression de… de voler !

Une nouvelle fois, il eut droit à un regard courroucé, méprisant et incrédule, comme s'il ne voyait pas l'évidence.

– Alors, qu'est-ce que tu comptes faire ? reprit Hark, dont le temps et la patience touchaient lentement à leur terme. Tu ne peux pas fuir la mer à jamais !

Habitué à plaider des causes problématiques, il ne savait quels arguments trouver pour ce qui allait de soi.

– *Bien sûr que si !* riposta Selphine. *Regarde-moi !*

– Mais c'est… comme si tu avais peur du ciel !

– *Pas du tout !* répliqua-t-elle avec fureur. *Personne ne me demande de grimper au ciel ! Je ne peux pas en dégringoler par mégarde ! Et si j'étais au ciel, je ne pourrais pas me noyer, mourir de froid, changer de forme ou me faire manger par les poissons !*

Elle continua de dessiner dans l'air ses signes furibonds.

– *Parmi les gens que je connais, ceux qui se sont noyés…*

Elle leva huit doigts pour faire le compte.

– *Ceux qui ont des lésions aux poumons…*

Neuf doigts.

– *Ceux qui ont perdu des membres en prospectant les fonds sous-marins…*

Trois doigts.

– *Ceux qui ont disparu…*

Dix doigts, puis deux.

– Mais… ça peut toujours… arriver ! balbutia Hark. C'est normal !

Selphine se frappa le front, au comble de l'exaspération.

– *Tu es stupide,* rétorqua-t-elle. *Rigg est stupide. Tout le monde autour de moi est stupide.*

Elle continua avec colère :

– *Je ne suis pas malade ! Je ne suis pas folle ! Simplement, je ne suis pas aussi stupide que les autres ! Si j'ai arrêté d'aller dans la mer, c'est pour qu'elle ne puisse pas me tuer ! Quand j'avais douze ans, après que ce tube a été coupé, j'ai compris… que j'avais failli mourir. Si je continue d'aller dans l'eau, je mourrai pour de bon. La mer finira tôt ou tard par tuer ou estropier tous ceux que je connais. Jusqu'au dernier. On m'a répété que tout allait bien, que j'allais très vite retourner dans l'eau, comme si c'était une bonne chose. Ce n'était pas une bonne chose, et j'étais la seule à m'en apercevoir. Je me fiche du danger. Mais ce genre de danger est… stupide. Je n'ai pas envie d'une mort stupide ! J'ai essayé de l'expliquer aux autres…*

Elle répéta plusieurs fois le signe pour «expliquer», en prenant à chaque fois un air plus las.

– *Je n'ai pas besoin qu'on me soigne!* continua-t-elle. *J'ai simplement pris une décision qui déplaît à Rigg! Alors, que vas-tu faire? Changer mes pensées? Me forcer à vouloir quelque chose que je refuse? Si tu fais ça, si tu essaies seulement... je te tuerai. Et ce sera de la légitime défense.*

Hark respira profondément. Cette conversation ne se passait pas bien, et il commençait à regretter de l'avoir engagée. Il n'aimait pas beaucoup que Selphine prétende que «guérir» revenait à modifier l'esprit des autres contre leur gré. Serait-il possible que ce soit vrai? Il comprenait certes qu'elle soit bouleversée à cette idée, mais qu'y pouvait-il?

– Écoute, dit-il à voix haute. Je suis désolé, mais je n'ai pas le choix. Ta mère veut que, mon ami et moi, on tente de te «guérir», et on est à sa merci. Si nous n'avons pas l'air d'essayer, c'est elle qui nous tuera. Et sans vouloir t'offenser, elle est plus redoutable que toi.

– *C'est ce que tu crois*, répliqua Selphine.

– Je ne suis même pas sûr que nous puissions vraiment agir sur l'esprit, s'empressa d'ajouter Hark. Peut-être seras-tu simplement débarrassée d'une ampoule ou deux.

Il hésita, puis tenta sa chance :

– Voici ce que je te propose. Nous dirons que tu n'avais besoin que d'une petite séance pour commencer. Ensuite, si tu parais rétablie, Rigg jugera peut-être que tu n'as plus besoin qu'on te guérisse...

– *Ce qui signifie que je devrais aller sous l'eau pour la convaincre!* rétorqua Selphine en le foudroyant du regard. *Jamais!*

– Rien qu'un peu! Juste le temps...

«Juste le temps que tu comprennes l'absurdité de ton comportement, pensa-t-il. Tu redeviendrais normale, et nous aurions réglé notre dette envers Rigg.»

Il ne pouvait continuer cette discussion indéfiniment. Il fallait qu'il retourne au Sanctuaire.

– Réfléchis, reprit-il. Tu as un meilleur plan ?

Selphine haussa légèrement ses sourcils épais et prit un air faussement méditatif.

– Je pourrais révéler à ma mère que tu mens à propos de tes pouvoirs de guérisseur, suggéra-t-elle.

Hark sentit qu'il rougissait violemment. Elle bluffait. Ça ne pouvait pas être autre chose que du bluff !

– Qu'est-ce que tu veux dire ?

– Tu lui as raconté que c'était toi et ton ami qui opériez les guérisons, répondit-elle.

Ses yeux étincelaient.

– Mais je t'ai vu sortir un objet du plancher, dans la cabane.

Hark regarda machinalement à la ronde, pour s'assurer que personne d'autre n'avait pu déchiffrer les signes de Selphine. En la voyant sourire, il comprit qu'il venait de se trahir. Il lui avait prouvé qu'il redoutait bel et bien d'être démasqué.

Elle avait dû l'espionner, lorsqu'il avait récupéré la relique. Il se rappela trop tard le bruit d'éboulement derrière le mur de bois de la cabane. Peut-être l'épiait-elle à travers un trou.

– Vous ne guérissez rien du tout, triompha-t-elle. *Ce n'est pas vous qui provoquez la pulsation. Ce matin, j'ai senti l'air vibrer à côté de la cabane, alors que tu n'étais même pas arrivé ! Cet objet, c'est un reste divin, pas vrai ? C'est lui qui guérit. Quelle serait la réaction de Rigg, à ton avis, si je la mettais au courant ?*

Hark se mordit les lèvres avec force, plein de peur et de colère. Soudain, il en eut assez qu'on lui lance des ultimatums et qu'on le mette au pied du mur.

– Je crois qu'elle nous tuera, mon ami et moi, répliqua-t-il sans hésiter. Après quoi, elle n'aura de cesse d'avoir trouvé cette relique, afin de t'enfermer avec dans une pièce jusqu'à ce que tu sois « guérie ». Tu as toujours envie de tout lui raconter ?

Selphine mordilla ses phalanges d'un air furieux. Hark l'avait convaincue, apparemment, mais il n'en tirait aucune satisfaction. Elle paraissait angoissée, impuissante, et il ne connaissait que trop cette sensation.

– Je n'ai pas voulu ça, déclara-t-il. Je n'aurais jamais imaginé que nous devrions guérir quelqu'un contre son gré. Mais toi et moi, nous n'y pouvons rien, n'est-ce pas ? Peut-être que tout se passera bien. Peut-être que la relique n'aura aucun effet sur toi.

Selphine se contenta de répondre par un unique signe, imitant de façon expressive un mollusque. Bien entendu, hors de l'eau, il prenait d'ordinaire un sens différent.

– *Tu n'as pas plus de nerf qu'un mollusque.*

– Ce n'est pas vrai ! explosa Hark. J'ai du nerf, simplement…

Il ne termina pas sa phrase. Selphine avait détourné le regard, froidement et délibérément. D'un coup, il comprit qu'elle l'avait réduit au silence. Si elle ne voyait pas ses signes et ne lisait pas sur ses lèvres, elle ne pouvait plus l'« entendre ». En un instant, Hark venait de perdre sa voix, son précieux pouvoir de persuasion.

– Arrange-toi pour que je n'aie jamais affaire à cette… chose, lança-t-elle d'une voix basse mais dure. Je ne permettrai à personne de me transformer et de contrôler mon cerveau. Je suis sérieuse. Trouve une solution, ou vous le regretterez, ton ami et toi. Ce n'est pas Rigg qui devrait vous inquiéter. C'est moi.

CHAPITRE 19

La bande était sa famille, et inversement.

Selphine avait grandi au sein de l'équipage de Rigg, au milieu d'une collection d'oncles, de tantes, de frères et de sœurs honoraires, aussi protecteurs que querelleurs. Son amour pour eux était si ardent qu'elle avait parfois l'impression de le voir s'étendre entre elle et eux comme des rubans de feu.

À douze ans, Selphine était devenue une petite reine du Havre de la Dame. Dans les parages des ports, elle commandait sa propre bande d'enfants de son âge. Le reste du temps, elle se livrait à des farces audacieuses avec ses demi-frères et sœurs. Ils avaient tous des pères différents, dont certains étaient non identifiés, mais c'était sans grande importance. Ils étaient les enfants de Rigg, ses équipiers. Si Selphine était la plus jeune, elle était aussi l'une des plus hardies d'entre eux.

Puis arriva un jour où Selphine plongea en scaphandre et remonta en recrachant convulsivement de l'eau de mer, les yeux et les oreilles ensanglantés.

Au bout de deux semaines, ses yeux n'étaient plus injectés de sang, mais elle n'entendait toujours rien, en dehors d'un bourdonnement strident et obsédant. Il ne s'arrêtait jamais, changeant par moments d'intensité, comme le vrombissement d'un insecte.

– *Ce sont les abeilles,* avait dit Sage en la regardant d'un air pensif.

Sage était le bras droit de Rigg, et Selphine l'avait toujours trouvée un peu intimidante.

Ce bruit exaspérait Selphine, et il ne se dissipait pas. En outre, elle avait terriblement chaud, ce qui la rendait encore plus irritable. Sa famille mit un moment à se rendre compte qu'elle avait la fièvre. Ses oreilles lui faisaient plus mal que jamais, et après cet accès de fièvre, même le faible écho des voix avait disparu. Elle n'entendait plus que les « abeilles ».

Au bout de quelques mois, il fut évident que c'en était fait. Selphine était une bénie de la mer. Rigg était terriblement fière d'elle. Tout le monde était fier d'elle.

D'une façon différente, Selphine aussi avait sa fierté. Trop pour admettre qu'elle se sentait perdue, ou qu'elle souffrait au plus profond d'elle-même chaque fois qu'elle s'éveillait d'un rêve rempli de sons pour entrer dans un monde au silence bourdonnant. Les premiers temps, apprendre à lire sur les lèvres lui donnait envie de pleurer d'exaspération. Quand d'autres bénis de la mer bavardaient entre eux, leurs signes étaient souvent trop rapides pour qu'elle puisse suivre. D'un coup, elle semblait être exclue de toutes les conversations.

Surtout, elle était trop fière pour parler de Venna à des membres de la bande de sa mère.

Venna était l'un des personnages en vue de la petite bande de Selphine. Elle ne pouvait rivaliser avec l'audace de gamine de rues que possédait Selphine, mais elle avait une qualité qui manquait à sa cheffe : la subtilité. Venna ne se hasardait pas à se montrer ouvertement impolie avec

Selphine, ce qui aurait irrité les autres car les bénis de la mer étaient universellement respectés. En revanche, elle multipliait les petites offenses difficiles à prouver.

Elle devait savoir que Selphine n'avait pas l'habitude de sa surdité et en était encore à apprendre à lire sur les lèvres, et elle s'ingéniait à lui compliquer les choses le plus possible. Elle proposait sans cesse au groupe d'aller dans des endroits sombres, où elle savait que Selphine aurait du mal à suivre la conversation. Parfois, Venna se mettait à parler à toute allure sous couvert d'excitation, empêchant ainsi Selphine de la comprendre. Ou bien elle s'arrangeait pour parler à un moment où Selphine détournait les yeux. Selphine se baissait pour ramasser quelque chose, et quand elle se redressait, elle découvrait que tout le monde riait. Étaient-ils en train de se moquer d'elle ? Que s'était-il passé ?

Chaque fois qu'elle perdait le fil, elle savait que Venna attendait avec jubilation qu'elle demande aux autres de quoi ils parlaient. Elle détestait poser ce genre de question, qui blessait son orgueil et lui donnait l'impression d'être ridicule. Mais si elle s'abstenait, Venna demandait tôt ou tard :

– Et toi, qu'est-ce que tu en penses, Selphine ?

L'intéressée en était réduite à deviner le sujet de la conversation, et à fournir une réponse en espérant qu'elle conviendrait. Tantôt Venna hochait lentement la tête, en affectant une neutralité polie, après quoi elle jetait un coup d'œil à l'un de ses camarades. Tantôt elle regardait Selphine avec une confusion exagérée et lançait :

– Je ne comprends pas. Que veux-tu dire ?

Selphine se sentait rougir aussitôt, en se rendant compte qu'elle avait mal deviné.

Si jamais elle se résignait à les interroger, Venna s'empressait de l'« aider » en donnant des explications avec des mimiques si outrancières qu'elle savait certainement que

Selphine ne pourrait lire sur ses lèvres dans ces conditions. À moins qu'elle ne dît, ce qui était encore pire :

– Ne t'inquiète pas pour ça. Ce serait trop long à t'expliquer.

En un tour de main, Selphine se retrouvait coupée de la conversation, laissée pour compte. Elle avait l'impression d'être une pièce rapportée, une débile mentale qu'il fallait aider et ménager.

Ses autres amis étaient manifestement contrariés de voir une bénie de la mer traitée de cette manière. Malgré tout, les rapports de force au sein du groupe étaient en train de changer. Ses camarades, qui avaient toujours craint et respecté Selphine, la voyaient continuellement réduite au silence, déconcertée, sur la défensive.

Si Selphine avait raconté ce qui se passait à la bande de sa mère ou à d'autres bénis de la mer, Venna l'aurait payé cher. Mais Selphine ne pouvait se résoudre à cafarder. Elle savait aussi qu'elle pourrait battre Venna dans un combat loyal, malgré la différence de taille. Mais n'aurait-elle pas l'air d'une folle, si elle assommait cette fille plus grande qu'elle ?

Un jour que Selphine avait refusé obstinément d'entrer dans le jeu de Venna, celle-ci s'impatienta :

– Selphine, il faut nous prévenir, si ce que nous disons est trop compliqué pour toi !

On aurait cru qu'elle faisait la leçon à un petit enfant stupide. C'était plus que Selphine n'en pouvait supporter.

– Non, répliqua-t-elle, ce n'était pas compliqué, c'était ennuyeux. Dès que tu commences à parler, Venna, je n'arrive plus à me concentrer, car tu es toujours tellement ennuyeuse !

Elle se leva, consciente que si elle restait un instant de plus, elle allait se mettre à pleurer ou casser la figure à quelqu'un.

– J'en ai assez de passer mon temps avec des gamins.

Sur ces mots, elle se détourna et s'éloigna rapidement de la bande, afin que les autres ne la voient pas trembler de rage et de détresse. Lui avaient-ils crié de revenir ? Avaient-ils éclaté de rire ? Avaient-ils chuchoté en échangeant des grimaces étonnées ? Elle ne le saurait jamais.

Il semblait à Selphine qu'elle avait sauvé la face, mais elle avait abandonné le champ de bataille à Venna. Même si elle s'en voulait, elle savait que son orgueil lui interdirait à l'avenir de revenir vers ce groupe d'amis. Elle passa les jours suivants à traîner d'un air morose avec les équipiers de sa mère, sans donner d'explications. Elle n'avait envie de parler avec personne. Ils étaient tous fiers d'elle, mais elle avait l'impression que quelqu'un venait de mourir.

Un soir, Sage et les autres adultes bénis par la mer quittèrent le feu de camp pour aller se promener ensemble. Ils le faisaient parfois, et les autres membres de la bande l'acceptaient. Cette fois, Sage se retourna et fit signe à Selphine de se joindre à eux. Le geste était banal, le même qu'elle aurait fait avec un adulte.

Selphine n'oublia jamais cette première promenade avec Sage et les autres dans le port animé du soir. Partout, les gens s'écartaient sur leur passage. C'étaient des bénis de la mer, des guerriers des grands fonds. Ils avaient une assurance paisible, une aura de désinvolture et de danger. Dans les rues du Havre de la Dame, ils étaient les rois et les reines des bandits.

Alors que Sage lui tendait sa première coupe d'hydromel, Selphine aperçut à une fenêtre, de l'autre côté de la rue, Venna qui la regardait avec une stupeur envieuse.

Selphine fit semblant de ne pas la voir et s'éloigna avec ses compagnons bénis, pour qui elle éprouva soudain un amour si ardent qu'elle crut qu'elle allait exploser.

Deux ans plus tard, la guérison de Coram semblait avoir

tout changé. Selphine voyait sa bande féroce et bien-aimée se transformer sous ses yeux. Il régnait une atmosphère nouvelle de lâche empressement et de déférence. Ses amis commençaient à penser, sentir, parler différemment, et personne d'autre ne paraissait s'en apercevoir.

Au sortir de sa dispute avec le garçon du Sanctuaire, Selphine alla sans tarder affronter sa mère. La scène qui s'ensuivit fut aussi spectaculaire qu'on pouvait s'y attendre. Rigg ne nia pas son intention de la « guérir » et resta inflexible.

– Tu commences par refuser d'approcher la mer, et voilà que tu as peur aussi des guérisseurs ? J'en ai plus que soupé de tes obsessions, Selphine !

– *Je ne suis pas malade !* lança sa fille en se mettant comme toujours en colère. *C'est toi dont la tête aurait besoin d'être soignée !*

Rigg oubliait toujours que, quand elle hurlait, il était plus difficile de lire sur ses lèvres. Lorsque sa bouche commença à se tordre en tous sens, Selphine arrêta d'essayer de comprendre ses paroles. Elle détourna plutôt les yeux, en stoppant net la conversation – elle savait que Rigg détestait ça.

Il semblait souvent à Selphine que sa mère ne la comprenait plus vraiment. Rigg était fière de sa fille, elle l'aimait à sa façon agressive et autoritaire, mais elle n'était pas bénie par la mer. Elle n'habitait pas le même monde que Selphine. Au début, celle-ci avait regretté la voix rauque de sa mère, qui vibrait d'une énergie infatigable. Il lui arrivait d'essayer de l'entendre en elle-même, mais depuis quelques jours cette voix dans sa tête était devenue faible, mécanique.

Elles s'éloignaient l'une de l'autre. Rigg pensait que si leurs conversations tournaient mal, c'était parce que Selphine ne saisissait pas tout ce qu'elle disait. Toutefois, le problème principal était que Rigg refusait de croire qu'elle ne comprenait plus entièrement sa fille. Il y avait tant de choses que Selphine trouvait difficile d'expliquer à sa mère. Elle ne parvenait pas à lui faire sentir combien les deux dernières années l'avaient transformée, forgeant en elle une patience et une ténacité d'acier. Elle ne pouvait partager avec sa mère l'attention exacerbée qui lui était devenue habituelle, si bien que tout ce qu'elle voyait semblait gorgé de détails. À présent, le monde lui parlait à travers des souffles et des vibrations, à travers les mouvements de l'air contre sa peau, l'harmonie d'une musique faisant frémir ses os, le fracas de portes claquées faisant vibrer le sol. Par moments, Selphine avait l'impression qu'elle et sa mère se rencontraient comme des ambassadeurs de pays différents.

Selphine ne se confiait plus jamais à Rigg, quand elle était soucieuse. Il lui arrivait d'aller voir le bras droit de sa mère, Sage, dont les traits durs et la voix glaciale lui paraissaient si inquiétants dans son enfance. Depuis que Selphine maîtrisait assez la langue des signes pour qu'elles puissent converser avec naturel, elle avait découvert un autre visage de la vieille femme. Cette dernière s'animait lorsqu'elle parlait par signes, et c'était alors une cascade de bons mots, effrontés et assassins. Elle vous disait rarement que tout allait bien. Du coup, quand elle le disait, on la croyait. Alors que la plupart des membres de la bande bénis par la mer entendaient encore un peu d'une oreille, voire des deux, Sage était comme Selphine et savait ce que ressentaient ceux qui n'entendaient que les « abeilles ».

Rigg avait sans doute remarqué que Sage lui avait succédé comme confidente de Selphine, mais elle garda le silence. Elle n'admettait jamais ses propres blessures, sa fatigue ou ses maladies. Si jamais l'éloignement de sa fille l'attristait, elle le cacha comme le reste.

*

Selphine continua de se porter volontaire pour aller aux provisions à la place du garçon du Sanctuaire, lorsqu'il devait accomplir sa tâche de guérisseur. De cette façon, elle pouvait se tenir à distance de ces séances.

– *Je connais le Nid mieux que personne,* avait-elle fait observer. *J'ai filé le garçon du Sanctuaire pendant des jours, non? Je connais ses endroits favoris pour prospecter.*

C'était elle qui avait suivi Hark jusqu'au jour où il avait retrouvé Jelt, permettant ainsi à la bande de les cerner dans leur cabane. À présent, elle regrettait d'avoir si bien réussi.

Grâce aux bavardages des membres de la bande, Selphine savait tout sur les séances des guérisseurs. Elles attiraient des patients de plus en plus nombreux, accablés de fièvres ou de blessures, de scorbut ou de rhumatismes. Le bruit s'était répandu si vite que les visiteurs furent bientôt légion. Dès la fin de la deuxième semaine, certains faisaient une journée de voyage pour venir de leurs îles.

– *Tous les patients ne sont pas malades ou blessés,* raconta Sage à Selphine un soir près du feu de camp.

– *Que voulez-vous dire?* s'étonna Selphine.

– *Quatre d'entre eux sont arrivés en proclamant qu'ils voulaient qu'on les rende «meilleurs». Ils n'ont pas précisé ce qu'ils entendaient par «meilleur», remarque.*

– *Que s'est-il passé?*

– *Ils sont restés dix minutes avec les guérisseurs,* expliqua Sage d'un air sarcastique. *Quand ils sont sortis, une femme pleurait de bonheur parce que ses narines s'étaient refermées. Lisses comme un œuf, plus un trou en vue. Les trois autres la félicitaient. Apparemment, elle était «élue». En tout cas, elle avait été choisie entre toutes pour perdre l'odorat.*

Sage était l'un des rares membres de la bande à faire preuve d'un certain scepticisme face aux guérisseurs. Cela dit, elle semblait trouver toute cette agitation plus amusante qu'inquiétante.

Toutefois, ce ne fut pas la dernière visite de ces gens étranges aspirant à devenir « meilleurs ». Ils revinrent deux jours plus tard avec cinq amis, non moins désireux qu'eux de s'améliorer. Ils sortirent de leur séance inchangés en apparence, mais l'un d'eux déclara que ses yeux avaient subi une transformation qu'il ne pouvait décrire mais qui avait entièrement renouvelé sa vision du monde.

Quelques jours plus tard, ils revinrent en plus grand nombre. Cette fois, ils avaient apporté des tentes et des couvertures. Ils refusèrent de s'en aller, en disant qu'ils voulaient simplement servir les guérisseurs et rester près d'eux. Comme ils étaient prêts à payer pour ce privilège, Rigg haussa les épaules et empocha l'argent. Au début, la plupart des contrebandiers ne les prirent pas au sérieux. Ils les surnommèrent les « rampants ».

– *Ils me font froid dans le dos,* déclara Selphine en les voyant assis en groupe entre leurs tentes. *Qu'est-ce qu'ils veulent ? Le savent-ils seulement ?*

– Ils ne sont pas si terribles, quand on leur parle, affirma Coram.

Lui parlait beaucoup avec eux. Après quoi il s'asseyait d'ordinaire seul dans un coin et contemplait d'un air extasié sa cicatrice, comme si elle était d'une beauté mystérieuse. Depuis sa guérison, il semblait hébété, pareil à un drogué. Selphine l'avait déjà vu dans cet état, et c'était toujours de mauvais augure. Quand il était gauche et distrait, c'était qu'une grande pensée se formait lentement dans son esprit. Habituellement, il fallait encore plus de temps pour la lui faire sortir de la tête.

Au bout d'un moment, d'autres membres de la bande se mirent eux aussi à discuter avec les rampants. Les amis de Selphine semblaient dans un état second, au sortir de ces conversations. Ils parlaient de signes, de présages, de temps nouveaux.

– Je ne dis pas que je suis d'accord avec eux, précisaient-ils, mais ça fait réfléchir…

– Je n'ai jamais apprécié ces histoires de dieux, disaient-ils, mais les Ligueurs ont raison…

– Je ne prétends pas que ces guérisseurs sont des messagers de l'Abysse, ajoutaient-ils, mais…

Les membres les plus âgés de la bande étaient les plus accessibles à ces idées. Eux, ils se souvenaient du temps des dieux. Ils se promenaient maintenant avec une expression empreinte de zèle et de crainte.

La « grotte des guérisons » avait changé d'aspect. Elle était entourée par une tente de toile marron foncé, sur laquelle de longs cordages effilochés pendillaient comme des cordons décoratifs. On avait laissé des auréoles de sel incrustées autour de taches d'humidité desséchées, mais cela ne faisait qu'ajouter au mystère de l'endroit, comme si la mer avait elle-même brodé la toile usée par les intempéries.

La présence de cette tente influait sur le comportement des gens. Au bout de quelques semaines, le sol fut jonché de coquillages, d'agates, de coquilles d'œuf peintes et de perles de corail grises. Personne n'avait demandé aux patients de les apporter, mais ils comprenaient tous d'instinct que l'argent ne suffisait pas quand on visitait un lieu aussi sacré ; une offrande s'imposait.

Selphine se méfiait trop pour approcher de la tente. Du coup, il lui fallut un moment pour se rendre compte que certains de ses coéquipiers déposaient eux aussi des offrandes en secret. Dès qu'ils étaient à proximité de la grotte, ils cessaient de parler à voix haute ou en langue des signes, et ils passaient devant d'un air révérencieux.

– *Pourquoi un tel respect?*

Selphine avait envie de les battre.

– *Nous sommes la bande de Rigg! Nous ne rampons devant personne!*

Apparemment, ce n'était plus vrai.

Au fond d'elle-même, Selphine avait espéré que la base du Marteau du Sauvage ne durerait pas. Les membres de la bande allaient s'impatienter, comme toujours. Le Havre de la Dame allait leur manquer, et ils se mettraient à se plaindre de l'absence de tavernes. En outre, ils avaient des contrats à honorer, des marchandises à fournir, des rendez-vous avec des bateaux. Jour après jour, Selphine s'attendait à ce que Rigg se ravise avec sa brutalité coutumière, sans un mot d'excuses, et donne le signal du retour...

Au lieu de quoi, lors d'une incursion au Marteau du Sauvage, Selphine découvrit deux changements. La plupart des équipiers de Rigg étaient absents et, maintenant, les rampants étaient armés.

– *Que se passe-t-il?* demanda-t-elle à sa mère. *Pourquoi les laisses-tu apporter des armes ici?*

Les rampants arboraient des couteaux, des haches et des gourdins. Ils défendaient l'accès de l'étroit couloir rocheux menant à la tente des guérisseurs.

– Nous ne pouvons pas laisser nos équipiers ici indéfiniment, déclara Rigg. Le *Pélican* doit arriver dans quelques jours, pas vrai?

Les bateaux étrangers tels que le *Pélican* esquivaient parfois les taxes, les droits de douane et les frais d'amarrage exorbitants en faisant leurs affaires au large avec des contrebandiers en sous-marin, au lieu d'accoster dans une île. C'était absolument illégal, mais ça rapportait gros, quand on échappait aux ennuis.

– Nous allons donc charger ces rampants de garder la base et les guérisseurs, pendant que la bande sera au Havre de la Dame. Puisqu'ils sont là, autant en profiter, non ?

Selphine eut l'impression cauchemardesque que le monde était en passe de marcher sur la tête.

– *Qu'est-ce que tu racontes ?* lança-t-elle. *Si nous avons des gardes ici, c'est pour empêcher les guérisseurs de filer, pas pour les protéger ! Les rampants ne sont pas de notre camp, ils soutiennent les guérisseurs !*

– Ce ne sera pas un problème, assura Rigg. Coram s'est porté garant pour eux. Ce sont des amis à lui.

– *Et qui souffle à Coram ce qu'il doit dire ?* rétorqua Selphine avec fureur. *Il entre dans cette tente pour discuter, et il en ressort avec des opinions nouvelles, qui ne lui ressemblent pas ! Il obéit aux ordres, et ce ne sont pas les tiens ! Et il n'est pas le seul !*

– Tu dis n'importe quoi ! tonna Rigg.

– *Tu as perdu le contrôle de cette base ! Et si tu ne fais pas attention, ta bande aussi va t'échapper !*

Manifestement, Rigg ne croyait pas Selphine. Elle était trop sûre des siens et de son autorité. La bande était sa famille, et inversement. Comment des gens n'étant ni de l'une ni de l'autre pourraient-ils les détourner d'elle ? C'était impensable.

Elle regarda sa fille avec une colère mêlée de tristesse. À ses yeux, Selphine était évidemment une malade en plein délire. Rigg voulait donc lutter contre ce délire, rendre la santé à sa fille.

Selphine alla chercher le soutien de Sage, mais pour une fois la vieille femme ne prit pas son parti.

– *Je sais que tu n'aimes pas les guérisseurs*, lui dit Sage, *mais ils nous font beaucoup de bien. Pour la première fois depuis un an, nous avons de l'argent pour réparer comme il faut les sous-marins. Et même une guérison bizarre vaut mieux que la potence.*

Elle effleura les deux entailles de son oreille qu'on venait de traiter.

– De toute façon, la parole de ta mère est sacrée. Je suis désolée, mais c'est à elle que va d'abord ma loyauté.

– Moi aussi, je lui suis loyale! répliqua Selphine avec indignation. *Seulement, je ne lui obéis pas lorsqu'elle se trompe!*

Une seule autre personne paraissait aussi affligée qu'elle par toute cette histoire de guérison : le garçon du Sanctuaire. Cependant, parler avec lui revenait à essayer d'attraper une anguille. Selphine finissait toujours par le menacer et par avoir envie de lui fracasser le crâne.

Elle ne tenta pas d'aborder l'autre guérisseur.

Du reste, elle n'en avait guère l'occasion. Elle ne s'approchait pas de sa tente, et lui-même n'en sortait plus que rarement. De toute façon, son instinct lui disait qu'il serait inutile de s'adresser à ce garçon. Autant vouloir persuader un requin de se nourrir d'algues.

Y compris de loin, Selphine sentait les vibrations émanant de la relique mystérieuse dans la tente des guérisseurs. Elle l'imaginait en train d'émettre ses énergies ténébreuses à travers l'air, la roche et la chair, qu'elle troublait au passage. Elle se représentait les veines peu à peu noircies, les esprits altérés, les corps subissant des mutations subtiles. C'était un poison que ses amis ne sentaient pas, ne voyaient pas, et il les transformait insensiblement.

« Je vais y mettre fin, se promettait-elle. Je vais les forcer à m'écouter. »

Mais personne ne lui prêtait attention.

CHAPITRE 20

– Te voilà enfin !

Hark sursauta. Après être allé aux « provisions », il venait de se glisser discrètement dans le Sanctuaire, son panier sous le bras et la tête encore remplie de patients.

Le docteur Vyne l'attendait dans le vestibule, les poings sur les hanches. Il ne restait rien de son expression où la menace se mêlait à un amusement nonchalant. Ce jour-là, ses yeux jetaient des éclairs, sa voix était cinglante. Derrière elle, Kly semblait inquiet et mal à l'aise.

– Venez ! lança-t-elle en les poussant dans une petite salle de méditation.

Pour une raison inconnue, elle semblait vraiment en colère. Hark s'affola. Et si elle avait tout découvert ?

– Kly, mettez-le au courant et emmenez-le dans cette chambre le plus vite possible. Je ne sais pas combien de temps il nous reste.

– Que s'est-il passé ? demanda Hark.

– Âme Pâle est malade, répondit Kly à voix basse. Nous pensons qu'il s'affaiblit.

– Je t'avais dit qu'il était prioritaire, Hark ! rugit le docteur Vyne. Je t'avais dit de trouver au plus vite l'endroit où il avait caché les archives ! Il y a un mois que je me suis expliquée à ce sujet !

Hark se sentit défaillir. La bonne humeur de sa propriétaire lui semblait maintenant comme un piège où il était tombé. Bien sûr, il savait qu'elle voulait qu'il en apprenne plus long sur la bibliothèque des prêtres, mais il n'avait pas cru que c'était si urgent. Il avait eu tant d'autres soucis. Depuis un mois, sa tâche de guérisseur l'avait absorbé et épuisé au point qu'il peinait à faire son travail au Sanctuaire.

– Si vraiment il existe encore une bibliothèque secrète, reprit Vyne, c'est notre dernière chance de découvrir où elle se trouve. Pense à ton avenir, Hark ! Tu as intérêt à en apprendre le plus possible, et rapidement !

Il hocha la tête, la bouche sèche.

– Je dois m'en aller, déclara-t-elle, l'air toujours furieux.

Elle passa nerveusement les mains dans ses cheveux, poussa un grognement irrité et sortit en trombe. Kly poussa un long soupir.

– Âme Pâle n'était pas malade hier ! s'exclama Hark. Je me trompe ?

Il se demanda s'il aurait dû remarquer que le vieux prêtre si doux était souffrant.

– Parfois, le déclin vient lentement, observa Kly en se laissant tomber sur une chaise. Assieds-toi. Le docteur Vyne veut que tu en saches plus long sur Âme Pâle, avant de lui parler.

Hark écouta le régisseur lui raconter brièvement l'histoire du vieillard. Avant de devenir prêtre et de prendre le nom d'Âme Pâle, il s'appelait Karriter Thistle. Son père était gardien de nuit et sa mère couturière. Son beau-père était prêtre. Avec ses six frères et sœurs, il avait passé son enfance à Sirène. Acolyte à dix ans, prêtre à seize ans. Dix ans de prêtrise à Sirène, où il lui était arrivé de parler au Gathergeist. Ensuite, il avait été archiviste au Nid.

Hark ignorait la plupart de ces détails, malgré toutes ses conversations avec le vieillard. Il se le reprocha, mais après tout ce n'étaient que des faits, à la fois personnels et impersonnels, aussi morts que des ossements dans une boîte.

– Âme Pâle est plus calme avec toi qu'avec n'importe qui d'autre, déclara Kly.

Les coudes sur les genoux, il regardait fixement ses mains jointes.

– Je crois que ton sort va peut-être se jouer maintenant, murmura-t-il. Sois aussi gentil que possible avec lui, mais au nom du ciel, arrange-toi pour obtenir les informations que désire le docteur Vyne !

On avait installé Âme Pâle dans une chambre individuelle, afin d'éviter qu'il ne contamine les autres. Elle n'était éclairée que par un feu de cheminée et par la faible lueur violâtre d'une petite lanterne accrochée au mur. Le vieux prêtre méritait plus que jamais son nom, car sa peau était d'une pâleur cadavérique, pareille à de l'argile grise. Toutefois, malgré son épuisement, il paraissait nerveux et agité. Il tressaillit légèrement quand Hark s'assit à côté de lui.

– Tout va bien, dit Hark. C'est moi.

Rien n'allait bien, et il éprouva un brusque remords devant le visage du vieillard qui s'adoucissait en le reconnaissant et prenait une expression confiante.

– Le silence est trop profond, souffla Âme Pâle d'un air accablé. J'essaie d'écouter, mais… le silence m'en empêche. Ça y est !

Il leva un doigt et lança un regard suppliant à Hark.

– Tu entends ? De la musique…

Derrière la rumeur inlassable du vent et le bruit assourdi de pas et de portes claquant dans le lointain, Hark entendit de faibles notes métalliques qui se mêlaient, confuses et obsédantes.

– Ce ne sont que les carillons éoliens, dit-il en reconnaissant ce son.

– Oui, admit Âme Pâle d'un ton découragé. Bien sûr. Tout ça ne reviendra jamais. À quoi bon ?

Son regard malheureux semblait implorer Hark, comme s'il désirait une réponse, ou peut-être un espoir auquel se raccrocher.

– Tu n'as jamais entendu le Gathergeist chanter ?

Hark secoua la tête, déconcerté.

– Moi, je l'ai entendu, dit Âme Pâle d'une voix très faible. Son chant m'a fait penser à celui des oiseaux. Il ne lui ressemblait pas mais il me rappelait l'indifférence des oiseaux. Peu leur importe notre opinion. Ils se fichent d'être beaux, ils sont ce qu'ils sont, voilà tout. Un jour, je l'ai entendu chanter. J'étais sur les falaises, à Sirène, encore enfant. Je savais qu'une tempête se levait dans l'Abysse, à cause du ciel. D'un coup, des nuages noirs encombraient l'horizon, comme des empreintes de pouces. Puis le vent a tourné… et j'ai entendu ce chant.

– À quoi ressemblait-il ? demanda Hark.

Si Âme Pâle voulait lui parler des dieux, il serait peut-être possible de faire dériver la conversation sur les archives.

– Ce n'était pas une mélodie qu'on pouvait chanter, expliqua le prêtre.

Il s'éclaircit la gorge, puis émit une sorte de vagissement étrangement ondoyant.

– Non, ce n'était pas de la musique… et pourtant c'en était à sa manière. Ce son, il m'a… brisé. J'ai couru à la maison pour tout raconter à ma sœur aînée. Elle m'a dit que rien ne m'obligeait à retourner seul sur les falaises, qu'elle m'accompagnerait. Anila. Elle n'avait que neuf ans, mais comme elle était la plus âgée, c'est elle qui nous a élevés. J'étais son préféré.

Le cœur de Hark se serra. Il s'agissait donc de souvenirs d'enfance, trop anciens pour être utiles. Il devait s'arranger pour amener l'esprit du vieillard plusieurs décennies plus tard.

– Il nous arrivait de monter sur les falaises au coucher du soleil, continua Âme Pâle, dont le visage semblait plus serein. La mer était si immense. Anila disait qu'elle était bigarrée, à cause de ces taches… des reflets argentés, l'ombre des nuages, parfois comme une clarté violâtre. Les bateaux paraissaient énormes, à l'époque. Les voiles rosissaient avec le couchant et se gonflaient, on aurait dit des pêches. Nous récitions des incantations pour les empêcher de faire naufrage, et quand ils atteignaient l'horizon sans dommage, il me semblait que c'était grâce à nous. Je me sentais… je me sentais utile… puissant…

Hark ne lui demanda pas ce qu'était devenue Anila. Étant plus âgée qu'Âme Pâle, elle pouvait fort bien être morte.

– Est-ce ce qui vous a décidé à devenir prêtre ? demanda-t-il plutôt. Vous vouliez protéger les gens ?

Le visage songeur du vieillard s'assombrit peu à peu, comme une lune cachée par un nuage.

– Nous les protégions vraiment, dit-il en se mettant à trembler. Ils étaient tellement fiers de nous, en ce temps-là. Aujourd'hui, ils ont honte de nous. Ils ne veulent pas se rappeler combien ils avaient peur, autrefois, et combien ils avaient besoin de nous. C'est pourtant la vérité !

Il regarda Hark avec une terreur hébétée, comme si ce garçon en robe jaune était son juge et son bourreau.

– Tout le monde était avec nous. Nous faisions tout ce que nous pouvions… tout… tout… et maintenant… et maintenant voilà qu'ils viennent et…

Le vieillard était si troublé et effrayé qu'il semblait qu'il n'y résisterait pas. Apparemment, Hark avait réussi à le ramener dans la réalité amère du présent. Âme Pale leva les yeux sur lui d'un air soudain étonné, comme si le garçon venait de surgir à l'improviste.

– Toi ! s'exclama le vieillard avec terreur. C'est eux qui t'envoient, n'est-ce pas ? Ils veulent m'extorquer des informations ! Me presser comme un citron !

Sa main décharnée se serra comme pour presser un fruit imaginaire, aussi exsangue que lui.

– Non, non ! assura Hark d'un ton apaisant malgré le remords qui l'assaillait.

Âme Pale disait vrai. C'était la raison exacte de la présence de Hark. Mais avait-il le choix ?

– Vous vous souvenez de moi ! J'habite ici, nous avons souvent parlé ensemble. Je suis Flint, l'un des acolytes. Ils doivent me donner comme nom Volonté des Vagues. Vous vous rappelez ?

Âme Pâle l'avait pris plus d'une fois pour un acolyte depuis longtemps disparu, et Hark espérait maintenant en tirer profit.

Le vieillard cligna des yeux d'un air incertain, en regardant la robe jaune d'acolyte que portait Hark.

Celui-ci poussa son avantage.

– Je n'ai jamais entendu chanter le Gathergeist, déclara-t-il avec calme, mais j'ai vu un jour le Cardinal de Verre, dans mon enfance. Ma famille était sortie à bord d'un petit bateau et il est passé non loin de nous.

Il ferma un instant les yeux, se remémorant l'histoire que Vyne lui avait racontée.

– Il se déplaçait comme s'il était lui-même de l'eau. Un arc-en-ciel miroitait vaguement sur sa peau. Son chant était pareil à un clair de lune.

Hark se pencha, en regardant Âme Pâle dans les yeux.

– C'est pour cela que je suis devenu acolyte, murmura-t-il d'un ton confidentiel. Pour protéger les gens… et pour pouvoir revoir une telle créature. Ils ne comprendraient jamais ces sentiments, eux, pas vrai ?

– Tu as raison !

Âme Pâle avait perdu son air soupçonneux.

– Cette beauté et cette terreur… ils ne comprendraient jamais. Je… je suis désolé, Flint. Ma vue n'est plus aussi bonne qu'avant.

Le vieux prêtre posa doucement sa main sur le bras de Hark.

– Dis-moi, sont-ils encore au Sanctuaire, à poser des questions ?

– Non, ils sont partis, répondit Hark. Ils ont renoncé.

Il ignorait qui étaient ces « ils », mais il n'avait pas l'intention d'en discuter avec Âme Pâle.

– Ils vont revenir, chuchota le vieillard d'un ton pressant. Ils veulent s'emparer de nos connaissances, pour leurs navires de guerre et leurs ponts, et pour fabriquer des médicaments capables de changer leur corps. Ils veulent nous berner. Rien n'est sacré à leurs yeux. Ils vendent tout, ils détruisent tout, ils veulent tout savoir. Ils ne se rendent pas compte que certains secrets sont dangereux ! Pourquoi croient-ils que nous cachons ces choses au reste du monde ?

Même si les propos du vieux prêtre étaient assez vrais pour mettre Hark mal à l'aise, il ne pouvait plus reculer.

– Mais nous avons une bonne cachette, non ? dit-il. Je ne pense pas qu'ils aient rien découvert.

– Tu es sûr ?

Âme Pâle fronça les sourcils, l'air hésitant.

– Ils… ne l'ont pas trouvée ?

– Je ne crois pas, répondit Hark.

Son cœur battait la chamade. Le vieillard voulait-il parler de la bibliothèque secrète ?

– Voulez-vous que j'aille vérifier ? Il faudra… me dire où chercher.

– Oui… oui…

Âme Pâle fit signe à Hark d'approcher. Quand l'oreille du garçon fut tout près de sa bouche, il souffla :

– Tout est sous le phare, à l'extrémité de la pointe du Foret.

Hark sentit de nouveau le découragement l'envahir. Il avait souvent longé la pointe du Foret et vu le tas de ruines qui avait jadis été un phare. Même les fondations s'étaient écroulées. Si jamais il y avait eu une cave secrète, son contenu avait sans doute été écrasé par les chutes de pierres ou détruit par les intempéries.

– Tu devrais prendre la danse du crabe, lui chuchota le vieillard d'une voix claire et précise. Une bouteille devrait te suffire pour un aller-retour.

Hark se mordit les lèvres et tenta de ne pas s'affoler. Apparemment, le prêtre délirait. Le jeune engagé attendit, mais Âme Pâle semblait avoir tout dit. Il s'appuya au dossier de son siège.

– Le crabe…, commença Hark.

Mais Âme Pâle fronça de nouveau les sourcils en posant précipitamment un doigt sur ses lèvres.

Hark s'efforça de garder un visage serein, même si la frustration et l'inquiétude le taraudaient. S'il posait d'autres questions, il réveillerait probablement les soupçons du vieillard. Celui-ci estimait manifestement avoir été très clair.

– J'irai voir plus tard, se contenta de dire Hark.

Il vit que le vieux prêtre se détendait un peu.

– Comment saurai-je que tout est là ?

– Les archives… depuis quatre siècles. Trente-neuf rouleaux, dans des coffrets d'ivoire. Vingt livres dans un grand coffre de chêne noir. Le grand Volvelle donnant les dates des fêtes annuelles. Les quatre Couteaux Whetless...

D'un ton monotone, il continua son énumération avec un soin méthodique, tandis que Hark tentait de retenir tout ce qu'il entendait.

Il se sentait de plus en plus déprimé. Apparemment, il s'agissait pour l'essentiel de papiers. Si ces précieux documents étaient ensevelis dans les décombres du phare, la pluie et les années avaient dû les vouer depuis longtemps à la pourriture.

Kly avait dit à Hark que son sort était en jeu. Il fallait qu'il obtienne d'autres informations, quelque chose qui puisse satisfaire Vyne et le soustraire à sa colère aussi glaciale que soudaine. Cependant, mettre ainsi Âme Pâle à la question commençait à l'écœurer. Il avait réellement l'impression de presser comme un fruit ce vieillard vulnérable.

«Je n'ai pas le choix, songea Hark avec férocité. Il est mourant, de toute façon, ça ne changera rien pour lui à long terme... »

– Tout... tout se passe comme il convient, n'est-ce pas? demanda le vieux prêtre en lui lançant de nouveau un regard empreint de méfiance et de détresse. Je peux te dire ces choses, maintenant? Le moment... le moment est-il venu?

C'était son éternelle question, à laquelle Hark répondait toujours d'un ton apaisant : «Non, pas encore.» Cette fois, sans bien savoir pourquoi, il ne réussit pas à prononcer sa formule habituelle. Si le moment n'était pas venu maintenant, il ne viendrait jamais. Âme Pâle aurait attendu docilement un événement qui n'arriverait jamais, contrairement à ce que lui avait assuré Hark. Celui-ci aurait l'impression de trahir sa promesse.

– Oui, assura-t-il en obéissant à une impulsion qu'il

regretta aussitôt devant le regard soudain affolé du vieillard. Je veux dire, vous n'avez rien à faire! Le moment est déjà venu... et vous étiez prêt. Vous avez fait tout ce qu'il fallait.

– Vraiment? souffla Âme Pâle.

– Oui, balbutia Hark. Vous avez accompli votre tâche. C'est fini. Vous... vous pouvez vraiment être fier.

Âme Pâle poussa un soupir, comme s'il venait d'être libéré d'un grand poids.

– Anila était fière de moi, chuchota-t-il en cessant peu à peu de trembler. Toujours. Elle me le disait.

Hark le regarda s'éloigner de nouveau de lui, franchir plusieurs décennies, hors de portée. La main de sa sœur si gentille l'attendait, et la mer bigarrée. C'était la dernière chance de Hark pour le forcer à se rappeler le temps où il était prêtre. Au lieu de quoi, il s'entendit lui demander :

– Comment était-elle?

– Anila?

Âme Pâle sourit.

– Elle avait le teint très clair, mais ses cheveux n'étaient pas blancs comme les miens. Elle avait une cicatrice sur la main, à force d'ouvrir des noix.

Il se mit à rire.

– Elle emportait toujours des noix, quand nous allions sur les falaises. La plupart du temps, elles étaient trop dures. Nous devions les casser avec des pierres...

Il baissa les yeux, les ferma. Son souffle devint plus régulier, son visage prit une expression paisible. Peut-être rêvait-il à cette époque heureuse, avant la tragédie, la désillusion et le désespoir.

– Âme Pâle?

D'une main hésitante, Hark le poussa légèrement. Le vieux prêtre eut un hoquet, émit un petit gémissement puis se remit à ronfler doucement.

« Qu'est-ce que je fais ? se demanda Hark. Je le réveille ? »

Il pouvait secouer les frêles épaules du mourant et le contraindre à revenir à ses souvenirs d'adulte. Il pouvait l'arracher à son dernier sommeil, à la douce chaleur en haut de la falaise, au soleil radieux et aux voiles roses...

« Non, je ne peux pas faire ça. Je crois que j'en suis incapable. »

C'était stupide, mais c'était ainsi. Il ne pouvait pas. Dès qu'il le comprit, tout devint plus simple, ce qui était finalement un léger soulagement.

Il ne lui restait plus qu'à espérer que sa description des archives suffirait à apaiser le docteur Vyne. Elle trouverait sans doute peu d'intérêt à l'histoire que le vieux prêtre avait tenu avant tout à raconter. Au bout du compte, son bien le plus précieux avait été la vision de deux enfants sur une falaise au crépuscule, en train de réciter des incantations pour que les navires de marins inconscients arrivent à bon port.

CHAPITRE 21

Hark dut frapper plusieurs fois à la porte du musée, avant que Vyne vienne ouvrir. Elle semblait tout sauf ravie de le voir.

– Pourquoi n'es-tu pas avec Âme Pâle ? lança-t-elle.

Puis son visage s'éclaira.

– Oh, non. Déjà ? Dis-moi que tu as réussi à le faire parler !

– Oui, j'ai réussi ! répondit-il en hâte. Mais ça n'a pas duré...

– Il a évoqué les archives ?

– Oui...

– Eh bien, entre, ne reste pas planté là comme un idiot.

Elle le conduisit dans son bureau. Quand elle s'affala sur une chaise et attrapa un crayon, Hark sentit son ventre se nouer. Il s'empressa de débiter tout ce qu'il se rappelait de l'inventaire des archives, tandis que Vyne prenait des notes.

– Il y a un problème, n'est-ce pas ? lança-t-elle brusquement. Je le lis sur ton visage.

Elle le fixa d'un air accusateur.

– Il ne t'a pas dit où étaient les archives, c'est ça ?

– Si, mais...

Hark cherchait désespérément comment faire passer la pilule.

– Mais ?

– Il a dit qu'elles se trouvaient sous le phare de la pointe du Foret.

Elle le regarda un instant avec stupeur, puis jeta son crayon à l'autre bout de la pièce.

– Le phare de la pointe du Foret ? Celui qui a été fracassé lors du Cataclysme ? S'il s'agit de ce phare, tout ceci…

Elle brandit le papier où elle avait noté l'inventaire des archives.

– … est inutile, pas vrai ? Tous les livres de cette liste sont maintenant imbibés d'eau ou servent à garnir des nids de fous de Bassan !

Ce n'était pas la faute de Hark, mais il n'était pas assez bête pour le lui faire remarquer. Les gens n'étaient pas justes quand ils étaient en colère. Vyne ne pouvait punir les intempéries, les décombres ou sa propre malchance, mais elle pouvait s'en prendre à lui. S'il l'irritait, elle redoublerait de violence.

– Tu n'as donc pas réussi à tirer de lui le moindre détail utile ? Réfléchis !

Les sourcils froncés, elle écouta Hark rapporter tout ce dont il se souvenait.

– « Prendre la danse du crabe »… ? « Une bouteille devrait te suffire pour un aller-retour » ?… Tu as dû mal entendre. Si seulement tu lui avais demandé de répéter !

Elle pressa ses doigts contre ses tempes.

« J'aurais dû le faire, se dit Hark avec angoisse. J'aurais dû insister. Mais je ne l'ai pas fait, et c'est trop tard. »

– La danse du crabe, marmonna Vyne. Qu'a-t-il dit en réalité ? Ça ne peut pas être ça. Les crabes courent, ils ne dansent pas !

« La danse du crabe. Quand donc ai-je vu une chose pareille ? »

Il sentait une pensée approcher, aussi délicate qu'un papillon de nuit.

– Attendez, dit-il avec lenteur. Je n'ai jamais vu de « danse du crabe », mais j'ai vu une *Danse du Requin*. Et aussi une *Valse du Marlin* et un *Bond du Hareng*.

– Comment ?

Elle lui lança un regard aussi déconcerté qu'agacé.

– Ce sont des bateaux ! expliqua Hark avec une excitation croissante. Ce sont des noms de bateaux !

La mauvaise humeur de Vyne céda aussitôt la place à une animation fiévreuse. Elle examina de nouveau ses notes.

– Il t'a dit de « prendre la *Danse du Crabe* » pour aller vérifier les archives. Il te demandait de faire le trajet avec un bateau particulier ?

– Peut-être ! Non, attendez, il m'a précisé qu'une bouteille me suffirait pour un aller-retour...

– Ah ! s'exclama-t-elle. Une bouteille d'air comprimé !

– Ce n'était pas un bateau mais un sous-marin ! compléta Hark avec enthousiasme. La *Danse du Crabe* devait être un sous-marin ! Il se pourrait qu'il existe une grotte secrète, qu'on ne peut atteindre qu'en voyageant sous l'eau !

Les yeux du docteur Vyne étincelaient. Elle se leva d'un bond.

– Nous devons trouver cette grotte tout de suite, déclara-t-elle. Viens avec moi.

– Vous avez un sous-marin ? demanda Hark, surpris.

– Oui, répondit-elle avec un sourire particulièrement peu rassurant. D'une certaine manière.

Dès qu'ils eurent quitté le bastion, elle traversa avec lui le promontoire jusqu'à la plage de Dunlin. Sans prêter attention à la cabane solitaire, elle marcha droit vers la porte mystérieuse dans la falaise et l'ouvrit.

Hark la suivit dans l'obscurité le long d'un escalier de pierre sur la gauche. Bientôt, il entendit de l'eau clapoter. L'escalier menait à un corridor, qui s'élargissait en une caverne. À quelques mètres devant lui, le sol de pierre s'interrompait brusquement, et il vit ondoyer des flots noirs. Vyne ramassa une lampe-terreur, qu'elle alluma. Hark ressentit le malaise familier de la réaction chimique provoquée par la clarté violâtre baignant la caverne.

Posé sur l'eau, un objet d'environ cinq mètres de long était attaché avec des chaînes et suspendu dans une sorte de hamac. Comme l'avait affirmé Vyne, c'était un sous-marin, d'une certaine manière, mais cette manière n'était guère engageante.

Il était construit dans une sorte de verre trouble, dont la surface luisait d'un éclat nacré. Hark n'avait encore jamais vu un submersible de cette forme. Il s'arrondissait au milieu en une sphère, prolongée des deux côtés par des ailes effilées et à l'arrière par une queue munie d'une hélice. Sa silhouette fluide et élégante évoquait quelque créature marine gélatineuse. On s'attendait à ce qu'il glisse sous vos doigts.

Dans la sphère centrale en verre, Hark distingua vaguement un habitacle métallique abritant des sièges et un mécanisme compliqué. Une longue tige d'acier s'étendait comme une colonne vertébrale à travers la queue translucide, jusqu'à l'hélice.

– Il est fabriqué en reste divin ? demanda-t-il quoiqu'il connût déjà la réponse.

– C'est moi qui l'ai conçu, déclara le docteur Vyne avec une chaleur inattendue, en tournant une énorme manivelle pour descendre le submersible dans l'eau. Je l'ai appelé le *Papillon de Mer*. C'est un prototype.

– Qu'est-ce que ça veut dire ? demanda Hark.

– Ça veut dire que chaque voyage est un test de sécurité,

et que mourir à bord serait fascinant d'un point de vue scientifique, répondit Vyne d'un ton allègre.

Le *Papillon de Mer* n'était pas aussi visqueux qu'il le paraissait, mais sa surface de verre n'en était pas moins dangereusement lisse. Vyne déploya un tapis en toile cirée sur l'une des « ailes », afin qu'ils puissent ramper jusqu'à l'écoutille ouverte.

Hark était habitué aux cloches de plongée et aux sous-marins munis de hublots, mais l'effet était très différent quand on s'asseyait dans un vaisseau qui n'était qu'une énorme fenêtre. De chaque côté, il voyait les vagues baigner les flancs du submersible. Au-dessus d'eux, la caverne semblait sombre malgré la clarté violâtre. Sous eux, l'eau était noire. Le verre divin déformait tous les contours, qu'il nimbait de halos diaprés. Seuls les casiers de bouteilles d'air comprimé et de réservoirs de plongée étaient aussi familiers que rassurants.

Devant le siège de Vyne, un mécanisme mystérieux comportait trois volants en bois, un imposant soufflet carré, diverses manettes et des tuyaux métalliques rappelant ceux d'un orgue. Chaque siège était pourvu d'une ceinture de sécurité d'aspect peu solide, qu'on attachait à la taille, ainsi que de pédales pareilles à celles d'une bicyclette.

Vyne ferma l'écoutille, qui n'était qu'à deux ou trois centimètres au-dessus de sa tête. Hark trouvait impressionnant qu'elle soit parvenue à créer un engin favorisant à la fois la claustrophobie et l'angoisse d'être exposé à tous les regards.

– Ne t'inquiète pas ! lança-t-elle, comme si elle lisait dans ses pensées. Cet appareil n'est pas plus dangereux que les autres submersibles que tu as pu fréquenter. Les écumeurs, les tortues, les barracudas, ce sont tous plus ou moins des pièges mortels, fabriqués avec des matériaux de seconde main qui ont au moins dix ans et tiennent ensemble avec un peu de colle divine et beaucoup d'espoir. Au moins, ce sous-marin est neuf, et je connais la plupart des dangers !

Elle alluma une petite lanterne devant l'habitacle, leur permettant ainsi de distinguer vaguement l'obscurité sous l'eau, où des fragments de vase tournoyaient en miroitant.

Elle poussa une manette, et un long sifflement mécanique retentit dans le dos de Hark. La surface de l'eau s'éleva autour du *Papillon*, qui finit par être entièrement immergé.

– Nous allons devoir d'abord pédaler, le temps d'atteindre le large, déclara Vyne. Je tiendrai le gouvernail.

Hark attacha sa ceinture puis glissa ses pieds dans les courroies de cuir des petites pédales en métal. Suivant les instructions de Vyne, il pédala dur pendant qu'elle se débattait avec un grand volant de bois. Le sous-marin s'ébranla par saccades maussades pour tourner le dos au rebord rocheux. Bientôt, Hark fut hors d'haleine, les jambes endolories. Il commençait à comprendre pourquoi sa propriétaire n'avait pas voulu piloter le submersible toute seule.

– C'est parti ! s'exclama-t-elle.

Le sous-marin s'avança dans des eaux qui s'éclaircissaient peu à peu. Au-dessus d'eux, l'obscurité cessa d'un coup quand ils pénétrèrent dans la mer, à trois mètres environ de la surface scintillant au soleil. Un paysage de rochers vert et or s'étendait sous eux et descendait en pente douce vers les grands fonds.

– Arrête de pédaler, je me charge de la suite.

Vyne laissa tomber sur les genoux de Hark un casque arrondi en cuir muni de courroies.

– Mets ça et attache-le le plus serré possible. Vite !

Elle en mit un elle-même, mais sans attacher les courroies.

Déconcerté, Hark enfonça le casque sur sa tête. Il était

solidement rembourré d'étoffe à l'intérieur et lui descendait jusqu'aux sourcils, en recouvrant ses oreilles. Se sentant oppressé, Hark entreprit de le retirer pour demander des explications, mais soudain le *Papillon* se mit à hurler.

Le bruit était assourdissant, effroyable. On aurait cru que quelqu'un avait torturé une centaine de mouettes pendant une brève éternité, avant de faire sortir leurs hurlements à travers un énorme sifflet en verre. Ces vagues de sons discordants déferlaient dans le cerveau de Hark, avec une puissance capable de faire éclater ses oreilles et son esprit.

Les yeux fermés, il remit précipitamment son casque en place. Lorsqu'il eut serré les courroies aussi étroitement qu'il put, le rembourrage atténua quelque peu le bruit atroce. Il sentait encore des vibrations dans son siège, dans les pédales et même dans ses dents.

Un instant plus tard, quand il rouvrit les yeux, il eut encore un choc.

La première chose qu'il vit, ce fut le visage crispé de Vyne, qui ajustait l'un des volants tout en serrant le soufflet sous son bras. Puis un mouvement attira son attention, et il se rendit compte de ce que faisait le *Papillon*.

Les grandes ailes effilées du submersible n'étaient plus rigides. Elles battaient dans l'eau avec une souple aisance, en ondulant légèrement. Leur mouvement rappela un peu à Hark les raies léopards qu'il avait vues parfois nager avec une grâce silencieuse dans les eaux diaprées des hauts-fonds. Les battements d'ailes suivaient le rythme des hurlements stridents produits par la machine de Vyne.

Hark tendit machinalement la main pour toucher la paroi de l'habitacle. Avec soulagement, il constata qu'elle était toujours froide et dure, et non pareille à une gelée molle ou animée d'une vie frémissante.

Vyne lui adressa un grand sourire puis cria quelque

chose à travers le vacarme. Il espérait que ce n'était rien d'important.

Le *Papillon* émergea de bancs de vase en suspension et entra dans des eaux plus limpides, en rasant des sommets rocheux. Une troupe de maquereaux argentés se scinda en deux et longea ses deux flancs à toute allure. Le submersible franchit une étendue de sable miroitant sous son ombre puis s'éleva sans effort, en survolant comme un oiseau sous-marin des rochers tapissés d'algues.

Hark en eut le souffle coupé. Il avait voyagé dans bien des submersibles, mais aucun n'avançait aussi vite, aucun n'ondulait dans l'eau comme s'il l'aimait, la connaissait, faisait partie d'elle. En regardant autour de lui, il avait presque l'impression d'être lui-même le *Papillon*, cette créature des profondeurs, souple et luisante.

L'espace d'un instant d'ivresse, Hark fut heureux de tout ce qui avait pu lui arriver. De son arrestation, de ses corvées au Sanctuaire, et même du cœur divin. Tout avait convergé pour l'amener ici et maintenant, dans cet engin étrange et magnifique. L'espace d'un instant d'extase et d'oubli, il lui sembla qu'il était tombé amoureux.

Puis le submersible s'inclina pour tourner brusquement, et Hark faillit redécorer l'habitacle avec son petit déjeuner. Il se rendit compte qu'il riait à gorge déployée.

Devant lui, il aperçut un endroit où le fond marin s'élevait abruptement, en contrebas d'une falaise. Il savait qu'ils devaient approcher de la pointe du Foret, car les briques cassées du phare en ruine jonchaient la pente escarpée. Vyne fit tourner le submersible pour longer la pente sur leur droite.

– Là ! s'écria Hark en tirant Vyne par la manche.

Un peu plus bas, une longue crevasse déchiquetée s'ouvrait au milieu des rochers. À mesure que le *Papillon* s'en rapprochait, l'ouverture sembla s'agrandir. Ce n'était pas une fente ni un creux, mais une véritable caverne, large d'une dizaine de mètres et haute de près de cinq mètres. Son bord supérieur était couvert d'algues qui ondulaient rythmiquement, comme si la grotte respirait.

Avec l'aide de la lanterne installée à l'avant de l'habitacle, Vyne fit entrer le submersible dans la caverne, qui s'élargit jusqu'au moment où une paroi se dressa devant eux. Elle commença alors une lente ascension, puis fit taire enfin la sirène. Le silence qui suivit fut presque un choc.

Elle retira son casque. Quand Hark l'eut imitée, il entendit le clapotis de vaguelettes s'élançant contre le submersible.

– Nous avons fait surface, déclara Vyne.

À la lueur de la lanterne, Hark vit qu'elle souriait.

– Que…

Il effleura l'intérieur du *Papillon,* qui paraissait en verre. Les questions se bousculaient dans sa tête.

– Comment parvenez-vous à faire avancer ce sous-marin de cette manière ?

L'explication du docteur Vyne fut plutôt brève, mais elle contenait des mots comme « trempé », « expulsé », « composition » et « différentiel », de sorte qu'elle ne fut guère utile à Hark. La savante sembla se rendre compte rapidement qu'il n'arrivait pas à suivre.

– J'ai trouvé un moyen pour accorder de façon différenciée divers fragments de verre divin, dit-elle en s'efforçant d'être claire. Selon les notes, certains fragments s'amollissent, d'autres restent durs, certains se dilatent, d'autres se contractent. En les disposant et en les combinant correctement, on peut orchestrer un mouvement grâce à des manipulations sonores. C'est beaucoup plus compliqué qu'il ne semble. Même après avoir maîtrisé le procédé permettant de les tremper, il m'a fallu six ans pour concevoir et fabriquer le *Papillon*.

– C'est prodigieux ! s'exclama Hark. Pourquoi n'est-il pas devenu célèbre ?

Vyne prit soudain un air évasif.

– Le gouverneur m'a fourni une bonne partie du verre divin, expliqua-t-elle. Il se pourrait qu'il ait cru que je m'en servirais pour tenter d'améliorer la fabrication de lentilles optiques. Voilà quelques années, il m'a dit qu'un sous-marin hurleur n'était pas une bonne idée et que je devais arrêter mes recherches en ce sens. Je crois qu'il s'inquiétait qu'un tel engin puisse faire fondre les hublots d'autres sous-marins croisant dans les parages, même si je lui avais certifié que c'était tout à fait improbable.

Hark comprenait l'inquiétude du gouverneur. Il comprenait aussi que Vyne gardât secrète l'existence du *Papillon*, puisqu'elle avait détourné une fortune en verre divin pour réaliser un projet interdit.

– Et si vous faisiez une fausse note, la sphère de l'habitacle ne pourrait-elle pas s'amollir ? demanda Hark.

– C'est exclu, assura Vyne. Mes instruments ne peuvent produire des notes assez aiguës pour cela.

– Mais si quelque chose d'autre faisait précisément cette note ?

– Dans ce cas, l'habitacle fondrait, l'eau s'engouffrerait à l'intérieur et nous mourrions tous les deux, répondit-elle aussitôt.

Après un instant de réflexion, elle ajouta :

– Essaie de ne pas siffler quand tu es à bord. Et si tu as envie de crier, modère ta voix.

– Pourrai-je…

C'était une question stupide, mais Hark s'en serait voulu de ne pas la poser.

– Pourrai-je conduire un peu le sous-marin quand nous rentrerons ?

– Compte là-dessus et bois la mer! répondit-elle avec bonne humeur. J'ai mis deux ans à apprendre à maîtriser ce mécanisme, et il est aussi sensible qu'une peau de bébé. Même maintenant, il ne serait que trop aisé de renverser le *Papillon* rien qu'en se trompant en changeant de clé.

À la lueur de la lanterne, Hark aperçut dans la paroi de la caverne en face d'eux une série d'échelons métalliques, qui disparaissaient dans une sorte de puits vers le haut. Dès que Vyne eut ouvert l'écoutille, il constata que l'air était vicié.

– Docteur Vyne ? Je crois que nous ne devrions pas nous attarder ici.

Il sortit péniblement du submersible, une lanterne suspendue à son cou, et rampa sur l'aile recouverte d'un tapis, suivi par Vyne. Reprenant son souffle, il sauta sur le premier échelon. Tandis qu'il grimpait cette étrange échelle, la rouille crissait sous ses doigts.

Il émergea dans une pièce carrée, qui manifestement avait été creusée par des hommes. De fines stalactites couleur de caramel pendaient au plafond, en répandant çà et là quelques gouttes. Des taches d'humidité déparaient la mosaïque en serpentine recouvrant le sol.

Au fond de la pièce, de lourdes caisses de bois étaient remplies de coffrets crasseux contenant des rouleaux. Un énorme coffre en chêne noir les dominait de toute sa hauteur.

– Oh, souffla Vyne en s'avançant dans la pièce.

Elle s'approcha du coffre, s'agenouilla devant et caressa tendrement ses ornements du bout des doigts. Dénouant les sangles de cuir craquelé qui l'attachaient, elle souleva le couvercle. Des livres imposants reliés en cuir noir s'empilaient à l'intérieur.

– Oh, vous voilà, murmura-t-elle.

*

Ils durent faire trois fois le trajet dans le *Papillon* pour transférer toutes les archives de la pointe du Foret à la plage de Dunlin, puis il leur fallut encore une heure pour porter le tout au bastion. Quand leurs trouvailles furent enfin en sûreté dans le musée fortifié, Vyne ouvrit de nouveau l'énorme coffre. Elle en sortit l'un des livres reliés en cuir, l'ouvrit et observa la première page couverte d'une écriture serrée.

– Encore de l'écriture sacerdotale, marmonna-t-elle. Ce que je la déteste ! La transcription va me prendre des mois.

Néanmoins, ses yeux brillaient, comme si elle était plutôt impatiente de relever ce défi.

– Et maintenant, à vous, mes trésors...

Avec précaution, elle retira le cachet de cire du premier coffret et l'ouvrit. Son expression avide était presque douloureuse. Elle renversa le coffret pour faire tomber dans sa main le rouleau de parchemin qu'il contenait. Le posant sur le sol, elle le déroula lentement, délicatement.

Le parchemin s'ornait d'enluminures magnifiques et était bordé de fioritures complexes à l'encre noire et verte. Le centre était occupé par une illustration parfaite jusqu'au moindre détail, représentant une créature qu'on aurait pu prendre pour une méduse si elle n'avait flotté sous un galion deux fois plus petit qu'elle.

– Le Cardinal ! s'exclama Hark.

Le rouleau contenait d'autres images du dieu gélatineux. L'une le montrait d'en haut, une autre présentait une masse obscure frangée de tentacules – il sembla à Hark que c'était peut-être une bouche.

Le rouleau suivant représentait Kalmaddoth de la Fosse. Les trois autres étaient consacrés à la Sentinelle Blanche, à Dolor et à Quatre-Visages.

Lorsque Vyne déroula le septième, Hark vit une pâle

silhouette entourée d'une forêt de cheveux ondoyants. Il compris qu'il avait sous les yeux la Dame Cachée.

Il sentit comme un coup en pleine poitrine. L'espace d'un instant, il se demanda s'il n'avait pas emporté par mégarde le cœur divin. Mais non, c'était son propre cœur qui avait bondi à cette vue. La peau de la créature était blême, presque laide, et son visage à moitié dissimulé par le miroitement de l'eau. Les yeux étaient deux taches dorées d'ombre et de lumière, brûlant du fond des trous noirs des orbites. Ce n'était que de la peinture, appliquée avec autant d'art que de soin, mais chaque coup de pinceau exprimait une majesté ténébreuse.

Quand Vyne déploya plus largement le rouleau, Hark vit une image du dos et des épaules de la Dame. On aurait presque dit une jeune fille, avant que la peau ne cède la place à une énorme carapace de crabe. Une ligne noire serpentait à la base de son épine dorsale comme un tatouage.

– Ces images sont magnifiques, dit-il, la gorge serrée.

Il voulait dire : « avenables », et ils le savaient tous deux.

– Elles sont annotées, souffla le docteur Vyne.

Elle examinait les rouleaux avec un regard que la plupart des gens réservaient aux bébés.

– Regarde ici !

Elle pointa le doigt sur des lignes de griffonnages vert et argent, qui se pressaient autour de la Dame comme des poissons curieux.

– Ces indications sont destinées aux prêtres devant rencontrer les dieux ! Ils disposaient ainsi de notes leur disant vers quelle partie du dieu ils devaient se tourner pour croiser son regard, quelles parties ils devaient écouter, lesquelles étaient toxiques, ou mordaient, ou s'animaient par moments d'une vie propre…

– Docteur Vyne, lança Hark, toujours plongé dans la

contemplation du dos de la Dame et de son étrange marque noire. N'y a-t-il pas dans les vitrines du musée quelque chose qui ressemble à ceci ?

Vyne parut stupéfaite. Se relevant péniblement, ils se précipitèrent tous deux vers le réservoir où un fragment de la Dame Cachée flottait dans un liquide jaune pâle. C'était ce réservoir que Hark touchait toujours en guise de salut, si bien qu'il était pour lui comme un visage familier.

– Tu as raison, chuchota Vyne.

Son doigt dessina sur la paroi de verre la fente noire s'incurvant comme un signe magique, qui gâtait la chair grise.

– C'est comme sur l'image !

Elle retourna en courant au rouleau, scruta les caractères minuscules aux volutes ondoyantes.

– Ce sont ses branchies, dit-elle à voix basse. J'ai ici les branchies de la Dame Cachée !

On avait l'impression qu'elle allait pleurer, tant elle était excitée.

– Elle devait s'en servir pour extraire la peur de l'eau de l'Abysse !

– Des branchies ?

Hark regarda le monde doré où flottait le fragment de la Dame.

– Comme… comme un poisson ?

De tels organes ne cadraient pas avec son idée de la déesse. Ils étaient si mécaniques, si ordinaires.

– Oh, Hark ! s'exclama Vyne d'un ton presque gentil. Ne prends pas cet air catastrophé ! Il faut que tu comprennes que les dieux étaient en fait des sortes de poissons. C'est ce qu'ont toujours dit les continentaux, non ? Des monstres marins. Des poissons féroces et gigantesques, que nous voulions absolument adorer. Nous ne pouvons pas continuer de les imaginer comme des dieux, autrement nous serons toujours leurs esclaves dans notre tête, même si nous les découpons en morceaux ! Nous ne comprendrons jamais vraiment ces… ces animaux aussi énormes que grotesques !

Elle n'avait encore jamais exprimé son opinion avec autant de netteté et de vigueur. Hark avait beau se douter de ce qu'elle pensait, ces propos furent un choc pour lui.

Tandis qu'elle se consacrait de nouveau à son rouleau, Hark resta immobile, le front pressé contre le verre du réservoir.

« Je ne crois pas ce qu'a dit le docteur Vyne, affirma-t-il en pensée au fragment flottant dans le liquide doré. Elle n'y croit sans doute pas elle-même, noble Dame. »

CHAPITRE 22

Quelques jours après la découverte des archives, Hark se rendit au Marteau du Sauvage et sentit qu'il y avait du changement dans l'air. Cela faisait un mois qu'il venait là, et jamais encore il n'avait perçu cette tension teintée d'appréhension chez les équipiers de Rigg. Toutefois, personne ne voulut lui dire ce qui se passait.

Comme toujours, il eut le cœur serré en passant devant les sept « rampants », comme on les appelait, qui gardaient désormais le couloir rocheux menant à la tente des guérisons. Ils s'agenouillèrent sur son passage, en pressant leur front sur la pierre nue. Au début, il avait éprouvé comme une excitation coupable à l'idée du pouvoir que lui conférait son numéro de guérisseur, mais ces gens le mettaient terriblement mal à l'aise. Au Sanctuaire, il n'avait vu que trop de frises représentant des humains sans visage, qui se prosternaient ainsi devant la gloire redoutable des dieux.

Il ne savait ce que voulaient ces inconnus, mais il ne pourrait certainement pas le leur donner. Même s'il l'avait pu, il sentait au fond de lui qu'il ne l'aurait sans doute pas fait.

– Tes gardes sont plutôt sinistres, Jelt, dit-il à voix basse quand il fut dans la tente. Tu sais, il arrive qu'une escroquerie marche trop bien. Le pigeon est tellement pressé de te croire que le monde s'écroulerait pour lui si jamais il découvrait qu'on lui a menti. Ce genre de personnage ne supporte pas la déception.

– Nous n'allons pas les décevoir, idiot, répliqua Jelt, qui adorait manifestement entendre sa voix rauque résonner dans son sanctuaire. Nous leur donnons ce qu'ils veulent.

Hark distinguait avec peine son ami dans l'obscurité enfumée de la tente. Seuls quelques trous dans la toile laissaient filtrer des rayons de lumière aussi fins qu'une aiguille. Il ne voyait guère que les vieux sacs jonchant le sol, ainsi que la haute silhouette indistincte de Jelt. Il sentait aussi une odeur déplaisante, qui lui rappelait la carcasse putride d'un phoque qu'il avait trouvée un jour sur une plage, déchiquetée par les becs des mouettes. La puanteur ne cessait d'empirer, mais Jelt répétait à Hark qu'il se ramollissait et qu'il avait simplement oublié l'odeur de la mer.

– Ce qu'ils veulent, c'est quelque chose d'avenable, chuchota Hark en se servant du vieux mot qu'il évitait d'ordinaire. Une réalité divine, dont ils puissent avoir peur.

– Et c'est ce que nous allons leur donner, assura Jelt avec calme.

Lui aussi avait un masque, maintenant, composé de trois morceaux de bois collés ensemble. L'un de ses yeux luisait à travers un trou dans une écorce grossièrement taillée, tandis que l'autre disparaissait dans les ténèbres. Par-dessus ses nouveaux vêtements de bonne qualité, il portait une longue cape faite de cordes noires et de rubans effilochés, au bout desquels étaient fixés des grelots. Des filets de pêche fins comme de la gaze pendaient à ses manches, pareils à des ailerons translucides.

Il avait le sens du théâtre. Lors des séances de guérison, il restait le plus souvent silencieux, mais il lui était arrivé un jour de hurler soudain à l'assistance de sortir. Même Hark avait été secoué. Il n'avait pas reconnu la voix de Jelt, dans ce bourdonnement strident qui donnait envie de grincer des dents. Cependant, les échos produisaient parfois ce genre d'effets. Les fissures dans la roche déformaient les sons, le vent soufflant à travers les crevasses faisait un bruit de sifflet.

Les visiteurs aimaient ça. Avec le temps, Hark se rendit compte qu'il était passé insidieusement au second plan. Pendant les séances, il parlait et bougeait plus que Jelt, mais il n'était que le maître de cérémonie. Manifestement, la silhouette élancée et sinistre dans son dos était la vraie source du pouvoir, le maître authentique du sanctuaire. Hark n'avait jamais eu vraiment envie d'être l'objet d'une admiration bizarre, cependant son soulagement était un peu doux-amer. Même en tant que créature dotée d'un pouvoir surnaturel, il semblait réduit au rôle de faire-valoir.

– Détends-toi ! dit Jelt avec un petit rire. La journée sera bonne. Tu vas voir !

Évidemment, il savait quelque chose que Hark ignorait, mais il n'avait pas l'intention de le mettre au courant.

Les deux amis venaient de guérir leur dernière fournée de patients du jour. Hark attendait nerveusement qu'on le ramène au sous-marin quand il entendit soudain des vociférations.

L'une des voix était celle de Rigg. Elle criait avec une impatience enrouée, et deux autres voix lui répondaient. Leurs propos étaient à peu près inintelligibles, mais Hark entendit une voix plus aiguë, plus jeune, hurler sans relâche un seul mot : « non ».

– Qu'est-ce qui se passe ? chuchota-t-il.

Les voix se rapprochaient.

– On dirait qu'ils l'ont retrouvée, répondit Jelt laconiquement.

– Qui donc ? demanda Hark.

Mais un soupçon désagréable s'insinuait déjà en lui.

– Il est sacrément temps ! rugit Rigg. Où était-elle ?

– Elle s'était cachée dans la grotte du Sourire de la Dame, capitaine ! répondit une voix d'homme. Ensuite, il a fallu que nous la poursuivions sur les falaises. Nous avons mis une heure pour l'attraper.

Hark sortit de la tente.

– Vous avez une nouvelle patiente ! lui cria Rigg.

Derrière elle, un contrebandier imposant portait une silhouette se débattant avec fureur, bien qu'il maintînt ses bras contre son corps. Une petite silhouette maigre, avec un visage anguleux et des cheveux longs qui étaient comme un défi. C'était Selphine.

– Il s'agit du problème dont je vous ai parlé, déclara sa mère.

Selphine ne hurlait plus. Il était inutile de faire du tapage – personne ne viendrait à son secours. Elle préférait se battre avec une détermination féroce, silencieuse, en enfonçant ses ongles dans les bras de son ravisseur, en lui donnant des coups de pied et en essayant de lui cogner le nez avec sa tête.

– Elle se fait une montagne de cette histoire, c'est tout, dit Rigg en regardant sa fille avec une colère mêlée de lassitude. Arrête de te démener comme ça, Selph ! C'est gênant pour toi comme pour nous. Tu es trop vieille pour ce genre d'absurdité !

– Quand même, elle sait se battre ! observa le contrebandier non sans respect.

Hark se demanda si ce compliment s'adressait à Selphine, ou à l'éducation que lui avait donnée Rigg.

– Pouvez-vous la guérir pendant que nous la tenons ? demanda cette dernière en s'adressant à Hark puis à Jelt.

Selphine foudroya Hark du regard. Le message était clair : « Ne t'avise pas de faire une chose pareille, sans quoi... »

– Je...

Hark déglutit.

– Écoutez, ça marcherait mieux si elle était d'accord...

– Nous nous arrangerons, l'interrompit Jelt dans son dos.

Il avait parlé d'un ton agacé, comme s'il lui donnait un coup de coude. Hark croyait presque l'entendre : « Qu'est-ce qui te prend ? Nous devons le faire. C'est le moyen de résoudre tous nos problèmes... »

– Oh, un peu de tenue, Selph ! glapit Rigg en agitant le bras pour attirer son attention.

La mère et la fille s'affrontèrent du regard, comme deux frégates passant à l'attaque.

– Ça ne te fera aucun mal !

– Ça me tuera ! lança Selphine, le visage rougi par l'effort et la fureur.

– Ne dis pas de bêtises ! Des tas de gens ont été guéris par ces deux garçons, et ils s'en portent très bien ! Est-ce que Coram est mort, d'après toi ? Et Maelick, et Stone ?

Selphine continua de fixer sa mère, en ouvrant si grand les yeux qu'on voyait le blanc autour de l'iris.

– Je ne vous laisserai pas me tuer, gronda-t-elle.

– J'en ai assez de cette comédie, marmonna Rigg. Vous deux, allez-y ! Qu'on en finisse !

Hark s'avança. Son visage était brûlant sous son masque. « Rigg a raison, se dit-il fermement. Les pulsations du cœur ne feront aucun mal à Selphine. Une fois qu'elle l'aura compris, elle se calmera. »

Au même instant, le cœur divin décida d'entrer en action. Une pulsation jaillit dans l'air, en faisant miroiter les ombres et en lancinant brièvement le corps de Hark.

Selphine émit un cri de terreur et de rage. Elle attrapa d'une main le couteau que son ravisseur portait à sa ceinture. Avant qu'il ait pu réagir, elle lui taillada l'avant-bras. Il poussa un juron, lâcha prise. Ce bref répit suffit à Selphine, qui se libéra et détala, toujours munie de son arme.

– Elle m'a donné un coup de couteau ! s'exclama le contrebandier en regardant avec incrédulité sa blessure. Un coup de couteau !

Hark n'était pas moins horrifié que lui. On ne poignardait pas des membres de sa famille, des équipiers ou des amis proches. On ne poignardait pas *les siens*. On pouvait les frapper avec ses poings ou ses pieds, mais jamais avec un couteau, sauf en cas de duel officiel. Selphine n'avait pas infligé qu'une blessure physique à son camarade.

– Pas un mot sur cette histoire ! ordonna Rigg d'un ton froid et menaçant. Pas pour le moment, en tout cas. Je vais réfléchir au châtiment que mérite Selphine.

Elle lança un regard à Hark et Jelt.

– Vous deux, guérissez la blessure de mon équipier. N'exagérez pas avec les patelles, si possible. Et vous n'avez vu aucun coup de couteau, d'accord ?

– Nous sommes trop occupés par notre mission sacrée pour rien voir d'autre, assura Jelt.

Hark approuva de la tête.

– Elle est hors d'elle, dit Rigg à voix basse. Il faut juste la remettre d'aplomb. Nous allons vous la ramener.

– Capitaine Rigg ! intervint Hark, incapable de se taire plus longtemps. Pourquoi ne pas remettre ça à un autre jour ? Il faut que je rentre, de toute façon.

Il pourrait donner encore un peu de temps à Selphine pour plaider sa cause.

– Non, lança Rigg avec irritation. Il faut en finir dès aujourd'hui. Nous n'avons que trop attendu.

Elle sortit à grands pas et ils l'entendirent crier des ordres pour organiser les recherches.

La blessure du contrebandier était superficielle et ne laissa qu'une cicatrice presque invisible. Il tapa sur l'épaule de Hark avec gratitude puis courut se joindre à la traque.

Hark se mordit les doigts. Il avait toujours détesté attendre. Cette fois, il attendait qu'on ramène Selphine de force dans cet antre, féroce et éperdue…

Jelt se mit à rire tout bas.

– Qu'y a-t-il ? demanda-t-il devant le regard stupéfait de Hark. Pourquoi me regardes-tu comme ça ? C'est comique, non ? Toute la famille est folle.

Jelt était retourné dans l'ombre au fond de la grotte, de sorte qu'on ne voyait plus que sa silhouette indistincte. Hark sentait que son ami aimait avoir l'air inquiétant et avenable.

D'un coup, il ne supporta plus l'obscurité régnant dans la tente, les ricanements de son camarade, l'odeur de cadavre de phoque. Il se leva.

– Où vas-tu ? demanda Jelt.

– Je vais voir si je peux les aider à retrouver cette fille, répondit Hark en ôtant son masque avant de sortir.

Il grimpa jusqu'au point le plus élevé de l'île, dans l'espoir d'avoir une vue convenable. Il aperçut plus bas des contrebandiers en train de courir, d'escalader ou de scruter les environs avec une longue-vue, mais Selphine était invisible.

Comment pouvait-elle compter s'échapper, cependant ? Le Marteau du Sauvage était minuscule. On la retrouverait rapidement, à moins qu'elle ne quitte l'île…

Hark baissa les yeux sur le bras de mer aux eaux houleuses entre le Marteau du Sauvage et le rivage du Nid. La distance n'était pas grande, mais les vagues déferlaient avec violence, rendues folles par les crêtes rocheuses sous la surface. L'écume ourlait les vagues et s'amassait en formant comme de gros flocons de neige. Il serait possible de traverser à la nage, néanmoins personne ne s'y risquerait… à moins d'être désespéré.

– Oh, par tous les démons de la nuit ! marmonna-t-il.

Il espérait se tromper. Il redescendit en hâte la pente, en regardant les pierres s'ébouler devant lui.

L'île était occupée en partie par un promontoire trapu, d'où quelqu'un pourrait sauter s'il projetait de nager jusqu'au Nid. L'eau était toujours agitée de ce côté, mais on avait moins de chances d'atterrir sur des rochers.

« C'est idiot, se dit Hark. Elle a peur de la mer. Elle ne peut pas être là-bas. »

Elle était là-bas…

Il faillit la manquer. Elle était accroupie derrière un gros rocher au bout du promontoire. Il ne l'aurait jamais repérée, s'il n'avait pas pensé la voir à cet endroit. En fait, il remarqua d'abord l'extrémité de sa ceinture de tissu flottant au vent, puis aperçut son visage quand elle risqua un regard de l'autre côté du rocher.

C'était une excellente cachette. Personne ne s'attendrait à y trouver quelqu'un qui avait peur de la mer. Mais il l'avait vue, et elle devait le savoir.

Au bout d'un moment, Selphine se leva avec lenteur. Elle tenait toujours le couteau, qu'elle brandit d'un air menaçant. Il n'y avait guère qu'une dizaine de mètres entre eux.

– *Qu'est-ce que tu comptes faire ?* demanda Hark en utilisant la langue des signes. *Poignarder les gens jusqu'à ce que tu aies obtenu ce que tu voulais ?*

Il lut sur son visage qu'elle trouvait cette solution envisageable.

– *Très bien,* dit Hark, qui se sentait épuisé. *Je vais appeler tes amis pour que tu puisses leur donner des coups de couteau. Désolé, je n'ai pas envie d'être poignardé aujourd'hui.*

En reculant vers le bas de la pente, il vit Selphine baisser sa lame puis observer d'un air hésitant le sommet du promontoire. Glissant son arme dans sa ceinture, elle se dirigea vers la mer écumeuse, sans quitter Hark du regard.

– *Stop!* signa-t-il. *Si nous discutions?*

Il ne savait comment affronter cette situation mais, pour l'heure, l'essentiel était manifestement d'empêcher Selphine de sauter.

– *Ça ne se passera pas comme tu crois,* reprit-il. *Ta mère a raison. La guérison ne te tuera pas.*

– *Si je ne suis plus moi-même, je suis morte,* répliqua-t-elle avec des signes aussi clairs que vigoureux. *Mon corps sera devenu celui de quelqu'un d'autre. Personne ne saura que j'aurai disparu, mais ce sera pourtant le cas.*

– *Ce n'est pas vrai!* assura-t-il, horrifié par cette évocation. *Tu ne seras pas quelqu'un d'autre simplement parce que tu n'auras plus peur de la mer! Les gens changent d'opinion tout le temps! Et si je te convainquais de ne plus avoir peur? Je ne te tuerais pas pour te remplacer par une autre personne, non?*

– *Ce n'est pas la même chose, et tu le sais.*

– *La guérison consiste simplement à réparer ce qui est cassé,* dit-il en essayant un nouvel angle d'attaque. *Si tu n'as rien de cassé, elle ne changera rien chez toi.*

– *Tu me prends pour une idiote?* lança-t-elle avec colère. *Ta maudite sphère modifie toujours les gens, sans leur demander leur avis. J'ai vu mes amis changer par sa faute, des gens que je connais depuis ma naissance!*

– *Et moi?* rétorqua-t-il, saisi d'une inspiration subite. *J'ai passé des heures avec cette sphère. Des dizaines de pulsations m'ont traversé le corps. Je n'ai subi aucune transformation.*

Le regard furieux de Selphine se teinta d'une pitié méprisante.

– *Comment le sais-tu?* demanda-t-elle.

– *Parce que rien n'a changé!* lança-t-il, le ventre noué. *Je l'aurais remarqué!*

– *Pas si ton esprit avait lui-même changé*, répliqua-t-elle. *Si la sphère avait modifié tes souvenirs, tu ne saurais pas que tu es mort et que quelqu'un d'autre t'a remplacé.*

– Bien sûr que je le saurais! protesta Hark, en oubliant d'un coup la langue des signes.

– *Comment?*

Il était impossible de discuter avec Selphine. Elle avait des idées aussi folles que stupides, qu'on se découvrait incapable de réfuter.

Soudain, elle sursauta et fixa le sommet de la falaise. En suivant son regard, Hark aperçut la silhouette de Coram se détachant sur le ciel. Il les observait d'en haut. Selphine fit encore un pas en direction de la mer.

– Attends! cria Hark.

Il leva les deux mains pour faire signe à Coram de ne pas approcher tout de suite, mais le jeune contrebandier ne sembla pas comprendre et commença à dévaler la pente, en faisant rouler des pierres et en effrayant des oiseaux.

À présent, Selphine était au bord du promontoire. Les yeux rivés sur la mer d'un air fasciné, elle respirait profondément et pressait ses deux poings contre sa poitrine, comme pour se défendre. Elle paraissait s'exhorter à agir, mais ses jambes tremblaient.

« Elle a peur de la mer, se dit Hark. Ce n'est pas seulement qu'elle a décidé de l'éviter, elle en a vraiment peur. » Du reste, il paraissait fort raisonnable d'être effrayé par ces vagues déchaînées.

Il hasarda quelques pas vers elle. Elle semblait comme paralysée, il voyait qu'elle s'efforçait de trouver le courage de sauter.

« Elle n'y arrive pas », pensa-t-il avec soulagement.

– *Tu es trop près du bord!* signa-t-il dès qu'elle lui jeta un regard. *Tu vas tomber! Tu n'as pas envie de mourir stupidement, si? C'est toi qui l'as dit.*

Sa posture chancelante le rendait nerveux.

– *Reviens! Tu ne vas quand même pas sauter?*

Dans le regard de Selphine, Hark lut le désespoir, la terreur, la rage, et une volonté aussi impitoyable que l'hiver. Il n'eut que le temps de comprendre combien il se trompait, avant qu'elle ne se retourne et se jette dans le vide.

CHAPITRE 23

Quand Coram et Hark lui eurent fait leur rapport en bégayant, Rigg blêmit de rage.

– Elle a sauté dans la mer ? rugit-elle.

– Peut-être est-elle guérie ? suggéra Hark.

On pouvait toujours essayer.

– La petite canaille ! explosa Rigg. Coram, fais sortir les bateaux, trouve-la et tire-la des vagues ! Attache-la, s'il le faut !

La colère de Rigg avait quelque chose de rassurant. Elle, du moins, était sûre que Selphine avait survécu. Hark espérait qu'elle ait raison.

– Tu ne peux pas continuer comme ça, déclara Kly lorsque Hark arriva au Sanctuaire en titubant, avec une demi-heure de retard. Et je ne peux pas continuer à te couvrir. Qu'est-ce qui ne tourne pas rond chez toi ?

Bien entendu, Hark avait une histoire toute prête pour expliquer son retard. Elle avait beau être excellente, surtout la dispute avec une bande de prospecteurs de passage, il n'arrivait pas à la rendre palpitante, ce jour-là, et il voyait que Kly l'écoutait à peine.

– Chaque fois que tu t'excuses, tu as l'air sincère, finit par dire le régisseur. Chaque fois que je t'explique que tu risques de tout perdre, je m'imagine que c'est rentré. Mais je me trompe, pas vrai ? Ou peut-être que ça rentre tellement que ça disparaît dans un trou, quelque part dans ta tête.

Hark avait la gorge serrée. On pouvait user les gens comme on usait ses chaussures, malgré soi. Il avait la même sensation que quand ses semelles commençaient à s'abîmer.

Il s'était promis que, cette fois, ce serait différent. Il ne voulait pas gâcher la chance que représentaient Vyne, Kly et le Sanctuaire. Mais voilà que ça recommençait, et il ne pouvait fuir ou imaginer de solutions au cas où on le mettrait à la porte. À force de pousser tout le monde à bout, il courait à sa perte.

– Tu es couvert de poussière, lui dit Kly d'un ton las. Tu ne peux pas voir les prêtres comme ça. Fais un brin de toilette avant de mettre ta robe.

Dans le dortoir, Hark plongea son visage dans un seau d'eau pour s'éclaircir les idées.

– Ce n'est pas ma faute, dit-il aux murs nus et ternes.

Ce n'était pas sa faute si Selphine s'était noyée. Du reste, elle s'en était sans doute tirée. Rigg n'avait-elle pas déclaré que c'était une excellente nageuse ? Et même si elle s'était noyée, il n'était pas responsable. Il avait essayé de l'empêcher de sauter.

« Ce n'est pas ma faute, et je vais arrêter d'y penser. »

Mais il y pensait, bien sûr. Il revoyait sans cesse en lui-même le visage de Selphine, alors qu'elle était au bord du gouffre. Il se rappelait sa terreur, malgré la volonté farouche qu'exprimait son regard. Jelt pouvait surmonter sa peur à sa guise. Et si ce n'était manifestement pas le cas de Selphine, elle n'en avait pas moins sauté de la falaise, alors qu'elle croyait que la mer l'attendait pour la tuer. Qui pouvait être assez dément pour faire une chose pareille ?

– Elle n'est pas seulement folle, marmonna Hark. Elle est... avenable.

Il lui en voulut soudain affreusement d'être étrangère à toute souplesse, à tout compromis. Les gens comme elle mouraient plus souvent tôt que tard.

Hark reposa brutalement le seau, non sans renverser de l'eau froide sur ses pieds. Cette fille avait réussi à lui fourrer dans la tête des pensées et des doutes dont il n'arrivait plus à se débarrasser. Il l'entendait encore lui raconter que le cœur divin transformait ses amis en monstres, que la changer en quelqu'un d'autre reviendrait à la tuer, que c'était peut-être déjà le cas pour lui...

Et si elle avait raison ?

– Non, elle dit n'importe quoi, grommela Hark.

Et si elle ne disait pas n'importe quoi ?

Cette idée était absurde. S'il avait changé, il était sûr qu'il l'aurait remarqué. Et cela n'aurait pas échappé à son entourage, non ? Vyne, Kly, les autres serviteurs du Sanctuaire...

Pourtant, était-ce si évident ? Aucun d'eux ne le connaissait vraiment. Il leur jouait la comédie, et il se pourrait qu'une autre version de lui-même soit tout aussi bon comédien. Même Quest, avec toute sa sagacité, ne le connaissait pas à fond. Ils étaient encore séparés par des murailles de non-dits.

« Jelt s'en serait aperçu, pensa soudain Hark avec soulagement. Jelt me connaît comme sa poche. » Mais Jelt prétendait déjà que Hark était devenu plus douillet et docile pendant son séjour au Sanctuaire. Remarquerait-il un autre changement ?

Hark aspergea d'eau ses cheveux pour en enlever le sable. Alors qu'il les démêlait, il sentit sous ses doigts comme une petite excroissance dure et pointue. On aurait dit une patelle...

Il fut soulagé quand l'excroissance se détacha et resta sur sa paume. Ce n'était qu'une graine minuscule, ridicule, que le vent avait dû accrocher dans ses cheveux.

Son cœur battait la chamade tant il avait eu peur. Il n'eut pas tout de suite le courage d'en rire, mais se livra en hâte à un examen de sa personne, en se touchant et en se regardant à la pâle clarté des fenêtres étroites.

Son visage avait l'air intact. Aucune dent nouvelle ne semblait pousser dans sa mâchoire. Il explora ses bras, ses jambes et tout le reste, se tordit le cou pour jeter un coup d'œil sur son dos. Il ne vit rien de neuf, rien d'étrange. Il lui fallut un moment pour comprendre ce qui manquait.

Comme la plupart des enfants du Havre de la Dame, Hark avait reçu son lot de cicatrices. Une piqûre d'oursin avait laissé une petite boursouflure blanchâtre sur la plante de son pied gauche. En tirant un crabe brûlant d'une marmite qui ne lui appartenait pas, il avait récolté une brûlure dont la trace luisante se voyait encore sur son pouce gauche. En une nuit d'autrefois torride, étoilée et passablement éméchée, il s'était fait une entaille au bras pour imiter Jelt et deux autres gamins du Refuge. Depuis lors, la petite cicatrice en zigzag l'emplissait d'un léger embarras mais aussi d'un sentiment d'appartenance. Et il y avait toutes les coupures parsemant ses phalanges, comme autant de souvenirs d'une bonne fortune ou d'une occasion perdue…

Elles avaient disparu. Toutes. Il avait été trop occupé, harcelé et crasseux pour s'en apercevoir. En contemplant ses phalanges impeccables, il se sentit vide et glacé. Les cicatrices ne servaient à rien, et il se pouvait évidemment que le cœur divin les ait considérées comme un problème à régler, cependant, Hark avait l'impression qu'on lui avait volé une petite chronique de sa vie…

Il avait bel et bien changé à son insu. Pas comme Selphine

l'avait prévu, mais il ne s'en sentait pas moins affecté. Pire encore, il lui semblait qu'on lui avait fait violence. Il n'avait pas demandé au cœur divin de le transformer. C'était la relique qui avait décidé, à sa façon obscure et mystérieuse, que Hark avait besoin d'être amélioré, sans accorder la moindre importance à ce qu'il pouvait souhaiter.

Ce soir-là, quand Hark alla faire son rapport au bastion, Vyne ouvrit la porte sans un mot et le mena dans son bureau. Elle était si pâle qu'il en fut effrayé.

– Docteur Vyne ? Vous allez bien ?

Elle cligna des yeux, puis parut se rappeler qui il était.

– Oui, dit-elle. Oui, assieds-toi. Je suis désolée.

Il ne l'avait encore jamais entendue prononcer ce dernier mot, il faisait un effet bizarre dans sa bouche.

– Ma journée a été très singulière.

– Quelque chose a mal tourné ?

Un désastre avait dû se produire, évidemment, mais il ne savait pas encore dans quelle mesure sa propre vie allait en pâtir.

– Non, répondit Vyne. C'est plutôt l'inverse.

Quittant son air incertain, elle le regarda avec son ironie habituelle.

– Je vais te faire une confidence, Hark. Ne me déçois pas. Tu te rappelles nos merveilleuses archives ? Eh bien... j'en ai parlé à nos amis Ligueurs. Bien entendu, ils brûlaient d'envie de les voir. Je leur ai donc envoyé un petit message leur expliquant qu'il n'y avait pas de confiance sans réciprocité. Ils ne pouvaient guère s'attendre à ce que je leur livre la plus importante découverte de notre génération, alors qu'eux-mêmes ne me disaient rien de leurs recherches. Du coup, le capitaine Sombre-Culotte est venu me voir ce matin. Je pensais qu'il allait se montrer pompeux et indigné, à son habitude. En fait… il avait une proposition à me faire.

– Il veut vous épouser ? lança Hark avec stupeur, en combattant mentalement quelques images indésirables.

– Non, ce n'était pas ce genre de proposition ! répliqua-t-elle en riant. Il parlait au nom de la Ligue de Vigilance. Non seulement ils étaient prêts à me révéler leur projet principal, mais… ils voulaient que j'en prenne la tête. Ils vont mettre à ma disposition toutes leurs recherches et leurs ressources. Cet après-midi, je me suis rendue à leur base pour voir ce sur quoi ils travaillent.

Ses yeux se troublèrent de nouveau, comme si elle était hypnotisée par ce souvenir.

– De quoi s'agit-il ? demanda Hark, dont la curiosité s'éveillait. Est-ce un sous-marin, comme vous le pensiez ? Une machine de guerre ? À quoi cela ressemble-t-il ?

Elle secoua imperceptiblement la tête.

– C'est une folie, dit-elle. Une splendeur. Je n'arrive pas à croire qu'ils aient pu obtenir un pareil résultat. Je vois déjà comment résoudre certains de leurs problèmes. Oh, les obstacles sont innombrables ! Peut-être certains se révéleront-ils insurmontables. Mais… il faut que je participe à ce projet ! Ne serait-ce que pour les empêcher de se lancer dans des entreprises délirantes.

– De toute façon, les Ligueurs délirent, non ? observa Hark en se rappelant sa conversation avec le capitaine. Les navires des continentaux ne se préparent quand même pas à nous envahir !

– Oh, sans doute pas dans l'immédiat, répliqua Vyne avec un geste évasif. Dans quelques années, peut-être, et seulement si nous faisons des sottises.

– Comment ?

Ce n'était pas ainsi que Hark espérait être rassuré.

– Mais… nous pouvons nous défendre, pas vrai ? Nous avons les meilleurs marins et les meilleurs submersibles du monde !

– Nos sous-marins pourraient certainement ralentir une attaque, concéda-t-elle pensivement. Mais tu dois comprendre que les continents sont immenses. Tu vois cette carte ?

La carte fixée au mur ressemblait à toutes celles que Hark connaissait. Elle montrait le monde, ou plutôt la partie du monde qui comptait. L'archipel des Myriades occupait la mer centrale, avec ses îles dessinant un Y, dont chacun des trois « bras » s'étendait sur des centaines de kilomètres. On apercevait à peine les trois continents sur les bords ; ils se confondaient presque avec le cadre. Quel intérêt avaient-ils, puisqu'on ne pouvait y naviguer ?

– J'ai vu les cartes des continentaux, continua Vyne. On y voit toujours les Myriades au centre, mais nous paraissons… petits. Les continents sont aussi immenses que l'océan que nous connaissons. La forêt scathienne à elle seule est seize fois plus vaste que Malpease. Imagine la quantité de bois que ça représente ! Imagine le nombre de navires de guerre qu'ils pourraient construire !

Malpease était la plus grande des Myriades, d'une superficie bien supérieure à celle du Havre de la Dame. Hark tenta de se représenter des foules innombrables d'arbres s'étendant jusqu'à l'horizon, là où la mer aurait dû rejoindre le ciel. Cela dépassait l'imagination.

– Dans l'ensemble, les Ligueurs sont des idiots, observa Vyne sèchement. Ils semblent plus capables de déclencher une guerre que de la gagner. Mais ils n'ont pas complètement tort, et c'est pourquoi ils deviennent plus puissants en ce moment.

Elle se secoua et changea de sujet.

– En tout cas, ce que j'attends de toi, c'est que tu convainques les prêtres de te parler des Marques.

Hark ne put s'empêcher de tressaillir. Ce problème était lié de trop près aux soucis qui l'obsédaient.

– Les Marques ? s'exclama-t-il en tentant de mettre son trouble sur le compte de la surprise. Je croyais que seuls les dieux vous intéressaient !

– Tout se tient, déclara-t-elle. Les archives du Sanctuaire font plusieurs fois allusion aux Marques, et je suis en train de transcrire ces passages.

Elle tapota avec affection un carnet de moleskine grise.

– Mais je suis persuadée que les prêtres en savent davantage. Ils avaient énormément de Marques, à l'époque, et ils parvenaient même à les effacer en partie, ce qui signifie qu'ils les connaissaient certainement… Les Marques sont un sujet fascinant, Hark. Je me suis livrée à quelques expériences. Sais-tu ce qui arrive, si tu plonges des écureuils jusqu'au cou dans de l'eau de l'Abysse pendant trois heures ?

– Ils se mouillent ? suggéra Hark, en se demandant combien de malheureux écureuils il devait plaindre.

– Oui. Et ils se fâchent. Et ils sortent tôt ou tard, en cassant tout ce qu'ils peuvent. Mais sais-tu ce qu'ils ne font pas ? Ils ne développent pas de Marques. Je commence à croire que les Marques n'affectent que les dieux et les humains.

– Et cette information… vous est utile pour votre projet ? s'étonna Hark.

– Oui, répondit-elle d'un ton ferme mais énigmatique. Oui, très utile. Quoi qu'il en soit, je vais être souvent absente durant les semaines qui viennent. La plupart des gens n'ont aucun besoin de savoir où je me trouve. Si tu fais une découverte sensationnelle, ou si tu dois absolument me parler, rends-toi à la pointe nord de l'île. Trouve une sentinelle et donne-lui ceci, afin de prouver que tu travailles pour moi.

Elle griffonna quelques lignes sur un morceau de papier et signa.

– Quelqu'un ira me chercher à l'entrepôt.

Hark prit le papier, qu'il rangea dans la pochette fixée à sa ceinture. On se serait cru dans un roman d'espionnage.

– Ils ont donc peur des espions ? hasarda-t-il.

– Tu ne peux pas savoir, murmura-t-elle. Ne t'aventure jamais au village sans prévenir, sous aucun prétexte. Tu serais presque certain de recevoir une balle dans la tête.

CHAPITRE 24

Le lendemain, Hark se mit au travail avec un entrain joyeux, dont il sentait l'imposture. Personne ne le perça à jour. Il se surprit à souhaiter être démasqué.

Quest dormait. Hark eut l'impression d'une trahison. Il retourna le voir plusieurs fois, mais le vieillard continuait ses ronflements presque inaudibles. Hark dut patienter quelques heures avant de le trouver enfin réveillé. Le prêtre clignait des yeux, comme surpris de constater que le monde était encore là.

– Tous les autres ont mangé, dit Hark en lui apportant son déjeuner. J'ai mis votre plateau de côté.

– Tu m'as l'air un peu trop radieux, observa Quest en plissant les yeux comme si c'était littéralement vrai. Quelque chose te tracasse encore. Qu'est-ce que c'est, cette fois ?

Hark sentit une gratitude imprévue l'envahir. Pendant quelques minutes embarrassantes, il eut presque les larmes aux yeux. Il s'assit à côté de Quest.

– Trouvez-vous que j'aie changé depuis mon arrivée ici ? demanda-t-il impulsivement.

– Oui, répondit le vieillard après un instant de réflexion.

Il haussa les sourcils devant l'expression accablée de Hark.

– Ce n'est pas ce que tu voulais entendre ?

– En quoi suis-je différent ? lança Hark avec agitation.

– Quand tu es arrivé ici, tu avais un sourire pour tout le monde. Mais tes sourires n'étaient presque tous que de la fausse monnaie. Tes intentions n'étaient pas mauvaises, simplement tu n'avais pas envie de faire du sentiment avec les gens d'ici. À quoi bon ? Pourquoi s'attacher à quelqu'un qui vous jouera peut-être un sale tour dès demain ? Je ne crois pas qu'il en aille de même aujourd'hui. Ça fait maintenant un bout de temps que tu es coincé ici avec nous, n'est-ce pas ? Tu ne peux pas nous berner avec un sourire, avant de courir charmer quelqu'un d'autre. Te voilà contraint d'avoir chaque jour affaire aux mêmes personnes. Tu t'es mis à te soucier de nos pensées, de nos sentiments. Pendant l'agonie d'Âme Pâle, tu es resté à son chevet, et sa mort t'a bouleversé. Je ne crois pas que ç'aurait été le cas au début de ton séjour. Tu aurais pris un air solennel pour la forme, tu aurais dit ce qui convenait, mais sa fin ne t'aurait pas touché personnellement.

Quest avait raison. La pensée d'Âme Pâle, cet homme si doux qui n'exigeait rien, ne se plaignait jamais, suivait Hark de chambre en chambre pendant qu'il accomplissait ses tâches. Son cœur se serrait chaque fois qu'il voyait le fauteuil favori du vieillard, qu'il songeait à leurs échanges incertains qui n'étaient jamais vraiment devenus des conversations.

– Mais je ne suis pas… C'est juste que…

Hark ne savait pas lui-même ce qu'il voulait dire. Comment s'expliquer sans donner d'explications ?

– Pourquoi cette idée t'afflige-t-elle ? demanda Quest non sans étonnement. Pourquoi voudrais-tu rester le même à jamais ?

– Mais… mais si je changeais au point de devenir quelqu'un d'autre ? lança Hark. Dans ce cas, je ne serais plus moi-même, non ?

– Voilà un problème bien philosophique pour quelqu'un qui vient de se réveiller ! rétorqua Quest.

Cependant, le regard du vieux prêtre était intrigué.

– Peut-être aurais-tu besoin de découvrir quels sont les caractères essentiels de ta propre nature. Qui es-tu ? Pour quels aspects de ton être serais-tu prêt à te battre comme si ta vie en dépendait ?

L'esprit de Hark resta désespérément vide. Que pouvait-il dire de lui-même ?

« Hark a grandi au Refuge. Hark raconte des histoires. Hark est un menteur. Hark peut marchander dans quinze langues différentes. Hark est le meilleur ami de Jelt, leur union est plus forte que les liens du sang. Hark détient le record du Refuge pour ce qui est de retenir le plus longtemps possible un crabe coureur à mains nues… » Aucun de ces faits ne semblait pertinent. Ils étaient vrais, mais ils n'exprimaient pas le cœur de son être.

– Je ne sais pas, dit-il.

D'un coup, il se sentit pareil à la méduse molle et transparente à laquelle Selphine l'avait accusé de ressembler. Il n'y avait rien de solide en lui.

– Tu es encore jeune, déclara Quest avec flegme. Tu découvriras qui tu es quand tes choix te mettront à l'épreuve. Au bout du compte, nous sommes ce que nous faisons et ce que nous laissons faire.

« Ce que nous laissons faire… » Hark pensa au visage éperdu de Selphine, lorsqu'on l'avait traînée dans la tente pour la « guérir ». Qui était-il, d'après une telle scène ?

– Et si…

Hark respira profondément.

– Et si quelque chose était en train de me transformer ?

– Que veux-tu dire ? demanda le vieillard en fronçant légèrement les sourcils.

– Je ne sais pas ! répliqua Hark d'un air maussade, en essayant désespérément d'esquiver les secrets qu'il ne pouvait confier. Cet endroit, peut-être… le Sanctuaire… Toutes ces histoires de dieux et de cultes, toutes ces vieilleries, et l'eau de l'Abysse dans les bains…

Il parlait à tort et à travers, mais il voulait aller jusqu'au bout.

– Et si… et si le simple fait de vivre dans cette atmosphère pouvait vous transformer ? Changer non seulement votre corps, mais celui que vous êtes à l'intérieur ?

Pendant quelques secondes, Quest l'observa en silence. Il ne paraissait plus considérer les propos de Hark comme une simple distraction stimulante pour l'intelligence.

– Oui, finit-il par dire simplement. J'ai vu cet endroit transformer les gens. Il faut savoir changer pour vivre mais… tous les changements ne sont pas bons. Certains altèrent l'esprit. J'ai vu des amis changer au point que je ne les reconnaissais plus.

– Que s'est-il passé ? demanda Hark, horrifié.

– Nous sommes devenus prêtres, répondit Quest en souriant sombrement. Nous étions invités à le prendre comme une renaissance, bien entendu. On nous a donné de nouveaux noms, on nous a appris à traiter les autres néophytes comme notre seule famille, mais ce n'était que le début du changement. Pour accomplir notre mission, nous devions croire en notre propre sainteté. Cependant, lorsqu'on se croit meilleur que les autres, on finit toujours par perdre quelque chose. L'humilité, la chaleur humaine, l'humour. Nombreux parmi nous étaient ceux que les sacrifices mettaient au supplice, mais l'habitude finit par endurcir. L'âme aussi a ses cicatrices.

Hark le regarda avec stupeur. Il n'avait pas envie d'imaginer Quest regardant d'un œil impassible les victimes s'avancer en tremblant vers la mort.

– Oh, je sentais moi-même l'endurcissement de mon âme, déclara Quest avec une cruauté paisible. Si je me transformais moins que la plupart, c'était que ma situation était différente. En général, mes pairs étaient devenus prêtres parce qu'ils avaient la vocation, ou parce que leur famille les destinait depuis la naissance au sacerdoce. Cela dit, mon propre motif était parfaitement stupide. J'ai suivi une femme.

– Une femme ?

Cette fois, Hark était non seulement stupéfait mais gêné. Un tel aveu lui paraissait trop intime, de la part d'un personnage aussi âgé et plein de dignité que Quest.

– Elle s'appelait Ailodie, reprit le vieillard. C'était la fille d'un prêtre, issu lui-même d'une longue lignée sacerdotale. Son frère aîné était devenu acolyte très jeune, comme c'était l'usage, mais il était mort peu après son initiation. Devenant à son tour l'aînée, elle avait accepté de prendre sa place pour éviter cette destinée à ses frères et sœurs plus jeunes. Elle était bonne et honnête, vois-tu. Comme aucune règle n'interdisait aux prêtres d'avoir des partenaires, je ne voyais pas pourquoi j'arrêterais de la courtiser… mais elle m'a dit qu'elle entendait rester célibataire. Elle craignait d'avoir des enfants, si jamais elle tombait amoureuse. Elle avait vu son père s'éloigner avec les années, en proie à de multiples Marques, et elle ne voulait pas offrir à son tour ce spectacle à ses propres enfants.

» J'ai cru qu'en devenant acolyte, comme elle, je pourrais la conquérir. Elle comprendrait combien elle comptait pour moi et serait subjuguée par mon geste romantique. Au lieu de quoi, elle m'a trouvé idiot. Elle avait raison. Nous sommes devenus prêtres et avons pris nos nouveaux noms. Au début, elle ne s'identifiait pas au sien, et nous oubliions sans cesse de l'utiliser. Mais insensiblement, elle s'y est faite.

Elle était en train de changer et de s'endurcir intérieurement, de devenir quelqu'un qu'elle n'aimait pas et n'avait pas envie d'être. C'était comme si sa nouvelle identité de prêtresse tuait Ailodie à petit feu et s'emparait de son corps.

– Se rendait-elle compte qu'elle changeait? ne put s'empêcher de demander Hark.

– Je crois que oui, dit Quest avec un soupir. Seulement, sa transformation n'était pas due à ses visites aux dieux, à l'influence des eaux de l'Abysse ou au maniement des reliques divines. C'était nous qui la changions, comme nous changions les autres et nous-mêmes. Les gens qui nous entourent nous obligent tous à prendre une forme nouvelle. Cependant, avec un peu d'attention, nous avons toujours notre mot à dire dans ce processus. Si le sacerdoce détruisait Ailodie, c'était parce qu'elle s'y était résignée.

– Ce n'était pas votre cas?

Depuis toujours, Hark avait été intrigué par Quest et son attitude étrangement détachée vis-à-vis des autres prêtres.

– Oh, le Sanctuaire m'a transformé de façon très différente, répliqua le vieillard en souriant comme si tout cela était une sinistre plaisanterie.

Hark sentit que l'heure des aveux tirait à sa fin.

– Si vous me voyez devenir quelqu'un d'autre… comme Ailodie… vous me le direz, pas vrai?

Il avait honte de poser une telle question. On aurait cru un petit enfant demandant à ses parents de vérifier qu'aucun monstre n'était tapi dans l'ombre.

– Si jamais je remarque dans ton âme des indices de dessèchement et d'endurcissement, je t'avertirai certainement, déclara Quest. Mais, pour l'instant, je crois que tu n'as pas à t'inquiéter.

Le vieillard s'interrompit, secoué par une quinte de toux qui dura une bonne minute. Quand elle fut enfin calmée, il respira avec précaution pendant un moment, en essuyant du doigt ses yeux larmoyants.

– Voulez-vous un médicament ou quelque chose d'autre ? demanda Hark.

Quest secoua la tête.

– Je crains que ce ne soit inutile. J'ai eu une crise sévère de mal de la remontée, pendant le Cataclysme, et mes poumons ne me l'ont jamais vraiment pardonné.

Le mal de la remontée était le châtiment de la mer pour les plongeurs remontant à la surface trop vite ou sans les précautions d'usage. Il ravageait les mécanismes internes les plus fragiles, comme le tympan, les veinules des yeux ou les floraisons délicates des poumons.

– Changer devient nettement plus effrayant lorsqu'on vieillit, continua Quest sur le ton de la conversation.

Il n'avait guère l'air effrayé, tout au plus légèrement mélancolique.

– Peu à peu, votre corps vous laisse tomber. On atteint un certain âge… et le moindre changement ou presque est une mauvaise nouvelle. Ce sont des communiqués du front, dans une guerre qu'on est en train de perdre. À ton âge, on se demande encore : « Qui devrais-je être ? » Alors que moi, il faut que je me demande : « Suis-je parvenu à devenir la personne que je voulais être, pour finir ? Et quelles chances me reste-t-il de devenir cette personne ? »

Bien sûr, Hark avait lui-même de bonnes raisons de redouter la mort, mais il comprenait que ce n'était pas la même chose. Quest affrontait l'inévitable, et il le faisait avec son habituel sourire d'analyste ironique.

CHAPITRE 25

Trois jours plus tard, Hark retrouva de nouveau Coram sur la plage.

– Vous avez des nouvelles de Selphine ? lança-t-il avant même que le colosse l'ait salué.

Les nouvelles n'étaient pas bonnes. Selphine n'était pas revenue. Si jamais elle avait rejoint le rivage, elle évitait la bande de sa mère. Et elle se cachait avec une efficacité inattendue. Évidemment, personne n'évoquait l'autre possibilité en présence de Rigg. On n'avait pas retrouvé le corps de Selphine, mais la mer était aussi avide que mystérieuse, et ne rendait pas toujours ses proies.

Les contrebandiers avaient suivi plusieurs pistes, qui n'avaient rien donné. Un pêcheur croyait avoir vu Selphine à bord d'un lougre ; il s'agissait en fait d'une autre fille. Le bruit avait couru qu'elle se trouvait à Rattleguise, une île distante d'une soixantaine de kilomètres, mais là aussi ce n'était qu'un leurre.

Hark avait espéré apprendre qu'elle était en vie, afin de pouvoir se contenter d'être en colère – une bonne colère sans complication –, au lieu de son actuel chaos de doute, de remords et d'appréhension.

– Rigg pense que quelqu'un l'aide à se cacher, déclara Coram. Autrement, nous l'aurions déjà retrouvée.

« Peut-être s'est-elle enfuie au loin, se dit Hark avec espoir. Elle est tellement obstinée. Si elle a réussi à s'embarquer pour l'autre bout des Myriades, ça expliquerait qu'on n'ait aucune nouvelle d'elle. »

Toutefois, il n'était pas sûr d'y croire. Même si elle redoutait l'effet du cœur divin sur elle-même, elle ne s'inquiétait pas moins de la façon dont il affectait ses équipiers et amis. Serait-elle vraiment capable de les abandonner ?

Ils montèrent dans le submersible, comme d'habitude, et Hark se blottit sous la table, absorbé par ses pensées. Il lui fallut un moment pour remarquer que Coram ne cessait de lui lancer des regards en ramant.

– Qu'y a-t-il ? demanda Hark, trop fatigué pour jouer aux devinettes.

– Rien, répondit Coram. Je me pose des questions, c'est tout.

Il se racla la gorge.

– Je m'interrogeais à propos de cette vague de l'Abysse, celle qui vous a marqués, toi et ton ami. Je n'avais jamais entendu parler d'une vague aussi proche de la surface. Crois-tu que ça puisse être… un signe ?

– Un signe de quoi ?

Coram fit la moue puis se remit à ramer un moment sans répondre.

– Les gens racontent qu'il se pourrait que l'Abysse soit en colère, ou qu'il essaie… de nous dire quelque chose.

De nouveau, il regarda Hark. À la faible lueur violâtre de la lampe, son expression semblait à la fois perplexe et pleine d'espoir, comme s'il pensait que le jeune engagé pourrait lui donner des réponses.

– Pourquoi l'Abysse serait-il en colère ? demanda Hark, déconcerté.

– Eh bien… l'oncle de ma femme dit que c'est ma faute. Notre faute. Tout le monde fait des affaires avec les continentaux, en laissant leurs bateaux sillonner les Myriades. Il sait que nous devons traiter avec le *Pélican* cette nuit, et ça ne lui plaît pas. Il dit que ça revient à ouvrir les vannes. D'après lui, les continentaux vont arriver en masse, jusqu'au moment où ils seront les maîtres.

Hark avait souvent entendu ce genre de récriminations sur la place du marché, mais c'étaient des choses que disaient surtout les vieillards ou les Ligueurs. Il apprenait maintenant que bien d'autres gens partageaient ce sentiment.

– Tu sais ce qui s'est passé à Rattleguise ? continua Coram. Des marins du continent de l'Est ont débarqué et se sont mis à fouiner sur les quais, en regardant les canons sur le parapet. Une foule de dockers et de débardeurs les ont accusés d'être des espions et les ont pendus à une grue, avant que les gardes aient pu intervenir. Après quoi, le navire des continentaux a braqué ses canons sur le port. Ils ont refusé de partir, jusqu'à ce que les propriétaires des entrepôts se cotisent pour leur donner une grosse somme d'argent.

– Je parie que ça ne s'est pas passé comme ça, répliqua Hark avec une nonchalance appuyée. C'était probablement juste une bagarre qui a mal tourné. Malgré tout, ça fait une belle histoire, pas vrai ?

Il ne voulait pas croire que ses compatriotes myriadais aient peur des continentaux au point de les tuer parce qu'ils se promenaient près d'un parapet d'artillerie. Il ne voulait pas croire que les énormes navires marchands du continent puissent se mettre à tirer sur des ports pour extorquer de l'argent.

– Ce n'est que le début, affirma Coram à la lueur violâtre qui faisait briller ses yeux sérieux. Tout le monde le dit, maintenant. Du coup, c'est peut-être pour ça que l'Abysse est en colère. Il a peut-être envoyé cette vague à dessein pour vous marquer. Qui sait si toi et ton ami n'êtes pas exactement ce qu'il faut aux Myriades aujourd'hui ?

Hark commençait à comprendre pourquoi Selphine s'inquiétait pour son demi-frère. Coram était trop jeune pour se souvenir du Cataclysme, cependant, comme d'autres gens de son âge, il avait une sorte de vide étrange en lui, provoqué par la mort des dieux. Il avait toujours paru plutôt équilibré, mais on ne savait jamais, avec ces hommes tranquilles. Il leur arrivait d'être en proie à une idée folle, qu'ils tournaient et retournaient en secret dans leur tête.

Au Marteau du Sauvage, Hark procéda à la séance de guérison dans un état second. Jelt semblait avoir complètement oublié Selphine, ce dont Hark se réjouissait plutôt, car il se sentait incapable de supporter des plaisanteries à ce sujet. Toutefois, alors qu'il attendait qu'on le ramène au Nid, Coram le rejoignit en courant.

– Attends ! Rigg vient de me dire que tu devais revenir cette nuit. À l'endroit habituel, vers minuit.

– Comment ? lança Hark avec stupeur. Mais pourquoi ?

– Il paraît qu'on a vu Selphine dans les docks des Pieux.

Cela faisait longtemps que Coram n'avait pas eu l'air aussi joyeux et animé. Les Pieux étaient un ancien chantier naval sur Deux-Fois, une île de l'autre côté du Havre de la Dame.

– Elle s'est peut-être installée dans une cave de l'ancien entrepôt.

« Bien sûr qu'elle est vivante, se dit Hark. Ça n'a jamais fait l'ombre d'un doute. Elle devait se moquer de nous, qui avons pu la croire morte. »

– Par chance, les Pieux se trouvent au bout d'un promontoire. Avec une demi-douzaine d'hommes, nous pourrons lui couper la retraite.

Coram se frotta la nuque.

– J'espère que six suffiront, marmonna-t-il.

– Pourquoi seulement six ? demanda Hark.

– Le *Pélican* mouille au large cette nuit. Nous allons envoyer un bateau pour faire des affaires avec son équipage, et Rigg a besoin que la bande soit presque au complet.

– Donc... vous voulez que je vous aide à capturer Selphine ?

Hark avait le cœur serré à cette idée.

– Non, répliqua Coram. Nous voulons que tu nous attendes au Marteau du Sauvage. En partant tout de suite pour Deux-Fois, nous pouvons attraper Selphine et être de retour ici dans quelques heures. Rigg veut que vous la guérissiez dès que nous vous l'amènerons. Il faut que tout soit fini cette nuit.

Pendant le reste de la journée, Hark accomplit ses tâches tant bien que mal, incapable de penser à autre chose qu'à sa conversation avec Coram. Selphine était vivante, apparemment, mais elle serait sans doute capturée le soir même. Après quoi il serait censé la « guérir », alors qu'elle avait risqué sa vie pour tenter d'y échapper.

« Nous sommes ce que nous faisons et ce que nous laissons faire », avait dit Quest.

Même si Selphine se trompait en croyant que le cœur divin allait remanier sa personnalité, il s'agissait toujours de lui imposer quelque chose qui la terrifiait. Cependant, que pouvait faire Hark ? S'il refusait ou faisait faux bond à la bande, Rigg l'écorcherait vif à la première occasion.

« Peut-être pourrais-je aider Selphine à s'enfuir... » Cette pensée lui vint alors qu'il passait la serpillière. Il se figea sur place, le cœur battant. L'idée était insensée, grisante aussi, libératrice.

Mais que pourrait-il vraiment faire ?

Rigg avait parlé d'attacher Selphine. Hark pourrait essayer de lui passer discrètement de quoi trancher ses liens.

Bien sûr, elle devrait encore quitter l'île. Il y réfléchit en fourrant du linge dans une cuve avant d'aller suspendre toutes les robes sur un toit en terrasse. Peut-être Selphine pourrait-elle voler le bateau ou le submersible qui l'aurait amenée au Marteau du Sauvage. Pourquoi pas aussi le canot des chers gardes du corps de Jelt ? L'obscurité la protégerait.

Ses adversaires auraient évidemment l'avantage du nombre. Les sinistres disciples de Jelt le gardaient toute la nuit, ces temps-ci. Ils seraient donc présents, de même que les membres de la bande qui auraient amené Selphine. Hark n'y pouvait rien... à moins que ? Même s'il ne pouvait se débarrasser d'eux, il lui serait peut-être possible de les rendre moins alertes.

Certains cordiaux de la réserve du Sanctuaire étaient en fait des sédatifs. On tenait un registre des stocks afin de dissuader le personnel de vendre des médicaments au marché noir. Néanmoins, Hark s'était mis d'accord avec un domestique se consacrant audit trafic, si bien qu'il était sûr de pouvoir détourner une dose.

– Tu as vu Kly ? lui demanda un autre serviteur quand Hark retourna au réfectoire. Je ne le trouve nulle part.

– Non, mais je peux aller le chercher ! proposa Hark avec empressement.

Si jamais on le surprenait dans la réserve, il pourrait prétendre qu'il cherchait simplement le régisseur.

Il s'y rendit discrètement, ouvrit la porte et s'arrêta net. Ses prétendues recherches se révélaient plus fructueuses que prévu.

Kly était immobile et arborait un calme que démentait une veine palpitant nerveusement à sa tempe. La vieille femme dénommée Luna pressait un long tesson de verre contre la gorge du régisseur. Ils ne bougèrent ni l'un ni l'autre quand la porte s'ouvrit, même si la prêtresse jeta aussitôt un coup d'œil à l'importun.

– Tout va bien, Hark, dit le régisseur à voix basse. Nous avons simplement… une conversation. Luna croit que nous séquestrons Âme Pâle pour le soumettre à un interrogatoire.

– Dis à ton sous-fifre de nous le rendre, lança la prêtresse de sa voix grave et sonore. Autrement, tu ne verras pas le soleil se lever demain, mécréant !

– Tu peux t'en aller, Hark, reprit Kly sans quitter son ton neutre.

Une goutte de sueur coula le long de sa joue.

– Luna est un peu… désorientée, c'est tout.

« Nous sommes ce que nous faisons et ce que nous laissons faire », songea Hark.

Il regarda le visage anguleux de Luna, ses yeux froids et sévères, sa bouche impitoyable.

– Vous n'êtes pas désorientée du tout, pas vrai ? lança-t-il. Vous n'êtes qu'une vieille harpie qui a besoin d'être surveillée.

Il ignora les froncements de sourcils affolés de Kly.

– Moi non plus, je ne suis pas très sympathique. Mais Kly, lui, est un gros idiot trop gentil. Vous avez déjà essayé de le poignarder, et il vous laisse encore libre de circuler. Si c'était moi, ça ne se passerait pas comme ça. Et si vous tuez Kly, le prochain régisseur sera sûrement comme moi. Kly a beau fulminer, il ne ferait pas de mal à une mouche, Luna. Il n'aurait permis à personne de s'en prendre à Âme Pâle.

Hark se rappela tous les conciliabules à voix basse entre Luna et Âme Pâle, unis par leur commune méfiance envers le personnel du Sanctuaire.

– Je sais que vous voulez sauver votre ami, continua-t-il plus doucement. Mais c'est impossible. Il n'est plus de ce monde. J'étais là quand il s'est éteint. Je suis le seul à lui avoir parlé dans sa chambre de malade. Si cela fait de moi un bourreau, je crois que c'est moi que vous devriez tuer.

Quelques larmes argentèrent les yeux de la vieille femme, puis elle s'élança pour le frapper, plus vite qu'il ne s'y attendait. Il eut à peine le temps d'immobiliser son bras maigre, en évitant de justesse le tesson.

Elle poussa un cri de rage et de souffrance. Craignant de lui avoir fait mal, Hark faillit lâcher prise et la laisser lui lacérer le visage. À eux deux, le régisseur et lui réussirent à maîtriser Luna, jusqu'à ce que d'autres serviteurs viennent l'emmener.

– Assurez-vous qu'elle ne s'est pas entaillé la main ! leur cria Kly.

Puis il s'assit lourdement sur une caisse.

– Pourquoi moi ? marmonna-t-il en essuyant son visage en sueur. Pourquoi est-ce toujours moi qu'elle essaie de tuer ?

– C'est juste que vous êtes le mécréant le plus proche, expliqua Hark.

– Je ne suis pas un mécréant ! rétorqua Kly, qui était maintenant rouge d'embarras et d'irritation. Tout ça parce que je n'adore pas vos… vos monstres marins, ces poissons pourris et meurtriers ! À quoi rime d'avoir des dieux qu'on peut mettre en marinade ?

– À quoi rime d'avoir des dieux qu'on ne peut pas voir et qui ne font rien ? riposta Hark, incapable de se contenir.

– On peut tout à fait voir le soleil. Ou les saisons.

– Je croyais que vous autres, dans le continent de l'Ouest, vous adoriez des chimères qui habitent les nuages !

– Ce continent a un nom, gronda Kly. Il s'appelle Revda. Le pays dont je viens s'appelle l'Alemgarr. Les gens qui croient que leurs ancêtres veillent sur eux du haut des nuages vivent au Fefia, à l'autre bout du continent. Pour vous, les Myriadais, rien n'existe en dehors de votre archipel, pas vrai ?

Hark ne comprenait pas qu'ils en soient venus à se disputer. Avec retard, il se rendit compte que Kly avait pu souffrir dans son orgueil, en voyant un garçon qui avait la moitié de son âge le tirer des griffes d'une vieille femme.

– Vous, les Myriadais..., murmura Kly en observant le tesson tombé par terre. On croirait qu'il y a en chacun de vous une parcelle de l'Abysse, qui n'attend que de se déchaîner.

CHAPITRE 26

À minuit, quand Hark arriva sur la plage, il ne vit pas dans la baie le sous-marin habituel mais un petit voilier à un mât, où étaient assis un homme et une femme, laquelle tenait une lampe-terreur allumée. Leur souffle embuait la nuit glacée. En approchant, Hark remarqua les narines refermées de la femme. Elle et son compagnon faisaient partie de la nouvelle garde rapprochée de Jelt. Hark savait que la bande de Rigg serait occupée cette nuit-là, mais il n'avait cessé de se demander qui allait venir le chercher.

Les deux gardes s'inclinèrent en silence lorsqu'il monta sur le voilier, et l'homme lui tendit son masque gris. Hark le mit, car il sentait que c'était ce qu'on attendait de lui. Toutefois, il éprouvait un malaise à l'idée d'accepter ainsi d'être celui qu'ils voulaient. Ils n'avaient pas envie de voir son visage humain plein de nervosité.

Hissant les voiles d'un brun terne, ils firent sortir le voilier de la baie, toujours sans un mot. Pelotonné dans un coin, Hark contemplait la mer. Il fut d'abord heureux de ne pas avoir à parler, mais le silence prolongé finit par lui porter sur les nerfs.

Lorsqu'ils jetèrent l'ancre dans la petite crique en forme

de croissant, Hark frissonnait. Les rochers noirs du Marteau du Sauvage paraissaient plus hauts dans l'obscurité. Le bruit du ressac était plus fort, les jaillissements d'écume semblaient presque lumineux. En rejoignant le rivage, Hark sentit ses genoux trembler légèrement, et pas seulement à cause du froid. L'îlot tout entier était devenu un lieu sacré, imprégné d'un mystère glacial et maléfique.

Hark avait l'impression d'être petit et transparent, comme si on le *jugeait*. Ces parages accueillant un pèlerinage ténébreux savaient quelle trahison il méditait. Ils le surveillaient.

Hark ajusta son masque, s'avança lentement sur le chemin familier et longea le couloir rocheux vers la tente. Ses deux compagnons le suivaient en silence, en faisant crisser des cailloux sous leurs pas. La lumière empourprée de la lampe illuminait des saillies dans la falaise, mais elle les aplatissait et les pâlissait.

À l'approche de la tente, ils croisèrent trois autres gardes de Jelt, telles des statues immobiles, dont les lanternes posées à leurs pieds luisaient faiblement. Éclairé par en dessous d'une clarté violâtre, leur visage paraissait encore plus inquiétant. En l'apercevant, ils brandirent aussitôt leurs armes. Hark leva la lampe de façon à montrer son masque, et ils se détendirent.

– Votre vigilance est louable, déclara-t-il d'un ton qu'il espérait empreint d'une autorité surnaturelle. Mais vous auriez dû me reconnaître plus tôt.

Les trois silhouettes armées s'écartèrent sans un mot pour le laisser passer, puis s'agenouillèrent et pressèrent leur front contre la roche nue. Ils n'avaient pas de feu de camp, remarqua Hark, malgré le petit tas de bois placé à côté d'un paquet qui semblait contenir des provisions. À la lueur des lanternes, il était difficile de dire s'ils étaient en train de geler, mais certains paraissaient secoués de frissons.

S'avançant à grands pas devant eux, silencieux, il entra dans la tente. Il fut surpris de découvrir qu'une seule lampe était allumée à l'intérieur. Elle brûlait si faiblement qu'on aurait dit des braises en train de s'éteindre.

– Jelt ? chuchota Hark. Tu dors ?

– Bien sûr que non, répondit aussitôt la voix étrangement rauque de son ami. Nous avons du travail cette nuit, pas vrai ?

– Dans ce cas, pourquoi fait-il si sombre ici ? Je vais augmenter la flamme.

– Ne fais pas ça ! lança Jelt avec violence.

Hark s'arrêta, sur le point de toucher la lampe. La voix de Jelt était pressante, menaçante.

– Pourquoi ? demanda Hark.

– Les éclairages nuisent à la vision nocturne, non ?

– Et alors ?

– Je veux être capable de voir dans le noir, au cas où.

– Pour quoi faire ? Qu'est-ce que tu t'attends à voir surgir des ténèbres ? Une bande de phoques tueurs ?

Hark gardait un ton moqueur, mais il trouvait perturbant de ne pas voir Jelt. Du fait des échos dans la grotte, il ne pouvait même pas savoir exactement d'où venait sa voix.

– C'est pour ça que tes lèche-bottes n'ont pas de feu de camp ?

– Il ne fait pas si froid, déclara Jelt.

– Tu plaisantes ! s'écria Hark, qui commençait à se sentir effrayé et irrité. Il fait glacial, Jelt, et ils sont dehors. Ils ont besoin d'un feu. Moi aussi, d'ailleurs, et j'aimerais manger quelque chose de chaud. Et ce n'est pas la peine de me raconter que je deviens douillet.

– Apparemment, je n'ai pas besoin de le dire, observa Jelt non sans malignité. Va donc allumer un feu, si ça peut t'empêcher de geindre toute la nuit, mais arrange-toi pour qu'il ne soit pas trop près de la tente. Demande-leur aussi de faire de la soupe, tant qu'ils y sont.

C'était presque une concession même si Jelt avait réussi comme toujours à donner l'impression de ne céder sur rien.

Hark ressortit. La faible clarté des étoiles était bienvenue, après l'obscurité violacée de la tente.

Tentant de garder son aura sinistre et mystérieuse, Hark ordonna aux gardes d'allumer un feu, ce qu'ils firent avec empressement. Il leur commanda ensuite de faire de la soupe, et ils se hâtèrent d'obéir, en suspendant une petite marmite au-dessus du feu et en puisant dans leur bouteille d'eau et leurs provisions. Hark laissa les flammes le réchauffer peu à peu tandis que des volutes de vapeur s'échappaient de la marmite, dont le couvercle se mit à s'agiter légèrement. Il était habitué à cajoler, tricher et marchander pour obtenir des gens ce qu'il désirait. Donner des ordres et être obéi lui parut aussi bizarre que merveilleux.

Il n'eut besoin de mettre en œuvre aucun de ses scénarios compliqués pour ajouter le cordial. Il lui suffit d'autoriser ses étranges adeptes à se prosterner pendant qu'il récitait des « incantations » au-dessus de la soupe. Après avoir rempli en hâte deux bols pour Jelt et lui-même, il versa le sédatif dans la marmite et le mélangea au breuvage. Tous les gardes restèrent immobiles jusqu'à son signal.

– Mangez afin de mieux nous servir ! commanda-t-il.

Une fois encore, ils obéirent sans discuter. Hark entrevit combien la vie serait dangereusement facile, s'il laissait ces gens faire tout ce qu'il demandait. Toutefois, ce pouvoir avait un arrière-goût amer.

– Voilà la soupe, lança-t-il avec brusquerie en entrant de nouveau dans la tente.

Les mains invisibles de Jelt s'emparèrent d'un des deux bols. Hark s'assit en s'enveloppant dans des couvertures.

Il songea qu'il devrait sortir de temps en temps pour se réchauffer auprès du feu de camp. Il espérait seulement qu'il saurait le faire d'une façon mystérieuse, inquiétante.

– Certains de tes larbins sont nouveaux, pas vrai ?

– Ils me gardent à tour de rôle, expliqua Jelt.

Hark imagina sans peine son haussement d'épaules satisfait.

– Combien sont-ils, maintenant ?

– Ceux qui viennent ici ? Une vingtaine. Avec les autres... ça doit faire autour de quarante.

– Les autres ? s'étonna Hark, pris d'un malaise soudain. Quels autres ? Qu'est-ce qu'ils font ?

– Ils prêchent la bonne parole, répondit laconiquement Jelt de sa voix enrouée. Ils me trouvent ce dont j'ai besoin. Ils mettent les choses en place.

Hark mangea un instant en silence. La soupe lui brûlait la langue, mais elle contenait des crevettes bien grasses et du crabe succulent, ainsi que des épices. Rien n'était trop bon pour les monstres guérisseurs.

– Qu'est-ce que tu fabriques, Jelt ? demanda-t-il enfin. Tu mijotes quelque chose, et Rigg n'est pas au courant. Comme tu as envie que je t'interroge, je le fais.

– Tu vois toujours trop petit, déclara Jelt dans l'obscurité. Arriver au niveau de Rigg a suffi pour te donner le vertige. À présent, nous allons monter plus haut. Bientôt, nous n'aurons plus besoin d'elle, et nous serons trop puissants pour qu'elle s'attaque à nous. Elle n'a pas compris que le Marteau du Sauvage était notre base, maintenant, pas la sienne. Elle se croit plus maligne que nous, et c'est ce qui la rend aveugle.

– Magnifique ! dit Hark d'un ton faussement enjoué. Tu es le roi du Marteau du Sauvage, qui fait bien soixante mètres carrés. Puisses-tu régner longtemps !

– Il n'est pas question de nous contenter de ce trou, répliqua sèchement Jelt. Ni du Havre de la Dame. Nous sommes ceux qu'attendaient les Myriades.

Ces propos rappelaient beaucoup ceux que Coram avait tenus dans le sous-marin le matin même. Hark fut soudain envahi par un découragement qui ne lui était que trop familier. Jelt n'était pas en train d'élaborer un plan quelconque. Tout était déjà sur les rails, avec une pente descendant à pic devant eux.

– Ça te fait vraiment envie, hein ? lança Hark. Être un objet d'adoration, avec des fidèles qui se cognent le front contre le sol pour te faire plaisir. Et tu as des gens qui « prêchent la bonne parole » ? Jelt... nous ne pouvons pas nous permettre d'être célèbres ! Tu es recherché partout et, moi, je suis *engagé* !

– Tout te fait peur, pas vrai ? rétorqua Jelt. C'est la chance de notre vie !

– Et toi, qu'est-ce que tu as ? s'écria Hark, incapable de se contenir davantage. Je ne peux pas te parler dans cette obscurité. Je vais augmenter la flamme.

– Non !

Quand Hark tendit la main vers la lampe, quelque chose de froid lui tapa sur les doigts. Il recula précipitamment son bras, se frotta les doigts contre la poitrine.

Sa peau le brûlait, et la chose qui l'avait touché ne ressemblait pas à une main.

CHAPITRE 27

Une chose avait assené un coup sur les doigts de Hark dans les ténèbres. Une chose aussi rapide qu'un fouet, mais froide, visqueuse et molle, qui brûlait comme la caresse d'une anémone. Une substance poisseuse lui collait à la main, et il avait envie de courir dehors pour la laver dans l'eau.

Il ne se leva pas, s'essuya en silence sur sa manche et s'efforça de respirer normalement. Son instinct lui disait qu'il était au bord du précipice. Ne pas faire de geste inconsidéré, surtout. Ne pas crier.

« Tout va bien, se dit-il. Je suis juste assis avec Jelt, mon meilleur ami. Plus une bande de fanatiques armés jusqu'aux dents devant la tente. Et personne d'autre dans toute l'île. Mais si je continue de le faire parler, j'aurai un répit pour réfléchir. Jelt pourra se calmer, et les autres auront le temps d'être assommés par le sédatif. »

– Inutile de t'énerver, déclara Hark en s'étonnant lui-même de garder un ton aussi naturel.

Il donnait l'impression d'être irritable, sur la défensive, mais pas terrifié.

– Très bien, reste assis dans le noir et prends des airs mystérieux. Je m'en fiche !

Avec un peu de chance, Jelt ne devinerait pas que Hark s'était aperçu de quelque chose. Avec un peu de chance, il n'entendrait pas le cœur de son ami battre à tout rompre.

Hark avait été obsédé par l'idée que le cœur divin ait pu le changer de façon aussi horrible qu'invisible. Il en avait oublié que Jelt était resté en présence de la relique jour après jour, pendant des semaines. Chaque étrange pulsation, chaque contraction suivie d'un jaillissement avait déferlé dans son corps et son esprit.

Quand Hark avait-il vu son ami à la lumière du jour pour la dernière fois ? Cela remontait à près d'un mois, se rendit-il compte. Il avait supposé qu'en son absence Jelt sortait, se détendait, pêchait, nageait, mangeait avec les équipiers de Rigg. Peut-être Hark s'était-il trompé. Il se pouvait que personne n'ait vu Jelt en pleine lumière depuis un bon moment…

– Ta main est drôlement froide, observa Hark.

Il avait réussi à faire cette remarque d'un ton léger, mais inquiet. Le bruit de sa cuiller grattant le fond de son bol était un petit réconfort dans le silence.

– Tu as dormi sans feu pendant toutes ces nuits ? Tu es devenu fou ! Il faut que tu restes au chaud. Tu as failli mourir, n'oublie pas !

Jelt se taisait toujours. Avait-il noté que la voix de Hark tremblait légèrement ? Voyait-il l'expression de son visage dans l'obscurité ?

– D'accord, ne m'écoute pas, si ça t'embête, reprit Hark en se forçant à avaler une dernière cuillerée de soupe. Mais puisque tu vas devenir un chef religieux, pourquoi ne demandes-tu pas à tes esclaves de te trouver un endroit chaud ? En dehors de cette île, peut-être ? Ta voix paraît… On croirait que tu as un problème aux poumons. C'est peut-être le mal de la remontée ? Nous avons regagné la surface plutôt rapidement, l'autre jour.

Il se rappela que Jelt avait raconté qu'il lui semblait avoir des bulles éclatant dans ses poumons, à la suite des pulsations du cœur divin. Peut-être ne s'étaient-elles pas contentées de le guérir, finalement.

– Je ne suis pas malade, lança la voix dans l'obscurité.

« Peut-être que non, songea Hark. Peut-être es-tu mieux. Mieux que jamais. Amélioré. »

– Si tu le dis, répliqua-t-il.

Il ajouta en chuchotant :

– Mais dans ce cas... pourquoi t'accroches-tu à cette relique comme si elle allait t'empêcher de te noyer ? Puisque tu vas mieux, tu n'as pas besoin de rester tout le temps avec, si ?

Il sentait qu'il s'aventurait sur un terrain dangereux.

– Je sais ce que tu as en tête, déclara la voix rauque qui était et n'était pas celle de Jelt. Tu veux que je te la laisse, pas vrai ? Tu espères me la prendre avec de belles paroles, et ensuite... qu'en feras-tu ? Tu la vendras ? Tu la jetteras à la mer ? Pour pouvoir tourner le dos à la chance la plus extraordinaire que nous aura donnée la vie ?

– Jelt, dit Hark en poussant un long soupir. Tu veux vraiment la vérité ? Tu as raison, je veux me débarrasser de ce truc. Oui, j'ai peur pour moi ! Mais je suis *terrifié* pour toi.

Il n'osait évoquer plus clairement la chose qui l'avait touché dans les ténèbres.

– Tu n'as pas vu les prêtres auxquels j'ai affaire à longueur de journée. Trop de dieux... ça vous met la tête à l'envers ! Laissons tomber cette relique monstrueuse et partons d'ici ! D'autres chances s'offriront à nous, Jelt. C'est moi, Hark, ton ami. Ton meilleur ami. Écoute-moi, rien qu'une fois ! Je t'en supplie !

– Tu ne comprends pas, répliqua l'obscurité. Ce n'est pas moi qui dois renoncer à quelque chose. C'est toi.

– Comment ? s'exclama Hark, la bouche sèche. Qu'est-ce que tu racontes ?

– Tu ne peux pas continuer comme ça. Tu ne peux pas éternellement faire la navette entre le Sanctuaire et ici, en t'échappant en douce pour nous retrouver. Tu l'as dit toi-même, pas vrai ? Tôt ou tard, ils découvriront le pot aux roses et t'enverront aux galères.

– Qu'est-ce que ça signifie ? Que... que tu n'as plus besoin de moi ? Que c'est le moment de se dire au revoir ?

Même si cette pensée était douloureuse, Hark espérait en secret que c'était bien ce que voulait dire Jelt. Mais il savait qu'il n'en était rien.

– Tu dois cesser d'être le petit chien du Sanctuaire, répondit évidemment la voix. Tu dois disparaître et ne jamais revenir. Fais-leur croire que tu es mort.

– Ça ne marchera pas ! répondit Hark un peu trop vite. Ils finissent toujours par retrouver les fuyards ! On affichera mon portrait dans tous les ports. Je ne peux pas porter ce masque toute ma vie !

– Ce sera inutile, assura l'ombre. Puisque ton visage ne sera plus le même.

Hark savait que la fente lumineuse derrière lui était l'ouverture de la tente. Au besoin, il pourrait s'élancer dans cette direction. Mais maintenant, il savait aussi que la créature lui faisant face dans l'obscurité était rapide.

– Tu peux transformer ton visage, continua la voix rauque. Le taillader un peu, puis le guérir. Après ça, personne ne te reconnaîtra. Nous pouvons également changer ta voix. Trancher ta langue et ta gorge, puis les guérir. Elles fonctionneront à la perfection, simplement ce ne seront plus les mêmes.

– J'aurais l'air d'être marqué, objecta Hark d'une voix tendue, affolée.

Il ne put s'empêcher de lever une main pour protéger son cou.

– Je ne pourrais plus marcher à la lumière du jour sans

attirer l'attention. Réfléchis, Jelt. Il me serait impossible d'acheter quoi que ce soit, de faire de l'espionnage ou des affaires, de mettre au point des escroqueries.

– Tu n'auras plus besoin de faire tout ça, répliqua l'ombre qui était Jelt. À présent, nous avons des gens pour s'activer au grand jour à notre place.

– Je ne veux pas, Jelt ! explosa Hark. Pourquoi irais-je découper mon visage en filets sous prétexte de me cacher dans l'ombre à jamais ? J'aime bien mon visage, moi. J'aime bien ma voix. Ils sont à moi ! Si tu as envie de passer le reste de ta vie dans un trou obscur, je ne peux pas t'en empêcher. Mais ne me mêle pas à cette histoire !

Cependant, à l'instant même de prononcer ces mots, il sentit la vérité s'imposer à lui, comme si sa vision nocturne devenait meilleure. Jelt ne le laisserait pas partir. Une fois encore, Hark avait commis le péché impardonnable d'avoir quelque chose que Jelt n'avait pas. Puisque Jelt ne pouvait plus marcher dans la rue en plein soleil… Hark n'avait plus le droit de le faire.

– Tu refuses toujours, rétorqua son ami. Mais plus tard, tu me remercieras.

Jelt ne lui demandait pas son avis. Pour Hark, ce fut comme un coup en pleine poitrine. Il ouvrit la bouche pour protester, en vain. Il avait le souffle coupé.

Il y eut un silence, puis des cris s'élevèrent soudain dehors, auxquels se mêlèrent les sifflements des frondes.

– Que diable…, commença la voix rauque du Jelt de l'ombre.

– J'y vais ! lança Hark en haletant.

Il se précipita hors de la tente, dans la nuit éclairée par le feu. L'espace d'un instant, il se réjouit simplement d'avoir eu un prétexte pour sortir.

Son soulagement ne dura pas. Les gardes de Jelt étaient en

pleine débandade. Ils s'accroupissaient en se protégeant le visage, tandis qu'un déluge de pierres s'abattait sur eux. Hark entendit des pas s'approcher rapidement par-derrière. Des silhouettes obscures accoururent en brandissant des armes – cabillots d'amarrage, coups-de-poing, matraques de corde épaisse.

Les gardes qui avaient paru si intimidants à Hark tressaillaient, chancelaient, se tordaient sous les coups qui les accablaient. Leur lenteur hébétée les empêchait d'esquiver, et leurs propres attaques manquaient leurs cibles. Des étincelles jaillissaient de la falaise qu'atteignaient seule leurs couteaux maladroits. Le sédatif administré par Hark n'avait été que trop efficace.

Les assaillants donnèrent des coups de pied au feu de camp, dont la lueur s'éteignit bientôt sous le vent humide. Les gardes tombèrent les uns après les autres, assommés, en lâchant leurs armes. Les bottes des vainqueurs s'appuyèrent sur leurs nuques pour les forcer à rester immobiles.

Hark courut se cacher derrière un rocher. Rien n'aurait pu le convaincre de retourner dans la tente. Il ne voyait aucun moyen de s'échapper. La « grotte sacrée » n'avait qu'une voie d'accès, ce qui était censé faciliter sa défense. Les murailles rocheuses se dressant abruptement des deux côtés ne seraient pas faciles à escalader dans l'obscurité.

Les assaillants semblaient être une douzaine. Leurs visages étaient dissimulés par des écharpes. Ils semblaient bien organisés, chaussés de bottes solides. Ils avaient aussi des poignards à la ceinture, même s'ils ne s'en étaient pas servis, pour une raison ou pour une autre. Hark retint son souffle dans sa cachette.

– Holà ! cria une voix d'homme qu'il ne reconnut pas. Nous savons que tu es dans la tente, mon garçon. Ne fais pas l'idiot et sors. Nous n'en voulons qu'à la relique.

« La relique ? s'étonna Hark. Comment connaissent-ils son existence ? »

Il ne bougea pas, ne parla pas. S'ils criaient à quelqu'un de sortir de la tente, c'était qu'ils ne l'avaient sans doute pas repéré derrière son rocher.

– Donne-la-nous et nous partirons. Ensuite, tu pourras continuer tes psalmodies.

Hark entrevit une lueur d'espoir contre toute attente. Ces ennemis étaient peut-être la réponse à ses problèmes. Alors qu'il ne pourrait jamais contraindre Jelt à renoncer au cœur divin, eux en seraient sans doute capables. Au besoin, ils s'en empareraient par la force. Hark pourrait certainement faire comprendre à Jelt que toute résistance serait inutile.

– Nous sommes prêts à discuter ! lança-t-il précipitamment en se levant. Mais ne faites aucun mal à...

Les négociations n'allèrent pas plus loin : un bolide jaillit de la tente en déchirant la toile.

La silhouette était de la même taille que Jelt. Elle se tourna vers Hark, qui fut heureux que la lumière du feu mourant soit derrière elle, ce qui l'empêchait de voir son visage – il n'aperçut que deux taches pâles à l'endroit où auraient dû se trouver les yeux. Elle l'attrapa par le poignet. Il sentit un contact froid et visqueux, puis un objet rond et dur qu'elle glissait brutalement dans sa main. Il reconnut le cœur divin, son poids, sa surface grêlée.

– Ne le perds pas ou je te tuerai ! gronda la créature.

Puis elle s'élança vers les assaillants incertains.

– Arrête ! hurla Hark. Tu ne peux pas faire ça ! Il faut qu'on discute avec eux !

Mais Jelt n'avait pas besoin de discuter. Il n'avait besoin de rien.

Il n'eut pas à éviter les braises, qui jaillirent en une pluie d'étincelles sous ses pieds nus. Il n'eut pas besoin de lumière pour le guider. Peu lui importait de courir comme un être humain, ses jambes n'avaient pas besoin de se ployer comme elles le font d'ordinaire.

Il n'eut pas même à tirer un couteau. Une sorte de corde blanchâtre, longue de deux mètres, émergea soudain de ce qui devait être sa gorge. Elle cingla le visage d'un assaillant en un éclair convulsif d'un jaune écœurant. L'homme poussa un cri et recula en chancelant. Puis, quand Jelt arriva à sa portée, l'inconnu se prépara à assener un coup et... et quelque chose se passa dans la mêlée obscure, une explosion de sang, presque silencieuse. Le buste de l'homme s'effondra d'un côté, ses jambes de l'autre...

Des hurlements s'élevèrent de toutes parts. Figé sur place, Hark ne put que regarder la scène avec stupeur.

« Il est seul, pensa-t-il. Ils vont le mettre en pièces. » Il ne savait plus s'il le redoutait ou s'il l'espérait.

Les malheureux ayant la malchance d'être en première ligne tirèrent leurs couteaux. Après avoir essayé à tout prix d'atteindre Jelt, ils reculaient en désordre, rentraient dans leurs camarades désorientés. Un instant plus tôt, ces hommes paraissaient invincibles. À présent, ils battaient en retraite, affolés, devant un adversaire bondissant et frappant à toute allure. À chaque coup, il y avait un cri – du genre qu'on ne pousse qu'une fois dans sa vie.

– Aux bateaux ! hurla une voix.

Les assaillants tournèrent les talons et détalèrent. La silhouette qui était Jelt se jeta sur le plus lent des fuyards. Une minute plus tard, une tête coupée rebondissait sur le chemin avec un bruit spongieux.

– Attends ! cria Hark. Laisse-les ! Tu n'as pas besoin de faire ça !

Jelt n'avait pas besoin de les poursuivre, mais il le fit. Il s'élança à leurs trousses comme un renard traquant des poulets dans un poulailler, en les tuant avec un plaisir rapide, pur et gratuit.

Les hurlements continuaient, mais ils s'éloignaient. Les assaillants fuyaient vers leurs bateaux, qu'ils n'atteindraient sans doute jamais. Leur poursuivant courait plus vite qu'eux, et il voyait dans l'obscurité.

Soudain, Hark sentit le cœur divin se contracter dans sa main. Les trous déchiquetés râpèrent violemment ses doigts. La pulsation fut comme un coup de poing.

Il se demanda si la relique sentait le sang, ou les conflits. Peut-être percevait-elle simplement la présence dans les environs de corps humains abîmés, qu'elle pourrait guérir. Avec dégoût, Hark l'imagina en train de « réparer » ses adeptes abattus d'une façon nouvelle et intéressante, ou même de coller ensemble les cadavres mutilés gisant sur le chemin, en les éveillant à une vie difforme…

Hark serra les dents et regarda le cœur d'un air furieux.

– Qu'il aille au diable ! marmonna-t-il.

Après avoir rangé la relique dans son sac, il se mit à courir, passa devant les dévots affalés par terre, à moitié assommés, traversa le couloir rocheux jonché de membres épars dans l'obscurité. Ses pieds glissaient, des éclaboussures s'épanouissaient sur le sol comme des fleurs noires et une odeur pénétrante flottait dans l'air, mais il s'efforça de ne pas y penser. Il buta et tomba à genoux sur la roche, dont il sentit la masse poisseuse sous sa main.

« Relève-toi ! se dit-il. Continue de courir. Ne pense pas au sol humide ni aux silhouettes étendues dans tous les coins. »

Il devait se dépêcher, car si Jelt revenait – si *la chose* revenait…

Il rejoignit le rivage escarpé. À présent, les appels et les cris lointains venaient de l'autre côté de l'île. Il fonça vers le bateau des gardes. Il avait pensé que Selphine pourrait le prendre pour s'échapper, mais il n'aurait jamais cru être lui-même réduit à cette extrémité.

Les voiles d'un brun terne étaient attachées, les rames soigneusement rangées sur le pont. Le bateau était trop grand pour une seule personne, en fait, mais il faudrait s'en contenter. Hark détacha précipitamment les amarres et sauta à bord, non sans chanceler en atterrissant sur les planches. À l'aide d'une pagaie, il s'écarta aussi vite que possible du rivage, puis il attrapa deux rames et commença à souquer ferme.

« Il faut partir, s'éloigner, se dit-il. Ramer jusqu'à ce que j'aie le vent avec moi puis hisser les voiles. Ensuite, aller quelque part, n'importe où du moment que ce ne soit pas ici. »

Il tressaillit en entendant un long cri rauque s'élever de l'île obscure.

– Hark ! appelait une voix, encore et encore. Hark !

Hark continua de ramer, les mains tremblantes.

– Hark, où es-tu ? On ne risque plus rien, maintenant. Tu peux te montrer.

Après un long silence, la voix reprit d'un ton plus pressant :

– Hark... viens ici ! Rapporte-le-moi ! J'en ai besoin !

Hark avait froid. Il lui semblait n'avoir jamais eu aussi froid. Ses doigts et sa gorge étaient glacés, mais il s'obstina à ramer bien qu'il eût peine à respirer. Il y avait tant d'étoiles, cette nuit-là, comme si on avait renversé du sucre glace dans le ciel. À quoi bon ?

– Haaaark ! cria la voix avec un désespoir grandissant. Dépêche-toi ! J'en ai besoin ! Je vais mourir si je ne l'ai pas !

Ce cri transperça Hark comme une flèche. Sa vue se troublait, ses doigts étaient incapables de tenir correctement les rames. D'un coup, ses forces l'avaient abandonné. Sa volonté ne parvenait plus à le faire continuer à ramer.

« Je pourrais tuer Jelt, pensa-t-il. Je pourrais le tuer. »

Il regarda derrière lui le Marteau du Sauvage, dont la masse obscure se détachait sur le ciel noir et étoilé. En proie à un sentiment de fatalité qui lui donnait la nausée, il comprit que l'île se rapprochait, tel un prédateur sournois. Le courant réduisait à néant ses efforts et le ramenait à Jelt.

Toute sa vie, un courant n'avait cessé d'entraîner Hark vers son ami. Il n'avait jamais été capable de lutter contre. Quand Jelt avait besoin de lui, Hark accourait toujours. Toujours !

Resserrer sa prise sur les rames fut la chose la plus difficile qu'il ait jamais faite. En les plongeant dans l'eau, il avait l'impression de commettre un meurtre. Mais il le fit encore et encore, en serrant les dents tandis que les embruns glaçaient son visage.

Il rama jusqu'à être assez loin de l'île minuscule pour prendre le risque de se lever, de hisser les voiles de ses doigts engourdis. Même quand le Marteau du Sauvage se fut fondu dans la nuit, Hark croyait entendre dans les cris du vent la voix éperdue. Il ne pouvait s'empêcher de frissonner, et chaque embardée du bateau était comme un coup.

Jamais la mer n'avait paru aussi noire.

CHAPITRE 28

Dans le sac de Hark, le cœur divin restait aussi inerte qu'une pierre. Ce ne fut que lorsqu'il échoua le bateau sur une plage du Nid et sauta dans l'eau qui lui arrivait jusqu'aux genoux qu'il sentit une petite pulsation. Comme il s'était écorché la jambe contre un rocher submergé, il se pouvait que le cœur ait voulu saisir l'occasion de guérir quelque chose.

Après avoir rejoint le rivage en titubant, tant il était épuisé, Hark sortit la relique de son sac. Il recula son bras, comme pour jeter le cœur dans la gueule noire et béante de l'océan. Toutefois, s'il s'en débarrassait ainsi, des prospecteurs de passage finiraient par le trouver, c'était aussi sûr que l'hiver. Même s'il retournait au large en bateau pour le jeter, les courants le porteraient sur une plage ou des plongeurs en quête d'épaves mettraient la main dessus.

Dans tous les cas, ce ne serait plus le problème de Hark. Mais il n'aimait pas l'idée que quelqu'un puisse récupérer la relique en toute innocence puis subir des mutations inattendues, voire se faire tuer si Jelt découvrait qu'il l'avait en sa possession.

– Je pourrais te briser, grogna Hark en observant la surface ivoirine. Je pourrais te fracasser à coups de pierre.

Le cœur n'avait pas l'air solide. Cela dit, si Hark le détruisait, il serait impossible de faire marche arrière.

« J'en ai besoin ! Je vais mourir si je ne l'ai pas ! » avait crié Jelt.

Peut-être était-ce simplement une dépendance. Parfois, les drogués prétendaient qu'ils allaient mourir. Hark avait vu des ivrognes frapper et supplier à la porte close de la taverne, et des clients du vieux Besh marchander désespérément pour pouvoir fumer un peu de bile ou avoir une prise de patte-d'oie.

– J'en ai besoin ! J'en ai besoin ! répétaient-ils toujours.

Puis il se rappela que Jelt avait déclaré être malade chaque fois qu'il s'éloignait du cœur. Il l'avait dit dès le début, avant de commencer à se terrer dans l'obscurité.

– Je ne comprends pas ! gronda Hark en fixant la relique, submergé par la frustration et la fatigue. Pourquoi a-t-il encore besoin de toi ? Je l'ai sauvé ! Pourquoi cela ne lui suffit-il pas, comme à Coram ? Et pourquoi est-il…

Hark ferma les yeux, mais il ne put chasser les images qui s'imposaient à lui. Jelt devenu une silhouette bondissant en tous sens, massacrant une masse obscure d'où s'élevaient des hurlements poussés par des voix humaines…

Cette *chose*, c'était Jelt. Ce souvenir l'emplissait d'une horreur accablée, mais il éprouvait comme toujours la force de leur lien. Il lui était impossible de détruire le cœur divin s'il risquait ainsi de condamner à mort son ami. En glissant de nouveau la relique dans son sac, Hark se sentit vaincu et déprimé, comme s'il avait débattu avec elle et avait dû céder à ses raisons.

En arrivant au Sanctuaire, Hark se sentait tremblant et nauséeux. Le ciel était encore noir, rien n'annonçait l'approche de l'aube. Grimper sur les toits lui prit plus de temps que de coutume, tant il avait les genoux flageolants.

Alors qu'il refermait la fenêtre dans son dos, il fut soudain éclairé par une clarté violâtre.

– Hé, qu'est-ce que tu fiches ici ?

Deux gardiens de nuit l'observaient du fond du couloir. Hark espéra qu'ils ne l'avaient pas vu passer par la fenêtre.

– Je travaille ici ! répondit-il précipitamment. Je suis préposé à l'entretien des prêtres.

– Attends, je crois que je l'ai déjà vraiment vu dans les parages, dit un des gardiens. Mais alors, pourquoi es-tu monté ?

Hark savait qu'il devait leur paraître chancelant, essoufflé, trempé de sueur. Peut-être pourrait-il en tirer avantage.

– J'ai chaud, répondit-il d'une voix un peu plaintive. Je... je ne me sens pas bien. Je cherchais un endroit frais.

– Tu as chaud ?

Le premier garde s'approcha en levant sa lanterne.

– Tu as une mine de déterré, déclara-t-il. Nous ferions mieux de te mettre à l'isolement. Je préviendrai Kly.

Ils conduisirent Hark dans une petite pièce poussiéreuse, pourvue d'un matelas défoncé et moisi. Peu lui importait, il s'effondra dessus et se retrouva bientôt plongé dans un rêve agité, où une cloche silencieuse ne cessait de sonner, en l'ébranlant tout entier. Son vacarme finit par s'affaiblir, au point de devenir le ronronnement d'un chat gigantesque.

Hark fut autorisé à faire la grasse matinée. À son réveil, il ne se sentait plus faible ni tremblant. Peut-être le cœur divin l'avait-il aidé à guérir pour se concilier ses bonnes grâces, comme un chien s'aplatissant en geignant pour qu'on le laisse s'approcher d'un feu de camp.

On était déjà au milieu de l'après-midi quand la brève quarantaine de Hark prit fin. Il eut une conversation épuisante avec Kly, qui ne croyait pas que Hark ait eu soudain une fièvre bien commode, qui s'était dissipée non moins commodément en une seule nuit.

– Je pensais te faire venir aujourd'hui pour te féliciter, déclara enfin le régisseur d'un ton plus fatigué qu'irrité.

C'était l'allusion la plus claire qu'il ait faite à l'incident avec Luna.

– Mais voilà que tu as encore fait des tiennes. Comprends donc que je ne *peux* pas te laisser en prendre ainsi à ton aise, sans quoi je trahirais les gens qui me font confiance. J'ignore où tu es allé cette nuit et ce que tu as avalé pour avoir l'air aussi malade, mais il ne faut pas que ça se reproduise. Je ne veux pas savoir combien tu as payé pour te procurer ce truc. Si jamais tu as volé quelque chose, arrange-toi pour le remettre en place avant que j'aie remarqué sa disparition.

Il leva la main pour empêcher Hark de protester, puis sortit.

Une nouvelle fois, Kly avait fait preuve de patience et de discrétion, mais Hark sentait qu'elles touchaient à leur terme. « Dernier avertissement » était une formule que les gens pouvaient répéter plusieurs fois, cependant, on en arrivait toujours au dernier des derniers avertissements, et Hark pensait que c'était le cas maintenant. Les mots sonnaient autrement, on le sentait au plus profond de soi.

Après s'être aspergé d'eau le visage, il se prépara à accomplir sa tâche. Il enveloppa le cœur dans un tissu puis le glissa sous sa robe, de façon qu'il pende en dessous de son bras, caché par les plis du vêtement.

Il ne savait toujours pas grand-chose sur la relique. Il ignorait si elle avait des pensées, des sentiments ou des projets à elle. Il ignorait pourquoi elle était encore en vie, trente ans après la mort des dieux.

Mais peut-être Quest le saurait-il.

Cela faisait un moment que Hark avait envie, au fond de lui-même, d'apporter le cœur divin au vieux prêtre. Celui-ci déclinait peu à peu, et Hark ne se sentait pas prêt à le voir mourir. Il ne savait comment c'était arrivé, mais leurs conversations lui étaient devenues nécessaires. Alors que les médicaments du Sanctuaire ne pouvaient guérir des poumons atteints par le mal de la remontée, peut-être la relique en serait-elle capable.

En entrant dans les salles du Sanctuaire, il se sentit presque réconforté par les odeurs, la lumière tamisée, le bourdonnement assourdi des conversations. Insensiblement, cette atmosphère était devenue pour lui sinon intime, du moins familière. Il en était venu à se sentir en sécurité en ces lieux.

– Où est Quest ? demanda-t-il.

– À l'infirmerie, pour un traitement d'huile de lebineck et de pierres brûlantes.

Cette nouvelle était préoccupante. Les frictions d'huile de lebineck et les applications de pierres brûlantes étaient le traitement qu'on essayait quand les remèdes habituels ne marchaient pas. Il faudrait interroger Quest à ce sujet, quand il sortirait de l'infirmerie.

Alors que Hark prenait quelques bols vides posés par terre, il sentit le cœur divin s'agiter de nouveau sous son bras. Ce n'était qu'une infime pulsation, pourtant, un des bols lui échappa et tomba avec fracas. Il le ramassa en souriant d'un air contrit aux vieillards que le bruit avait effrayés.

La plupart retournèrent à leurs occupations, mais une prêtresse minuscule et à moitié aveugle, qui s'appelait Brume Marine, continua de l'observer. Lorsqu'il rapporta les bols à la cuisine, il se rendit compte qu'elle le suivait lentement, en boitillant. Le regard voilé de la vieille femme était fixé sur lui.

Elle avait été assez proche pour percevoir la pulsation.

Hark continua de marcher, en espérant que quelque chose distrairait son attention.

La deuxième pulsation jaillit une minute plus tard, à l'instant précis où il passait devant Luna dans le couloir. Elle s'arrêta net, se tourna vers lui avec lenteur. Dans une chambre voisine, il vit Vent Gémissant se lever péniblement de son fauteuil en regardant autour de lui d'un air terrifié. Hark s'éloigna d'un pas aussi nonchalant qu'il put puis se cacha dans un placard, en essayant de ne pas paniquer.

« Pourquoi maintenant ? avait-il envie de demander au cœur divin. Pourquoi te mets-tu à battre comme ça ? » Il avait déjà son idée. Il avait porté la relique en un lieu voué aux maladies, aux os fragiles, aux yeux affaiblis et aux souvenirs pâlissants.

Encore une pulsation – Hark tressaillit. Dehors, des pas lents se rapprochèrent. Quelqu'un secoua la porte du placard, d'abord timidement, puis avec fureur. D'autres pas se firent entendre, certains pesants, d'autres traînants. Hark sentit l'affolement le gagner. Il était coincé, et sa situation risquait d'empirer rapidement.

Prenant une profonde inspiration, il s'élança hors du placard. Il dut bousculer Luna, l'esquiver quand elle tenta d'attraper son bras, puis il contourna Brume Marine et Vent Gémissant quelques mètres plus loin.

Courant à toutes jambes, il passa devant Moitié d'Étoile, immobile au seuil d'une chambre. Quand une nouvelle pulsation jaillit, le regard du vieillard se troubla, un gémissement étouffé s'échappa de sa bouche. Il tendit une main, comme pour agripper le vide.

– Vous êtes de retour ! chuchota-t-il d'une voix vibrant d'une sorte d'espoir désespéré. Pourquoi aviez-vous disparu ?

Il cria en direction de Hark, qui battait en retraite :

– Voilà si longtemps que j'attends...

Une autre pulsation. Appel de l'Air ouvrit en hâte sa porte. Ses longs cheveux gris étaient en bataille, un bandage se détachait de sa jambe. Elle regarda fixement du côté de Hark, et derrière lui, et autour d'elle, comme si elle cherchait quelque chose qu'elle désirait et redoutait à la fois.

– Où est-ce ? hurla-t-elle.

Hark ne s'arrêta pas pour lui répondre. Il continua de courir de couloir en couloir, poursuivi par des gémissements et des cris enroués. Il fallait qu'il trouve une cachette pour leur échapper.

« Ils sont vieux, se dit-il en fuyant, leur esprit est troublé. Ils sont inoffensifs. Je ne peux pas me permettre d'être mêlé à des histoires, c'est tout. Les gens pourraient poser des questions, quelqu'un pourrait remarquer le cœur... »

Toutefois, ce n'était pas pour ça qu'il courait, c'était à cause du désespoir imprégnant le visage des vieux prêtres, qui l'emplissait de panique et de pitié. Il avait l'impression d'être entouré par une foule affamée, et de se rendre compte d'un coup qu'il était lui-même un morceau de pain.

En passant devant les bains, il entendit des éclaboussements, comme si des gens sortaient précipitamment de l'eau. Il ne regarda pas derrière lui, au cas où des silhouettes nues et mouillées le suivraient en clopinant.

Alors qu'il courait dans un couloir plus calme, il sentit une odeur de bois brûlé et les relents de sève amère de l'huile de lebineck. Bien sûr ! Quest était en pleine séance d'huile et de pierres brûlantes. Hark n'avait pas eu l'intention de l'interrompre, mais il eut tôt fait de changer d'avis. Après tout, l'infirmerie était un endroit idéal pour s'isoler.

Kly leva les yeux d'un air étonné quand Hark fit irruption dans la pièce. Quest était allongé sur une table, vêtu en tout et pour tout d'un ample pantalon blanc. Son dos nu luisait d'un éclat doré du fait de l'huile, et quelques pierres polies noires étaient posées sur son épine dorsale.

– Que se passe-t-il ? lança Kly. Que signifient ces hurlements ?

Hark ne s'attendait pas à sa présence, mais il se reprit vite.

– Je ne sais pas ce qui s'est passé, mentit-il. Mais Luna a essayé de me frapper et, maintenant, les autres commencent à s'agiter. Il m'a semblé préférable d'aller vous chercher.

– Ne me dis pas que Luna a encore trouvé un objet coupant ! gémit Kly.

– Je n'ai pas vu si elle avait quelque chose à la main, rétorqua Hark d'un ton fébrile. Il me semble que non.

Il se demandait si cette rumeur de pas s'approchant lentement était l'effet de son imagination.

Kly hésita, jetant un coup d'œil à son patient.

– Je peux prendre la relève, assura Hark en hâte. J'ai déjà posé les pierres.

– Très bien, marmonna le régisseur en secouant la tête. Je vais aller m'occuper de Luna.

Dès qu'il fut sorti, Hark verrouilla la porte.

– Qu'est-ce que tu fabriques ? demanda Quest en le regardant à travers ses cheveux trempés d'huile. Que se passe-t-il dehors ?

On distinguait maintenant bel et bien des pas et des murmures dans le couloir. Quelqu'un secoua brièvement la porte, puis les pas s'éloignèrent. Hark entendit d'autres portes s'ouvrir, des meubles craquèrent. La traque aveugle et maladroite s'était déplacée, mais elle n'était pas loin.

– Ne vous inquiétez pas, déclara Hark. Je voulais juste… vous parler en privé. Ce n'est pas la peine de vous lever !

Trop tard. Quest s'était redressé pour s'asseoir, et les pierres pas plus larges que des pièces de monnaie tombèrent avec fracas de son dos.

– Peu importe, dit le vieux prêtre avec ironie. Ces pierres ne sont pas désagréables, mais elles ne font aucun effet. Les gens du personnel me soignent avec pour me remonter le moral. Et je les laisse faire pour qu'eux aussi aient meilleur moral. Dans un cas comme dans l'autre, c'est un mensonge innocent.

– J'ai mieux que des pierres brûlantes, répliqua Hark.

Le moment était venu de faire confiance, et il ne s'y sentait pas prêt. Quest le trahirait peut-être. Il se pourrait même qu'il s'avance en chancelant vers le cœur, comme les autres prêtres, en proie à une transe fiévreuse et hébétée. Non sans appréhension, Hark prit le paquet caché sous son bras et déballa la relique.

En la voyant, Quest se figea. Hark se demanda même s'il respirait encore.

– Ils ne savent pas que je l'ai, chuchota-t-il. Ne le dites à personne, de grâce! S'ils apprenaient son existence, ils me le prendraient, et j'ai un ami qui en a absolument besoin.

– Où l'as-tu trouvé? demanda Quest à voix basse.

– Dans la mer, du côté de la barrière des Suppliques.

Hark déglutit.

– Il a le pouvoir de guérir. Je... J'ai pensé qu'il vous guérirait peut-être. Mais il faut que je sache s'il...

À cet instant, le cœur se contracta soudain et une pulsation jaillit à travers la pièce. Quest tressaillit, comme s'il avait été mordu.

– C'est comme ça qu'il guérit les gens, chuchota Hark. Il cherche les choses à réparer. Seulement... il lui arrive d'avoir une curieuse conception du mot «réparer».

La pâleur de Quest l'effrayait un peu.

– Puis-je le regarder? demanda le vieux prêtre.

Hark le lui tendit, non sans nervosité. Quest le prit avec précaution, du bout des doigts, comme pour le toucher le moins possible. S'approchant du fourneau pour mieux voir, il examina minutieusement la relique à la lueur du feu.

Puis, sans avertissement, il jeta le cœur dans le brasier, saisit un tisonnier et s'en servit pour taper avec acharnement dessus.

– Non ! s'écria Hark en s'élançant pour lui arracher le tisonnier. Arrêtez !

Il repoussa le vieillard plus brutalement qu'il n'aurait voulu, si bien que Quest s'effondra contre le mur. Le cœur était niché au milieu des braises, des flammes dorées le léchaient par-dessous. Hark l'attira précipitamment vers lui, mais une douleur fulgurante lui brûla les mains. La relique lui échappa et tomba par terre avec fracas.

Alors que Hark la ramassait, le tison de Quest s'abattit une seconde trop tard à l'endroit où elle se trouvait.

– Qu'est-ce que vous fabriquez ? lança Hark en reculant, le cœur serré au creux de son bras.

De sa main indemne, il essuya le cœur en regardant s'il avait subi des dommages. Il ne paraissait pas fendu, et il n'y avait pas trace de brûlure sous la suie collée dessous, mais Hark ignorait si son délicat mécanisme intérieur était intact.

– Donne-le-moi, dit Quest en brandissant le tisonnier, prêt à frapper.

À cette vue, Hark éprouva un désespoir mêlé de colère. C'était toujours la même chose. Quand on faisait confiance aux gens, ils se retournaient contre vous.

– Tu ne sais pas ce que c'est !

– C'est le cœur d'un dieu, rétorqua Hark.

Sa réponse sembla prendre de court le vieux prêtre.

– D'accord, tu le sais, concéda-t-il. Mais sais-tu de quel dieu ?

– Vous le savez, vous ? répliqua Hark, stupéfait.

Le silence de Quest était une réponse suffisante.

– Vous connaissez cette relique ! Vous l'avez déjà vue, pas vrai ?

Hark se demanda comment il avait pu penser que Quest était fragile. En le regardant maintenant, il sentait en lui une volonté d'acier. Le prêtre n'était pas furieux ni éperdu. Il était d'un calme terrifiant.

– Tu tiens dans ta main le cœur de la Dame Cachée, déclara Quest. À présent, pose-le par terre, s'il te plaît. Il faut le détruire.

La Dame Cachée…

Le visage de Hark était brûlant. Il savait que la relique était le cœur d'un dieu, mais il ne s'était jamais vraiment demandé lequel. Sans nom, il était plus aisé de le considérer comme un simple morceau de reste divin. Désormais, Hark ne pourrait plus jamais le regarder de la même façon.

Il avait senti battre le cœur de la Dame. Les délicates perforations prenaient soudain un aspect féminin, comme un éventail d'ivoire ciselé. Protéger son cœur lui semblait à présent un acte chevaleresque, presque romantique.

– Pourquoi voulez-vous détruire le cœur de la Dame ? lança-t-il. Vous étiez son…

Il hésita, car « ami » n'était manifestement pas le mot.

– Elle vous a enveloppé dans ses cheveux et vous a raconté ses secrets ! Elle avait confiance en vous !

– Je sais ce que tu penses, répliqua Quest avec douceur, comme s'il le savait vraiment. Mais la Dame n'existe plus. Elle est morte.

Il commença à avancer.

– Non ! s'écria Hark, désespéré. Je ne veux pas vous faire de mal, mais je ne peux pas vous laisser détruire cette relique. Mon meilleur ami dit qu'il mourra sans elle !

– Moi-même, je n'ai pas envie de te menacer, assura doucement Quest d'un ton de regret. Je suis désolé pour ton ami.

Mais si tu ne me donnes pas ce cœur, je vais devoir appeler à l'aide et révéler ce que tu as en ta possession.

Il indiqua de la tête le cordon de la sonnette permettant aux patients âgés de faire venir quelqu'un pour les aider à se remettre debout.

Hark sentit la terreur le glacer, puis l'amertume prit le dessus.

– Non, vous ne ferez pas ça, répliqua-t-il, ulcéré par la trahison de Quest. Si vous le faites, ils prendront le cœur et le donneront au docteur Vyne, pas vrai ? Elle ne voudra certes pas le détruire. Elle s'en servira pour alimenter en énergie un sous-marin, ou quelque chose comme ça. Quant à moi, on me vendra une nouvelle fois pour me punir d'avoir menti à ma propriétaire. Je mourrai aux galères et vous, vous mourrez ici à petit feu, sans personne avec qui parler.

– C'est vrai.

Quest baissa lentement son tisonnier, comme s'il reconnaissait qu'ils se trouvaient dans une impasse.

– Ça valait la peine d'essayer, ajouta-t-il.

Si jamais les propos de Hark l'avaient blessé, il n'en montra rien.

– Dans ce cas, il faut que je te fasse comprendre pourquoi cette relique doit être détruite, et pourquoi c'est encore plus important que la vie de ton ami. M'écouteras-tu, si je te raconte quelque chose que tu ne devras répéter à personne ?

Hark hocha la tête avec lenteur. Il attendit que le prêtre se soit assis de nouveau sur la table de soins, ses bras maigres dégoulinant d'huile dorée.

– Les dieux ne sont pas ce que tu crois, déclara Quest. Et ils ne doivent revenir à aucun prix.

CHAPITRE 29

– Que voulez-vous dire ? demanda Hark, déconcerté par la véhémence de Quest. Pourquoi les dieux reviendraient-ils ?

– Chaque fois que cette « chose » bat, expliqua le vieux prêtre, le visage toujours dangereusement calme, elle transforme imperceptiblement le monde autour d'elle. Je me trompe ?

– Le cœur guérit les gens ! protesta Hark, qui sentait tous ses doutes se réveiller. Mon ami a besoin de lui. Il lui a sauvé la vie ! Sans lui, il tombe malade !

– Le cœur ne fait rien d'autre ? insista Quest.

Son regard compatissant rendait la situation encore pire.

– Comment va ton ami ? Ne te semble-t-il pas un peu... différent ?

Hark serra les dents et garda le silence. Il se sentait furieux, stupide et transparent.

– Tu dis que le cœur guérit, reprit Quest. Oui, j'en suis sûr. Je ne doute pas qu'il recolle, remodèle et renforce tout ce qui l'approche. C'est une créature de l'Abysse. Il transforme et altère de la même façon que l'Abysse lui-même. Mais ton ami n'a aucune importance pour lui. Le cœur est le centre vital d'un dieu. Tout ce qu'il veut, ce qu'il a toujours voulu, c'est dévorer et absorber afin de grandir. À chaque pulsation, il essaie de se construire un nouveau corps, morceau après morceau. Les humains sont son matériau favori.

– Un nouveau corps ? s'exclama Hark, incrédule. Vous voulez dire… un nouveau dieu ?

– Oui, répondit Quest. Il est sans doute déjà en train d'adapter ton ami, intérieurement et extérieurement, pour en faire un réceptacle dont il puisse faire usage.

Hark se rappela le déchaînement sanguinaire de la chose qui était Jelt. Et pourtant, c'était toujours Jelt, son ami ! Il avait beau être effrayant, avenable, il avait encore en lui la hargne de Jelt, son humour, et tous leurs souvenirs partagés.

– Je ne le permettrai pas ! lança Hark d'un ton farouche. Je ne laisserai pas ce cœur s'emparer de lui !

– Dans ce cas, il trouvera quelque chose ou quelqu'un d'autre, répliqua Quest avec gravité. Tu ne pourras pas le cacher éternellement ! On s'apercevra de ses pulsations, on remarquera ses effets. Quand d'autres connaîtront son existence, ils voudront l'avoir. Nous devons le détruire tout de suite, avant qu'on ne te le prenne !

La tirade de Quest fut interrompue par une violente quinte de toux. Le vieillard frissonnait, maintenant, comme s'il subissait le contrecoup de l'ardeur du combat. Hark lui aurait bien passé une des robes chaudes accrochées au mur, mais ils étaient presque ennemis, maintenant, et Quest l'avait déjà attaqué par surprise. Ne sachant que faire, Hark attendit qu'il ait repris son souffle.

– Si cette abomination tombe entre des mains imprudentes, continua le vieux prêtre, elle finira par réussir à se construire un corps. Dès qu'elle sera capable de se déplacer, elle cherchera probablement à retourner chez elle, dans l'Abysse.

– Et alors ? s'exclama Hark, en se souvenant qu'il avait

voulu lui-même jeter le cœur à la mer dans sa colère. Vous voulez que ce truc disparaisse, non?

– Non, écoute-moi, Hark! Si le cœur parvient à retourner dans l'Abysse, nous pourrons tous dire adieu à notre avenir. Dès qu'il sera dans son élément naturel, il deviendra plus fort. Il pourra se nourrir, se construire et grandir. Il peut paraître lent sur la terre ferme mais, dans la mer, ce sera une autre histoire. Toutes les peurs humaines se déversent dans l'Abysse, comme les fleuves se jettent dans l'océan. La peur qui nous habite a un pouvoir terrible. Elle transforme et déforme tout, elle répand partout la folie. La peur est la matrice obscure où les monstres naissent et prospèrent.

Quest soupira.

– Les dieux respirent la peur. Ce n'est pas une métaphore inventée par les poètes. Ils ont besoin de peur comme nous avons besoin d'air. Plus ils sont imposants, plus il leur en faut. Sans elle, ils s'affaiblissent et tombent en léthargie. Quand ils en ont suffisamment, ils peuvent devenir gigantesques. Les eaux de l'Abysse sont imprégnées de notre peur. Un dieu peut grandir indéfiniment dans le silence des profondeurs, hors de notre portée. Voilà dix ou vingt ans, je ne me serais pas inquiété. Les gens se remettaient de siècles de terreur respectueuse. Ils étaient devenus si hardis et curieux qu'ils osaient chercher fortune sous la surface des flots. Un nouveau dieu n'aurait pas trouvé assez de peur dans l'Abysse pour grandir et rester en vie. Mais aujourd'hui, les temps changent trop vite et les humains réapprennent la peur. Tu n'as pas remarqué? On redoute les étrangers et leurs grands navires, on est effrayé par le changement. Oui, un dieu pourrait aisément prospérer à notre époque.

» Il se pourrait donc qu'un jour une créature immense surgisse au large, telle une île scintillante. Les digues des ports s'effondreraient, des vagues géantes écraseraient nos petites maisons comme des vésicules d'algue. Les baies et les plages seraient empestées par les cadavres de poissons et de dauphins, des nuées de mouches obscurciraient le ciel. Une nouvelle ère effroyable commencerait pour nous. De nouveau, nous serions esclaves.

Hark plissa les yeux. Il voyait en lui-même avec une netteté affreuse le tableau que Quest venait de brosser.

– Non, c'est impossible, s'entendit-il répliquer. Nous sommes différents, maintenant. Tout est différent.

– Vraiment ? J'aimerais le croire, mais je suis convaincu du contraire. J'avais espéré que les jeunes générations grandiraient sans notre quête lâche et morbide des dieux, mais j'en vois partout des traces, y compris chez toi. Je sens une ardeur, une nostalgie pernicieuse. Non, d'un bout à l'autre des Myriades, les gens se prosterneraient et s'abandonneraient à leur ancienne terreur superstitieuse.

Les paumes de Hark étaient en sueur. Le cœur lui semblait glacé.

– Comment pouvez-vous parler ainsi ? lança-t-il d'un ton accusateur. Vous étiez un prêtre ! Vous serviez les dieux !

– En effet. C'est pour ça que je sais quels monstres ils étaient en réalité.

Quest se pencha en avant.

– Que crois-tu qu'étaient les dieux, Hark, au fond de ton cœur ? Penses-tu secrètement qu'ils étaient majestueux ? Terribles mais justes, à leur manière impénétrable ? Tu t'imagines que le sens de leurs actions nous apparaîtrait peut-être, si notre esprit pouvait s'élever à des hauteurs sublimes ?

Hark secoua la tête. Non, c'étaient là les croyances démentes d'autrefois. Il ne pensait pas ainsi. Seuls les vieillards pensaient ainsi. Pourtant, il se sentit rougir.

– Bien sûr que tu le crois, déclara Quest avec amertume. Tout le monde le croit, dans le tréfonds de son être. C'est à cause de nous, les prêtres. Nous avons inculqué cette chimère aux Myriadais, afin que leur servitude devienne plus supportable. Nous leur avons fait croire que des dieux veillaient sur eux, alors qu'ils étaient terrorisés par des monstres. Et nous avons prétendu que les prêtres avaient tout sous contrôle. Que nous avions fait des pactes avec les dieux et savions négocier avec eux. Ce n'était qu'un tissu de mensonges. Les dieux n'avaient aucun projet magnifique et bienfaisant pour nous. Il n'existait aucun pacte. Nous n'avons jamais appris vraiment à leur faire entendre raison, car ils n'étaient nullement des êtres raisonnables. Même ceux avec qui nous pouvions parler étaient plus ou moins fous. Et les plus grands dieux, les plus puissants d'entre eux, n'avaient pas plus de raison que des bêtes.

Hark sentit le souffle lui manquer. Quest aussi semblait hors d'haleine. Le vieillard s'assit, les yeux fermés, en respirant d'un air concentré.

« Des poissons féroces et gigantesques », avait dit Vyne.

Hark n'avait jamais vénéré les dieux, du moins pas consciemment. Il n'aurait pu expliquer pourquoi ces paroles l'emplissaient de malaise et de colère, comme si on le privait de quelque chose. Il avait toujours vécu dans un monde sans dieux, et pourtant... tous les gens qu'il connaissait avaient grandi avec une secrète fierté pour le dieu « protecteur » de leur île. Le souvenir de leur puissance était comme un patrimoine commun. Même leur côté terrifiant avait une majesté qu'on pouvait s'approprier. On avait des querelles d'ivrognes avec les natifs des autres îles, pour savoir quel dieu aurait battu l'autre en combat singulier.

– Je ne vous crois pas ! s'écria Hark.

S'il n'avait pas craint les autres prêtres rôdant dans les couloirs, il aurait filé sans laisser à Quest le temps d'ajouter un mot.

– Moi non plus, je n'ai pas bien accueilli cette nouvelle, assura le vieillard en regardant Hark avec compassion. On ne disait pas la vérité aux acolytes ni aux prêtres débutants. Ce n'est qu'après m'être élevé dans la hiérarchie que j'ai été pris à part par des anciens, qui m'ont mis au courant dans une petite pièce obscure. Après quoi ils m'ont enfermé dans cette pièce pendant quatre jours, le temps que je me calme. C'est alors qu'on m'a fait descendre dans les eaux profondes et que j'ai vu les dieux par moi-même. Leurs yeux énormes et ternes…

– Vous mentez ! explosa Hark. Et vos conversations avec la Dame Cachée ? Elle n'était pas qu'un… poisson géant !

– Non, c'est vrai, approuva Quest. La Dame Cachée a toujours été une exception. Elle était intelligente. Comprends-moi bien, il ne s'agissait pas d'une intelligence humaine. Elle avait un esprit complexe et entendait raison plus aisément que les autres, mais même son entendement fonctionnait… différemment. Parler avec elle revenait à accepter une invitation chez quelqu'un dont on découvrait ensuite que la maison avait des murs bâtis en dents et des portes donnant toutes sur la lune. On se rendait compte d'un coup qu'on n'avait pas parlé de la même chose, et qu'on ne le pourrait jamais. C'étaient les dieux vraiment gigantesques qui devenaient comme des bêtes par leur intellect. Mais même eux n'étaient jamais de simples poissons.

Quest plissa les yeux, comme pour mieux regarder à travers le télescope du temps.

– Ces dieux immenses étaient vraiment mystérieux. Fascinants. Leur étrangeté, le simple fait qu'ils soient si démesurés…

Il secoua la tête.

– On en restait pétrifié de terreur et de vénération. Mais j'aurais trouvé plus de chaleur et d'affinité dans les yeux noirs d'un requin, et presque autant d'intelligence. À mesure qu'ils grandissaient en taille et en puissance, les dieux changeaient. Leur esprit s'engourdissait. Ils se mettaient à oublier des choses, ils s'oubliaient eux-mêmes. Ils devenaient plus imprévisibles, moins capables de communiquer. Ils avaient conscience dans une certaine mesure de ce qui leur arrivait. Ils sentaient que leurs pensées s'obscurcissaient, comme une lampe menaçant de s'éteindre. Mais ils ne savaient comment y remédier. Les prêtres devaient donc descendre dans ces eaux sombres pour tenter de rappeler à ces colosses voraces et terrifiants pourquoi ils feraient mieux de ne pas nous tuer. Notre message était simple. S'ils se hissaient sur les îles et massacraient tous leurs habitants, la peur cesserait de se déverser dans l'Abysse. S'ils dévoraient nos bateaux et nos villes, ils deviendraient si énormes que leur esprit s'éteindrait complètement. Nous avions de gigantesques tableaux en couleurs pour communiquer avec Dolor, et une guirlande lumineuse pour distraire le Cardinal en cas d'urgence.

– C'était comme si vous parliez à des enfants, observa Hark d'un ton amer.

– Non, répliqua Quest. Les enfants n'anéantissent pas des villes entières. Les enfants apprennent, si on répète suffisamment la leçon. Les grands dieux oubliaient au fur et à mesure ce que nous leur disions, et il devenait à chaque fois plus difficile de leur faire comprendre le message. Il nous arrivait d'échouer. La Sœur de l'Aube détruisait parfois des flottes de pêche au grand complet, en laissant des dizaines de têtes sans yeux flotter sur les vagues. La Cataracte Argentée a provoqué un raz-de-marée qui a noyé la moitié de la population de Hullbrake. Tous les dix ans environ, Manteau Gris se traînait sur le rivage et massacrait les habitants par centaines. Nous devions constamment inventer des prétextes pour ces « châtiments ».

» Nous vivions dans la terreur que les dieux grandissent au point de ne plus du tout nous comprendre. Si nous ne pouvions plus les raisonner, il nous serait impossible de les empêcher de nous tuer. Crois-moi, tu ne sais pas ce qu'est la peur, tant que tu n'es pas descendu par quatre-vingts mètres de fond pour convaincre un colosse obscur de se laisser émonder. Il fallait toute notre persuasion pour faire comprendre aux dieux que c'était pour leur bien. Même alors, on ne pouvait jamais prévoir ce qu'ils allaient faire. Il leur arrivait d'oublier pourquoi nous sectionnions certains de leurs membres. Il leur arrivait aussi simplement de changer d'avis. Dolor nous permettait parfois de lui retirer une de ses jambes, même si c'était désagréable, car les os étaient creux et remplis de minuscules bestioles lumineuses, qui nageaient et mordaient. Kalmaddoth nous donnait ses yeux en surplus, pareils à de gros melons nacrés. Le Prince Cuirassé se secouait jusqu'à ce qu'une de ses pinces sorte de sa carapace et tombe, rose et visqueuse...

– J'ai compris, l'interrompit sèchement Hark.

Il n'avait pas envie d'imaginer les dieux immenses en train d'abandonner leurs reliques avec une terrible docilité, en comprenant à peine pourquoi.

– Mais les prêtres s'efforçaient surtout de garder les dieux à distance les uns des autres, continua Quest. Lorsqu'un dieu percevait les battements du cœur d'un autre, la raison ne pouvait plus rien contre l'instinct. Ils allaient se jeter l'un sur l'autre et se battre à mort, jusqu'à ce que l'un finisse dans le gosier de l'autre. Le vainqueur verrait alors sa taille doubler et deviendrait un colosse aveugle et affamé, qui échapperait à notre contrôle. Nous devions leur apprendre à avoir chacun son territoire, en leur donnant une île qui était « à eux ».

– Vous leur avez donné des îles ? s'exclama Hark.

– Quand une bête a un bon terrain de chasse, elle y reste pour le défendre.

Quest sembla s'absorber dans ses pensées et se fit plus froid, plus distant.

– Nous faisions en sorte que les eaux autour de chaque île soient particulièrement riches en peur, afin que le dieu « protecteur » ne s'éloigne pas. C'est pour cette raison que les prêtres ont institué les sacrifices.

– Les prêtres ? s'étonna Hark. Mais... je croyais que c'étaient les dieux qui exigeaient les sacrifices ! Je croyais qu'ils dévoraient les victimes !

– C'était sans doute le cas pour certaines, si elles croisaient la route d'un dieu, répliqua froidement Quest. Mais ce n'était pas le but des sacrifices. Chaque année, nous tuions une poignée d'habitants choisis dans tous les milieux, sans qu'ils puissent espérer s'en sortir, afin que tous les autres vivent dans une peur continuelle.

– Vous assassiniez des gens pour que tout le monde ait peur ?

Hark n'aurait pu dire en quoi c'était pire que de les donner en pâture à des dieux affamés, mais c'était un fait.

– Nous les maintenions tous dans la peur pour que la plupart d'entre eux restent en vie, répondit Quest avec calme.

– Il y avait certainement un meilleur moyen de les protéger ! protesta Hark.

– Les prêtres ne connaissaient que ce qui avait bel et bien fonctionné pendant des siècles. Mets-toi à leur place. On aurait pu essayer une stratégie nouvelle. Peut-être aurait-on ainsi sauvé des vies, mais peut-être un monstre à tête de lamproie, aussi énorme qu'une flotte entière, aurait pataugé dans les bas-fonds pour dévorer les villages de la côte. Fallait-il vraiment courir ce risque ? Comprends-tu ce que je suis en train de t'expliquer ? Je te dis que pendant des siècles, nous, les prêtres, nous avons mis en danger notre vie et notre santé mentale sans jamais maîtriser la situation. Entre les habitants des Myriades et leur destruction, il n'y avait jamais qu'un caprice divin.

Hark regarda fixement le cœur qu'il tenait toujours dans ses mains. Il lui paraissait plus lourd, maintenant. Se pouvait-il qu'un dieu soit tapi à l'intérieur, comme un chêne dans un gland ?

– Il y a encore une chose que tu dois savoir, ajouta Quest. Quelque chose que m'a appris la Dame Cachée. Comme je te l'ai dit, elle était… particulière. Elle avait réussi à ne pas trop grandir, si bien que son esprit restait vif, mais elle en payait le prix. Peux-tu imaginer une solitude plus grande que celle du seul être intelligent des ténèbres abyssales ? Quand je l'ai connue, elle succombait sous le poids de sa solitude. Le besoin de dévorer, de grandir et de s'abêtir l'emportait peu à peu en elle. C'est pourquoi elle me parlait si volontiers. Je n'étais pas un dieu, mais c'était mieux que rien, et elle avait ainsi une chance de transmettre ses histoires afin qu'elles ne soient pas perdues, même lorsqu'elle les aurait oubliées. Elle me raconta jusqu'à ses souvenirs les plus anciens. À ce stade, ils étaient fragmentaires, aussi polis et usés que des galets. Elle ne comprenait plus les émotions qui leur étaient liées. Elle se rappelait une mare au pied d'une cascade, par une journée ensoleillée. Quelqu'un d'autre était là. Son amant, peut-être. À moins qu'elle n'ait été en train de le noyer ? Il se pouvait aussi qu'elle l'ait juste vu ce jour-là, et ait gardé en elle ce souvenir. En réalité, elle se rappelait seulement une peau brune, une eau scintillante et le rire de l'un d'entre eux.

» Elle se souvenait qu'une épine était restée si longtemps plantée dans son gros orteil que la peau avait gonflé et jauni. Elle m'a demandé s'il avait jamais éclos, mais évidemment je ne savais que répondre. Elle se souvenait aussi d'avoir vu un albatros heurter de plein fouet une falaise, à moins que ce ne fût l'inverse. Plus tard, elle s'est demandé lequel des deux était en colère, et pourquoi.

– Mais ça n'a aucun sens! s'écria Hark en essayant de démêler cet amas embrouillé de souvenirs.

Quand la Dame Cachée aurait-elle pu voir des mares d'eau douce ou la lumière du soleil? Comment une épine aurait-elle pu transpercer la carapace de ses pattes de crabe?

– Rien de tout ça n'a pu arriver! On croirait les souvenirs d'un... être humain!

– Oui, c'est exactement ce dont il s'agit.

– Comment? se récria Hark.

– La Dame était un être humain, Hark, dit le vieux prêtre. Jadis, il y a très longtemps. Il en allait ainsi de tous les dieux. Tous avaient au cœur de leur être une essence humaine déformée, les restes gémissants d'une âme humaine frappée de folie.

Non, non, ça ne pouvait pas être vrai! Les dieux étaient les dieux, étaient les dieux...

– La Dame ne se rappelait plus clairement comment elle s'était retrouvée dans l'Abysse, poursuivit Quest. Elle se voyait «pleuvoir» avec d'autres corps humains. J'imagine qu'il y avait eu un naufrage. En sombrant dans l'Abysse, elle cessa de se noyer et commença à changer de forme. D'autres corps se déformèrent et bougèrent un certain temps, mais leurs cœurs cédèrent les uns après les autres, vaincus par l'effort qu'exigeait leur étrange métamorphose.

» Elle ne mourut pas, car son cœur s'était transformé plus vite que les leurs. Elle le sentit durcir, s'agiter, se distordre. Ce fut une épreuve plus que douloureuse, mais son cœur devint assez fort pour continuer de battre. C'est ainsi qu'elle goûta la peur dans l'eau, en absorbant à travers ses branchies la vie de la mer. À chaque pulsation, ses forces s'accroissaient, ses blessures se cicatrisaient. Les pulsations la perfectionnaient, la rapprochaient de sa forme divine, lui permettaient d'incorporer des matériaux nouveaux.

Comme pour répondre à ces propos, le cœur dans les mains de Hark se mit soudain à palpiter. Quest tressaillit, mais continua en regardant Hark droit dans les yeux.

– Tu comprends ce que je te dis ? En ces temps effroyables, le moindre noyé sombrant dans l'Abysse avait une petite chance de se transformer en dieu. Sais-tu pourquoi ce phénomène ne s'est pas reproduit, durant les trente années écoulées depuis le Cataclysme ? La seule explication, c'est que les gens sont moins terrifiés, si bien que l'Abysse est moins riche en peur. Même en notre époque instable, les noyés se contentent de se noyer. Ils ne deviennent pas des dieux. Mais si un dieu surgissait, si les Myriadais retombaient dans leurs anciennes terreurs superstitieuses, l'Abysse étincellerait de peur comme autrefois. Les noyés entraînés dans ses eaux pourraient entamer une métamorphose. D'autres dieux apparaîtraient, et d'autres encore. Le cycle recommencerait, sans que nous puissions espérer lui échapper. Est-ce ce que tu veux ?

Hark observa le cœur dans ses mains. Tout ça était injuste. Pourquoi cette décision lui revenait-elle ?

Il sentait ses bras le démanger à l'idée de remballer le cœur puis de le jeter par terre pour le piétiner. Il n'aurait pas à voir les perforations fragiles et compliquées se briser. Il n'aurait pas à penser aux merveilleuses cavités couleur d'ivoire qui allaient se fracasser, au cœur solitaire et mystérieux de la Dame Cachée bientôt réduit en poussière…

Seulement, ce ne serait pas le cœur de la Dame qu'il piétinerait, en réalité, mais celui de Jelt. Et aussi le sien, son propre passé, comme un organe vital trop intimement lié à son être profond pour pouvoir l'arracher.

– Non, dit Hark à voix basse. Je ne veux pas que les dieux reviennent. Je vais détruire ce truc, d'accord? Mais... pas tout de suite. Il faut que je garde mon ami en vie encore un moment, le temps de trouver un autre moyen de le sauver et de revenir sur sa transformation...

– Tant que ce cœur existera, l'avenir des Myriades sera menacé! l'interrompit Quest.

– Pardonnez-moi, souffla Hark, déchiré et exténué. Je ne peux pas le laisser mourir. Je... je ne peux pas, c'est tout.

– Même si cela revient à tout ruiner?

– Il prendrait ce risque pour moi, répondit Hark d'un ton las. Quest... vous êtes intelligent et vous en savez long sur les dieux. Aidez-moi à aider mon ami afin qu'il redevienne comme avant! Dès qu'il n'aura plus besoin du cœur, je le détruirai. Je vous le promets!

Quest garda le silence, mais sembla soudain se tasser. Il avait l'air très vieux, et terriblement fatigué.

CHAPITRE 30

Quest connaissait plusieurs méthodes pour enlever les Marques, mais aucune ne semblait prometteuse. Jadis, expliqua-t-il, les prêtres se débarrassaient parfois de Marques légères en se baignant trois fois par jour pendant plusieurs mois dans de l'eau propre mélangée à du soufre et des huiles végétales. Mais pour quelqu'un d'aussi marqué que Jelt, ce procédé serait inefficace.

– Et ça prendrait trop de temps, de toute façon, marmonna Hark. Nous avons besoin d'un procédé beaucoup plus rapide.

Chaque instant où il gardait le cœur en sa possession était comme un désastre imminent. Même si personne d'autre ne découvrait la relique, Jelt n'allait pas tarder à venir la chercher. Hark eut une vision de cauchemar, où son ami enfonçait les portes du Sanctuaire, s'avançait en massacrant les gardes, les serviteurs sans défense, les vieux prêtres – tout ce qu'il y aurait entre lui et le cœur…

– Je crains de ne pas en savoir assez sur le fonctionnement des Marques, admit Quest.

Hark connaissait quelqu'un qui serait mieux informé.

– Quest… vous savez lire, pas vrai ? Si je vous apportais des livres ou des rouleaux, vous pourriez me les lire…

Après quatre mois de leçons de lecture, Hark déchiffrait certains mots, mais il savait que ce ne serait pas suffisant.

– Qu'as-tu en tête ?

– Le docteur Vyne détient les archives du Sanctuaire, lança Hark sans détour, en regardant Quest hausser les sourcils. Certains rouleaux sont consacrés aux dieux, avec des images et des annotations. Il y a aussi des textes sur les Marques. Elle a pris des notes à leur sujet.

Il se rappelait l'avoir entendue en parler en tapotant un carnet de moleskine grise. Peut-être ce carnet contenait-il ses notes de travail.

– Et… tu pourrais accéder à ces informations ? s'enquit le vieux prêtre.

Le bastion était inexpugnable et Vyne seule avait les clés des deux portes massives. Mais Hark avait eu quatre mois pour trouver des solutions permettant d'accéder au musée et à ses précieuses réserves de restes divins.

– Je crois que oui, répondit-il.

Hark sortit de l'infirmerie avec appréhension mais, heureusement, le couloir était désert. Apparemment, le petit groupe de prêtres qui l'avait suivi était parti ailleurs. Il traversa à toutes jambes les corridors obscurs, en suppliant en lui-même le cœur de s'abstenir de toute pulsation. Arrivé au réfectoire, il vit Kly qui donnait en hâte des ordres à quelques serviteurs.

– C'est le chaos, déclara Kly d'un air égaré. La moitié de nos pensionnaires ont perdu la tête. Je ne les avais jamais vus dans un état pareil ! Nous avons dû en enfermer huit dans leur chambre, et Luna a tenté d'estropier quelqu'un avec une cuiller.

– Voulez-vous que je coure au musée avertir le docteur Vyne ? demanda Hark, en essayant de ne pas paraître trop empressé.

– Je ne sais pas si elle s'y trouve actuellement, dit Kly d'un air incertain. Bon, va voir si tu peux la trouver là-bas. Mais reviens tout de suite ici !

Hark avait détalé avant que le régisseur ait terminé sa phrase.

Une fois sorti du Sanctuaire, il suivit le lit asséché d'un ruisseau pour descendre la colline, au lieu d'emprunter le chemin couvert d'herbe. Jelt savait où il vivait et le cherchait peut-être. Rigg devait être sur le sentier de la guerre, elle aussi. Elle avait dû retourner au Marteau du Sauvage, où elle avait découvert la disparition de Jelt et Hark, les corps inconscients de leurs gardes du corps ainsi que les cadavres inconnus parsemant l'îlot.

Ce qui posait également le problème des mystérieux assaillants qui avaient réclamé le cœur avant d'être massacrés par la chose qui était Jelt. Qui étaient ces hommes ? Y en avait-il d'autres ? Et comment diable avaient-ils su que Jelt et lui cachaient une relique ?

C'était une excellente question, à laquelle Hark n'avait encore pas encore eu le temps de réfléchir. Par quel moyen ces inconnus avaient-ils découvert le pot aux roses ? Personne n'était au courant, en dehors de Hark, Jelt et…

Hark s'arrêta net, bouche bée.

Et Selphine. Elle était la seule autre personne à connaître l'existence de la relique. C'était nécessairement elle qui avait informé les assaillants.

Il se rappela les avertissements farouches et les menaces désespérées de Selphine. Personne ne l'avait écoutée. Du coup, il se pouvait qu'elle ait été trouver un autre groupe, pour leur parler d'un précieux fragment de reste divin et leur indiquer son emplacement. Il songea au soin surprenant qu'ils avaient pris de ne pas utiliser leurs armes pour mettre hors de combat les gardes de Jelt. Peut-être s'y étaient-ils engagés en concluant leur marché avec elle ?

– Elle est folle, marmonna Hark, sincèrement horrifié.

Quelles qu'aient été ses raisons, elle avait trahi sa famille et sa bande. Son acte était nettement plus grave qu'une blessure infligée à un équipier.

« Ce n'est pas Rigg qui devrait vous inquiéter, lui avait dit Selphine. C'est moi. »

Il commençait à croire qu'elle avait peut-être raison.

À la porte du musée, il frappa pour s'assurer que Vyne n'était pas là. Personne ne répondit.

Il regarda à la ronde. En plein jour, il se sentait exposé aux regards. Deux bateaux étaient amarrés dans le petit port, mais il n'y avait personne dans les parages.

Le docteur Vyne disait que le bastion protégeait les objets et tenait à distance les curieux. C'était autrefois une base militaire, conçue pour empêcher les intrusions. La plupart des fenêtres étaient trop étroites pour qu'on puisse s'y glisser.

Il en existait pourtant une qui serait peut-être assez large.

Hark courut à l'arrière du bâtiment et commença à l'escalader. Les blocs de pierre étaient énormes, ce qui l'obligeait à s'étirer pour trouver des prises nouvelles pour ses pieds. Heureusement, il y avait des interstices entre les pierres, car le mortier s'effritait.

Arrivé au sommet, il se hissa sur le toit, en faisant s'envoler un groupe de pigeons mécontents. Il regarda nerveusement la colline escarpée s'élevant derrière le bastion. N'importe qui pourrait l'apercevoir, du haut des versants, mais pour l'instant il ne voyait personne.

Le vent soufflait plus fort sur le toit, même si les robustes créneaux protégeaient un peu Hark. Les dalles de pierre étaient parsemées de fientes et de quelques flaques d'eau sale. Au milieu du toit, une ouverture circulaire de trente centimètres de diamètre abritait un petit dôme de verre brillant. C'était la fenêtre en verre divin du docteur Vyne. Elle n'était pas large, mais quelqu'un de maigre pourrait peut-être s'y glisser, à condition d'enlever la vitre.

Hark courut vers la lucarne et posa la main sur la surface dure et froide, dont le contact engourdit légèrement ses doigts. Il essaya de la secouer dans sa bordure métallique, mais elle était solidement fixée.

De sa main libre, il sortit son diapason pour en frapper avec force les dalles. Quand sa vibration se transforma en une note pure et claire, il approcha l'instrument du dôme de verre divin.

La surface s'amollit sous ses doigts. Cependant, la lucarne ne se déboîta pas, et sa main droite s'enfonça au contraire dans le verre. Un instant plus tard, il avait durci, en emprisonnant ses doigts dans un carcan dur comme du diamant.

– Ah, bravo ! marmonna Hark.

Le chœur des mouettes changea, leurs appels devinrent plus stridents et inquiets. Levant les yeux pour voir ce qui les avait dérangées, Hark se figea. Au loin, vers le sommet de la colline, une silhouette descendait en zigzags bondissants. Elle avait la taille d'un homme et se trouvait trop loin pour qu'on la distingue clairement, mais elle se rapprochait à toute allure. C'était un cauchemar vivant, lancé à la poursuite de Hark malgré la lumière du jour…

Affolé, Hark tenta de dégager sa main. La gangue de verre divin l'enserrait solidement et il ne réussit qu'à s'écorcher les phalanges.

D'une main tremblante, il fit de nouveau vibrer le diapason et l'approcha du verre. La structure s'effondra brusquement, en libérant ses doigts. À ses pieds, il y eut un fracas assourdissant. Sans hésiter, il s'introduisit dans l'ouverture en se contorsionnant pour passer et se laissa tomber dans le bureau obscur, atterrissant tant bien que mal sur les talons.

Il entendit comme un froissement assourdi sur le toit. Hors d'haleine, il leva les yeux, aperçut au-dessus de lui le cercle rempli non plus par le verre mais par le ciel radieux. Puis une silhouette se pencha et cacha presque toute la lumière.

– N'essaie pas de descendre ! hurla Hark en se relevant péniblement. Ne t'approche pas de moi, Jelt !

La créature glissa un bras dans l'ouverture, puis poussa un gémissement exaspéré. Peut-être était-elle trop imposante pour passer.

– Je vais fracasser le cœur ! cria Hark en sortant en hâte la relique. Si tu viens plus près, je le détruis !

Les murmures et les tâtonnements cessèrent d'un coup. Il y eut un long silence glacé.

– Si tu fais ça, je te tuerai.

C'était toujours la voix de Jelt, même si elle était tellement rauque que Hark en avait mal aux oreilles.

– Je sais, dit Hark, la gorge sèche. Mais je parle sérieusement. Garde tes distances, ou je détruis la relique !

Une heure plus tôt, Hark avait tout fait pour la protéger. À présent la peur était la plus forte.

– Tu m'as abandonné à la mort, lança la voix.

Hark sentit l'amertume glacée de ces mots serrer son cœur comme un étau.

« Ce n'est pas vrai, aurait-il voulu répliquer. Ça ne s'est pas passé comme ça. J'ai toujours eu l'intention de te sauver. Et c'est pour toi que j'ai gardé le cœur, non ? » Mais avec Jelt, se défendre était toujours un piège. On tombait dans un puits sans fond.

– Je vais trouver un moyen d'arranger les choses, Jelt, assura Hark en s'efforçant d'empêcher ses dents de claquer. Tu n'auras plus besoin de ce cœur.

– Donne-le-moi, je te dis !

– Non.

Des rugissements s'élevèrent sur le toit, en un déchaînement discordant où se cachait une voix humaine pleine d'angoisse et de colère. Hark serra les dents. Il avait souvent dit non à Jelt, dans le passé, mais il finissait toujours par revenir sur son refus. Cette fois, c'était différent. Il ne pouvait plus reculer.

Il respira profondément puis brandit le cœur à bout de bras.

– C'est assez près ! cria-t-il en essayant de couvrir les rugissements. Tu es à sa portée ! Ne bouge pas et attends les pulsations. Ça te permettra de tenir le coup un moment.

De fait, Hark sentit presque aussitôt le cœur se contracter sous ses doigts. La pulsation fusa, en lancinant tout son bras. On aurait cru que la relique avait perçu la présence de Jelt, son désir, l'argile de sa chair prête à être modelée et sculptée.

La chose qui était Jelt se calma, tandis qu'une série de pulsations silencieuses jaillissaient du cœur. Inclinant la tête vers la fenêtre, la créature tendit le bras vers la relique mais n'essaya pas de se glisser dans l'ouverture. Ce n'était encore qu'une silhouette obscure devant la lumière, et Hark était heureux de ne pouvoir distinguer son visage.

– Tu l'as abîmé ! chuchota enfin Jelt d'un ton qui glaça le sang de Hark. Tu l'as brûlé ! Je le sens à l'odeur.

Une nouvelle fois, Hark se mordit la langue pour ne pas recommencer à se justifier.

– Je te verrai demain, déclara-t-il d'une voix faible et tremblante. Rendez-vous au cairn. Tu pourras t'approcher de nouveau du cœur. Je vais tout arranger, Jelt, je te le promets.

Mais il faut que tu partes, à présent. Surtout, garde tes distances. Si jamais je te surprends à proximité, je fracasserai le cœur. Je te jure que je le ferai, Jelt.

– Pendant des années, tu es resté vivant grâce à moi, souffla la voix. Et maintenant, tu veux que je meure. C'est la vérité, non ? C'est pour ça que tu m'as laissé tomber dans cette bathysphère !

– Ce n'est pas vrai et tu le sais ! explosa Hark.

Les mots de Jelt le mettaient au supplice. Il se tut, prit une profonde inspiration.

– Tu n'es pas... dans ton état normal, Jelt. Ce n'est pas ta faute. C'est à cause du cœur divin, il est en train de te changer.

– C'est toi qui as changé, répliqua la voix à la fois étrange et familière. Je ne te reconnais plus. Tu n'es pas Hark. Tu es un inconnu pour moi.

La tête indistincte disparut et le ciel remplit de nouveau toute l'ouverture. Hark entendit des grattements, comme si quelqu'un grimpait de nouveau péniblement la pente. Puis le silence.

Après une dernière pulsation, le cœur divin parut perdre son ardeur. Hark mit plus longtemps à calmer son propre cœur. Il remercia intérieurement les architectes du bastion pour ses épais murs de pierre et son solide toit dallé.

Se rappelant l'urgence de sa mission, il inspecta du regard le bureau. Aussitôt, son humeur s'assombrit. Les rouleaux empilés et les livres reliés en cuir noir étaient invisibles. Les archives avaient disparu. Il ne vit pas non plus le carnet de moleskine grise du docteur Vyne.

Hark jura tout bas. Il savait qu'elle se consacrait à ses nouvelles recherches au quartier général des Ligueurs, mais il n'avait pas prévu qu'elle pourrait emporter les archives et toutes ses notes.

Avait-elle vraiment tout pris ? En désespoir de cause,

il feuilleta hâtivement les autres carnets et papiers divers encombrant la table. Quelques-uns comptaient des illustrations qui accrochèrent son regard. Il les attrapa et les glissa dans le paquet caché sous sa robe, avec le cœur divin.

Il leva les yeux vers le trou. Rien ne bougeait sur le toit.

« De toute façon, pensa-t-il, je devrai tenter ma chance tôt ou tard. »

Il poussa la table du docteur Vyne sous l'ouverture, jucha dessus son fauteuil et s'élança du haut du dossier. Alors qu'il agrippait le rebord de l'orifice, il entendit sous lui des meubles s'écrouler avec fracas. Il se hissa avec les bras, se contorsionna et émergea enfin sur le toit illuminé par le soleil.

« Jelt ne doit pas être loin. Il m'épie sans doute en cet instant même. Mais pour l'instant, il se tiendra à distance, c'est toujours mieux que rien. » Hark n'avait pas envie de penser à leur rendez-vous du lendemain au cairn, où aucun mur de pierre ne les séparerait. Cependant, il avait bien fallu promettre quelque chose à Jelt, afin qu'il ne s'approche pas du Sanctuaire.

Ce ne fut qu'après avoir repris son souffle que Hark se rappela les phalanges écorchées de sa main droite. Elles avaient guéri et ne conservaient qu'une mince cicatrice, comme un pli le long duquel s'alignaient des perles brillantes de verre divin.

CHAPITRE 31

Hark reprit en hâte le chemin du Sanctuaire. Plus il avançait, plus le cœur divin lui paraissait une malédiction. Il avait projeté de le cacher dans une crevasse au milieu des rochers avant de rentrer, mais ce n'était plus possible, maintenant qu'il savait que Jelt l'observait sans doute.

En approchant du Sanctuaire, Hark remarqua que les volets d'une fenêtre du premier étage étaient entrebâillés. Comme il les fixait avec surprise, il aperçut un visage indistinct penché vers lui, une main pâle qui lui faisait signe de s'arrêter et de rester où il était. La silhouette recula, les volets se fermèrent.

Hark se blottit contre le mur pour échapper au vent. Des verrous cliquetèrent, la porte du Sanctuaire s'ouvrit et Quest se montra à la lumière glacée du jour.

– Que faites-vous ici ? s'exclama Hark, en oubliant ses propres soucis. Avec ce vent, vous ne devriez pas sortir !

Le vieillard avait passé par-dessus ses vêtements habituels une robe brune de prêtre, une couverture et un manteau qui devait appartenir à quelqu'un d'autre. Néanmoins, il semblait si frêle que les cruelles bourrasques auraient pu le mettre en pièces comme du duvet de chardon. La moindre ride, veine et tache apparaissait soudain avec une netteté saisissante sur sa peau parcheminée. Ce qui n'empêchait pas son visage d'être empreint d'une détermination paisible.

– Tu ne peux pas rapporter cette… chose au Sanctuaire, lança Quest d'un ton pressant. Les serviteurs ont rétabli l'ordre et sont en train de demander à mes frères et sœurs affolés pourquoi ils couraient dans les couloirs. Il a beaucoup été question de toi. Apparemment, M. Kly veut te dire un mot.

Hark prit un air horrifié. Un interrogatoire ! Il ne lui manquait plus que ça. Le cœur ferait jaillir tôt ou tard une pulsation. Si jamais on fouillait Hark, on trouverait la relique et on la lui confisquerait.

– Mais Kly m'a dit de revenir au plus vite ! s'exclama-t-il, éperdu.

– Le moment venu, tu pourras leur raconter que tu as été obligé de faire un détour. Tu avais aperçu l'un des fragiles vieillards qui te sont confiés, en train d'errer sur les hauteurs. Il fallait bien que tu te lances à sa poursuite.

Les yeux de Quest pétillaient.

– Je ne manquerai pas de leur dire que tu m'as ramené après m'avoir découvert sur le rebord d'une falaise.

– À propos, comment avez-vous fait pour sortir ? ne put s'empêcher de demander Hark.

– Voilà des années que ma docilité est notoire, répondit sereinement le vieux prêtre. Personne n'aurait pensé que je pourrais tenter de m'échapper. Bon, tu as les documents ?

– Oui… mais faisons vite. Ensuite, il faudra que vous rentriez.

Ils trouvèrent une cachette dans un coin, loin de l'entrée principale. Hark s'interposa entre Quest et le vent, car il s'inquiétait des mains tremblantes du vieillard et de sa respiration rauque.

– Les archives ne sont plus dans le bureau du docteur Vyne, mais j'ai déniché ceci !

Hark sortit les carnets et les papiers dissimulés sous sa robe.

– Regardez !

Il ouvrit le premier carnet, le feuilleta et l'ouvrit à une page présentant un dessin au crayon.

– Je voudrais savoir ce qu'elle dit de Marques de ce genre, lança Hark avec ardeur. Cette longue torsade qui émerge sous le menton, avec une lumière au bout… et les dents… et tout le reste. Que raconte-t-elle ?

Quest observa un instant l'illustration en silence.

– Il n'est pas question de Marques dans ce texte, dit-il à voix basse. Ce carnet est consacré aux créatures vivant dans les profondeurs sans lumière de la mer. Le croquis représente ce que le docteur Vyne appelle un dragon à écailles. Nous, les prêtres, nous surnommions ces poissons les « spectres à lanterne », quand ils nageaient autour de nos bathysphères.

Il jeta à Hark un regard compatissant mais inquisiteur.

– Dans quelle mesure ton ami est-il marqué ?

Hark rougit, déglutit. Au lieu de répondre, il saisit un autre carnet et l'ouvrit gauchement.

– Et celui-ci ? Il parle certainement des Marques !

Il désigna un dessin représentant avec minutie une main pourvue d'un doigt supplémentaire, et un autre où une jambe était entourée d'une étrange balafre juste sous le genou.

Quest se mit à lire d'un air de plus en plus absorbé.

– Cette fois, il est question de Marques, convint-il. Vyne essaie de comprendre comment elles apparaissent et s'il serait possible d'en tirer des bénéfices. « Quand la chair devient molle et malléable, il est possible de la convaincre de reprendre une forme ancienne ou d'en adopter une nouvelle. On peut même lui apprendre à accepter un élément étranger comme une partie d'elle-même. » Ah, voilà qui est très intéressant !

– Vraiment ? demanda Hark, perplexe.

– Vyne croit que le corps humain a une idée innée de la forme qu'il est censé revêtir. Cependant, lorsqu'il est confronté à l'eau de l'Abysse ou à un reste divin, il oublie ce qu'est sa « forme authentique ». Il se persuade que sa forme actuelle est incorrecte, endommagée, si bien qu'il tente de se guérir lui-même en ressemblant davantage à ce qu'il considère maintenant comme sa véritable apparence. Le résultat, ce sont les Marques. Pour Vyne, ce phénomène est une opportunité. Si l'on peut convaincre le corps de changer sa conception de sa « forme authentique », il se pourrait qu'on puisse l'amener à tolérer des organes d'autres personnes, des membres artificiels, voire des fragments de reste divin...

– Je ne veux rien ajouter à Jelt ! s'exclama Hark avec impatience. Je veux qu'il redevienne comme il était !

Non sans peine, il tenta de comprendre ce que Quest venait d'expliquer.

– Donc... si quelqu'un développe des Marques, c'est simplement parce que son corps croit qu'il devrait revêtir une forme différente ? Et si on lui dit de revenir à sa forme antérieure, il obéira ?

– C'est la théorie du docteur Vyne, répondit prudemment le vieux prêtre.

– Dans ce cas, comment arriver à ce résultat ? Comment inverser le changement de mon ami ? Vyne décrit-elle ce qu'il faut faire ?

Quest secoua la tête.

– Je soupçonne ce carnet de lui servir uniquement à noter au vol les idées qui lui viennent. Il me semble qu'elle doit avoir développé ailleurs ses recherches sur les Marques.

Hark se sentait terriblement frustré. Plus il réfléchissait, plus il était convaincu que le carnet gris devait contenir les résultats complets des recherches de sa propriétaire.

« Peut-être est-il encore temps de lui parler, de la supplier de guérir Jelt, pensa-t-il dans son désarroi. Elle n'a pas confiance en moi, mais elle m'aime bien... » Cet espoir ne dura pas. Elle l'aimait bien, mais elle lui avait notifié dès le premier jour que s'il lui mentait, s'il enfreignait ses règles ou reprenait contact avec ses anciens amis, aucun pardon ne serait possible. Il ne pouvait expliquer la situation critique de Jelt sans avouer ses propres crimes.

– Je crois savoir où elle se trouve, finit-il par admettre. Elle travaille dans le nord de l'île, au quartier général de la Ligue de Vigilance. La plupart des gens l'ignorent.

– Mais pas toi, remarqua Quest d'un ton tranquille.

Hark sentit qu'une foule de questions attendaient patiemment derrière ces trois mots.

Même après leur dispute, Hark redoutait de perdre son amitié avec Quest. Il n'avait pas envie de lui avouer que pendant tous ces mois il avait eu un motif caché pour lui parler. Mais quel choix avait-il, sinon mentir encore, se dérober encore ? Il était plus que fatigué des mensonges.

Il respira profondément et observa le visage de Quest. Il vit les rides amères creusées par l'expérience, les pattes-d'oie dessinant comme les nervures d'une feuille d'automne, les yeux vifs au regard empreint de sagesse et d'attention.

– Vous êtes déjà au courant, pas vrai ? lança Hark. Vous saviez que j'espionnais pour le compte du docteur Vyne. Vous l'avez toujours su.

Le vieillard lui sourit doucement, avec une pointe de tristesse qui sembla presque insupportable à Hark.

– Je n'en étais pas absolument sûr, répliqua Quest, mais ça me paraissait probable. C'est l'une des raisons pour lesquelles je t'ai incité à me parler plutôt qu'aux autres. Même des questions anodines auraient pu plonger certains d'entre eux dans une terrible détresse. Je voulais leur épargner cette épreuve. Je leur devais bien ça.

Hark se sentit blessé à l'idée que Quest ne lui ait parlé que pour protéger ses semblables. Leur amitié était si fragile, comme une maison de papier. D'un côté comme de l'autre, elle se fondait sur une tromperie.

– Ce n'était pas ce que vous croyez ! s'écria-t-il impulsivement. Je ne faisais pas que mentir ! Je sais que vous ne me croirez pas…

– Mais si, répliqua Quest non sans gentillesse. Crois-tu que je confierais mes histoires à n'importe qui ?

Hark s'essuya rapidement les yeux avec sa manche, incapable en cet instant de regarder son ami. Leur camaraderie étrange et contrefaite avait encore subi un choc, mais apparemment elle n'était toujours pas morte.

– Si je récupère le carnet de Vyne, vous me le lirez ? demanda Hark.

– Aurais-tu l'intention de le voler au quartier général de la Ligue ? s'exclama le vieillard d'un air horrifié.

– Vyne m'a dit que si j'avais des nouvelles qui ne pouvaient attendre, je devais aller la voir chez les Ligueurs.

Hark fouilla dans la pochette fixée à sa ceinture et en sortit le papier qu'elle lui avait donné.

– S'ils m'arrêtent, je leur montrerai ceci.

– « Le porteur de cette lettre est Hark, mon domestique, lut Quest à haute voix. Comme on peut compter sur sa discrétion, je vous prie de ne pas lui tirer dessus. Avertissez-moi de son arrivée. » Hark, je te somme de ne pas faire une chose pareille. Je ferai tout mon possible pour t'aider, mais autant te prévenir tout de suite : avec ou sans le carnet du docteur Vyne, je ne crois pas que tu puisses sauver ton ami.

– Peut-être avez-vous raison ! rétorqua Hark, soudain épuisé. Peut-être suis-je stupide. Mais je dois essayer !

– Alors laisse-moi le cœur, au moins, insista Quest. Je te donne ma parole d'honneur qu'il restera indemne.

Hark éclata d'un rire sans joie.

– Dès que j'aurai le dos tourné, vous déciderez que le destin du monde compte davantage que votre parole. Je me trompe ?

Quest n'essaya même pas de nier. En revanche, il s'enveloppa plus étroitement dans ses vêtements chauds avant de lancer :

– Dans ce cas, je viens avec toi.

– Comment ? s'écria Hark avec consternation. Non ! Vous devez rentrer !

– Si je rentre, on s'emparera de ma personne pour me dorloter de force. Pire encore, on me surveillera. Du coup, il me sera difficile de t'aider. Il faut que je reste en liberté pour le moment.

Hark eut beau dire, rien ne put convaincre Quest de retourner au Sanctuaire. Il devait convenir que le vieux prêtre n'avait pas tort. Malgré tout, il n'avait aucune envie d'emmener un malade à l'autre bout de l'île, en passant par des collines battues par les vents.

– Vous allez prendre mal et vous me ralentirez, dit-il avec une franchise brutale. Je risquerai encore plus de me faire arrêter.

Cet argument fit réfléchir Quest, et ils parvinrent finalement à un compromis. Le vieillard l'attendrait dans la cabane de Dunlin.

Quand ils atteignirent la plage, Hark partit en reconnaissance s'assurer que la cabane était vide, avant d'y mettre Quest à l'abri.

– Je serai bientôt de retour, assura Hark non sans malaise.

Si ce n'est pas le cas... retournez au Sanctuaire, je vous retrouverai là-bas.

Il était inquiet de laisser Quest dans cette cabane froide et humide. Ses tâches quotidiennes au Sanctuaire lui avaient inculqué des préoccupations nouvelles. Il croyait presque sentir les courants d'air glacer le vieillard et endolorir ses articulations.

– Je t'attendrai ici jusqu'à ton retour, repartit Quest d'un ton sans réplique. C'est pour toi que tu dois avoir peur, pas pour moi.

CHAPITRE 32

Quand Hark arriva au sommet de la colline au cairn, le soleil déclinait à l'horizon. Devant lui, les broussailles vert foncé s'étendaient en pente douce jusqu'à la mer. Seuls les interrompaient çà et là des rochers noirs et des gorges creusées par des ruisseaux. Il aperçut au loin, blottis près du rivage, les toits gris et les murs rouges du quartier général de la Ligue de Vigilance.

Le vent du nord lui portait l'écho lointain d'un fracas de métal entrechoqué. Quelqu'un devait être en train de fabriquer ou de réparer quelque chose. Derrière le village, Hark vit un petit bateau amarré dans la baie. Une ombre élancée était tapie le long du quai. Un sous-marin d'une longueur inusitée, peut-être ?

Si Hark se rendait ouvertement au village et montrait son laissez-passer à la première personne qu'il rencontrerait, il risquerait moins d'être pris pour un espion ou un voleur et de recevoir une balle dans la tête. Toutefois, il devrait expliquer sa présence à Vyne et n'aurait sans doute aucune chance de lui chiper son carnet. S'il voulait vraiment s'emparer de ses notes, il devrait aller là-bas en secret et les voler. C'était un plan aussi dangereux qu'incertain, mais il ne voyait pas d'autre possibilité.

Il se rappela ce qu'avait dit Vyne en lui donnant le laissez-passer :

« Trouve une sentinelle et donne-lui ceci, afin de prouver que tu travailles pour moi. Quelqu'un ira me chercher à l'entrepôt. »

L'entrepôt ! Avec un peu de chance, c'était là qu'elle faisait ses recherches. Il observa le village pour repérer un éventuel entrepôt. Du côté gauche du campement, il vit luire les murs blanchâtres d'un bâtiment qui lui parut plus vaste que les autres.

Hark descendit au fond du lit asséché d'un ruisseau et suivit non sans peine son tracé sinueux jusqu'au bas de la colline. Les fourrés de chardons et de genévriers poussant sur les berges étaient aussi hauts qu'un homme et le protégeaient suffisamment des regards. Par moments, il lui semblait entendre un faible bruissement dans la gorge derrière lui. Chaque fois qu'il se retournait, il ne voyait rien. Il avait la chair de poule, cependant, et ne cessait d'imaginer Jelt s'avançant en silence à sa suite dans le ravin peu profond.

Au-dessus de sa tête, le soleil se couchait et le ciel obscurci se teignait d'un rouge sombre et cuivré. La rumeur des mouettes, le bruit de la mer et le fracas du métal se rapprochèrent si bien qu'il sembla à Hark qu'il ne devait plus être loin du village. Il sortit de la gorge en faisant le moins de bruit possible et rampa à toute allure entre deux rochers tachetés.

En regardant à travers une fente, il entrevit le village tout proche.

À une trentaine de mètres en contrebas se dressait le bâtiment blanc et imposant, comme Hark l'espérait. Il était maintenant assez près pour distinguer son toit métallique maculé de fientes et sa peinture écaillée. L'entrepôt n'avait qu'un étage mais faisait bien quinze mètres de long.

À droite, une douzaine d'autres bâtisses arboraient des murs en briques grossières et des toits de chaume. Elles avaient l'air provisoires, construites en hâte, de même que deux cabanes en bois s'élevant près du quai.

Dans la lumière déclinante du crépuscule, Hark distingua deux personnes marchant entre les cabanes. Par moments, elles riaient ou appelaient quelqu'un plus loin. Des silhouettes s'activaient à l'autre bout du village, autour des murs nus d'un bâtiment à moitié terminé. Apparemment, le fracas métallique venait de cette direction.

Deux hommes étaient assis sur le pont du bateau, mais ils semblaient en grande conversation. Derrière eux, Hark vit la silhouette longue, sombre et à moitié immergée qu'il avait aperçue de la colline. C'était bel et bien un submersible, il le voyait clairement maintenant. En outre, il y avait quelque chose de familier dans ses dimensions, ses trois hélices, la forme de ses ailerons noirs en acier…

C'était l'*Enfant des Profondeurs*, le sous-marin qui avait ramené la Dame Cachée au Havre de la Dame.

On avait remplacé ses rames cassées par de nouvelles, au bois plus pâle, sans tache. Les panneaux arrière semblaient avoir été réparés, eux aussi. Se pouvait-il que ce fût le projet secret de Vyne ?

« Ça ne me regarde pas, se dit Hark. Ce qui m'intéresse, ce sont ses recherches sur les Marques. »

Alors qu'il s'apprêtait à ramper jusqu'à l'entrepôt, il entendit quelqu'un sur sa droite se racler la gorge et cracher. Il se figea, regarda de ce côté. À une dizaine de mètres de lui, sur une petite éminence rocheuse, un jeune homme appuyé contre un canon chiquait du tabac d'un air nonchalant. Sa veste bleue miteuse et les boutons de cuivre de sa casquette proclamaient son allégeance à la Ligue. Un mousquet était posé en travers de ses genoux.

Hark ramassa une pierre et la jeta avec force du côté d'où il était venu. Elle atterrit parmi les buissons avec un bruit assourdi. Une aigrette effrayée s'envola du fossé invisible, en une explosion d'ailes blanches.

Le Ligueur se leva d'un bond et scruta la colline avec une longue-vue. Hark saisit sa chance et courut vers l'entrepôt, en se plaquant contre le mur de l'Ouest pour ne pas être vu par la sentinelle.

Il avança jusqu'au bout du mur, jeta un coup d'œil : personne dans les parages. La porte de l'entrepôt n'était qu'à quelques mètres. Sans se donner le temps d'hésiter, il s'élança dans sa direction.

Il se retrouva dans un petit bureau. Les murs étaient tapissés de cartes et d'étagères chargées de livres. Des carnets et des croquis couvraient les tables. Sur une des étagères, il vit une rangée de bocaux où des poissons des grands fonds flottaient dans un liquide jaunâtre. Sur la gauche, une autre porte donnait sans doute sur le reste de l'entrepôt.

Hark faillit ne pas voir le carnet gris tant il était en évidence. Après son expédition acrobatique au musée et sa descente laborieuse de la colline, il s'attendait inconsciemment à ce que le carnet soit dans un tiroir fermé à clé ou caché au fond d'une malle. En fait, il trônait au beau milieu d'une des tables, ouvert à une page couverte d'une écriture impeccable et contenant le croquis détaillé d'un pied palmé.

Hark le regarda avec stupeur. Le prit. Le feuilleta. Regarda des dessins représentant un œil avec deux pupilles, une grosse nageoire émergeant d'un coude…

Pas d'erreur, c'était le bon carnet.

« Je l'ai trouvé ! pensa-t-il. Je peux le rapporter à Quest. Je peux sauver Jelt. »

Hark serra le carnet contre sa poitrine. Il attendait que le soulagement l'envahisse enfin. Il avait tout risqué pour récupérer ce carnet, et maintenant il l'avait. Pourquoi se sentait-il à la fois léger et oppressé ? Il avait l'impression de tenir un lourd fardeau, et l'idée de remonter la colline lui parut brusquement épuisante.

« Non, je ne peux pas, songea-t-il à l'improviste. Je ne peux pas le sauver. »

Dehors, les cris des mouettes devinrent soudain assourdissants, comme si elles essayaient de couvrir cette pensée. « Non, non, non, non ! » semblaient-elles hurler. Ce ne fut qu'en entendant des pas approcher que Hark comprit pourquoi les oiseaux s'étaient troublés.

Il se précipita vers l'autre porte, l'ouvrit, se glissa dans les ténèbres. Il la referma à l'instant même où celle de l'entrée principale s'ouvrait en grinçant.

Pendant un bref moment, il resta parfaitement immobile, l'oreille pressée contre le battant. Un homme parlait à voix basse dans le bureau ; une ou deux autres personnes semblaient l'accompagner. Hark ne saisissait que des bribes de phrases.

– ... s'accroche à la même histoire... raconte qu'elle ne savait rien de... si nous le faisions, ce serait un sérieux avertissement pour sa bande...

Ces propos paraissaient plutôt menaçants, mais au moins les nouveaux arrivants ne semblaient pas parler de lui. Toutefois, ils n'avaient pas l'air pressés de s'en aller. Hark entendit un bruit de chaise qu'on déplaçait, comme si quelqu'un voulait s'asseoir.

« S'ils ont l'intention d'avoir une longue conversation, se dit Hark, il faut que je trouve une autre sortie. »

Il regarda autour de lui, en plissant les yeux pour s'habituer à l'obscurité. Huit petites fenêtres s'ouvrant dans le toit laissaient entrer un peu de lumière, ce qui lui permit d'entrevoir une pièce encombrée d'objets indistincts, nettement plus vaste que le bureau – elle occupait sans doute le reste de l'entrepôt.

Une odeur pénétrante flottait dans l'air, une odeur que Hark connaissait. C'était la puanteur de l'eau de l'Abysse, imprégnée de sel et de pourriture, et si éprouvante pour les nerfs. D'autres effluves s'y mêlaient : la senteur vinaigrée de la saumure, le parfum de l'huile, les relents écœurants des lampes-terreurs.

À gauche, des caisses et des tonneaux s'empilaient contre le mur, à côté de plusieurs brouettes et de deux petites grues, dont les chaînes et les crochets luisaient faiblement. À droite, des tables à tréteaux disparaissaient sous de délicats instruments argentés, des flacons de liquides marron et noirs, et d'énormes lentilles de verre fixées à des plans de travail en marbre.

Au centre de la pièce, dont elle remplissait une bonne partie, une silhouette irrégulière et gigantesque était à peine visible derrière un mur d'écrans de toile. Ne pouvant résister à sa curiosité, Hark s'approcha à pas de loup. Avec circonspection, il écarta le panneau voisin pour mieux voir.

L'objet mesurait bien six mètres de long. Il reposait sur une plate-forme en bois, qui rappela à Hark celles où l'on exposait parfois le poisson frais dans les marchés. « La pêche du jour », pensa-t-il follement.

C'était un cauchemar de chitine, de verre irisé et de chair pâle, construit avec une symétrie horriblement méticuleuse. Un tube brunâtre émergeant de sa partie supérieure était rempli de rangées concentriques de dents peu acérées, rappelant la gueule d'une lamproie. D'énormes pinces dentelées à la carapace tachetée s'étendaient des deux côtés, posées sur des supports métalliques. Des fils de fer et des tuyaux de cuivre luisaient entre les plaques d'une cuirasse parsemée d'anatifes. Des sacs pleins d'un fluide blanchâtre pendaient aux flancs de cette monstruosité.

Un morceau de chair large d'une trentaine de centimètres se trouvait au milieu de l'ensemble. Il était relié à une douzaine de tubes de verre tortueux et sa surface portait une fente sombre et incurvée. C'étaient les branchies de la Dame Cachée.

« Mais… Vyne est censée travailler à un sous-marin ! s'étonna Hark. Elle me l'a dit ! »

Vraiment ? À la réflexion, il dut s'avouer qu'il ne se rappelait pas l'avoir entendue parler d'un « sous-marin ».

Du moins, il comprenait maintenant pourquoi la Ligue de Vigilance avait choisi une île impopulaire pour installer sa nouvelle base, pourquoi elle avait gardé secret son projet et le défendait avec des gardes armés afin que personne ne voie ce qui se tramait, et pourquoi Vyne ne voulait pas qu'on vienne dans le village.

Les Ligueurs ne travaillaient pas à un sous-marin. Ce qu'ils fabriquaient n'avait rien à voir avec un véhicule.

C'était un dieu.

Alors que Hark s'absorbait dans sa contemplation fascinée, le cœur divin décida soudain de se mettre à pulser.

D'un coup, les branchies se fermèrent et se contractèrent. Du liquide jaune déferla dans les tubes de verre environnants, aspiré par un violent mouvement de succion. Un frisson secoua le mastodonte obscur sur la plate-forme. La cuirasse se mit à cliqueter. Une pince énorme jaillit de son support et tomba avec fracas sur le sol de pierre.

Hark recula d'un bond. Le sang battait violemment à ses tempes. Il entendit dans le bureau un tumulte affolé. À l'instant où la porte s'ouvrit brutalement, il s'élança dans la petite forteresse formée par les écrans. À travers la toile, il vit briller une lampe à la clarté violâtre.

– Il y a quelqu'un ! Je l'ai vu ! Là-bas !

Hark fit en courant le tour de l'énorme silhouette affalée, dans l'espoir de se cacher derrière, mais en vain. Des pas rapides approchèrent, des mains écartèrent sans ménagement les écrans. Il était repéré, coincé, aveuglé par la lumière violâtre. Ses adversaires l'attrapèrent par le bras et le tirèrent de sa cachette pour mieux le voir.

– J'ai le droit d'être ici ! hurla-t-il, décidé à jouer son va-tout. J'ai un laissez-passer du docteur Vyne ! Je vais vous le montrer !

Les deux hommes qui l'avaient capturé le laissèrent chercher dans sa pochette pour en sortir le document. Quand la troisième personne s'avança, Hark se rendit compte qu'il s'agissait du capitaine de la Ligue qu'il avait déjà rencontré. Celui-ci le regarda avec étonnement puis lui arracha le papier, qu'il lut en fronçant les sourcils.

– Docteur Vyne ! lança-t-il. Pourriez-vous nous expliquer ceci ?

Vyne entra dans la pièce, armée d'une petite scie de boucher. En voyant le document, elle haussa les sourcils.

– Vous aviez dit que je devais venir ici si j'avais des nouvelles ! s'écria Hark, éperdu.

– Je ne t'ai jamais dit de venir directement au campement, observa Vyne sans colère apparente. En fait, je t'ai demandé expressément de ne pas le faire. Il est dommage que tu aies oublié un détail aussi important. Ta mémoire est excellente, d'ordinaire.

Hark sentit encore une fois sur lui son regard sceptique d'analyste, puis elle vit les écrans dispersés révélant à tous la silhouette monstrueuse.

– Oh, Hark, lâcha-t-elle. Tu n'aurais vraiment pas dû voir ça.

– Je n'en parlerai à personne ! assura-t-il en hâte. Vous savez bien que je ne dirai rien !

Elle soupira en secouant la tête. « Non, tu ne diras rien », approuvait son sourire.

Les gens n'avaient pas tous la même façon de se retourner contre vous, Hark l'avait toujours su. Certains le faisaient avec colère, d'autres avec calme, tristesse ou froideur. Apparemment, d'autres encore arboraient un sourire contrit, comme s'ils s'en voulaient, à l'instant où ils devenaient votre ennemi.

Le sourire s'effaça quand Vyne remarqua qu'une des pinces gigantesques était tombée. Elle se renfrogna, s'approcha vivement et se baissa pour examiner la carapace, en l'effleurant du doigt pour chercher des fissures.

– Hark ! s'exclama-t-elle d'un ton accusateur. Qu'as-tu fait à mon dieu ?

Comme s'il voulait répondre, le cœur divin émit une pulsation. De nouveau, les branchies se convulsèrent et aspirèrent le répugnant liquide doré dans les veines de verre. Le colosse oscilla en trépidant. Des fils de fer se détachèrent, une bande métallique se cassa en projetant un rivet à travers la pièce.

Vyne se retourna et regarda Hark avec stupeur.

– Fouillez-le ! hurla-t-elle.

Hark se défendit de son mieux, en mordant et en distribuant des coups de pied, pendant qu'on le plaquait au sol. Les avertissements de Quest à propos de la relique lui revinrent en mémoire – le retour des dieux, une éternité d'esclavage au service de monstres. Beaucoup trop tard, Hark tenta d'écraser avec son coude le paquet contenant le cœur. Tous ses efforts furent inutiles. Le capitaine tira le paquet de la manche de Hark, ôta le tissu et brandit le cœur, dont il observa avec perplexité la surface perforée.

Vyne lui prit la relique et la tourna dans sa main avec déférence, les yeux brillant d'une avidité non déguisée.

CHAPITRE 33

– C'est l'objet qu'a décrit la fille ! s'exclama le capitaine. Une boule blanche de reste divin qui bat comme un cœur !

Il semblait encore soupçonneux, mais peu à peu gagné par l'enthousiasme de Vyne.

– C'est exactement ce que je cherchais, chuchota-t-elle. Le centre vital dont parlent les textes des archives ! Un réflecteur, une source de vibrations donnant à l'ensemble la vie, le changement, le mouvement... Et il est en activité !

Elle rejoignit sa création, qu'elle regarda avec intensité.

– Regardez-moi ça ! lança-t-elle avec un sourire presque enfantin dans son allégresse. Les branchies ont commencé à se fondre avec les tuyaux de verre que j'ai insérés ! Le réflecteur provoque des mutations, comme je l'espérais ! Grâce à lui, nous pourrons amener tous les composants à s'accepter mutuellement !

Elle se tourna vers Hark.

– Où l'as-tu déniché ? Que sais-tu à son sujet ?

Il garda un silence buté et elle cessa de sourire.

– Eh bien, voyons comment il va interagir avec le reste.

Les mains tremblantes d'excitation, le docteur Vyne se

pencha sur l'imposante construction et détacha les fils métalliques d'un appareil évoquant un accordéon miniature. Elle le retira pour le remplacer par le cœur, qui se retrouva tout contre les branchies de la Dame Cachée.

– Ne faites pas ça ! hurla Hark. Il va devenir vivant !

– J'y compte bien ! répliqua Vyne en attachant le cœur avec des fils métalliques et des courroies. J'avais mis au point un instrument spécial dans l'espoir de produire les vibrations appropriées, mais ceci est mille fois mieux ! En l'installant au centre, nous devrions obtenir un système fonctionnant de façon autonome. Allez, mon trésor, encore une pulsation, s'il te plaît…

Le cœur obéit au bout de quelques secondes. De nouveau, le mastodonte se convulsa, mais plus violemment cette fois. Les plaques cuirassées se soulevèrent comme pour respirer. L'espace d'un instant, Hark crut que cette créature de cauchemar allait se redresser avec lenteur. Presque aussitôt, elle s'affaissa dans un fracas de chitine et un gémissement de métal. Une valve en verre se fêla. Puis le silence régna, en dehors du ruissellement assourdi du fluide sanguin se répandant sur le sol.

– Qu'est-ce qui ne va pas ? demanda le capitaine. Pourquoi ne bouge-t-il plus ? Pourquoi casse-t-il à chaque fois des éléments ?

– Je n'en sais rien ! rétorqua Vyne, en se hâtant d'étancher le liquide s'échappant du flacon fêlé. Je vais devoir renforcer les liens. Et… je pense que nous aurons besoin d'eau de l'Abysse de meilleure qualité pour alimenter les branchies, et en nettement plus grande quantité.

– Vous ne savez pas ce que vous faites ! cria Hark.

– J'ai un doctorat en théophysique pratique, rétorqua le docteur Vyne. Si quelqu'un comprend quelque chose à ceci, c'est moi !

Elle écarta avec son bras une mèche cachant ses yeux.

– Je vais résoudre ce problème, mais il faut que je me concentre ! Sortez tous !

– Et le garçon ? demanda le capitaine.

– Je veux l'interroger plus tard, déclara-t-elle sans lever la tête. Donc, inutile de le cribler de balles plus que nécessaire.

Elle n'accorda pas un coup d'œil à Hark quand ils l'entraînèrent hors du dépôt.

Les Ligueurs emmenèrent leur prisonnier sans ménagement à travers le village. Il continuait de donner des coups de pied à tout ce qui passait à sa portée. À présent, il était en proie à une rage aveugle, vengeresse et désespérée. Puisque tout était perdu, autant causer le plus de dégâts possible. Il sentait à peine les coups qu'il recevait en échange.

Deux hommes le traînèrent à l'une des cabanes en bois. L'un deux souleva une lourde barre et ouvrit le battant, tandis que le second le jetait à l'intérieur. Étendu par terre, il entendit la porte se refermer en claquant et la barre se remettre en place.

Avec circonspection, il s'assit. Sa lèvre et sa joue lui faisaient mal. Il était d'accord : la souffrance lui était égale. Il méritait de souffrir. Son esprit était en feu.

« Je regrette de ne pas avoir fracassé le cœur quand Quest m'a dit de le faire. Ou la première fois que j'y ai songé, la nuit, sur la plage. Mais je ne l'ai pas fait. Tout ça, c'est ma faute. Ce cœur ne faisait aucun mal là où il était, au fond de la mer. Sauf que je l'ai remonté pour le donner à Jelt. Si je m'étais abstenu, rien ne serait arrivé. Jelt ne serait pas un monstre. Ces hommes, qu'il a massacrés au Marteau du Sauvage, seraient encore en vie. Et il a fallu que j'apporte le cœur ici ! Maintenant, le docteur Vyne a ce qu'il lui faut pour animer son dieu fait maison, et voilà. Il n'y a plus rien à espérer. Rien que des siècles de cauchemars à n'en plus finir. »

Dans le passé, il lui était arrivé de se sentir stupide, voire complètement nul, mais jamais encore il n'avait eu envie de s'effacer lui-même de la surface de la terre comme une tache hideuse. Il aurait voulu retourner au néant. Faire que les années de sa vie n'aient pas été. Il ne lui restait plus qu'à s'asseoir là, hébété par l'épuisement et la détresse, plein de haine pour lui-même.

Il sentit sa nuque le chatouiller, comme si les yeux d'un monde en colère étaient fixés sur lui. Il lui fallut un moment pour se rendre compte qu'un regard était bel et bien posé sur lui, mais qu'il appartenait à une créature nettement plus petite.

Une silhouette se pressait contre le mur du fond de la cabane, parfaitement immobile. Ses grands yeux brillants étaient méfiants. La faible clarté filtrant par un trou du toit permit à Hark d'entrevoir ses cheveux noués en arrière, ses traits anguleux et ses innombrables taches de rousseur.

C'était Selphine, vivante mais moins en forme que la dernière fois qu'il l'avait vue. Elle avait l'air fatiguée, tendue, et ses cheveux noirs étaient humides et négligés.

– Selphine ! s'exclama Hark, stupéfait. Que fais-tu ici ?

Elle secoua la tête avec insistance, en regardant la porte d'un air éloquent. Cependant, les souvenirs se bousculaient dans la tête de Hark : les recherches frénétiques pour trouver Selphine, les mystérieux hommes armés émergeant de l'ombre sur la plage du Marteau du Sauvage…

– Tu nous as tous trahis ! lança-t-il. Tu…

Furieuse, elle posa un doigt sur ses lèvres. Comme elle grimaçait en désignant la porte, Hark comprit enfin. Bien sûr, les gardes écoutaient peut-être. Il commença à remarquer d'autres détails : la couverture chiffonnée par terre, l'écuelle en bois et la cruche d'eau posées dans un coin à côté d'un pot de chambre. Manifestement, Selphine était aussi prisonnière que lui.

– *Je sais que tu as été voir les Ligueurs en cachette,* dit-il en langue des signes. *Tu leur as appris l'existence de la relique, pour qu'ils nous attaquent et s'en emparent!*

Selphine haussa les épaules avec colère et le toisa sans faire mine de s'excuser.

– *Personne ne m'écoutait!* répliqua-t-elle. *Il fallait que je nous protège, mes équipiers et moi!*

Son corps paraissait crispé de la tête aux pieds. Hark comprit qu'elle se préparait au combat. Toutefois, en la regardant, il s'aperçut qu'il n'avait aucune envie de se battre. Il exprimait une colère qu'il ne ressentait plus vraiment. Toute sa fureur était tournée contre lui-même, au point qu'il ne semblait plus lui en rester pour les autres.

– *Je m'en fiche,* déclara-t-il en esquissant le signe d'un air épuisé. *Je m'en fiche.*

Comme il s'abstenait décidément de tout débordement de haine, Selphine baissa un peu la garde.

– *Depuis combien de temps es-tu ici?* demanda-t-il.

– *Quatre jours,* répondit-elle.

Cela faisait cinq jours qu'il l'avait vue pour la dernière fois, alors qu'elle s'élançait dans les flots déchaînés. Si elle était prisonnière depuis quatre jours, les bruits sur sa présence aux Pieux devaient être faux.

– *Pourquoi es-tu prisonnière?*

Il ne voyait pas pourquoi les Ligueurs avaient enfermé Selphine dans une cabane obscure, alors qu'elle leur avait fourni une information aussi précieuse.

– *Les Ligueurs n'avaient pas confiance en moi,* répondit-elle avec une objectivité à peine teintée d'amertume. *Ils pensaient que je leur tendais un piège. Ils ont dit qu'ils me garderaient prisonnière en attendant d'avoir la relique, au cas où. J'ai accepté. Après quoi ton ami a massacré plusieurs de leurs camarades. Ils en ont conclu que c'était bel et bien un piège, et ils m'ont gardée pour m'interroger.*

Elle haussa de nouveau les épaules, en désignant d'un geste son étroite prison.

La colère des Ligueurs n'étonna pas Hark. Ils avaient dû perdre une douzaine des leurs, cette nuit-là.

– *Comment va ma bande ?* signa-t-elle soudain fébrilement, comme si elle brûlait depuis le début de poser cette question.

Elle écarquillait les yeux dans son inquiétude. Sans doute redoutait-elle que certains de ses coéquipiers n'aient été victimes du carnage au Marteau du Sauvage. Mais pourquoi donc avait-elle trahi tout le monde ? Hark s'apprêtait à lui répondre vertement, quand il se rappela la façon dont les Ligueurs retenaient leurs coups au début. Elle avait dû réussir à convaincre ce groupe de fanatiques endurcis de ne pas se ruer à l'attaque, leurs armes au poing. Peut-être la rumeur de sa présence aux Pieux était-elle une manœuvre délibérée, pour s'assurer que les contrebandiers chercheraient Selphine au loin au moment de l'assaut.

– *Je l'ignore,* répondit-il. *Ils sont en sûreté, pour autant que je le sache.*

– *Ton ami sait-il que je suis allée trouver les Ligueurs ?* demanda-t-elle avec une lueur de peur dans les yeux.

Évidemment, elle voulait parler de Jelt.

– *Non,* la rassura Hark.

Elle se mordit les lèvres, mais comme elle continuait de le fixer, il en déduisit que la conversation n'était pas terminée.

– *Qu'est-ce qui ne va pas chez ton ami ?* finit-elle par demander.

– *La relique...,* commença Hark.

Puis il s'interrompit, et répondit plutôt :

– *Rien ne va.*

Il sentit qu'il se mettait à trembler, alors qu'il ne faisait pas froid. Il avait comme une boule dans la gorge, et elle avait un goût de vieux métal. Ses poumons étaient oppressés, il se sentait faible, ses yeux lui faisaient mal. Un liquide brûlant coulait sur ses joues.

– *Rien ne va chez mon ami*, reprit-il.

Son regard était embué, il voyait à peine ses propres signes.

– *Ce n'est pas la relique qui le transforme en monstre. C'est ce qu'il est. Jelt… est un tueur.*

Voilà, il avait enfin dit la vérité. Il ne pouvait plus reculer.

– *Il n'est pas obligé de tuer, mais parfois il ne peut pas s'en empêcher. Je ne sais même pas depuis combien de temps il est comme ça. Depuis des années, probablement. J'ai essayé de l'ignorer. Il me semblait que si j'en avais la certitude, quelqu'un mourrait. L'ancien Jelt. Mon ami.*

Il regarda Selphine, comme pour l'adjurer de comprendre.

– *Mon ami Jelt était extraordinaire*, continua-t-il. *Mais il n'existe plus. Ça fait des années qu'il est mort. Tout ce qui reste de lui, ce sont mes souvenirs. Et il y a cet autre Jelt…*

Hark secoua la tête.

– *Il est tout ce que j'ai. C'est toujours mon meilleur ami, le seul ami qui compte… et je le déteste. Je le déteste. Il fallait que je le sauve. Je voulais qu'il soit en sûreté, vivant et en bonne santé, afin de pouvoir m'en aller et ne plus jamais le revoir.*

C'était l'impossibilité de ce projet qui s'était imposée à Hark, alors qu'il était dans le bureau, le carnet gris à la main. Il avait compris d'un coup que le sort de Jelt ne serait jamais assez assuré pour que lui-même puisse s'en aller. Il aurait beau faire, il ne pourrait jamais sauver Jelt, car Jelt ne le lui permettrait jamais.

Hark s'essuya les yeux. Il avait l'impression qu'on lui avait arraché les entrailles.

– *J'ai essayé de le sauver,* reprit-il. *Je suis venu voler ici des papiers secrets pour qu'il aille mieux, mais j'ai été capturé. Les Ligueurs ont la relique, maintenant.*

– *Bon débarras !* commenta Selphine avec énergie.

– *Non,* répliqua Hark en secouant la tête. *C'est grave, très grave. Ils font des expériences dangereuses avec cette relique.*

– *Comme toi !*

Malgré cette réponse acide, le regard de Selphine semblait un rien plus bienveillant.

– *Ils font bien pire,* assura Hark, qui n'était pas d'humeur à discuter. *Ils pourraient tout détruire.*

CHAPITRE 34

Hark se hâta d'expliquer tant bien que mal le travail de Vyne en collaboration avec la Ligue de Vigilance, le dieu tressaillant qu'elle avait fabriqué dans l'entrepôt, la malédiction que cela représentait pour l'humanité. Lorsqu'il eut fini, Selphine ouvrait de grands yeux. Elle eut un petit rire incrédule.

– *Tu as fait un beau gâchis,* observa-t-elle. *Encore pire que moi.*

Étrangement, cette remarque le remonta un peu. Il s'attendait à ce qu'elle le regarde avec effroi, comme s'il était un monstre pareil à Jelt. Faire « un beau gâchis » semblait plutôt le genre d'erreur dont les humains étaient coutumiers.

Elle se gratta la nuque en fronçant les sourcils d'un air concentré.

– *Quelqu'un sait que tu es ici?* demanda-t-elle. *Quelqu'un ira aux nouvelles, si tu ne reviens pas?*

Seul Quest savait où était Hark, et ce dernier espérait sincèrement que le vieillard n'essaierait pas de prendre d'assaut à lui tout seul le village des Ligueurs.

– *Un vieil homme est au courant,* répondit-il, *mais il est malade. Je ne crois pas qu'il viendra. Nous sommes seuls.*

– *Rien que toi et moi, donc.*

Selphine fit la grimace puis regarda Hark, comme si elle comptait absolument sur lui.

Ce regard sembla déclencher quelque chose dans la tête de Hark. Il avait été si accablé à l'idée de l'apocalypse imminente et de sa propre part de responsabilité qu'il avait perdu de vue un fait essentiel : ce n'était pas encore arrivé.

Certes, Hark et Selphine étaient seuls. Personne ne viendrait les secourir ou empêcher les dieux de renaître. En dehors d'eux, nul ne connaissait l'existence de la création de Vyne. S'ils ne faisaient rien pour prévenir ce désastre, personne ne s'en chargerait.

Ils étaient pris au piège, sans défense, ils n'avaient aucune chance. Et pourtant…

« Tu le feras, s'il le faut », lui disait toujours Jelt avec son sourire narquois. Ce souvenir emplit Hark de peine et de colère. Il avait détesté la façon dont son ami lui imposait des situations où il était censé accomplir des miracles à la demande. Mais la vérité, c'était qu'ordinairement il parvenait bel et bien à les accomplir.

« Je le ferai, car il le faut, pensa Hark. D'une manière ou d'une autre, j'empêcherai les dieux de renaître. »

– *Est-ce qu'il y a un moyen de sortir de cette cabane?* demanda-t-il à Selphine.

– *Oui,* répondit-elle. *Il y a un passage secret. Si je reste ici, c'est parce que j'adore l'endroit.*

Hark lui lança un regard implorant, et elle se radoucit.

– *La porte est fermée avec une grosse barre,* expliqua-t-elle. *J'ai essayé de glisser des morceaux de bois dans la fente sur le côté pour la soulever, mais ils se sont cassés. J'ai aussi fait des trous dans le mur. Ils sont pratiques pour espionner, mais je n'ai pas réussi à desserrer les planches. Et quand ils m'apportent à manger, ils viennent à trois, maintenant, sous prétexte que j'ai mordu le nez à l'un d'eux.*

Hark vida ses poches et la pochette fixée à sa ceinture, pour voir s'il n'avait rien d'utile. Ses ravisseurs l'avaient fouillé, mais ils avaient arrêté après avoir trouvé le cœur. Hark s'aperçut qu'il avait encore ses bandages, son mouchoir, son peigne, un morceau de craie et diverses autres babioles. Un dernier objet luisait d'un éclat argenté : son diapason.

Il tenta d'insérer le manche sur le côté de la porte, pour voir s'il pourrait ainsi soulever la barre, mais la fente était trop étroite. La craie et le peigne n'avaient pas non plus les bonnes dimensions.

– *Tu pourrais arracher des clous,* lança Selphine en plissant les yeux.

Il tenta de se servir du diapason pour soulever un des clous maintenant les planches du mur, mais il constata vite que le métal était trop souple. S'il continuait, il tordrait irrémédiablement les branches sans faire bouger un seul clou.

– *Essaie de crever les yeux des gardes,* suggéra alors Selphine.

– *Tu es féroce,* répliqua Hark.

Cependant, il se sentit un peu réconforté en voyant que la captivité et les interrogatoires n'avaient nullement entamé la combativité de la jeune contrebandière.

– *Tu les as espionnés?* demanda-t-il.

Selphine hocha la tête. Elle lui montra une petite fente entre les planches du mur, du côté de la porte. Il vit qu'elle avait arraché des éclats de bois pour élargir l'ouverture. C'est seulement alors qu'il remarqua qu'elle avait les ongles cassés. En regardant par l'interstice, il aperçut l'entrepôt, quelques autres bâtiments et la colline à l'arrière-plan. Une autre fente, du côté de la mer cette fois, permettait d'entrevoir la jetée, le petit bateau de pêche cabossé et le blindage noir de l'*Enfant des Profondeurs*.

– *Qu'as-tu vu?* demanda-t-il.

S'ils voulaient s'échapper, ils avaient besoin d'autant d'informations que possible.

– *Il y a seize hommes dans le campement,* répondit-elle. *La femme qui t'a acheté vient aussi parfois. Le bateau apporte des provisions. Le grand sous-marin est toujours resté là. Il y a deux postes de guet sur les rochers dominant le village et un sur la jetée.*

– *Ils allument des lanternes la nuit?*

– *Pas de grosses lanternes. Certains des gardes ont des lampes-terreurs.*

Si le campement n'était pas éclairé la nuit, il serait peut-être plus facile pour Hark et Selphine de s'évader. D'un autre côté, cela signifiait qu'il ferait bientôt trop sombre dans la cabane pour qu'ils puissent communiquer en langue des signes.

– *S'ils nous apportent le petit déjeuner ou viennent nous interroger,* reprit Selphine, *on les frappe avec ton diapason, on court à l'entrepôt et on fracasse ta relique avant qu'ils puissent nous en empêcher.*

On n'aurait pas vraiment dit une tactique destinée à sauver le monde, mais il était étrangement réconfortant d'avoir l'ébauche d'un plan. Hark espérait qu'ils pourraient trouver quelque chose de mieux avant le matin.

– *Il est possible de la fracasser, non?* demanda Selphine après un instant de réflexion.

– *Je l'espère.*

– *Qu'est-ce que c'est, cette relique? D'où vient-elle?*

– *C'est le cœur de la Dame Cachée.*

Même maintenant, il lui semblait peu galant de révéler un tel secret.

– *Comment le sais-tu?* s'étonna Selphine en fronçant les sourcils.

– *Le vieux prêtre avec qui je suis ami me l'a dit.*

– *Et lui, comment le sait-il?* insista-t-elle.

C'était une excellente question. Comment Quest avait-il pu reconnaître le cœur ? Il n'avait vu la Dame que de son vivant, non ? On n'avait jamais retrouvé son buste. Qui donc aurait pu savoir à quoi ressemblait son cœur ?

– *Je l'ignore*, répondit Hark.

Évidemment, il n'avait toujours pas exploré toute l'étendue des secrets de Quest. Il commençait à se demander s'il connaissait vraiment quelqu'un en ce monde.

Quand l'obscurité régna dans la cabane, Selphine étendit sa couverture par terre et se pelotonna d'un côté. Elle n'invita pas explicitement Hark à la partager avec elle, mais elle lui laissa assez de place pour s'installer.

Il se coucha de l'autre côté. Les yeux fixés sur le toit sombre de la cabane, il tenta d'imaginer un plan. Toutefois, son épuisement avait d'autres projets. Ses pensées s'estompèrent et s'égarèrent comme des promeneurs dans le brouillard, et le sommeil l'entraîna dans une douce torpeur.

Quelques heures plus tard, Hark fut réveillé par une petite bourrade dans son dos. Il sursauta dans l'ombre, désorienté par la rumeur de la mer, le froid mordant et l'absence des odeurs du dortoir. Il se sentait glacé, courbatu et affamé, mais il ne se rappelait plus pourquoi. Puis la mémoire lui revint, comme une douche froide.

Un pâle clair de lune filtrait dans la cabane à travers les fentes des murs et sous la porte. Il distingua Selphine penchée sur lui. La faible clarté éclairait ses pommettes accusées et allumait des étoiles jumelles dans ses yeux. Elle pointa le doigt avec insistance vers la fente de la paroi la plus proche.

Hébété, il se leva péniblement et pressa son œil contre le trou.

Le village s'étendait devant lui. Rien ne bougeait, en dehors des nuages qui cachaient ou dévoilaient la lune brillante en traversant le ciel. Toutes les fenêtres étaient noires à l'exception de celles de l'entrepôt, où luisait encore une lumière violâtre. Ne voyant rien d'inhabituel, il se retourna vers Selphine et haussa les épaules en secouant la tête. Elle esquissa quelques signes avec ses mains, mais il faisait trop sombre pour les voir, de sorte qu'il secoua de nouveau la tête.

Selphine s'empara des mains de Hark. Il sentit qu'elle les tournait, arrangeait ses doigts puis les faisait bouger lentement. Ses mains étaient plus petites que celles de Hark et un peu froides, avec des durillons sur les paumes et au bout des doigts. Après quelques secondes, il comprit qu'elle le guidait posément pour former des signes.

– *Le bâtiment d'en face,* dit-elle à travers les mains de Hark, puis elle les lâcha.

Il regarda de nouveau par la fente, en observant cette fois la bâtisse devant la cabane. Maintenant qu'il savait où poser les yeux, il distingua une silhouette obscure pressée contre le mur indistinct.

Au bout d'un moment, la silhouette bougea, s'élança prestement vers un autre bâtiment, contre lequel elle se blottit. Puis elle rejoignit le bâtiment suivant. Elle était un peu trop grande pour un être humain, et ses contours avaient quelque chose de bizarre.

La chose qui était Jelt avait donc suivi Hark jusqu'au bas de la colline, comme il le craignait. À présent, elle progressait furtivement, de bâtisse en bâtisse. Il ne pouvait que supposer qu'elle tentait de détecter les pulsations roboratives du cœur divin.

La silhouette obscure se détourna, et il ne distingua qu'avec peine sa tête remuant nerveusement d'un côté ou d'un autre. Puis elle se dirigea en bondissant vers la cabane.

Hark saisit les mains de Selphine et les fit bouger en hâte.

– Il arrive !

Ils se figèrent tous deux. Hark entendit un bruit à l'extérieur de la prison, un froissement sec, presque imperceptible, qui lui rappela les ailes d'un insecte mort ou les carapaces de crabe vides que le vent faisait voler. Selphine regarda soudain un mur. Hark devina qu'elle avait perçu un léger tremblement dans les planches, qu'il n'avait pas la vue assez perçante pour distinguer.

Il imagina la chose qui était Jelt pressée contre le mur, attentive au moindre bruit, à la moindre vibration. Elle n'était sans doute qu'à quelques centimètres d'eux et Hark eut soudain affreusement peur qu'elle ne le reconnaisse en sentant sa présence, son odeur…

Les bruits furtifs s'éloignèrent enfin, mais les deux prisonniers furent longtemps sans oser bouger, et il fallut plus longtemps encore à Hark pour parvenir à se rendormir.

Son second réveil fut nettement moins doux que le premier. Il reçut soudain un coup de pied dans les côtes et se recroquevilla aussitôt, sur la défensive, en protégeant son visage. Quelqu'un attrapa son épaule et la secoua. Il jeta un coup d'œil entre ses doigts.

La clarté fantomatique précédant l'aube s'insinuait dans les ténèbres de la cabane. Selphine s'inclinait vers lui, les cheveux en bataille, les yeux encore bouffis par le sommeil.

– Ils emmènent le dieu !

Ses signes étaient fébriles. Hark se leva péniblement et regarda à son tour par la fente du mur.

La porte imposante de l'entrepôt était ouverte. Très lentement, avec un soin religieux, dix hommes s'occupaient de faire sortir le cauchemar de Vyne à la lumière du matin. Ils avaient inséré des perches dans la plate-forme de bois afin de pouvoir la porter.

Le dieu inerte ne paraissait pas moins effrayant dans la sinistre lumière grise. Il trônait sur son catafalque, étincelant de verre et d'acier. Ses pinces énormes reposaient maintenant sur des supports d'étoffe. Une vaste toile cirée était drapée sur la chair pâle et les tuyaux métalliques de ses entrailles.

Le convoi tout entier ressemblait à un étrange cortège funèbre. Les « porteurs » appartenaient à la lie des chantiers navals, à en juger par leurs tatouages. Quelques hommes mieux habillés paraissaient mener le deuil. D'eux d'entre eux avaient l'air de savants maigres, les autres étaient assez riches pour arborer des uniformes impeccables, mais tous dissemblables.

Heureusement, le dieu jouait encore le rôle du cadavre. Vyne ne semblait toujours pas avoir réussi à animer pleinement son ersatz de divinité.

Hark se tourna vers Selphine.

– *Ils le portent au bateau?* demanda-t-il.

Elle secoua la tête.

– *Ils sont en train de préparer le sous-marin,* répondit-elle. *Je les ai vus transporter des bouteilles d'air comprimé, de la colle divine, des réservoirs de plongée et des provisions. Tout ce qu'il faut pour une expédition.*

Hark se sentait en proie à un affolement impuissant. Il regarda fixement les lourds murs de bois de leur prison, comme s'il pouvait les fracasser par sa simple fureur. Mais si cette méthode avait marché, il supposait que Selphine se serait évadée depuis longtemps.

Il se mit à marteler du poing la porte. À côté de lui, Selphine sursauta. Sans doute percevait-elle l'onde de choc à travers le bois.

– Laissez-moi sortir! hurla-t-il avec désespoir. Je vous dirai tout sur la relique! Tout ce que vous voulez savoir!

Il glissa le diapason sous sa manche, de façon à être prêt

à frapper. S'ils le croyaient et venaient ouvrir la porte, rien qu'un instant...

Personne ne répondit. Aucun pas n'approcha. Le battant ne s'ouvrit pas.

De nouveau, il colla son œil à la fente. Les Ligueurs portant le dieu ne faisaient pas attention à ses cris. Ils étaient probablement trop loin pour comprendre ce qu'il disait. Deux des hommes mieux habillés étaient plus proches de la cabane et jetaient des regards dans sa direction.

– Je vous dirai où j'ai trouvé la relique ! Il y a d'autres restes divins là-bas !

Les deux hommes se mirent à chuchoter avec animation. Puis l'un d'eux haussa les épaules et se tourna de nouveau vers le cortège du dieu. Ils avaient tout le temps de faire parler Hark. Ils savaient qu'il ne pouvait s'échapper.

L'ensemble des Ligueurs arboraient une expression de calme extatique. Un événement immense était en cours, et ils y participaient. Hark croyait presque sentir leurs doutes et leurs déceptions céder la place à une pure certitude. Eux aussi étaient immenses, désormais, plus grands que ceux qui avaient pu naguère les humilier.

Alors que le cortège disparaissait à sa vue, Hark entendit soudain des voix s'élever du côté du port. Selphine, qui regardait par la fente donnant sur la mer, poussa un petit cri étouffé. Se tournant vers lui, elle signa de nouveau avec frénésie :

– Il s'est passé quelque chose ! Des gens courent en tous sens sur la jetée !

À travers les fentes étroites, ils distinguèrent à peine un petit groupe d'hommes faisant cercle autour d'un paquet brun posé par terre. Le capitaine était parmi eux et semblait donner des ordres. Bientôt, l'attroupement se dispersa. Il s'était passé quelque chose, mais c'était déjà fini. Les

Ligueurs continuèrent de charger le sous-marin, avec une hâte redoublée.

La lumière grise se teintait d'or pâle, la couleur de la mer prenait la nuance agréable d'un bleu plus chaud. Selphine fronça brusquement les sourcils.

– *Tes mains brillent,* observa-t-elle.

Elle attrapa le poignet de Hark et approcha sa main droite du rayon de lumière filtrant par la fente du mur.

Les petites perles de verre divin scintillaient sur la longue cicatrice. Hark les avait oubliées. Il tourna sa main pour les compter, en se demandant quelle quantité de verre divin elles représentaient.

– *J'ai un plan pour sortir de cette cabane,* annonça-t-il.

Cela dit, ce plan ne lui plaisait pas beaucoup. Autant il n'était pas certain que ça marche, autant il était sûr d'avoir mal.

Pendant que Selphine montait la garde, il essaya d'extraire de sa main les fragments de verre divin. Il commença par tenter d'approcher le diapason de ses phalanges, dans l'espoir de faire sortir les perles en les amollissant, mais elles ne firent que s'enfoncer davantage dans la chair.

Il ne lui resta plus qu'à arracher de force les perles de ses phalanges. Les branches du diapason étaient le seul objet contondant à sa disposition. Il serra son poing pour tendre la peau et faire saillir les petits morceaux de verre, mais il n'en était pas moins pénible de plonger la lame métallique dans sa propre chair. La douleur était telle qu'il larmoyait et devait cligner des yeux pour voir clair.

De temps à autre, Selphine se retournait pour l'informer de la suite des événements, avec une urgence croissante.

– *Ils inspectent les ballasts et les rames.*

– *Ils font entrer le dieu par l'écoutille arrière!*

– Tout le monde monte dans le sous-marin, maintenant. Je crois qu'ils vont tous partir ! Dépêche-toi !

Les phalanges de Hark étaient en sang, mais il y avait désormais douze perles de verre divin dans l'écuelle de Selphine. Il heurta le diapason contre un mur, et entendit sa vibration plaintive se concentrer en une note aiguë et pure. Lorsqu'il posa le manche sur le sol près de l'écuelle, la note s'amplifia.

Les minuscules sphères de verre s'amollirent et se distendirent légèrement, comme des boules de cire fondant au soleil. En appuyant dessus avec l'ongle, Hark réussit à les aplatir.

Faisant vibrer inlassablement le diapason, il malaxa le verre divin, qui finit par former comme une traînée luisante et grumeleuse, pareille à la bave d'un escargot. Hark la saisit avec un coin de sa manche et souleva de l'écuelle avec circonspection la fine lame de verre irrégulière et tachetée.

– *Ils ferment l'écoutille !* annonça Selphine. *Vite !*

Les mains tremblantes, Hark glissa la lame de verre dans l'espace entre la porte et le montant. La surface raboteuse érafla le bois, mais il parvint à l'introduire en forçant un peu. Puis il la leva jusqu'à ce qu'il sente la résistance de la barre.

– Ils sont partis ! chuchota soudain Selphine.

Après leurs échanges silencieux, il était étrange d'entendre sa voix.

– Ils s'éloignent à la rame !

Hark accentua la pression et sentit la barre céder. Il poussa la porte, qui s'entrebâilla de quelques précieux centimètres.

Il jeta un coup d'œil rapide : aucun garde ne les attendait dehors. Il sortit furtivement, suivi de près par Selphine. Il n'y avait pas de Ligueurs armés de mousquets devant l'entrepôt, ni sur la jetée ou aux postes de guet…

Hark et Selphine firent en hâte le tour de la cabane et

regardèrent la mer, où la longue silhouette sombre de l'*Enfant des Profondeurs* quittait le port. On entendit les sifflements d'énormes valves s'ouvrant ou se refermant et le bouillonnement rauque de l'eau déferlant à travers des tuyaux. Le museau en avant, l'énorme submersible s'enfonçait à loisir dans les flots, sous les vagues écumeuses se refermant sur son dos d'un noir de jais.

Que pensait faire Hark, une fois sorti de la cabane ? Se jeter à l'eau et s'emparer de l'*Enfant des Profondeurs* ? Trouer sa coque d'un coup de poing, peut-être ?

Il resta là, à regarder les vagues se remettre à danser en faisant comme si elles ne venaient pas d'accueillir en secret dans leur sein la ruine de l'humanité. Il n'aurait peut-être pas bougé avant un bon moment, si Selphine ne l'avait attrapé par le bras.

En se retournant, il s'aperçut que tous les Ligueurs n'étaient pas partis avec le sous-marin. Il y en avait un sur la jetée – sans doute venait-il de sauter du bateau. Il était plutôt jeune, avec le teint hâlé des marins et des joues creusées de fossettes joviales. C'était le genre qu'on rencontrait dans n'importe quel bar, toujours prêt à faire un bras de fer mais prenant un air ahuri dès qu'une fille lui parlait. Des types comme lui, on pouvait les faire rire.

L'esprit indomptable de Hark voulait encore comprendre cet homme, trouver le moyen de le rallier à sa cause. Il lui parut presque inconcevable que le Ligueur les mît tous deux en joue et s'apprêtât à tirer.

Quand le marin fit feu, la détonation fut décevante, on aurait dit un coup de canne sur une table.

Hark tressaillit mais n'éprouva aucune souffrance. En revanche, il vit le jeune Ligueur sursauter, secouer la tête d'un air interrogateur puis s'effondrer très lentement. Son mousquet tomba avec fracas sur la jetée, et Hark se rendit compte qu'aucune fumée ne s'en échappait. Le coup de feu était venu d'ailleurs.

En regardant derrière l'homme étendu à terre, Hark remarqua une nouvelle fois le paquet recouvert de tissu brun gisant au bout de la jetée. Ce n'était pas un paquet, mais une silhouette humaine. Après s'être redressée sur un coude, elle s'affala de nouveau sur les planches. Une minuscule volute de fumée s'élevait du pistolet qu'elle tenait.

Hark courut sur la jetée, passa devant le cadavre du Ligueur, se précipita vers la forme brune prostrée au fond. En approchant, il la distingua mieux. Le petit pistolet couvert d'ornements s'affaissait dans une main de la silhouette, qui crispait l'autre sur son flanc où une grande tache sombre et humide s'étendait, en teignant de rouge ses doigts.

C'était le docteur Vyne.

CHAPITRE 35

– Il est mort ? demanda le docteur Vyne.

– Je crois, répondit Hark en s'arrangeant pour parler d'une voix égale.

– Je n'avais encore jamais tué personne, observa-t-elle. On est soi-même surpris des choses dont on est capable.

Son visage était hagard, et très pâle.

– Vous êtes blessée ! s'exclama Hark, qui n'aurait su dire ce qu'il éprouvait.

Il voyait maintenant l'affreuse balafre d'où jaillissait le sang à travers le manteau déchiré. Apparemment, elle avait été poignardée.

– Qui vous a fait ça ?

– Le capitaine de la Ligue de Vigilance, souffla-t-elle en esquissant un de ses sourires ironiques.

Selphine avait couru rejoindre Hark, non sans ramasser au passage le mousquet du mort. Elle regardait maintenant le village et la colline, prête à tirer dès qu'une nouvelle menace se présenterait. L'arme paraissait très longue et peu maniable dans ses mains.

– Il reste d'autres Ligueurs dans le campement, chuchota-t-elle d'un ton pressant. Ne restons pas sur la jetée.

« Elle a raison », pensa Hark. Ils étaient exposés à tous les regards, et leurs ennemis pourraient aisément les acculer à la mer. Cependant, il ne pouvait détacher les yeux du flanc ensanglanté de Vyne.

Tombant à genoux, il chercha des bandages propres dans sa pochette. Il en glissa un dans la main de la blessée et le pressa sur la plaie.

– Appuyez le plus fort possible, grommela-t-il. Vous pouvez tenir debout ?

– Qu'est-ce que tu fabriques ? s'écria-t-elle avec étonnement. Nous n'avons pas le temps !

Elle agrippa la manche de Hark, le regarda droit dans les yeux.

– Hark. Tu dois t'en aller d'ici tout de suite, pendant que tu le peux encore ! Il faut à tout prix mettre le gouverneur au courant, lui dire que ces déments transportent dans l'Abysse le dieu que nous avons fabriqué ! S'il ne fait rien, des milliers de gens seront en danger !

Le cœur de Hark se serra d'un coup. Les Ligueurs ne se contentaient pas d'emmener leur dieu dans une autre base. Ils le conduisaient au lieu même où il pourrait grandir, prendre des forces et devenir invincible.

– Qu'est-ce que ça peut vous faire ? rétorqua-t-il. C'est aussi ce que vous vouliez, pas vrai ?

– Bien sûr que non ! s'exclama-t-elle avec une stupéfaction qui ne semblait pas feinte. Il n'était nullement question de mettre cette créature en liberté ! Ce serait une folie !

– Je vois d'autres Ligueurs derrière la soufflerie ! intervint Selphine, accroupie à côté de Hark. Certains ont des mousquets. Ils se déplacent derrière les bâtiments… Ils veulent nous couper la retraite !

Hark vit un des Ligueurs s'élancer d'une bâtisse à une autre. Dès qu'ils auraient trouvé un endroit favorable, ils pourraient tirer en direction de la jetée et recharger leurs armes à volonté. Selphine, en revanche, ne pourrait tirer qu'une seule fois.

– Hark! lança Vyne d'un ton ferme. Vous devez vous enfuir sur-le-champ. C'est un ordre!

Elle avait raison. Si lui et Selphine filaient sans attendre, ils pourraient peut-être s'échapper en passant par le village avant que leurs ennemis leur aient barré le chemin. Le Havre de la Dame avait fait de lui un coureur émérite.

Toutefois, les quatre derniers mois avaient éveillé en Hark des instincts nouveaux. Chaque écorchure qu'il avait lavée, chaque meurtrissure qu'il avait apaisée avec une pommade, chaque enflure sur laquelle il avait appliqué de la glace avait laissé sur son esprit une empreinte minuscule et indélébile. Sans même qu'il s'en aperçoive, les blessures des autres étaient devenues son problème. Elles le mettaient en émoi, comme une démangeaison ou une douleur lancinante.

– Je n'obéis plus à vos ordres, déclara-t-il.

Il n'y avait qu'un autre moyen pour s'échapper de la jetée. Hark regarda Selphine en désignant de la tête le bateau de pêche d'un air interrogateur. Elle se renfrogna, puis opina à contrecœur.

– Peux-tu m'aider à la soulever? demanda-t-il à la jeune contrebandière.

Vyne parut incrédule quand ils la mirent tant bien que mal sur ses pieds. Ils durent la soutenir tandis qu'elle boitillait vers le bateau, en trébuchant et en poussant des cris étouffés.

Il y eut une détonation – cette fois, c'était la déflagration assourdissante d'un mousquet. Une planche de la jetée tressauta non loin d'eux, en projetant une petite pluie d'éclats de bois.

Un nouveau coup de feu atteignit la surface de l'eau en un bref jaillissement d'écume.

– Vite ! Au bateau !

Hark guida Vyne sur la passerelle. Il tressaillait chaque fois qu'elle glissait. Dès qu'ils furent à bord, elle s'effondra sur le pont. Selphine les suivit et s'accroupit aussitôt en braquant son mousquet sur le rivage, afin de décourager une attaque. Hark détacha les amarres puis bondit à son tour dans l'embarcation. Après avoir remonté la passerelle, il hissa la grand-voile.

Alors qu'il manœuvrait la drisse, il entendit les Ligueurs sur le rivage pousser des cris furieux et consternés. Un autre mousquet fit feu, et Hark frémit d'appréhension.

– Il se passe quelque chose ! s'écria soudain Selphine. Ce n'est pas sur nous qu'ils tirent !

Un instant plus tard :

– Là-bas ! Sur la colline !

Lançant un coup d'œil par-dessus son épaule, Hark eut le temps d'apercevoir une silhouette sombre dévaler la pente en direction du village. En la voyant faire des bonds de trois mètres, il comprit aussitôt. C'était la chose qui avait été son ami.

Il y eut une nouvelle détonation. Une fumée se dissipa dans le vent, tandis que les cris s'affolaient. Hark vit Jelt sursauter ; une sorte de nuage de matière desséchée s'éleva de son épaule comme du duvet de chardon. Il changea de direction et courut se mettre à l'abri des rochers.

Outre les hurlements éperdus des Ligueurs, Hark entendit une voix plus grave rugissant inlassablement le même mot. Elle était si rauque et grinçante qu'il eut peine à reconnaître dans ce mot son propre nom.

Quand Hark ajusta la bôme et vit les voiles se gonfler, il eut l'impression de respirer enfin. Le bateau commença par s'avancer lentement vers le large, et Hark l'adjura intérieurement, le supplia d'aller plus vite. Puis le voilier se mit à glisser avec une aisance croissante. La jetée défila devant eux, puis s'éloigna dans leur dos. Les deux extrémités du port reculèrent. En regardant derrière lui, Hark vit le village des Ligueurs s'amenuiser au loin, hors de portée des mousquets.

Pour l'instant, les Ligueurs et la chose qui était Jelt étaient occupés entre eux, mais l'un des deux camps finirait par triompher. Le vainqueur, quel qu'il soit, se lancerait à la poursuite du bateau volé, Hark n'en doutait pas.

Il jeta un coup d'œil à Selphine, qui avait posé son mousquet et maniait les cordages avec autant de compétence que d'acharnement. Elle serrait les mâchoires, et Hark se demanda au prix de quel effort de volonté elle gardait son calme. Lui-même avait du mal à se concentrer. Ses mains accomplissaient machinalement leurs tâches, mais chaque fois qu'il pensait à la course irrésistible de l'*Enfant des Profondeurs* à travers des eaux de plus en plus obscures, son esprit était gagné par une hébétude mortelle.

Hark et ses compagnes n'étaient pas en sécurité. Personne ne l'était.

Les fugitifs contournèrent l'extrémité nord-ouest de l'île sur leur bateau volé, puis cinglèrent vers le sud en longeant la côte, avec le vent en poupe. Leur vitesse augmentait à vue d'œil et, pour l'instant, personne ne semblait les poursuivre. Hark banda la plaie de Vyne. Quant à Selphine, elle dénicha dans la soute du pain, du fromage et des biscuits de mer. Hark dévora la moitié de sa part, en gardant le reste pour Quest.

– *C'est encore ton ami qui a attaqué le campement,* dit Selphine en langue des signes pendant un bref moment de calme. *Pourquoi n'est-il pas intervenu plus tôt?*

Hark trouvait cela étrange, lui aussi. Sa nostalgie l'incitait encore à se demander si Jelt n'avait pas attaqué pour le sauver de ses ennemis. Toutefois, il n'était pas sorti de sa cachette quand les Ligueurs avaient tiré sur Hark et l'avaient acculé sur la jetée. Il ne s'était élancé que quand...

– *Il m'a vu monter sur un bateau*, répondit Hark en sentant son cœur se serrer. *Peut-être a-t-il paniqué à l'idée que je quitte l'île. Je lui ai déjà échappé une fois de cette façon.*

– *Tu es sûr qu'il ne peut pas nous suivre?* s'enquit Selphine.

D'une manière ou d'une autre, Jelt avait réussi à s'enfuir du Marteau du Sauvage. Hark pensa soudain aux Marques qu'il avait entrevues. Elles ressemblaient terriblement aux croquis de poissons-dragons du docteur Vyne.

– *Non*, avoua-t-il. *Je n'en suis pas sûr.*

Ils regardèrent tous deux brièvement derrière eux, là où la dentelle brillante de leur sillage rayait la mer plus froide.

– *Où allons-nous, d'ailleurs?* demanda Selphine, toujours directe.

– *Je ne sais pas. Le docteur Vyne veut que nous mettions au courant le gouverneur.*

– *Bien*, répliqua aussitôt Selphine, dont le visage s'éclaira. *Nous allons au Havre de la Dame. Je veux informer Rigg des agissements de la Ligue et alerter la bande.*

Hark regarda de nouveau le docteur Vyne. Elle fermait les yeux, maintenant, et son visage ne cessait de tressaillir.

– *Il nous faudrait des heures pour arriver au Havre de la Dame*, observa-t-il. *Il se pourrait que le docteur Vyne meure en route.*

Selphine grimaça d'un air incertain.

– *Tu aimes sauver des gens affreux, pas vrai?* lança-t-elle.

Malgré tout, son regard était plutôt compréhensif.

– *Le gouverneur fera-t-il obstacle à la Ligue, une fois prévenu?*

– *Je n'en sais rien*, admit Hark.

Il lui fallait empêcher l'avènement d'une nouvelle ère des

dieux, mais il voulait aussi que Vyne ne meure pas. Il espérait vraiment ne pas avoir à choisir entre les deux.

– *Parles-en avec ta folle de doctoresse,* suggéra Selphine. *Tâche de découvrir ce qu'elle sait, nous déciderons ensuite de ce qu'il faut faire. Je vais m'occuper du bateau et faire le guet.*

Hark dut répéter plusieurs fois le nom du docteur Vyne avant qu'elle n'ouvre les yeux.

– Hark.

Elle cligna des paupières et sembla revenir à elle.

– Tu dois absolument porter un message au gouverneur, pour le bien de tout le monde. Il est le seul à pouvoir peut-être empêcher un dieu vivant de massacrer des innocents. Je peux faire en sorte que ça en vaille la peine pour toi. J'ai un carnet et un crayon. Je vais lui écrire une lettre pour lui annoncer que je te rends ta liberté pour le reste de ton engagement.

Hark la regarda avec défiance. Il n'était pas bien de sa part de lui faire miroiter un tel espoir.

– Je ne vous crois pas ! s'écria-t-il. Comment pourrais-je vous croire ? Vous auriez laissé les Ligueurs nous tuer ! Vous les avez aidés à construire un dieu ! Pourquoi ? Et pourquoi voulez-vous soudain les en empêcher ? Comment voulez-vous que j'aie confiance en vous ?

– Je t'ai déjà dit que je n'avais jamais songé à mettre cette créature en liberté ! De mon point de vue, elle devait rester sous contrôle, sans aucune activité intellectuelle. Nous l'aurions alimentée en eau de l'Abysse et fournie en matériaux à absorber, afin d'obtenir des excroissances que nous pourrions prélever. Elle aurait constitué ainsi une source inépuisable de restes divins, sans que les gens aient à risquer leur vie dans des sous-marins pour s'en procurer !

– Magnifique, lâcha Hark d'un ton amer. Qui pourrait trouver à redire à un tel projet ? En fait, je ne comprends pas pourquoi vous vouliez le mener à bien en cachette sur une île maudite, en tuant tous ceux qui apprenaient son existence.

Vyne fit une grimace qui n'était pas entièrement due à la douleur. Hark avait dit ce qu'il avait à dire. Elle aussi, toutefois. Hark comprenait qu'elle ait pu être tentée par l'idée de produire en quantités illimitées la marchandise la plus précieuse des Myriades.

Il jeta un coup d'œil à Selphine. Il avait espéré qu'elle puisse lire sur leurs lèvres une partie de leur conversation, mais elle ne regardait même pas dans leur direction, tant le bateau semblait exiger toute son attention. Hark devrait lui raconter plus tard.

– Je ne voulais pas que le gouverneur apprenne ce que nous faisions, avoua Vyne. Je craignais qu'il ne me prive de mon musée dans sa colère. Mais je n'avais pas compris à quel point les Ligueurs étaient fous. Je ne m'en suis rendu compte que la nuit dernière. Après que tu... après notre dernière conversation, j'ai passé des heures à essayer d'obtenir de ma création qu'elle s'anime de façon autonome. Elle s'agitait à chaque pulsation du réflecteur mais, à chaque fois, elle retombait ensuite dans son inertie. Au petit matin, j'en suis venue à soupçonner qu'elle n'avait pas assez de peur à assimiler pour respirer. J'ai proposé que nous nous procurions des quantités plus importantes d'eau de l'Abysse de meilleure qualité, puis que nous essayions de nouveau. Le capitaine avait une autre solution. Il a suggéré de transporter le dieu avec l'*Enfant des Profondeurs* pour l'immerger dans l'Abysse.

» Je lui ai dit que c'était une folie. Notre projet impliquait que notre ersatz de dieu reste enfermé en lieu sûr afin de ne pas échapper à notre contrôle. C'est alors que j'ai compris que ce n'était pas du tout ce qu'ils avaient en tête. Ils n'avaient aucune intention d'exploiter le dieu. Ils voulaient le rendre vivant et le lâcher dans l'Abysse. C'est dans ce dessein que l'*Enfant des Profondeurs* attendait au port.

– Quel est leur but ? demanda Hark, même s'il s'en doutait déjà.

– Ils pensent agir pour le bien des Myriades, répondit Vyne en soupirant. Ils s'imaginent que l'époque des dieux était un âge d'or, où les Myriadais étaient un grand peuple.

Elle sourit faiblement.

– Ils disent que nous étions les maîtres des mers. Ils sont terrifiés par les navires étrangers et croient que le retour des dieux assurera notre… sécurité.

– Notre sécurité, répéta Hark d'une voix sourde.

– Même si les dieux étaient des monstres gigantesques et terrifiants, au moins ils étaient *du pays*.

Vyne haussa les épaules d'un air incrédule.

– Donc… le capitaine et moi, nous avons eu un différend…

– … au cours duquel il vous a poignardée, compléta Hark.

– Pas tout de suite. M'étant rendu compte que j'étais seule dans un repaire de fanatiques, j'ai fait semblant de me rendre à leurs arguments. Ils ont paru me croire, mais ensuite ils me tenaient à l'œil chaque fois que j'approchais notre dieu de substitution. Cela dit, ils ne m'ont pas empêchée d'aller rôder dans les parages de l'*Enfant des Profondeurs*.

Elle sortit de sa poche un diapason de sa collection, légèrement plus petit que celui que Hark conservait dans la sienne.

– J'ai essayé de faire un trou dans un hublot, expliqua-t-elle. Si le sous-marin sombrait dans le port, il ne pourrait pas atteindre les eaux profondes. Malheureusement, le hublot était fort bien conçu, avec deux couches de verre divin trempées de façon différente afin qu'une note unique ne puisse pas les faire fondre ensemble. C'est moi qui ai inventé cette technique.

Elle fit la grimace.

– Quelle ironie ! Bref, ils m'ont surprise en train de plonger ma main dans le verre.

Baissant les yeux sur son bandage d'un air contrit, elle ajouta :

– Ils ont donc décidé de faire plutôt un trou dans ma personne.

– Si nous arrivons à prévenir le gouverneur, que pourra-t-il faire ? demanda Hark en luttant contre la panique.

– Il pourra mettre sur le pied de guerre ses navires et ses sous-marins, répondit Vyne avec une férocité tranquille. Il pourra tenir prêts les canons sur les côtes. Si notre création devient vraiment vivante dans l'Abysse et monte à la surface, il pourra mettre en pièces la créature avant qu'elle n'ait trop grandi. Autrement, il est évident qu'elle grandira, Hark. Et vite, je le crains.

Elle soupira de nouveau et prit un air embarrassé.

– J'ai conçu cette créature pour qu'elle soit affamée, pour ainsi dire. Comme je voulais qu'elle fournisse des restes divins en abondance, j'ai augmenté tout ce qui pouvait lui permettre de manger, absorber et grandir. Si nous la laissons se mettre à dévorer des bateaux et des sous-marins, elle sera bientôt trop énorme et puissante pour que nous puissions l'affronter. Pour l'instant, je connais ses faiblesses. Si je peux avertir le gouverneur, il lui sera possible de la détruire dès qu'elle se montrera !

Ces propos rendirent un peu courage à Hark, mais cela ne dura pas.

– Les choses ne se passeront pas ainsi, objecta-t-il. Elle ne quittera pas l'Abysse avant d'avoir grandi. Énormément grandi.

– Je pense que les Ligueurs voudront que leur dieu apparaisse à la surface le plus tôt possible, répliqua Vyne.

– Peu importe ! lança Hark, qui se rappelait soudain ses conversations avec Quest. Si les Ligueurs donnent la vie à un dieu, il ne leur obéira pas ! Il aura faim et se trouvera à côté d'un sous-marin croustillant rempli d'imbéciles. Il les mangera tous puis il écumera les eaux profondes jusqu'à ce qu'il ait digéré tout ce qu'il rencontrera. Lorsqu'il montera à la surface, il sera complètement différent et absolument gigantesque.

Il se souvint des évocations de Quest. Les dieux les plus grands étaient trop énormes pour qu'on puisse leur faire entendre raison, ils obéissaient aveuglément à leur faim et à leurs instincts. À présent, il n'y avait même plus de prêtres pour apaiser le dieu ou détourner son attention afin de l'empêcher de gagner la terre ferme et de dévorer tout ce qu'il trouverait sur son chemin.

– Il sera invincible, chuchota Hark. Dès qu'un dieu vivant sera lâché dans l'Abysse, la situation sera désespérée. Il faut que nous arrêtions les Ligueurs avant qu'ils ne l'aient mis en liberté !

– Nous n'aurons jamais assez de temps ! s'exclama Vyne d'un ton accablé. Si les sous-marins du gouverneur étaient plus proches, ce serait peut-être possible. L'*Enfant des Profondeurs* est lent, et j'ai une idée de l'itinéraire qu'il va emprunter. Le capitaine parlait de rejoindre l'Étreinte. Le chemin le plus court pour s'y rendre passe par l'extrémité sud de la barrière des Suppliques. Après quoi…

– Après quoi, il est impossible de dire quelle direction ils prendront, compléta Hark avec découragement.

Il fut surpris de voir Vyne esquisser un sourire en coin.

– Ma foi, fit-elle, le sous-marin ne s'éloignera peut-être pas sans laisser de trace. Mon diapason n'a pas fait de trou dans le hublot, mais il se pourrait que j'aie fait fondre accidentellement le revêtement en verre divin de la lampe-aurore à l'avant du submersible.

Les lampes-aurores étaient le dernier cri de la technique. Elles utilisaient des fluides tirés d'une méduse pélagique phosphorescente, combinés avec un peu de l'ichor lumineux produit par les glandes de certains dieux.

– Si je ne me trompe pas, la lampe perd des fragments de sa matière éclairante, conclut Vyne. Ils pourraient même former un sillage.

C'était la première lueur d'espoir que Hark entrevoyait depuis le départ de l'*Enfant des Profondeurs*. Cet espoir était si fragile qu'il lui faisait presque peur. Hark imaginait la traînée lumineuse se déployant dans l'eau, ses filaments de lumière s'effilochant au moindre frôlement d'une nageoire, au moindre mouvement des vagues…

– Combien de temps durerait un tel sillage ? demanda-t-il.

– Pas assez longtemps, répondit Vyne avec une franchise mêlée d'affliction. Il nous faudra des heures pour arriver au Havre de la Dame. Même si le gouverneur nous croyait d'emblée, ses sous-marins ne pourraient être ici avant le soir.

– Il y en a un pas bien loin, non ? répliqua Hark d'une voix lente. Un sous-marin vraiment rapide…

Vyne secouait déjà la tête.

– Le *Papillon* était déjà épuisant à piloter quand j'étais en pleine forme ! Et maintenant… Hark, je ne sais pas combien de temps je vais rester consciente. J'ai terriblement froid. Je ne suis pas docteur en médecine, comme je te l'ai dit, mais je sais que ce n'est pas bon signe.

– Je viendrai avec vous dans le sous-marin, lança Hark sans même prendre le temps de réfléchir. Je vous aiderai.

– C'est une idée démentielle ! s'écria-t-elle. Écoute, je m'évanouirais probablement… ou je mourrais… avant même que nous soyons sortis de la caverne ! Que ferais-tu, alors ?

– Je vous ai regardée piloter ! insista Hark, même s'il

n'était pas sûr que cela leur soit d'une grande aide. De toute façon, nous n'avons pas le choix. Vous devrez simplement… ne pas mourir.

– J'ai toujours préféré cette option, murmura Vyne.

Cela dit, elle ne semblait pas avoir beaucoup d'espoir.

CHAPITRE 36

Selphine était debout à la proue du bateau, glacée par les embruns. Elle ressentait avec acuité le déchaînement brutal de la mer. Chaque fois que le bateau survolait avec légèreté une vague avant de heurter la suivante, la violence de l'impact était pour elle comme un coup de poing en pleine poitrine. Jadis, elle ne l'aurait même pas remarqué.

Les vagues ne pouvaient la tromper – elle savait ce qu'elles étaient sous leur peau scintillante. Le cauchemar qu'elle avait vécu en fuyant à la nage le Marteau du Sauvage n'était pas un simple souvenir, elle en gardait en elle la sensation physique. Elle sentait encore la pression impitoyable de l'eau, tandis que les vagues ne cessaient de se dresser pour frapper son visage hors d'haleine, en l'empêchant de regarder autour d'elle. Elle sentait encore chaque heurt glacé qui la faisait couler, si bien qu'elle ne pouvait plus voir ni respirer, seulement se démener pendant que des rochers invisibles écorchaient ses bras et ses jambes.

Dès qu'une vague brillait au soleil comme pour la narguer, Selphine se demandait si elle en avait vraiment réchappé. Il lui semblait que la mer l'avait laissée à dessein ramper sur le rivage, meurtrie, sanglotante. À présent, les flots tout proches guettaient l'occasion de s'emparer d'elle de nouveau.

Hark était toujours à la poupe, occupé à parler avec la doctoresse folle qui l'avait acheté. Il tournait le dos à Selphine, mais elle voyait le visage de la folle. Toutefois, comme elle dirigeait le bateau et montait la garde, elle ne lisait que des bribes énigmatiques de ce qui était manifestement une conversation importante.

« Vous feriez mieux de ne pas donner votre accord pour une entreprise stupide, petit monsieur du Sanctuaire », pensa-t-elle. Visiblement, il avait le chic pour faire de mauvais choix avec de mauvaises personnes.

Elle observa de nouveau la mer. Même si aucune embarcation ne semblait à leurs trousses, son instinct lui disait de se méfier. Elle regarda à travers les bourrasques, au-delà du long sillage du bateau et des promontoires qui se succédaient, voilés par les embruns. Au loin, il y eut un bref jaillissement d'écume quand quelque chose émergea de la surface.

Un banc de poissons volants ? C'était possible, mais Selphine n'y croyait pas, car elle aurait certainement reconnu leur éclat argenté si caractéristique. Un dauphin ou un phoque, peut-être ? Elle scruta la mer en guettant des irrégularités et des ruptures dans son rythme naturel. Elle avait comme l'intuition de sa grande ennemie, le sens de ses cadences et de ses caprices.

Un nouveau jaillissement d'écume, encore lointain mais un peu plus proche. L'espace d'un instant, Selphine aperçut la courbe d'un dos sombre. C'était plus gros qu'un phoque ou un dauphin.

Elle attendit pour en avoir le cœur net. Peut-être s'agissait-il simplement d'une jeune baleine égarée loin de son groupe, trop près des terres, qui montait respirer à la surface…

La troisième fois, le doute ne fut plus permis. La silhouette était trop étroite pour une baleine et, quand elle replongea sous l'eau, Selphine crut apercevoir non pas une queue mais deux jambes.

Elle tapa du pied sur le pont pour attirer l'attention des autres, comme c'était l'usage sur les bateaux de sa mère. Hark et le docteur Vyne levèrent les yeux.

– *On nous suit,* signa Selphine.

– *Tu es sûre?* demanda Hark.

– *Oui. C'est quelqu'un qui nage vite, très vite. Sous l'eau.*

Hark pâlit.

– *Nous pouvons le distancer?* demanda-t-il.

Le bateau bénéficiait d'un vent favorable et sa vitesse en nœuds était impressionnante. Néanmoins, chaque fois que Selphine avait vu le poursuivant, il était plus près.

– *Non,* répondit-elle.

– *Il nous rattrapera avant que nous ayons atteint le troisième promontoire devant nous?* lança Hark avant de le montrer du doigt.

Selphine plissa les yeux en essayant d'estimer la distance.

– *Je ne sais pas,* dit-elle enfin. *Peut-être. Pourquoi?*

– *Il y a une crique derrière. Et une caverne où se trouve un sous-marin. Un engin dément, dangereux, qui pousse des hurlements. Mais il est assez rapide pour poursuivre celui des Ligueurs. Je pourrais aider le docteur Vyne à le piloter.*

Selphine mourait d'envie de retourner au Havre de la Dame. Elle voulait voir paraître à l'horizon les deux bosses de l'île, sa silhouette à la fois laide et magnifique, avec les panaches de fumée graisseuse s'échappant de la cheminée de la fabrique de colle. Elle voulait traverser le port en courant et trouver ses équipiers sains et saufs, et les laisser la gifler, lui crier après ou même ne jamais lui pardonner.

Cependant, s'ils continuaient en direction du Havre de la Dame, leur mystérieux poursuivant les rattraperait longtemps avant qu'ils n'arrivent à bon port. En outre, ils devaient saisir la moindre chance de faire échec aux Ligueurs. À quoi bon rentrer chez elle aujourd'hui, si demain son île bien-aimée était livrée en pâture à un dieu ?

– *Dis-moi tout*, ordonna-t-elle.

CHAPITRE 37

Hark résuma rapidement à Selphine sa conversation avec Vyne.

– *Qu'est-elle en train de faire?* demanda la jeune contrebandière.

Courbée sur son carnet, la scientifique griffonnait au crayon sur une page arrachée.

– *Elle écrit un message pour le gouverneur,* répondit-il. *Nous devrions l'envoyer aussi, au cas où.*

Si son plan avec le *Papillon* ne marchait pas, ce qui paraissait vraisemblable, il fallait que quelqu'un avertisse le gouverneur de la menace.

– *Tu pourrais porter le message au Havre de la Dame,* suggéra Hark.

Manifestement, Selphine brûlait de rentrer chez elle.

– *Tu pourrais courir au port et trouver un bateau qui t'emmènerait là-bas.*

– *Peut-être,* répondit-elle.

Elle semblait partagée, malheureuse. Sa réaction n'était pas aussi enthousiaste qu'il l'aurait cru.

– *Ce n'est pas une obligation,* assura-t-il, ignorant ce qui n'allait pas. *Je peux confier le message à mon ami, le vieux prêtre. Il m'attend sur la plage.*

En mentionnant Quest, Hark se sentit soudain plein de honte et d'appréhension. Il allait devoir avouer au vieillard que le cœur n'était plus en sa possession et se dirigeait en cet instant même vers l'Abysse, après avoir été inséré dans le corps d'un dieu construit par des fous.

Il s'aperçut que Selphine le regardait avec stupeur.

– *Le vieux prêtre est sur la plage?* lança-t-elle en haussant les sourcils. *Est-ce qu'il court vite?*

Hark comprit tout de suite ce qu'elle voulait dire. Ils atteindraient la côte avant que leur poursuivant ne les ait rattrapés, mais il ne serait pas loin derrière. Il ne leur resterait pas beaucoup de temps pour éloigner de la plage un vieillard souffreteux et une femme grièvement blessée.

Quand la crique apparut enfin, Hark aperçut comme prévu la cabane, mais il fut surpris de découvrir devant elle une silhouette en robe jaune. Toutefois, le temps lui manqua pour réagir, car le bateau virait déjà à toute allure.

Comme la crique ne constituait pas vraiment un port naturel, leur approche fut chaotique. Ils arrivèrent trop vite, puis firent une embardée désespérée pour éviter des rochers. Le bateau s'échoua enfin sur les galets, en s'inclinant légèrement.

Le serviteur du Sanctuaire se recula contre la cabane, l'air interloqué. C'était un jeune homme robuste, qui n'avait que six mois d'ancienneté de plus que Hark.

– Docteur Vyne! chuchota Hark en tirant sur la manche de la blessée. Il y a un serviteur du Sanctuaire sur la plage! Il faut que vous lui parliez. Il vous écoutera, vous!

Elle ne répondit pas. Elle respirait encore, mais manifestement avec difficulté. Des ombres noires cernaient ses yeux. Quand il la poussa légèrement, elle ne donna aucun signe de réveil.

– Hark ? s'étonna le jeune serviteur, qui l'avait reconnu. Où étais-tu ? Kly est furieux, il va t'arracher les yeux !

Hark respira profondément, pendant que ses plans faisaient la culbute, s'effondraient puis tentaient de se relever. Avant de se mettre debout, il prit discrètement le trousseau de clés attaché à la ceinture de Vyne et le cacha dans sa propre pochette.

– Au secours ! cria-t-il. Aide-nous ! Le docteur Vyne est blessée. Elle a reçu un coup de poignard ! Il faut que tu la ramènes au Sanctuaire !

– Comment ? lança le jeune homme d'un air bouleversé. Qui l'a frappée ?

– Des Ligueurs ! Je ne peux pas t'expliquer maintenant. Il faut que tu l'amènes tout de suite au Sanctuaire, ou elle mourra !

– Mais…

Le serviteur regarda la cahute derrière lui.

– Mais Quest est dans cette cabane ! Nous l'avons cherché toute la nuit ! Je l'ai vu sur la plage, mais il s'est barricadé à l'intérieur…

– Je m'en charge ! déclara Hark. Il m'a toujours écouté !

Cette promesse fut suffisante. Le jeune domestique s'avança dans l'eau en pataugeant, et Hark et Selphine déposèrent le docteur Vyne dans ses bras avec précaution.

– Vas-y ! Vite !

Hark savait qu'il allait un peu loin en donnant des ordres à ce garçon plus élevé que lui dans l'ordre hiérarchique, mais il savait aussi que leurs négociations pouvaient être interrompues à tout moment par une créature sombre et luisante, dotée d'excroissances tranchantes comme un rasoir…

En vacillant un peu sous le poids de la blessée, la silhouette vêtue de jaune se hâta sur les rochers en direction du port. Avant qu'elle ait disparu, Hark avait sauté du bateau dans les eaux peu profondes, où les vagues déferlaient contre ses jambes. Selphine l'imita, atterrit en chancelant mais garda l'équilibre. Elle avait encore le mousquet du Ligueur, qu'elle tenait au-dessus de sa tête pour ne pas le mouiller.

Hark se souvint avec retard du message pour le gouverneur, qu'il n'avait pas réclamé à Vyne. Tout était allé trop vite.

– Il y a une lettre dans le carnet ! hurla-t-il en direction du serviteur au loin, en espérant qu'il pouvait l'entendre. Elle est pour... Kly ! Montre-la-lui, il comprendra ! Il saura ce qu'il faut faire !

Beaucoup de domestiques du Sanctuaire pouvaient être des partisans de la Ligue, mais il était absolument certain que ce n'était pas le cas de Kly.

Les vêtements de Hark étaient trempés. Il courut à la cabane, martela la porte.

– Quest, c'est moi, Hark ! Ouvrez-moi !

Il entendit des pas traînants à l'intérieur.

– Tu es sûr que tout va bien ? demanda Quest sur son ton reconnaissable entre mille.

– Rien ne va bien ! admit Hark. Mais nous devons y aller !

La porte s'ouvrit. Les yeux rougis du vieillard l'observaient au-dessus des vêtements où il s'était emmitouflé.

– Qui est ta jeune amie et pourquoi est-elle armée ? s'enquit-il.

– Selphine... est notre alliée. Nous avons eu des ennuis...

– Quelle sorte d'ennuis ? lança Quest en fronçant les sourcils. Dis-moi que tu as toujours le cœur !

Hark ne pouvait le lui dire. Il sentit son visage se décomposer, et regarda celui du vieux prêtre prendre une expression désespérée quand il comprit la vérité. L'accablement de Quest ne se mêlait pas de colère ni de ressentiment, ce qui le rendait étrangement encore plus insupportable.

– Je vais empêcher les Ligueurs de mener à bien leur projet !

affirma Hark avec une résolution soudaine. Ils veulent transporter le cœur dans l'Abysse, pour qu'une nouvelle ère des dieux commence. Je ne les laisserai pas faire, c'est juré ! Mais pour l'instant, nous devons quitter cette plage !

Selphine poussa un cri d'avertissement, le doigt pointé vers la mer. Une silhouette obscure approchait du rivage à une vitesse effrayante. Elle fendait les vagues en ondulant comme un dauphin, mais rien n'était normal dans sa forme et dans ce qui lui tenait lieu de nageoire et de queue.

– Courez à la porte ! hurla Hark.

Il conduisit le vieillard ébahi jusqu'à la porte s'ouvrant dans la falaise, avec Selphine sur ses talons. Tout en se démenant avec le trousseau de clés de Vyne, il vit du coin de l'œil la jeune contrebandière faire face à la mer, prête à utiliser son mousquet, avec une terreur mêlée de défi.

– Arrière ! cria-t-elle d'une voix enrouée. N'avance pas !

Hark ne l'avait jamais entendue parler d'une voix aussi tendue et paniquée.

Il jeta un coup d'œil affolé à la plage, et le regretta. Une tête et un buste luisants avaient émergé de la mer et se dirigeaient vers le rivage. De l'eau ruisselait entre les dents de la créature – elle avait beaucoup trop de dents…

Hark introduisit en tremblant les clés dans la serrure, en les essayant les unes après les autres. Ses phalanges ravagées lui faisaient mal.

« Cette clé ? Non. Celle-ci ? Non… peut-être… non. Oh, je vous en supplie, que l'une de vous ouvre cette porte ! »

Une clé qu'il aurait crue trop petite était juste à la bonne taille. Il la tourna fébrilement dans la serrure, entendit un déclic. Une seconde plus tard, une détonation à moins d'un mètre de lui le fit sursauter.

Selphine hurlait à pleins poumons, mais il n'eut pas le temps de comprendre ce qu'elle disait. Il s'élança contre le battant qui céda, et lui s'effondra dans l'obscurité. Ses deux compagnons s'engouffrèrent à sa suite en buttant sur lui. Avec l'énergie du désespoir, il ferma violemment la porte dans son dos.

– Verrouille-la ! hurla Selphine. Verrouille-la !

Il faisait si sombre qu'il ne voyait pas la serrure. Ses doigts fébriles rencontrèrent un verrou, qu'ils poussèrent avec affolement. Presque aussitôt, le panneau fut ébranlé par des coups violents. Les mains tremblantes, Hark trouva deux autres verrous et les poussa, puis il chercha à tâtons la serrure et ferma la porte à clé. Un nouveau coup de l'autre côté fit tressauter le battant, puis un rugissement de rage retentit.

Pour ce qui était des scrupules, le docteur Vyne avait des progrès à faire, mais elle savait ce qu'était une porte bien solide. En cet instant, il semblait à Hark que cette qualité rachetait bien des choses.

Selphine ne se calma vraiment qu'une fois que Hark eut trouvé et allumé une lampe-terreur. La caverne artificielle s'emplit d'une clarté violâtre et d'une odeur de brûlé mêlée d'une profonde détresse.

– *Cette chose est sortie de l'eau,* signa-t-elle précipitamment. *Elle avait des centaines de dents. Je lui ai dit de ne pas avancer, mais elle a bondi vers nous, alors... je lui ai tiré dessus. Je lui ai tiré dessus et je l'ai atteinte au flanc. Elle s'est écroulée en se tordant en tous sens, puis elle s'est relevée...*

Après le coup de feu, Selphine avait laissé tomber son mousquet. À présent, elle serrait les bras autour de son corps, comme pour se protéger. Hark n'aurait su dire si le recul de l'arme lui avait fait mal ou si elle était simplement bouleversée. Il n'était pas assez bête pour le lui demander.

– *Ce coup de feu nous a donné le temps de fuir,* déclara Quest avec des signes plutôt raides et lents. *Merci.*

Hark découvrit avec surprise que Quest connaissait la langue des signes, contrairement aux autres prêtres du Sanctuaire. Puis il se rappela que le vieillard avait longtemps vécu dans le monde, après le Cataclysme.

– *Cette créature, qu'est-ce que c'était?*

Hark échangea un regard avec Selphine.

– *C'était mon ami,* avoua-t-il à contrecœur. *Celui que je croyais pouvoir sauver.*

Quest poussa un soupir accablé.

– Je suis désolé pour toi, Hark.

Le rugissement derrière la porte s'était tu. Hark imagina l'obscure créature couverte d'écailles tapie en silence de l'autre côté.

– *Il y a une autre sortie?* demanda abruptement Selphine.

– *Non,* admit Hark. *Seulement le sous-marin.*

– *Mais nous ne pouvons plus l'utiliser!* observa-t-elle. *Le docteur Vyne n'est plus avec nous!*

– *Le sous-marin?* s'étonna Quest.

Hark respira profondément, puis expliqua en hâte :

– Le docteur Vyne et les Ligueurs ont collaboré pour fabriquer un dieu. Elle croyait qu'ils le garderaient dans une boîte pour prélever sur lui des restes divins, comme un mouton qu'on tond. Mais les Ligueurs voulaient le lâcher dans la nature, afin que l'époque des dieux revienne. Comme elle avait découvert leur projet, ils l'ont poignardée. Ils ont inséré le cœur de la Dame dans leur créature, mais elle ne s'animait pas comme prévu. Ils l'ont donc embarquée dans un sous-marin pour l'emmener dans l'Abysse, où elle pourra respirer davantage de peur. En bas de cet escalier, il y a un submersible secret, très rapide, un prototype conçu par Vyne. Elle devait le piloter, mais elle a perdu connaissance. Donc... je vais partir avec pour tenter de rattraper les Ligueurs.

En prononçant ces derniers mots, il sentit la panique le gagner.

– Montre-nous ce sous-marin, lança Quest.

Hark les conduisit dans l'escalier tortueux aux marches de pierre, jusqu'à la caverne où le *Papillon de Mer* dansait sur l'eau obscure.

– On croirait voir le rejeton maudit d'une méduse et d'une raie pastenague, lâcha Quest après un silence. Tu dis que tu sais piloter ce... cette erreur de jugement ?

– J'ai voyagé dedans avec le docteur Vyne, répondit Hark, conscient de ne pas répondre exactement à la question. En modifiant le son, on fait battre les ailes. Comme c'est très bruyant, on doit porter un casque...

– Ai-je besoin de savoir autre chose avant notre départ ?

– Comment ? s'exclama Hark d'un ton horrifié. Mais... vous êtes malade !

– L'un de vous deux est-il déjà allé dans l'Abysse ? demanda Quest d'une voix plus forte. Avez-vous la moindre idée de ce qu'on trouve là-bas ? Connaissez-vous les courants en dents de scie ? Les vagues énormes aux endroits où l'Abysse rejoint la mer ? Les créatures qui y vivent ? Crois-moi, vous aurez besoin de moi. Il y a de la place pour trois là-dedans...

Selphine tapa du pied par terre pour attirer l'attention et agita les bras jusqu'à ce que Hark la regarde.

– *Que raconte-t-il ?* demanda-t-elle en langue des signes. *Il veut venir ? Tu ne peux pas le laisser faire ! Les prêtres vénèrent les dieux ! Il ne voudra pas empêcher les Ligueurs d'en fabriquer un !*

– *Il est différent des autres prêtres*, répliqua Hark.

– *De quelle façon ? Pour quelle raison ? Pourquoi devrions-nous lui faire confiance ?*

– *C'est mon ami !* lança Hark dans son irritation.

Il se rendit compte aussitôt que c'était un argument peu convaincant, vu ses amitiés passées.

– De toute façon, il a raison ! Nous avons besoin de quelqu'un qui connaît l'Abysse !

– En nous accompagnant, il pourra nous engager dans une mauvaise direction ou s'arranger pour nous supprimer ! répliqua Selphine d'un air farouche.

– Il m'a mis en garde contre les dieux ! protesta Hark. *Il a tenté de fracasser le cœur !*

– Comment savait-il que c'était celui de la Dame Cachée ? insista Selphine, au comble de l'exaspération.

– Quest, comment se fait-il que vous ayez reconnu le cœur de la Dame ? demanda Hark d'une voix lente.

– Ce n'est pas le moment d'en parler ! rétorqua le vieillard d'un air angoissé.

Combien de fois avait-il ainsi esquivé ou détourné les questions ? Quest était comme une rose séchée, un nœud serré de secrets. Chaque pétale délicat qu'on écartait en révélait un autre. Même maintenant, Hark savait qu'il existait encore plusieurs couches superposées. Il n'aurait su dire combien, ni ce qui se cachait en leur cœur.

Il fallait qu'il sachent la vérité avant qu'ils ne s'embarquent ensemble dans les ténèbres. Selphine avait raison.

– Je veux vous faire confiance, Quest, dit-il à voix basse. Mais je ne peux plus suivre les gens aveuglément. Comment saviez-vous que c'était le cœur de la Dame ?

Il y eut un silence, où le vieux prêtre sembla respirer avec peine. Puis il adressa à Hark un sourire hagard, compliqué. Le sourire d'un homme comprenant qu'une longue partie arrivait à son terme, et se rendant compte soudain qu'il était fatigué de jouer.

– Si je le savais, répondit-il, c'est que la Dame Cachée me l'avait elle-même montré, et que je le lui avais arraché après l'avoir tuée.

CHAPITRE 38

– Vous... vous l'avez tuée ? répéta stupidement Hark.

– *C'est impossible !* signa Selphine, manifestement sidérée. *C'était un dieu !*

La Dame et sa beauté de noyée, ses pattes incroyablement longues de crabe-araignée, la forêt ondoyante de ses cheveux semblables à des algues, où elle se cachait. La Dame et ses mystères, ses secrets, son intelligence d'un autre monde. La maîtresse du Havre de la Dame, qui racontait des histoires plus vieilles que les chênes...

Quest se tourna vers la jeune contrebandière.

– *Puis-je m'expliquer à haute voix ?* demanda-t-il. *Ma langue des signes est lente et rudimentaire.*

Selphine se renfrogna un peu, mais haussa les épaules. Elle régla au maximum la lampe-terreur, et Quest cligna des yeux quand la lumière éclaira en plein son visage.

– La Dame Cachée était un dieu solitaire, commença-t-il. C'était sa faiblesse. Elle m'a révélé ses secrets. Elle avait trouvé le moyen de faire sortir son cœur du centre de son corps, en le faisant passer par son cou jusque dans ses cheveux. Elle m'en a même fait la démonstration. L'opération était longue et douloureuse, mais elle réussissait à pousser son cœur vers l'extrémité d'un de ses cheveux ondoyants, comme une boule dans un bas.

– *Pourquoi voulait-elle installer son cœur dans sa chevelure?* s'étonna Selphine.

– Elle était solitaire, répéta Quest. Elle n'en pouvait plus. Nous autres, prêtres, nous parlions avec elle, mais nos vies étaient trop petites, tièdes et éphémères. Elle avait envie de parler avec ses pareils, qui avaient vu et respiré l'Abysse suffisamment longtemps pour la comprendre. Mais elle n'osait pas les approcher de trop près.

Hark vit que Selphine semblait incertaine. Il lui expliqua en hâte :

– *C'était à cause des battements de cœur. Les dieux pouvaient sentir de loin battre le cœur d'un autre dieu. Ils devenaient alors comme fous et ne pouvaient s'empêcher de s'affronter jusqu'à la mort d'un des deux adversaires.*

– Alors qu'elle était encore une jeune divinité, reprit Quest, la Dame Cachée entendit le Gathergeist chanter dans les profondeurs. Elle comprit que c'était un autre dieu, jeune et intelligent, et elle désira lui parler, mais elle ne pouvait courir le risque que l'un d'eux perçoive les battements de cœur de l'autre. Elle savait que leur raison ne résisterait pas et qu'ils seraient contraints de s'affronter. Elle apprit donc à déplacer son cœur. Quand il était au bout d'un de ses cheveux, la Dame pouvait le tenir à distance de son corps. En le tenant ainsi derrière elle, elle s'approcha du Gathergeist, assez près pour l'appeler. Elle lui raconta ce qu'elle avait fait. Il l'imita et éloigna d'elle la chaîne qui abritait son propre cœur. De cette façon, il leur fut possible de parler sans sentir le cœur de l'autre. Leurs conversations n'étaient pas fréquentes. Il était dangereux pour eux d'être si proches et d'exposer ainsi leur cœur. Parfois, ils restaient pendant des années sans se parler, mais c'était suffisant pour les empêcher de devenir fous.

– Ils étaient… amis ?

Hark se rendit compte aussitôt que ce n'était pas le mot qui convenait.

– Non, répondit le vieux prêtre. Ils étaient l'un pour l'autre comme le gardien de leurs histoires. Cependant, après avoir dévoré l'Avaleur et doublé de volume, le Gathergeist sentit son esprit s'obscurcir.

– *Les dieux perdent leur intelligence quand ils grandissent trop,* expliqua Hark à Selphine.

– Le Gathergeist fut encore capable de raconter à la Dame ce dernier combat, mais ensuite son esprit s'affaiblit et s'éteignit. Elle se cacha pour ne pas le rencontrer, lorsqu'il nagea vers Sirène. Après quoi, elle fut de nouveau seule. C'est alors qu'elle m'a demandé de l'aider…

Quest tremblait légèrement.

– Elle m'a demandé de lui trouver un autre dieu intelligent et de le faire approcher suffisamment pour pouvoir lui parler. J'ai menti. Je lui ai raconté que j'avais tout arrangé. Elle a installé son cœur au bout d'un de ses cheveux, en attendant l'arrivée du nouveau dieu. J'ai coupé le cheveu et je me suis enfui avec le cœur. J'ai laissé la Dame mourir.

Hark ne put supporter la franchise brutale du vieillard.

– Pourquoi ? s'écria-t-il, en proie à une émotion qui ressemblait à du chagrin. Pourquoi avez-vous fait ça ?

En dépit de ses propos amers sur les dieux, Quest semblait respecter la Dame Cachée. Hark avait senti entre eux une étrange intimité. Ce n'était pas la proximité physique des amants, ni même une amitié romantique, mais malgré tout la rencontre entre deux âmes.

– Il était nécessaire de la détruire, répondit Quest. Son esprit se mourait, en ne laissant plus qu'un monstre. Et j'avais besoin de son cœur.

– Pour quoi faire ? s'étonna Hark.

Puis la réponse lui parut évidente.

– Vous vouliez guérir quelqu'un !

– Non, pas quelqu'un, répliqua le vieux prêtre. J'avais besoin de son cœur pour guérir les Myriades d'une antique maladie. Il me le fallait pour tuer les dieux. Les anéantir jusqu'au dernier.

Hark et Selphine le regardèrent avec stupeur.

Le Cataclysme ! Quest parlait du Cataclysme ! Cet événement qui avait changé la face de l'archipel, fait des centaines d'orphelins, effacé des ports entiers et traumatisé un million d'esprits. Tout insulaire de plus de trente-cinq ans se rappelait où il se trouvait au moment du Cataclysme.

Et voilà que Quest se tenait devant eux, le visage livide mais tranquille dans la lumière violâtre, et qu'il leur racontait que c'était lui qui avait organisé la catastrophe.

– Je suis devenu prêtre pour être auprès d'une femme qui ne m'aimait pas, continua le vieillard. Mais si je suis resté prêtre, c'était pour trouver un moyen de détruire les dieux. Je les ai étudiés pendant vingt ans pour savoir s'ils pouvaient mourir. J'ai appris qu'ils dépérissaient quand ils n'avaient pas assez de peur à respirer. Si un dieu restait trop longtemps trop loin des Myriades, son cœur le lâchait et il mourait. Un dieu appelé Quatre-Visages a un jour été entraîné au large par une tempête, après quoi il a pourchassé sur plus de mille kilomètres une troupe de baleines. Il a fini par mourir, et des baleiniers du continent ont découvert son cadavre. Les prêtres ont étouffé l'affaire.

» Au début, j'ai cru que je pourrais faire mourir les dieux en les attirant un à un loin des Myriades. Il était possible d'en leurrer certains sur de courtes distances. Le Cardinal suivait les lumières vives, Dolor aimait les planches colorées, le Vagabond s'élançait aux trousses d'une baleine morte que traînait un bateau. Cependant, ils rebroussaient chemin dès que leur corps s'affaiblissait. C'est alors que la Dame m'a montré son cœur. J'ai compris que si j'arrivais à le sectionner sans qu'il arrête de battre, je posséderais quelque chose à quoi aucun dieu ne pourrait résister. Les dieux traquaient jusqu'à la mort les battements de cœur de leurs semblables.

» Il aurait été trop long de les attirer au large l'un après l'autre avec le cœur. Il y avait plus de quarante dieux, dispersés sur plus de mille cinq cents kilomètres. Si je tardais trop, les autres prêtres me prendraient sur le fait ou des dieux nouveaux apparaîtraient. Il me fallait une méthode beaucoup plus rapide pour les tuer, et je l'ai trouvée.

Les pièces du puzzle commençaient à s'assembler dans la tête de Hark.

– Vous les avez réunis ! lança-t-il d'un ton accusateur. Vous vous êtes servi du cœur pour les mettre en contact, afin qu'ils se battent et s'entre-dévorent !

– En effet, confirma Quest. Un groupe des nôtres, montés sur un bateau rapide, traînaient le cœur dans l'eau. Nous incitions les dieux à se battre, puis nous conduisions le vainqueur au dieu suivant, et ainsi de suite. Lorsqu'un dieu avait dévoré un grand nombre de ses semblables, en devenant si énorme qu'il provoquait des raz-de-marée, nous l'attirions au large pour qu'il meure. Ensuite, nous recommencions notre travail dans une autre région des Myriades, encore et encore.

Les combats apocalyptiques qu'on évoquait encore dans les tavernes ou dont on parlait en chuchotant sur son lit de mort faisaient tous partie d'un plan mûrement réfléchi. L'affrontement de Kalmaddoth et du Solitaire Rouge, le massacre de la Sœur de l'Aube par la Cataracte Argentée, les hurlements accompagnant les ravages du Gathergeist…

– *Des gens sont morts !* lança Selphine. *Les vagues géantes et les dieux déchaînés ont fait des centaines de victimes !*

– C'est vrai, admit Quest. Peut-être même des milliers, au bout du compte. Les amis qui m'aidaient sont tous morts pendant notre mission, eux aussi.

Hark se sentait accablé et consterné. Quest, son allié et son confident, avec sa sagesse et son goût du secret, avait provoqué délibérément le Cataclysme. La réponse au plus terrible secret de l'époque se cachait depuis trente ans dans la mémoire de cet homme souffreteux.

– Tu parais bouleversé, en colère, dit Quest en observant Hark avec son habituelle sagacité. Pleures-tu tant de vies innocentes ou penses-tu encore à la Dame ? Elle a tué des milliers de gens, le plus souvent par simple caprice. L'île de Deux-Fois doit son nom à ses deux incursions, durant lesquelles elle a dévoré tous les habitants. Son sort était-il plus tragique que le leur ?

Hark se sentit rougir. C'était la vérité. Le fait que Quest ait trahi la Dame lui paraissait particulièrement affreux. Il se rendit compte qu'il réagissait comme si la souffrance, la solitude et la mort du dieu étaient plus grandes et importantes que celles de tous les autres êtres. Quest avait qualifié les dieux d'hypnotiques. Hark avait beau n'avoir jamais vu la Dame vivante, il avait été hypnotisé par le charme ondoyant de sa légende. Qu'était-elle, toutefois, quand il analysait ce qu'il savait d'elle ?

– Tu ne dois pas les aimer, dit Quest avec douceur. Il est aisé d'aimer le pouvoir, car il tend à vous convaincre de sa majesté, de sa beauté et de sa grandeur. Mais les dieux étaient des monstres. Tu ne dois même pas aimer leur mémoire. Déteste-moi, si tu veux, pour les morts humaines que j'ai causées. J'ai tenté de les éviter, mais j'étais conscient des risques. Je ne suis pas un homme bon. Cependant, les dieux sont morts.

Hark regarda Selphine, qui semblait furieuse.

– *S'il dit vrai, lui aussi est un monstre*, déclara-t-elle.

– *Un monstre qui tue les dieux*, répliqua Hark.

La jeune contrebandière le foudroya du regard, à moins qu'elle n'en eût après quelque pensée secrète.

– *Partons*, lança-t-elle soudain avec colère. *Tous les trois. Tout de suite.*

À la lumière de la lampe-terreur, Hark vit qu'elle serrait les mâchoires et était blanche comme un linge.

– *Tu es sûre?* demanda-t-il.

– *Ouvre donc l'écoutille!* répondit-elle avec des signes fébriles. *Vite!*

Son expression disait : « Vite, avant que je ne change d'avis. »

CHAPITRE 39

Un à un, ils se glissèrent péniblement dans le *Papillon*. Hark et Selphine durent prendre les sièges, afin de pouvoir pédaler. Hark fut ennuyé de devoir demander à Quest de se caser dans l'espace entre eux, mais c'était la seule solution.

Il vérifia rapidement les bouteilles d'air comprimé et les réservoirs de plongée. Il y avait trois bouteilles pleines. La soude était fraîche et le détergent sec. Il ferma l'écoutille. Comme la fois précédente, une brume irisée voila le monde extérieur.

Il n'y avait que deux casques. Selphine regarda ses coéquipiers les enfiler d'un air acerbe.

– *Vous avez l'air de champignons, tous les deux*, commenta-t-elle.

Toutefois, Hark remarqua qu'elle prenait soin de ne regarder que ses compagnons ou le plafond de la caverne. Son souffle était précipité, et elle détournait les yeux des flots obscurs où ils étaient à demi immergés.

– *Nous allons descendre*, signa-t-il, en s'efforçant de ne pas donner de coups de coude à Quest.

Elle hocha brièvement la tête.

Il tira doucement une manette et espéra. L'eau se referma

sur eux, les plongeant dans l'obscurité. Hark comprit trop tard pourquoi Vyne avait commencé par allumer la lampe à l'avant du submersible.

Il se rappela qu'elle l'avait allumée en tournant une manivelle. La première qu'il actionna à tâtons produisit une note glaçante et suraiguë, qui fit tressauter le sous-marin. À la seconde tentative, le *Papillon* fit une embardée en avant et heurta violemment le rebord de pierre.

Quest tentait de lui dire quelque chose en langue des signes. Hark ne distinguait pas ses gestes, qui devaient signifier à peu près : « Es-tu certain de savoir piloter cet engin ? »

Heureusement, la troisième manivelle fit jaillir une lueur dans la lampe.

– *Nous devons pédaler, maintenant,* lança Hark à Selphine.

Il s'aperçut qu'elle fermait les yeux, cramponnée à son siège. Elle les ouvrit quand il lui tapota le bras, et il répéta les signes, mais elle sembla ne pas comprendre tout de suite. Au bout d'un instant, elle hocha la tête d'un air mal assuré.

Il se mit à pédaler, ce qui fut plus facile une fois que Selphine se joignit à lui.

« À présent, il faut juste que je me rappelle le reste des commandes, pensa-t-il. Ces manettes permettent de tourner à gauche ou à droite, je crois... oui ! »

Une étape à la fois. Chaque étape était compliquée et pouvait être fatale.

Lorsqu'ils sortirent de la caverne, l'eau devint plus claire. La lumière sous-marine était encore plus belle que la dernière fois. Elle miroitait comme un sombre joyau au soleil du matin. Des touffes d'algues dansaient comme des flammes vertes et mordorées.

Une lointaine silhouette sombre fonça vers le *Papillon*, en ondulant avec une grâce insupportable, et cogna violemment la sphère de verre. Hark ne fut pas le seul à pousser un hurlement. Puis son cerveau comprit d'un coup ce qu'il avait vu : ce visage orné de moustaches, ces nageoires pareilles à des pattes plaquées contre le corps, cette fourrure sombre luisant d'un éclat argenté.

Selphine éclata de rire.

– *Un phoque,* dit-elle. *Il chasse le gros poisson en verre.*

Hark rit aussi, mais son cœur battait encore à tout rompre. Il ne pouvait différer davantage. Le véritable Jelt pouvait remarquer à tout moment l'agitation de l'eau provoquée par le submersible. Hark installa le soufflet sous son bras et le pressa non sans hésitation.

– *Je mets en route les hurlements,* prévint-il ses compagnons pour qu'ils se préparent au choc.

Il tourna ce qui lui semblait être la bonne manivelle, et le sous-marin fit une nouvelle embardée en avant. Un violent jet d'eau arracha deux anémones de leur rocher et fit fuir les syngnathes. Hark poussa un juron. Ce n'étaient plus seulement l'effort physique mais l'embarras qui le faisaient maintenant transpirer.

La manivelle suivante produisit le même hurlement pur et strident que précédemment. La note s'affaiblit ensuite en un murmure assourdi, mais quand Hark pressa le soufflet sous son bras, elle repartit. « Ce n'est qu'un orgue géant, songea-t-il en regardant les jeux, manettes et leviers divers. Je dois simplement apprendre à en jouer. »

Il tira une des manettes. La note unique s'éleva, si perçante qu'il en grinça des dents. À présent, les ailes du submersible étaient pendantes et il menaçait de piquer du nez. Le *Papillon* descendait lentement vers les rochers déchiquetés s'élevant cinq mètres plus bas.

Affolé, Hark poussa la manette, ce qui ramena la note à un grondement dans les graves. Les ailes se redressèrent si brutalement qu'il craignit qu'elles ne se cassent. Il fallait qu'il les fasse battre en douceur. En tirant et en poussant alternativement la manette, peut-être…

Le *Papillon* émit des cris déchirants, comme si Hark le torturait. Les ailes se mirent à battre frénétiquement, en s'incurvant bizarrement, tandis que le sous-marin ne cessait de plonger en avant puis de se cabrer. Ce n'était pas ainsi que le docteur Vyne pilotait ! Avec elle, les ailes ondulaient comme de la soie. Comment faisait-elle ?

Il se rappela que les courroies du casque de la savante étaient dénouées et qu'elle avait une expression de concentration douloureuse. Si elle ne les attachait pas, c'était sans doute pour mieux entendre les notes.

À contrecœur, il défit les courroies de son propre casque. La pression du rembourrage intérieur diminua légèrement. Aussitôt, les hurlements du *Papillon* le mirent au supplice. Il avait l'impression que son crâne tressautait, en réduisant son cerveau en bouillie. Il lâcha le soufflet, mais la note semblait continuer de se déchaîner. Elle criait comme la mer, sans raison, sans pitié. C'était un bruit blanc. Tout était blanc autour de Hark, il sombrait dans le blanc…

Du fond des ténèbres immaculées, quelque chose agrippa son col, le secoua, lui assena deux gifles puis le secoua encore.

Peu à peu, Hark redevint capable de penser. Le monde était encore rempli d'une clameur torturante, mais le hurlement gémissant avait cédé la place à un long cri perçant qui ne réduisait pas son cerveau en miettes. Il ouvrit les yeux, hébété, et découvrit Selphine penchée sur lui, de façon à pouvoir caler le soufflet sous son bras à elle.

– *Empêche-nous de nous fracasser !* lança-t-elle frénétiquement, malgré le soufflet la gênant pour tracer correctement ses signes.

Les ailes de verre ondulaient bel et bien, maintenant, et propulsait le sous-marin en avant. Toutefois, il se dirigeait droit vers un rocher déchiqueté grand comme une maison, sans compter qu'il s'inclinait dangereusement sur la droite.

Hark saisit en hâte les commandes et tourna à gauche toute. Selphine s'effondra sur son siège, tandis qu'il installait de nouveau le soufflet sous son propre bras. Le submersible était légèrement moins incliné, peut-être simplement parce que Selphine n'était plus du même côté que Hark.

Le *Papillon* obliqua lentement vers la gauche, en se détournant du rocher, mais Hark vit que l'aile droite risquait de passer un peu trop près de la paroi rocheuse. Il sentit son estomac se nouer, comme si cela pouvait aider l'aile à se replier devant l'obstacle. Il n'avait pas envie de regarder sa courbe souple se désagréger comme la chair molle d'une méduse…

L'aile irisée frôla le rocher, en détachant au passage une éponge à la surface grêlée. Des nuages de vase et de brins d'algue moussus s'élevèrent en tourbillonnant. Quand ils dépassèrent le rocher, Hark se rappela comment on faisait pour respirer.

Il observa les commandes. Certaines avaient changé de position. Deux leviers côte à côte étaient tirés au même niveau. Il regarda de nouveau les ailes. Elles n'ondulaient que faiblement, mais c'était un bon début.

– *Comment y es-tu arrivée?* demanda-t-il à Selphine, qui reprenait elle aussi son souffle.

Elle haussa les épaules ostensiblement, d'un air perplexe, et pointa le doigt sur les commandes.

– *J'ai tiré et poussé ces trucs! Des tas de fois!*

Tendant la main, elle effleura brièvement la paroi de verre du submersible.

– *Je sentais les vibrations,* expliqua-t-elle, avant de hausser de nouveau les épaules.

*

Comme il y avait une boussole devant Hark, il leur fut possible de diriger le *Papillon*. Après une rapide discussion, ils prirent la direction ouest-sud-ouest, pour rejoindre le bord du filet de la barrière des Suppliques.

Même s'ils étaient assis de façon à pouvoir voir leurs mains, ils étaient si serrés qu'il devenait plus difficile de signer. Hark n'était pas habitué à converser uniquement dans cette langue avec plusieurs personnes, surtout sur un rythme aussi rapide. Il peinait à suivre la conversation. Si les signes de Selphine étaient clairs, aisés et expressifs, ceux de Quest étaient plus gauches et limités. Le visage du vieux prêtre était crispé sous le coup de la concentration au lieu d'exprimer ce qu'il voulait dire, comme il l'aurait fallu. C'était d'autant plus compliqué qu'il avait manifestement appris la langue des signes à Sirène, si bien que certains gestes qu'il connaissait différaient de ceux en usage au Havre de la Dame.

Hark amena le sous-marin à une profondeur de trois mètres, où l'eau semblait encore illuminée de saphirs dansants. La houle l'agitait, mais le submersible glissait imperturbable à travers l'eau, comme un poisson. Hark commença à éprouver l'étrange excitation grisante que lui avait donnée le *Papillon* lors de ses précédents trajets.

En maniant en douceur les commandes, Hark réussit à modifier le hurlement de façon à augmenter l'ondulation des ailes. Le sous-marin accéléra de plus en plus. Même si Hark ne pouvait comme Vyne le faire avancer à toute allure, du moins avait-il cessé de s'incliner, de plonger abruptement ou d'agiter ses ailes comme une mouette prise de convulsions.

Pour l'instant, Jelt ne se montrait pas, mais Hark ne croyait nullement qu'il ait renoncé à les poursuivre. Il avait certainement entendu le *Papillon* se mettre en route, peut-être même avait-il vu sa silhouette de verre s'éloigner sous les flots.

Plus bas, le fond de la mer s'inclinait lentement, parsemé de rochers et de ravins indistincts. Des maquereaux jaillirent comme un éclair argenté de derrière la carcasse d'un canot fracassé. Des daurades et des mérous à l'air lugubre cherchèrent en hâte un abri quand l'ombre du *Papillon* les survola. Ils descendirent à dix mètres de profondeur, puis douze, puis quinze, dans une obscurité grandissante.

Hark jeta un coup d'œil à Selphine. Elle serrait de nouveau les mâchoires et respirait avec difficulté.

– *Désolé,* lui dit-il en se tournant discrètement pour que Quest ne puisse voir ses signes. *Je sais que tu n'avais pas envie de faire ce voyage.*

Elle grimaça.

– *Je t'ai dit que je ne voulais pas d'une mort stupide,* répliqua-t-elle non sans nervosité. *Je n'ai pas envie de me noyer pour rien. Mais sauver les Myriades n'a rien de stupide.*

Même les jours où l'eau est claire, on ne voit pas très loin sous la mer. Une brume légère voile tout ce qui se trouve à une certaine distance. Des fragments minuscules, restes d'êtres vivants ou d'objets inertes, poursuivent chacun leur propre voyage.

C'est ainsi que l'immense filet de la barrière des Suppliques s'approcha furtivement du *Papillon,* tel un prédateur gigantesque. Au début, ils ne virent qu'une masse sombre et indistincte devant eux. L'énorme réseau de chaînes devint peu à peu visible dans le lointain, à travers le brouillard des fonds marins. Lorsqu'ils furent suffisamment près, Hark fit ralentir le submersible.

De loin, le filet paraissait immobile, comme la toile d'une araignée géante. Cependant, à mesure que le sous-marin s'avançait, Hark vit que l'ensemble monumental oscillait lentement en direction du large, avant de revenir en arrière avec une force surprenante. Le spectacle était gracieux, comme des algues ondulant sous la houle, mais Hark savait que ces énormes chaînes pouvaient vous assommer ou fracasser une cloche de plongée.

Les trous carrés perçant le filet faisaient un mètre cinquante de large. La largeur des maillons était d'une trentaine de centimètres. Leur surface métallique était presque invisible sous la vie grouillante qui la recouvrait. Anatifes et patelles s'agglutinaient à côté d'ascidies roses et d'anémones de mer.

Le va-et-vient du filet ne s'interrompait jamais. À gauche comme à droite, il s'étendait à perte de vue. Hark fit tourner le sous-marin à gauche, afin de suivre la structure vers le sud.

L'air se raréfiait dans l'habitacle. Comme Hark se sentait chancelant, il fit sortir un peu d'air d'une des bouteilles en cuivre du casier. Il recommença l'opération lorsqu'ils longèrent le filet en essayant de rester hors d'atteinte.

Quelques minutes plus tard, ils découvrirent que l'ouvrage se terminait par un pilier rocheux s'élevant jusqu'à la surface. Hark fit le tour de cette île, mais il n'y avait aucune trace du passage de l'*Enfant des Profondeurs*.

Il éteignit la lumière.

L'obscurité le prit de court, même s'il voyait encore raisonnablement loin dans la pénombre bleu-gris. C'était la disparition du sous-marin qui faisait un effet étrange. Ne voyant plus l'habitacle ni ses amis, Hark put s'imaginer un instant qu'il était seul dans les profondeurs, qu'il se noyait sans même s'en rendre compte.

La traînée lumineuse était invisible. Pas la moindre petite lueur.

Hark sentit le découragement le gagner. Bien sûr, chercher une telle trace était aléatoire, mais s'ils ne la trouvaient pas, ils n'avaient pas de plan de rechange. Il scruta les ténèbres jusqu'à ce que ses yeux lui fassent mal, puis il ralluma la lumière à contrecœur.

À cet instant, Selphine tapota soudain son bras en pointant le doigt devant eux.

Presque hors de portée de la lampe du sous-marin, une multitude de méduses flottaient comme des ombrelles fantomatiques. Au milieu de leur masse immense, une ouverture obscure n'était traversée que par des lambeaux indistincts. Un objet imposant devait avoir foncé à travers les créatures, en déchirant leur chair molle et translucide, et avait ouvert cette énorme brèche.

Hark échangea un regard excité avec Selphine. La trouée avait exactement la taille de l'*Enfant des Profondeurs*.

– *Apparemment, ils sont passés par là !* signa-t-il.

– *Ils prennent l'ancienne route qui va vers...*, intervint Quest.

Le dernier signe n'était pas en usage au Havre de la Dame. Le vieux prêtre sembla remarquer leur trouble.

– *Vers l'ouest*, précisa-t-il simplement.

Laissant derrière eux la barrière des Suppliques et son filet gigantesque, Hark conduisit le *Papillon* en direction de l'ouest.

À travers le verre, Hark voyait les lumières du sous-marin éclairer faiblement l'onde obscure. Devant eux s'ouvrit abruptement un gouffre d'une dizaine de mètres. Au pied de cette falaise s'étendait un plateau large et profond. Il semblait dénudé, trop bas pour abriter du kelp ou d'autres algues. Cependant, il était recouvert par une sorte de forêt. La lampe du *Papillon* illumina des foules de tourelles, des rames dressées vers le haut, des coques fracassées et des hélices tordues.

C'était un cimetière de sous-marins, dont ils ne pouvaient voir le bout.

De petits écumeurs en forme de tonneau exhibaient leur

carcasse de bois, dont le revêtement de cuir s'était depuis longtemps dissous. D'énormes submersibles de chercheurs d'épaves, à moitié ensevelis, semblaient plongés dans un sommeil dont ils ne se réveilleraient jamais. Des cloches de plongée couchées sur le flanc abritaient des bancs obscurs de poissons rapides comme l'éclair.

Tous ces vaisseaux avaient bravé les flots, pleins d'ambition, de chaleur humaine, d'avidité et de camaraderie. L'Étreinte les avait avalés puis recrachés sur son seuil, comme pour lancer un avertissement méprisant. Hark se demanda combien de ces submersibles étaient venus ici dans l'espoir d'explorer les épaves de ce paysage funeste. Il se rappela les propos de Selphine sur les « morts stupides ».

En regardant devant eux et en dessous, Hark aperçut un énorme pilier rocheux couronné par deux sommets, qui surgissait du cimetière sous-marin. Aussi large que deux maisons, il était plus haut que le Sanctuaire.

– *Dirige-toi vers le pilier*, signa Quest.

En faisant descendre le submersible, Hark commença à considérer d'un autre œil la plaine couverte d'épaves. De loin, elle avait paru glacée, d'une immobilité inquiétante. Il s'apercevait maintenant qu'elle était animée de mouvements innombrables. Des écailles rouges passèrent en un éclair derrière un hublot quand des beauclaires battirent en retraite devant la lumière. Un énorme crabe-araignée escaladait lentement les décombres avec ses longues pattes semblant prêtes à se casser. Sur chaque tourelle, chaque carcasse, des milliers de polypes mous ou de fins tentacules tiraient leur nourriture du courant.

C'était une des choses que Hark aimait dans la mer. Elle était toujours dangereuse, comme le prouvait cet amas d'épaves, mais la vie y prenait toujours pied, ou racine, ou ventouse, ou tout ce qui se présentait...

Quest s'étira avec un tressaillement de douleur, en tournant la tête en tous sens pour soulager son cou raide.

– *Vous vous sentez bien?* ne put se retenir de lui demander Hark, lorsqu'il lui parut possible de lâcher un instant les commandes.

Quest était peut-être le responsable du Cataclysme, mais c'était aussi un ami fragile et souffrant, qui semblait avoir mal.

Le vieillard se figea soudain en regardant derrière eux, du côté du plafond de verre.

– *Quelque chose nous suit,* déclara-t-il.

Hark se tordit le cou pour vérifier, mais il ne vit rien dans les ténèbres, en dehors d'un banc brunâtre d'énormes morues. Selphine regarda à son tour, puis se tourna vers lui en secouant la tête.

– *C'était lui?* demanda-t-elle à Quest.

Hark devina sans peine de qui elle parlait.

– *Je ne peux rien affirmer,* répondit Quest. *La lumière l'a fait fuir.*

La pression de l'eau écraserait certainement toute créature n'étant pas faite pour vivre à de telles profondeurs. Pourtant, Hark ne pouvait s'empêcher de redouter que Jelt fût bel et bien à ses trousses dans la mer, afin de récupérer le cœur divin. Jelt ignorait que la relique était maintenant partie prenante d'un ersatz de dieu et se trouvait enfermée dans un autre sous-marin.

– *Il est peut-être juste hors de portée de notre lampe,* suggéra Selphine d'un air rassurant. *Qui sait s'il ne nous suit pas dans l'obscurité?*

CHAPITRE 40

L'énorme pilier se rapprocha. Hark distinguait maintenant les crevasses creusant sa roche rouge et les décombres accumulés à sa base. Il fit ralentir le submersible et éteignit de nouveau la lampe.

L'obscurité était plus profonde qu'auparavant. Néanmoins, au bout d'un instant, les yeux de Hark s'y habituèrent. Il fut frappé par le bleu livide de l'eau ténébreuse. Des marins cherchant des épaves à de grandes profondeurs lui avaient parlé autrefois de l'étrange intensité de la lumière dans ces parages. On distinguait encore vaguement le pilier rocheux.

Une main donna deux tapes à son bras. Hark ralluma la lampe.

– *À bâbord!* dit Selphine. *À mi-hauteur!*

Il éteignit de nouveau et vit ce qu'elle avait déjà vu. À gauche du pilier, une lueur presque imperceptible flottait dans l'eau.

L'espoir fit aussitôt battre son cœur à tout rompre. Il ralluma pour contourner le pilier, éteignit de nouveau. De ses yeux perçants, Selphine repéra vite une autre traînée lumineuse, qui s'effilochait déjà. Elle descendait légèrement dans la direction ouest-sud-ouest. Le docteur Vyne avait dit vrai – ils pouvaient bel et bien suivre cette piste.

Derrière le pilier, un autre précipice s'enfonçait dans les ténèbres. La lumière du *Papillon* était trop faible pour l'éclairer jusqu'au fond.

– *C'est l'Étreinte*, annonça Quest. *Les choses vont devenir... étranges. Nous sommes encore au-dessus de l'Abysse, mais quand il s'élève ainsi, la mer devient folle, d'ordinaire. Des créatures des profondeurs s'aventurent plus haut, la lumière disparaît plus vite. Tout est un piège.*

Ils trouvèrent une autre traînée lumineuse, puis une autre. Pour pouvoir suivre la piste, ils durent éteindre et allumer continuellement leur lampe.

Hark se sentit malade, en proie à une terrible migraine. Comme la première bouteille d'air était vide, maintenant, il fit sortir un peu d'air de la suivante.

Il n'avait pas encore découvert le moyen d'expulser de l'air du sous-marin. Il avait entendu parler d'équipages qui libéraient beaucoup d'air dans un submersible hermétiquement clos pendant un voyage, après quoi ils s'effondraient en saignant des yeux et des oreilles dès qu'ils ouvraient l'écoutille à leur retour en surface. Cela dit, il était encore plus inquiet de la rapidité avec laquelle leurs réserves d'air s'épuisaient.

Il faisait de plus en plus froid dans le submersible. Quand Hark touchait la paroi, le contact du verre glacé lui faisait presque mal, désormais. Sans la boîte de détergent, les parois auraient été couvertes de buée.

Selphine resta immobile sur son siège tandis qu'ils poursuivaient leur descente. La lumière de la lampe se reflétait dans ses grands yeux. Elle triturait nerveusement le cuir de son siège.

– *Tu te sens bien?* demanda discrètement Hark, à un moment où Quest regardait ailleurs.

– *Je ne compte pas céder à la panique,* lança-t-elle d'un air de défi.

Ce n'était pas vraiment une réponse.

– *Je sais,* dit Hark avec un certain respect.

Elle continua de scruter les ténèbres d'un regard méfiant et égaré.

Les créatures qui passaient étaient de plus en plus étranges. À un moment, ils virent des dizaines de petites silhouettes translucides danser dans l'obscurité. C'étaient des escargots à la coquille délicate et transparente. Leurs petites ailes charnues battaient, comme s'ils volaient à travers l'onde.

– *Des papillons de mer,* dit Quest. *Nous atteignons des régions plus profondes.*

Son visage était sombre et tendu. Il semblait tenter d'analyser le moindre changement de trajectoire du sous-marin, tel un soldat percevant dans l'obscurité les mouvements d'un ennemi.

– *L'Abysse est agité,* reprit-il. *Attention aux…*

Son dernier signe était inconnu, peut-être ne l'employait-on qu'à Sirène. Devant leur incompréhension, Quest essaya plusieurs autres signes :

– *Fontaines… panaches… jaillissements. Si tu en vois, éloigne-toi le plus vite possible, sans quoi nous serons aspirés.*

Il ajouta :

– *Bientôt, nous arriverons à la surface de l'Abysse. Entre dedans sans hésitation. Ne te fais pas surprendre par les vagues géantes, elles nous entraîneraient. Nous nous retrouverions à moitié dans la mer, à moitié dans l'Abysse. Ce serait… catastrophique.*

– *Nous serions tués ?* demanda Hark.

– *Pire encore,* répondit le vieux prêtre. *Mais il vaut mieux que tu ne le saches pas.*

Il devenait plus difficile de suivre la trace du liquide

d'éclairage. À présent, d'autres lumières brillaient dans les ténèbres. Une petite lueur flottante se retourna brusquement en montrant les dents, avant de s'éteindre et de disparaître. Une autre créature s'éloigna en faisant onduler doucement son corps gélatineux, où des clartés jaunes et vertes s'agitaient sur un rythme hypnotique.

Soudain, Selphine frappa avec force le bras de Hark et pointa le doigt. Une seconde plus tard, le sous-marin fut brutalement repoussé en arrière, comme renversé par une vague invisible. En regardant dans la direction indiquée par Selphine, Hark comprit ce que Quest entendait par « panache ».

Tout au bout de l'espace éclairé par leur lampe, il aperçut une énorme colonne d'eau trouble jaillissant bien plus haut que le sous-marin. Des nuages de vase et des fragments de coquille tourbillonnaient dans cette trombe, que des lueurs vertes et jaunes illuminaient par intermittence, comme des éclairs dans une nuée d'orage. Des bulles noires d'aspect huileux s'élevaient au milieu des débris, en se contractant lentement, irisées d'une clarté violette.

Quest avait dit à Hark de s'éloigner de tels panaches. Cependant, le submersible était déjà entraîné en arrière, non ? La colonne jaillissante s'éloignait à vue d'œil, à mesure que le *Papillon* reculait bien malgré lui. Cette vision affolait Hark. Ils allaient perdre la piste et se perdre sans remède dans les profondeurs. Il fallait avancer, pas reculer !

Puis il triompha de son propre instinct. Il devait faire confiance à Quest. Le cœur battant, il agrippa la manivelle qu'il avait déjà actionnée deux fois par accident, provoquant ainsi une embardée en arrière. Il poussa les manettes qui faisaient onduler les ailes et tourna brutalement la manivelle. Le sous-marin se mit à reculer si vite que Hark faillit être éjecté de son siège.

Quelque chose changea dans l'eau. Leur course en arrière

s'interrompit par saccades, puis le courant s'inversa abruptement. Le *Papillon* ne suivait plus le mouvement, il luttait contre lui – et il perdait. L'élan impitoyable de l'eau le poussait en avant, vers le jaillissement invisible.

Dans la caverne, Quest avait évoqué les « courants en dents de scie ». Hark avait déjà entendu cette expression, dans la bouche de marins qui s'assombrissaient en en parlant. À présent, il combattait ce phénomène dans les ténèbres.

Il voyait maintenant devant lui la masse indistincte de l'énorme panache brunâtre. Mais ce n'était plus un panache, plutôt un tourbillon gigantesque s'abattant vers le bas, avec en son centre un tournoiement obscur.

Hark eut beau tourner à fond la manivelle, il sentit que son effet faiblissait. Apparemment, le jet d'eau qui les avait repoussés en arrière, sans doute prévu en cas d'urgence, n'était pas inépuisable. Le *Papillon* fut aspiré inexorablement, si près que Hark voyait luire les fragments de poissons déchiquetés tournoyant dans la colonne.

Puis le courant faiblit d'un coup. La spirale obscure se dissipa, la colonne de débris se décomposa et ils se mirent à flotter au gré de l'eau. Le sous-marin se retrouva dans un brouillard de vase, de morceaux de poissons et d'éclats de bois.

Quest faisait des signes approbateurs, tandis que Selphine se réinstallait tant bien que mal dans son siège. Pendant quelques secondes, Hark respira à fond l'air précieux en regardant avec stupeur les débris flottants. Se rappelant soudain qu'il devait piloter, il remit à l'arrêt la manivelle et enclencha de nouveau le mécanisme faisant battre les ailes.

– *Nous avons perdu la piste !* lança Selphine.

– *De toute façon, le panache l'a détruite*, observa Quest. *Peu importe. Nous sommes tout près, maintenant. Il faut avancer avec précaution. Fais attention aux vagues, elles peuvent être vraiment énormes.*

Hark laissa la lampe allumée et persuada le *Papillon* de descendre. Le submersible se mit à cliqueter de façon inquiétante, le jeune pilote l'entendait malgré son casque. Même si la sphère en verre divin résistait à la pression, ce n'était manifestement pas sans peine.

Sous l'appareil, les ténèbres s'étendaient à perte de vue. Au-dessus, la seule trace de lumière était une pénombre grise. C'était comme une douleur à l'œil, plutôt qu'une vraie lumière. Le *Papillon* s'environnait d'un halo lumineux dans le vide, rien d'autre n'existait réellement.

Hark s'aperçut que l'obscurité, très loin en dessous, acquérait une texture nouvelle. Quelque chose bougeait – une étendue à la fois scintillante et plus noire que les ténèbres. C'était la surface d'une seconde mer, qui remuait avec une lenteur huileuse, incroyable. Des lueurs mauves jouaient sur l'immensité lisse de ses ondulations.

«Les vagues n'ont pas l'air tellement grosses», pensa Hark tandis qu'ils descendaient. Au même instant, il regarda autour de lui avec appréhension. Il comprit alors ce qui l'attendait.

Il remarqua un mouvement lointain dans l'obscurité, une lueur. L'espace d'un instant, il crut qu'il s'agissait encore de l'éclat fugitif d'une créature des profondeurs. Puis il se rendit compte que cette clarté miroitait sur la surface noire d'une vague monstrueuse, haute comme deux maisons…

Affolé, il tira sur les manettes en essayant de faire s'élever le submersible. Il réussit finalement à le faire monter en flèche, comme un busard profitant d'un courant ascendant. Le colosse chatoyant déferla un mètre plus bas, en faisant tanguer frénétiquement le petit sous-marin dans son sillage.

La vague disparut au loin. Peu après, une deuxième vague, deux fois moins haute, s'abattit dans une tout autre direction. Hark regarda sous lui avec horreur, le souffle coupé.

Il lui sembla qu'un destin cruel le punissait pour les histoires qu'il racontait. Lors de la vente aux enchères, il avait prétendu aider une vieille femme malade qui perdait la tête. Du coup, il s'était retrouvé à soigner de vieux prêtres malades et à moitié fous. Il avait menti à Rigg, en prétendant avoir été heurté par une vague géante dans l'Abysse, et maintenant…

« Tu le feras, s'il le faut », déclara une voix insistante en lui. Cependant, ce n'était plus la voix de Jelt. Elle ressemblait plutôt à celle de Hark, et son ton était différent, plus encourageant : « Tu dois absolument descendre sans être écrasé par les vagues, donc tu vas le faire. Il le faut. »

Hark chercha des yeux la lame suivante. Quand il la vit, son cœur se serra.

Une muraille violet foncé, immense et luisante, déferlait dans leur direction. Elle était plus haute qu'une falaise. Hark ne parvenait pas à voir son sommet et il se demanda, pendant un instant de panique, si elle en avait un. Il fallait qu'il fasse monter le *Papillon*. Vite ! Mais ils ne monteraient jamais assez vite pour éviter la vague, même si le submersible s'élevait à une telle allure que les ailes tombaient.

Une idée démente s'imposa à lui : « Non, ce n'est pas ainsi qu'il faut procéder. »

Il devait entrer dans l'eau sans hésiter. La vague elle-même était déchaînée mais, juste devant, la surface était aussi lisse que le dos d'un phoque.

Hark tira frénétiquement les manettes, qu'il entendit protester. Il réussit à les contraindre de reprendre la position malencontreuse qu'il avait obtenue au début. Les ondes sonores cessèrent de se succéder pour converger en un hurlement terrible, ininterrompu, qui faisait grincer ses dents. Les ailes se replièrent en tremblant et le *Papillon* fonça soudain en diagonale vers le bas.

Ensuite, Hark changea la position des commandes pour

que les ailes se remettent à onduler. Le submersible plongea vers l'Abysse, juste devant la vague.

Hark n'aurait su dire si ses compagnons criaient en même temps que lui ou si son propre cri était audible. Il vit l'énorme masse d'un noir d'encre déferler à une vitesse vertigineuse. Elle était trop rapide, elle allait les rejoindre. Il amplifia les ondes sonores pour augmenter encore la vitesse du submersible.

L'étendue brillante et immobile devant la vague se rapprocha de lui à toute allure. Il se raidit, en s'attendant à un choc violent, comme lorsqu'on heurte de plein fouet la surface de la mer. En fait, elle céda en douceur sous l'impact du *Papillon*.

Un feu d'artifice violâtre explosa sous le regard de Hark. Ses yeux et ses oreilles lui faisaient affreusement mal. L'espace d'un instant, il lui sembla que son être entier se fragmentait en morceaux minuscules s'éloignant en tous sens. Hark n'existait plus, il n'y avait que la terreur, le vertige et une paix étrange.

Plus tard, il cligna des yeux pour chasser les taches noires sur ses rétines, en essayant de se rappeler qui il était. Ses mains étaient posées sur des manettes et des manivelles en métal. Tout était sombre et léger. Devant lui, une flèche rocheuse se précipitait vers lui, comme impatiente de le rencontrer.

Il tira énergiquement sur les manettes pour convaincre le *Papillon* d'éviter l'obstacle, dont il voyait maintenant qu'il surgissait d'un vaste plateau hérissé de rochers. Était-ce le fond de la mer ou une falaise ? Quelle direction fallait-il prendre pour monter ? Mais pouvait-on encore monter ? Pendant quelques minutes, Hark fut incapable de le dire.

En regardant du côté d'où il venait, il aperçut la limite entre la mer et l'Abysse. Elle ondulait comme un voile immense de soie violet foncé, luisant d'un éclat toxique et chatoyant. Il voyait le dessous de ses vagues géantes, où chaque froissement et chaque ondulation se dessinaient en traits argentés.

Il les voyait. Il voyait tout. Sa vision ne se bornait plus à un halo de lumière trouble. Il pouvait regarder à ses pieds le paysage du fond de la mer, avec ses piliers rocheux, ses plaines de débris et de vase pâle. Toute chose semblait colorée en violet foncé mais lui apparaissait pourtant aussi nettement et vivement qu'à la lumière du jour.

La fille assise à son côté lui parlait rapidement en langue des signes. Il ne se rappelait plus ce que ces gestes pouvaient signifier. Elle pointa le doigt sur le vieillard affalé sur son siège, les yeux fermés, l'air malade.

Qui étaient ces gens ? C'étaient ses amis. S'ils s'en sortaient tous trois vivants, ils seraient ses meilleurs amis. Ils sauraient qui il était au fond de la mer.

« Selphine et Quest, se rappela-t-il en revenant progressivement à lui. Selphine et Quest. Nous sommes dans l'Abysse. Et je crois que Quest est blessé. »

Il cligna de nouveau des yeux avec force, pour s'éclaircir les idées, et se concentra sur Selphine et ses signes :

– *... respire encore, je ne vois pas de sang.*

Elle se pencha pour prendre la bouteille d'air, dont elle libéra quelques bouffées du côté de Quest.

Le vieillard semblait reprendre peu à peu conscience, mais il restait prostré. Sa poitrine tressaillait à chaque respiration. Il regarda le paysage violâtre alentour, puis adressa à Hark un de ses petits sourires narquois. C'était un sourire épuisé, et Hark craignit que ce ne fût un adieu.

– *Restez avec nous !* l'exhorta-t-il. *Nous avons besoin de vous !*

Quest leva une main et réussit à effleurer son front, en esquissant un salut militaire qui n'était qu'à moitié ironique.

– *Oui, mon capitaine.*

Hark n'avait pas songé qu'il était bel et bien le capitaine de leur vaisseau. Il n'avait jamais rien dirigé dans sa vie, pas même sa propre existence. Cependant, ici, il était le capitaine.

Il respira profondément, regarda autour de lui. Ils étaient dans l'Abysse, mais il ne leur restait plus beaucoup de temps ni d'air.

Le *Papillon* se trouvait encore à une dizaine de mètres au-dessus du fond de la mer, dont le panorama s'offrait à leur regard. Hark vit bouger quelque chose au loin. Une silhouette sombre et imposante se glissait avec lenteur entre les piliers rocheux. Elle était trop grosse pour un requin, trop élancée pour une baleine. Des rames s'agitaient rythmiquement, à cette distance on aurait dit de minces filaments.

C'était l'*Enfant des Profondeurs*.

CHAPITRE 41

Il ne fallut qu'un instant à Hark pour désigner du doigt le sous-marin à ses compagnons.

– *On ne voit pas le dieu*, observa Selphine, le visage tendu.

– *Il est encore dans la soute*, dit Quest en esquissant faiblement ses signes. *S'il était en liberté, nous le saurions.*

Hark plissa les yeux. Il lui semblait qu'on avait tracé un contour brillant autour de Quest et de Selphine, comme pour indiquer qu'ils étaient tous deux importants. Son esprit était encore une plaie à vif, ses pensées fragiles et menacées, mais il commençait à se remettre un peu.

Comme toujours, Selphine posa la question la plus urgente et la plus embarrassante :

– *Que faisons-nous, maintenant?*

– *Cachons-nous avant qu'ils ne nous repèrent*, répondit Hark. *Ensuite, il faudra mettre au point un plan.*

Il fit descendre obliquement le *Papillon* et l'immobilisa derrière un pilier rocheux, d'où l'équipage de l'*Enfant des Profondeurs* ne pourrait le voir.

– *Nous cacher?* lança Selphine d'un air dubitatif. *Notre sous-marin pousse des hurlements! Ils ont déjà dû nous entendre et nous voir.*

– *Il se pourrait qu'ils aient entendu quelque chose,* admit Hark. *Mais ils ignorent sans doute ce que c'est. Il est également possible qu'ils ne nous aient pas vus. Notre submersible est petit et discret.*

Autant la silhouette imposante de l'*Enfant des Profondeurs* se remarquait aisément, avec son métal noir se détachant sur la vase blanchâtre du fond, autant il était difficile de repérer un petit sous-marin en verre sous la surface chatoyante de l'Abysse.

Les hurlements du *Papillon* étaient terrifiants, mais n'évoquaient en rien un sous-marin. Quelqu'un qui les entendrait pour la première fois ne pourrait certainement pas supposer qu'ils provenaient d'un submersible, ni localiser ce dernier. De nombreuses créatures marines percevaient la direction des sons à travers l'eau, mais les humains en étaient incapables. Pour eux, les bruits des profondeurs étaient en général aussi étranges qu'assourdissants, et semblaient venir de tous les côtés à la fois.

Selphine se frotta les yeux puis cligna des paupières de toutes ses forces.

– *Tout a l'air bizarre,* déclara-t-elle en observant le paysage de l'autre côté de la paroi de verre du sous-marin.

Hark suivit son regard. Le fond de la mer frémissait, comme s'il était vivant. Les piliers rocheux s'agitaient en trépidant. Certains se haussaient au point de gagner quelques dizaines de centimètres, d'autres s'enfonçaient dans le sol. Autour d'eux, l'éclat violâtre de la lumière noire fluctuait sans cesse, comme des flammes vacillantes. Hark sentait cette froide clarté glacer son esprit, de la même façon que la lumière du soleil réchauffait la peau…

Il se rendit compte que Quest secouait son bras.

– *L'Abysse va t'ensorceler,* dit le vieux prêtre, le visage livide mais d'un calme glacial. *Concentre-toi ! Notre sous-marin a-t-il des armes ?*

Hark baissa les yeux sur les commandes et se força à réfléchir. Il était à peu près certain de connaître toutes leurs fonctions, maintenant.

– *Il y a les hurlements*, répondit-il. *Ils peuvent vous assommer comme une massue.*

Même s'ils devaient être moins forts hors du submersible, il plaignait quiconque se trouverait dans les parages sans protection auditive.

– *Je crois que c'est tout.*

– *Les hurlements pourraient-ils faire fondre le verre divin de l'autre sous-marin ?* demanda Quest d'un air concentré.

Hark secoua la tête. Vyne lui avait expliqué que les hublots de l'*Enfant des Profondeurs* étaient fabriqués avec un verre spécial qu'une note unique ne pouvait faire fondre.

– *Les hurlements pourraient mettre hors de combat les Ligueurs pour un moment*, dit-il. *Mais ça ne changerait rien, puisque nous ne pourrions pénétrer dans la soute pour détruire le cœur.*

– *Pourquoi ne pas leur rentrer dedans ?* suggéra Selphine, puis elle fit une grimace et secoua la tête.

Cette idée ne plaisait pas non plus beaucoup à Hark. La sphère du *Papillon* était sans doute assez solide pour survivre à une collision avec la coque d'acier de l'énorme sous-marin, mais ses ailes et sa queue de verre s'amollissaient quand ils fonctionnaient. S'ils se déchiraient sous le choc, le *Papillon* ne serait plus un submersible mais un simple globe de verre, où trois personnes mourraient lentement d'asphyxie.

– *Si nous endommageons le sous-marin des Ligueurs sans le détruire*, intervint Quest, *l'eau de l'Abysse y pénétrera et permettra au dieu de vivre.*

Cette pensée les réduisit un moment au silence.

– *Nous pourrions attendre qu'ils aient fait sortir le dieu*, dit Selphine avec lenteur. *Ensuite, nous foncerions dessus.*

Hark soupira. C'était leur meilleur plan jusqu'à présent,

même s'il impliquait de se jeter sur un dieu avec un sous-marin expérimental.

– *Nous devrons faire vite,* précisa-t-il. *Il faut le mettre en pièces avant qu'il ait pu fusionner ses éléments.*

Quest objecta aussitôt :

– *Ce ne sera pas suffisant. Le cœur en réchapperait. Nous devons le détruire !*

La conclusion logique ne plaisait guère à Hark, et il était presque sûr qu'elle ne plairait pas non plus à ses compagnons.

– *Nous devrons rentrer dans le dieu avec notre sous-marin,* déclara-t-il. *Ensuite, je sortirai et fracasserai le cœur.*

Il y eut un silence, le temps d'assimiler tout ce qu'un tel plan impliquait. On pouvait respirer l'eau de l'Abysse, et elle ne vous réduisait pas en bouillie comme celle des profondeurs de la mer. Toutefois, on ne savait jamais quel effet elle aurait sur vous.

– *Il n'y a qu'une écoutille,* observa Selphine. *Si tu l'ouvres, l'eau envahira le sous-marin. Nous n'aurons plus d'air.*

Elle avait raison. S'ils appliquaient ce plan, ils respireraient tous l'eau de l'Abysse jusqu'à ce qu'ils aient rejoint la surface – si du moins il leur était possible d'y retourner. Selphine posa une main devant sa bouche et se mit à haleter légèrement.

– *On peut respirer dans l'Abysse pendant un bon moment,* assura Quest. *Et il arrive qu'on en ressorte sans aucune Marque.*

Hark se rappela que le vieux prêtre parlait par expérience. Cependant, Selphine regardait Hark d'un air furieux, comme si elle pesait le pour et le contre. Puis elle se renfrogna et tapa violemment sur les accoudoirs de son siège.

– *Tu ne peux pas y aller !* lança-t-elle avec colère. *Tu dois rester pour piloter le sous-marin ! C'est moi qui irai !*

Elle croisa les bras avec force. Manifestement, elle essayait de les empêcher de trembler. Hark se souvint qu'elle avait adopté la même posture, après avoir tiré sur Jelt.

Il eut un élan d'affection pour la jeune contrebandière et son courage plein de fierté et d'obstination. Pour les suivre, elle avait bravé sa peur de la mer, et voilà qu'ils parlaient d'inonder leur submersible, ce qui ne pouvait que la terrifier. Il n'allait pas lui demander en plus de se précipiter dans l'Abysse.

– *Quand nous aurons percuté le dieu, nous n'aurons plus besoin d'un pilote,* observa-t-il. *Il faudra juste que quelqu'un actionne le soufflet, pour que le* Papillon *continue de hurler pendant que je m'attaquerai au cœur.*

La colère affolée de Selphine se calma un peu, et elle finit par approuver de la tête.

– *Où en sont les Ligueurs ?* demanda Quest.

Hark fit avancer le *Papillon,* afin que lui et ses amis puissent les épier.

Le paysage avait cessé ses frémissements. L'*Enfant des Profondeurs* s'était posé sur le fond et ses nombreuses rames étaient levées vers le haut. Plusieurs personnes en scaphandre métallique s'activaient devant le submersible. Certaines flottaient, d'autres marchaient sur la vase, en faisant tournoyer des nuages grisâtres. Apparemment, elles dévissaient un côté de la coque.

– *Ils sont en train d'ouvrir la soute !* lança Quest. *Il n'y a plus de temps à perdre !*

Hark fit descendre le *Papillon,* afin de pouvoir attaquer à l'horizontale, en évitant de heurter le fond après avoir percuté le dieu. Selphine céda sa place à Quest, pour qu'il puisse s'attacher avec la ceinture. Elle-même s'avança dans l'espace étroit entre les sièges, s'occupa en hâte de fermer et sangler les réservoirs de plongée puis de caler les bouteilles d'air dans leur casier, avant de s'accroupir en se préparant à l'impact.

Le couteau en verre divin de Hark avait fondu pendant le voyage, si bien qu'il ne pouvait le détacher de sa pochette. Comme l'arme ne lui serait pas d'un grand secours pour détruire le cœur divin, il glissa à la place dans sa ceinture une lourde clé à molette.

À présent, le sol brunâtre de la mer était plus proche. Il déroutait le regard, car il semblait bouillonner doucement. Avec un choc, Hark s'aperçut que des milliers d'étoiles de mer blanches et grêles s'agitaient les unes sur les autres dans la boue livide. De légers nuages de vase tourbillonnaient en dessinant des formes, des motifs – des lettres, c'étaient des lettres qu'il pourrait déchiffrer s'il réfléchissait suffisamment, s'il *sentait* avec assez d'intensité…

Deux mains pinçaient sans ménagement son bras. Il sursauta, regarda autour de lui d'un air contrit.

– *Il y avait des formes*, expliqua-t-il. *Je voulais les comprendre.*

– *Elles ne te parleraient que de peur*, répliqua Quest.

Le vieux prêtre avait raison. Hark avait oublié que l'Abysse était le lieu où toutes les peurs des Myriades convergeaient, comme une pluie s'abattant dans la mer. Chacune de ses gouttes scintillantes s'irisait de la terreur humaine.

– *Quand l'eau de l'Abysse déferlera dans l'habitacle*, reprit Quest, *respirez-la rapidement, mais rappelez-vous que c'est de la peur que vous inhalez. Ne croyez pas ce qu'elle vous racontera.*

Hark respira profondément, échangea des signaux avec ses compagnons puis fit sortir avec précaution le *Papillon* de derrière le pilier, afin d'avoir un nouvel aperçu sur l'*Enfant des Profondeurs*.

Cette fois, il vit plus distinctement les Ligueurs. Ils portaient des scaphandres cylindriques ne ressemblant à rien de ce qu'il connaissait, avec des trous pour les bras et les jambes. Un hublot s'ouvrait devant le visage, de façon qu'ils puissent regarder dehors. L'un d'eux était couché sur le côté, les genoux levés, les mains plaquées contre son casque. Hark n'était pas le seul à lutter contre les effets de l'Abysse sur l'intellect.

Deux autres silhouettes portaient dans leurs bras des bouteilles de cuivre contenant sans doute de l'air comprimé. Hark supposa qu'elles étaient attachées à des carabines. Les Ligueurs étaient prêts à résister à une attaque.

Six autres silhouettes en scaphandre sortirent de la soute longue et obscure, chargées d'une plate-forme en bois sur laquelle trônait une masse aussi énorme que familière à Hark.

Aussitôt, il lui fut impossible d'en détourner le regard. L'ersatz de dieu n'avait plus l'air d'un assemblage hétéroclite. Il possédait maintenant une horrible harmonie. L'étrange lumière noire que Hark avait vue un instant autour de ses amis se déversait sur la silhouette démesurée, comme si l'Abysse n'avait plus d'yeux que pour elle. En ces lieux, le monstre était chez lui.

Il palpitait doucement, et Hark imagina la peur en suspens dans l'eau, la terreur d'innombrables esprits que les branchies grisâtres de la créature aspiraient.

« Maintenant ! » pensa Hark.

Il fit émerger le *Papillon* de derrière le pilier rocheux et régla au maximum les hurlements. Le petit submersible s'élança comme l'éclair vers le dieu prêt à s'éveiller.

Hark vit les Ligueurs reculer en titubant devant la violence déchaînée des hurlements du *Papillon*. Ils tombèrent à genoux. Certains laissèrent choir la plate-forme, d'autres lâchèrent leurs carabines à air comprimé.

La masse scintillante du dieu flottant dans l'eau se dressait devant Hark, tandis qu'il fonçait vers elle. Il sentit une pulsation jaillir du cœur divin, en faisant miroiter l'air et frémir le *Papillon*.

Puis le nez en verre du sous-marin s'écrasa contre le dieu de fortune des Ligueurs. Le choc projeta Hark contre les commandes, et sa ceinture manqua le couper en deux. La partie avant de la sphère fut plongée d'un coup dans l'obscurité par les éclaboussures de liquide vital, les glandes molles pressées contre le verre, sans compter une énorme pince gisant au milieu. Un second choc le poussa brutalement de côté, en lui tordant à moitié le cou.

Hark resta un instant assommé, puis se rendit compte qu'il n'avait pas le temps. Les hurlements du *Papillon* continuaient de mettre en émoi le fond de la mer. Hark ne voyait presque rien à travers la vitre. Il ignorait si la collision avait vraiment mis en pièces le dieu.

Derrière lui, Selphine serrait sa tête entre ses mains en grimaçant de douleur. Heureusement, elle ne semblait pas saigner.

Hark n'avait pas le temps – pas le temps de lui demander si elle allait bien, si elle avait besoin de quelque chose. Il lui tapota donc le bras et lui posa la seule question qu'il pouvait se permettre :

– *Prête?*

Les yeux agrandis par une terreur panique, elle hocha la tête. Avant d'avoir pu réfléchir, Hark tira sur le levier actionnant l'écoutille.

Ils n'étaient prêts ni l'un ni l'autre.

Dès que la trappe s'ouvrit, l'eau de l'Abysse s'engouffra à une vitesse effrayante. Alors qu'il avait encore la main sur le levier, Hark sentit l'onde le frapper comme un énorme poing glacé. Le souffle coupé, il aspira un peu d'air, mais il avait déjà de l'eau jusqu'au cou. Puis même cette dernière trace d'air disparut. Il flottait en se débattant, encore attaché à son siège, la bouche fermée par réflexe.

Ses yeux piquaient, tout était indistinct, baigné d'une

clarté violâtre. Les formes et les contours se dérobaient à son regard. Hark n'était pas prêt à respirer l'Abysse. Il n'était prêt à rien de ce qui lui arrivait maintenant. Mais il fallait qu'il le soit. Il rassembla son courage, ouvrit la bouche et inspira.

Tout son instinct se révolta quand il sentit l'eau se ruer dans sa bouche et son nez, mettre en feu sa gorge, suffoquer ses poumons. Il ne pouvait pas respirer. Sa poitrine se convulsa. Il s'agita en tous sens, il voulait remonter à tout prix vers l'air, même s'il devait pour cela nager jusqu'à la surface lointaine.

Peu importait sa certitude de ne pas se noyer. Peu importait l'étrange sensation de cette eau engourdissant ses poumons au lieu de les glacer. Il était certain au même instant d'être un naufragé qui coulait, entraîné par le poids de ses vêtements, un enfant tombé par-dessus bord, trop jeune pour savoir nager, d'être en train de se noyer dans une cloche de plongée fracassée. Ces terreurs n'étaient pas à lui, mais elles s'infiltraient dans ses yeux, sa gorge, ses poumons. Elles l'emplissaient, l'asphyxiaient.

– Rappelez-vous que c'est de la peur que vous inhalez, leur avait dit Quest. Ne croyez pas ce qu'elle vous racontera.

Hark résista. Il n'était pas en train de se noyer, ce n'était pas vrai. Il respirait. Il inhala encore et encore l'eau qui piquait sa gorge tout en l'engourdissant. Son goût lui rappelait bizarrement l'odeur des lampes-terreurs.

Selphine flottait dans l'eau en gesticulant, affolée, comme Hark l'avait fait peu auparavant. Si leur expérience était la même, elle était en train de vivre tous ses pires cauchemars – les mille morts que pouvait infliger la mer, rassemblées en un instant unique. Toutefois, elle fixait ses yeux écarquillés sur Quest, qui se penchait en avant pour lui parler par signes en la regardant avec un calme imperturbable.

Hark aurait voulu rester, mais c'était impossible. Il n'avait pas le temps. Il détacha sa ceinture, ouvrit l'écoutille en grand, se traîna à travers et regarda autour de lui, ébloui par la lumière noire.

Le *Papillon* s'était immobilisé contre le flanc de l'*Enfant des Profondeurs*. Des débris écrasés de l'ersatz de dieu s'encastraient entre les deux submersibles. Apparemment, Hark avait réussi à arracher la pince gauche du monstre, ainsi qu'une partie de son mécanisme et de ses glandes suintantes.

Derrière le *Papillon*, Hark aperçut le reste du dieu quelques mètres plus loin, renversé sur le dos. Le choc ne l'avait pas mis en pièces, comme Hark l'avait espéré. Il était en grande partie intact, mais un trou déchiqueté s'ouvrait dans son côté gauche. Des fluides jaunâtres se dissipaient dans l'eau comme des lambeaux de brume. La chair abritant les branchies avait l'air informe, maintenant, pareille à une boule de pâte qui aurait reçu un coup de poing. Cependant, toutes ces blessures guériraient sans doute, dès que le cœur divin se mettrait à battre.

Autour du dieu fracassé, des Ligueurs gisaient étendus sur le dos ou recroquevillés. Certains agrippaient vainement le casque métallique protégeant leur tête. Dans leur scaphandre, ils ne pouvaient même pas mettre les mains sur leurs oreilles.

Où était le cœur ? Hark nagea aussi vite qu'il put vers le monstre.

Là-bas !

La petite sphère blanche pendait à un amas de tuyaux mous et translucides. Quand Hark approcha, elle se mit à palpiter. L'espace d'un instant, elle sembla brûler d'un éclat noir, avant de faire jaillir à travers l'eau un rayon aveuglant.

Hark s'élança en avant pour saisir le cœur. Ses doigts se refermèrent dessus...

… puis il fut heurté par une énorme silhouette sombre, comme un cheval échappé, qui l'écarta si violemment qu'il en eut le souffle coupé. Il haleta, se reprit, se redressa. Avec horreur, il constata que la relique avait disparu. Elle avait été arrachée, et les tuyaux ravagés flottaient alentour.

Avant qu'il puisse se remettre, des mains l'agrippèrent par-derrière et il se retrouva sur le dos, plaqué au sol, une carabine à air comprimée braquée sur son visage. Un Ligueur en scaphandre de métal se penchait sur lui, en lui criant quelque chose avec une colère mêlée de panique. Autour de lui, d'autres Ligueurs semblaient se relever. Pourquoi n'étaient-ils plus hors de combat ?

L'homme penché sur Hark lui arracha son casque. D'un coup, les sons existèrent de nouveau dans son univers.

– Je t'ai dit de ne pas faire l'idiot ! cria de nouveau le Ligueur, dont la voix résonna dans son carcan métallique.

Le visage derrière le petit hublot exprimait autant de peur et de stupeur que celui de Hark. Ce n'était pas rassurant, car les gens qui avaient peur vous tuaient parfois dans leur affolement.

Hark finit par comprendre pourquoi les Ligueurs se rétablissaient. Les hurlements du *Papillon* n'étaient plus qu'un gargouillement assourdi. Pourquoi ses amis n'actionnaient-ils plus le soufflet ?

Puis Hark s'aperçut que les autres Ligueurs ne lui prêtaient aucune attention. Ils avaient tous les yeux fixés vers le haut.

Une silhouette solitaire flottait à six mètres au-dessus d'eux. La poitrine de Hark se serra quand il vit les yeux ronds et incolores, les longues mâchoires protubérantes, les dents ridiculement nombreuses.

Jelt, les mains crispées sur le cœur de la Dame Cachée.

– Donnez-le-nous ! cria un des Ligueurs.

Le haut de son scaphandre était dévissé, de sorte que son

visage baignait dans l'eau. C'était le capitaine qui avait poignardé Vyne.

Jelt avait l'air mutilé, la moitié de sa poitrine était déchiquetée comme un fruit pourri. Sa peau grise était comme ravagée, parsemée d'écailles sombres ressemblant à une lèpre. Il lui manquait un morceau entier d'épaule et une plaie profonde s'ouvrait dans son flanc.

Hark le regarda presser le cœur contre sa poitrine, l'enfoncer dans sa chair avec un rictus d'effort et de douleur. On entendit des craquements, des bruits de bulles en train d'éclater.

– Ne fais pas ça, Jelt ! hurla Hark.

L'eau piquait sa gorge, sa voix paraissait d'une puissance inhabituelle.

Le monde frémit et scintilla quand le cœur divin se mit à battre. La chair écailleuse de Jelt le recouvrit et se referma sur lui. La relique avait trouvé sa place.

CHAPITRE 42

Jelt. Bien sûr, c'était Jelt.

Hark ne s'en débarrasserait jamais. Il aurait beau essayer, il pourrait grimper le plus haut possible, Jelt serait toujours là pour le tirer vers l'abîme. Même si Hark cédait au désespoir et plongeait dans les profondeurs les plus vertigineuses, plus profondes que n'importe quel gouffre, Jelt réussirait encore à le retrouver.

Le cœur battait sans relâche. Chaque pulsation jaillissait à travers la lumière noire ; Hark la sentait dans ses os, dans son sang.

Jelt fut pris de convulsions. Le trou dans son épaule se refermait, de fines écailles noires couvraient comme une soie sa nouvelle peau. La plaie de son flanc était en passe de guérir, elle aussi, elle se remplissait de perles grises et difformes.

– Ne lui tirez pas dessus ! hurla le capitaine. Vous pourriez atteindre le cœur !

Le capitaine regarda autour de lui avec affolement, aperçut Hark gisant à terre, une carabine braquée sur la tête. Après un instant d'hésitation, il le reconnut.

– Vous, là-haut ! cria-t-il d'une voix enrouée à Jelt. Regardez ! Nous tenons un de vos amis !

Le capitaine commanda d'un geste au Ligueur à la carabine de faire lever Hark, pour que Jelt le voie mieux.

– Un de vos amis ? répéta Hark.

C'était son tour d'être désorienté. Puis il commença à comprendre. Le capitaine avait vu Jelt foncer droit sur la relique, afin de l'arracher à l'ersatz de dieu que le *Papillon* venait de défoncer. Pas étonnant qu'il ait cru que Jelt était de mèche avec l'équipage du petit sous-marin.

La chose qui était Jelt cessa ses convulsions et baissa sur Hark ses yeux pâles et ternes. On aurait dit deux pièces de monnaie impossibles à identifier à force d'être usées par les vagues.

– Salut, Hark.

La voix paraissait étrangement proche, comme si Jelt lui parlait à l'oreille.

– Je ne t'avais pas vu. Je croyais que tu devais m'attendre près du cairn, à cette heure-ci. Tu me l'avais promis, pas vrai ?

Il y avait une sorte de tressaillement rauque dans cette voix, comme si une créature mangeait un papillon de nuit vivant. Cependant, le ton d'une ironie amère était caractéristique de Jelt.

– Il faut que tu arraches cette chose de ta poitrine ! hurla Hark. Elle va détruire ton esprit !

– En fait, continua Jelt du même ton dangereusement désinvolte, je ne pense pas que tu sois Hark. Le Hark que je connais ne se serait jamais enfui en me laissant mourir, pas vrai ? Du coup, il me semble que ces gens peuvent te transpercer à leur guise. Ça me fera une corvée de moins.

Hark voyait la fléchette de la carabine braquée sur lui. Il se souvenait qu'il avait toujours aimé ces projectiles. Leurs plumes les rendaient faciles à repérer lorsqu'ils s'échouaient sur la plage, et on pouvait vendre la partie métallique. Il fallait juste être prudent avec leur pointe, qui était terriblement acérée.

Les cris et le tumulte s'étaient calmés, du côté du *Papillon*. Des Ligueurs faisaient sortir Selphine de force. Elle frappait les têtes de ses ravisseurs avec une bouteille d'air comprimé, dans l'espoir peut-être qu'elle se casserait et exploserait, mais ils la lui arrachèrent. Quelques instants plus tard, Quest sortit lui aussi du sous-marin sous la menace des carabines. Il n'avait plus son casque.

– Je sais qui vous êtes ! cria le capitaine à Jelt. Vous êtes le monstre du Marteau du Sauvage, celui qui a tué une douzaine de mes hommes. Vous avez beau être impitoyable, je doute que vous sacrifiiez vos alliés !

Ses cheveux flottaient autour de sa tête comme un vague halo, en révélant un début de calvitie qu'avait caché auparavant son couvre-chef étincelant.

– Vous avez tous fait un long voyage, pour voler ce cœur. Vous devez être de vrais amis, pour braver ainsi l'Abysse !

– Des amis ? lança Jelt avec un rire rauque, chargé d'amertume. C'est à moi que ce traître a volé le cœur ! Je l'ai suivi pour le récupérer !

Hark eut presque l'impression de sentir de nouveau sur lui le regard des yeux décolorés.

– Tu sais ce que ça fait, Hark, de nager aussi longtemps ? Tu imagines comme l'eau était froide et sombre ? Tu sais ce qu'on ressent, quand elle vous écrase, quand elle brise vos côtes une à une ?

Le capitaine dévisagea Jelt avec stupeur. Hark le vit revenir d'un coup sur ses conclusions erronées et donner un autre cours à ses pensées.

– Vous avez nagé ? demanda-t-il d'une voix basse et incrédule. Vous êtes venu ici sans sous-marin ?

L'expression du capitaine déplut à Hark. Jusqu'alors, son

visage était empreint d'un profond désespoir. À présent, il observait Jelt avec une ardeur respectueuse.

– Comment êtes-vous devenu aussi fort ? Est-ce un bienfait du cœur ?

– Qu'est-ce que ça peut vous faire ? rétorqua Jelt de son ton à la fois aigre et nonchalant.

Malgré tout, il regardait le capitaine avec un intérêt accru.

– Nous n'aurions jamais dû être ennemis ! proclama le Ligueur. Restez avec nous. Unissons nos efforts, afin que votre grandeur devienne encore plus éclatante.

– Ne venez-vous pas de dire que j'avais tué une douzaine de vos hommes ? rappela Jelt d'un ton sardonique.

– C'est tout naturel, répliqua simplement le capitaine. Les dieux sont ainsi faits.

Même si Hark ne pouvait voir les visages des autres Ligueurs, il les entendit marmonner entre eux avec consternation. Cette volte-face brutale les prenait de court et ne semblait guère à leur goût.

En revanche, Jelt paraissait maintenant très intéressé. L'appendice surgissant sous son menton s'agitait comme la queue d'un chat.

– Dites donc, il me semble que vous n'êtes pas à genoux ! lança-t-il.

C'était presque un ordre.

– Vous êtes né pour devenir un dieu, dit le capitaine sans se démonter. Mais vous n'en êtes pas encore un. Dès que vous aurez revêtu votre enveloppe et assumé votre puissance véritable, tout le monde s'agenouillera devant vous.

– Mon enveloppe ? s'étonna Jelt.

Comme Hark s'y attendait, le capitaine désigna d'un geste l'ersatz de dieu gisant sur le sol.

– Ce corps est destiné à un dieu, expliqua-t-il. S'il devient vivant, il aura des branchies pour puiser des forces dans des milliers d'âmes, des yeux capables de voir dans l'obscurité la plus profonde, des pinces assez puissantes pour fendre l'acier. Je comprends maintenant que vous étiez fait depuis toujours pour l'endosser. Sans même nous en rendre compte, nous l'avons fabriqué pour vous.

Ce discours était simple, horrible et inspiré. La dépouille divine était cassée en deux, et la Ligue n'avait plus sous la main le docteur Vyne pour recoller l'ensemble avec art. L'apport de Jelt résoudrait tous les problèmes. Quest avait dit à Hark que les humains étaient « l'argile préférée » des dieux. Jelt prendrait la forme nécessaire pour réunir les différents morceaux.

– Eh bien, préparez-le ! commanda Jelt. Et que personne ne braque son arme sur moi, autrement vous allez encore perdre des hommes !

Les Ligueurs s'activèrent gauchement, à contrecœur. Deux d'entre eux allèrent récupérer la pince encastrée derrière le *Papillon*. Des étoiles de mer blanchâtres se tortillaient sous leurs bottes. D'autres Ligueurs prirent de la colle divine dans leur sous-marin et se mirent à genoux près du monstre démembré.

– Que faites-vous là ? hurla Hark. Il a tué vos amis ! Pas parce qu'il le devait, mais parce qu'il en avait envie ! Je le sais, j'étais là ! Et maintenant, vous voulez lui donner des pouvoirs divins ?

– Ne l'écoutez pas ! s'exclama le capitaine. En cet instant suprême, vous faites l'épreuve de votre courage et de votre loyauté ! Ce n'est pas le moment de flancher !

Hark échangea avec Selphine un regard désespéré. Tous deux avaient une carabine braquée sur la tête. Il leur était difficile d'agir sans se faire tuer aussitôt. S'attaquer à Jelt ou à la dépouille du dieu serait suicidaire.

Tout ce que pouvait faire Hark, désormais, c'était continuer de parler. Il n'avait guère d'espoir que Jelt ou le capitaine l'écoutent, mais il fallait essayer. Du reste, ils n'étaient pas ses seuls auditeurs possibles.

– Écoutez-moi ! hurla-t-il. Si vous n'arrêtez pas, vous allez tous mourir !

Il se tourna vers la chose qui avait été son ami.

– Jelt, sais-tu ce qui va se passer, si tu te glisses dans un tel amas de restes divins ? Le cœur va t'unir si étroitement à ce corps que tu ne pourras plus t'échapper. Il va te transformer, te fondre avec lui, jusqu'à ce que tout tienne ensemble. Et sais-tu ce qui arrive à un dieu, quand il grandit ? Son esprit dépérit peu à peu. Il perd la mémoire et devient comme un énorme poisson. Une créature stupide et affamée. Si ton esprit meurt, Jelt, c'est toi qui seras mort !

» Et vous autres, savez-vous ce qui se passera ensuite ? Croyez-vous que vous pourrez encore conclure des marchés avec lui ? Ce sera impossible, car il ne vous comprendra plus. Et il vous dévorera ! C'est ça que vous voulez ?

Plusieurs Ligueurs avaient interrompu leur tâche pour l'écouter.

– Tout ce que dit ce garçon est vrai, intervint Quest, dont la voix semblait d'une netteté impitoyable.

Sa frêle silhouette avait une certaine majesté, avec sa robe brune flottante et son drap se déployant comme une cape. Il avait l'air d'un sage ou d'un prophète des temps antiques.

– J'étais prêtre, autrefois. J'ai parlé avec de grands dieux et lu dans leur regard qu'ils perdaient l'esprit.

Les Ligueurs qui s'étaient arrêtés pour écouter Hark et Quest eurent droit à de violents reproches du capitaine. Ils hésitèrent, manifestement intimidés, puis se remirent à réparer les déchirures parsemant le corps monstrueux. Ils déposèrent ensuite la partie arrachée à côté du reste, en laissant au milieu un espace de la taille d'un être humain.

– Voyons ! s'écria Hark. Vous n'êtes quand même pas tous fous ! Certains d'entre vous ont certainement envie de vivre ! La mort de vos amis ne peut pas vous laisser tous indifférents !

Les Ligueurs ressemblaient à des automates, dans leur capsule de métal. Néanmoins, il y avait des hommes sous les scaphandres, chacun avec ses souvenirs, ses espoirs, ses erreurs et ses triomphes.

– Tant pis, s'obstina Hark, je vais continuer de parler, au cas où l'un d'entre vous ait encore un peu de bon sens et ne désire pas spécialement mourir. Il se pourrait même que plus d'un parmi vous pense comme moi, mais vous ne pouvez pas le savoir car vous ne voyez pas le visage des autres, avec vos scaphandres. Vous avez adhéré à la Ligue pour accomplir de grandes choses. Vous vouliez sauver les Myriades, non ? Vous aviez des missions secrètes, vous faisiez partie d'une fraternité au savoir mystérieux. Puis vous avez découvert ce qu'était vraiment son projet, et vous avez eu peur, mais vous étiez allés trop loin pour reculer. Il vous fallait absolument croire que vous aviez fait le bon choix.

» Et vous vous retrouvez maintenant dans des profondeurs insondables, sans aucune issue en vue. Vous pensez qu'il est trop tard pour changer d'avis. Mais ce n'est pas vrai. Il n'est jamais trop tard. Vous devez changer d'avis, autrement nous allons tous mourir. Tous les gens que vous voulez protéger vont mourir, ou vivre à jamais dans la terreur. Les dieux étaient des monstres. Ils ne se sont jamais souciés de nous !

– Continuez votre travail ! lança le capitaine. Et vous, là-bas, tirez sur ce garçon s'il essaie encore de parler !

Hark se mordit la langue. Le capitaine avait trop tardé à le réduire au silence. « Ils m'ont déjà entendu, pensa-il. Ils ne peuvent plus faire sortir mes paroles de leur tête. »

Un des Ligueurs posa soudain son flacon de colle divine.

– Je n'aime pas ça, déclara-t-il abruptement, avec un accent havrais. Nous ne devrions pas faire une chose pareille.

– Nous sommes venus ici pour ça ! rugit le capitaine. Tout ce que nous avons fait depuis six mois était en vue de cet instant ! Si vous n'avez pas assez de cran, ne restez pas près du dieu.

– Ce n'était pas prévu ! protesta la mauvaise tête quand on l'écarta de force du monstre. Nous n'avions pas prévu cette chose...

Il pointa le doigt sur Jelt.

– Et vous n'aviez pas dit que nous risquions d'être dévorés !

Plus il s'échauffait, plus il semblait comme auréolé d'une lumière scintillante.

– Assez ! cria le capitaine. L'enveloppe du dieu est prête.

– N'essayez pas de faire des sottises ! les avertit Jelt en descendant vers l'enveloppe.

Cependant, d'autres Ligueurs élevaient la voix.

– Arrêtez ! Pourquoi tant de hâte ? Pourquoi ne pourrions-nous pas entendre ce que ces gens ont à dire ?

– Vous n'aviez pas précisé qu'il s'agissait d'une mission suicide ! J'ai des enfants, moi !

Il restait encore quatre Ligueurs auprès du capitaine, prêts à défendre l'étrange enveloppe pendant que Jelt s'installait entre les deux moitiés. Quand le capitaine l'aida à insérer ses membres dans le mécanisme, en fixant contre sa peau des tuyaux mous et gélatineux, plusieurs protestataires se précipitèrent.

– Je vous ordonne d'arrêter !

– Reculez ou je tire !

Les scaphandres s'entrechoquèrent bruyamment tandis que les Ligueurs se battaient. Quelqu'un poussa un hurlement quand une fléchette l'atteignit à la jambe. Un des rebelles bouscula les défenseurs du futur dieu, attrapa une poignée des tuyaux constituant ses entrailles et les arracha.

Au milieu de cette confusion, le cœur divin se mit à battre. L'espace d'un instant, il fut comme le centre noir et lumineux de tout, à la fois gouffre obscur et soleil minuscule. Hark vit les Ligueurs tressaillir et sentit la pulsation l'atteindre comme un coup en pleine poitrine.

Jelt poussa un hurlement.

Hark avait deviné ce qui allait se passer, il l'avait même décrit, mais la réalité était bien pire que tout ce qu'il avait imaginé. Les membres de Jelt s'enfonçaient dans le mécanisme du dieu, comme de la cire molle glissant sur un couteau brûlant. Le cœur battait sans relâche, et Hark vit le corps de Jelt se tordre en tous sens, tandis que de la peau recouvrait le métal et le verre comme un lichen blanchâtre.

Les pulsations fusaient, encore et encore. Le cœur avait longtemps attendu cette occasion de se créer un habitacle parfaitement approprié. Il renforçait des muscles, fixait les plaques d'une carapace de chitine, mettait en place divers organes. Le nouveau dieu se redressa avec lenteur, le corps luisant d'un éclat assourdi. Il était le centre du monde, un tourbillon déchaîné de puissance et de faim, qui aspirait tout ce qui l'entourait. Le fond de la mer se mit lui aussi à trépider, comme s'il était excité.

Un Ligueur s'élança d'un bond vers le dieu et abattit sur son dos une hache, qui s'enfonça dans la chair avec un bruit sourd.

Une pince énorme jaillit. L'assaillant flotta soudain dans l'eau, corps et scaphandre coupés en deux, tandis que du sang s'épanouissait comme une rose géante.

– Je vous avais prévenus !

La voix de Jelt était encore reconnaissable, mais à peine. Les voyelles n'étaient plus qu'un gémissement guttural, les consonnes un bourdonnement grave et sonore.

– Vous m'avez menti ! Vous m'avez trompé ! Vous ne m'aviez pas dit que je sentirais…

Les autres Ligueurs reculaient ou se retournaient pour fuir en hurlant. Bien entendu, le capitaine tint bon.

– Je ne vous ai pas menti ! cria-t-il. Tout ce que j'ai fait, c'était pour vous faire venir au monde !

Il tomba à genoux, comme il l'avait promis.

– Que tout le monde s'agenouille en signe d'allégeance !

Mais il n'avait plus aucune autorité sur ses hommes. La plupart couraient se réfugier dans l'*Enfant des Profondeurs*.

L'énorme barbillon de Jelt cingla comme un fouet la tête du capitaine. C'était bien la bénédiction qu'on pouvait attendre du nouveau dieu. Hark frémit et détourna les yeux. Même s'il n'aimait pas le chef des Ligueurs, il n'avait pas voulu sa mort.

En tournant la tête, il vit Selphine nager rapidement dans sa direction. L'homme menaçant Hark de son arme ne s'aperçut de sa présence que lorsqu'elle se jeta sur lui par-derrière, en plaquant une poignée de boue contre le hublot du scaphandre.

Hark en profita pour arracher sa carabine au Ligueur, pendant que Selphine le poussait si violemment qu'il perdit l'équilibre et s'effondra sur la vase en agitant désespérément les bras.

– Merci ! lança Hark quand Selphine le regarda.

Il se baissa pour attraper son casque.

Ils nagèrent vers Quest, lequel s'était abrité sous une aile du *Papillon*, que plus personne ne gardait. Les frémissements du sol marin projetaient sur les ailes du petit appareil de la vase et des cailloux. S'ils ne le mettaient pas en marche au plus vite, leur submersible risquait d'être enseveli.

Hark s'introduisit dans l'écoutille et flotta jusqu'au siège du pilote. Après avoir mis son casque, il attendit que ses compagnons s'installent. C'est seulement alors qu'il vit les signes que lui adressait Selphine.

– *Il ne hurle plus!* dit-elle. *Le mécanisme est cassé!*

Comme Hark lui lançait un regard perplexe, elle saisit le soufflet et appuya dessus avec force. De petites bulles s'en élevèrent, mais il n'y eut aucun hurlement. Hark ôta en hâte son casque, tandis que Selphine actionnait de nouveau le soufflet. Il produisit un léger gargouillement, rien de plus. Une nouvelle cohorte de bulles s'élança en dansant, comme pour narguer la panique de Hark.

Les membres de l'équipage du *Papillon* savaient que leurs poumons pouvaient respirer l'eau de l'Abysse à défaut d'air. Mais aucun d'eux ne s'était demandé si le petit orgue du sous-marin pourrait en faire autant.

– *Il faut pédaler!* lança Hark.

Quest ferma l'écoutille, ils prirent tous trois leur place, et les deux jeunes gens se mirent à pédaler frénétiquement. Le *Papillon* racla un instant la coque de l'*Enfant des Profondeurs*, puis se dégagea avec une secousse. Hark sentit des vibrations ébranler le submersible tandis que l'hélice tournait dans la boue et heurtait des rochers.

Pour l'instant, le dieu qui était Jelt ne suivait pas le *Papillon*. Hark comprit pourquoi en voyant l'équipage de l'*Enfant des Profondeurs* l'attaquer avec les grands fusils à harpon du sous-marin. Un harpon s'enfonça dans le flanc du monstre, avant qu'une pince énorme ne l'arrache. Il ne savait si les Ligueurs rebelles pourraient repousser longtemps le dieu irrité, mais au moins ils ne s'étaient pas agenouillés docilement en attendant d'être dévorés.

– *C'est un dieu et il est vivant!* dit Selphine. *Comment pourrons-nous détruire le cœur, maintenant?*

– *Nous n'avons pas le choix*, répliqua Quest. *Le dieu est encore nouveau. Plus tard, il ne sera que plus fort.*

À travers le verre maculé de boue, Hark vit que le paysage sous-marin était de nouveau en émoi. Ils passèrent devant un gigantesque pilier rocheux qui jaillissait du sol, comme une pince sortant de sa gaine. Une nuée de décombres rebondirent dans l'eau avec une indolence meurtrière. Les blocs de pierre poursuivirent paresseusement le *Papillon* pendant un moment.

– *Nous pourrions peut-être tirer de loin sur le cœur?* suggéra Selphine.

Hark pensa à ce que donneraient des fléchettes, même ralenties par l'eau. Pour atteindre une chair humaine pas trop lointaine, elles seraient très efficaces, mais il doutait qu'elles puissent transpercer la carapace d'un dieu, surtout tirées à distance.

Il secoua la tête.

– *Nous devrons nous approcher, alors*, observa Selphine.

La dernière personne qui avait essayé d'attaquer de près le dieu avait fini coupée en deux. S'ils voulaient avoir la moindre chance d'atteindre le cœur, il faudrait ruser.

Hark s'arrêta de pédaler. Selphine l'imita, en le regardant avec curiosité. Il respira profondément.

– *Je crois pouvoir distraire son attention*, déclara-t-il, glacé par une conviction soudaine. *Si Jelt me voit m'éloigner à la nage, il me suivra.*

Hark n'était pas un spécialiste des dieux, comme Quest, mais il connaissait Jelt. Même si le dieu rugissant non loin d'eux n'était pas Jelt, il s'était construit à partir de lui. Il s'était servi d'un monstre, qui avait été un assassin, qui avait été un garçon appelé Jelt. Peut-être gardait-il en lui un peu de ses souvenirs et de ses réflexes.

– *Je vais me cacher là-bas*, signa Hark en pointant le doigt sur une éminence rocheuse où s'ouvrait une crevasse. *Dans cette fente.*

– Mais c'est très dangereux, protesta Quest à voix haute.

– Je ne vois pas d'autre solution ! s'exclama Hark.

– *Tu es sûr qu'il te suivra ?* demanda Selphine.

– *S'il continue de penser comme Jelt, il va vouloir me dévorer,* expliqua Hark. *C'est... c'est comme ça qu'a fonctionné un bon moment notre amitié.*

– *À l'avenir, tu n'auras plus le droit de choisir tes amis,* déclara Selphine.

Hark ne réussit pas tout à fait à s'empêcher de sourire.

– Tiens... prends ça !

Il lui tendit la carabine à air comprimé et la clé à molette. Pour des armes destinées à tuer un dieu, elles n'avaient pas l'air bien impressionnantes. Il avait les mains tremblantes, et celles de Selphine ne valaient guère mieux.

– Je... je ferais mieux de quitter tout de suite le sous-marin.

Chaque instant qui passait permettait au nouveau dieu d'accroître ses forces. Sans compter qu'il allait attaquer les Ligueurs. C'était le problème, quand on se mettait à la place des gens : on finissait par les comprendre et on n'avait pas envie qu'ils meurent.

Hark ouvrit l'écoutille. Il lui semblait qu'il n'y avait rien à ajouter.

Une minute plus tard, il sut ce qu'il aurait dû dire : « Je pense que je choisis nettement mieux mes amis, maintenant. » C'était tout à fait approprié. Mais lorsqu'il y pensa, il nageait déjà aussi vite qu'il pouvait vers l'éminence rocheuse, dans l'espoir de la rejoindre avant de se faire repérer par un dieu en colère.

CHAPITRE 43

Alors qu'il approchait du rocher, Hark entendit un rugissement assourdissant, comme si une tempête criait son nom.

Encore six mètres à parcourir. La crevasse paraissait plus étroite, maintenant. Trop étroite pour lui ? Encore cinq mètres… quatre mètres… deux mètres…

Il atteignit la crevasse et s'y glissa de biais. Elle ne faisait qu'une cinquantaine de centimètres de largeur. Des décombres s'entassaient au fond. Les deux parois rocheuses étaient si raboteuses qu'il s'érafla et s'écorcha le visage et les bras, en se démenant pour s'introduire plus profondément.

Le rocher tout entier ne cessait de bouger. Une poussière impalpable s'élevait à mesure que Hark progressait dans la fente, et il avait un goût de sable dans la bouche. Quelque part à l'extérieur, une voix cria son nom si fort qu'il sentit la paroi vibrer contre son dos.

Une longue excroissance noire, dont le bout luisait d'un éclat jaunâtre, jaillit comme un fouet dans la crevasse en direction de Hark. Il tressaillit en la voyant avancer à trente centimètres de lui, mais elle finit par se retirer. Il se recroquevilla, afin de constituer une cible aussi réduite que possible.

Ayant atteint le centre de la crevasse, il ne pouvait sans doute guère se rendre plus inaccessible.

En regardant derrière lui, il vit qu'une silhouette énorme lui bouchait la vue. La créature se pressait contre la faille pour l'observer.

– Je te vois, Hark, dit le dieu qui était Jelt.

À travers le dôme de verre crasseux du *Papillon*, Selphine vit approcher l'éminence rocheuse. Elle ne le faisait que lentement, car Selphine pédalait seule la plupart du temps. Le submersible bondissait plutôt qu'il ne glissait sur le fond de la mer.

L'immense masse sombre du dieu se pressait contre la fente s'ouvrant dans le rocher. Selphine espéra qu'il était simplement en train d'observer Hark, et non de le digérer. Le monstre semblait aberrant, ce n'était que l'assemblage défectueux de trop de créatures différentes. En même temps, Selphine sentait obscurément que le dieu était exactement ce qu'il devait être. Son enchevêtrement grotesque de chair, de verre et de métal avait quelque chose d'inéluctable.

En outre, il était incompréhensible. Selphine n'aurait su dire ce qu'elle regardait, et elle ignorait si la créature la regardait de son côté.

– C'est vous, le tueur de dieux ! lança-t-elle à voix haute à Quest. À quoi riment tous ces… morceaux ?

Elle n'osait pas lâcher les commandes, même pour parler en langue des signes avec une seule main. Il y avait trop de pics jaillissants et de rochers folâtres qu'elle devrait peut-être éviter à l'improviste.

Le vieillard lui répondit par signes, en profitant des moments où elle tournait les yeux vers lui.

La carapace rouge était invulnérable. Le trou rond dans

le dos n'était autre qu'une bouche supplémentaire. Chaque fois que les vibrisses qui l'entouraient percevaient un mouvement, la bouche entière s'avançait, entraînait sa proie et la mordait. La seule bonne nouvelle, c'était que l'amas des yeux arrière du dieu avait été sérieusement endommagé par la hache du défunt Ligueur. Quest pensait qu'ils guériraient bientôt mais, pour l'instant, la hache restait fichée en plein milieu.

– Peut-il encore voir quelqu'un qui s'approcherait par-derrière ? demanda Selphine.

– *Sans doute plus difficilement pour le moment,* répondit Quest.

– Où pensez-vous qu'est situé le cœur ?

– *Quand nous serons près du dieu, nous pourrons guetter la lumière de ses pulsations. De cette façon, nous saurons où il est.*

Le « nous » n'échappa pas à Selphine. Elle se rendit compte que ce vieux fou voulait l'accompagner. Pourquoi pas, du reste ? Le moment était venu de tenter le tout pour le tout.

Le dieu avait appelé Hark par son nom, ce qui signifiait qu'il pouvait encore parler. L'esprit de Jelt n'était pas entièrement détruit.

– J'avais vraiment l'intention de te retrouver au cairn ! lança Hark.

– Tu as tant d'intentions différentes, gronda la voix. Mais je me fiche de savoir si elles étaient bonnes ou non. Tu m'as volé le cœur et tu m'as laissé mourir !

Ces mots s'achevèrent en un rugissement.

Bien sûr, Hark pouvait tenter de se justifier. Mais quelle qu'en soit l'issue, cette conversation serait la dernière avec Jelt. Il n'était pas question qu'il entre de nouveau dans son jeu.

– Oui, c'est sans doute vrai, admit-il d'une voix tremblante.

Je suis désolé que les choses se soient terminées de cette manière.

– Si tu es désolé, c'est uniquement parce que tu es coincé dans une crevasse comme une grosse palourde ! répliqua Jelt d'un ton menaçant.

Cette comparaison donna à Hark l'impression d'être dangereusement comestible.

– Je ne peux pas te laisser me manger, Jelt, dit-il d'un ton ferme.

– Tu es censé être mon ami !

Derrière le fracas lancinant de la voix du dieu, Hark sentit une adresse à toucher la corde sensible de son âme, fruit d'une longue habitude.

– Sais-tu ce que je ressens, Hark ? Je suis tellement étiré et compressé que je crois que je vais me casser. Mais si nous sommes deux, tout ira bien. À deux, nous n'aurons pas à nous étirer autant.

Hark avait cru que Jelt voulait le mettre en pièces avant de le dévorer. En fait, il avait apparemment l'intention de l'avaler vivant, afin que le cœur lui donne une forme nouvelle. Cette perspective n'était guère plus réjouissante.

– Je n'ai pas envie de me faire triturer pour rester à jamais prisonnier du corps d'un dieu, déclara Hark non sans véhémence. Pourquoi aurais-je envie d'une chose pareille ?

– Tu me dois bien ça ! grogna la silhouette obscure.

Les parois rocheuses tremblèrent de nouveau, en faisant encore pleuvoir poussières et gravillons autour de Hark.

– Non ! s'écria ce dernier, en sentant le sable lui piquer les yeux. Ce n'est pas vrai ! Il y a des choses qu'on ne doit à personne !

Jelt avait sauvé la vie de Hark, mais cela ne lui donnait pas tous les droits sur lui. Peut-être ne devait-on jamais la vie à quelqu'un, en réalité. On ne pouvait pas laisser un autre décider à notre place de ce qu'on voulait en faire. On devait la vivre soi-même, aussi authentiquement que possible.

– Ne sois pas aussi froussard ! insista le dieu qui était Jelt. Je te donne une chance de faire enfin de grandes choses ! Tu as de la veine que j'accepte ta participation !

Hark en resta un instant sans voix, puis il ne put s'empêcher d'éclater de rire.

– Je sais ! s'exclama-t-il en gloussant. C'est une promotion !

– Ne te moque pas de moi !

– Tu ne veux pas que je rie ? rétorqua Hark, rempli de peur et de tristesse. Nous riions pourtant, autrefois, non ? Pendant des années, tes plaisanteries ont été comme des coups de poing en pleine figure ! Mais tu étais drôle. La vie avec toi était... amusante.

– J'ai grandi, Hark ! rugit le dieu devant la crevasse. J'ai découvert que la vie était une guerre. Après ça, peut-être ai-je cessé de tout trouver si amusant. Mais tu ne veux pas le savoir, pas vrai, Hark ? Quand les choses deviennent déplaisantes, tu t'enfuis. Tu laisses tomber tes amis s'ils ne te servent plus à rien, si les connaître n'est plus une source de profit ou d'amusement.

» Je me noyais dans cette bathysphère, tu te rappelles ? J'étais assommé, suffoqué, j'essayais de sortir mais... j'ai vu cette bulle. Elle s'éloignait de moi en scintillant, elle dansait. Elle était pleine d'air – cet air qui aurait pu me maintenir en vie. Mais tu crois qu'elle serait restée pour m'aider ? Non, elle est partie là-haut, elle a volé jusqu'au ciel, en m'abandonnant à mon sort. Tu es comme cette bulle, Hark. Tu brilles et tu es rempli de néant. Tu t'éloignes en dansant et tu me laisses me noyer.

Ce n'était pas juste. Rien de ce que disait Jelt n'était juste. Mais le cœur de Hark n'en était pas moins déchiré. Était-ce vraiment ainsi que Jelt l'avait vu pendant tout ce temps, comme une apparition brillante et exaspérante, qui pouvait le maintenir en vie mais ne cessait de s'éloigner en dansant ?

– Je ne peux pas te sauver, Jelt, dit Hark, qui avait de nouveau les yeux brûlants. Je suis désolé, tellement désolé. Mais c'est trop tard. Tu es… tu es mort, Jelt. Tu es mort dans la bathysphère. Tu t'es noyé. Je ne suis pas arrivé à temps.

Hark était allé trop loin pour reculer.

– Quand le treuil s'est cassé et que la chaîne a filé, je suis… je suis resté figé sur place. Je ne sais pas combien de temps ça a duré. J'ai fini par sortir de ma torpeur, j'ai plongé pour te sauver, mais quand je suis arrivé… tu étais déjà mort.

Le fouet jaillit de nouveau des ténèbres. Il s'enroula autour de son poignet, le força à avancer. Comme il l'entraînait impitoyablement vers le dieu, Hark s'agrippa aux parois de la crevasse, en écorchant ses mains et ses genoux. Son épaule heurta un rocher, qu'il serra dans ses bras pour s'arc-bouter de toutes ses forces.

Le fouet le tira deux fois avec violence pour tenter de le déloger. Hark sentait sa peau brûler à l'endroit où le fouet l'emprisonnait.

– Tu m'as fait ça ! lança la voix déformée par la rage. Tout ça, c'est donc ta faute !

– J'ai essayé de te sauver ! hurla Hark, éperdu. J'ai cru que j'avais réussi ! Mais ton corps était mort. La seule chose qui lui permettait de fonctionner, c'était le cœur. C'est pour ça que tu étais malade dès que tu t'éloignais de lui. C'est pour ça que tes Marques t'ont changé à ce point. Maintenant, ton esprit aussi est mourant, car tu t'es enfermé toi-même dans un dieu. Tu me parles, en ce moment… mais c'est de plus en plus difficile, non ? Bientôt, une créature nagera dans la mer en dévorant les gens. Un énorme poisson, stupide et affamé. Mais ce ne sera pas toi. Je ne peux pas me laisser dévorer par toi, Jelt. Peut-être que je ne suis qu'une bulle, qui veut s'enfuir en dansant et vivre sa vie. Mais je ne veux pas non plus que tu disparaisses. Tu étais mon ami, mon héros, mon *frère*, et bientôt je serai le seul être au monde à me souvenir vraiment de toi. Quand je mourrai, tu disparaîtras aussi. Tu ne seras même plus un souvenir. Je ne suis plus ton ami, Jelt. Je suis le gardien de tes histoires.

– Tu n'as aucune envie de connaître les histoires que je pourrais raconter, chuchota Jelt avec un enrouement féroce.

– Si, je veux les connaître.

– Vraiment ? lança une voix humaine pleine de souffrance et de mépris sortant d'une bouche sans rien d'humain. Tu veux savoir ce qui s'est vraiment passé, cette nuit-là, dans les vasières de Rattleguise ? Tu veux savoir pour quel travail j'étais payé, quand je quittais le Havre de la Dame ? Et le vieux prospecteur de la cabane du Nid ? Veux-tu entendre une jolie histoire sur ce qui lui est arrivé ? Non, tu n'as jamais voulu entendre ! Tu refuses de connaître ce qui pourrait t'obliger à devenir adulte !

Hark appuya son front contre la paroi rocheuse. Ces phrases étaient suffisamment vraies pour le blesser.

– Je veux connaître ces histoires, dit-il. Oui, commençons par elles.

Les bonds du *Papillon* soulevaient d'énormes tourbillons de vase. En regardant par-dessus son épaule, Selphine les vit dériver, entraînés par un léger courant. Elle changea abruptement de direction pour avancer vers la droite de l'éminence rocheuse, puis lança le submersible dans une série de zigzags.

Lorsqu'elle arrêta, hors d'haleine, Quest tapota son épaule.

– *Qu'est-ce que tu fabriques ?* demanda-t-il.

– *Nous devons nous camoufler le plus possible,* répondit-elle en désignant d'un geste les vastes nuages brunâtres qui étaient en train de recouvrir l'éminence rocheuse.

Selphine attacha un chiffon autour de son nez et de sa bouche, afin de ne pas respirer les nuages de vase. Quest en fit autant, tandis qu'elle mettait en bandoulière la carabine à air comprimé.

– C'est le moment de tenter le tout pour le tout!

Les vagues étincelant au-dessus de la tête de Selphine, la plaine frémissante et les rochers trépidants n'avaient pas l'air réels, et c'était une aide pour elle. Dans ce paysage de rêve, elle pouvait se dire qu'ils ne flottaient pas dans de l'eau, que c'était juste... de l'air s'écoulant lentement. De cette façon, elle n'aurait pas à penser au poids inconcevable de l'eau noire au-delà de la frontière ondoyante et violette, ni à la distance la séparant de l'air véritable.

Surtout, elle n'aurait pas à penser aux conséquences des avaries du *Papillon*. Comme le petit sous-marin était inondé, il n'y avait pas d'air pour remplir ses ballasts et l'aider à monter. Sans hurlements, il ne leur était pas non plus possible de se servir des ailes pour rentrer chez eux. Ce qui signifiait ne jamais revoir le Havre de la Dame, ni Coram, Sage, Rigg...

Cependant, Selphine allait se battre pour les sauver tous, même s'ils ne devaient jamais le savoir.

Hark écouta les histoires qu'il avait espéré ne jamais connaître.

Il entendit le récit du premier meurtre, maladroit et stupide, lors d'une dispute d'ivrognes sur le petit bateau de Jelt tard dans la nuit, deux ans plus tôt. L'homme avait eu le crâne fendu par la gaffe que Jelt brandissait. Il était tombé à l'eau et n'avait jamais refait surface. Jelt avait jeté par-dessus bord les affaires du malheureux, puis il était retourné au port et avait marché toute la nuit pour s'éclaircir les idées.

Jelt crut s'en tirer à bon compte. Il essaya d'oublier toute l'affaire. Ce n'était qu'un épisode isolé, presque un simple accident, dont il n'était pas responsable. Mais le souvenir était toujours là, comme une pourriture au fond d'un tonneau, qui infectait toutes ses autres pensées.

On avait vu monter à bord de son bateau l'homme qu'il avait tué. Des gens dangereux avaient eu vent de l'affaire. Ils dirent à Jelt que tout allait bien. Ils savaient qui étaient les témoins et s'arrangeraient pour le débarrasser de ce problème. En échange, ils lui soufflèrent de quel problème il devrait les débarrasser de son côté.

Il n'était pas un tueur à gages, ce n'était qu'un échange de bons procédés. Parfois, quand il avait des ennuis, il n'avait qu'à faire un petit voyage pour rendre service à des gens, afin qu'ils règlent ses propres problèmes. Ainsi va le monde, expliqua Jelt. On ne peut être éternellement une proie, il faut devenir un chasseur.

Hark écoutait, et commençait à comprendre.

Jelt ne pouvait supporter l'idée d'avoir commis une faute aussi grave qu'irréparable. C'était impossible, puisqu'il était *Jelt.* Il avait donc agi comme il convenait, c'était même mieux que ça, la preuve de sa force, de sa volonté inflexible, de sa capacité à survivre. Il fallait qu'il y croie, même si cela revenait à déformer tout son être et à s'enfoncer dans les ténèbres. Il était un chasseur, un *chasseur,* et il devait se le prouver à lui-même, encore et encore. Derrière chacun de ses mots, Hark sentait le désespoir de Jelt, sa solitude, son dégoût forcené de tout.

Hark aurait dû être horrifié, mais il était maintenant au-delà de l'horreur. Il ne ressentait qu'une immense tristesse.

C'est à peine s'il remarqua les nuages de vase qui tourbillonnaient au-dessus de leurs têtes.

La carabine à l'épaule, Selphine nageait à travers le brouillard de vase. Elle avait du sable dans les yeux et le chiffon se plaquait contre sa bouche à chaque respiration. À sa propre surprise, elle était contente se sentir la main frêle de Quest agripper son bras. Sans ce contact, ils se seraient rapidement perdus de vue.

Elle trouvait pénible de ne pouvoir regarder au loin, cela lui donnait l'impression d'être impuissante et désorientée. Évidemment, c'était aussi le signe que son plan fonctionnait.

Une nouvelle pulsation l'atteignit de plein fouet, en un éclair d'obscurité violâtre.

– *Nous approchons,* signa Quest.

On distinguait à peine ses mains dans le brouillard.

Bientôt, Selphine discerna mieux la masse énorme du dieu devant eux. Elle aperçut les taches pâles de membranes charnues, la cavité ronde de la bouche. Il était difficile de réfléchir, si près du dieu. Il semblait à Selphine qu'il aspirait ses pensées comme une baleine entraînant dans son sillage toutes sortes de petites créatures. La lumière noire palpitant autour du monstre lui faisait mal aux yeux et à l'esprit.

La pulsation suivante faillit l'assommer. Pendant quelques secondes, elle fut incapable de se rappeler où elle se trouvait ou ce qu'elle avait vu. Cependant, il y avait des taches brillantes sur ses rétines. Elle avait vu la lueur d'où avait jailli la pulsation chatoyante.

– *Le cœur est derrière la bouche!* dit-elle à Quest.

Ils nagèrent avec prudence vers elle. Son long entonnoir était tapissé de dents acérées. Les vibrisses qui l'entouraient s'inclinaient légèrement, comme de l'herbe sous le vent.

Selphine n'avait qu'une seule fléchette. Il fallait que le

projectile s'enfonce aussi loin que possible. Elle sortit une pièce de monnaie tordue et la lança dans l'eau.

La pièce flotta vers la cavité mi-close… et soudain la bouche entière s'ouvrit et s'avança pour l'attraper. Un tunnel obscur apparut au fond du gosier. Selphine tira dans cette direction.

La bouche se referma. Des remous agitèrent l'eau et l'énorme créature fut secouée de frissons. Les vibrisses se hérissèrent, les écailles se resserrèrent, des dards minuscules apparurent.

Une nouvelle pulsation jaillit à travers l'eau. Selphine n'avait pas détruit le cœur. Et maintenant, le dieu savait où ils étaient.

Hark sursauta quand Jelt interrompit soudain son récit avec un rugissement de rage.

– Espèce de traître ! Tout ça, c'était de la comédie ! Tu attendais juste que tes amis m'attaquent !

Le fouet enroulé autour de sa taille serra Hark avec tant de force que ce dernier crut que ses côtes allaient se casser. L'excroissance le tira avec une vigueur redoublée. Le rocher auquel s'appuyait Hark commença à bouger, en s'avançant à travers la crevasse vers le dieu.

Quest lança un regard implorant à Selphine.

– Donne-moi la clé à molette ! Vite !

Il tendit la main.

D'un coup, Selphine comprit pourquoi il l'avait accompagnée. Il n'avait jamais cru qu'elle réussirait en tirant une fléchette. Son plan consistait à se précipiter droit dans la bouche pour fracasser lui-même le cœur avec ce qui lui restait de force…

Il fallait trouver une meilleure solution, mais elle n'avait pas le temps d'y réfléchir. Le dieu allait les attaquer d'un instant à l'autre. Désemparée, Selphine regarda la carabine, qui n'était plus qu'un poids mort dans sa main.

Non. Elle se trompait du tout au tout. Avec fébrilité, elle entreprit de dévisser la bouteille d'air comprimé du canon de l'arme.

Elle ne tenait pas un poids mort, mais une massue et une bombe.

Se penchant dangereusement, elle lança la lourde bouteille vers la bouche béante. Celle-ci s'avança aussitôt, mordit dans la bouteille et recula. Selphine vit le cuivre s'incurver sous la pression des dents acérées, qui finirent par le transpercer. Elle s'abrita le visage en prévision de l'onde de choc. La bouteille explosa, en laissant s'échapper l'air comprimé en un jaillissement de bulles.

Quand Selphine regarda de nouveau, la bouche était déchiquetée. Un trou s'était formé au fond de la gorge, et elle y aperçut un enchevêtrement de tuyaux mous, à l'aspect évoquant la chair, reliés à un objet rond et blanc.

Le cœur.

Selphine s'élança, coinça le canon de la carabine à la verticale dans la bouche ravagée, pour la forcer à rester ouverte. Elle glissa sa main libre dans le trou, en sentant avec dégoût la matière visqueuse contre son épaule. Ses doigts se refermèrent sur un objet froid et sphérique, dont les perforations mordirent sa main. Il accueillait sa peau avec joie. Il voulait ses os. Il avait des projets pour sa chair.

Elle le sentit bouger sous ses doigts, tandis qu'elle serrait de plus en plus fort.

– Je n'ai jamais compté pour toi ! rugit le dieu qui était Jelt.

Sa voix changeait, les voyelles s'allongeaient plaintivement, les consonnes n'étaient plus qu'un bourdonnement déformé. Un esprit humain était en train de s'obscurcir et de s'éteindre.

La rage était toujours présente, mais ce que Hark entendait surtout, désormais, c'était la souffrance.

– Tu as toujours compté pour moi, Jelt! hurla Hark de toutes ses forces, malgré le fouet qui menaçait de le couper en deux. Même quand je te haïssais, je tenais à toi!

Les parois de la crevasse l'écorchaient tandis que le fouet l'entraînait inexorablement.

– Je tiendrai toujours à toi, toute ma vie! Mais tu aurais dû me laisser partir, Jelt! Ç'aurait été mieux pour nous deux!

Alors que ces mots déchiraient sa gorge, Hark sentit soudain un changement. Le rugissement s'affaiblit et se tut.

Le fouet cessa de l'entraîner à travers la crevasse. Il était toujours enroulé autour de lui, mais il se desserrait peu à peu. Pour finir, ce ne fut qu'une pression légère, comme un bras passé autour de sa taille.

Très lentement et délibérément, il lâcha Hark. Puis il s'affaissa et la lueur au bout de l'excroissance se voila. Prostré, hébété, Hark regarda le morceau de chair.

– Hark?

Une voix différente résonna dans la crevasse. On aurait dit celle de Quest.

Hark rampa péniblement au-dehors, il avait l'impression d'avoir été écorché vif.

Le cadavre d'un dieu gisait affalé contre l'éminence rocheuse. Sa masse imposante n'était plus de nouveau qu'un rapiéçage informe, que seules les ondulations de l'eau faisaient bouger. Rien dans cette vision ne pouvait permettre à Hark de reconnaître Jelt, il n'y avait pas de corps à enterrer, à pleurer. Tout ce qui restait de son ami se trouvait maintenant dans sa tête, dans son trésor d'histoires, aussi précieux que l'or, aussi amer que la ciguë.

Au milieu des ruines de l'enveloppe divine, il trouva Quest et Selphine, couverts de boue, le visage épuisé.

La contrebandière tenait dans ses mains un cœur divin en piteux état, d'où émergeaient quelques petits tuyaux sinueux.

– Il est mort ? demanda Hark d'une voix enrouée.

– Je crois, répondit Selphine d'un air sombre. Mais je vais m'en assurer.

Les mains tremblantes, elle posa le cœur pâle et magnifique sur un rocher puis le fracassa à plusieurs reprises avec la crosse de sa carabine, jusqu'à ce qu'il soit mis en pièces.

L'*Enfant des Profondeurs* avait disparu. À moins que le sous-marin n'ait été englouti par les remous imprévisibles du terrain, tout indiquait qu'il y avait eu suffisamment de Ligueurs survivants pour le faire fonctionner et partir.

Hark ne pouvait les blâmer. L'Abysse, qui n'était jamais docile, devenait franchement irritable. Certains piliers rocheux s'inclinaient dangereusement. Des crevasses s'ouvraient dans le sol, puis se refermaient brusquement. Peut-être l'Abysse n'appréciait-il pas qu'on ait tué son dieu flambant neuf.

Le *Papillon* se trouvait non loin de l'éminence rocheuse. Ses parois de verre étaient maculées de boue et de matières visqueuses. Il avait l'air aussi exténué que son équipage.

– Il s'est montré d'une efficacité surprenante, déclara Quest en regardant le petit submersible. J'ai eu tort de le qualifier d'« erreur de jugement ».

En parlant au passé, le vieux prêtre avouait ce qu'ils savaient tous. Le *Papillon* les avait conduits dans l'Abysse mais, sans ses hurlements, il ne pourrait les ramener chez eux.

– *Quel beau panorama !* dit Selphine en désignant avec

brusquerie la vision démente. *La prochaine fois, nous apporterons un pique-nique.*

L'Abysse était assurément spectaculaire. Rares étaient ceux qui verraient un tel spectacle dans leur vie, et plus rares encore ceux qui vivraient assez longtemps pour en parler. D'un coup, Hark ne put supporter l'idée que lui et ses compagnons ne pourraient jamais raconter cette histoire.

– *Essayons encore,* déclara-t-il en langue des signes.

Il ouvrit l'écoutille du *Papillon*.

– *Oui,* approuva Quest sans grand espoir. *Bien sûr.*

Hark se sentait épuisé. Il était meurtri, contusionné, écorché, ankylosé. Un étrange liquide vital irritait sa peau. Tout ce qu'il voulait, c'était se coucher et s'abandonner à la torpeur. Toutefois, il grimpa dans le sous-marin, se laissa tomber sur le siège du pilote.

Il commença à actionner le soufflet sous son bras raide, puis tira un peu sur les commandes. Il y eut encore quelques gargouillis et des bulles s'échappèrent du mécanisme.

Selphine entra à son tour.

– *Tu as un plan?* demanda-t-elle.

Elle tressaillait et fronçait les sourcils, comme si elle avait mal aux dents. Hark comprit qu'elle s'efforçait de ne pas trop espérer.

– Pas vraiment, répondit-il à voix haute. Tu me connais. Je suis stupide. Quand quelque chose ne marche pas, j'essaie quand même.

Ses poumons le faisaient souffrir et semblaient secoués de frissons étranges. En pensant au dieu mort qui ne ressemblait en rien à Jelt, il sentit ses yeux le brûler.

Il renifla un bon coup et actionna de nouveau le soufflet. Cette fois, une unique bulle s'éleva. Rien qu'une bulle d'argent, montant impitoyablement vers la surface. Hark songea à Jelt dans la bathysphère, en train de se noyer pour de bon. De passer les derniers instants de sa vie à regarder une bulle en se disant que son meilleur ami l'avait abandonné.

Il réessaya, aucune bulle ne sortit. Rien. Jelt, un noyé flottant dans l'eau. Rien qu'un gémissement affaibli du soufflet.

L'Abysse buvait ses larmes, comme il buvait tout ce qu'il pouvait. Hark pesa de nouveau de toutes ses forces sur le soufflet, pour une dernière vaine tentative…

Une seconde plus tard, il chancelait, les mains pressées sur les oreilles, en cherchant désespérément son casque. Les hurlements avaient changé de timbre, mais ils étaient toujours assourdissants.

– Ça marche ! Tout le monde à sa place ! Les tuyaux acceptent très bien l'eau de l'Abysse, mais il ne faut pas qu'elle soit mêlée d'air !

En y réfléchissant, Hark se rappela que les poumons ne semblaient guère apprécier non plus le mélange d'air et d'eau d'Abysse.

Quest entra tant bien que mal, et ils se préparèrent tous trois au départ. Tant que leur fin avait paru inévitable, ils avaient fait preuve d'une sorte de calme hébété. Maintenant qu'ils entrevoyaient une minuscule chance de survie, ils s'agitaient de nouveau fébrilement. Même s'ils n'avaient toujours pas d'air pour aider le submersible à monter, ils disposaient au moins d'un moyen de propulsion. Avec un peu de chance, les ailes du *Papillon* pourraient les soulever comme celles d'un oiseau s'envolant vers le ciel.

Hark régla le nouveau timbre des hurlements pour faire battre les ailes, puis fit s'élever le petit submersible. Une des ailes était légèrement tordue, ce qui rendait la direction plus difficile. Il fit monter le *Papillon* en une spirale ascendante sans quitter des yeux le « ciel » ondulant au-dessus d'eux.

Cette fois, les vagues et les remous étaient trop violents

pour prédire leur arrivée. Tout ce qu'il pouvait faire, c'était viser un endroit un peu calme et espérer.

Quand le *Papillon* s'élança en hurlant à travers la frontière mouvante, il fut entraîné et secoué comme un hochet. Seul le casque de Hark l'empêcha de s'assommer contre la paroi de verre. D'un coup, l'obscurité fut totale. Hark eut l'impression qu'un poing énorme serrait son esprit et son âme, tellement qu'ils ne devenaient pas plus gros qu'un grain de raisin.

Tout tournait. Ou était-ce une illusion ? Il faisait trop sombre pour le savoir. Hark tendit son bras engourdi, cherchant à tâtons la lumière.

Oui, le sous-marin tournoyait. Son capitaine le stabilisa juste à temps pour éviter une des vagues géantes de l'Abysse.

Le *Papillon* tenta de s'élever en spirale, mais un autre courant irascible le fit virevolter de nouveau dans les ténèbres. Chaque fois que Hark trouvait le moyen de monter, un courant de passage s'emparait d'eux et les ballottait en tous sens. Ils n'étaient plus qu'une souris blessée dans la gueule d'un énorme chat noir. Un chat en colère, à la gueule si immense qu'elle pouvait engloutir des villes.

Puis le chat se lassa du jeu. Le *Papillon* fit la culbute et s'écrasa contre un obstacle avec une telle violence que la ceinture de Hark se cassa et qu'il fut éjecté de son siège. Tandis qu'il redescendait en flottant, il vit où ils se trouvaient.

Des tourelles démolies, des hublots rouillés et des carcasses de cloches de plongée s'étendaient dans toutes les directions. L'Étreinte avait mâchonné le *Papillon* puis l'avait recraché sur le cimetière sous-marin. Elle avait mâché avec énergie. Une aile du submersible avait été arrachée, l'autre n'était plus qu'un lambeau déchiré. Quant à l'hélice, elle était tordue. Apparemment, Selphine et Quest étaient tous deux inconscients.

Alors même qu'il commençait à entrevoir combien la situation était désespérée, d'autres débris tombèrent autour du *Papillon* et l'ensevelirent peu à peu.

Hark actionna de nouveau le soufflet. Les hurlements solitaires du petit submersible s'élevèrent au milieu des cadavres de ses pareils. Il ne restait plus au jeune pilote d'autre ressource que de faire du bruit pour attirer l'attention. C'était un maigre espoir. Il était peu probable que quelqu'un les cherche, et il n'y avait aucune raison qu'on devine que ces glapissements étranges étaient un appel au secours.

Malgré tout, Hark s'acharna à actionner le soufflet. Il ignorait combien de temps ils avaient encore. La lampe allait finir par s'éteindre, d'autres débris les recouvriraient. Après quoi, il serait à jamais impossible de les trouver.

Il avait de plus en plus de mal à demeurer éveillé. Peut-être l'eau de l'Abysse qu'ils respiraient se viciait-elle peu à peu, comme de l'air. Par moments, il se retrouvait affalé sur son siège, sans avoir aucune notion de la durée de sa perte de conscience.

La rumeur des débris s'abattant sur le submersible le réveilla. Il ouvrit les yeux.

Non, les débris ne tombaient pas, on les enlevait. Une silhouette en scaphandre retirait des morceaux de métal du sous-marin. Puis elle regarda à l'intérieur, et Hark crut rêver en voyant le visage de Rigg, qui l'observait d'un air furieux.

– Tu es un homme mort ! lança-t-elle en pointant son doigt sur lui.

Pour plus de clarté, elle fit le geste de se trancher la gorge.

Elle avait donc fait ce long voyage rien que pour le menacer ? Ce fut la dernière pensée qu'eut Hark avant de s'évanouir.

ÉPILOGUE

Il s'avéra plus tard que c'était uniquement grâce au docteur Vyne et à Kly qu'on avait retrouvé le *Papillon*.

Quand le jeune serviteur rentra en chancelant au Sanctuaire, chargé de la blessée, il mit en émoi le bâtiment tout entier. Heureusement, de nombreux membres du personnel avaient une formation médicale. Tandis qu'ils soignaient la plaie de Vyne, cette dernière reprit connaissance et se lança dans un discours rempli de termes explicites, qu'elle n'avait sans doute pas appris en passant son doctorat.

Entre-temps, le jeune serviteur se souvint de ce que Hark avait dit de la lettre de Vyne et remit à Kly le carnet de la doctoresse. Comme Hark l'avait espéré, Kly se rendit compte que ce griffonnage ensanglanté destiné au gouverneur était d'une extrême importance.

Toutefois, il n'était pas signé. Kly comprit que s'il ne persuadait pas Vyne d'ajouter sa signature et son cachet, le gouverneur ne croirait peut-être pas qu'elle fût vraiment l'auteur de cette lettre. Le régisseur décida donc de parler avec elle avant de partir. Une décision qui se révéla précieuse.

À présent, le docteur Vyne était très soucieuse. Constatant que ses clés avaient disparu, elle avait deviné que Hark avait dû les prendre. Comme elle avait déjà avoué ses pires méfaits dans la lettre, de toute façon, Vyne raconta à Kly que Hark et Selphine avaient été emprisonnés, qu'ils avaient échappé aux Ligueurs et qu'elle craignait que Hark n'essayât en cet instant même de piloter sans elle le *Papillon de Mer*.

Inquiet pour Hark et désireux de retrouver Quest, le régisseur courut à la crique où on avait vu le jeune engagé pour la dernière fois. Il découvrit le bateau abandonné et une porte s'ouvrant dans la falaise, qu'on avait arrachée de ses gonds. Hark, Quest et Selphine étaient invisibles, de même que le sous-marin.

En revanche, Kly croisa des gens qu'il prit pour des prospecteurs venus du Havre de la Dame. Naturellement, il leur demanda s'ils avaient vu les fugitifs, en les décrivant et en donnant leurs noms. Comme il s'agissait en fait de membres de la bande de Rigg, la mention de Hark et de Selphine éveilla aussitôt leur intérêt. Kly refusa d'expliquer pourquoi il les interrogeait à leur sujet. Les contrebandiers l'embarquèrent donc de force sur leur bateau pour l'emmener auprès de Rigg.

Kly passa l'heure suivante à endurer les cris et les menaces d'une matrone en furie, qui voulait savoir ce qu'était devenue sa fille cadette. Lorsqu'il comprit qu'elle était la mère de Selphine et ne tenait pas à l'assassiner à tout prix, il se décida à répondre à ses questions. Il admit qu'il était possible que Selphine fût en route pour l'Étreinte à bord d'un sous-marin hurlant et périlleux.

Rigg relâcha Kly, en le laissant se rendre auprès du gouverneur avec la lettre de Vyne. Le temps que le gouverneur accepte de parler au régisseur, Rigg préparait déjà son sous-marin le plus solide, en y attachant un harnais spécialement conçu pour remorquer les épaves.

La contrebandière et ses équipiers entendirent les hurlements du *Papillon* longtemps avant de trouver le petit submersible. Sous l'eau, il est difficile de dire d'où vient un son. Cependant, on peut parfois le découvrir avec un peu d'obstination, rien qu'en sillonnant les parages pour trouver l'endroit où le son devient plus fort.

Par chance, Rigg était particulièrement obstinée.

Les membres de l'équipage du *Papillon* restèrent immergés dans l'eau de l'Abysse pendant huit heures d'affilée. Quand on les déchargea sur une plage du Nid comme des poissons essayant désespérément de respirer, leur peau était blême, leurs mains et leurs pieds aussi ridés que des noix.

Quest terrifia tout le monde en donnant l'impression qu'il allait mourir sur-le-champ. Ses poumons s'étaient adaptés insensiblement à l'eau de l'Abysse, et le retour à l'air fut un choc brutal pour son organisme. Ses convulsions convainquirent Rigg de le faire soigner au Sanctuaire avec ses coéquipiers.

Durant les semaines suivantes, Hark ne reprit conscience que par intermittence. Le premier jour, quelqu'un lui posa une foule de questions. Il y répondit, dans l'espoir que l'intrus s'en aille. Plus tard, il se rendit compte qu'il s'agissait de Kly, qui s'était montré aussi gentil que patient.

Chaque fois qu'il tentait de s'asseoir dans son lit, Hark se sentait affreusement lourd. Il lui était impossible de nager dans l'air, et il ne comprenait pas pourquoi. Les sons étaient trop rudes et essoufflés, les couleurs trop vives. Quand il regardait par la fenêtre, le ciel ne semblait pas vraiment réel. Hark n'arrêtait pas de fermer et de rouvrir les yeux, en s'attendant à voir une immense étendue ondoyante, traversée de reflets violets, argentés ou noirs comme l'encre.

Il n'aurait jamais cru revoir la terre ferme. Maintenant encore, il n'arrivait pas à croire que ce fût vrai. Son esprit était toujours plongé dans des profondeurs insondables.

Un mois de bains purifiants, de pommades spéciales et d'un régime à base de gruau le remirent peu à peu d'aplomb. Le halo mauve dans ses yeux se dissipa, sa peau recouvra sa couleur naturelle. Mieux encore, il redevint curieux du monde qui l'entourait.

Il découvrit que le docteur Vyne avait été arrêtée. On avait fermé le musée et Kly dirigeait le Sanctuaire sous l'autorité du gouverneur. Ce dernier avait apparemment décrété que Hark et ses amis devaient être soignés le mieux possible, mais qu'ils ne devaient voir personne de l'extérieur avant leur guérison.

– Qu'ils ne parlent à personne pour le moment, avait dit exactement le gouverneur.

Hark découvrit aussi que lui et ses compagnons, malgré tous les bains qu'ils avaient pris, garderaient quelques Marques indélébiles.

Le cuir chevelu de Hark s'ornait maintenant d'une ligne en zigzag de peau pâle, depuis le haut de son front jusqu'à sa nuque. On aurait dit un jeune serpent, et les cheveux poussaient blancs à cet endroit.

Après avoir agrippé le cœur de la Dame Cachée, Selphine se retrouvait avec de petites entailles dans la main gauche, là où les bords des perforations s'étaient enfoncés dans sa peau. Elles recouvraient la paume et le dessous des doigts, en dessinant des motifs évoquant une dentelle.

Quest devait respirer constamment les émanations de lampes-terreurs, sans quoi ses poumons étaient secoués de spasmes. Ce régime altéra sa voix, qui laissait maintenant dans l'esprit de ses interlocuteurs une sorte de résidu perturbant, comme les lampes elles-mêmes. De toute façon, il parlait de moins en moins et dormait de plus en plus à mesure que passaient les jours.

Hark savait que Quest était mourant.

*

– Vous ne pouvez pas partir maintenant ! s'exclama Hark un soir dans la chambre de malade du vieux prêtre.

Depuis quelques jours, il sentait avec accablement que son ami était en train de larguer les amarres en silence et attendait qu'un vent favorable l'emmène.

– Je vois ! dit Quest. Merci pour cette information.

– Je suis sérieux ! Vous... vous ne m'avez pas tout raconté. Vous êtes le seul à connaître les histoires de la Dame Cachée, et celles qu'elle tenait du Gathergeist. Vous ne pouvez pas vous en aller sans me les transmettre. Je suis le gardien de ces histoires.

– Tu n'as pas tort, admit le prêtre d'un ton surpris. Il faudrait que je te les raconte. Après tout, tu connais déjà les pires. Je n'ai aucune raison de cacher le reste.

C'est ainsi que Quest ne mourut pas le lendemain, ni la semaine suivante, ni même celle d'après. Chaque jour, Hark venait écouter les histoires des dieux, puis celles des prêtres, puis simplement celles de Quest. Il commençait même à espérer que, s'il continuait de poser des questions pour l'inciter à parler, le vieillard ne partirait jamais. Ces récits semblaient maintenir Quest en vie, mais d'une façon moins terrifiante que le cœur ne l'avait fait avec Jelt...

Hark se demandait à quel point Quest s'était senti seul pendant toutes ces années. Il avait certes un terrain d'entente avec les autres prêtres, mais au-delà s'étendaient ses propres sables mouvants et ses forêts secrètes. Il avait été comme un agent infiltré parmi eux, et leur fraternité n'était qu'un leurre.

Il fallut un moment à Hark pour comprendre le sourire d'une douceur énigmatique qu'arborait Quest quand il évoquait son passé. Voilà des années qu'il ne s'était pas accordé le droit d'ouvrir ces coffrets de souvenirs. Maintenant qu'il le faisait enfin, il découvrait que leurs couleurs étaient toujours fraîches. En les remettant à Hark, il leur jetait un dernier regard.

Au fil du temps, il se mit à parler de plus en plus d'Ailodie. Ailodie qui devenait une acolyte, puis une jeune prêtresse tourmentée, avant de changer au point de n'être plus la même personne...

Pour finir, Hark ne put plus se retenir, tant le non-dit dans cette histoire était immense et douloureux.

– Qu'est-elle devenue ? demanda-t-il.

Il se mordit la langue, en luttant contre ses soupçons, puis céda à leur insistance :

– Elle n'est pas... elle n'est pas devenue Luna, dites-moi ?

– Luna ? s'exclama Quest en le regardant avec stupeur. Non, non ! Elle n'a pas changé à ce point ! Elle ne se trouve pas au Sanctuaire. Je ne la reverrai jamais, je le crains.

– Elle est morte pendant le Cataclysme ?

Cette pensée était encore pire. Elle avait une poésie cruelle, comme si elle sortait d'une vieille ballade.

– Non ! assura Quest en hâte. Elle a survécu et s'en est très bien tirée. Elle doit encore se trouver à Malpease. Néanmoins, je ne la reverrai jamais car elle me méprise. Vois-tu, après le Cataclysme, elle est la seule personne à qui j'ai révélé le rôle que j'avais joué. Elle a été horrifiée. Elle m'a dit que je n'avais pas le droit de jouer avec la vie de tant de gens. Du reste, elle prenait ses vœux très au sérieux et considérait le sacerdoce comme un engagement absolu.

– Mais... si vous avez fait ça, c'est en partie pour la sauver, non ? Vous ne le lui avez pas dit ?

– Si, j'ai été assez stupide pour le lui expliquer, et assez arrogant pour croire qu'elle allait tomber dans mes bras par gratitude, déclara Quest avec ironie. Ça n'a pas été le cas, bien sûr ! Pourquoi l'aurait-elle fait ? Elle ne m'avait jamais demandé de massacrer ses protecteurs divins et de tuer des centaines d'innocents pour la sauver. Non, elle est partie et en a épousé un autre.

– Ce n'est pas juste ! s'écria Hark impulsivement.

– Bien sûr que si ! rétorqua Quest avec un petit rire amusé. Je ne l'ai pas compris à l'époque, mais aujourd'hui c'est une évidence pour moi.

– Mais…

– Elle s'est *mariée*, Hark. Elle a les enfants qu'elle avait toujours désirés, les enfants qu'elle croyait ne pouvoir se permettre en tant que prêtresse. Quels qu'aient été mes jeunes rêves égoïstes, je l'aimais vraiment. Je voulais qu'elle soit heureuse. Je pense qu'elle l'est sans doute, maintenant. Si c'est le cas, *j'ai gagné*.

Hark prit soudain conscience que les gens à la fois changeaient et restaient les mêmes. En un sens, Quest avait manifestement la même subtilité et la même volonté de fer que dans sa jeunesse. Toutefois, il avait eu le temps de réfléchir et de s'adoucir.

– De toute façon, elle avait raison, reprit le vieillard. J'ai bel et bien joué avec des vies innombrables. Pendant trente ans, cette idée m'a torturé et je me suis demandé si j'avais fait le bon choix. J'ai même tenté d'évaluer le nombre de victimes qui auraient été tuées par les dieux ou offertes en sacrifice au cours des trois dernières décennies, si je n'étais pas intervenu… mais je m'aveuglais moi-même. On ne peut pas justifier une atrocité par des statistiques. Vaut-il la peine de commettre un acte effroyable dans l'intérêt général ? Je suis sûr que les Ligueurs en étaient persuadés, quand ils fabriquaient ce dieu. Est-ce que je vaux mieux qu'eux ? Je n'en sais rien. Tout ce que je sais, c'est que je ne pouvais supporter de rester inactif face aux dieux, et que je n'ai pas trouvé d'autre action à entreprendre.

Hark se rappela avoir répondu : « rien » à la question de

savoir la pire action qu'il ait jamais commise. À présent, il avait l'impression d'avoir fait bien pire, même s'il avait réussi à y remédier un peu.

Il se rappela aussi ce qu'avait dit Quest à propos du changement : « Pour quels aspects de ton être serais-tu prêt à te battre comme si ta vie en dépendait ? »

– Écoutez, lança Hark, je ne sais pas si vous avez bien fait. De toute façon, ce n'est pas à moi que vous devriez le demander. J'ai pris moi-même des décisions vraiment stupides. Mais je suis heureux que les dieux soient morts. Je me réjouis que nous les ayons utilisés pour fabriquer des fenêtres, des ponts et des médicaments. Et je suis content que nous soyons libres, même si nous faisons parfois des sottises avec notre liberté. Il se pourrait qu'il soit parfois impossible de bien faire. Qu'il n'existe qu'une multitude de mauvaises réponses, et qu'il faille en choisir une qu'on puisse supporter et qui ne détruise pas la personne qu'on est. Si vous n'aviez pas essayé de tuer les dieux, peut-être n'auriez-vous plus été Quest.

– Peut-être, dit doucement le prêtre en esquissant un sourire, comme si cette pensée était consolante.

Quelques heures plus tard, Quest, ce traître infâme, l'instigateur du Cataclysme, quitta ce monde paisiblement pendant son sommeil.

– *Il faut que nous révélions la vérité,* déclara Selphine quelques jours après la mort de Quest. *Ça ne peut plus faire de mal à ton ami prêtre.*

Elle avait été plus longue que Hark à se remettre, car elle avait été au contact du cœur divin durant plusieurs pulsations, alors que l'Abysse accroissait son pouvoir. Maintenant encore, elle était pâle sous ses taches de rousseur.

Les conversations entre Hark et Selphine avaient changé.

L'un d'eux se lançait tête baissée dans le sujet qui les intéressait, comme c'est le cas des vieux amis. Ils avaient tous deux combattu un dieu dans l'Abysse. Ceux qui n'avaient pas connu cette expérience ne pouvaient plus vraiment les comprendre. Leur complicité était un soulagement pour eux. Ils étaient comme deux compatriotes se rencontrant dans un pays étranger.

– *Nous devrions d'abord parler au gouverneur*, répliqua Hark.

– *Il ne nous recevra pas*, dit Selphine d'un air dubitatif.

Elle se trompait. Le gouverneur répondit immédiatement à leur message. Trois jours plus tard, ils étaient tous deux au Havre de la Dame en train de prendre le thé avec lui dans sa résidence privée.

De loin, l'homme avait toujours paru imposant, avec son manteau aux couleurs vives et sa barbe blanche coupée au carré. En se trouvant face à face avec lui, Hark découvrit non sans surprise qu'il ressemblait beaucoup à un écureuil – un écureuil vieux, gros et intelligent, doté d'une langue acérée et d'un regard indulgent. Il était vêtu de velours, comme il convenait à un gouverneur, mais ses bottes de première qualité étaient usées jusqu'à la corde, et Hark se demanda s'il ne portait pas des pistolets sous son manteau.

– J'espérais avoir bientôt l'occasion de vous parler, déclara-t-il.

Il sourit en plissant les yeux.

– Qu'allons-nous pouvoir faire de vous deux ?

Cette formule était inquiétante. Elle donnait l'impression qu'ils étaient un problème à résoudre.

– On pourrait nous récompenser grassement ? suggéra Hark avec espoir. Et… me libérer de mon engagement ?

– Mmm, dit le gouverneur, l'œil pétillant mais indéchiffrable. Eh bien, je pense que nous pouvons mettre fin à votre engagement. Je suis en train de confisquer tous les biens du docteur Vyne, vous compris. De toute façon, elle me demandait elle-même de vous libérer, dans son message.

– Que va-t-elle devenir ? demanda Hark.

Il éprouvait toujours des sentiments mêlés envers Vyne. Elle était dure, irresponsable et un peu folle. Malgré tout, même si ses motifs étaient égoïstes, elle avait élargi son horizon en lui offrant de nouvelles possibilités.

– Exprimeriez-vous là une loyauté mal placée ? répliqua le gouverneur. Ne vous inquiétez pas, elle est trop utile pour que je la fasse noyer dans le port pour haute trahison. Toutefois, il faudra que je la garde à l'œil. J'ai donc décidé de la vendre aux enchères pour un engagement de quinze ans et… de l'acheter moi-même.

– Quelqu'un d'autre pourrait vouloir l'acquérir, observa Selphine. Les gens de la Ligue, ou pire encore.

Depuis qu'ils étaient chez le gouverneur, elle avait parlé à voix haute et lu sur les lèvres, au lieu de demander que la conversation se tienne en langue des signes. Hark n'avait pas posé de question, mais il la soupçonnait d'agir ainsi par fierté, sans compter que cette réunion était intimidante.

– Oh, ils n'en feront rien, assura le gouverneur en mangeant un nouveau gâteau au miel. Mais parlons de votre récompense…

Il lança un regard rusé à Selphine.

– Je suis désolé, mais vous ne pouvez pas garder le sous-marin.

– Le sous-marin ? répéta Selphine d'un air perplexe.

– Il m'est impossible de laisser à votre bande les restes du *Papillon de Mer*, expliqua aimablement le gouverneur. Votre mère vous a envoyée ici pour me le demander, pas vrai ? Je regrette, mais elle va devoir le restituer. Lorsqu'il y a des membres d'équipage en vie dans un submersible, on ne peut le récupérer comme épave. Comme le sous-marin appartenait à Vyne, je le confisque avec ses autres biens.

Selphine secoua la tête avec lenteur.

– Je ne fais plus partie de la bande de ma mère, annonça-t-elle froidement.

Hark n'était pas au courant, même s'il avait remarqué qu'elle avait l'air maussade et perturbée.

– Elle a découvert que je les avais trahis, continua-t-elle du même ton impassible. Elle m'a donc reniée. Je n'appartiens plus à sa bande ni à sa famille. Vous devrez lui parler vous-même du sous-marin.

Le regard de Selphine resta plein d'un défi tranquille, mais elle termina d'une voix un peu tremblante.

– Je vois, dit le gouverneur en fronçant légèrement les sourcils. Je suis désolé de l'apprendre.

Étrangement, il paraissait sincère.

– Voulez-vous que je plaide votre cause auprès d'elle ?

– Non, lança Selphine presque avant qu'il n'ait fini sa question.

Hark dut se mordre la langue pour ne pas faire de remarque.

– Dans ce cas, que faites-vous ici ? s'étonna le gouverneur.

À eux deux, Hark et Selphine lui expliquèrent la vraie nature des dieux, leur origine humaine, les monstres déments qu'ils devenaient à force de grandir. Ils lui parlèrent de Quest et de la façon dont il avait provoqué le Cataclysme.

Ils finirent par avoir droit à l'attention passionnée et passablement stupéfaite du gouverneur.

– Vous êtes certains de cette histoire ? demanda-t-il.

Cependant, son ton n'était pas dédaigneux.

– Vous tenez toutes ces informations d'un vieux prêtre, qui est mort à présent ?

– Il ne perdait pas du tout la tête, assura précipitamment

Hark. Il était parfaitement lucide. Et je parie qu'il existe d'autres preuves dans les archives du Sanctuaire.

– Nous voulons mettre tout le monde au courant, renchérit Selphine avec fermeté, comme si elle pouvait l'emporter sur l'argent, le pouvoir et la position du gouverneur par la seule force de sa volonté. Il faut que tous les habitants des Myriades le sachent.

Le gouverneur fit la moue et réfléchit un bon moment.

– Cela fait... beaucoup de choses à assimiler d'un coup, dit-il enfin avec un soupir. De mon côté, je vais essayer d'être honnête avec vous. Connaissez-vous les rumeurs qui courent déjà partout ?

Ils secouèrent tous deux la tête.

– Tout le monde sait que la Ligue a tenté de créer un dieu, leur apprit le gouverneur. À présent, elle a quelques ennemis puissants. Nous autres, les dirigeants, nous ne sommes pas souvent d'accord, mais aucun de nous n'a envie que des crabes mutants gigantesques viennent nous prendre nos îles. La réputation des Ligueurs est exécrable, il leur sera difficile à l'avenir de trouver des recrues et de collecter des fonds. En outre, personne n'ignore que le nouveau dieu a été tué par des Havrais. Ce bruit-là se répand plus vite que la rougeole. Votre implication à tous deux est un secret de polichinelle. Beaucoup de gens croient que je suis également mêlé à cette histoire. Bien entendu, j'ai démenti officiellement disposer d'une flotte secrète de sous-marins en verre divin pour défendre le Havre de la Dame contre toutes les attaques des humains comme des dieux.

– De sorte que, maintenant, tout le monde croit que vous possédez une telle flotte, devina aussitôt Hark. Comptez-vous en constituer une ? Est-ce pour cela que vous voulez que le docteur Vyne reste en vie ?

– Non, absolument pas, répliqua le gouverneur avec un

petit rire. Le *Papillon* est un projet typique de Magdala Vyne. L'exécution est éblouissante, et l'idée totalement absurde. Le bruit assomme les gens ! Il réussirait presque à faire fondre le verre divin ! Le sous-marin est quasi impossible à piloter et ses ailes se déchirent comme de la gelée ! Non, je n'ai vraiment aucune envie d'une flotte de ces engins. En revanche…

Il dressa l'index.

– Une flotte imaginaire de ces absurdités pourrait se révéler très utile. Personne n'attaquera de sitôt mes îles, vous ne croyez pas ?

– Les autres gouverneurs pourraient essayer de constituer leurs propres flottes, s'ils pensent que c'est possible, observa Selphine.

– Je n'en doute pas ! Ils gaspilleront leur temps et leur argent à construire des sous-marins fonctionnant avec des hurlements, avant de découvrir qu'ils sont inutilisables.

Le gouverneur s'efforçait visiblement de ne pas éclater de rire.

– Après quoi, ils nieront posséder des flottes secrètes d'élite, si bien que tout le monde croira qu'ils en possèdent aussi. Songez un peu ! Des douzaines de flottes imaginaires de sous-marins en verre divin déployées le long des côtes des Myriades pour les protéger ! Les Ligueurs pensaient que nous avions besoin de nouveaux dieux pour nous garder des invasions. Quant à moi, je pense que notre réputation toute fraîche de tueurs de dieux sera nettement plus dissuasive, pas vous ? Qui aurait envie d'envahir un peuple qui maîtrise des technologies mystérieuses et peut éliminer en quatre heures un dieu adulte ?

Hark commençait à comprendre.

– Ce que je veux dire, continua le gouverneur, c'est que je m'occupe en cet instant même de répandre une foule de rumeurs. Les informations passionnantes que vous venez de me fournir s'intégreront plutôt bien dans l'ensemble. Mais il vaudrait mieux que ce soit moi qui me charge de leur diffusion. J'ai le bras plus long que vous et cela fait longtemps que je pratique ce genre de choses. On peut dire que j'y excelle.

Hark regarda Selphine d'un air interrogateur. Elle haussa les épaules.

– D'accord, lança-t-il.

– Je suis ravi que cette conversation ait pris un tour aussi agréable, déclara le dirigeant en piochant un autre gâteau.

Hark se demanda quel tour moins plaisant elle aurait pris si Selphine et lui n'avaient pas donné les bonnes réponses.

Le gouverneur n'était sans doute pas un brave homme. Il aurait certainement été préférable d'avoir un souverain qui ne vende pas les gens aux enchères et n'interprète pas ses propres lois à sa guise. Pour l'heure, cependant, il était peut-être la meilleure des mauvaises solutions disponibles.

Comme ni Hark ni Selphine n'avaient jamais vraiment songé aux récompenses qu'ils voudraient, l'entretien prit bientôt fin, après que Selphine eut vaguement évoqué un peu d'argent ou un voyage sur un des continents. Hark se surprit à balbutier qu'il avait toujours envie d'apprendre à écrire et serait content de pouvoir garder provisoirement son emploi au Sanctuaire.

– Pourquoi n'y réfléchiriez-vous pas tous deux un moment, suggéra le gouverneur en les raccompagnant. Ce n'est pas pressé.

Selphine était épuisée, après avoir lu sur les lèvres pendant un entretien aussi long, et retourna donc au bateau. Hark eut aussi l'impression qu'elle souffrait d'être dans son précieux Havre de la Dame, maintenant qu'elle n'y était plus chez elle.

Il promit de la rejoindre plus tard, puis il se mit en quête de Rigg.

Ayant interrogé les gens qu'il fallait, il retrouva la souveraine des contrebandiers. Elle était avec Sage et Coram sur la colline dominant le port, non loin de l'endroit où Jelt les avait présentés l'un à l'autre. Lorsqu'elle le vit approcher, Rigg leva un doigt en signe d'avertissement.

– Tu ferais mieux de ne pas te trouver sur mon chemin, lança-t-elle. Autrement, je vais regretter de t'avoir laissé en vie.

Elle lui tourna le dos.

– Rigg ! cria Hark. Je veux vous parler de Selphine.

Elle fit aussitôt volte-face, furibonde. Il eut l'impression étrange qu'elle avait rapetissé, depuis leur dernière rencontre. En outre, elle semblait le regarder différemment. Peut-être était-ce dû au serpent blanc qui ondulait au milieu de son crâne, ainsi qu'aux rumeurs qui le nimbaient d'une aura nouvelle. Peut-être aussi sentait-elle qu'elle ne lui faisait plus tellement peur.

Elle était dangereuse, bien sûr, mais il existait différentes sortes de peurs. Il avait évité des vagues gigantesques à la surface de l'Abysse. Il avait manqué être broyé par un dieu. À présent, il regardait Rigg et ne voyait qu'un être humain – une femme irritable et loyale, aimante et cruelle, d'une obstination sans bornes.

– Il n'y a rien à dire ! gronda-t-elle. Elle a trahi la bande !

– Elle s'est rendu compte qu'une menace pesait sur vous tous et elle a tenté de l'affronter ! rétorqua Hark.

C'était lui le responsable de cette menace, et il devrait peut-être le payer un jour, mais il s'en inquiéterait plus tard.

– Pour l'affronter, elle aurait dû commencer par m'en parler ! Elle ne m'avait même pas dit qu'il y avait une relique !

– Vous l'auriez enfermée sur-le-champ avec ce cœur divin,

pas vrai ? riposta Hark sans lui laisser le temps de l'interrompre. J'ai vu ce qu'il a fait à mon ami Jelt. Selphine avait raison de vouloir vous empêcher d'en approcher. D'accord, pour vous sauver, elle a employé une méthode dont elle savait qu'elle vous mettrait en rage. Et alors ? N'était-ce pas exactement ce que vous essayiez de faire avec elle ?

Sage et Coram en eurent le souffle coupé. Ils avaient l'air d'assister à un combat d'ours et de chiens.

– Ça n'a rien à voir, espèce de petite vermine insolente ! s'écria Rigg en le foudroyant du regard. C'est moi qui commande, dans cette bande ! Et je suis sa mère !

Après un silence, elle se corrigea :

– *J'étais* sa mère.

– Vous serez toujours sa mère !

Cette fois, Hark sentait derrière l'obstination de cette femme son amour féroce et indestructible.

– Vous êtes pareilles, toutes les deux ! Vous êtes taillées dans le même bois couvert de taches de rousseur ! Têtues, orgueilleuses, jamais contentes... Rigg, elle est votre portrait craché !

– Il y a des règles ! glapit la contrebandière. Que diraient les gens, si je la reprenais maintenant ?

– Ils diraient : « Mieux vaut ne pas nous mettre mal avec cette bande, où même les gosses tuent des dieux avant le petit déjeuner ! » répliqua Hark.

Sage se mit à rire tout bas. C'était la première fois que Hark la voyait perdre son sérieux.

Rigg se retourna pour la foudroyer à son tour du regard, mais la vieille femme commença à lui parler en langue des signes. Hark ne comprit pas en détail, et il supposa que la bande avait développé un dialecte secret.

Malgré tout, le sens général était clair :

– *Tu ne vas pas perdre la face,* disait Sage. *Tu auras l'air plus faible en la laissant partir.*

Rigg ne semblait pas prête à céder. Mais en était-elle capable? « Un navire pourrait se fracasser contre ce visage », songea Hark. Néanmoins, elle laissait Sage parler. Il se pouvait même qu'elle fût contente que quelqu'un essaie de la faire revenir sur sa décision.

De temps à autre, Sage jetait un coup d'œil à Hark. Elle se servait d'un signe ressemblant un peu à celui de l'anguille, mais elle le faisait au-dessus de sa tête. Une anguille sur la tête? Hark s'aperçut qu'elle l'observait en répétant ce geste, et il se rappela soudain la ligne qui serpentait au milieu de ses cheveux.

C'était son nom! Il avait maintenant un nom en langue des signes. Il n'en avait encore jamais eu, comme la plupart des gens qui n'étaient pas bénis par la mer. Mais cette fois, il était baptisé, ce qui l'emplissait d'une fierté étonnée. D'un coup, il se sentait plus réel.

En dehors de Selphine, aucun béni de la mer n'aurait songé à le nommer, lui semblait-il. Si Sage connaissait ce nom inventé par Selphine, cela signifiait qu'elles continuaient de se parler. La jeune contrebandière avait encore des amis dans la bande. Il serait difficile de convaincre Rigg mais, apparemment, Hark ne serait pas le seul à essayer.

– À propos, depuis quand tu as du nerf? lança Rigg à Hark.

– Toutes les anguilles en ont, répondit-il. Simplement, on a tendance à l'oublier.

On régla l'affaire discrètement, comme toujours au Havre de la Dame.

Rigg acheta soudain un sous-marin flambant neuf, du matériel et un permis pour plonger à la recherche d'épaves dans certaines zones particulièrement prisées. Ce n'était pas aussi excitant qu'un submersible en verre divin, mais de cette manière, du moins, elle ne se faisait pas un ennemi du gouverneur.

Elle récupéra également sa fille cadette. Tous ceux qui évoquaient une brouille entre elles se voyaient gratifiés de regards menaçants par les autres membres de la bande, jusqu'au moment où ils avouaient qu'ils devaient se tromper. On voyait Selphine se promener dans le port avec Sage et ses amis bénis par la mer, ravie de sa célébrité inquiétante.

On la voyait aussi parfois nager dans les eaux peu profondes, ce qui stupéfia sa mère.

– Je venais de lui dire que je n'essaierais plus de la forcer à aller en mer, se plaignit Rigg. Et le lendemain… voilà !

– *Elle te ressemble,* répliqua Sage, comme en écho aux propos de Hark. *Si tu veux la contraindre, elle mettra le feu au monde plutôt que de se rendre. Il vaut mieux la laisser faire à sa guise.*

Pendant ce temps, Selphine était debout, de l'eau jusqu'à la taille, dans la baie abritée, à regarder les étincelles sur les petites vagues qui la taquinaient et la heurtaient au passage, tandis qu'elles poursuivaient leur propre écume jusqu'à la plage. Elle effleurait le sommet des vagues avec sa main gauche recouverte d'une fine dentelle. Tant de couleurs jouaient dans les vaguelettes, elles étincelaient comme des diamants. L'écume brillante moussait contre sa paume.

Elle respira profondément, en s'imprégnant de cet instant, de ce ciel. Il y avait tant à vivre – les sternes et les mouettes au-dessus de sa tête, les dos rouges et luisants des crabes courant vers les flaques, au loin les petits bateaux dansants, dont les voiles écarlates s'inclinaient, sur la colline les cabanes et la bande de prospecteurs l'observant pour s'assurer qu'elle n'était pas venue aux provisions…

« Je t'ai encore battue, dit-elle à la mer, son ennemie bien-aimée. Nous avons sauvé tous ceux que tu menaçais, et nous avons survécu. Je continuerai de te battre, tu verras. Je ne te laisserai pas me tuer. Mais tu ne pourras pas non plus m'obliger à vivre en te redoutant. »

Elle agrippa avec ses orteils les galets de son île chérie. Sa bande, de nouveau, était à elle. Ce sentiment d'appartenance la réchauffait autant que le soleil sur sa peau. Les choses n'étaient plus ce qu'elles étaient, et elles ne le redeviendraient jamais. La famille formée par ses coéquipiers ne pourrait plus la considérer comme la petite fille qu'ils avaient regardée grandir. À présent, leur affection se mêlait du même respect prudent qu'ils témoignaient aux tempêtes, aux tourbillons et à Rigg. Personne ne disait qu'elle allait succéder à sa mère, mais Rigg et Sage avaient pris l'habitude de l'associer à leurs discussions sur les projets d'avenir de la bande.

Peut-être existait-il des destins plus funestes que de devenir reine de contrebandiers. Selphine sourit au soleil, consciente que le Havre de la Dame était à elle, à elle, à elle...

Il y eut de longs débats pour savoir ce qu'on pouvait raconter aux vieux prêtres. Supporteraient-ils d'apprendre que leurs secrets soigneusement gardés étaient maintenant révélés d'un bout à l'autre des Myriades ? ou que Quest, leur ami depuis tant d'années, était un traître infiltré parmi eux ? Pendant que le personnel du Sanctuaire se tourmentait, les prêtres finirent par connaître toute l'histoire. Les rumeurs sont comme le sable. Une fois qu'elles se répandent, il est très difficile de les empêcher de se glisser partout.

Certains prêtres furent accablés par ces révélations. D'autres se réfugièrent dans le déni et refusèrent d'admettre la vérité.

Cela dit, après le choc, le chagrin et la rage initiale, bon nombre d'entre eux se mirent à parler. Pendant des décennies, leurs vœux et leurs habitudes de secret leur avaient scellé les lèvres. Maintenant que tout était perdu, ils n'avaient plus rien à perdre.

Hark était l'un de leurs confidents favoris.

Il n'était pas retourné au Sanctuaire sans appréhension. Après tout, il s'en était enfui après avoir rendu fous la plupart des prêtres avec le cœur divin. En outre, il avait conscience d'avoir changé. Il n'était plus le garçon désireux de se faire bien voir à tout prix, qui feignait d'être joyeux et inoffensif afin d'endormir la méfiance des autres tout en les tenant à distance.

Les serviteurs du Sanctuaire ne savaient plus comment se comporter avec lui. Son engagement avait été annulé, il était marqué et des rumeurs l'environnaient comme des nuées d'orage.

Toutefois, les prêtres s'ouvraient à lui comme des fleurs. Ils voyaient la ligne blanche serpentant au milieu de ses cheveux, et peut-être même le reflet de l'Abysse dans ses yeux. Il existait entre eux une compréhension tacite. Ils étaient tous des vétérans meurtris de la même guerre, bien qu'ils aient été dans des camps opposés.

Les histoires se bousculaient.

Hark écouta Suppliant du Torrent lui raconter comment il avait empêché Kalmaddoth de dévorer les habitants de Maddothmain en lui parlant pendant deux jours sans interruption, avant de le persuader pour finir de poursuivre à la nage le reflet de la lune.

Il apprit qu'Appel de l'Air et Cinquième Lamentation avaient eu une liaison juvénile et passionnée. Un jour, ils avaient même emporté clandestinement du vin et des confiseries dans une bathysphère, pour s'accorder un intermède romantique à la lueur féerique des créatures phosphorescentes des profondeurs.

Il découvrit que Vent Gémissant avait une fille, qu'il avait tenue à distance afin de ne pas lui dévoiler ses secrets de prêtre à mesure que son esprit déclinait. À présent, Hark les voyait ensemble, occupés à retisser un à un des liens invisibles entre eux.

Luna fut une vraie révélation. Elle était furieuse de la traîtrise de Quest, et encore plus enragée à l'idée que les récits du vieillard pourraient déterminer à jamais la façon dont les gens considéreraient le sacerdoce. Décidée à remettre les pendules à l'heure, elle ne cessait de coincer Hark pour le bombarder d'anecdotes véhémentes. Il la trouvait toujours aussi froide, mais il apprit qu'elle pouvait également se montrer intéressante et intelligente, et d'une acuité impitoyable dans ses jugements.

Cependant, l'aspect le plus positif, c'était que les prêtres se sentaient libres d'évoquer ensemble leurs souvenirs maintenant qu'ils ne redoutaient plus guère les oreilles indiscrètes. Hark eut un jour la surprise de voir Luna et la minuscule Brume Marine rire si fort, après s'être rappelé un fait quelconque, qu'il craignit pour leur santé.

Un soir, Hark se rendit au Havre de la Dame. Il se dirigea vers une des vieilles tavernes où buvaient les prospecteurs et les sous-mariniers – le genre d'endroit où on commençait toujours à raconter des histoires après le lever de la lune. Dans son enfance, Hark y allait parfois pour entendre des anecdotes sur les dieux, les expéditions des contrebandiers, les missions en eaux profondes et les voyages dans des contrées lointaines. Il rôdait aux abords de la foule ou se faufilait sous une table, en s'efforçant de saisir quelques bribes de l'histoire, comme un chat errant en quête de restes.

Cette fois, il n'eut pas à se frayer un chemin dans la foule. Tous s'écartèrent pour le laisser passer, comme c'était la coutume avec les amis et les individus dangereux. Ils ne voyaient plus en lui un gamin maigrelet du Refuge ou le comparse de Jelt. Ils le considéraient comme le conteur d'événements étranges et véridiques portant sur son crâne la marque de ses aventures. On lui fit de la place sur un banc.

Il était arrivé au milieu d'un récit, comme si souvent dans le passé. Cette fois, cependant, il ne se sentit pas désorienté ou exclu. De toute façon, aucune histoire n'était jamais complète. Elles n'étaient toutes que des fragments d'une histoire plus vaste, qui ne pouvait être rapportée que par une multitude de voix et vue à travers toutes sortes d'yeux différents. On a toujours quelque aspect nouveau à découvrir.

Celle en cours était racontée sous la forme d'une chanson de béni de la mer. La chanteuse était magnifique. Elle créait une musique silencieuse par ses gestes, par les mimiques de son visage aussi changeant et expressif que le ciel. Un tambour scandait le rythme, mais tout le monde dans la taverne l'accompagnait en tapant du pied en cadence, en faisant vibrer les poutres de plus en plus fort. C'était le battement de cœur de l'histoire, et chacun le sentait en son corps et en son âme. Il remplissait Hark d'un sentiment de force et d'appartenance.

Il était question dans la chanson du sort funeste d'amants partis chercher des épaves dans l'Abysse. Hark était certain que la chanteuse s'était vraiment rendue dans ces eaux profondes. Elle évoquait l'angoisse, la beauté, la terreur, et chaque instant envoûtait Hark.

Des histoires, encore des histoires. Il avait toujours été une sorte de conteur, désireux de distraire ou de convaincre les gens, d'obtenir ce qu'il voulait ou de jouer un moment les premiers rôles. À présent, les récits des autres étaient les trésors qu'il chérissait. Il était le gardien de la légende des dieux et des héros.

Dès qu'il saurait lire et écrire, il partirait en voyage. Il quitterait le Sanctuaire pour parcourir les Myriades. Partout, il recueillerait des histoires et les sauverait avant qu'elles ne se soient effacées des mémoires. À travers les histoires, on peut garder les gens en vie à jamais.

– Et vous ? demanda quelqu'un à Hark quand la chanson de béni de la mer fut finie. Allez-vous nous raconter quelque chose, ce soir ?

Ils voulaient entendre la véritable histoire du Cataclysme, ou les étranges relations du Gathergeist avec les apparitions lumineuses, ou l'audacieuse opération des prêtres pour voler pendant son sommeil les tresses gélatineuses de la Sœur de l'Aube. Bien entendu, il allait raconter ce soir l'une de ces histoires vraies et le public l'écouterait, captivé.

Mais pour l'heure, il avait repéré dans la foule d'autres conteurs, qui rassemblaient leur courage pour prendre la parole. Cette vieille femme dont le bras maigre s'ornait de tatouages représentant trois sous-marins. Un homme entre deux âges, très poli, avec une médaille du continent accrochée discrètement sous son col. Un jeune homme que Hark reconnut, et qui paraissait nerveux et contrit sans son uniforme de Ligueur.

Hark voyait briller dans leurs yeux les histoires qu'ils mouraient d'envie de raconter. Il serait aisé de les faire parler, avec un peu d'effort.

– Tout à l'heure, répondit Hark. Pour le moment, c'est moi qui écoute.

REMERCIEMENTS

Je voudrais remercier Ella, une jeune lectrice qui m'a contactée pour me demander si je pourrais envisager d'inclure un personnage sourd dans un de mes livres. Elle a déclenché ainsi une petite avalanche dans mon cerveau, dont le résultat fut l'invention des bénis de la mer, après quoi elle est devenue ma conseillère en chef. Je remercie également les autres membres du Young People's Advisory Board de la National Deaf Children's Society (Amber, Adam, Cam, Esther, Francesca, Ida, Jayden, Jovita, Lily, Lucy, Molly, Mollie, Lucy, Reuben, Rhodri, Sam, Sarah et Zain) pour leur contribution inestimable. Toute ma reconnaissance aussi envers mes relecteurs (Jane Newman, Judith Tarr et Kayleigh Goacher, ainsi qu'Ella, Jovita, Francesca et Ida, membres du YAB) ; envers mon éditrice, Rachel Petty, qui n'a pas hurlé quand je lui ai remis une première version un peu plus grosse que la lune et qui m'a aidée à la ramener à des dimensions plus conformes à un livre ; envers mon agent, Nancy Miles ; envers Martin, qui a supporté une petite amie écrivaine transformée en une créature folle et féroce, plus ou moins nocturne, luttant pendant des mois pour respecter ses délais. Je voudrais aussi témoigner ma gratitude à Rhiannon

Lassiter, pour ses réactions d'une clairvoyance surnaturelle, ainsi qu'aux ouvrages suivants : *Ship Beneath the Sea : A History of Subs and Submersibles,* de Robert F. Burgess; *Half Mile Down,* de William Beebe; *The Deep: The Extraordinary Creatures of the Abyss*; *The Incredible Record-Setting Deep-Sea Dive of the Bathysphere*; *Being Deaf: The Experience of Deafness,* édité sous la direction de George Taylor et Juliet Bishop; *Inside Deaf Culture,* de Carol Padden et Tom Humphries; *Deaf Culture, Our Way: Anecdotes from the Deaf Community,* de Ry K. Holcomb, Samuel K. Holcomb et Thomas K. Holcomb. Et pour finir, je remercie tous les moniteurs de plongée et guides plongeurs qui m'ont initiée aux étranges splendeurs des abysses.

Frances Hardinge est née en Angleterre en 1973. Elle écrit et rêve de devenir écrivain depuis sa plus tendre enfance. Étudiante en littérature anglaise à Oxford, elle participe à un atelier d'écriture et décide, après avoir gagné un concours de nouvelles, de se consacrer à sa passion. Après le succès de son premier roman jeunesse *Le Voyage de Mosca*, elle remporte en 2015 le prestigieux prix Costa avec *L'Île aux mensonges*.

De la même autrice chez Gallimard jeunesse :
L'Île aux mensonges
La Voix des ombres

Découvrez d'autres titres de Frances Hardinge

L'Île aux mensonges

1860… Faith Sunderly est la fille d'un pasteur et éminent naturaliste. Accusé d'avoir trompé la communauté scientifique, celui-ci part s'exiler avec sa famille sur une île au large des côtes anglaises. Mais des menaces se propagent, jusqu'au drame. Que son père lui a-t-il caché ? Défiant les convenances sociales, avec toute la fougue de ses quatorze ans, Faith osera-t-elle faire surgir la vérité ? Une vérité qui pourrait se révéler fort dangereuse…

La Voix des ombres

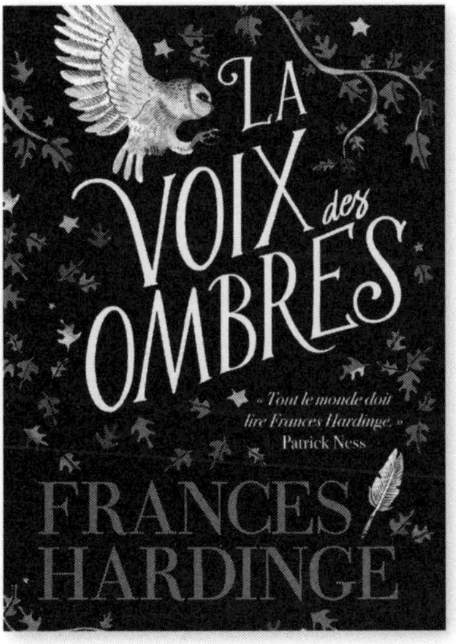

La jeune Makepeace avait pourtant appris à se défendre contre les fantômes. Mais aujourd'hui, un esprit habite en elle. Il est sauvage, fort, en colère… et il est aussi son seul rempart contre la cruelle dynastie de son père. Dans un pays déchiré par la guerre, Makepeace va devoir faire un choix difficile : la liberté ou la vie.

Découvrez
Iskari
1. Asha, tueuse de dragons
Kristen Ciccarelli

Au royaume de Firgaard, les légendes sont interdites : elles sont dangereuses. Pourtant, le sort d'Asha, princesse solitaire, leur semble étroitement lié. Asha est une tueuse de dragons crainte par tout son peuple : elle est Iskari.

Le papier de cet ouvrage est composé de fibres naturelles, renouvelables, recyclables et fabriquées à partir de bois provenant de forêts gérées durablement.

Mise en pages : Maryline Gatepaille

Loi n° 49-956 du 16 juillet 1949
sur les publications destinées à la jeunesse
ISBN : 978-2-07-515529-8
Numéro d'édition : 376859
Dépôt légal : avril 2022

Imprimé en Italie par Grafica Veneta